PERSONEN

DIE FAMILIE

Ahmose – Fürst von Waset
Aahotep – seine Mutter
Tetischeri – seine Großmutter
Aahmes-nofretari – seine Schwester und Gemahlin
Tani – seine jüngere Schwester
Ahmose-onch – Aahmes-nofretaris Sohn von ihrem ältesten Bruder und ersten Ehemann
Hent-ta-Hent – Tochter von Ahmose und Aahmes-nofretari
Sat-Kamose – Tochter von Ahmose und Aahmes-nofretari
Amunhotep – Sohn von Ahmose und Aahmes-nofretari

DIENER

Achtoi – Oberster Haushofmeister
Kares – Aahoteps Haushofmeister
Uni – Tetischeris Haushofmeister
Ipi – Oberster Schreiber
Chabechnet – Oberster Herold
Nofreperet – Oberster Schatzmeister
Chunes – Aahmes-nofretaris Schreiber
Ameniseneb – Aahmes-nofretaris Aufseher der Speicher
Emchu – Ahmes-nofretaris Hauptmann der Leibwache
Yuf – Aahoteps persönlicher Priester
Pa-sche – Ahmose-onchs Lehrer
Hekayib – Ahmoses Leibdiener

DIENERINNEN

Isis – Tetischeris Leibdienerin
Hetepet – Aahoteps Leibdienerin
Heket – Tanis Leibdienerin
Raa – Ahmose-onchs Kinderfrau
Senehat – eine Dienerin

DIE FÜRSTEN

Hor-Aha – aus Wawat und Anführer der Medjai
Machu von Achmin
Mesehti von Djawati
Anchmahor von Aabtu
Harchuf, sein Sohn
Sobek-nacht von Mennofer
Antefoker von Iunu

ANDERE ÄGYPTER

Tetaki – Bürgermeister von Waset
Dagi – Bürgermeister von Mennofer
Paheri – Bürgermeister von Necheb
Amunmose – Hoher Priester Amuns
Turi – Ahmoses Kindheitsfreund und General der Amun-Division
Ramose – Sohn von Aahoteps Verwandten, ein enger Freund Ahmoses und Tanis Verlobter
Baba Abana – ein Schiffsoffizier
Kay (später Ahmose) Abana – sein Sohn, auch Schiffsoffizier
Zaa-pen-Necheb – Kay Abanas jüngerer Vetter
Qar – Kapitän des Schiffes *Leben in Ptah*

PAULINE GEDGE

Herrscher der Zwei Länder

BAND 3

DIE STRASSE DES HORUS

Roman

Deutsch von
Dorothee Asendorf

Rowohlt Taschenbuch Verlag

Die Originalausgabe erschien
2000 unter dem Titel «The Horus Road»
bei Viking Penguin Books Canada Ltd., Toronto

Veröffentlicht im Rowohlt Taschenbuch Verlag GmbH,
Reinbek bei Hamburg, Dezember 2001

Redaktion Heiner Höfener

Umschlaggestaltung any.way,
Cathrin Günther/Susanne Müller
(Foto: Archiv für Kunst und Geschichte, Berlin/
Werner Forman)
Gesamtherstellung Clausen & Bosse, Leck
ISBN 3 499 23116 6

Die Schreibweise entspricht den Regeln
der neuen Rechtschreibung.

ANDERE ÄGYPTISCHE MILITÄRS

AMUN-DIVISION

Fürst Ahmose – Oberster Befehlshaber
Turi – General
Anchmahor – Befehlshaber der Angriffstruppe
Idu – Standartenträger

RE-DIVISION

Kagemni – General
Chnumhotep – Befehlshaber der Angriffstruppe
Chaemhet – Standartenträger

PTAH-DIVISION

Achethotep – General

THOT-DIVISION

Baqet – General
Tchanni – Befehlshaber der Angriffstruppe
Pepynacht – Standartenträger

CHONSU-DIVISION

Iymeri – General

ANUBIS-DIVISION

Nofreseschemptah – General

OSIRIS-DIVISION

Meryrenefer – General

HORUS-DIVISION

Cheti – General
Anchtifi – Standartenträger

MONTU-DIVISION

Sobek-chu – General

DIE SETIUS (Hyksos)

Awoserra Aqenenre Apophis – der König

Pezedchu – ein General

Hat-Anath – ein weiblicher Höfling

Diese Trilogie ist Fürst Kamose gewidmet, einer der schillerndsten und verkanntesten Gestalten der ägyptischen Geschichte. Ich hoffe, dass sie ein wenig zu seiner Ehrenrettung beiträgt.

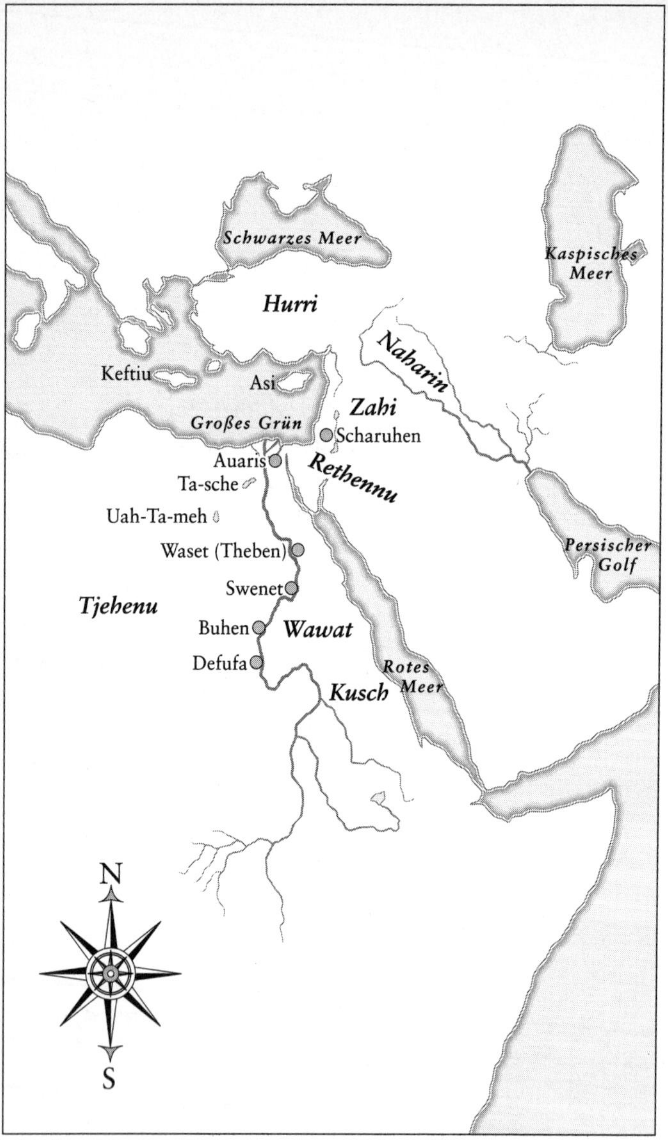
Schwarzes Meer
Kaspisches Meer
Hurri
Naharin
Keftiu
Asi
Zahi
Großes Grün
Scharuhen
Auaris
Rethennu
Ta-sche
Uah-Ta-meh
Waset (Theben)
Persischer Golf
Swenet
Tjehenu
Buhen
Wawat
Defufa
Rotes Meer
Kusch
N
S

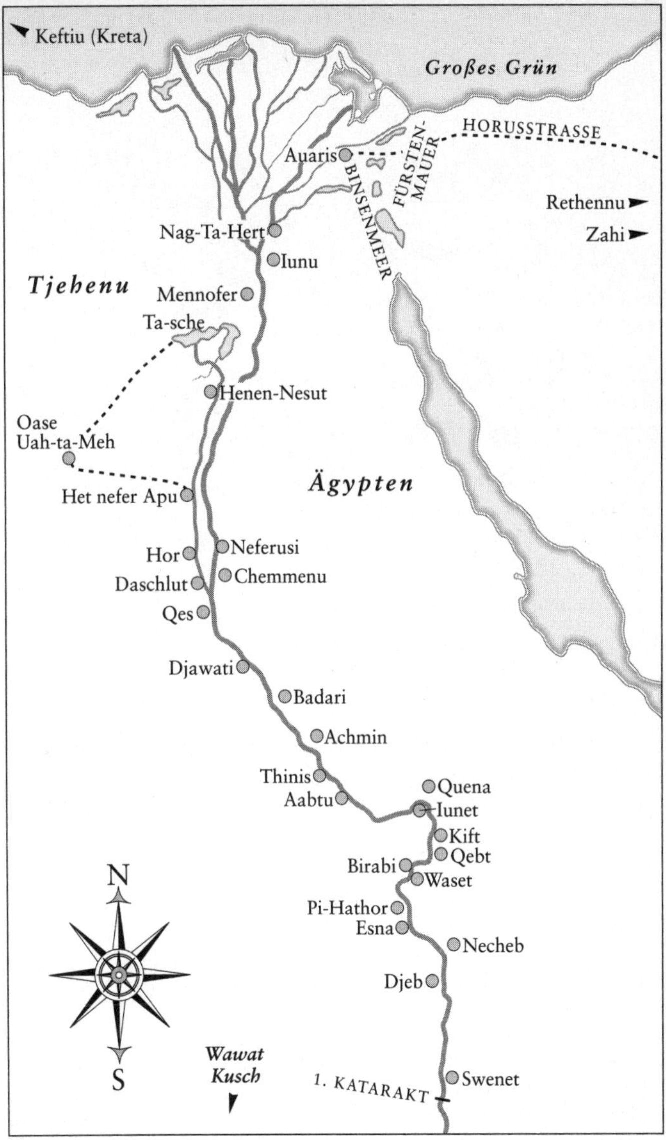

Keftiu (Kreta)
Großes Grün
HORUSSTRASSE
FÜRSTEN-MAUER
BINSENMEER
Auaris
Rethennu
Zahi
Nag-Ta-Hert
Iunu
Tjehenu
Mennofer
Ta-sche
Henen-Nesut
Oase
Uah-ta-Meh
Ägypten
Het nefer Apu
Hor
Neferusi
Daschlut
Chemmenu
Qes
Djawati
Badari
Achmin
Thinis
Aabtu
Quena
Iunet
Kift
Qebt
Birabi
Waset
Pi-Hathor
Esna
Necheb
Djeb
N
S
Wawat
Kusch
1. KATARAKT
Swenet

DANK

An dieser Stelle möchte ich Bernard Ramanauskas, der für mich recherchiert hat, von ganzem Herzen danken, denn ohne sein Organisationstalent und scharfes Augenmerk für Details hätte dieses Buch nicht geschrieben werden können.

Außerdem danke ich Dr. K. F. M. Jackman, M. D., B. F. C., für Rat zur rechten Zeit.

VORWORT

Am Ende der zwölften Dynastie ging den Ägyptern auf, dass sie von einer fremden Macht regiert wurden, die sie Setius, ‹Herrscher des Hochlandes›, nannten. Wir kennen sie unter dem Namen Hyksos. Ursprünglich waren sie aus einem weniger fruchtbaren Land im Osten, nämlich Rethennu, eingewandert, um ihre Herden im üppigen Delta zu weiden. Nachdem sie heimisch geworden waren, folgten die Händler, die nur zu gern an Ägyptens Reichtum teilhaben wollten. Da sie fähige Verwaltungsbeamte waren, entmachteten sie allmählich die schwache ägyptische Regierung, bis sie zu guter Letzt allein regierten. Es war eine weitgehend unblutige Invasion, die mit so subtilen Mitteln wie politischem und ökonomischem Druck geschah. Ihre Könige machten sich wenig aus dem Land an sich, plünderten es zu ihrem eigenen Nutzen aus und äfften die Sitten und Gebräuche ihrer ägyptischen Vorgänger nach. Sie waren darin so erfolgreich, dass sie das Volk größtenteils unterdrücken und einlullen konnten. Gegen Mitte der siebzehnten Dynastie hatten sie sich schon zweihundert Jahre lang fest in Ägypten eingenistet und herrschten von ihrer Hauptstadt Auaris, dem Palast am Nebenarm, aus.

Doch ein Mann im Süden Ägyptens, der von sich behauptete, von dem letzten wahren König abzustammen, rebellierte. Im ersten Band dieser Trilogie, «Der fremde Pharao», wird Seqenenre Tao vom Setiu-Herrscher Apophis gereizt und gedemütigt, kündigt den Gehorsam und wählt den Aufstand. Mit Wissen und Hilfe seiner Gemahlin Aahotep, seiner Mutter Tetischeri und seiner Töchter Aahmes-nofretari und Tani planen er und seine Söhne Si-Amun, Kamose und Ahmose eine Revolte und führen sie auch durch, eine Verzweiflungstat, der kein Erfolg beschieden sein kann. Seqenenre wird von Mersu überfallen, Tetischeris vertrauenswürdigem Haushofmeister, der zugleich als Spion im Haushalt arbeitet. Trotz seiner Verwundung zieht Seqenenre mit seinem kleinen Heer nach Norden, doch in der Schlacht gegen den Setiu-König Apophis und seinen brillanten jungen General Pezedchu erliegt er der Übermacht.

Nun hätte sein ältester Sohn Si-Amun den Titel Fürst von Waset führen sollen. Doch Si-Amun ist Diener zweier Herren, einmal seines Vaters und dessen Anspruch auf den ägyptischen Thron und dann des Setiu-Königs. Überdies hat er den Aufstand seines Vaters verraten. In einem Anfall von Reue bringt er sich um.

Apophis glaubt, dass die Feindseligkeiten ein Ende gefunden haben, reist nach Waset und verkündet ein vernichtendes Urteil gegen die restlichen Familienmitglieder. Er nimmt Seqenenres jüngere Tochter Tani als Geisel mit nach Auaris. Kamose, nun Fürst von Waset, weiß, dass er nur die Wahl hat, den Kampf um die Freiheit Ägyptens fortzusetzen oder völlig zu verarmen und von seiner Familie getrennt zu werden. Er wählt die Freiheit.

Der zweite Band dieser Trilogie, «In der Oase», erzählt, wie Kamose den Kampf seines Vaters mit Unterstützung anderer ägyptischer Fürsten wieder aufnimmt. Seine Notlage zwingt ihn, als erbarmungsloser Rächer vorzugehen, kann er doch Freund und Feind nicht auseinander halten. Sein Wunsch, Ägypten wieder so ruhmreich wie einst zu machen, zerstört das Land, und am Ende wird er von einigen seiner Bündnispartner, die von seinem Vorgehen enttäuscht sind und einen Handel mit Apophis schließen, verraten und ermordet. Zur gleichen Zeit wird Seqenenres jüngster Sohn Ahmose verwundet. Während er auf dem Weg der Genesung ist, übernehmen die Frauen der Familie das Ruder, sie schlagen eine Meuterei nieder und bekommen das Heer wieder unter Kontrolle. Ahmose bleibt es überlassen, eine Strategie zu entwickeln, mit der er die Herrschaft der Setius beenden kann.

ERSTES KAPITEL

Während der restlichen Trauerzeit um Kamose sah Aahmes-nofretari wenig von ihrem Mann. Sie hatte erwartet, dass endlich feierliche Trauer in das Haus einziehen würde, da der Aufstand niedergeschlagen war, doch der Friede glich eher einem stummen Seufzer als einem stillen Tribut an ihren Bruder. Die Bürde der Bitternis und der unstillbare Rachedurst, die Kamose angetrieben hatten, hatten sie an ein Leben mit unterschwelliger Spannung gewöhnt. Jetzt war der Anlass dafür fort, und eigenartigerweise empfanden sie das als reinigend.

Dennoch hatten sie ihn geliebt, und jeder trauerte auf seine Weise. Tetischeri blieb in ihren Gemächern, und der Weihrauch für ihre privaten Gebete vernebelte den Flur vor ihrer Tür. Aahotep bewegte sich so königlich-gelassen wie eh und je durchs Haus, doch oft konnte man sie reglos unter den Bäumen im Garten sitzen sehen. Das Kinn in die Hand gestützt, starrte sie blicklos vor sich hin.

Aahmes-nofretari stellte fest, dass ihre eigenen Sorgen sie ruhelos machten. Sie ging jetzt viel spazieren, während eine Dienerin ihr mit dem Sonnenschirm Schatten spendete und ein geduldiger Getreuer des Königs hinter ihr hertrabte. Bisweilen schlenderte sie den Flussweg zwischen Anwesen und Tempel entlang. Bisweilen wagte sie sich nach Waset selbst hinein. Es war, als befreite sie die ziellose Bewegung von einer Last, die sie niederdrückte, aber überall begleiteten sie Kamoses Lächeln und der Klang seiner Stimme.

Ahmose stand immer früh auf, speiste rasch und verschwand gleich bei Tagesanbruch. Wenn seine Frau ihm Vorhaltungen machte, lächelte er zerstreut, gab ihr einen zarten Kuss, versicherte ihr, dass er sich mit jedem Tag kräftiger fühle, und ging. Früher hätte er geangelt, das wusste sie, aber er hielt sich an seinen Schwur und hatte sogar Lieblingsangel und Netz verschenkt. Gelegentlich kam sie zufällig an den verfallenen Toren zum alten Palast vorbei und erhaschte einen Blick auf Ahmose, wie er die Hände in die Hüfte gestemmt dastand und zu dem Gebäude hinaufstarrte, und einmal tauchte er gerade aus dem Düster des riesigen Empfangssaals auf. Sie fragte sich nicht, was in seinem Kopf vorging. In ihrem war nur Platz für Erinnerungen.

Die sonderbare Gelassenheit dieser Wochen wurde durch Ramoses, Mesehtis und Machus Rückkehr gestört. Eines schönen Nachmittags kamen sie flussaufwärts gefahren, hinter sich eine kleine Flotte Schiffe mit Dienern, und da wusste Aahmes-nofretari, dass die Zeit stiller Einkehr vorbei war. Am Tag zuvor war ein Herold eingetroffen, der Ahmose die Ankunft der Fürsten gemeldet hatte, und dieser wartete jetzt mit Hor-Aha und Anchmahor oben an der Bootstreppe. Aahmes-nofretari war auch zugegen und nahm die steife Haltung und ausdruckslose Miene ihres Mannes sehr bewusst wahr, während dieser zusah, wie das Schiff an der Bootstreppe anlegte und die Laufplanke ausgelegt wurde.

Ramose kam als Erster von Bord, stieg die Stufen hoch, ging auf Ahmose zu, streckte die Arme aus und huldigte ihm mit einer Verneigung. Ahmose winkte ihn zu sich und umarmte ihn. «Mein Freund», sagte er leise. «Willkommen daheim. Ich weiß noch nicht, wie ich die Schuld abtragen kann, die sich seit den Tagen meines Vaters angesammelt hat. Und ich kann dir auch nicht beschreiben, wie ich unter der Hinrichtung deiner Mutter gelitten habe. Ich bin mir sehr wohl bewusst, welche Qualen ein Mensch leidet, wenn er wählen muss, wem er folgen soll, und dir hat man diese Wahl zu oft aufgezwungen. Ich bete darum, dass dir dieser bittere Becher nie wieder gereicht wird.» Ramose lächelte traurig.

«Wie schön, dass du völlig genesen bist, Majestät», antwortete er. «Ich möchte mit Verlaub auf der Stelle ins Haus des Todes gehen und mich davon überzeugen, dass meine Mutter ordnungsgemäß einbalsamiert wird.» Er nahm Aahmes-nofretaris Hand und sagte: «Wieso trägst du noch nicht das Armband des Befehlshabers?» Bei diesen heiteren Worten lachte sie und schloss ihn impulsiv in die Arme.

«Lieber Ramose!», rief sie. «Wir trauern zwar alle, aber ich freue mich, dass du lächelst.»

Die beiden Fürsten hatten stumm hinter Ramose gewartet, und als Ahmose den Blick auf sie richtete, fielen sie auf die Knie. Sie drückten die Stirn auf die Steine, schoben den stets vorhandenen Sand zu einem Häuflein vor sich zusammen und streuten ihn sich über den Kopf, eine Geste der Bußfertigkeit und Unterwürfigkeit. «Sie haben sich rein gewaschen, Ahmose», sagte Ramose leise. «Du hast etwas über die Not gesagt, wenn man zwei Herren treu sein muss. Sie haben gewählt. Sie sind hier, nicht in Auaris. Bitte ...» Ahmose hob gebieterisch die Hand.

«Wisst ihr eigentlich», sagte er zu den mit Staub bedeckten Häuptern, «dass die Frau neben mir mehr Mut gezeigt und aus Verzweiflung und Treue mehr Heldentaten vollbracht hat als einer von euch? Dass mein Bruder noch leben könnte, wenn auch nur ein Tropfen dieser Tapferkeit in eurem blauen, verwässerten Blut zu finden wäre!» Er schrie und beugte sich vor. «Aber nein! Ihr habt den Mund gehalten! Ihr habt euch vor der Verantwortung gedrückt und euch weggeschlichen wie zwei Hyänen! Amuns Fluch über euch, ihr Memmen!» Er richtete sich wieder auf. «Steht auf», befahl er ruhiger. «Das heißt, wenn euer schwaches Rückgrat euch das erlaubt. Sagt mir, was soll ich mit euch anfangen?»

«Majestät, du hast in allen Punkten Recht.» Mesehti wagte, ihm zu antworten. «Wir haben auf Meketra und die anderen gehört und das, was wir wussten, nicht an Osiris Kamose weitergegeben. Dennoch haben wir gewählt. Wir haben uns lieber herausgehalten. Wir konnten unsere fürstlichen Brüder nicht unterstützen, obwohl wir ihnen aufgrund unserer gemeinsamen Stellung Treue schuldeten, aber verraten konnten wir sie auch nicht. Falls wir vom Wege abgekommen sind, dann nicht aus Feigheit, sondern aus Unsicherheit.»

«Unsicherheit», wiederholte Ahmose. Er seufzte. «Unsicherheit hat Kamose von Anfang an behindert, und in einem war er sich überhaupt nicht sicher, nämlich was im Herzen seiner Fürsten zu lesen stand.» Er wandte sich jäh an seine Frau. «Aahmes-nofretari, du hast in dieser Sache auch ein Wort mitzureden. Man hat dich gezwungen, auf dem Exerzierplatz dein Leben aufs Spiel zu setzen. Du hast dastehen und den Hinrichtungen zusehen müssen. Das hat dich verletzt und verändert. Was rätst du mir?»

Sie staunte, dass er ihre Bedeutung so großmütig und öffentlich herausstellte und wie feinfühlig er auf ihr aufgewühltes und mittlerweile ruhiges Ka einging. Auf einmal war ihr klar, ihre Antwort würde entscheiden, ob sie diese Bedeutung behielt oder nicht. Ich muss ehrlich und klug sprechen, dachte sie erschrocken. Drei Paar Augen richteten sich auf sie, zwei bänglich forschend, das dritte belustigt, und da merkte Aahmes-nofretari, dass die heftige Beschimpfung der bäuchlings hingestreckten Männer nur gespielt gewesen war. Aber wie weit gespielt?, überlegte sie. Was will er? Noch mehr Vergeltung? Zwei weitere Hinrichtungen? Einen Grund, sie zu begnadigen?

Nein, sagte sie sich entschieden. Ich versuche nicht herauszubekommen, was er von mir will. Ich urteile selbst, ich allein. «Begnadigung kann als Schwäche ausgelegt werden», begann sie vorsichtig. «Dennoch stellt die Maat Gnade über alles, und zusammen mit Gerechtigkeit ist sie eine Eigenschaft, die jeder König besitzen muss.» Sie wandte sich ganz an Ahmose. «Gerechtigkeit ist voll zuteil geworden, Majestät», fuhr sie fort. «Unser Bruder ist tot. Seine Mörder sind hingerichtet. Mesehti und Machu haben die letzten Aufrührer verfolgt und erschlagen und haben sich damit ein Stück Maat neu erworben, das sie vorher fortgeworfen hatten. Erweise dich mit deiner ersten Tat als nachsichtiger König.» Jetzt zwinkerte er ihr zu, und in seinen Augen funkelte es.

«Nachsicht vielleicht, aber nicht Vergebung», gab er zurück. «Noch nicht. Die muss verdient werden. Wo sind eure Soldaten?»

«Die marschieren am Rand der Wüste, Majestät», sagte Machu hastig. «Und dürften morgen eintreffen.»

«Dann heraus aus der Sonne und in die Gästezimmer», befahl Ahmose. «Dank eurer Königin habt ihr eine allerletzte Gelegenheit, euch zu bewähren. Versagt nicht noch einmal.» Er kehrte den sich Verneigenden den Rücken, ergriff Aahmesnofretaris Arm und schlenderte zum Haus.

«Eins verstehe ich nicht, Ahmose», sagte Aahmes-nofretari stockend. «Du schreist sie zornig an, aber ich merke, es ist gespielt. Hast du die ganze Zeit vorgehabt, sie zu verschonen, und ich habe einfach gesagt, was du längst beschlossen hattest?»

«Nein», erwiderte er. «Mein Zorn war echt, aber er sollte gespielt wirken. Falls du ihre Hinrichtung angeraten hättest, ich hätte es getan, doch ich bin froh, dass du weißt, was Macht ist, aber auch in welche Falle man tappen kann, wenn man Gnade walten lässt. Hoffen wir, dass es diesmal keine Falle ist.»

«Das verstehe ich nicht.»

«Dann lass es dir sagen. Ich habe Kamose geliebt», fuhr er langsamer fort. «Er war tapfer und klug und hat Achtung eingeflößt, aber diese Achtung war immer von Angst gefärbt. Das war dumm von ihm. Sein Benehmen war schroff, seine Rache gnadenlos. Die Qualen, die wir gelitten haben, sind unmittelbar durch seine erbarmungslose Besessenheit ausgelöst worden, die Setius auszulöschen. Das hat die kleinen Leute erschreckt und die Fürsten gekränkt. Ich habe ihn geliebt», wiederholte er jetzt mit zitternder Stimme, «aber das Ende seiner schrecklichen Besessenheit war klar vorauszusehen.»

«Ahmose», unterbrach ihn Aahmes-nofretari besorgt. «Willst du damit sagen, dass du den Kampf aufgibst? Ägypten Apophis überlässt?»

«Ihr Götter, nein! So doch nicht. Mein eigener Hass und Rachedurst brennen genauso heiß wie Kamoses. Aber ich gehe anders vor. Ich werde lächeln, lächeln. Ich werde Titel und Beförderungen und Belohnungen verteilen. Die Fehler meines Bruders mache ich nicht, und darum treibe ich alle Setius mit der Peitsche zurück nach Rethennu, wohin sie gehören.»

«Aha, ich verstehe», sagte Aahmes-nofretari zögernd. «Kamose hat eine Zwangsherrschaft ausgeübt, du willst die Fürsten feinfühliger lenken. Aber, Ahmose, wenn unser Bruder Ägypten nicht mit der Peitsche seines Schmerzes und seiner Wut gestraft, wenn er die Fürsten nicht zur Tat getrieben und Ägypten in Blut getaucht hätte, dann würde deine Strategie nicht funktionieren. Er hat das Gift für dich herausgeholt. Er hat den Weg für ein sanfteres Vorgehen frei gemacht.»

«Und das sollte ich ihm danken? Aahmes-nofretari, du hast Angst gehabt, deinen Gedanken zu Ende zu denken. Du hast Recht. Ich verdanke ihm sehr viel. Er war wie ein Bauer, der ein Feld bekommt, das seit Hentis nicht bestellt worden ist. Er musste roden und das Unkraut verbrennen. Das weiß ich. Das erkenne ich an. Aber mehr verdanke ich ihm nicht. Er war ein wenig irre.» Sein beringter Finger legte sich auf die Narbe hinter seinem Ohr und rieb sie zerstreut. Diese Geste wurde ihm zur Gewohnheit, und Aahmes-nofretari sah darin allmählich ein Anzeichen, dass er nachdachte.

«Aber Amun hat ihn geliebt!», platzte sie erschrocken heraus. «Er hat ihm Träume geschickt! Sieh dich vor, Ahmose, dass du keine Gotteslästerung begehst, wenn du dein Herz gegen ihn verhärtest!»

«Er ist gestorben, weil er mir das Leben retten wollte», sagte Ahmose. «Ich habe neben ihm geschlafen, neben ihm gekämpft, und als wir Kinder waren, war er immer da und hat mich beschützt. Mein Herz wird sich niemals gegen ihn verhärten. Die Rede ist von Tatsachen, Aahmes-nofretari, nicht von Gefühlen. Aber jetzt beginnt eine neue Ordnung, und ich schwebe in großer Gefahr, wenn ich gegenüber den Fürsten auch nur andeute, dass ich weiterhin so brutal vorgehen will wie mein Bruder.» Er beugte sich dichter zu ihr. «Ich habe vor, ihnen die Macht zu nehmen, jedem Einzelnen, und dafür sollen sie mir auch noch danken. Ich werde ihnen nie wieder trauen. Und desgleichen habe ich vor, Auaris, dieses stinkende Rattennest, mit der Fackel in Brand zu stecken und damit Kamose gleich zweimal zu rächen.» Er richtete sich auf. «Aahmes-nofretari, dir vertraue ich. In diese Sache habe ich noch keinen eingeweiht. Wenn ich dich bitte, mich zu beraten, dann erwarte ich, dass du das so angstfrei tust wie gerade eben. Für heute Abend habe ich Hor-Aha ins Arbeitszimmer bestellt. Ich möchte, dass ihr beide, du und Mutter, anwesend seid.»

«Ich soll bei einer militärischen Besprechung dabei sein?» Er legte ihr den Zeigefinger unters Kinn, hob ihr Gesicht und küsste sie auf den Mund. «Natürlich», antwortete er.

Aahmes-nofretari wurde ganz schüchtern, als sie diesen Mann ansah, der ihr so inniglich vertraut und dennoch jählings so fremd war. Er schritt den Flur entlang, und sie blickte hinter ihm her. Er hat nichts von Tetischeri gesagt, dachte sie. War das ein Versehen oder Absicht? Wenn er Großmutter vor den Kopf stößt, gibt es Streit im Haus. Dann lachte sie laut, zuckte mit den Achseln und ging ins Kinderzimmer. Ich möchte doch bezweifeln, dachte sie, dass ein Haus, in dem Unfrieden herrscht, Platz in seiner neuen Ordnung hat. Unser König wird auf häuslichem Frieden bestehen.

Als es dämmerte, ging sie zum Arbeitszimmer. Vor der beeindruckenden Tür aus Zedernholz überfiel sie eine Scheu, und sie blieb stehen. Noch nie hatte man sie hierher gebeten, wo ihr Vater und später Kamose die unzähligen Aufgaben erledigt hatten, aus denen die Welt der Männer bestand: Diktieren von Anweisungen an Dorfschulzen, Überprüfen der Korn-, Wein- und Öllisten, Besprechen von Urteilen in den kleinlichen Streitigkeiten der Bauern und später das Ringen um die quälenden Entschlüsse, die zum Aufstand in Waset geführt hatten. Drinnen konnte sie Stimmen hören, die sonore ihres Mannes, gefolgt von Hor-Ahas rauem, seltenem Auflachen.

Aahotep war bereits da, saß still an einem Ende des schweren Tisches. Hor-Aha kehrte der Tür den Rücken zu, und als Aahmes-nofretari das Zimmer durchquerte, stand er auf und machte seine Verbeugung. Ahmose saß ihr gegenüber und Ipi bereits mit gekreuzten Beinen ihm zu Füßen. Ahmose lächelte und winkte sie zu dem leeren Stuhl am anderen Tischende. Der Schein von zwei Lampen in der Ecke und einer Lampe auf Ahmoses Schreibtisch erhellte den karg möblierten Raum. An drei Wänden standen Regale mit Löchern, aus denen die Enden aufgerollter Papyri herausragten, und darunter waren die Truhen mit den Akten, die nicht ständig gebraucht wurden.

Beim Hinsetzen meinte Aahmes-nofretari, einen leisen Hauch der Duftsalbe ihres Vaters zu riechen, eine Mischung aus lieblicher Aguacate und Olibanumöl. Sie faltete die Hände im Schoß und wartete. Ahmose räusperte sich. «Ipi, bist du bereit?», fragte er. Der Schreiber blickte zu ihm hoch und nickte, und Aahmes-nofretari hörte ihn das Gebet zu Thot wispern, während Ahmose schon sprach. «Gut. Wie ihr seht, hat uns Achtoi mit Wein und Süßigkeiten versorgt, aber ihr müsst euch selbst bedienen. Diese Unterhaltung ist nicht für die Ohren von Dienern bestimmt.» Er hatte bereits einen Becher vor sich stehen und trank einen Schluck, ehe er fortfuhr. «Während meiner Genesung, als ich das Bett hüten musste, habe ich viele Stunden darüber nachgedacht, wie meine Regierung aussehen sollte», sagte er. «Und die dringendste Aufgabe erscheint mir eine Neuordnung des Heeres. Ohne eine geeinte, schlagkräftige Streitmacht sind wir nichts. Wir können uns nicht verteidigen, geschweige denn erfolgreiche Feldzüge durchführen. Kamose hat die ungemein schwierige Aufgabe bewältigt, aus ungeschulten Bauern Soldaten zu machen. Er hat mit einer Einheit, den Medjai, und einem bunt zusammengewürfelten Haufen Bauern angefangen. Er hatte Hauptleute, die noch nie ein Schwert geführt hatten, und Befehlshaber, die nur widerwillig befehligt haben. Kurzum, was er erreicht hat, muss ihm das Staunen und den Beifall selbst der Götter eingetragen haben.» Er warf seiner Frau einen kurzen Blick zu. «Aber er wurde behindert, weil ein Bauer im Frühling seinen Acker bestellen will und die Fürsten die Überlegenheit ihres Blutes gewürdigt haben wollten. Der Aufstand hat uns gezeigt, wie gefährlich das ist: Bauern, die in Gedanken bei ihren Aruren sind, und Fürsten, die sehnlichst in den Luxus ihrer Anwesen zurückkehren wollen, kann man nicht vertrauen.»

Das Wort verwendet er jetzt häufig, dachte Aahmes-nofretari. Es beschäftigt ihn, hoffentlich wird es nicht zur Besessenheit. «Darum will ich ein stehendes Heer haben und brauche eine Antwort von euch.» Aahotep zog den Weinkrug zu sich heran und schenkte sich gemessen ein.

«Ägypten hat noch nie ein stehendes Heer gehabt», sagte sie langsam. «Die Bauern sind immer nur vorübergehend eingezogen worden, entweder für den Krieg oder für Bauvorhaben des Königs oder der Tempel. Sie haben stets gewusst, dass sie am Ende wieder nach Haus gehen dürfen. Falls man ihnen jetzt sagt, dass sie nie wieder nach Haus kommen, hast du eine Meuterei nach der anderen.»

«Das hängt ganz davon ab, wie man es macht», hielt Aahmes-nofretari dagegen.» Es wäre doch möglich, einen Kern aus Berufssoldaten mit eigenen Dörfern zu schaffen, und während des Hochwassers stoßen noch mehr dazu. Oder vielleicht eine Zählung aller Männer durchzuführen und die auszunehmen, die dringend zur Bestellung der Äcker gebraucht werden. Die Eingezogenen müssten dann von der königlichen Schatzkammer ernährt und bewaffnet werden. Dafür müsstest du neue Kasten von Schreibern und Hofmeistern schaffen, die nichts anderes mehr tun. Und ganz Ägypten müsste dir steuerpflichtig sein.»

«Hor-Aha?» Ahmose blickte seinen General an, der mit gesenktem Kopf zugehört hatte.

«Es könnte funktionieren. Ich denke da zuerst an meine Medjai. Ich kenne sie, Majestät. Sie würden durchaus ihre Dörfer verlassen und sie in die Obhut ihrer Frauen geben, wenn sie jedes Jahr mehrere Wochen zu ihren Frauen zurückkehren könnten und ausreichend Bier und Brot bekämen. Was den Rest angeht, so hast du mit deinem Waset-Kontingent schon den Kern eines Heeres.» Er bewegte sich, und Aahmes-nofretari sah, wie er tief und langsam Luft holte. «Aber welche Befehlshaber hast du?», fragte er höflich, zu höflich, dachte Aahmes-nofretari. «Willst du die Söhne der Verstorbenen dazu befördern?»

«Du meinst der für Hochverrat Hingerichteten?», gab Ahmose zurück. «Nein, deren Sprösslinge möchte ich nicht in der hohen Kunst des Befehlshabens ausbilden. Ein Berufsheer braucht an seiner Spitze auch Berufsoffiziere. Ich möchte aus dem Mannschaftsglied befördern.» Aber das ist nicht der wahre Grund, sagte sich Aahmes-nofretari im Stillen. Den hast du mir bereits gesagt. Du wirst nie wieder einem Edelmann vertrauen.

«Aus dem Mannschaftsglied?», wandte Aahotep ein. «Aber, Ahmose, kein gemeiner Soldat hat Achtung vor einem Befehlshaber, der kein blaues Blut hat!»

«Da denke ich etwas anders, Mutter», sagte Ahmose freundlich. «Vielleicht vertraut der gemeine Mann eher den Befehlen von jemandem, den er schon in der Schlacht erlebt hat. Vielleicht träumt er auch von eigener Beförderung. Wie auch immer, es lohnt den Versuch. Kamose hat es auf die überlieferte Art gemacht. Er hat Apophis viel geschadet, aber uns hat er damit beinahe vernichtet. Wir haben nichts zu verlieren, wenn wir die Spielregeln ändern.»

«Ich möchte noch einmal auf die Sache mit dem Unterhalt zurückkommen», sagte Aahmes-nofretari. «Seit Kamose die Bauern mitgenommen hat, haben wir zwei Ernten gehabt, und die Speicher füllen sich wieder, aber wir können in unserer Lage keine zusätzlichen Kosten übernehmen. Noch nicht. Fordern wir die Katastrophe nicht heraus, wenn wir die Mäuler von Tausenden von Soldaten stopfen müssen, die nach Beendigung des Krieges untätig sind?»

«Ein gutes Argument», antwortete Ahmose. «Erstens: Ich denke nicht, dass diese Soldaten untätig sein werden. Mit ihrer Ausbildung werden sie in Städten und Dörfern als Wachsoldaten von unschätzbarem Wert sein, sie können Karawanen begleiten, und wir können sie sogar an die Tempel ausleihen, natürlich nur, wenn wir sie alle rotieren lassen.»

«Majestät, dürfen sie auch Privatleuten dienen?», unterbrach ihn Hor-Aha.

«Wenn Ägypten gesäubert ist und wieder Frieden herrscht, braucht niemand ein Privatheer», antwortete Ahmose mit der übertriebenen Leutseligkeit, hinter der er Missbilligung, Ärger oder Langeweile zu verbergen pflegte. Mutter und Tochter wechselten einen Blick, doch Hor-Aha schien nicht zu spüren, dass Ahmose aufgemerkt hatte. «Begleitmannschaften jedoch sollten zulässig sein, obwohl sie nicht privat angeworben oder mit Hauptleuten versehen werden dürfen, die mir nicht unterstehen. Das ist eine Einzelheit, Hor-Aha.» Und an seine Frau gerichtet: «Zweitens: Ich habe keineswegs die Absicht, Ägypten zu seiner Errettung auszuquetschen! Vergiss die Goldstraßen nicht, Aahmes-nofretari. Das Gold gelangt nicht mehr ins Delta. Wir können es uns jetzt nehmen. Außerdem will ich Gesandte nach Keftiu schicken. Die Keftius sind ein ungemein praktisch denkendes Volk. Sie scheren sich nicht um unsere inneren Streitigkeiten. Sie handeln gern, und der Handel mit Auaris ist fast zum Erliegen gekommen, seit Kamose die Schatzschiffe gekapert hat. Gewiss schließen sie gern neue Verträge mit Ägypten, vor allem nach dem nächsten Feldzug, auf dem ich hoffentlich das Delta von Truppen säubern kann, die sich aus Rethennu hereinschleichen.»

«Vor Hentis hat unser Vorfahr Senwasret zwischen dem Delta und Rethennu die Fürstenmauer errichten lassen, die sollte die Setius fern halten und die Horusstraße nach Osten hin sichern», dachte Aahotep laut. «Er konnte sich nicht vorstellen, dass die Setius trotz seiner Verteidigungsmauer eindringen würden, erst als Schafhirten und dann als Händler, und dass sie durch ihren Handel Herrscher über Ägypten werden würden. Vielleicht kannst du sie mit Handel langsam erdrosseln, mein Sohn. Was für eine Ironie des Schicksals!»

«Diese Waffe habe ich durchaus in Betracht gezogen», bestätigte Ahmose. «Aber Apophis' so genannte Brüder wollen Ägypten nicht kampflos aufgeben. Wir liefern Rethennu zu viel Reichtümer. Spione im Delta berichten, dass von dort noch immer Soldaten einsickern.»

«Vielleicht müssen wir am Ende gegen sie kämpfen, auch wenn Ägypten überschwemmt ist», meinte Hor-Aha.

«Darum hat Kamose ja auch auf einer Bootstruppe bestanden», bemerkte Ahmose. «Und darum, General, brauche ich ein Heer, das sich nicht jedes Jahr auflöst und in alle Winde zerstreut.» Hor-Aha legte die Stirn in Falten.

«Ich glaube nicht, dass wir sie in diesem Jahr schlagen, Majestät», meinte er.

«Ich auch nicht», gestand Ahmose. «Aber ich kann den Griff um ihre feisten Hälse verstärken. Ipi, kommst du mit?», fragte er.

«Ja doch, Majestät, aber hoffentlich habe ich ausreichend Papyrusblätter.»

«Ah, Papyrus», meinte Ahmose. «Also das ist etwas, worauf die Keftius scharf sind.» Er blickte in die Runde. «Ich möchte jetzt auf die Neuordnung unserer Streitmacht zu sprechen kommen. Uns stehen noch immer fünfundfünfzigtausend Mann, also elf Divisionen, zur Verfügung, nicht wahr, General? Abgesehen von den paar hundert, die Ramose, Mesehti und Machu während der Meuterei verfolgt und getötet haben.»

«Ja, Majestät. Aber hier ist nur eine Division im Quartier.»

«Ich weiß. Ich möchte, dass du zusammen mit Schreibern jede Nomarche bereist und jeden Offizier befragst, wer gut im Umgang mit Waffen ist und Führungseigenschaften besitzt. Desgleichen überprüfe die Fähigkeiten aller Hauptleute und merze aus, wer noch zu einem der Fürsten hält. Bis das Delta völlig gesäubert ist, brauche ich alle elf Divisionen, aber fünf Divisionen Fußsoldaten und eine Division Bootsleute, deren Hauptleute nur mir als Oberbefehlshaber unterstehen, möchte ich auf Dauer behalten.»

«Darf ich die Medjai einbeziehen?», fragte Hor-Aha so zögernd, wie es Aahmes-nofretari noch nie erlebt hatte, und Ahmose schüttelte den Kopf.

«Nein. Die Medjai werden keine ständige Streitmacht, sondern werden mit ihren eigenen Hauptleuten je nach Lage der Dinge eingesetzt. Alle Medjai-Hauptleute, die augenblicklich Ägypter befehligen, werden ersetzt. Und ehe du protestieren willst, Hor-Aha, überlege es dir gut. Ein Großteil der Unzufriedenheit, die daraufhin übergekocht ist, rührte aus Groll gegen beide, dich und die Medjai. Ägyptische Soldaten sind noch nicht so weit, dass sie Leuten mit schwarzer Haut vertrauen, und ägyptische Edelleute schätzen dich in jeder Hinsicht geringer als sich selbst.» Er beugte sich über den Tisch und packte Hor-Ahas Arm. «Die Rede ist von harten Tatsachen, mein Freund, und ich muss darüber sprechen. Für mich bist du Ägypter, und nicht nur Ägypter, sondern einer der besten. Ich liebe dich. Ich nehme dir den Fürstentitel nicht fort, den mein Bruder dir verliehen hat, gebrauche ihn jedoch nicht, bis ich die Doppelkrone auf dem Haupt trage. Verzeih mir und verstehe mich bitte.»

«O ja, ich verstehe schon», sagte Hor-Aha mit rauer Stimme. «Ich habe mein Leben für deine Familie riskiert. Dein Vater hat mir tatsächlich mehr bedeutet als mein eigenes Leben, und ich habe ihn innig geliebt. Und dafür werde ich mit Verachtung belohnt. Das tut weh, Ahmose.» Er schluckte. «Dennoch bin ich der beste Taktiker, den du hast.» Er musterte Ahmose mit kaltem Blick. «Vergiss nicht, dass ich Ägypter bin. Meine Mutter Nihotep war Ägypterin. Trotz meiner Hautfarbe gehöre ich hierher, und deswegen vertraue ich darauf, dass du zu gegebener Zeit das Versprechen hältst, das Kamose mir gegeben hat, und bis dahin kannst du mir befehlen. Du brauchst mich.» Jetzt entzog er Ahmose seinen Arm, schob seinen silbernen Armreif an die Stelle, wo Ahmoses Finger ihn gepackt hatten, und der lehnte sich zurück.

«Natürlich brauche ich dich», wiederholte er heftig. «Was kann ich sonst noch sagen? Diese Sitzung ist beendet. Komm morgen, ehe du aufbrichst, zu mir, Hor-Aha. Du hast einen Monat Zeit, die gewünschten Informationen einzuholen. Sowie Kamose bestattet ist, möchte ich ins Delta aufbrechen.» Er erhob sich und die anderen auch. Hor-Aha verbeugte sich, verließ eilig den Raum und schlug die Tür hinter sich zu.

«Ihr Götter, Ahmose, hoffentlich hast du dir unseren wertvollsten Verbündeten nicht zum Feind gemacht. Vertraust du ihm denn nicht mehr?», fragte Aahotep.

«Ich liebe ihn, Mutter», sagte Ahmose müde. «Ich liebe ihn, aber ich vertraue ihm nicht. Ich habe bei ihm schon oft einen Stolz gespürt, den man zügeln muss. Er schluckt ihn hinunter, aber ohne eine feste Hand geht er mit ihm durch und vernichtet ihn.» Sie kam um den Tisch herum und gab ihm einen Kuss auf die Wange.

«Ich staune über den Weitblick und die Klugheit, die du heute Abend bewiesen hast», sagte sie. «Das sollte ich eigentlich nicht, schließlich habe ich dich geboren und aufgezogen, und trotzdem. Ägypten ist bei dir wohl aufgehoben. Schlaf gut, Majestät.» Dieses Mal schloss sich die Tür leise.

«Ich bin auf einmal sehr müde», murmelte Ahmose. «Mein Kopf hämmert. Heute Abend nehme ich Mohnsaft, aber ich möchte, dass du bei mir schläfst, Aahmes-nofretari. Ich muss deinen Leib spüren. Ich hätte dich gern geliebt, aber dazu fehlt mir die Kraft.»

«Wir können doch Seite an Seite liegen und so tun als ob», neckte sie ihn. Dann nüchterner: «Ahmose, warum hast du Ramose nicht hinzugezogen?»

«Seltsam, und dabei ist Ramose der einzige Mensch, dem ich völlig vertraue», antwortete er. «Aber er ist kein Soldat. Außerdem trauert er um seine Mutter.» Aber wir trauern auch um Kamose, hätte sie gern erwidert. Stattdessen sagte sie: «Schickst du ihn als Spion nach Auaris? Und was ist mit Mesehti und Machu? Und übrigens auch Anchmahor?» Eng umschlungen gingen sie zur Tür.

«Ich brauche keinen Spion in Auaris», sagte er, als sie aus

dem Arbeitszimmer traten. «Hor-Aha hat Recht. Die Stadt fällt bei diesem Feldzug nicht. Sie wird gut verteidigt. Ich konzentriere mich darauf, die Setius umzubringen, die ins Delta einsickern. Was die beiden Fürsten angeht, so biete ich ihnen neue Titel und behalte sie in meiner Nähe, aber ihre Divisionen habe ich ihnen bereits weggenommen, was sie jedoch noch nicht wissen. Und Anchmahor ...» Sie kamen am Eingang zum hinten gelegenen Garten vorbei und schritten langsamer, weil sie die duftende Brise genießen wollten, ehe sie weitergingen. «Anchmahor ist ein Juwel. Er bleibt Befehlshaber der Getreuen des Königs und der Angriffstruppe der Amun-Division. Bei ihm mache ich eine Ausnahme. Möchtest du die Hauswachen befehligen, Aahmes-nofretari?» Er lächelte, und seine Augen blitzten trotz der Finsternis.

«Ja, gern», antwortete sie sofort. «Allmählich kenne ich unsere einheimischen Soldaten gut. Wenn ich sie selbst aussuchen darf, fühle ich mich vollkommen sicher. Aber einige davon werden Medjai sein, Ahmose.»

«Das ist mir recht», sagte er. «Dir, liebste Schwester, vertraue ich bedingungslos! Achtoi, heißes Wasser und den Arzt, ich brauche Mohnsaft. Aahmes-nofretari, komm so schnell du kannst zurück.»

In dieser Nacht träumte sie, wie Ramoses Mutter gestorben war, und erwachte schweißnass und zitternd in stickiger Dunkelheit. Sie setzte sich auf und wischte sich Hals und Brust mit dem zerknüllten Laken und war dankbar, dass sie nicht allein war. «Was ist?», brummelte Ahmose. «Geht es dir schlecht?»

«Ein böser Traum, mehr nicht», flüsterte sie, suchte Trost an seinem weichen Fleisch und fand die Rundung seiner Hüfte. «Ahmose, warum schläfst du nicht?»

«Ich habe geschlafen», sagte er jetzt deutlicher. «Bis dein Gebrummel mich aufgeweckt hat.»

«Tut mir Leid.» Sie legte sich wieder hin. «Kannst du wieder einschlafen?» Er bewegte sich und drehte sich zu ihr um.

«Ich könnte schon», sagte er. «Aber meine Kopfschmerzen sind fort. Aahmes-nofretari, wir wollen uns lieben. Möchtest du? Das wird ein einmaliges Erlebnis. Schließlich habe ich noch nie einen Soldaten geliebt.»

Der erwartete Ausbruch Tetischeris erfolgte nicht, was Aahmes-nofretari ungemein verwunderte. Vielleicht hatte ihre Großmutter nicht gemerkt, dass eine Sitzung stattgefunden hatte, was sie jedoch bezweifelte. Tetischeri zeigte ihr Missfallen jedoch, als sie Ahmose eines Abends beim Essen fragte, wie es um Kamoses Grabmal stünde. «Du bist so oft nicht zu Haus gewesen», sagte sie abrupt zu ihm, als er gerade den Hund Behek mit einem Häppchen gebratener Ente fütterte. Ahmose tat, als hörte er Tetischeri nicht, zupfte weiter Fleisch von den Knochen auf seinem Teller und schob es Behek zwischen die kräftigen Zähne, aber sie wich und wankte nicht. «Hast du überprüft, ob Kamoses Grabmal fertig gestellt ist?»

«Nein, Großmutter», sagte er schließlich geduldig. «Ich musste mich um Angelegenheiten im Tempel kümmern.»

«Angelegenheiten, die wichtiger sind als die letzte Ruhestätte deines Bruders?», bohrte sie weiter. «Möchtest du, dass er inmitten von Steinbrocken und unvollendeten Inschriften ruht?» Ahmose richtete sich auf. «Du unterstellst mir ziemlich viel», tadelte er sie milde. «Das hättest du wohl gern, ich und so kleinliche Rache nehmen. Du hast dir immer eingebildet, dass ich eifersüchtig auf Kamose bin, aber das ist nicht wahr. Wir waren in vielem nicht einer Meinung, doch ich habe ihn genauso lieb gehabt wie du.»

«Was ich bezweifeln möchte», gab sie bissig zurück.

«Ich bin zweimal beim Grabmal gewesen», sagte er gelassen. «Es wird nicht rechtzeitig fertig, aber daran ist niemand schuld. Kamose hat nicht gedacht, dass er so früh sterben könnte. Die Handwerker arbeiten bis zur völligen Erschöpfung, aber es gibt Grenzen, Tetischeri.»

«Dann werden also Gebete und Beschwörungsformeln seinen Leichnam umgeben, aber seine Taten sind nicht dargestellt», knurrte sie. «Das ist eine Katastrophe.»

«Gebete um göttlichen Schutz sind weitaus wichtiger», gab Ahmose zurück. «Du bist mit Absicht unleidlich, Tetischeri», sagte Aahotep jetzt. «Ist es dir lieber, Kamose ist vor Bösem im nächsten Leben beschützt oder aber verloren, weil Ahmose darauf besteht, seine Taten schildern zu lassen? Für beides reicht die Zeit nicht.»

«Ich weiß, was du denkst.» Ahmose hatte sich zu seiner Großmutter umgedreht und musterte sie kühl. «Insgeheim hast du Angst, dass ich Kamoses Siege, all seine großen Bemühungen, uns zu befreien, all seine Seelenqualen für mich beanspruche. Aber selbst wenn ich das wollte, ginge es nicht. Die Archive sind voll von Briefen und Depeschen an dich, und nur wenn ich die alle verbrenne, könnte ich die traurige Geschichte meines Bruders mit Beschlag belegen. Außerdem würden die Götter eine solche Unehrlichkeit nicht billigen.» Er seufzte. «Du tust mir Leid, Tetischeri. Du denkst so schlecht von mir, dass du den Kopf nicht heben und mich oder Kamose so sehen kannst, wie wir wirklich sind. Aber sei gewarnt. Ich bin jetzt der König und dein Großsohn. Hüte dich und zügele deine Zunge, falls du das bei deinen Gedanken nicht schaffst, sonst wirft man dir eines Tages noch Gotteslästerung vor.» Sie funkelte ihn böse an, dann sank sie in sich zusammen.

«Du hast Recht», quälte sie sich mit steifen Lippen ab. «Ich entschuldige mich, Majestät. Ich bin ein widerborstiges altes Weib.»

«Vergib ihr», bat Aahotep. «Sie grämt sich schrecklich wegen Kamose.»

«Gram entschuldigt vieles, aber nicht alles.» Mehr sagte er nicht.

Eines Morgens stand Aahmes-nofretari spät auf und bat darum, dass man ihr das erste Mahl des Tages in den Garten brachte, und nachdem sie gebadet, angekleidet und geschminkt worden war, ging sie zum Teich, traf dort jedoch Ahmose an, der rücklings unter einem sich blähenden Sonnensegel lag. Eine nackte Hent-ta-Hent ruhte auf seinem Bauch und schlief tief und fest, hatte einen winzigen Daumen im Mund, und die Brise bewegte ihr weiches schwarzes Haar. Ahmose hatte eine Hand unter ihre runde Kehrseite geschoben, damit sie nicht herunterrutschte, mit der anderen winkte er in Richtung Hor-Aha, der mit gekreuzten Beinen neben ihm saß. Als Ahmose-onch sie über den Rasen kommen sah, tapste er strahlend auf sie zu, die Hände zur Schale geformt. «Sieh mal, sieh mal!», rief er schrill und aufgeregt. «Der Frosch ist mir auf den Fuß gesprungen!» Aahmes-nofretari ging in die Hocke, gab ihm einen Kuss auf die Pausbacke und bewunderte seinen Fang.

«Aber du musst ihn in den Teich zurückwerfen», ermahnte sie ihn. «Wenn du ihn zu lange in der Hand hast, wird seine Haut trocken und heiß, und davon wird er krank. Er ist etwas Besonderes, Ahmose-onch, du darfst ihm nichts tun. Frösche sind das Symbol der Wiedergeburt, und wir ehren sie.» Er zuckte die Achseln, war bereits gelangweilt, dann zog er eine Schnute, tat jedoch, was man ihn geheißen hatte, blieb am Rand des Teiches stehen und streichelte das Geschöpf, ehe er es sorglos hineinwarf.

«Flicht seine Kinderlocke», sagte Aahmes-nofretari zu der Dienerin. «Er sieht sehr unordentlich aus. Und binde ihm ein

Lendentuch um. Er zählt inzwischen drei Lenze und muss sich daran gewöhnen, Kleidung zu tragen.» Ahmose hatte ihr den Kopf zugewandt, als sie näher kam, er lächelte von einem Ohr zum anderen, und Hor-Aha war aufgestanden, um ihr zu huldigen.

«Hor-Aha ist letzten Abend mit seinen Listen zurückgekehrt», sagte Ahmose, während sie in den Schatten unter dem Sonnensegel trat. «Der Morgen war zu schön, um ihn im Dunkel des Arbeitszimmers zu verbringen, also höre ich mir alles hier draußen an. Später muss ich noch die höheren Hauptleute befragen, die ich selbst vorschlage, aber ich kann mich nicht rühren, ehe Hent-ta-Hent nicht aufgewacht ist.» Liebevoll betrachtete er seine Tochter. «Ich glaube, sie zahnt, Aahmes-nofretari. Sie hat viel gesabbert und geschrien, und das Kindermädchen konnte sie nicht beruhigen. Was hast du heute vor?»

«Ich wollte mir eine Sänfte nehmen und mich zu den Feldern tragen lassen», antwortete sie. «Ich möchte sehen, wie das diesjährige Korn steht.» Dann lachte sie schallend. «Ahmose, du siehst mit der Kleinen auf dem Bauch lächerlich aus, ganz und gar nicht wie ein König!»

«Ja, aber mein Herzschlag beruhigt sie, und die Wärme ihres Leibes stimmt mich friedlicher», entgegnete er. «Dein Essen kommt, Aahmes-nofretari. Setz dich zu mir und iss, während ich das Geschäftliche beende. Danach könnte ich dich wohl begleiten. Die Hauptleute ziehen in die Kasernen ein. Mit denen kann ich mich auch noch heute Abend unterhalten.»

Überrascht und erfreut nahm sie sein Angebot an und genoss ihr Mahl mit Blick auf das Spiel von Licht und Schatten im grünen, frühlingsprächtigen Garten. Ahmose hatte Posten in elf Divisionen zu besetzen, das hieß alles vom Befehlshaber bis zum Standartenträger, vom Wagenlenker bis zu den Hauptleuten der Hundert, vom Obersten der Fünfzig bis zu den Lehroffizieren.

Viele Ränge waren ihr völlig neu, und da ging ihr auf, dass Ahmose sie während dieser Beratung erst schuf. Das Heer würde tatsächlich anders sein, streng gegliedert und vollkommen unter seiner Kontrolle. Dieses Wissen vermittelte ihr einen gewissen Frieden, aber auch Trauer. Kamose hatte getan, was er konnte, doch für eine Neuordnung hatte er entweder nicht die Zeit oder den Durchblick gehabt. Er hatte seinem Bruder den Weg bereitet, hatte einen unbeholfenen Anfang gemacht, doch Ahmose würde alles verfeinern und vervollkommnen, auf der Grundlage weiterbauen, die Kamose geschaffen hatte, und vielleicht würde Kamoses Beitrag im Lauf der Zeit vergessen werden. Schließlich war er für seine Familie ein Rätsel gewesen, für seine Edelleute ein Gewaltherrscher und für die Bauern, deren Dörfer er zerstört hatte, ein Ungeheuer. Falls Ahmose es schaffte, Ägypten Freiheit und Wohlstand zu bringen, würde sein Bruder möglicherweise zum schmählichen Andenken werden. Du wärst kein guter König geworden, liebster Kamose, dachte sie zum ersten Mal. Das haben die Götter gewusst, und darum haben sie dich benutzt. Du musstest die Erde pflügen, und dann haben sie dich uns genommen. Herrschen war dir nicht bestimmt.

Hent-ta-Hent war jetzt wach, bewegte sich unruhig unter den Händen ihres Vaters, und Aahmes-nofretari stand auf. «Die Kinderfrau soll sie fortbringen, ehe sie dich nass machen kann», sagte sie zu Ahmose. «Ich bestelle die Sänften und warte am Flussweg auf dich.» Er nickte, reichte das quengelnde Kleinkind der geduldigen Dienerin hoch, ohne seinen Redefluss zu unterbrechen, und Aahmes-nofretari überließ die Männer ihren Überlegungen.

Ein paar kostbare Stunden lang wurden sie und Ahmose über das Anwesen getragen, unterhielten sich unbeschwert über den Abstand zwischen ihren Sänften hinweg darüber, wie grün und gesund das Korn stand, und beugten sich hinaus und betrachteten ihr verschwommenes Spiegelbild in den Kanälen, welche die Äcker kreuz und quer durchzogen.

Später stiegen sie aus und spazierten Hand in Hand am palmenbeschatteten Fluss entlang, redeten über die Boote, die vorbeikreuzten, über die zierlichen, langen Beine der weißen Ibisse, die reglos im seichten Wasser standen, über die schimmernde Hitze auf den nackten Felsen, die sie am Westufer ausmachen konnten. «Das hier werden wir, glaube ich, nicht mehr oft tun», sagte Ahmose, als sie sich ihrer Bootstreppe näherten. «Es ist nicht gut, wenn der König für das Volk so sichtbar und verfügbar ist. Natürlich muss er bereit sein, sich ihre Probleme mittels seiner Richter anzuhören, aber in diesen Zeiten ist es besser, wenn sie sich ihn nicht mit verdreckten Füßen und schweißfleckigem Schurz vorstellen. Während ich fort bin, lässt du die Mauer um das Anwesen erhöhen, Aahmes-nofretari, und oberhalb der Bootstreppe ein festes Tor anbringen, Vorbeigehende dürfen den Garten nicht mehr einsehen.»

«Du planst viele Veränderungen, nicht wahr, Ahmose?», sagte sie, und er nickte ernst.

«Ja, aber zunächst muss ich es mit dem Feind im Delta aufnehmen. Das kommt für mich an erster Stelle.» Er zog ihren Arm durch seinen, und zusammen bogen sie vom Fluss ab und strebten dem Haus zu, das vertraut und einladend in der Nachmittagshitze stand.

ZWEITES KAPITEL

Am zwanzigsten Tage im Pharmuthi versammelten sich die Familie und das gesamte Gesinde an der Bootstreppe des Westufers, um Kamose zu seinem Grabmal zu geleiten. Er hatte keinen Gedanken an das Meißeln eines Sarkophages verschwendet, und die Lager im Haus des Todes boten keinen passenden, daher hatten die Sem-Priester seinen balsamierten Leib in einen schlichten Holzsarg gelegt, der die Form eines Mannes hatte, mit Zügen, die irgendwie Kamoses ähnelten, und dem Abbild eines Königsbartes am Kinn. Sein Name stand nicht in der Königskartusche. Aahmes-nofretari, die zugesehen hatte, wie der Sarg vom Fluss auf den Schlitten verladen wurde, entsetzte sich über so viel namenlose Armseligkeit. Er hat Besseres verdient, dachte sie zornig. «Hast du den ausgesucht?, flüsterte sie ihrem Mann über dem Gekreisch der blau gekleideten Frauen ringsum zu.

«Nein!», zischte er zurück. «Man hat mir gesagt, dass er nicht für seinen Sarg vorgesorgt hat und die Zeit nicht reichte, einen ordentlich gemeißelten und geschmückten herzustellen. Arme Tetischeri. Für sie beleidige ich Kamose schon wieder.»

«Es ist eine Beleidigung, selbst wenn du nicht daran schuld bist», sagte sie leise. «Ach, Kamose! Verzeih uns allen!» Ahmose gab keine Antwort. Der Priester an der Spitze setzte sich in Bewegung, stimmte jetzt den schwermütigen und schönen Trauergesang an. Dann kam der Schlitten, von zwei roten Ochsen gezogen, Aahotep, Tetischeri, Ahmose und Aahmes-nofretari folgten.

Die Kinder waren mit Raa daheim geblieben. Sie wären eine Verheißung auf neues Leben inmitten dieses schrecklichen Todes gewesen. Ramose fehlte auch. Er war nach Chemmenu gefahren und bereitete die Bestattung seiner Mutter vor. Hinter der Familie drängten sich die Diener, und den Schluss bildeten die Klageweiber, die jammerten und Sand aufhoben und ihn sich aufs zerzauste Haar streuten. Sie wurden dafür bezahlt, und man maß die Bedeutung eines Toten an der Zahl der Weiber, die um ihn klagten. Aahotep hatte zweihundert eingestellt, alles was Waset zu bieten hatte, und ihr Schluchzen und wildes Gejammer wehte über den Fluss und wurde von Tausenden von Stadtbewohnern aufgenommen, die sich am Ostufer drängten, um ihrem König und Beschützer Lebewohl zu sagen.

Wenigstens Waset hat ihn geliebt und ehrt ihn, dachte Aahmes-nofretari. Auf einmal fing sie an zu weinen, bückte sich im Gehen, hob eine Hand voll ägyptische Erde auf, drückte den heißen Sand in ihrer Hand, ehe sie ihn über die Stirn rieseln ließ und sich ins Gesicht rieb.

Kamoses kleine Pyramide lag am südlichen Rand der Begräbnisstätte, ihr Vorhof öffnete sich nach Osten, damit er die aufgehende Sonne empfangen konnte. Dahinter erhob sich der viel größere Totentempel und das Grabmal seines Vorfahren Osiris Mentuhotep-neb-hapet-Re unmittelbar am Fuß der schroffen Felsen von Gurn. Als der Sarg vom Schlitten gehoben und aufrecht an die Wand des Grabmals gelehnt wurde, blickte sich Aahmes-nofretari um. Du befindest dich in guter

Gesellschaft, lieber Kamose, sagte sie zu ihm. Hier ruhen die Götter glücklicherer Zeiten. Du verdienst es, mitten unter ihnen zu liegen, denn wie sie hast auch du Ägypten geliebt und die Maat verehrt und für beides dein Leben gegeben.

Die Mitglieder des Trauerzuges schwiegen, als der Deckel des Sarges entfernt wurde. Aahmes-nofretari stockte der Atem, sie hob die Augen zu der Gestalt, die im Dunkel des Holzkastens stand. Im Geist durchdrang sie Lage um Lage von fest und kunstvoll gewickelten Binden und die Schutzamulette bis zu dem geliebten Menschen darunter, wie sie ihn hatte schlafen sehen, auf dem Rücken liegend, die Hände auf der sich sacht hebenden und senkenden Brust, das Gesicht reglos, aber dennoch still-belebt. Sie wusste, es war ein Trugbild, wusste, dass Kamose in Wirklichkeit etwas Braunes und Ausgetrocknetes und Steifes war, doch dem mochte sie noch nicht ins Auge sehen. Amunmose begann jetzt mit der Mundöffnungszeremonie und befreite damit die Sinne ihres Bruders. «Er war erst fünfundzwanzig», sagte sie lauter, als sie vorgehabt hatte. Sie spürte, wie Ahmose ihre Hand ergriff, seine Finger waren feucht, und da wusste sie, dass auch er weinte.

Als der Hohe Priester geendet hatte, klagten die Weiber wieder, und dann kniete sich ein Mitglied der Familie nach dem anderen hin und küsste die mit Leinen umwickelten Füße, die nach Myrrhe und Konservierungsbalsamen dufteten. Der Sarg wurde aufgehoben, und endlich trug man Kamose den langen, kahlen Gang entlang in den kleinen Raum, den kein Lebender je wieder sehen würde. In der Mitte war ein Steinsockel, auf dem er ruhen würde, und drum herum stellte man seine Möbel und seine persönliche Habe auf, die er brauchen würde. Es war erbärmlich wenig.

Aahmes-nofretari hatte einen Arm voll Frühlingsblumen,

die sie ihm auf die Brust legte, und seine Mutter ließ Blumen aus dem Garten auf ihn herabregnen, doch Tetischeri stand steif da, und die Tränen liefen ihr über die runzligen Wangen. «Ich habe dem Lebenden alles gegeben», hatte sie vorher gesagt, «der Tote bekommt nichts von mir. Diesen Tag gibt es nicht für mich.» Ahmose trat zu ihr, legte ihr mitleidsvoll und zärtlich den Arm um die zerbrechlichen Schultern, und zu Aahmes-nofretaris Verwunderung entzog sie sich ihm nicht, sondern ließ sich von ihm stützen, als der Deckel aufgelegt und verschlossen wurde, dann wandten sie sich endgültig ab. Aahmes-nofretari warf einen Blick zurück. Kamose lag bereits im Dunkeln, der Sarg mit seinem leblosen Inhalt war nur noch ein sperriger Umriss, der für immer reglos in diesem Dunkel bleiben würde.

Drei Tage lang hielten sich Gesinde und Familie in der Nähe des Vorhofes auf, speisten und tranken in seinem Andenken und beteten für die wohlbehaltene Reise seines Kas. In der zweiten Nacht nach der Bestattung konnte Aahmes-nofretari nicht schlafen. Schließlich stand sie auf, griff sich einen Umhang und verließ ihr Zelt. Die Nacht war still und kalt. Auf der anderen Seite des Flusses war Waset an wenigen schwachen goldfarbenen Lichtern zu erkennen, und der Nil strömte beschaulich dahin.

Es waren nur ein paar Schritte zur niedrigen Mauer des Hofes, und sie überquerte den unebenen, dunklen Boden rasch und ging zu dem gähnenden schwarzen Loch in der Seite der Pyramide, das morgen zugeschüttet und versiegelt werden würde.

Hier sank sie nieder, zog die Knie an und fing an zu flüstern, erzählte ihrem Bruder, wie sehr sie ihn geliebt hätte, erinnerte ihn an die gemeinsame Kindheit, fasste in Worte, was sie empfunden hatte, wenn seine Stimme aus einem anderen

Raum drang, während sie den Flur entlangging, in den Garten trat, hochblickte und ihn reglos auf dem Dach des alten Palastes sah, wie sein seltenes Lächeln sie gewärmt hatte. «Du bist unser Fels gewesen, unser Prüfstein, beharrlich und unnachgiebig, und ich habe nicht gemerkt, wie sehr wir uns alle auf dich gestützt haben», sagte sie leise. «Irgendwie war es selbstverständlich für uns, dass gerade deine Halsstarrigkeit uns immer schützen würde. Jetzt ist Ahmose König, und er macht es anders als du. Das war schon immer so, und das weißt du, lieber Kamose. Dennoch glaube ich, wenn Ahmose die Sache angefangen hätte, es wäre schief gegangen. Das kann nun nicht mehr geschehen, weil seine Zeit gekommen ist, aber du hast das Richtige, das einzig Richtige getan, und das wird dich vor den Göttern rechtfertigen.

Weißt du noch, wie wir einmal, als wir noch ganz klein waren, am neunzehnten Tag im Thot zu seinem Festtag nach Chemmenu zu Mutters Verwandten gefahren sind? Und wie mich Si-Amun in unserer ersten Nacht auf dem Schiff aus Versehen in den Nil geschubst hat und ich noch nicht schwimmen konnte? Der Fluss war gerade etwas angestiegen. Die Diener sind schreiend durcheinander gelaufen, und Si-Amun hat geweint, und Vater ist aus der Kabine gekommen und hat nicht gewusst, was der ganze Tumult sollte. Da bist du einfach die Laufplanke hinuntergelaufen, bist ins seichte Wasser gewatet und hast mich ans Ufer gezogen. Ich habe gehustet und gespuckt. ‹Du Dummchen›, hast du gesagt. ‹Schwimmen ist leicht. Das bringe ich dir bei, und wenn wir wieder zu Haus sind, bist du schneller als die Fische.› Selbst damals hast du schon für unsere Sicherheit gesorgt. Ich lasse nicht zu, dass du vergessen wirst. Ich lasse nicht zu, dass dein Andenken verzerrt wird. Die ägyptische Geschichte darf nicht …»

Doch die Worte erstarben ihr vor Entsetzen in der Kehle, denn im Dunkel des Eingangs zum Grabmal bewegte sich etwas. Eine Gestalt löste sich aus der Leere, kam japsend auf sie zu, und erleichtert erkannte sie Behek, der ihr den grauen Kopf in den Schoß legte. Sie nahm ihn in die Arme. «Wie bist du über den Fluss gekommen?», schalt sie ihn. «Hast du dich in die Dienerboote gedrängt? Was hast du da drinnen zu suchen gehabt? Morgen früh hätte man dich eingeschlossen, und niemand hätte gewusst, was aus dir geworden ist. Aber ich verstehe dich. Ach, ich verstehe dich.» Und sie barg das Gesicht an seinem warmen Hals und begann zu schluchzen.

Am Morgen wurden die letzten Gesänge gesungen, die Zelte abgeschlagen und die Essensreste vergraben. Maurer warteten an dem Eingang, der kalte Einsamkeit in die funkelnde Luft zu verströmen schien. «Amunmose kümmert sich darum, dass man die Siegel anbringt, wenn die Männer fertig sind», sagte Ahmose zu einer stillen Aahmes-nofretari. «Es ist vorbei, wir müssen gehen. Die Boote warten schon. Es gibt viel zu tun. Wie ist Behek hierher gekommen?» Aahmes-nofretari stieg in ihre Sänfte und zog die Vorhänge zu.

Nachdem sie das Ostufer erreicht hatten, verschwand Ahmose in Richtung Tempel, und die Frauen trennten sich vor ihren Gemächern. Aahmes-nofretari kam das Haus gereinigt vor und bar aller Unterströmungen von Gefühlen, und auf einmal war sie erschöpft. Sie legte sich auf ihr Lager, schloss die Augen und schlief tief und traumlos.

Abends wurde sie in die Gemächer ihrer Mutter gebeten, wo Ahmose bereits saß, Wasser trank und mit Aahotep plauderte. Er stand auf und begrüßte sie mit einem Kuss. «Du siehst besser aus», sagte er, nachdem er sie kritisch gemustert hatte. «Kamose ist jetzt fort. Sein Herz ist gewogen worden, er hat den Gerichtssaal verlassen und seinen Platz in der Heiligen Barke neben unseren Vorfahren eingenommen. Spürst du es nicht?»

«O doch», sagte sie. «Darum kommt mir das Haus wie … wie gesäubert vor.» Sie zog die Stirn in Falten. «Ramose tut mir Leid. Er muss Nofre-Sachuru nach Chemmenu begleiten und ihre Bestattung überstehen. Ist er schon zurück, Ahmose?»

«Ja. Nofre-Sachuru ist vollständig einbalsamiert, aber ich kann Ramose die nächsten Tage noch nicht freigeben. Morgen ist der letzte Tag im Pharmuthi. Für den ersten Tag im Pachons, den Sommeranfang, plane ich eine großartige Zeremonie im Tempel, und dabei muss Ramose anwesend sein. Ich kann nicht zum König gekrönt werden», fuhr er bedrückt fort. «Die Atef-Krone und die Doppelkrone befinden sich in Auaris. Aber ich habe vor, mich mit jedwedem feierlichen Reinigungs- und Ernennungsritual zum König von Ober- und Unterägypten ausrufen zu lassen und den Tag meines Kommens auf den ersten Tag des Sommers festzusetzen. So gehört es sich.» Er lächelte unvermittelt. «Jeder von Bedeutung in Waset, jeder neue Offizier, jeder Beamte wird mir Treue schwören müssen, darunter auch Ramose. Danach kann er reisen. Wenn ich mit dem Heer unterwegs nach Norden bin, fordere ich den gleichen Schwur von den Statthaltern der Nomarchen und den Söhnen derer, die Kamose verraten haben, und auch von der Bootstruppe. Du, Liebste, wirst im Tempel als meine Königin neben mir sitzen und die Huldigung aller entgegennehmen.» Er liebkoste ihre Wange. «Sorge dafür, dass Raa Ahmose-onch so prächtig wie nur möglich herausputzt. Er kann als deutlich sichtbarer Falke-im-Nest zwischen uns stehen. Wir müssen unsere Macht nach außen hin zeigen.»

Dann wurde er sachlich und wandte sich an seine Mutter. «Aahotep, ich möchte, dass du so viel Schmuck anlegst und Pracht entfaltest, wie du möchtest, aber trage bitte das Hemdkleid, in dem du Meketra erstochen hast. Ich weiß, du hast es noch.»

«Ahmose!», entsetzte sie sich. «Nein! Niemals! Ich ertrage es nicht auf meinem Körper!»

«Ich will, dass alle den Triumph der Taos sehen. Ich will, dass sie unseren Sieg sehen, einen Sieg, der nicht mit schönen Worten und harmlosen Gesten errungen wurde, sondern im Kampf. Untreue bedeutet Tod. Ich will, dass alle das endlich begreifen.»

«Es gibt tausend andere Arten, wie du ihnen das vermitteln kannst», wehrte sich Aahotep hitzig. «Das ist nicht nur völlig geschmacklos, Ahmose, es riecht nach Wahnsinn. Nein. Ich trage es nicht.» Da stand er bedächtig auf und verschränkte die Arme.

«Ich weiß, dass du dich bei dem Gedanken ekelst», entgegnete er fest, «aber ich habe mehr als nur einen Grund für diese Bitte. Es ist nicht die Bitte deines Sohns, Aahotep. Es ist ein Befehl deines Königs.» Sie wurde sehr blass.

«Und wenn ich mich weiterhin weigere?»

«Dann ziehst du dir nicht nur mein äußerstes Missfallen zu, sondern verdirbst mir auch die Überraschung, die ich für dich habe. Bitte, vertraue mir, Mutter. Ich liebe dich mehr, als je ein Sohn seine Mutter geliebt hat, denn du hast mir nicht nur das Leben geschenkt, sondern es auch vor der Keule des Meuchelmörders bewahrt. Vertraue mir und weigere dich nicht.» Sie blickte ihn lange und prüfend an, die Hände locker vor dem Leib verschränkt, und allmählich wurde ihre Miene weicher.

«Niemand außer deinem Vater hätte mich um so etwas bitten, geschweige denn es fordern dürfen und damit Erfolg gehabt», sagte sie schließlich. «Na schön, Ahmose, ich trage das Hemdkleid.» Er strahlte auf einmal, ging zur Tür und war verschwunden.

Die beiden Frauen blickten sich an. «Der Schlag auf seinen Kopf ...», fing Aahotep stockend an, doch Aahmes-nofretari unterbrach sie mitten im Satz.

«Nein, das glaube ich nicht. Bislang ist er in allem, was er seit seiner Genesung gesagt und getan hat, sehr vernünftig gewesen. Er weiß, was er dir abverlangt und warum.»

«Trotzdem ekle ich mich davor», sagte Aahotep und fröstelte. «Bleibe ein Weilchen bei mir, Aahmes-nofretari. Wir könnten doch Senet spielen oder uns unterhalten.»

Der Morgen des ersten Tages im Pachons dämmerte herauf und versetzte das Haus in Aufregung. Ahmose hatte die Nacht in einem der Vorzimmer des Tempels verbracht, hatte Achtoi und seinen Leibdiener mitgenommen, weil er in den dunklen Stunden beten und meditieren, gereinigt werden und Amunmose zum letzten Mal bei den ersten Waschungen des Gottes zusehen wollte. Wenn er erst König war, hatte er das Vorrecht, das Allerheiligste allein zu betreten und sich anstelle des Hohen Priesters um die Bedürfnisse des Gottes zu kümmern, falls es ihm so beliebte, doch an diesem wichtigen Tag wollte er den letzten Rest seiner Jugend genießen.

Das war ein merkwürdiger Satz, und Aahmes-nofretari dachte darüber nach, während Raa das rote, golddurchwirkte Hemdkleid herauslegte, das sie tragen wollte, und die Kosmetikerin mit kundiger Hand einen Tropfen Wasser auf das schwarze Kohlpulver in dem Tiegelchen tropfte. Für seine Frau war es Meketras Hieb gewesen, der Ahmoses Jugend beendet hatte, und die kleinen, jedoch deutlichen Veränderungen waren nicht zu übersehen. Er ist erst zwanzig, überlegte sie und schloss die Augen, als die Kosmetikerin sie leise darum bat. In den letzten fünf Jahren ist so viel geschehen, dass wir uns allesamt verändert haben. Bisweilen vergesse ich, dass ich noch nicht so uralt wie Tetischeri und mindestens fünfundsechzig bin, und gehe davon aus, dass Ahmose ähnlich empfindet.

Sie hatte für das Hemdkleid einen Gürtel aus dünnen Goldgliedern gewählt, dazu weiße, mit Jaspis besetzte Ledersandalen. Ihre Perücke war schwer, fünfzig Zöpfe fielen ihr fast bis auf die Hüfte und stießen sacht an die mit goldenen Armbändern geschmückten Arme. Um einen Oberarm schlang sich ein Band mit den Flügeln von Mut, der Geiergöttin, der Schutzgöttin der Königinnen, deren Raubtierschnabel nach hinten gerichtet war, um Aahmes-nofretari vor allen Angriffen zu beschützen. In Gold gefasste grüne Skarabäen zierten ihre Finger, und in ihren Ohrläppchen hingen blaue Skarabäen aus Lapislazuli.

Ehe man ihr die Perücke aufsetzte, hatte Raa ihr behutsam ein schweres Pektoral auf die Brust gelegt, das ihr Ahmose am Tag zuvor geschenkt und das sie verwundert entgegengenommen hatte. «Tut mir Leid, dass kein Silber darin ist», hatte er sich entschuldigt. «Ich habe das ganze Silber, das ich auftreiben konnte, für andere Zwecke gebraucht. Trotzdem ist es schön. Die Goldschmiede im Tempel haben lange darüber geschwitzt. Trage es als Königin, die du bist.»

Sie war zu benommen, um nachzufragen, was er mit dem Silber gemacht hatte, denn das war ein wegen seiner Seltenheit hoch geschätztes Metall und knapp in Waset, doch als das Pektoral jetzt auf dem durchsichtigen Kleid auf ihrer Brust lag, fiel ihr die unausgesprochene Frage wieder ein.

Ahmose hatte sie gebeten, kein Geschmeide auf dem Kopf zu tragen. Aber ich komme mir damit bei einer so feierlichen

Angelegenheit schlecht gekleidet vor, dachte sie und legte den Kopf schief. Auf die Perücke gehört etwas. Er hat vor, mich zu krönen, oder? Bei der Erkenntnis durchzuckte sie Angst. Man kann durchaus zum Exerzierplatz laufen, die Soldaten unter Druck setzen und an seine Haushaltspflichten zurückkehren, sagte sie sich. Aber die Verkörperung einer Göttin zu sein, das ist etwas ganz anderes. «Raa, sieh nach, ob meine Mutter fertig ist, und überzeuge dich, dass Ahmose-onch seine Sandalen nicht wieder ausgezogen hat», befahl sie. «Sag Uni, er soll dafür sorgen, dass sich Großmutter beeilt. Anchmahor hat die Sänften gewiss schon zum Vordereingang bringen lassen.» In der kleinen, darauf folgenden Stille holte Aahmes-nofretari tief und langsam Luft und fasste vorsichtig nach dem Pektoral. Dieser Tag ist auch der letzte meiner Jugend, sagte sie sich. Ich bin eine Prinzessin gewesen, bin zum zweiten Mal verheiratet, habe Kinder geboren, aber dabei bin ich stets ein junges Mädchen geblieben. Der Aufstand hat meiner Jugend eine tödliche Wunde versetzt, doch heute stirbt sie endgültig.

Draußen waren die Diener zusammengelaufen, sie wollten ihre Herrinnen in ihrer ganzen ungewohnten Pracht sehen, und die mit Bändern und Blumengirlanden geschmückten Sänften warteten auf dem Rasen. Auch Anchmahor war sorgfältig geschminkt, seine großen Augen waren mit Kohl umrandet, sein Mund war hennarot. Auf dem Kopf trug er ein blauweiß gestreiftes Leinenkopftuch in den altehrwürdigen Farben Ägyptens, an seinem Gurt hing ein Schmuckdolch. Er trug weiße Lederhandschuhe.

Als sie sich in den Kissen niederließ, tauchten Uni und Kares auf. Trotz ihrer zahlreichen morgendlichen Pflichten hatten beide das offizielle Haushofmeistergewand angelegt, schlichte, bauschige weiße Tuniken, die ihnen bis auf die Knöchel fielen und mit Gold gesäumt waren. Ihre Oberarme waren mit schlichten, dicken Goldreifen geschmückt, die ihre höhere Stellung in der Haushaltshierarchie verdeutlichten, und um die kurzen Perücken hatten sie sich blauweiße Bänder geschlungen.

Tetischeri ging vom Kopf bis zu den winzigen braunen Füßen in Gold. Goldblätter glänzten auf ihrem gelben Hemdkleid, goldene Lotosblumen schaukelten in ihren Ohrläppchen, Gold schimmerte auf ihrer Perücke, und auf ihren geschminkten Wangen funkelte Goldstaub. Doch Aahmes-nofretari erschrak nicht beim Anblick ihrer Großmutter, sondern bei dem ihrer Mutter, und sie tat ihr Leid. Aahotep trug keinerlei Schmuck. Ihre Perücke war glatt und schulterlang. Arme und Hals waren bloß, und an den Füßen hatte sie ein Paar lange getragene und ziemlich abgewetzte Ledersandalen. Sie näherte sich langsam, reckte das Kinn und versuchte erst gar nicht, die hässlichen braunen Flecken auf dem weißen Hemdkleid zu verbergen. Und während Aahmes-nofretari zusah, löste sich ein Stück der Kruste vom Rock und wehte zu Boden.

Erschrockenes Gemurmel lief durch die Reihen, doch Aahotep überhörte es. Anchmahor eilte herbei und hielt den Vorhang ihrer Sänfte auf, und als sie wohlbehalten drinnen war, zog er ihn fest zu. Tetischeri bückte sich und spähte zu Aahmes-nofretari hinein. Sie lächelte spitzbübisch. «Ich weiß, warum Ahmose sie gezwungen hat, das zu tragen», sagte sie fröhlich. «Er ist gestern Abend zu mir gekommen und hat es mir erklärt. Wir haben eine hoch interessante Unterredung gehabt.» Das war schlau und auch klug von dir, lieber Gemahl, dachte Aahmes-nofretari. Mach Großmutter zu deiner Verbündeten, glätte ihre geplusterten Federn, und schon zieht sie die Krallen ein.

«Hat das etwas mit dem Silber zu tun, das Ahmose, wie er sagt, gesammelt hat?», fragte Aahmes-nofretari, ganz gegen ihre Gewohnheit neugierig. «Will er dem Tempel in ihrem Namen einen Schrein oder eine Statue weihen?» Tetischeri blickte ausdruckslos.

«Silber?», sagte sie schneidend. «Nicht dass ich wüsste. Aber hoffentlich ist er nicht zu großzügig gegenüber Amuns Priestern, nicht mit Silber. Dazu ist es zu knapp. Wenn er Apophis besiegt hat und der Handel wieder normal läuft, haben wir alles Silber, das wir uns leisten können, aber jetzt noch nicht.» Sie hätte weitergeredet, doch Ahmose-onch unterbrach sie.

«Mutter, du siehst hübsch aus», sagte er. Aahmes-nofretari schenkte ihm ein Lächeln. Seine klaren braunen Augen waren mit Kohl umrandet. Eine lange, goldene Träne, die in einem winzigen Falken mit geschlossenen Flügeln endete, hing in einem seiner kleinen Ohrläppchen, und um beide Handgelenke schlangen sich goldene Armbänder.

«Und du siehst in deinem gefältelten Schurz und den neuen Sandalen sehr schön aus», antwortete sie. «Nein, Ahmose-onch, hör auf, mit deiner Locke zu spielen, sonst verlierst du die Spange und dein Zopf geht auf.»

«Aber er kitzelt mich im Nacken», quengelte er. «Wann kann ich die Sandalen ausziehen? Meine Füße sind so heiß.»

«Komm her, setz dich neben mich.» Sie klopfte auf die Kissen. «Ich muss dir etwas erzählen. Anchmahor, wir wollen los!»

Der rief sofort einen Befehl. Die Sänften wurden hochgehoben, die Wachen ordneten sich dahinter und davor, und der Zug setzte sich in Richtung Flusspfad in Bewegung. Unterwegs nahm Aahmes-nofretari die kleine Hand ihres Sohnes in die eigene und erklärte ihm, warum man ihn geschminkt und sorgfältig angezogen habe, warum er seine Sandalen anbehalten müsse und die Bedeutung dessen, was im Tempel passieren würde. Er hörte gut zu, seine leuchtenden, klugen Augen hingen an ihren Lippen. «Dann ist Vater jetzt, wo Onkel Kamose tot ist, König von ganz Ägypten?», erkundigte er sich.

«Ja», antwortete sie. «Und das will er heute verkünden, und jeder verspricht dann, alles zu tun, was er sagt, und nicht so ungehorsam zu sein wie einige der Edelleute und Soldaten deinem Onkel gegenüber.»

«Sie haben ihn umgebracht, ja?», sagte er eher munter als betrübt. «Sie haben ihn totgeschossen.»

«Ja, das haben sie.»

«Und du und Großmutter, ihr habt sie bestraft.» Er klatschte sich fröhlich auf die braunen Knie. «Und wenn Vater stirbt, bin ich dann König?»

«Ja.»

«Gut. Wenn ich der König bin und alle tun müssen, was ich sage, stecke ich alle Soldaten und Edelleute einmal im Jahr ins Gefängnis, dann sind sie schön artig.»

«König zu sein ist gar nicht so leicht, Ahmose-onch», sagte sie mit einem Seufzer. «Sogar Könige müssen den Gesetzen der Götter gehorchen, und die Maat bestimmt, dass niemand ohne Grund ins Gefängnis geworfen werden darf. Ägyptische Könige sind nicht wie die Wilden in anderen Ländern, wo ohne Re regiert wird.» Sie zog die Vorhänge auf.

Hinter der schützenden Reihe der Wachen rechts und links des Flusspfades drängelten sich jubelnde Bürger. Als die Vorhänge der Sänfte aufgezogen wurden und Aahmes-nofretari und ihr Sohn zu sehen waren, brandete der Jubel noch lauter. Waset wusste, was sie und Aahotep getan hatten, und war dankbar.

Die Sänftenträger waren gezwungen, langsamer zu gehen, als sie nach links abbogen und an dem kleinen Kanal entlangtrabten, der zu Amuns Pylon führte, wo sich die Menschen dicht an dicht drängten, und als die Familie gleich darauf auf dem Vorhof ausstieg, stand auch der voller Menschen, jedoch bedeutendere Persönlichkeiten aus Waset, die sich feierlich verbeugten. Aahmes-nofretari musste an ein Kornfeld denken, über das der Wind weht, als sie Ahmose-onch seinem Kindermädchen übergab und mit Mutter und Großmutter neben sich zum Innenhof schritt.

Weihrauch duftete und wölkte zum Himmel. Aahmes-nofretari, die den Geruch mochte, sog ihn genüsslich ein und spähte durch die geöffneten Türen in das Allerheiligste dahinter. Amun lächelte ihr rätselhaft zu, die Hände auf die Knie gelegt, die Füße in Blumen verborgen, auf seiner glatten Brust eine Blumengirlande. Sie bekam ihn nur selten zu sehen. Fast das ganze Jahr über war er vor gottlosen Blicken wohl verwahrt in seinem Heiligtum verborgen, herrschte durch seine Priester und Orakel und war für die meisten seiner Untertanen eine gütige, unsichtbare Gegenwart.

Aahmes-nofretari fiel zusammen mit Tetischeri und Aahotep auf die Knie und legte die Stirn auf die Fliesen. Als sie aufstanden, stolperte Aahotep und fiel hin, doch das ging mehr oder weniger im Plinkeplink der Fingerzimbeln und dem Schütteln des Sistrums unter. Als Aahmes-nofretari die Notlage ihrer Mutter bemerkte, stürzte bereits ein junger Mann aus den Reihen der Priester herzu, die vor dem Allerheiligsten standen, und fiel neben ihr auf die Knie. «Tu so, als ob du zum zweiten Mal huldigst, Majestät», hörte Aahmes-nofretari ihn sagen. «Das macht aus dem Schnitzer tiefe Ehrerbietung, und der Gott wird dich dafür segnen.» Aahotep war offensichtlich verstört und gehorchte. Neben ihr legte auch er die Stirn auf den Boden, stützte sie unter dem Ellenbogen und half ihr beim Aufstehen.

Vor das Heiligtum und vor die Männer und Frauen hatte man im Innenhof zwei Stühle und einen Schemel gestellt. Hinter den Stühlen standen die Priester, flankiert von den heiligen Sängerinnen und Tänzerinnen. Jetzt nahte Amunmose von einer der Zellen, die den Hof säumten, begleitet von seinen mit Weihrauch beladenen Tempeldienern. Er trug das Leopardenfell seiner hohen Stellung über der Schulter und hielt den Stab seines heiligen Amtes in der Hand. Ihm folgte Ahmose in einem schlichten weißen Schurz, barfuß und nur mit einem viereckigen, geknoteten Leinentuch auf dem Kopf. Dann kamen drei Priester, von denen jeder feierlich einen Kasten trug. Die Sängerinnen stimmten einen melodiösen Gesang an. Majestätisch führte der Hohe Priester Ahmose zu einem der Stühle und verbeugte sich.

Ahmose setzte sich nicht. Sein Blick schweifte kurz über die Versammelten, kreuzte sich mit dem seiner Frau, und er grüßte sie mit einem aufblitzenden Lächeln. Er hob die Hand, und sofort hörte der Gesang auf. Atemlose Stille. «Günstlinge Ägyptens», rief Ahmose, dass es von der steinernen Decke widerhallte. «Heute folge ich meinem Bruder als Herrscher der Zwei Länder und Geliebter Amuns. Von nun an bestimme ich den ersten Tag des Sommers zum Jahrestag meines Kommens als Inkarnation des Gottes hier auf Erden. Ich verpflichte mich, die Gesetze der Maat zu wahren, die zu belohnen, die mir treu dienen, und die gerecht zu bestrafen, die es nicht tun. Als rechtmäßiger Erbe der Herrscherrechte meiner Ahnen nehme ich die ägyptische Königswürde an. Aahotep, komm her.» Seine Mutter trat vor, und er nahm sanft ihren Arm und drehte sie um, sodass sie vor der Menge stand. «Das hier ist der Lohn des Verrats», sagte er und zeigte auf ihr

Hemdkleid, «und er wurde rücksichtslos von einer Frau eingefordert, die selbst Frau eines Königs ohne Krone ist. Wer könnte bei so viel Mut und Adel noch den Anspruch des Hauses Tao leugnen? Seht sie euch gut an und denkt über das nach, was ihr gesehen habt.» Aahmes-nofretari merkte, dass jemand an ihrem Hemdkleid zupfte, und blickte nach unten.

«Warum hat Großmutter ein dreckiges Kleid an?», flüsterte Ahmose-onch laut. «Schimpft Vater sie jetzt aus?»

«Sei still», gab Aahmes-nofretari flüsternd zurück. «Das erkläre ich dir später.»

«Auch ich bin ein König ohne Krone», sagte Ahmose gerade. «Die heiligen Insignien – Hedjet, Deschret, Atef, Heka und Nechacha – sind in gotteslästerlicher, fremdländischer Hand. Sogar die Herrin der Flamme und die Herrin der Furcht sind im Norden. Aber ich werde die Weiße und die Rote Nefer, Atef, Zepter und Geißel zurückholen, und wenn das geschehen ist, feiern wir eine richtige Krönung, hier, vor Amun, mitten in dieser Stadt.» Er ließ Aahotep los, doch die hatte sich gar nicht bewegt. Sie stand noch immer aufrecht und bleich da, und die braunen Spritzer auf ihrem befleckten Leinen waren Warnung und Zeugnis zugleich. «Heute nehme ich nur die Nemes als Symbol an, dass ich und mein Volk eins sind», fuhr Ahmose fort. «Und ich ziehe neue Sandalen an, damit ich den neuen Weg, den mir der Gott bestimmt hat, gehen kann. Aber täuscht euch nicht. Nicht die Doppelkrone beinhaltet Macht, sondern der Mensch, den Gott dazu ausersehen hat, dass er sie trägt. Lasst uns fortfahren. Bringt Schemel für meine Mutter und Großmutter.»

Er winkte. Aahmes-nofretari sah mit Besorgnis, dass Aahotep beim Gehen das Humpeln zu verbergen versuchte. Unter Aahoteps zersplittertem Fußnagel sickerte Blut hervor, und Aahmes-nofretari wurde wie schon oft von abergläubischer

Furcht gepackt. Ein schlechtes Vorzeichen für Ahmoses Herrschaft, dachte sie. Das darf niemand sehen. Was soll ich nur tun?

Doch derselbe junge Priester, der Aahotep vorhin zu Hilfe gekommen war, hatte sie auch im Blick behalten. Beherzt trat er zu ihr, fiel anmutig vor ihr auf die Knie, und während er ihr die Füße zu küssen schien, schaffte er es, die Blutstropfen mit dem Saum seines Gewandes abzuwischen. Aahotep starrte bewusst geradeaus, kümmerte sich nicht darum, und als er sich entfernte, sah Aahmes-nofretari, dass sie die Füße unter ihr bauschiges Kleid zog.

Ahmose saß jetzt. Der erste Kasten wurde geöffnet, und Amunmose holte ein Paar prächtige Sandalen heraus, geziert mit Blattgold und viel Lapislazuli und Jaspis, und die wurden Ahmose ehrerbietig übergestreift. Dann schwenkte der Hohe Priester das Weihrauchfass über Ahmose und griff zum zweiten Kasten.

Er nahm ein Pektoral heraus, und erschrocken erkannte Aahmes-nofretari den Schmuck, den Kamose für sich in Auftrag gegeben hatte, doch die Königskartusche war verändert worden. Sie enthielt nicht mehr Kamoses Namen, stattdessen umfingen Nechbet und Wadjet nun Ahmoses Namen. Aahmes-nofretari stieg ein Kloß in die Kehle, als das wunderschöne Andenken an Kamoses Hoffnungen ihrem Mann umgelegt wurde. Das bedeutet für ihn nicht Triumph über Kamose, sagte sie sich bekümmert. Für ihn ist es ein Bindeglied zu seinem Bruder, ein Versprechen, dass er alles, was Kamose angefangen hat, zu Ende führen will. Aber für mich bedeutet es nur Herzeleid.

Der letzte Kasten enthielt einen Nemes-Kopfputz, erlesen in Streifen aus Dunkelblau und Gold gefertigt und mit einem Band aus lauterem Gold eingefasst, auf dem sich schlichte

Abbilder der Uräus, der Geiergöttin der Furcht und Schutzgöttin des Südens, und der Kobragöttin der Flamme, Schutzgöttin des Nordens, funkelnd aufbäumten. Unter feierlichen Worten nahm Amunmose Ahmose das Leinenkopftuch ab, ersetzte es durch die Nemes und ordnete die Zipfel auf seinen Schultern. Es war das letzte Mal, dass man den heiligen Kopf des Königs in der Öffentlichkeit unbedeckt sehen würde.

Jetzt stand Ahmose auf und hob die Arme. Beifall brauste auf, einmütig warf sich alles nieder und drückte die Stirn auf den Steinboden. Auf Ahmoses Wink hin trat Herold Chabechnet vor. «Hört die Wünsche des Königs!», rief er, und da erstarb der Beifallssturm. «Als Erstes möchte Seine Majestät kundtun, dass er, bis Ägypten gesäubert ist, von den fünf Titeln, die ihm zustehen, nur die drei annehmen wird, die zu seiner Gottheit gehören. So ist er fürs Erste Uatsch-Cheperu Ahmose, Sohn der Sonne, Horus, Goldhorus. Der König hat gesprochen.» Er schwieg. «Zweitens möchte Seine Majestät jetzt seiner geliebten Aahmes-nofretari, Tochter des Mondes, eine Königinnenkrone aufsetzen, damit Ägypten ihr als Gemahlin des Gottes huldigen und sie als die Schönste im Land preisen kann. Der König hat gesprochen.»

Er zog sich zurück, und Ahmose stand auf. Er hob einen vierten Kasten auf, der neben seinem Stuhl gestanden und den Aahmes-nofretari gar nicht bemerkt hatte, öffnete ihn und holte ein Golddiadem mit dem Abbild der Göttin Mut heraus. Ungemein behutsam, zärtlich und stolz setzte Ahmose es auf Aahmes-nofretaris Perücke. «Die Beute aus den Schatzschiffen dürfte mittlerweile beklagenswert gering geworden sein, Majestät», murmelte sie, als er ihr das Gesicht näherte, und da lächelte er bedächtig.

«Schlimm, schlimm», murmelte er. «Aber warte, bis ich

fertig bin. Ich bete dich an, meine unwiderstehliche Kriegerin.» Erneut brauste Beifall auf.

Ahmose nahm nicht wieder Platz, sondern hob die beringte Hand. «Ich habe jetzt eine feierliche und sehr wichtige Pflicht zu erfüllen», sagte er mit laut hallender Stimme. «Aahotep, meine Mutter, komm her und stelle dich vor mich.» Aahotep verließ ihren Schemel. Sie war um Haupteslänge kleiner als Ahmose, und so konnte man bei seinen nächsten Worten seinen hennaroten Mund über ihrer schlichten, ungeflochtenen Perücke sehen. «Ein König hat drei Belohnungen, die er verdienstvollen Untertanen geben kann», sagte er. «Die eine, das Gnadengold, kann Bürgern für außerordentliche Treue zum König, für hingebungsvolle Arbeit für den König oder für herausragende Verwaltungstätigkeiten verliehen werden. Die anderen beiden, das Tapferkeitsgold und das Fliegengold, erhalten nur Soldaten, ganz gleich ob gemeine oder höhere, die in der Schlacht beispielhaften Mut bewiesen haben. Noch nie hat eine Frau das Tapferkeitsgold oder das Fliegengold bekommen. Und von beiden ist das Fliegengold am seltensten. In der ganzen Geschichte Ägyptens ist es nur viermal verliehen worden, und heute ist es das fünfte Mal.»

Er streckte die Hand aus, und Amunmose legte einen dünnen Goldreif hinein, an dem drei goldene Fliegen hingen. «Ich habe hier, auf heiligem Grund, eine Stele aufstellen lassen», fuhr Ahmose fort. «Ich erzähle euch, was darauf steht. ‹Aahotep ist ein Mensch, der die Riten befolgt und sich um Ägypten gekümmert hat. Sie hat für Ägyptens Soldaten gesorgt und sie beaufsichtigt. Sie hat die Flüchtenden zurückgeholt und die Deserteure zusammengetrieben. Sie hat Oberägypten befriedet und die Rebellen vertrieben.› Das habe ich dem diktiert, der die Worte gemeißelt hat. Mehr muss auf Stein nicht gesagt werden, aber ihr alle wisst, dass sie mir nicht nur das

Leben gerettet, sondern sich auch an der Unterdrückung der Meuterei unter den Soldaten beteiligt hat. Kein Mann verdient es mehr als diese Frau, dass man ihr eine so hohe Belohnung umhängt, die nun auf den blutigen Zeichen ihrer Tapferkeit ruhen kann. Aahotep, hebe den Kopf. Ich belohne dich mit dem Fliegengold und verleihe dir einen neuen Titel, Nebet-ta, Herrin des Landes.»

Ahmose legte seiner Mutter die Kette um und trat zurück. Aahotep drehte sich um. Sie wirkte benommen. Und wieder brauste Jubel auf, während ihr die Tränen über die Wangen liefen. Amunmose ergriff ihren Arm und geleitete sie zu ihrem Schemel.

«Ich freue mich, dass dir meine Überraschung gefällt», sagte Ahmose. «Machen wir weiter. Ahmose-onch, komm her.» Der Junge ließ die Hand seiner Kinderfrau los, näherte sich neugierig und kletterte auf die Knie seines Vaters.

Was für ein sonderbare Mischung aus Formalität und Spontaneität, dachte Aahmes-nofretari, und so ganz und gar Ahmose. Kamose hätte das ganz anders gemacht. Er wollte uns die Vergangenheit wiedergeben, aber langsam erkenne ich, dass mein Mann Ägypten nicht nur erneuern, sondern auch wieder beleben will. Ihm gelingt es, Tradition mit Impulsivität zu vereinen, ohne dass er dabei an Würde verliert. Das ist, als ob man mit einem faszinierenden Fremden verheiratet ist.

Der Lärm ebbte ab. Ahmose winkte. «Hor-Aha, bring die Armbänder», befahl er, und sein General schob sich mit einem Kasten durch die Priesterschar. Aahmes-nofretari verlagerte das Gewicht und sah, dass er bis zum Rand mit breiten Silberarmbändern gefüllt war. «Ihr werdet jetzt allesamt mir, der Gemahlin des Gottes und dem Falken-im-Nest Ahmose-onch Treue schwören.» Ahmose erhob die Stimme. «Jeder

Fürst und Edelmann, jeder Nomarch und Verwalter. Und das nicht nur hier, sondern überall auf dem Weg nach Norden, und dieses Ritual ist keine reine Formsache. Euer Eid bindet euch völlig. Ich habe beschlossen, hier in Waset fünf stehende Divisionen einzuquartieren. Alle elf Divisionen haben neue Hauptleute, aber zunächst sind ihre Befehlshaber an der Reihe.» Er nickte Chabechnet zu.

«Die Amun-Division. General Turi, der Befehlshaber der Angriffstruppe Fürst Anchmahor, der Standartenträger Idu.» Die drei Männer traten vor, geführt von Ahmoses Kindheitsfreund. Sie warfen sich bäuchlings zu Boden, küssten Ahmose die Füße und beide Hände, richteten sich etwas auf und huldigten Ahmose-onch auf die gleiche Weise, und der lachte entzückt. Darauf huldigten sie Aahmes-nofretari ebenso ehrerbietig. Ahmose hieß sie aufstehen und überreichte jedem ein Armband.

«Das Zeichen eurer Verantwortung», sagte er. «Benutzt es nicht als Keule, mit der ihr eure Untergebenen schlagt, und auch nicht als Baum, hinter dem ihr euch versteckt. Geht mit dem Segen eures Gebieters.»

«Die Re-Division», rief Chabechnet jetzt. Aahmes-nofretari lauschte aufmerksam. Sie kannte nur sehr wenige der Männer, die vor ihr niederfielen. Er hat genau das getan, was er gesagt hat, dachte sie. Die meisten dieser Soldaten kommen aus dem Mannschaftsglied. Sie blickte verstohlen zu Mesehti und Machu hinüber, konnte ihre Mienen jedoch nicht deuten. Ramose dicht neben ihr sah gequält, jedoch ruhig aus.

Die beiden anderen Divisionen, die in Waset einquartiert wurden, waren die Horus-Division und die Montu-Division. Aahmes-nofretari war auf einmal müde. Die prächtige Königinnenkrone drückte hinter den Ohren, und der Rücken tat ihr weh. Dafür hat er also das ganze Silber gebraucht, dachte sie. Kein Wunder, dass er so viel Zeit im Tempel verbracht hat.

Ahmose-onch rutschte jetzt hin und her und quengelte leise. Ahmose brachte ihn vorübergehend zum Schweigen, und nach Protestgeschrei steckte er den Daumen in den Mund und schlief an der Brust seines Vaters ein. Als er sacht gerüttelt wurde und aufwachte, hatte Kamoses Pektoral einen Abdruck auf seiner Wange hinterlassen.

Musik erklang, und frischer Weihrauch stieg auf, als sie aus dem Tempel traten, und draußen ließ die begeisterte Menge Blütenblätter auf sie herabregnen. Ahmose-onch gähnte. Aahotep verbarg ihr Hinken. Auf einmal blieb sie stehen und sagte zu ihrem Haushofmeister: «Kares, geh zurück und hole mir den jungen Priester. Du weißt schon, welchen.» Sie warteten, und bald darauf kehrte Kares mit dem jungen Mann zurück. Als er Aahotep erblickte, machte er mehrere tiefe Verbeugungen und hob ihr flehend die Handflächen entgegen. «Hab keine Angst», sagte Aahotep freundlich. «Ich möchte dir danken, nicht dich bestrafen. Wie heißt du, und welchen Rang hast du?»

«Erlauchte, ich heiße Yuf», stammelte er. «Ich bin Weeb-Priester und diene den Dienern des Gottes.»

«Also, Yuf, du hast heute große Geistesgegenwart bewiesen», sagte Aahotep. «Ganz zu schweigen von deinem kessen Einfallsreichtum. Ich brauche einen eigenen Priester. Wenn du mir dienen möchtest, komme morgen ins Haus und frage nach Kares.» Sie wartete die Antwort nicht ab, sondern hinkte schnurstracks zu ihrer Sänfte.

Nachts, nach einem Festessen mit Musik, Reden, Girlanden, Wein und Zechgelage ruhte Aahmes-nofretari auf dem Lager ihres Mannes und genoss die himmlische Stille. Sie hatten sich gerade geliebt, und Ahmose hatte die Lampe ausgeblasen. Dunkelheit umgab sie, beruhigend und ersehnt. «Komm», sagte er. «Leg deinen Kopf an meine Schulter und schlafe neben mir. Billigst du, was ich heute getan habe, Aahmes-nofretari? War es klug?»

«Ich glaube schon», antwortete sie schlaftrunken. «Vorausgesetzt, du vergisst nicht, die Fürsten etwas höflicher zu behandeln als bei dir üblich, und ihnen die versprochenen Titel zu verleihen. Sie sind nicht dumm, Ahmose. Gewiss haben sie gemerkt, dass du ihre Macht gewaltig beschnitten hast. Du musst ihnen ein paar Knochen hinwerfen.» Er knurrte, und darauf herrschte kurz Schweigen. Sie glaubte, er wäre eingeschlafen, aber auf einmal spürte sie, dass er sich bewegte.

«Ach, übrigens», sagte er leichthin, «das habe ich ganz vergessen, dir zu erzählen. Ich habe dich zum Zweiten Propheten Amuns ernannt. Amunmose hat meinen Beschluss abgesegnet.» Vor Schreck wurde sie völlig wach.

«Aber warum?», rief sie. «Du hast mir genug Pflichten übertragen: die Haussoldaten und die Aufsicht über den Bau eines Dorfes für die neuen Divisionen! Wie soll ich bei all der Arbeit noch Aufgaben im Tempel wahrnehmen?» Er sagte nichts, und da ging ihr auf, dass sie die Antwort selbst finden musste. «Du brauchst einen Spion im Tempel, ja?», sagte sie langsam. «Du hast Amunmose gern, aber du traust ihm nicht, nein, du musst wissen, ob du ihm weiterhin trauen kannst. Der Tempel ist eine Welt für sich, und ich soll das Verbindungsglied zwischen dieser und unserer sein.»

«Ja.» Das flüsterte er beinahe. «Es ist eine Ehre, dem Gott zu dienen, Aahmes-nofretari, und wie Kamose verehre auch ich ihn und bin bereit, seinen Willen zu tun. Seine Diener jedoch sind so schwach, wie Menschen eben sind. Ich kann mir keine Überraschungen leisten. Ich möchte nicht nach Haus kommen und hier herrscht Aufstand, nein, niemals.» Sie biss sich auf die Lippen, bei ihr Anzeichen einer gewissen Beunruhigung, was er jedoch nicht sehen konnte.

«Du vertraust niemandem so ganz, nicht wahr, mein Gemahl?», sagte sie.

«Nur dir, meine schöne Königin», gab er zurück, doch seine Stimme klang fröhlich. «Nur dir.»

DRITTES KAPITEL

Am folgenden Nachmittag brachen Ahmose, die Medjai und das Waset-Kontingent nach Norden auf. Ahmose stand oben an der Bootstreppe, hatte die kleine Hand von Ahmose-onch in seiner und war erschöpft, aber zufrieden. Ich habe nicht gewusst, ob ich es schaffe, dachte er. Das Ganze war ein Wagnis, aber ich habe die Grundlagen zu einer neuen Streitmacht gelegt, habe meine Kontrolle über den Großteil Ägyptens bekräftigt und die Macht der Fürsten gebrochen, obwohl sie es noch gar nicht gemerkt haben. Nun steht nur noch Apophis zwischen mir und der vollkommenen Beherrschung Ägyptens.

Er warf Hor-Aha einen verstohlenen Blick zu. Der General unterhielt sich leise mit Anchmahor, eine schwarze Hand lag locker auf dem Schwertknauf, die andere gestikulierte gemessen. Anchmahor blickte zu Boden, nickte gelegentlich ernst und lauschte. Er hat sich nicht beschwert, dachte Ahmose. Nicht mehr seit jener ersten Sitzung, als er gesagt hat, dass er mich versteht. Aber es muss ihn hart ankommen, dass er nur noch die Medjai befehligen darf. Wenn ich sie doch nur nicht so nötig brauchte. Dann würde es mir nichts ausmachen, wenn er mit ihnen nach Wawat zurückginge. Aber so muss ich immer darauf achten, dass ich ihn wie Kamose um Rat frage, denn eins stimmt, als Taktiker ist er unübertroffen. Ob er wohl argwöhnt, dass ich nicht vorhabe, seinen Fürstentitel zu bestätigen oder ihm ein Anwesen zu geben, bevor ganz Ägypten mir untertan ist?

Rings um sie herrschte die Geschäftigkeit des Aufbruchs. Schade, dass ich die Ernte verpasse, dachte Ahmose jetzt. Wenn ich nach Haus komme, hat die Überschwemmung eingesetzt, die Speicher sind voll, und der neue Wein gärt in den Fässern.

Er spürte, dass Ahmose-onch ihn am Arm zupfte. «Ich möchte mit, Vater», zwitscherte er. «Ich möchte in den Krieg ziehen.» Ahmose schenkte dem beflissenen Kerlchen ein Lächeln.

«Und ich würde dich gern mitnehmen», sagte er, «aber erst musst du einen Bogen spannen und Speer und Schwert schwingen können, und vor allem musst du lesen können.»

«Lesen?» Ahmose-onch verzog das Gesicht. «Warum?»

«Weil sich vor einer Schlacht alle Generäle und Befehlshaber um die Landkarten versammeln, die Schreiber mit den Namen von Städten und Dörfern und Nebenflüssen gezeichnet haben, und dann entscheiden sie, was sie tun wollen. Ipi schreibt alles auf, aber woher willst du wissen, ob er die richtigen Worte gefunden hat, und wie willst du den Männern diese Worte weitergeben, wenn du nicht lesen kannst?» Ahmose ging in die Hocke. «So Amun will, bist du eines Tages König», fuhr er freundlich fort. «Aber ein König muss besser kämpfen als jeder Mann in seinem Königreich und besser lesen und schreiben können als jeder Schreiber. Wenn du das alles beherrschst, darfst du mit. Du wirst mir fehlen, mein kleiner Falke-im-Nest.»

«Wenigstens muss mir Mutter dann ein eigenes Zimmer geben», brummelte Ahmose-onch. «Ich bin schon groß, ich will nicht mehr mit Hent-ta-Hent teilen.» Ahmose stand auf.

«Wenn du fünf bist und mit dem Lernen beginnst, bekommst du ein eigenes Zimmer», sagte er. «Ich lasse für dich anbauen. Bis dahin musst du Mutter und Großmutter gehorchen.»

«Vater, gut, dass ich nicht auch Urgroßmutter gehorchen muss», platzte Ahmose-onch heraus. «Die schimpft immer, und wenn ich sie umarmen muss, pikst sie mich mit den Fingernägeln.» Ahmose verbiss sich die Ermahnung, die ihm auf der Zunge lag. Ich mag sie auch nicht, wollte er sagen. Mein ganzes Leben lang hat sie mich übersehen oder mich je nach Laune geduldet. Für sie bin und bleibe ich der vertrauensselige, arglose und ziemlich dumme Ahmose. Die Unterhaltung vor einigen Monaten hat keinen Sinneswandel bewirkt, obwohl wir einen wackligen Waffenstillstand geschlossen haben, aber wird sie sich offen gegen meine Politik stellen? Ich weiß es nicht, dazu ist es noch zu früh.

«Trotzdem», sagte er zu dem erhobenen Gesichtchen, das seinem Vater Si-Amun und darum auch Kamose zu ähneln begann, «ist sie eine große und edle Herrin, die deine Achtung verdient. Ein König muss lernen, seine Gefühle zu verbergen, Ahmose-onch, und darüber dennoch nicht zum Heuchler zu werden …» Aber Ahmose-onch hatte das Interesse verloren und schlug nach einem goldenen Mistkäfer.

«Lass das, Ahmose-onch!», rief seine Mutter jetzt. Sie kam zu ihnen, und Ahmose küsste sie auf die geschminkte Wange. Sie duftete nach Muskat und Lotosöl.

«Aahmes-nofretari, wie bist du doch schön!», sagte er unvermittelt. Sie lächelte entzückt und kniff die mit Kohl umrandeten Augen vor der gleißenden Sonne zusammen.

«Natürlich bin ich das», neckte sie ihn. «Schließlich bin

ich fast eine Göttin, oder? Ahmose, dieses Dorf, das ich für die Soldaten bauen soll – das braucht einen Kanal zum Fluss, damit man es nötigenfalls schnell verlassen kann. Es kann nicht neben die vorhandenen Kasernen kommen. Die sind schon unmittelbar hinter dem Haus. Und auf die andere Seite der Stadt sollte es auch nicht. Dort ist es zur Überwachung zu weit entfernt. Wohin soll es also?» Er überlegte ein Weilchen, hatte den Arm um ihre schmale Mitte gelegt, und sein Blick ruhte auf dem allmählich nachlassenden Chaos auf dem Fluss.

«Errichte es im Süden», sagte er schließlich. «Dort ist der Streifen Ackerland zwischen Nil und Wüste schmal, also wird der Kanal kurz. Die Soldaten können ihn zum Bewässern der bereits vorhandenen Felder nutzen. Und wenn sie nicht kämpfen oder üben, können sie sich ihre Nahrung selbst anbauen.»

«Die Felder sind ohnedies deine», antwortete sie. «Die gehören nicht zu den Aruren, die Kamose den Männern, die die Binsenboote gebaut haben, als künftige Bezahlung versprochen hat, also muss ich keine Bauern aus ihren Hütten vertreiben. Ist es dir einerlei, welchen Baumeister ich für die Arbeit einstelle?»

«Ja», erwiderte er. «Du hast eine gute Menschenkenntnis. Hol dir jemanden von anderswo, falls es in Waset keinen geeigneten Baumeister gibt. Amunmose wird einen erfahrenen Mann empfehlen.» Da schoss ihm ein Gedanke durch den Kopf. «Wenn du einen passenden gefunden hast, führ ihn in den alten Palast», sagte er leise zu ihr. «Bitte ihn, Pläne für seine Wiederherstellung zu zeichnen.» Sie warf ihm einen scharfen Blick zu.

«Das alles hast du schon seit Jahren geplant gehabt, mein lieber Mann?», murmelte sie. «Apophis' Niederlage, neues

Leben im alten Palast, Waset als Mittelpunkt der Welt und Amun als mächtigster Gott. Was ist, wenn Kamose am Leben geblieben wäre?» Flüchtig verzog er das Gesicht.

«Kamose hatte die gleiche Zukunftsvision», sagte er still. «Darin waren wir uns einig. Aber mir war schon lange vor dem rätselhaften Orakel klar, dass Kamose nicht auf dem Horusthron sitzen würde. Er hat es auch gewusst. Erinnerst du dich noch an den Falken, Aahmes-nofretari? Von da an habe ich mir überlegt, was ich tue, wenn ich an die Macht komme.» Er verzog den Mund. «Missverstehe mich nicht», fuhr er fort, und die Stimme brach ihm. «Ich habe meinen Bruder geliebt. Ich habe mit keinem Gedanken an Verrat gedacht. Es war schmerzlich, ja, furchtbar, sich auf seinen Tod gefasst zu machen, aber ich habe es getan. In diesem Jahr gibt es wieder eine Belagerung, die erfolglos sein wird, aber damit halte ich Apophis in Auaris fest, und während er ohnmächtig zusieht, säubere ich den Rest des Deltas von Soldaten aus Rethennu. Im nächsten Jahr besiege ich ihn. Erzähl Mutter und vor allem Großmutter nichts davon», sagte er. Als er sich umdrehte, stand Hor-Aha direkt hinter ihm.

«Die Männer sind alle an Bord, und die Fußsoldaten stehen in Marschordnung», sagte er. «Wir müssen los.»

«Amun selbst kommt und segnet uns», erinnerte ihn Ahmose. «Wir warten noch ein wenig.»

Bei seinen Worten hörte man Gesang. Plötzlich herrschte Schweigen ringsum und auf den Schiffen. Der Zug kam in Sicht, an der Spitze die Musikanten mit ihren Fingerzimbeln und Trommeln, dann die Sängerinnen. Amunmose hinter ihnen war umringt von seinen weihrauchumwölkten Tempeldienern. Auf den breiten Schultern von acht Priestern kam eine völlig zugezogene, prächtig geputzte Sänfte herangeschwankt und wurde ehrerbietig auf den Steinen abgesetzt.

Amunmose trat zu ihr und zog die Vorhänge auf, und sofort fiel alles anbetend auf die Knie. Ahmose staunte, denn Aahmes-nofretari stand sofort auf, ging zu der Sänfte, verbeugte sich vor dem goldenen Abbild darin und wandte sich dann an die bäuchlings Liegenden. «Höre, o König, die Worte des Größten der Großen aus dem Mund seines Zweiten Propheten», rief sie mit klarer und stolzer Stimme. «So spricht Amun, der Herr Wasets. ‹O mein Sohn Nebpehtira Ahmose, Herrscher der Zwei Länder, ich bin dein Vater. Ich erfülle die Herzen der nördlichen Fremdländer mit Schrecken selbst bis nach Auaris, und die Setius sind ein Fleck unter meinem Fuß.›» Sie verstummte, verneigte sich und zog sich zurück.

«Wann hast du dieses Orakel erhalten?», flüsterte ihr Ahmose ins Ohr, und sie lächelte.

«Das hat mir Amunmose heute früh geschickt. Sei still, Ahmose. Er will jetzt die Truppen segnen.» Auf einmal fühlte sich Ahmose unendlich wohl. Alles würde gut werden.

Doch er musste sich wieder einmal von seiner Familie losreißen, das Haus verlassen, das sich unter die Bäume schmiegte, den Tempel und die Stadt selbst, dann die breite Flussbiegung, alles würde nicht mehr zu sehen sein, doch es tat nicht mehr so weh und machte nicht so viel Angst wie bei früheren Aufbrüchen mit Kamose. Der Fall von Auaris war gewiss. Im nächsten Jahr oder im Jahr danach würde Ägypten wieder vereint sein. Es war lediglich eine Sache der Zeit.

Das Schiff glitt fort, und da spürte er Kamoses Anwesenheit so stark, dass er zusammenfuhr, als ein Schwarm Enten, die sich in den Binsen versteckt hatten, schnatternd aufstob, und schon wich der Bann. Trotzdem, dachte er, du siehst uns, Kamose, ja? Dein leidenschaftlicher Freiheitsdrang macht, dass du zusiehst, dein Ka zieht unsichtbar mit uns nach Norden. Ach, du fehlst mir so sehr! Ich habe gar nicht gemerkt, wie bequem mein Platz in deinem Schatten war, während die letzte Verantwortung und Befehlsgewalt bei dir lag. Jetzt bin ich an der Reihe, und ich bin nackt und bloß unter dieser Bürde. «Dieses Jahr haben wir nicht viel Zeit im Delta, Majestät.» Turis Worte störten Ahmoses Gedankengänge. «Das wird ein öder, heißer Marsch für die Fußsoldaten. Vor Mitte Epiphi erreichen die das Delta nicht. Daher bleibt uns kaum mehr als der Mesore zum Belagern und zur Heimkehr, ehe das Hochwasser einsetzt.» Ahmose betrachtete seinen Kindheitsfreund. Turi verzog die kantigen, etwas unregelmäßigen Züge unter dem Rand seines blauweißen Leinentuchs, und seine dunklen Augen richteten sich nachdenklich auf das vorbeigleitende, üppig grüne Ufer.

«Stimmt», sagte Ahmose. «Aber es ist an der Zeit, die Taktik zu ändern, Turi.» Er blickte zu einem Himmel hoch, der vor Hitze weiß wirkte. «Kommt in die Kabine, alle miteinander. Ich will euch sagen, was ich vorhabe, und danach brauche ich euren Rat.» Sie zogen sich in die vergleichsweise kühle Kabine zurück, und als sie wieder herauskamen, ging die Sonne unter.

Ehe er schlafen ging, blickte Ahmose zu dem leeren Feldbett, auf dem Kamose gelegen hatte. Ohne dich bin ich noch immer verloren, Kamose, sagte Ahmose leise ins Dunkel gerichtet. Wenn ich wie jetzt untätig oder wehrlos in der seltsamen Welt zwischen Wachen und Schlafen weile, bin ich noch immer verzweifelt und muss dagegen ankämpfen, sonst fehlt mir die Kraft. Vater, Si-Amun und jetzt du, alle tot, und ich bin allein. Welche Befriedigung bietet der Sieg noch inmitten von so viel Vernichtung? Selbst wenn Aahmes-nofretari mir ein Dutzend männliche Taos schenkt, die das Haus mit ihrer männlichen Gegenwart bevölkern, es wird nie wieder wie früher sein. Die Vergangenheit ist ein zusammengerollter Papyrus, versiegelt und an einem geheimen Ort verwahrt.

Auf einmal ärgerte er sich über sein Selbstmitleid, legte sich hin, schloss die Augen und stellte sich bewusst seine Frau vor, wie sie an diesem Morgen ausgesehen, was sie gesagt hatte, doch hinter ihrem Bild war nur graue Trübsal, und er fand keine Ruhe.

Sie kamen nur langsam voran, und als sie in Badari, mitten in Fürst Iasens Ländereien anlegten, dachte Ahmose beim Anblick der sich drängenden Soldaten am Ufer, wie gut, dass Kamose diesen Bauern in den Monaten des Feldzugs das Kämpfen beigebracht hat.

Er war zu Iasens Anwesen gegangen und hatte dessen ältesten Sohn als Fürst bestätigt, hatte jedoch klargestellt, dass ein Berater, den er noch erst ernennen musste, ihm über alles berichten würde, was der junge Edelmann unternahm. Er ließ den Fürsten und den Rest der Familie den gleichen Treueid schwören, den er den in Amuns Tempel Versammelten abgenommen hatte. Er erklärte dem Fürsten, dass die neu geschaffene Chonsu-Division unter General Iymeri in Badari einquartiert würde und dass der General bedingungslose Zusammenarbeit und Achtung verlangen könne. «Aber, Majestät», hatte der junge Mann eingewendet, «Iymeri war nichts als ein Helfer beim Viehaufseher meines Vaters, ehe dein Bruder ihn eingezogen hat! Diese Division sollte ich befehligen! Ich habe dir jetzt den Treueid geschworen und bin gekränkt, dass du mir nicht vertraust!» Ahmose seufzte innerlich beim Anblick der ärgerlichen und bestürzten Miene.

«Du bist in der Tat Fürst dieser Nomarche», sagte er vorsichtig. «Du bist Erpa-ha. Aber es ist mein Wille, dass du diese Nomarche zusammen mit dem Ratgeber, den ich dir aus Waset schicke, klug und gerecht verwaltest, und es ist mein

Wille, dass das Heer von Männern befehligt wird, die sich aufs Kämpfen verstehen, nicht aufs Verwalten. Das hat nichts mit Vertrauen zu tun. Kannst du kämpfen, Fürst?» Der Mann blickte frostig.

«Nein, Majestät, dazu hatte ich bislang keine Gelegenheit. Aber mein Vater hat mich in der Kunst des Bogenschießens und des Schwertfechtens geschult. In Kriegszeiten hat immer Ägyptens Adel befehligt.»

«Deine Fähigkeiten im Umgang mit Waffen zweifle ich auch nicht an.» Ahmose ließ sich nicht erweichen. «Aber für diesen Krieg brauche ich Männer als Befehlshaber, die sich bereits unter meinem Bruder in der Schlacht bewährt haben und folglich das Delta kennen. Ich traue dir zu, das zu tun, was Fürsten immer getan haben, nämlich mit angeborener Tüchtigkeit zu verwalten. Generäle brauchen kein blaues Blut, um Truppen aufzustellen und zu befehligen. Sie brauchen Autorität, die Gehorsam und Demut fordert.»

«Ich verstehe, Majestät», sagte Iasens Sohn schließlich, und Ahmose nahm seine Verneigung entgegen und entließ ihn. Was man dir ansieht, dachte er, als der junge Mann davonstolzierte, dass ihm der Schurz um die kräftigen, jungen Schenkel flatterte. Aber mach etwas dagegen. Ich kann es mir nicht leisten, dass du dich als Befehlshaber beweist.

«Chonsu wird aufgelöst, sowie Auaris fällt. Die Division gehört nicht zum Berufsheer», bemerkte Turi, als er und Ahmose zum Fluss zurückgingen. «Vielleicht ist das doch keine so gute Idee, Majestät.»

«Du meinst, wegen Iasen? Glaubst du, dass Badari weiterhin ein schwaches Glied in meiner Kette ist?»

«Kann sein. Aber Hor-Aha und Anchmahor und ich haben beim abendlichen Wein über die Verteilung des Berufsheeres nachgedacht. Es erscheint uns vernünftig, zwei Divisionen in ständiger Bereitschaft zu halten, vielleicht Amun und Re, für die anderen drei jedoch in sorgfältig ausgewählten Städten am Nil Dauerquartiere zu schaffen.»

Ahmose schenkte ihm ein Lächeln. «Vermutlich habt ihr drei auch schon Vorschläge dazu?»

«Ja, Majestät.» Turi zögerte. «Und du bist nicht beleidigt?» Ahmose blieb stehen.

«Natürlich nicht!», platzte er heraus. «Ihr Götter, Turi, du und ich, wir haben von Kindesbeinen an gerungen und sind um die Wette gelaufen. Wir haben jeden Gedanken geteilt, bis man dich und deinen Vater fortgeschickt hat. Bist du nicht mehr mein Freund?»

«Ich weiß nicht so recht, ob göttliche Wesen Freunde haben», erwiderte Turi.

«Und ich brauche Männer, die mir furchtlos die Meinung sagen», gab Ahmose zurück. «Wenn du möchtest, erhebe ich dich auch noch zum Obersten Ringer Seiner Majestät.» Turi lachte.

«Ich brauche keinen anderen Titel», sagte er. «Also, Majestät, baue in Chemmenu, Mennofer und Necheb und auch in Badari Quartiere für die Divisionen. Chemmenu ist nur zehn Meilen von Neferusi gelegen, wo Teti und Meketra geherrscht haben, ehe sie hingerichtet wurden. Eine Division in Chemmenu würde dir Seelenfrieden verschaffen. Mennofer ist kurz vor dem Delta gelegen. Necheb wird deine südliche Flanke schützen.» Ahmose nickte.

«Danke, Turi», sagte er ziemlich förmlich. «Ich werde deinen Vorschlag überdenken.»

«Wer weiß, was in Djawati und Achmin noch alles ausgeheckt wird, falls deine Feldzüge nicht sauber und rasch sind. Diese beiden musst du auch zurechtstutzen.»

Und ob, dachte Ahmose, als er an Bord war und sich auf

die Polster an der Kabinenwand sinken ließ. Der Fürst von Mennofer ist eine unbekannte Größe, sagte er sich. Ich erinnere mich noch gut an ihn von Apophis' Besuch in Waset und von Kamoses Verhandlungen mit ihm. Ich habe ihn gemocht, aber das hat nichts zu sagen. Was Chemmenu angeht, so gehört das Fürstentum rechtens Ramose, und ich muss es ihm auf der Stelle zurückgeben, aber ohne ihn durch einen Ratgeber einzuengen, der ihn für mich bespitzelt.

Neue Generäle, neue Hauptleute und ein Heer, das unterwegs neu organisiert werden muss, überlegte er. Es hätte schlimmer kommen können. Wenigstens brauche ich für die Belagerung einer Stadt und für das Verjagen der Fremdländer keine ausgeklügelte Strategie. Was wohl Paheri und Abana sagen, wenn sie erfahren, dass es während der Überschwemmung keine Waffenruhe gibt?

Mit unendlicher Erleichterung sah Ahmose am zwölften Tag im Epiphi Het nefer Apu in Sicht kommen. Er hatte das Gefühl, er hätte die zurückliegenden Wochen damit verbracht, einen zerfetzten Läufer auszubessern, hätte lose Fäden aufgenommen und sie wieder im Gewebe befestigt.

Ipis Liste von Verwaltungsposten, die besetzt werden mussten, und Männern, denen man vielleicht zutrauen konnte, dass sie diese ausfüllten, wurde von Tag zu Tag länger, und Ahmose stellte fest, dass er sich liebend gern mit seiner Frau beraten hätte. Aahmes-nofretari hätte jede Abstammung und jeden Hintergrund erforscht, was sie während der Jahre unter Kamose gemacht hatten, welchem Gott sie dienten, welchen Ruf sie hinsichtlich Familienleben und Frömmigkeit genossen. Für diese Aufgabe fehlt mir die Zeit, dachte Ahmose. Und dennoch ist sie überlebenswichtig. Ob ich ihr die Listen schicke und sie und Mutter die erforderlichen Informationen zusammenholen lasse, damit sie mir bei meiner Rückkehr

Empfehlungen geben können? Auaris wird mir alles abverlangen, Energie und Einfallsreichtum, aber trotzdem muss Ägypten weiter verwaltet werden. Die Regierung kann nicht müßig bleiben, während ich die Setius verfolge.

Kamose hat Ägyptens Unterbau zerstört. Das war nötig, und es ermöglicht mir, weitaus mehr als nur das Heer anders zu organisieren, aber die neue Ordnung kann nicht warten. Aahmes-nofretari soll auch eine Gesandtschaft nach Keftiu schicken. Die Keftius scheren sich nicht um ägyptische Politik. Die wollen nur Handel treiben, einerlei, wer auf dem Horusthron sitzt. Sie müssen wissen, was sich zugetragen hat, seit der Handel mit dem Delta unterbrochen wurde, und ich wette, dass sie Apophis nicht sonderlich treu und damit zufrieden sind, statt mit Auaris Handelsbeziehungen mit Waset aufzunehmen.

Als Ahmose in Chemmenu anlegte, entdeckte er, dass Ramose in einem Zelt gelebt hatte, das im Außenbezirk der Stadt aufgestellt war. «Ich hatte kein Recht, Meketras Anwesen mit Beschlag zu belegen, Majestät», sagte er unverblümt, «und ein anderes Haus stand nicht zur Verfügung.» Sie hatten sich auf dem Schiff getroffen, nachdem Ahmose vom Bürgermeister und den Beamten Chemmenus feierlich empfangen worden war und unter dem wachsamen Auge des Hohen Priesters eine Stunde im Gebet im Thot-Tempel verbracht hatte. Jetzt lehnte er neben Ramose an der Reling und sah im staubigen roten Sonnenuntergang dem geschäftigen Treiben auf Chemmenus Anleger zu. Kein Geruch nach verbranntem Fleisch, dachte Ahmose. Keine Blutspritzer im Sand, an weißen Wänden, kein Abfall auf den Straßen, es ist, als hätten Kamose und ich das nur geträumt. Zeit und Lebenswille haben die Wunden heilen lassen.

«Was ist mit Neferusi?», rang er sich ab, denn er musste

seine Gedanken von der Betrachtung der Vergangenheit losreißen, was zur Gewohnheit zu werden drohte. Ramose lachte und schüttelte den Kopf.

«Neferusi ist ein sauberes Dörfchen mit vielen tüchtigen Bauern geworden», sagte er. «In diesem Jahr machen die Setiu-Soldaten, glaube ich, einen Wettbewerb, wer in der kürzesten Zeit das meiste Korn drischt. Willst du Neferusi besuchen, Majestät?» Will ich das, wiederholte Ahmose die Frage im Stillen. Will ich auf der Stelle stehen, wo dein Vater zu Boden gesunken ist, wo Tausende von Leichen über den Sand geschleift und verbrannt worden sind? Mir war fast jeden Tag übel bis in die Seele, und Kamose hat geredet wie jemand, der bei lebendigem Leibe begraben ist.

«Nein, ich glaube nicht», sagte er zögernd. «Ich werde die verantwortlichen Hauptleute begrüßen, aber am Ufer.» Und an seinen Freund gerichtet: «Ramose, ich möchte dich zum Nomarchen der Provinz Un ernennen. Ich habe bereits ein Dokument erstellen lassen, das dich zum Erpa-ha macht. Baue dein Zelt ab und übernimm das Anwesen, auf dem du aufgewachsen bist.» Ramose schwieg lange, ehe er antwortete.

«Dieses Angebot ist gerecht und ehrt dich, Majestät», sagte er. «Ich verdiene sowohl Titel als auch Besitz. Ich ziehe tatsächlich in das Haus, das meine Eltern geliebt und gepflegt haben, und ich werde die Provinz Un nach den Gesetzen der Maat verwalten. Aber ich weiß, was du mit jedem anderen Edelmann gemacht hast, der einen hohen Verwaltungsposten hat. Du hast sie kastriert», wobei er jedoch den gewöhnlichen Ausdruck verwendete, den Bauern für Entmannung gebrauchten, «und die Kontrolle der Gerichtsbarkeit ist an so genannte Ratgeber gegangen, die du ihnen zur Seite gestellt hast. Ich weiß, warum du so wachsam bist, und halte es für klug. Aber wenn ich Chemmenu und seine Nomarche neu ordnen soll, möchte ich das mit Haushofmeistern und Aufsehern tun, die ich selbst auswähle, nicht du. Entweder du traust mir oder nicht.» Das klang weder ärgerlich noch grollend. Ahmose nickte.

«Gut!», sagte er munter. «Ich hatte auch nicht die Absicht, dich bespitzeln zu lassen, Ramose. Du kannst die Nomarche ungehindert verwalten.» Ramose stieß einen lauten Seufzer aus, so erleichtert war er.

«Danke für dein Vertrauen, Ahmose», sagte er. «Ich möchte es erwidern. Wenn du es mir nicht ausdrücklich befiehlst, werde ich mein Amt erst nach Kriegsende antreten. Ich möchte an deiner Seite bleiben.» Ahmose kniff die Augen zusammen.

«Du hoffst immer noch, dass Apophis stirbt und du Tani wieder in die Arme schließen kannst, ja?», bemerkte er leise. Ramoses Mund wurde zum Strich. Entweder bist du verrückt oder ein Heiliger, lieber Ramose, dachte Ahmose. Wie auch immer, du bist der störrischste Mensch, den ich meiner Lebtage gesehen habe. Ist dir nie in den Sinn gekommen, dass Tani solch eine erschreckende, unbedingte Ergebenheit gar nicht mehr verdient?

Das war vor zwei Tagen gewesen, und jetzt saß Ramose zusammen mit Turi, Hor-Aha, Kagemni, Baqet und den anderen Generälen an einem großen Tisch im Schatten eines Sonnensegels, nur einen Steinwurf vom Nil entfernt. Hinter ihnen und rings um sie kamen die Divisionen stetig nach Het nefer Apu hineingeströmt, wo Heeresschreiber die Männer in ihre Unterkünfte einwiesen. Vor ihnen, auf dem Fluss selbst, warfen die Schiffe helle, verschlungene Schatten auf das schlaffe Ufergebüsch. Die Mittagshitze war drückend. «Morgen um diese Zeit haben wir volle Stärke erreicht», sagte Turi gerade. «Die letzten Abteilungen treffen ein. Die Proviantschreiber beklagen sich schon, dass die Spätankömmlinge so viel Bier trinken.»

«Dagegen kann man nichts machen», sagte Ahmose knapp. «Marschieren macht heiß. Lassen wir sie Bier trinken, solange sie noch können. Wenn wir ins Delta aufbrechen, gibt es nur noch Wasser. Ich habe mir deinen Bericht hinsichtlich der Kampfbereitschaft der Bootstruppe angehört, Paheri, und ich bin zufrieden, dass du die Monate meiner Abwesenheit nicht untätig hast verstreichen lassen. Und jetzt, Abana, berichte, wie steht es im Delta.» Statt einer Antwort zeigte der ältere Mann auf seinen Sohn.

«Paheri und ich waren hier vollauf mit der Ausbildung der elftausend Bootsleute beschäftigt», sagte er abbittend. «Ich wollte die Verantwortung für eine Aufgabe, die dein Bruder uns übertragen hatte, nicht jemandem anvertrauen, für den ich nicht gern verantwortlich wäre. Darum habe ich Kay nach Norden geschickt.»

«Meine Männer und ich haben die Reise dreimal gemacht, Majestät», sagte der junge Mann prompt. «Zweimal, als die Überschwemmung auf dem Höhepunkt war. Natürlich ist mein Schiff haltbar, auf meine Bootsleute ist unbedingt Verlass, und die Nebenflüsse sind recht gut schiffbar. Wir sind auf dem östlichen Nebenfluss ins Delta eingedrungen, vorbei an den Ruinen von Nag-Ta-Hert, und haben ein gutes Stück entfernt von den Setiu-Festungen vertäut. Dann sind wir um Auaris herumgefahren, haben unsere kleinen Boote über die Kanäle gestakt und konnten tatsächlich die Horusstraße erreichen.»

Ahmose hörte innerlich belustigt und sehr verwundert zu. Kay sprach ungezwungen, fast unbeschwert über eine Unternehmung, die ihm und seiner Mannschaft das Äußerste abverlangt haben musste. Doch da saß er, ein Abbild selbstbewussten Zutrauens. «Es hatte keinen Sinn, das westliche Delta auszukundschaften», fuhr er abfällig fort. «Auaris liegt direkt am Ostufer des größten Nil-Nebenarms, und zwischen ihm und dem westlichen Nebenarm ist das Hochwasser ungefährlich. Es gibt Obsthaine und Weingärten und Viehweiden und hinter dem westlichen Fluss natürlich Sümpfe und dann die Wüste. Osiris Kamose hat das alles vor zwei Jahren verwüstet, weil er den Setius den Nachschub wegnehmen wollte. Ich habe mir gedacht, du interessierst dich mehr für das Treiben auf der Horusstraße, Majestät.»

Kay Abana, du hast dich verändert, dachte Ahmose. Deine kesse Rede ist keine Aufschneiderei mehr. Du bist ein beflissener junger Angeber gewesen, aber mittlerweile mäßigt die Klugheit der nahenden Mannesjahre dein überbordendes Selbstvertrauen. Kamose hat Recht daran getan, dir ein eigenes Kommando zu geben. «Das war eine Heldentat», sagte er laut, und Kay lächelte erfreut.

«O ja», antwortete er sofort. «Aber meine Männer kennen keine Furcht, und ich führe sie gut. Und alle möchten nichts weiter, als dir zu Gefallen zu sein, Majestät.»

«Die Horusstraße», warf Turi verbittert ein. «Wahrlich, ein zweischneidiges Schwert! In Friedenszeiten eine Rettungsleine von den östlichen Handelszentren geradewegs ins Herz des Deltas, aber in Kriegszeiten ein Kanal, der alle Arten von Gefahren heranträgt. Seit Apophis die Fürstenmauer unter Kontrolle hat, strömen die Setius stetig nach Ägypten hinein.»

«Ich weiß», sagte Ahmose. «Weiter, Hauptmann. Was hast du gesehen?»

«Schwer bewaffnete Setiu-Truppen», erwiderte der prompt. «Sie marschieren nicht in Reih und Glied, sondern kommen in ungeordneten Gruppen unter viel Lärm und wenig diszipliniert, aber sie kommen. Die kann Auaris nicht alle aufnehmen. In dieses Pestloch passt keine einzige Ratte mehr. Sie kampieren grüppchenweise so nahe an der Stadt wie möglich. Das Delta quillt buchstäblich über.»

«Falls Auaris fallen soll, müssen wir das Delta irgendwie säubern und dann die Horusstraße in den Griff bekommen», sagte Hor-Aha. «Kamose hat sein Möglichstes getan, im Delta aufzuräumen, aber während des Hochwassers haben die Fürsten des Ostens auf der Horusstraße weitere Verstärkungen geschickt.»

«Dann liegt die Lösung auf der Hand», folgerte Ahmose. «Kamose hat nichts darüber gesagt, aber ich glaube, er hat die Bootstruppe geschaffen und auf Tüchtigkeit bestanden, weil er das ganze Jahr über Krieg führen wollte, nicht nur während der trockenen Monate. Wir können es uns nicht leisten, weiterhin Land zu gewinnen und es dann wieder zu verlieren. Wir ziehen nach Norden, sowie die letzten Soldaten angekommen sind. Fünf Divisionen verteilen sich um die Hügel, auf denen die Stadt erbaut ist, und belagern sie zusammen mit den Medjai-Bogenschützen. Die überfluteten Ebenen sind jetzt trocken und hart. Hier sind die Streitwagen im Vorteil. Die anderen sechs Divisionen patrouillieren das Delta und greifen frische Abteilungen von Setiu-Truppen an, wo immer sie auf diese stoßen. Kay, kannst du die Zahl der Setiu-Soldaten schätzen, die aus Rethennu kommen?»

«Nicht richtig, Majestät. Tut mir Leid. Ein paar Tage Überwachung der Straße haben nicht für eine genaue Zählung gereicht. Aber sie kommen regelmäßig.» Er leerte seinen Becher und knallte ihn auf den Tisch. «Und was ist mit der Bootstruppe», fragte er voller Vorfreude. «Was hast du mit deinen treusten Kriegern vor, Majestät? Die *Norden* ist bemannt, ausgerüstet und kampfbereit!»

«Bis zum Thot arbeiten die Bootsleute als Bauern», erwiderte Ahmose bestimmt. «Hier liegen zehntausend Mann, Kay, und eine ganze Stadt, die es zu ernähren gilt. Die Ernte muss so gut wie möglich eingebracht werden. Die Divisionen der Fußsoldaten können unterwegs im Delta plündern.»

«Und im Thot?» Dieses Mal unterbrach Paheri, und Ahmose fuhr zu ihm herum.

«Dann weint Isis, so die Götter wollen», sagte er. «Die Überschwemmung breitet sich aus. Aber wir ziehen nicht heim. Die Bootstruppe fährt auf dem Hochwasser ins Delta, dadurch geben wir den Setius keine Zeit zum Ausruhen und Neuordnen.»

Als dann jeder General seine Befehle erhalten, nachgefragt und sie erklärt bekommen hatte, ging die Sonne bronzefarben hinter der Stadt unter. Ahmose entließ sie endlich, betrat erschöpft sein Zelt, sank auf den Faltstuhl und hob die Füße, damit sein wartender Leibdiener ihm die Sandalen ausziehen konnte. «Deine Füße sind geschwollen, Majestät», meinte der Mann.

Angenehmer Duft nach gebratener Gazelle wehte durch die Zeltklappe. Vermutlich sind die Soldaten in der Wüste auf Jagd gewesen, dachte Ahmose. Er war hier zwar gut behütet in einer Oase der Ordnung und Stille, doch auf einmal überrollte ihn eine Welle der Einsamkeit. Nicht weil er als König einzigartig war, o nein. Nein, mir fehlt die alte Zeit, dachte er betrübt. Mir fehlen die Fürsten, Intef und Iasen und, ja, sogar Meketra, wie wir alle um den Tisch sitzen, mir fehlt Kamose mit seinen Launen und seiner Schroffheit, das Gemurre der Edelleute, die Ungewissheit und das Grauen jener Zeit, aber dennoch eine Art Waffenbrüderschaft.

Achtoi trat mit dem Leibdiener ins Zelt, und während Ahmoses Füße gewaschen und massiert wurden, ging Achtoi leise durchs Zelt, entzündete die Lampe, stellte frisches Trinkwasser neben das Feldbett und hob die dreckige Kleidung dieses Tages auf. Ahmose sah ihm ein Weilchen zu. Dann sagte er: «Achtoi, ich möchte heute Nacht nicht allein sein. Lass bitte ein zweites Feldbett bringen und bitte Turi, hier zu schlafen.» Der Haushofmeister verbeugte sich ungerührt und ging. Kurz darauf kehrte er zurück.

«General Turis Adjutanten haben mir gesagt, dass er seine Leibwache mitgenommen hat und mit Idu, seinem Standartenträger, zum Nachtangeln gegangen ist», sagte er. «Soll ich jemand anders holen, Majestät?» Nachtangeln, wiederholte Ahmose bei sich, und es gab ihm einen Stich. Warum auch nicht? Es ist ein Zeitvertreib, an dem wir beide unseren Spaß gehabt haben, ehe er fortging und wir erwachsen wurden. Das hat er nicht vergessen, die Art unserer Zuneigung hat sich jedoch verändert. Wir sind keine ebenbürtigen Freunde mehr, auch wenn wir es noch so sehr wollen, und er sucht sich Freunde innerhalb der Division, die ich ihm anvertraut habe.

«Nein», sagte Ahmose zögernd. «Nein, Achtoi, ich finde, ein König muss einen gewissen Abstand wahren. Er darf keinen Anlass zu Eifersucht geben.» Achtois Miene veränderte sich nicht.

«Stimmt», antwortete er. «Ein schlichter Diener jedoch gibt niemandem Anlass zu Besorgnis. Mit deiner Erlaubnis bringe ich meinen Strohsack herein.» Ahmose sagte nichts, und da bellte Achtoi einen Befehl ins Dunkel. Kurz darauf ging sein Unterhofmeister unter Verbeugungen durchs Zelt nach hinten und schickte sich an, Achtois Strohsack aufzurollen, legte Laken und ein Kissen darauf und verließ die beiden unter weiteren Verbeugungen. «Majestät, ich habe noch Arbeiten für morgen früh zu erledigen», sagte Achtoi, «aber ich bin schnell zurück. Darf ich dir ein leichtes Mahl mitbringen?» Ahmose musterte ihn nachdenklich.

«Du hast Mitgefühl und Takt und bist ein ausgezeichneter Haushofmeister, Achtoi», sagte er. «Sag, bist du glücklich?» Achtois Brauen wölbten sich bis zum geraden schwarzen Pony.

«Das ist ein großes Wort, Majestät, und umfasst viele weniger gute Lebensumstände», gab er zurück. «Es ist mir eine sehr große Ehre, der Erste deiner Diener zu sein, auch wenn ich deinen Bruder geliebt und ihm gedient habe. Ich bin zufrieden mit meiner Frau und meinen Töchtern daheim in Waset. Mein Leben ist ausgefüllt und befriedigend, und die Arbeit an meinem Grabmal in Waset-im-Westen schreitet gut voran. All das macht mich glücklich.»

«Das freut mich.» Ahmose stand auf. «Nein, bringe mir kein Essen, aber wenn Rollen von der Familie eingetroffen sind, möchte ich sie sehen, ehe ich mich zurückziehe.»

Ahmose döste, als Achtoi zurückkehrte. Die Lampe wurde gelöscht. Ahmose hörte leise Geräusche, als sich der Haushofmeister auf seinen Strohsack zum Schlafen legte, und da wünschte er ihm eine gute Nacht, schloss die Augen und überließ sich dem Gefühl der Sicherheit, das ihm die Anwesenheit des anderen Menschen vermittelte. Wie heißt seine Frau?, wanderten Ahmoses Gedanken. Und wie heißen seine Töchter? Was wohl meine kleine Hent-ta-Hent macht?

Drei Tage später verließ das Heer Het nefer Apu. Ahmose hatte beschlossen, den Weg nach Norden statt mit seiner Division auf dem Wasser zu machen, doch er verspürte eigenartige Verlustgefühle, als er am Wüstensaum stand und den Heerwurm mit schwankenden, halb vom Staub vernebelten Standarten und den rollenden, in der Hitze matt schimmernden Rädern der Streitwagen fortziehen sah.

Unmittelbar hinter ihm in Richtung Westen verschmolz der Weg zur Oase mit dem dunstigen Horizont, und als er ihn so betrachtete, dachte er daran, wie er und Kamose darauf gewartet hatten, dass die Reste von Kethunas verdurstetem und sterbendem Heer aus jener mit Steinen übersäten Ödnis herausgestolpert kämen. Aber ich habe gar nicht an Kethuna gedacht, überlegte Ahmose. Nein, an Pezedchu, der mit seinen Tausenden von Soldaten gleich nördlich hinter Het nefer Apu wie wir gelagert und gewartet hat. Er hat sich zurückgezogen, als sich Kamoses Männer auf jene unseligen, halb wahnsinnigen Setius gestürzt und sie niedergemetzelt haben, ist im Delta verschwunden wie ein Geist, statt eine Auseinandersetzung zu riskieren, die vielleicht gescheitert wäre. Pezedchu. Was der wohl gerade tut, so eingesperrt in Apophis' Palast, was ihm seine Spione und Späher wohl berichten? Überläuft es ihn bei meinem Namen genauso kalt wie mich bei seinem? Pezedchu ist der beste Stratege auf der anderen Seite.

Ahmose kehrte dem gleißenden, mit Steinen übersäten Sand, dem man nirgendwo mehr ansehen konnte, welch Gemetzel hier stattgefunden hatte, den Rücken. Aus einem Impuls heraus, halb Instinkt, halb gesunder Menschenverstand, hatte er einem hocherfreuten Kay Abana befohlen, ihn und seine Medjai-Schiffe mit der *Norden* zu begleiten. Kay und seine Bootsleute hatten das Delta ausgekundschaftet. Vielleicht konnten sie ihm auf unvorhergesehene Weise nützlich sein. Apophis selbst hatte nur wenige Schiffe, die nicht Handelsschiffe waren, daher erwartete Ahmose keine Kämpfe auf dem Wasser. Noch nicht.

Als er zum Fluss zurückging, näherte sich Kay mit einem Jungen, fiel auf die Knie und berührte mit der Stirn den Boden. Nach kurzem Zögern tat es der Junge ihm nach. «Steh auf», sagte Ahmose. «Kapitän, was kann ich für dich tun?

Hoffentlich nichts allzu Schwieriges. Ich bin reisefertig, und das solltest du auch sein.»

«Oh, das bin ich auch, Majestät!», versicherte ihm Kay, stand auf und klopfte sich den Dreck von den Waden. «Die *Norden* hat Proviant an Bord und ist bereit. Es ist mir und meinen Männern eine große Ehre, dass wir uns in deinen Diensten weiter auszeichnen können. Wir fahren mit unendlichem Stolz unter Blauweiß.» Ahmose lächelte kühl.

«Abana, deine Aufrichtigkeit ist überwältigend», sagte er. «Sie wird nur noch von deiner unglaublichen Prahlsucht übertroffen. Was willst du?» Statt einer Antwort schob der junge Mann seinen Begleiter vor.

«Das ist mein Vetter Zaa pen Necheb», sagte er. «Er sieht älter aus, als er ist. Ich will dich nicht anlügen, Majestät, aber er ist erst zwölf, doch er ist klug und stark und wird ein guter Soldat. Ich bitte dich um die Erlaubnis, ihn mit an Bord der *Norden* nehmen zu dürfen.»

«Warum?», erkundigte sich Ahmose. Kay blinzelte, dann fasste er sich wieder.

«Weil er davon träumt, Soldat zu sein», antwortete er prompt. «Seit seiner Jugend hat er von nichts anderem geträumt.»

«Seit seiner Kindheit meinst du», widersprach Ahmose trocken. «Aber du hast meine Frage nicht beantwortet. Jeder kleine Junge möchte entweder Schreiber oder Soldat werden. Der hier scheint nicht anders zu sein. Du trägst als Kapitän eines meiner Schiffe große Verantwortung, Kay. Und von dieser Verantwortung darfst du dich durch eine andere nicht ablenken lassen. Was hast du hier zu suchen, Zaa?», sagte er zu dem Jungen. «Warum bist du nicht in der Schule?»

«Ich bin ausgerückt», antwortete Zaa stockend.

«Dann wirst du auf der Stelle heim nach Necheb geschickt.

Und deine Nachgiebigkeit, Kay, überrascht mich. Ich habe keine Zeit für derlei Unfug. Vielleicht sollte ich dich doch lieber hier lassen, damit du unter dem scharfen Auge deines Vaters etwas reifer wirst.»

«Ach, Majestät, bring bitte keine Schande über mich!», platzte Kay heraus, und das hörte sich jetzt ziemlich kleinmütig an. «Hör mich an, bitte! Mein Ersuchen ist nicht so leichtfertig, wie es den Anschein hat.»

«Du hast zehn Herzschläge Zeit.» Kay blickte grimmig wie noch nie gesehen.

«Zaa ist ein Schlingel, aber ein nützlicher. Er ist schon unzählige Male ausgerissen. Niemand hat ihn mehr im Griff. Meine Tante hat sich seit seiner Geburt die Augen ausgeweint. Schließlich hat mein Onkel ihn zu meinem Vater geschickt. Es gibt eine Rolle mit seiner Erlaubnis. Mir hat er jetzt mehrere Wochen an Bord der *Norden* gedient, hat Waffen gesäubert, das Deck geschrubbt und für die Soldaten Schurze gewaschen. Mein Vater ist damit einverstanden. Er hält harte Arbeit für ein gutes Mittel gegen Pflichtvergessenheit. Aber die *Norden* muss vielleicht kämpfen, und da brauche ich deine Erlaubnis, wenn wir jemanden an Bord nehmen, der nicht mitkämpft.» Ahmose stand schweigend da und dachte nach.

«Hat er irgendetwas getan, wofür du ihn hättest bestrafen müssen?» Kay schüttelte den Kopf.

«Nein, Majestät. Er ist einfach glücklich, dass er bei der kämpfenden Truppe sein darf.»

Ahmose winkte den Jungen heran. «Zaa, komm her.» Der Junge schob sich näher und machte eine linkische Verbeugung. «Stimmt das, was mein Kapitän sagt?»

«Ja, Majestät. Und es tut mir Leid.»

«Alle Soldaten müssen mir Treue schwören. Weißt du, was das bedeutet?»

«Ja, Majestät. Es bedeutet, dass ein Soldat treu und ehrerbietig und tapfer sein, dem König und seinen Hauptleuten gehorchen und seine Pflicht tun muss.» Vor Beflissenheit geriet er fast ins Stottern.

«Und es bedeutet auch, wenn er seinen Eid bricht, kann man ihm die Nase abschlagen und ihn verbannen oder sogar hinrichten», warnte Ahmose. «Wagst du es, mir Treue zu schwören?»

«Als dein Soldat?» Zaas Augen strahlten. «O ja, Majestät.»

«Nicht als mein Soldat», gab Ahmose zurück. «Noch nicht, erst wenn du sechzehn bist. Bis dahin bleibst du in der Obhut deines Vetters und seines Vaters und tust, was sie dir sagen. Du darfst an Bord der *Norden* bleiben, aber eins lass dir gesagt sein, du solltest dich schämen, dass du deinen Eltern so viel Schmerz und Kummer bereitet hast. Ein echter ägyptischer Junge tut das nicht.»

«Nein, Majestät. Danke! Danke!»

«Dann küsse mir als Zeichen deiner Lehenstreue Füße und Handflächen», sagte Ahmose. «Du kannst jetzt nicht mehr ausreißen, wohin du willst, Zaa. Begreifst du das auch?» Statt einer Antwort sank der Junge zu Boden und küsste Ahmose inbrünstig die Zehen. «Und was dich angeht, Kay, so erinnere ich dich daran, dass du deinen Vetter sterben lassen musst, wenn du dich in der Hitze des Gefechts zwischen ihm und einem Befehl von mir zu entscheiden hast.» Kay nickte ernst.

«Das habe ich bereits bedacht, Majestät», sagte er leise. «Er auch. Du hast mir trotz meiner jungen Jahre einen schwere Verantwortung anvertraut. Ich verspreche dir, dass ich dich auch in dieser Hinsicht nicht enttäuschen werde.»

«Dann geht, alle beide. Du bist entlassen.»

«Einen Jungen wie den da erwartet entweder eine ruhmreiche militärische Laufbahn oder ein früher Tod», meinte Hor-Aha. Ahmose grinste spöttisch, als sie sich wieder in Bewegung setzten.

«Als ich zwölf war, habe ich mich mit Turi im Ufergebüsch mit Dattelwein betrunken», sagte er. «Der Ehrgeiz dieses Kindes zielt nach Höherem. Na schön, Hor-Aha, gehen wir an Bord unserer Schiffe und brechen wir ins Delta auf. Wir haben noch einen langen Weg vor uns.»

VIERTES KAPITEL

Anfang Mesore hätte Ahmose gern seine Truppen rings um Auaris aufgestellt gehabt, doch die Fußsoldaten, die am Saum der westlichen Wüste marschierten, würden natürlich länger brauchen als er und die Medjai mit ihren Schiffen. Außerdem wollte er noch in Mennofer anlegen.

Fürst Sobek-nacht war nicht zur Zeremonie im Tempel befohlen worden. Ahmose hatte überlegt, ob er ihm eine Botschaft schicken sollte, aber irgendetwas, irgendeine mahnende Stimme oder Takt hatte ihn davon abgehalten. Sobek-nacht war noch immer eine unbekannte Größe. Er hatte das Versprechen gehalten, das er Kamose gegeben hatte, und sich nicht eingemischt, aber er war auch etwas Besonderes, Ägypter von uraltem und edlem Blut, Sechmet-Priester und Erpa-ha, aber auch der Sohn von Apophis' Wesir und Baumeister des Setiu-Herrschers.

Ahmose hatte ihn gleich gemocht, aber ihm fiel Kamoses spitze Bemerkung wieder ein, dass er, Ahmose, naturgemäß jeden mochte, der mit dem Wurfstock eine Ente erlegen konnte. Mennofer war eine reiche und schöne Stadt und die Heimat Ptahs, des Schöpfers. Falls er Sobek-nacht bewegen konnte, sich aktiv bei ihm zu beteiligen, könnte seine Unterstützung lebenswichtig werden, und Ahmose argwöhnte, dass man ihn durch Druck nicht gefügig machte.

Er ist kein Feind, dachte er, als sein Schiff auf das Westufer zusteuerte, wo sich auf den Stufen der Bootstreppe Menschenmassen drängten, die einen Blick auf ihn erhaschen wollten.

Anscheinend hatte Ramose den gleichen Fragen nachgegrübelt, denn als das Schiff an den Pfahl stieß und die Bootsleute heraussprangen, um die Laufplanke auszulegen, sagte er: «Ich glaube nicht, dass Kamose jemals daran gedacht hat, dass dieser Fürst zu Apophis' Baumeistern gehört, Majestät. Er dürfte sich in Auaris bestens auskennen und könnte uns ungeheuer nützlich sein, falls man ihn dazu überreden kann, uns auf Schwachstellen in der Mauer aufmerksam zu machen.»

«Daran habe ich noch nicht gedacht», bekannte Ahmose. «Aber du hast natürlich Recht. Vergiss jedoch nicht, dass er als hoher Beamter von Apophis seinen Herrn nicht bereitwillig verraten wird. Eigentlich wäre ich ziemlich enttäuscht, wenn er es täte.»

«Trotzdem», sagte Ramose, «solltest du wenigstens versuchen, Karten oder Pläne von ihm zu bekommen. Wir haben Auaris zu lange erfolglos zugesetzt. Wäre es nur ein einziges Bollwerk mit Mauern, wir hätten es vielleicht schon eingenommen, aber wir stürmen gegen mehrere an, die durch tiefe Kanäle getrennt sind. Zugegeben, nur zwei der Hügel sind wichtig, auf einem steht die Stadt selbst, und auf dem anderen befinden sich die Soldaten. Ich bin nur in der Stadt gewesen und habe wenig von ihren Ausmaßen oder ihrer Anlage mitbekommen.»

Chabechnet war die Laufplanke hinuntergeschritten, stand jetzt oben auf der Bootstreppe und hob seinen Amtsstab.

«Auf das Gesicht vor Uatsch-Cheperu Ahmose, Sohn der Sonne, Horus, Goldhorus!», rief Chabechnet, wie er es bei jedem Halt entlang des Nils getan hatte, und auf der Stelle verstummte der Lärm. Mit einem knappen Befehl an die Medjai ging Ahmose zur Laufplanke, desgleichen Ramose und Hor-Aha, dicht gefolgt von Anchmahor und Turi.

Eine Gestalt hatte sich aus dem Staub erhoben und wartete vor dem offenen Tor, dem unmittelbaren Zugang, wie sich Ahmose erinnerte, zur Residenz des Fürsten und von dort zum heiligen Bezirk Ptahs. Diese Stadt ist schön, dachte er in den wenigen Augenblicken, die er brauchte, um den Mann zu erreichen, der sich jetzt mehrfach verbeugte. Die Wohngebiete sind sauber, geräumig und haben Bäume, die Straßen sind breit, die Gebäude anmutig. Bin ich froh, dass Kamose nicht ihre Zerstörung befohlen hat. Ich würde vor dem Aufbruch gern den Tempel der Hathor von der Sykomore aufsuchen, aber vermutlich wird die Zeit nicht reichen. Im Teich Pedjet-Sche am Rand der Wüste kann man auch gut angeln. Vielleicht tut es Turi. Er blieb stehen und lächelte.

«Willkommen in der Heimat von Ptah, dem Schöpfer der Welt», sagte der Beamte. «Ich bin Dagi, Bürgermeister von Mennofer. Dort warten Sänften auf dich, falls du dich zum Anwesen des Fürsten tragen lassen möchtest.»

«Nein. Ich gehe lieber zu Fuß», antwortete Ahmose ehrlich. «Ich brauche Bewegung. Ich erinnere mich nicht an dich, Dagi.» Er winkte, und dann traten sie in den Schatten des Tores, während die Getreuen des Königs sie mit einer schützenden Mauer umgaben.

«Ich war ein niedriger Verwaltungsbeamter, als du mit deinem Bruder nach Mennofer gekommen bist», gab der Mann zurück. «Der Fürst hat mich im Frühling in mein augenblickliches Amt eingesetzt, nachdem unser früherer Bürgermeister in den Ruhestand gegangen ist. Das ist eine große Ehre für mich. In früheren Zeiten haben viele Könige Mennofer zu ihrer Hauptstadt gemacht.» Ahmose wurde bei Dagis offenkundiger Liebe zu seiner Heimat warm ums Herz, und sie plauderten ungezwungen, während sie im sonnengefleckten Schatten der Bäume die breiten Straßen der Stadt entlangschritten.

Fürst Sobek-nacht stand zwischen zwei Gefolgsleuten im Eingang zu seinem ummauerten Garten. Als sich Ahmose näherte, knieten sich die beiden in den Staub, doch Sobek-nacht streckte die Arme mit den vielen Armbändern aus und verneigte sich. «Majestät», sagte er, «es ist mir eine Ehre. Bitte, tritt bei mir ein.»

«Ich freue mich, dich wieder zu sehen, Sobek-nacht», gab Ahmose zurück, «und dass ich Zeit genug hatte, durch dein liebliches Mennofer zu spazieren. General Hor-Aha und Fürst Ramose von Chemmenu kennst du bereits. Das hier ist General Turi, mein ältester Freund. Gehen wir also hinein.»

Das Haus des Fürsten mit seinen farbenfroh bemalten Säulen lag unmittelbar vor ihnen. Er hatte seinen Garten auf einer Seite des Pfades anlegen lassen, der zum Haus führte, und auf der anderen Seite war die Schutzmauer von Blumen überrankt, und an den rauen Ziegelsteinwänden wuchs Spalierobst. Haus und Garten waren weitläufig, sodass kein Platz mehr für Küchen, Kornspeicher oder Dienstbotenunterkünfte blieb, die gewiss hinter dem Haus standen, wo eine dünne Rauchwolke aufstieg. Als Ahmose zu den Säulen kam, stand ein Wachposten auf und huldigte ihm, und hinter dem Mann war im kühlen Schatten auf einmal viel flatterndes Leinen und funkelndes Gold. Die Gemahlin des Fürsten und ihre Töchter standen bereit, um dem Gast zu huldigen.

Nachdem man im Garten am Teich mit den Seerosen

Wein getrunken und Artigkeiten gewechselt hatte, machten es sich die Frauen auf Polstern bequem und scharten sich zusammen, und Ahmose folgte Sobek-nacht zusammen mit Ramose, Hor-Aha und Turi ins Haus. Ahmose erinnerte sich wieder an luftige Höhe, kühle grünweiße Fliesen im Empfangssaal, an vergoldete Tische und geschwungene Stühle aus Ebenholz mit eingelegten Blumen aus Elfenbein, an zierlich bemalte Lampen und zwei kunstvoll gepunzte Hausschreine für Sechmet und Ptah. Außerdem erinnerte er sich an den Raum, in den der Fürst sie jetzt führte, an den Schreibtisch aus Zedernholz, die bemalten Wände mit den ausgebreiteten Wedeln der Dattelpalmen, deren Früchte kunstreich eingefügte Löcher zum Aufbewahren der Verwaltungsdokumente waren. Unaufgefordert zog er sich einen Stuhl heran. «Kann ich euch noch mehr anbieten?», fragte Sobek-nacht. «Es sind noch ein paar Stunden bis zum Abendessen.» Alle lehnten ab, und Sobek-nacht wandte sich an Ahmose.

«Das mit deinem Bruder tut mir Leid», sagte er, «und ich schäme mich für die anderen Fürsten. Sie hätten lieber ehrlich sein und Kamose verlassen und nach Auaris gehen sollen. Stattdessen haben sie sich auf Mord verlegt. Das war nicht Maat.»

«Nein, das war es nicht», bestätigte Ahmose und beobachtete den Fürsten eingehend. «Und ich weiß auch nicht recht, ob sie vorhatten, sich erneut Apophis zu beugen, nachdem sie Kamose getötet und mich verwundet hatten. Sie hatten wohl einen unfertigen Plan, mit Apophis zu verhandeln und das, was Kamose erobert hatte, trotzdem irgendwie festzuhalten, vielleicht sogar meinen Stiefsohn zu töten und einen der Ihren zum König zu machen.» Sobek-nacht lächelte.

«Majestät, ich bin nicht Apophis' Vertrauter, sondern habe

sein Ohr nur hinsichtlich seiner Bauvorhaben, und davon gibt es wenige», sagte er glattzüngig. «Die Setius haben nur Interesse an ihren Göttertempeln. Früher habe ich Pläne für die Erweiterung von Apophis' Palast gezeichnet und die Ausführung überwacht, und ich habe für verschiedene Edelleute im Delta gearbeitet, aber das ist auch alles.» Ahmose zog seinen Stuhl näher zum Tisch und legte die Arme auf die Tischfläche. Er beugte sich zu Sobek-nacht.

«Nein», sagte er mit einem Seufzer, «ich will dich nicht bitten, Apophis zu verraten. Auf welcher Seite du auch immer mit dem Herzen bist, du hast mir nichts zu erzählen, oder?» Sobek-nacht berührte das Kohl an seiner Schläfe, eine eigenartig anmutige Geste.

«Ich schweige nicht, weil ich aufseiten der Setius stehe», meinte er. «Ich bin Baumeister und Priester, Majestät. Mit militärischen Dingen kenne ich mich nicht aus, und sie sind mir auch völlig einerlei. In meinen Eigenschaften würde ich lieber dir als Apophis dienen, aber es ist Apophis gewesen, der meine Kunst gebraucht und belohnt hat. Ich entstamme einer ungemein altehrwürdigen ägyptischen Familie, und im Gegensatz zu meinen fürstlichen Gefährten, die sich in den Erfolgen ihrer Vorfahren sonnen, die Waffen geschwungen oder Macht besessen haben, bin ich stolz auf eine lange Linie von Baumeistern und Priestern, die ich zahllose Hentis zurückverfolgen kann. Natürlich habe ich Macht», betonte er. «Ich bin Fürst. Aber ich bin nicht daran interessiert, sie zum Anführen eines Heeres zu gebrauchen.»

«Ein Jammer», murmelte Ahmose. «Und ich wollte dich gerade fragen, ob du eine meiner Divisionen befehligen möchtest.» Er grinste, und Sobek-nacht lachte schallend.

«Solltest du Männer brauchen, die mit Kalkstein oder Sandstein umgehen können und wissen, wie tief ein Fundament sein muss, damit es eine Säule von einem bestimmten Gewicht trägt, dann bin ich tatsächlich eine gute Wahl», sagte er. «In anderer Hinsicht wäre ich eine Fehlbesetzung.»

«Militärische Köpfe haben wir mehr als genug», warf Hor-Aha säuerlich ein. «Was wir brauchen, sind Männer, die sich darauf verstehen, eine schräge Mauer schnell und erfolgreich abzureißen.» Hor-Aha warf die Hände hoch. «Verzeihung, Fürst», sagte er. «Meine Worte sollten nicht kränken. Aber ich sage die Wahrheit. Solche schrägen Mauern umgeben die Haupthügel, auf denen Auaris steht. Sie sind sehr hoch und steinhart. Ägypter bauen anders. Ägyptische Maurer wissen nicht, wo ihre Schwachstellen sein könnten. Auch die Stadttore sind hoch und fest.» Er warf Ahmose einen finsteren Blick zu.

«So leicht bin ich nicht zu kränken, General», versicherte ihm Sobek-nacht. «Ich weiß, was du brauchst. Aber aufgrund von Kamoses Erfolg in Nag-Ta-Hert weißt du auch, dass Setiu-Befestigungen nicht aus Stein sind. Sie sind aus Sand und Erde, die hoch aufgetürmt und außen abgeschrägt werden. Als Baumeister bin ich mit den Vorteilen und Schwächen verschiedener Steine vertraut und vermag Gebäude aus Lehmziegeln zu zeichnen, aber das ist auch alles. Ich kann dir nicht raten.»

«Apophis' Vater hat die Mauern doppelt so hoch gemacht», sagte Ahmose. «Ich habe mich oft gefragt warum, denn zu seiner Zeit war die Stadt nicht bedroht. Vielleicht wegen eines Orakels bezüglich der Zukunft seines Sohnes.»

«Vielleicht.» Sobek-nacht verschränkte die Arme. «Aber ich glaube, die Pest vor vierzig Jahren hat ihn aufgeschreckt. Auaris ist immer ein enger Irrgarten mit schmalen Gässchen voll Müll und Abfall zwischen Reihen von Lehmhütten gewesen. Keine Gärten außer im Palastbezirk selbst und nur wenige kleine Plätze. Vor vierzig Jahren war die Bevölkerung so angewachsen, dass die Stadt aus allen Nähten platzte. In ihr wimmelte es und wimmelt es immer noch von Ratten und Ungeziefer. Die Pest hat Tausende Setius getötet. Damals und noch einige Zeit danach war Auaris wehrlos. Daher die verstärkte Befestigung.»

«Sie sind ein schmutziges Volk», sagte Turi nachdenklich. «Da haben sie das ganze herrliche Delta mit Platz für Häuser und Gärten, aber nein, sie quetschen sich lieber in diese ummauerten Orte. Das begreife ich nicht.»

«Doch, das tust du», warf Ramose ein. «Sie sind Fremdländer. Sie kennen Ägypten nicht. Seine Schönheit und Reinlichkeit ist ihnen einerlei. Sie sind Insekten, Ameisen, die auf einem Ameisenhügel herumkrabbeln.»

«Kürzlich musste ich die gefahrlose Auflösung der Friedhöfe in Auaris beaufsichtigen», sagte Sobek-nacht im Plauderton. «Ihre kleinen Totentempel sind aus Stein. Sie nehmen zu viel Platz weg. Die Einwohner sind gezwungen, ihre Toten und selbst ihre Esel unter dem Fußboden ihrer Häuser zu begraben.» Er blickte Ahmose an. «Mein Gebieter ist bekümmert, aber es gibt keine andere Lösung, weil der Raum in Auaris begrenzt ist. Es ist nur eine Frage der Zeit, und eine neue Pest bricht aus, oder mein Gebieter muss die Stadt auf andere Hügel ausdehnen. Pech für den gemeinen Mann, dass Apophis den Zustrom an frischen Soldaten aus Rethennu im Norden der Stadt einquartiert, und dort quillt es über. Die wenigen Ägypter, die hohe Stellungen bei Hofe haben und anständige Häuser mit bewässerten Gärten im Nordwesten des Hügels besitzen, die sich bis zu einem Nebenfluss des Nils hinunterziehen, sind nicht glücklich über den stetigen Zustrom.»

Ahmose erstarrte. Der Fürst hatte einige Worte besonders

betont. Bewässerte Gärten. Im Nordwesten. Er spürte Hor-Ahas Blick und wusste, dass auch der General diese fast unmerkliche Hervorhebung mitbekommen hatte.

«Wir genauso wenig!», platzte Turi heraus. «Ehe Auaris selbst abgetrennt werden kann, müssen wir diese Verstärkungen schlagen. Unsere Soldaten aus dem Süden freuen sich gar nicht darauf, in den Sümpfen und Obsthainen des Deltas zu kämpfen.» Er seufzte. «Eine entmutigende Aussicht, Majestät.»

«Ja, so ist es», gestand Ahmose. «Aber wir haben Zeit und können frei manövrieren, Turi. Am Ende muss Apophis die Niederlage eingestehen, es sei denn, aus Rethennu kommen immer neue Soldaten.» Er wandte sich an Sobek-nacht, der ihn die ganze Zeit aufmerksam gemustert hatte. «Sei bedankt, Fürst», sagte er schlicht. «Ich habe dir jetzt einen Vorschlag zu machen. Wie es scheint, ergeben sich für einen Baumeister in Auaris kaum lohnende Aufgaben. Falls er begabt ist, dürfte er sich bald langweilen. Ich jedoch brauche einen in Waset. Die Königin sucht gerade jemanden, der ein Dorf entwerfen kann, was weit mehr erfordert als lediglich Lehmziegel zählen. Fährst du zu ihr und sprichst mit ihr?» Sobek-nacht kniff die Augen zusammen.

«Ich beaufsichtige noch immer das Einebnen der Friedhöfe, Majestät», sagte er vorsichtig. «Man erwartet mich demnächst in Auaris, und ich bin nur nach Haus gekommen, um mich mit meinem Aufseher über die Ernte zu unterhalten.»

«Du bist nach Haus gekommen, um mich zu empfangen», widersprach Ahmose. «Ich will dir nichts vormachen, Fürst. Ich brauche dich in Waset. Aahmes-nofretari braucht dich, sowie deine augenblickliche Arbeit bei Apophis beendet ist. Ich bitte nicht um dein Schwert, ich bitte um deine besondere

Gabe und demütige mich vor dir, Sobek-nacht. Schlage dich auf meine Seite. Ich schwöre dir, du wirst es nicht bereuen.» Ein flüchtiges, spöttisches Lächeln huschte über das Gesicht des Fürsten.

«Ich habe dich immer gemocht, Ahmose», sagte er, «und deinen Bruder habe ich insofern geachtet, dass ich ihm versprochen habe, mich aus diesem Krieg herauszuhalten. Die Setius gehören nicht hierher. Das streite ich gar nicht ab. Und es stimmt auch, dass ich mich danach sehne, wie meine Vorfahren zu arbeiten, das heißt, mächtige Bauwerke zum Ruhm der Götter und zur Freude des Königs zu entwerfen. Also: Ich beende die Aufgabe für meinen Gebieter in Auaris und denke über die Aufgabe meines Gebieters in Waset nach. Mehr kann ich nicht versprechen.»

«Fährst du wenigstens nach Waset und berätst die Königin, wenn du im Delta fertig bist?», drängte Ahmose.

«Na schön, Majestät», willigte der Fürst ein. «Und während ich dort bin, könnten mich natürlich die Probleme vor Ort verlocken.» Ahmose schlug mit der Hand auf den Tisch und erhob sich.

«Ich bin ein zuvorkommender König, der ein Gespür für die Wünsche seiner Untertanen hat», sagte er humorvoll. «Hoffentlich merkst du, wie bereitwillig ich auf deine Bedingungen eingehe, Fürst? Und jetzt lass uns in deinen beschaulichen Garten gehen. Hast du vielleicht guten Wein vom Westlichen Fluss? Aber natürlich hast du ihn, vermutlich ein Geschenk von Apophis höchstpersönlich. Lass ihn sofort öffnen.»

Nach dem Festmahl und einem freundlichen Abschied von Sobek-nacht saßen die Männer noch auf Ahmoses Schiff an Deck. Die Medjai sangen leise in ihrer eigenen Sprache. Ahmose lauschte wunschlos glücklich. Es war ein guter Tag gewesen. «Majestät, glaubst du, dass Sobek-nacht Wort hält?», störte Turis Stimme Ahmose in seinem verträumten Dösen. «Ob der nach Waset fährt?»

«O ja», antwortete Ahmose. «Er hat das ganze letzte Jahr darüber nachgedacht, wem er Treue schuldet, und hat lange ehe er zu meiner Begrüßung nach Mennofer gekommen ist, gewusst, was er tun wird. Außerdem hat er uns wertvolle Informationen geliefert.»

«Ach ja?» Turi blickte ratlos, hatte die Brauen zusammengezogen, und Hor-Aha lachte harsch.

«Du würdest einen schlechten Spion abgeben, Turi», sagte er und warf seinen Zopf nach hinten. «Der Fürst hat uns ein klares Bild vom hinteren Schutzwall gegeben, wo die Setiu-Truppen gesammelt sind, und eine mögliche Lösung des Dilemmas, wie wir an sie herankommen.»

«Apophis' höhere Beamte, der Adel des Nordens, lebt auf Anwesen im Nordwesten des Hügels», meinte Ahmose. «Das ist die erste nützliche Information, Turi. Die zweite lautet, sie haben bewässerte Gärten.»

«Aber gewiss doch, Majestät», sagte Turi gereizt. «Schließlich sind sie ägyptische Edelleute geblieben.»

«Denke nach, du Dummkopf!», sagte Ahmose freundlich. «Der Hügel ist völlig von einer Mauer umgeben, und dennoch sind die Gärten bewässert.» Turi strich sich das Haar glatt und sagte ein Weilchen gar nichts. Ahmose wartete. Dann klatschte Turi in die Hände.

«Natürlich! Der Wein hat mir das Hirn vernebelt. Es muss Löcher in der Mauer geben, damit sich die Kanäle, aus denen die Edelleute ihre Gärten bewässern, während der Überschwemmung füllen können. Dann geht der Nil zurück, und die Löcher werden wieder zugemacht.» Er blickte Ahmose an. «Diese Löcher sind die Schwachstellen in der Mauer.

Wenn sie jedes Jahr auf- und wieder zugemacht werden, lassen sie sich gewiss leicht aufstemmen.»

«Turi verdient das Klugheitsgold», sagte Hor-Aha spöttisch. «Das Problem ist nicht eine Mauer, die leicht zusammenbricht. Das Problem ist, dass der Nebenfluss des Nils nicht völlig austrocknet, obwohl der Wasserstand sinkt. Zwischen Wasser und Mauer dürfte es nicht viel Platz geben, und im Winter schon gar nicht. Keinen Platz außer für ganz wenige Soldaten, wenn man auf den Hügel will, und im Winter eine sehr feuchte Angelegenheit.»

«Aber vielleicht für Kay Abana und seine Männer machbar», überlegte Ahmose. «Wir wissen mehr, wenn wir das Delta erreichen und Späher ausschicken.»

Als er dann auf seinem Feldbett lag und die Information Sobek-nachts überdachte und wie man sie vielleicht nutzen könnte, schweiften seine Gedanken zu dem Mann selbst, der bald mit dem Sommerwind aus Norden gen Süden reisen würde. Morgen diktiere ich eine Botschaft an Aahmes-nofretari, sagte er sich schlaftrunken. Sie wird ihn erwarten. Man wird ihn zu ihr bringen. Sie wird ihn mit diesem Lächeln begrüßen, bei dem ich dahinschmelze. Vielleicht begegnen sie sich im Garten. Vielleicht ist auch Ahmose-onch dabei, liegt bäuchlings am Teich, während sich die Frösche unter den Seerosenblättern verstecken … Er schlief ein.

Zwei Tage wurde gerudert, dann hatte die kleine Flotte die Stadt Iunu, die Heimat Res, erreicht. Hier teilte sich der Nil in die beiden Hauptnebenarme, den östlichen und den westlichen. Ahmose wartete nur so lange, bis das Heer aufgeholt hatte, dann ging es weiter. Noch ein Tag, und sie kamen an der Stelle vorbei, wo früher Nag-Ta-Hert gestanden hatte. Die Festung hatte ihn und Kamose einen Monat lang aufgehalten, weil sie einen Weg in ihre trügerisch einfachen Mauern finden mussten.

Auaris lag noch immer zwei, drei Tagesreisen entfernt, doch schon jetzt streckte der Nil kleine Seitenarme aus, die vom östlichen Hauptarm abzweigten und sich durch winzige, von Schatten spendenden Bäumen gesäumte Felder und Obsthaine voller Obst zogen. Der Wasserstand war sehr niedrig, sodass an den Ufern fester, trockener Boden zum Marschieren blieb. Ahmose ließ die Medjai in Alarmbereitschaft versetzen, und die Flotte fuhr vorsichtig weiter, bis die Stadt nur noch einen Tag entfernt war. Dann wurden die Schiffe vertäut, und Kay Abana wurde geholt. Der kam so beflissen, wie es Ahmose mittlerweile erwartete, verbeugte sich ehrerbietig und setzte sich auf den Schemel, auf den Ahmose deutete. «Es wird Zeit, dass du Arbeit bekommst», sagte Ahmose. Kay nickte über dem Rand seines Bechers, trank einen großen Schluck und stellte ihn dann neben sich auf die Erde.

«Gutes Bier, Majestät», meinte er. «Irgendwie macht mich die Feuchtigkeit des Südens durstiger als der Feuerofen, der uns daheim verbrennen will. Ich rieche diese Luft, und sofort bin ich besorgt, neugierig und bange, und das alles gleichzeitig. Hoffentlich stationierst du die *Norden* nach dem Fall von Auaris nicht hier. Es ist ja ganz hübsch, aber ich kann die Gegend nicht leiden.» Ahmose lächelte.

«Benimmt sich dein Vetter?», fragte er. Kay nickte.

«Er führt unermüdlich meine Befehle aus. Wo ist das Heer jetzt, Majestät, und was soll ich für dich tun?»

«Ich erwarte, dass die Divisionen heute Nacht an uns vorbeiziehen», sagte Ahmose. «Wähle sechs Späher aus, sie sollen bereitstehen und sich mit den Generälen vereinen, einer für jede Division, die sich im östlichen Delta und entlang der Horusstraße verteilen. Die verbleibenden fünf Divisionen werden Auaris belagern. Du und die *Norden*, ihr kommt mit mir, Kay. Ich habe vor, den Anleger von Auaris zu zerstören, und du musst mich hinsichtlich eines Zugangs zum nördlichen Hügel beraten.» Darauf gab er rasch an den jungen Mann weiter, was ihm Sobek-nacht erzählt hatte.

«Auf diesem elendigen Hügel dürften Tausende von Setiu-Soldaten zusammengepfercht sein», meinte Turi, als Ahmose geendet hatte. «Die zurückzuhalten, während unsere Soldaten durch ein paar Schlammlöcher in der Mauer kriechen, das wird nicht einfach. Versuche lieber, den nordwestlichen Teil der Mauer völlig zu zerstören, ehe du jemanden hineinschickst.»

«Ich plane, sie auf Trab zu halten, indem ich von Osten auf sie schießen lasse», sagte Ahmose. «Es ist eine geringe Chance. Aber meine sechs Divisionen kämpfen in der Zeit mit den Setius, die sich frei im östlichen Delta bewegen können. Die geben meinen Belagerungstruppen keine Rückendeckung.»

«Was ist mit Auaris' Haupthügel?»

Ahmose hob das Leinen von den schweißklebrigen Schenkeln. «Die Überflutungsebenen im Süden und Osten sind trocken, da stellen wir die Bogenschützen auf», erläuterte er. «Die Fußsoldaten kommen vor die Tore. An der westlichen Seite befindet sich natürlich der Nebenarm. Die *Norden* wird den Fußsoldaten helfen, wenn diese den Bootsanleger zerstören.» Er seufzte. «Du und ich, wir wissen beide, dass wir die Stadt nicht einnehmen können, wenn die Tore nicht aufgehen. Nie im Leben. Mit ziemlicher Sicherheit können wir das Delta von fremdländischen Soldaten säubern, die Horusstraße bewachen, damit keine weiteren einsickern, und vielleicht können wir eindringen und die auf dem nördlichen Hügel eingepferchten Soldaten töten, aber der Stadt selbst können wir nichts anhaben.»

«Wenn du den Winter über hier bleibst, kannst du sie von der Nahrungszufuhr abschneiden», schlug Kay vor. «Ohne Essen halten sie nicht lange aus.» Ahmose verzog das Gesicht.

«So viele Wenn und Vielleicht», sagte er. «Für mich gibt es nur den nächsten Zug.» Kay stand auf.

«Die Späher stoßen zu den Divisionen, wenn die vorbeikommen», versicherte er Ahmose.

«Falls alles gut geht, sollte Auaris übermorgen in Sicht kommen. Schick mir Hor-Aha, wenn du zum Schiff zurückgehst, Kay. Die Medjai müssen wissen, wie sie aufgestellt werden.»

Ahmose schlief noch, als die südliche Biegung von Auaris' Mauer in Sicht kam, und Achtoi musste ihn behutsam wecken. Er band sich einen Schurz um, schob eilig die Füße in Sandalen, verließ die Kabine und ging über das Deck, um sich, umringt von den Getreuen, Ägyptens Fluch anzusehen.

Bereits jetzt wimmelte es auf der hohen, angeschrägten Mauer von Soldaten, die von Massen rufender und mit den Fingern zeigender Bürger geschubst wurden. Die kahle Überflutungsebene vor der Mauer lag verlassen. Offensichtlich war die Stadt gewarnt worden. «Turi, Kagemni, Baqet, Cheti und Sobek-chu warten darauf, an Deck kommen zu dürfen, Majestät», sagte Anchmahor, der sich zu Ahmose an die Reling stellte.

«Lass sie kommen.»

Er sah seine fünf Generäle die Laufplanke hochrennen, sie überhörten den Tumult oben auf der Mauer und übersahen den Pfeilhagel, der aufgeregt in seine Richtung abgeschossen wurde, obwohl er nicht in Reichweite stand.

Die kleine Gruppe kam und verbeugte sich, und Ahmose verschwendete keine Zeit. «Kagemni und Baqet, ihr nehmt die wartenden Medjai mit und verteilt eure Männer im Süden und

Osten um die Stadt», sagte er. «Lagert in guter Entfernung von den Mauern. Stellt sofort Soldaten an die Tore, aber die anderen bauen Zelte auf und richten sich ein. Die Streitwagen sollen den Belagerungsring abfahren. Der Boden ist fest, es sollte ihnen also nicht schwer fallen. Sind die Vorratskarren angekommen?» Kagemni nickte. «Gut. Cheti, du marschierst mit der Horus-Division unverzüglich zum nördlichen Hügel und schießt auf alles, was sich auf der Mauer bewegt. Mach viel Getöse. Wirbele Staub auf. Ich möchte die drinnen von Kay und seinem Schiff auf der westlichen Seite ablenken. Bei Einbruch der Nacht könnt ihr dort lagern. Turi, du und Sobek-chu, ihr zieht zur westlichen Seite des Hügels zwischen Mauer und Nebenarm. Zehntausend Mann dürften genügen, um die Setius drinnen abzuriegeln. Ihr fangt sofort mit der Zerstörung des Anlegers an. Falls dort Schiffe vertäut liegen, übernehmt ihr die Ladung und verbrennt sie. Das ist alles.» Sie verbeugten sich der Reihe nach und liefen den Weg zurück, den sie gekommen waren, und als sie fort waren, wurde die Laufplanke eingezogen. «Kapitän, näher heran!», rief Ahmose.

Die Ruderer reagierten vorsichtig auf den Befehl des Kapitäns, und das Schiff schob sich langsam vorwärts. Ahmoses Blick wanderte von den Soldatenmassen, die links von ihm auf die Ebene strömten, zu den Schiffen der Medjai, die an ihrer Flanke rasch vor ihnen herfuhren. Trotz des schaukelnden Decks waren die Bogenschützen schon fleißig damit beschäftigt, einen ziellosen Pfeilhagel hoch in den leicht bewölkten Himmel zu schicken. Schreie kamen von der Mauer, als sich ihre Flugbahn neigte und sie ins Ziel trafen. Körper sackten zusammen, einige fielen in die Reihen der Ägypter unter ihnen. Das Geschiebe der Menschen, die auf der breiten Mauer standen, ließ jäh nach, und die Medjai stießen ein Triumphgeheul aus.

Ahmose merkte, dass er sich die Augen nach einzelnen Gesichtern ausschaute, die sich noch vor dem gleißenden Himmel abzeichneten, doch dann widmete er sich mit einem innerlichen Achselzucken dem Vorankommen seiner beiden Divisionen. Sie würde nicht dort oben sein, sich der Gefahr aussetzen, sich von aufgeregten Bürgern schieben und schubsen lassen. Nicht Königin Tautha. Dennoch stellte er sie sich als junges Mädchen vor, das sich über die bedrohliche Schräge beugte, seinen Namen rief und wild winkend auf sich aufmerksam machte. Tani! Er schob die aufquellende Wut und Traurigkeit beiseite.

Ein knapper Wink in Richtung seines Kapitäns, und sein Schiff wurde langsamer und stieß sacht ans Ufer, dann lief er, dicht gefolgt von Anchmahor, die Laufplanke hinunter. «Bringt mir einen Streitwagen, wenn ihr einen übrig habt», befahl er. «Ich möchte mir ein besseres Bild vom Anleger verschaffen. Und meinen Schild sollte ich wohl lieber auch mitnehmen. Viel traue ich den Bogenschützen der Setius ja nicht zu, aber es wäre eine Schande, wenn mich ein verirrter Pfeil niederstrecken würde.»

«Da fährt die *Norden*, Majestät!», rief Anchmahor. «Sie schiebt sich an den Medjai vorbei und ist jetzt hinter ihnen!» Sie sahen ihr einen Augenblick zu, bis Kays stolze Flagge um die Biegung des Nebenarms flatterte und außer Sicht kam. «Die erste Gefahr hat sie umfahren», sagte Anchmahor. «Zweifellos hat Cheti mittlerweile die Aufmerksamkeit der Truppen vom nördlichen Hügel auf sich gezogen.»

Ahmose wollte dazu etwas bemerken, als die auf der Mauer aufgereihten Soldaten losbrüllten. «Wir greifen jetzt den Anleger an», sagte Ahmose. «Wie dumm die Setius doch sind! Felsbrocken würden mehr Schaden unter unseren Divisionen anrichten als alle ihre Pfeile. Oder vielleicht Steinbrocken von den Friedhöfen, die Sobek-nacht einebnet.» Er lachte, doch das Lachen blieb ihm im Hals stecken. Eine vertraute Gestalt war aufgetaucht, schritt hinter den enttäuschten Setiu-Soldaten auf und ab und übersah die Geschosse, die um ihn herum zu Boden fielen. Dunkel, grobe Züge, entschiedene Bewegungen, kräftig und anmutig. Anscheinend beschimpfte er sie, obwohl Ahmose bei dem Getöse ringsum seine Worte nicht hören konnte.

«Pezedchu», murmelte Anchmahor. «Was treibt der hier?»

«Er befehligt sie von der Mauer herunter», antwortete Ahmose mit belegter Stimme. «Er weiß, dass sie den Medjai nicht gewachsen sind, und will nicht noch mehr verlieren. Und er weiß auch, dass diese Verluste dumm sind, da wir ja doch nicht in die Stadt hineinkommen. Wieder einmal beweist er Vorsicht.» Er fuhr zu seinem Befehlshaber herum. «Die Medjai sollen aufhören zu schießen, aber ihre Stellung beibehalten», sagte er. «Und hol mir den Streitwagen.»

Der Anleger von Auaris war fest gebaut, zahlreiche große Holzstege ragten in die Strömung des Nebenarms, doch es war Sommer und der Wasserstand niedrig, daher offenbarten sich Baumängel. Wie bei allem, was die Setius bauen, dachte Ahmose mit ingrimmiger Befriedigung, als er hinter Anchmahor im Streitwagen stand und den Schild zwischen sich und die Stadt zu seiner Rechten hielt. Alles wirkt robust und ist doch so leicht gebaut wie ein Spielzeughaus aus Stöcken. Was für eine Verschwendung von kostbarem Holz aus Rethennu!

Mehrere größere Schiffe, einige aus Binsen, andere aus Zedernholz, und ein, zwei eindeutig in Keftiu-Bauart lagen dort vertäut. Auf Deck wurde gekämpft, da die Ägypter geentert hatten. Viele anscheinend unbewaffnete Soldaten kletterten über die Reling, sprangen ins seichte Wasser und verschwanden ungehindert zwischen den Schiffen der Medjai am anderen Ufer. Wer jedoch blieb, hatte Waffen und versuchte, sein Schiff zu verteidigen. An Deck wurde noch gekämpft, während die mit dem Ausladen beauftragten Soldaten mit leeren Händen in den Rumpf gingen und mit Säcken und Kisten beladen wieder auftauchten. Was sie enthielten, war für Ahmose nicht auszumachen. Aber mitten im scheinbaren Chaos ging sein strategischer Plan reibungslos auf.

Auf einmal wurde der stetige Lärm zum Getöse. Tausende von Männern auf der Ebene zwischen Stadt und Hafenanlagen gerieten ins Wanken, und die Standarten der beiden Divisionen Amun und Montu senkten und drehten sich, ehe sie wieder aufgerichtet wurden. Axtträger, Fackelträger und ausladende Soldaten gerieten ins Stocken und drehten sich nach der Ursache der Störung um. «Ihr Götter!», rief Ahmose, während sich Anchmahor rasch bückte und die Zügel aufnahm. «Die Tore gehen auf! Sie wollen den Anleger verteidigen!» Er hüpfte fast vor Schreck und Schadenfreude. «Nimm die Peitsche, Befehlshaber! Chabechnet! Chabechnet!» Sein Oberster Herold kam angerannt, während der Streitwagen schneller wurde, und sprang neben Ahmose auf. «Peitsche dir eine Gasse durch das Chaos zu den Generälen frei», sagte Ahmose, ohne zu merken, dass er noch immer brüllte. «Befiehl ihnen, nicht mit den Setius zu kämpfen. Befiehl ihnen, die Tore offen zu halten, koste es, was es wolle, und unverzüglich in die Stadt einzudringen.» Chabechnet nickte und sprang ab, rannte über den staubigen Boden und schrie bereits. Jeder Muskel verkrampfte sich, als er hinter ihm hersah. O bitte, Amun, gibt Turi und Sobek-chu die Geistesgegenwart, dass sie merken, was zu tun ist!

«Lass die anderen Divisionen holen, Majestät!», rief

Anchmahor über die Schulter. Er ruckte an den Zügeln, damit die Pferde langsamer gingen, und Ahmose hinderte ihn nicht.

«Noch nicht», sagte er heiser. «Die *Norden* braucht unseren Schutz. Die Standarten bewegen sich, Anchmahor. Die Standartenträger nähern sich dem Tor. Aber schaffen es die Truppen, ihnen zu folgen?»

Angespannt sahen sie zu und vergaßen dabei die Mittagssonne, die heiß auf ihre Köpfe herabbrannte, den Angstschweiß, der ihnen am Leib herunterrann, die heiße Brise, die die blauen und weißen Straußenfedern bewegte, die an den zuckenden Ohren der geduldigen Pferde angebracht waren. Nach einer geraumen Weile sagte Anchmahor ausdruckslos: «Die Medjai versuchen, Ziele zu finden, aber sie haben Angst, Ägypter zu treffen. So viel Ohnmacht dürfte Hor-Aha wahnsinnig machen.» Ahmose antwortete nicht. Er erspähte Hor-Aha, der die Fäuste in die weiß gekleideten Hüften stemmte und den Kopf gesenkt hatte.

Doch dann fuhren alle Bogen hoch, als hätten die Medjai einhellig einen Gedanken. Ahmose blickte auf. Frische Setiu-Soldaten waren auf der Mauer aufgetaucht, knieten und schossen bereits in das dichte Kampfgetümmel. Pezedchu war bei ihnen, und selbst aus der Entfernung konnte Ahmose ihm seine Wut anmerken. Der Ausfall durch das Tor ist nicht seine Idee, dachte Ahmose. Natürlich nicht. So voreilig hätte er nie gehandelt. Hinter dieser Dummheit steckt Apophis. Pezedchu versucht, den Schaden zu begrenzen, uns vom Sturm auf das Tor abzuhalten, unseren Angriff zu verzögern.

Der Kampf tobte stärker. Das Tor stand noch immer offen, doch das Gedränge der Männer davor war ärger geworden. Ahmose sorgte sich, denn die Setius hatten es geschafft, statt der Tore menschliche Schutzschilde aufzubauen, die die Ägypter erst niedermetzeln mussten, ehe sie an dieses gewaltige Tor herankamen. Die Standarten und die Männer, die ihnen folgten, kamen nicht um die Setius herum. Inzwischen wurde heftig und erbittert gekämpft, und die Leichen der Gefallenen wurden zu einem weiteren Hindernis für die Ägypter, die jetzt schweigend ihre Waffen schwangen und wild entschlossen schienen, zu der einladenden Öffnung zu gelangen, die das Ende eines jahrelangen vergeblichen Bemühens bedeutete. «Sie sind gezwungen, alle Setiu-Soldaten zu erschlagen und über ihre Leichen zu klettern, ehe sie das Tor überhaupt anfassen können», sagte Anchmahor verzweifelt und äußerte damit laut, was auch Ahmose schwante. «Bis dahin sind sie viel zu erschöpft zum Weiterkämpfen.»

«Dann werden sie ersetzt», sagte Ahmose bestimmt. «Die Reihen der Setius lichten sich schon. Es ist Zeit, die anderen Divisionen zu holen.» Doch als er sich umdrehte, weil er einem der Herolde den Befehl geben wollte, sah er Pezedchu oben auf der Mauer mit hocherhobenem Schild und geballter Faust zum Tor rennen. Ahmose konnte ihn brüllen hören: «Macht das Tor zu, ihr Dummköpfe! Worauf wartet ihr noch? Sofort zumachen! Ihr Schwachköpfe! Ihr hirnlosen Hunde! Ihr verfluchten Kerle!» Verzweiflung überkam Ahmose, als das Tor langsam zuging. Er schrie auf, und sein Schreckensschrei wurde von den erschöpften Ägyptern aufgenommen. Ein Geheul erhob sich. Eine einzige letzte Welle wogte zur Mauer, dann fielen die Torflügel mit lautem Krach zu, gefolgt von einem leiseren Krach, als die mächtigen Holzbalken drinnen an Ort und Stelle angebracht wurden.

Die Äxte nahmen ihre Arbeit wieder auf, hackten in die kostbaren Fundamente des Anlegers. Die Ladung war gelöscht, und die Fackelträger warteten darauf, dass sie die leeren Schiffe und das, was vom Anleger übrig geblieben war, in Brand stecken konnten.

Kay Abana hatte die *Norden* wohlbehalten zurückgebracht. Ahmose ordnete eine Zählung der ägyptischen Gefallenen, der Verwundeten, eine Sitzung mit Turi und Sobek-chu und eine Auflistung der Beute an, doch er teilte die bittere Enttäuschung des riesigen ägyptischen Lagers.

Gegen Sonnenuntergang wurden die Kochfeuer angezündet, und ein Duft nach gutem Essen lag in der Luft. Soldaten wateten in den Fluss und wuschen Körper und verdreckte Kleidung, saßen vor ihren Zelten und schärften ihre Waffen, doch nicht unter dem gewohnten Gelächter und Geplauder. Ahmose, der sich an ihren Reihen entlangfahren ließ, war genauso niedergeschlagen. Alle begriffen, wie verheißungsvoll die gebotene Chance gewesen war, die sie im allerletzten Augenblick verpasst hatten.

FÜNFTES KAPITEL

Von Kay Abana war keine Nachricht gekommen. Eine Sorge mehr, stellte Ahmose fest, als er später vor seinem Zelt saß. General Cheti hatte Nachricht geschickt, dass seine Männer den ganzen Tag Pfeile und Beleidigungen auf die Scharen von Setiu-Soldaten auf der Mauer des nördlichen Hügels abgefeuert und überhaupt viel Krach und Wirbel gemacht hätten, dass sie sich aber am Spätnachmittag zurückgezogen und das Lager aufgeschlagen hätten.

Wie lauteten die Befehle für den morgigen Tag? Ahmose wusste es nicht. Er konnte keinen Plan für die Horus-Division ausarbeiten, ehe die *Norden* nicht an Auaris vorbeigefahren kam. Ramose hatte darum gebeten, an Bord der *Norden* gehen zu dürfen, er wollte zusammen mit Kay die Bewässerungskanäle erforschen. Ahmose hätte ihn lieber bei sich gehabt, und das kam noch als zusätzliche Angst zu dem bereits erdrückenden Gewicht dieses enttäuschenden Tages.

Aber gerade als er seine Abendgebete zu Amun beendet hatte und die Tür seines Reiseschreins zumachte, bat einer seiner Herolde um Einlass. «Die *Norden* ist zurück, Majestät», sagte er, als Ahmose zum Zelteingang kam. «In diesem Augenblick legt sie die Laufplanke aus.»

«Gut!» Ahmose merkte, wie sich alles in ihm lockerte, so erleichtert war er. «Dann sag General Hor-Aha, dass die Medjai keine Alarmbereitschaft mehr haben. Schicke Kay Abana und Fürst Ramose zu mir, sowie die Mannschaft der *Norden* ihr Essen bekommen und sich gelagert hat.» Der Mann salutierte und verschwand in der von Feuern erhellten Dunkelheit, und Ahmose ging ins Zelt. «Bringe zwei Schemel, einen Krug Wein und was du noch an Fleisch und Brot findest», befahl er seinem Haushofmeister.

Einmal ist keinmal, dachte er, und seine gewohnte Zuversicht kehrte zurück. Überlass dich nicht der augenblicklichen düsteren Stimmung, du Dummkopf! Amun wird mir letzten Endes den Sieg schenken, das spüre ich bis in die Knochen. Der Preis ist bezahlt. Vater und Kamose haben ihn gezahlt, und die Götter haben bestimmt, dass ich den Lohn dafür erhalte.

Als Kay und Ramose eingelassen wurden, hatte Achtoi bereits Wein und warmes Essen aufgedeckt und sich taktvoll entfernt. Ahmose lud sie ein, Platz zu nehmen. Kay Abana hatte mehrere Schrammen auf dem braunen Handrücken. Seine Knie waren aufgeschrammt wie bei einem Kind, das gestolpert und auf Steine gefallen ist. Seine Wange war geschwollen, ein hässlicher blauer Fleck, und auf einem Schienbein und einer Wade war ein Blutrinnsal. Ahmose zeigte auf das gebratene Gazellenfleisch, das Gerstenbrot und den bröseligen Käse. «Esst erst einmal», empfahl er ihnen. «Ramose, schenke uns Wein ein. Wie ich sehe, hast du wie gewohnt voreilig gehandelt, Kapitän Abana, aber auf nüchternen Magen erzählt es sich nicht gut.» Er lächelte. «Ich bin sehr froh, dass ich euch wohlbehalten wieder sehe.»

Erst als Platten und Weinkrug geleert waren, sprach Ahmose wieder. «Und jetzt», so sagte er, «euren Bericht.»

«Der ist nicht gut, Majestät», sagte Kay prompt. «Es gibt tatsächlich Löcher in der Mauer, höchstens zwanzig bis dreißig, durch die sich die Bewässerungskanäle in der Stadt während des Hochwassers füllen. Die sind im Augenblick natürlich zu, damit das Wasser nicht abläuft, aber man kann sie deutlich sehen. Anscheinend sind sie nicht groß. Und fest zu sind sie auch nicht, nur Lehm und Stroh mit ein wenig Kalkpulver vielleicht. Ich glaube nicht, dass das Hochwasser das allein von außen lösen kann, dazu braucht man Männer, die von innen mit Hacken arbeiten.» Er schlug behutsam die Beine übereinander, das blutende über das gesunde, und blickte Ahmose ins Gesicht. «Meine Männer haben versucht, etwas aus ihnen herauszuholen, aber das war harte Arbeit. Wenn das Hochwasser die Füllung erst einmal aufgeweicht hat, geht es leichter, aber die Löcher zwingen die Soldaten, die Luft anzuhalten und einer nach dem anderen ein kurzes Stück unter Wasser zu schwimmen. Und dann müssten sie durchnässt und keuchend mit nassen Waffen gegen eine große Übermacht kämpfen.»

«Und das von dir, meinem voreiligsten Offizier?», spaßte Ahmose, auch wenn ihn Abanas Einschätzung der Situation enttäuschte. «Vielleicht könnte man die Öffnungen mit Hilfe des Hochwassers und von mehreren hundert Mann mit Spitzhacken erweitern?»

«Die hätten starke Gegenwehr zu erwarten», hielt Abana sofort dagegen. «Die Setius haben oben in die Mauer Schlitze eingelassen, durch die können sie auf jeden schießen, der an den Löchern herumhackt.» Er blickte sich um. «Gibt es keinen Wein mehr?» Ahmose überhörte die Frage. Er beugte sich vor.

«Willst du damit sagen, dass deine Männer versucht haben, die Löcher unter Beschuss von oben und durch die Schlitze in der Mauer aufzustemmen?»

Abana grinste fröhlich. «Ja, das haben wir. Meine braven Bootsleute haben vom Deck der *Norden* einen ständigen Pfeilhagel hochgeschickt, während wir auf den Knien gearbeitet haben. Aber es ist nichts dabei herausgekommen», schloss er bekümmert. «Wir konnten hören, wie in den Gärten dahinter die Soldaten zusammengelaufen sind und uns empfangen wollten, falls wir es geschafft hätten, die hätten sich dann auf uns gestürzt.» Er hob die Hände. «Ich habe selbst neben meinen Männern mitgehackt», stellte er klar, «und da hat ein schlecht gezielter Pfeil mein Bein geschrammt. Die Setiu-Bogenschützen schießen wild und ziellos.»

«Trotzdem haben sie hervorragende Waffen», erinnerte ihn Ahmose. «Die Konstruktion des Bogens, den sie mitgebracht haben, als sie nach Ägypten eingesickert sind, war besser als alles, was wir bislang gesehen hatten, und dann noch ihre Äxte mit den breiteren Blättern und die Krummschwerter.»

«Eine Waffe ist nur so gut wie der Mann, der sie führt», sagte Kay überheblich.

«Das ist deine Einschätzung der Lage», sagte Ahmose. Kay seufzte betont.

«Der Versuch, durch die Bewässerungskanäle zum Nordhügel zu gelangen, wäre eine Vergeudung von Zeit und wertvollen Männern», meinte er mit Bedauern. «Ich sage es nicht gern, aber meiner Meinung nach müssen wir einen anderen Weg finden.»

«Sei bedankt.» Ahmose nickte. «Geh jetzt und schlafe dich aus, Kay. Du hast deine Sache gut gemacht.» Kay stand sofort auf und verbeugte sich.

«Ich habe dir ein Geschenk mitgebracht, das hat der Getreue vor deiner Tür», sagte er, als er rückwärts durch die

Zeltklappe ging. «Nein, mehrere Geschenke. Eins davon ist von meinem Vetter Zaa. Ich wünsche dir eine gute Nacht. Dir auch, Fürst.»

«Du bist ungewöhnlich schweigsam gewesen, Ramose», sagte Ahmose. «Hast du etwas auf dem Herzen?» Ramose bewegte sich.

«An dem hast du einen tapferen und aufgeweckten Offizier», sagte er leise. «Der Pfeilhagel von oben und durch die todbringenden Schlitze war stetig und tödlich, aber Kay und seine Männer haben ungeachtet der Gefahr unermüdlich gehackt. Ich habe mir das alles aus sicherer Entfernung auf der *Norden* angesehen. Das Geschenk ist ein Sack mit Setiu-Händen, insgesamt siebenundzwanzig. Viele Setius sind nach hinten gefallen und waren nicht mehr zu sehen. Eine Hand hat einem Soldaten gehört, den der junge Zaa-pen-Necheb erledigt hat. Ein geglückter Schuss, glaube ich, wenn man bedenkt, dass der Junge noch mit dem ungewohnten Bogen kämpft, aber trotzdem beherzt.» Er rieb sich die Stirn und betrachtete Ahmose mit müden Augen. «Viele der Pfeile waren verständlicherweise auf die Bootsleute gerichtet. Dreißig sind verwundet und weitere fünfzig tot.»

«Fünfzig!» Erschrocken setzte sich Ahmose auf. «Zu viel, Ramose. Viel zu viel! Das hätte Abana mir sagen müssen.»

«Hätte er auch, wenn du nachgefragt hättest, aber er ist sehr stolz auf sein Schiff und seine Männer und schämt sich, dass er sie nicht ausreichend schützen konnte. Ehe wir hergekommen sind, hatte er schon einen Armeearzt für die Verwundeten geholt.»

«Dann geben wir den Plan mit den Bewässerungslöchern auf», sagte Ahmose bestimmt. «Bei so wenig Aussicht auf Erfolg opfere ich doch keine Ägypter. Was meinst du?»

Er betrachtete Ramose, der ein Weilchen nachdachte. Ahmose wartete. Dann pochten die Finger einmal auf den Tisch und wurden zurückgezogen.

«Du hast, glaube ich, Recht», sagte Ramose bedächtig. «Aber vielleicht klappt es auch anders, Majestät, mit der entgegengesetzten Strategie. Versuche nicht, die Bewässerungslöcher zu öffnen, sondern stationiere einen Teil der Bootstruppe auf dem Nebenarm davor und verhindere, dass sie geöffnet werden, sowie das Hochwasser einsetzt. Ja, sorge dafür, dass überhaupt kein Wasser weder zum Nordhügel noch zum anderen Hügel fließt.» Er beugte sich in den Lichtschein. «Die Stadt hinter der Mauer platzt aus allen Nähten. Du hast Sobek-nacht gehört. Sogar die Totentempel werden dem Erdboden gleichgemacht, weil Lebensraum fehlt. Was trinken diese Menschen? In Setiu-Festungen gibt es keine Quellen. Das Wasser kommt aus Brunnen und wird jeden Winter, wenn Isis weint, durch die Nebenarme ergänzt. Schneide sie davon ab. Verhindere den Zustrom von Frischwasser. Du hast bereits beschlossen, die Belagerung und den Krieg im Delta während des Hochwassers fortzuführen. Früher haben wir uns in dieser Zeit immer zurückgezogen, und genau dann holt sich Auaris frisches Wasser. In diesem Jahr ist alles anders. Lass sie dursten!» Ahmose starrte ihn an.

«Wahrlich, ein enttäuschungs- und hoffnungsvoller Tag», murmelte er. Er erhob sich, und sofort stand auch Ramose auf. «Ich sehe mir mal Abanas ziemlich grausiges Geschenk an, und dann sinken wir alle dankbar aufs Lager», sagte er. «Sei bedankt für deinen Rat.» Als Antwort verbeugte sich Ramose, und zusammen traten sie in die milde Nachtluft.

Der Sack lag zu Füßen eines Getreuen, der den Zelteingang bewachte. Auf Ahmoses Befehl hin bückte er sich, machte ihn auf und zeigte eine Menge blutiger abgeschlagener Hände. Ahmose betrachtete sie nachdenklich. «Kamose hat für die

Zählung in keiner seiner Schlachten Hände abgeschlagen», sagte er. «Ich habe mich nie gefragt warum. Aber der Anblick hier zeigt mir, dass wir bei unserem Kampf im Recht sind. Wir sind keine Räuber, die erschlagen und plündern, ehe sie weiterziehen. Das hier ist ein ehrenhafter Krieg.» Damit ging er in sein Zelt zurück.

Er wartete ruhig, lauschte den Geräuschen der tausend und mehr Männer, die allmählich verstummten, während sie sich in ihre Decken wickelten, und nur das gelegentliche Aufbegehren eines Esels und die regelmäßigen Anrufe der Wachposten, einige fern, einige nah, störten die Stille.

Auch die Stadt schien zu schweigen, der übliche Lärmpegel war zum leisen Brausen geworden. Für Ahmose, der mit verschränkten Armen und Beinen dasaß, während Achtoi und sein Helfer den Tisch abräumten, hörte es sich irgendwie traurig an. Achtoi war fertig. «Brauchst du noch etwas, Majestät?», fragte er. Ahmose schüttelte den Kopf.

«Nein», antwortete er. «Wecke mich bei Tagesanbruch mit Essen, Achtoi.»

Als Achtoi ging, hielt er für Chabechnet die Zeltklappe hoch. Der Oberste Herold trat ein und verbeugte sich. «Ich möchte, dass du die Herolde in Schichten einteilst», sagte Ahmose. «Dich natürlich nicht, Chabechnet. Du hörst nur auf meine Befehle. Sie sollen von Sonnenuntergang bis Tagesanbruch im Streitwagen um die Stadt herumfahren und Apophis zur Übergabe auffordern. Auaris glaubt, dass es uneinnehmbar ist, also wollen wir mit allen Mitteln versuchen, diesen Traum zum Platzen zu bringen.» Chabechnet wölbte die schwarzen Brauen.

«Und was sollen sie ausrufen, Majestät?»

«Es soll sich wie eine Drohung anhören.» Ahmose stand auf und reckte sich. «Sie sollen Folgendes sagen: ‹Uatsch-

Cheperu Ahmose, Sohn der Sonne, Horus, Goldhorus fordert, dass sich der fremdländische Thronräuber Apophis ergibt, es sei denn, er nimmt in Kauf, dass seine Stadt Auaris niedergebrannt wird.› Jede Nacht, Chabechnet. Du bist entlassen.»

«Sehr wohl, Majestät.»

Als er fort war, legte sich Ahmose auf sein Feldbett, blies die Lampe aus und schloss die Augen. Bald dürften auch Berichte von den Divisionen eintreffen, die im Delta ungehindert Krieg führen, dachte er, während sich sein Leib allmählich entspannte, und vielleicht Nachricht aus Waset. Ipi soll eine Notiz bezüglich des Tapferkeitsgoldes für die Mannschaft der *Norden* machen. Bis zur Überschwemmung kann ich der Stadt wenig anhaben, und dann muss ich die Bootsleute holen lassen. Ramose hat Recht. Auaris darf kein Frischwasser mehr bekommen.

Bei Res ersten Strahlen kam der Heeresschreiber mit einer Liste der den gefallenen Feinden abgeschlagenen Hände.

Ahmose kümmerte sich mehr um die eigenen Gefallenenzahlen und welche Soldaten eine Belohnung für Tapferkeit verdienten. Es gab mehrere. Der Kampf vor dem so verlockend offen stehenden Tor war heftig gewesen und hatte gedauert. Die Namen der Toten wurden säuberlich aufgeschrieben, damit man sie später in Stein meißeln konnte, denn sonst würden die Götter sie nicht finden und konnten ihnen in der nächsten Welt kein ewiges Leben schenken. Das ist das größte Risiko im Krieg, überlegte Ahmose, als der Schreiber seinen Papyrus nahm und sich unter Verbeugungen von dem Tisch unter den Weiden zurückzog, wo Ahmose das erste Mahl des Tages zu sich genommen hatte. Ein Soldat riskiert, zweimal zu sterben, und der zweite Tod ist der entsetzlichere.

Das Grollen der Stadt wirkte heute Morgen lauter, das Geräusch ihres Lebens und Treibens irgendwie hektischer. Ahmose, der sein Bier trank und seinen Hauptleuten zusah, die sich unter den Tausenden im Staub hockenden, essenden Soldaten bewegten, überlegte, ob die warnende Botschaft der Herolde mehr ausgerichtet hatte, als er zu hoffen wagte. Er unterschätzte die Stimmung in der Bevölkerung durchaus nicht und wie sie letztlich die Beschlüsse der Maßgebenden beeinflussen konnte. Keine Bogenschützen auf der Mauer. Die Stadt übersah das Heerlager vor ihren Toren, wie sie es schon getan hatte, als Kamose sie belagert hatte. Dennoch witterte Ahmose eine ganz kleine Veränderung.

Hor-Aha und General Cheti hatten beide um Befehle gebeten, und er hatte gesagt, sie sollten schlicht ihre Stellung halten und auf jeden schießen, der so dumm war, seinen Kopf über der Mauer zu zeigen. Von den sechs Divisionen, die den Osten durchstreiften, war noch keine Nachricht gekommen, und Ahmose erwartete in nächster Zeit auch keine. Mesore war fast vorbei. Thot kennzeichnete den Winteranfang und das Einsetzen der Überschwemmung, und bis diese die Nebenarme des Deltas füllte, konnte er wenig ausrichten, lediglich seine Männer drillen und warten.

Er stieg zusammen mit Anchmahor in seinen Streitwagen und brachte mehrere Stunden mit dem Inspizieren der Truppen zu, unterhielt sich mit den Generälen Turi und Sobek-chu und ging bei den Medjai an Bord. Gern hätte er Hor-Aha eingeladen, ihm tagsüber Gesellschaft zu leisten, doch er hielt sich absichtlich zurück und erwies dem General keine besondere Gunst.

Die Sonne stand bereits hoch, als er zu seinem Zelt und der schlaffen Weide ging, unter der er es sich wieder bequem machte. Sofort kam Achtoi aus seinem eigenen Schattenplatz, ließ heißes Wasser und das Mittagsmahl bringen, und dann näherte sich auch schon ein Herold, der salutierte und ihm eine Rolle überreichte, die Aahmes-nofretaris Siegel trug. Erfreut erbrach er es und begann zu lesen: «Grüße an meinen geliebten Gemahl und König», hatte sie diktiert. «Mir kommt es so vor, als ob du seit vielen Hentis fort bist, und du fehlst mir und den Kindern sehr, aber ich habe auf dem Anwesen und in Waset viel zu tun. Deinen Brief hinsichtlich des Baumeisters Sobek-nacht aus Mennofer habe ich erhalten. Du hast dich offensichtlich entschlossen, ihm zu vertrauen, und so zähle ich darauf, dass er, wenn er hier in Waset weilt, weiter nördlich keinen Aufruhr anzetteln kann. Einige Tage nach Eintreffen deiner Rolle hat er selbst geschrieben, mir deine Einladung erklärt und seinem Bedauern Ausdruck verliehen, dass er noch für Apophis in Auaris arbeiten muss, ehe er deiner Bitte nachkommen kann, aber da du die Stadt jetzt belagerst und niemand hinein- oder herausgelangt, muss er auf das Hochwasser warten, wenn er den Auftrag seines Gebieters beenden will. Ich habe ihm zurückgeschrieben und erklärt, dass du dein Heer in diesem Jahr nicht abziehst, er solle darum so schnell wie möglich nach Waset kommen. Ich habe gedacht, das kann nicht schaden, auch wenn das Hochwasser erst in einem Monat einsetzt.»

Hier hielt Ahmose inne und lächelte. Schlau, Aahmes-nofretari, dachte er zufrieden. Wenn sie Sobek-nacht erst einmal im Griff hat, wird sie ihn wie einen Bruder behandeln und ihm so befriedigende Tätigkeiten anbieten, dass er weder die Annehmlichkeiten des Anwesens noch die fordernden Aufgaben mehr missen möchte.

«Wir haben damit begonnen, die Umfassungsmauer um das gesamte Anwesen zu erhöhen», lautete der Brief weiter, «und auf meinen eigenen Befehl hin wird obendrein die Mauer abgerissen, die unser Haus vom alten Palast trennt.

Die Tore oberhalb der Bootstreppe habe ich wunschgemäß in Auftrag gegeben. Ahmose-onch hat bei dieser ganzen Geschäftigkeit viel zu staunen. Ich bin gezwungen gewesen, einen Wachposten abzustellen, der ihn begleitet, damit er sich nicht in Gefahr bringt. In meiner Eigenschaft als deine Königin habe ich einen offiziellen Brief an den Herrscher von Keftiu diktiert und darum gebeten, dass Handelsbeziehungen aufgenommen werden, die jedweden Handel durch die Setius ausschließen. Außerdem habe ich aus Wawat eine Ladung Gold erhalten, die im Tempel gelagert worden ist. Ich glaube nicht, dass wir aus den Bergwerken dort regelmäßig Nachschub bekommen, bis du den südlichen Festungen, die früher die Goldstraßen bewacht haben, deine Aufmerksamkeit widmen kannst, und ich habe nicht genug Soldaten und Hauptleute, die ich auf eine solche Expedition schicken könnte.»

«Ihr Götter, hoffentlich nicht!», rutschte es Ahmose erschrocken und zugleich belustigt heraus. «Möchte der Befehlshaber der Hauswache gern General werden? General Aahmes-nofretari!» Er schüttelte lächelnd den Kopf. «Was kommt nun noch, meine schöne Kriegerin?»

«Den Kindern geht es gut», las er weiter. «Deine Mutter überwacht die Auflistung der Ernte und die Weinherstellung, und sie und ich haben die Steuern festgesetzt, die dieses Jahr erhoben werden. Meine Pflichten im Tempel sind nicht beschwerlich. Amunmose bittet darum, dass ich dich grüße. Er sagt mir, dass die Vorzeichen für ein erfolgreiches Ende unseres langen Kampfes nicht besser sein könnten.

Die Rollen, die ich mir abends bringen lasse und vor dem Einschlafen im Bett lese, sind keine Liebesgedichte oder Geschichten aus der Vergangenheit mehr. Es sind die Listen der Männer, die du erstellt hast, damit ich sie begutachte und beurteile. Mein Schreiber Chunes sitzt auf dem Boden neben mir und schreibt auf, was ich von jedem halte. Er ist übrigens ein hoch begabter und tüchtiger junger Mann. Ich habe ihn im Tempel, wo ich meinen Pflichten als Zweiter Prophet nachgehe, unter Amuns Schreibern entdeckt.»

Wieder einmal ließen Ahmoses Augen von dem Papyrus ab und starrten blicklos in das raschelnde Blättergespinst. Er war eifersüchtig. Chunes, flüsterte es in seinem Kopf. Ein hoch begabter und tüchtiger junger Mann, der abends auf dem Boden ihres Schlafgemaches sitzt und ein zweifellos schönes Gesicht über seine Palette beugt. Ich habe dich gebeten, meine Augen und Ohren im Tempel zu sein, Aahmes-nofretari. Ist dieser Mann das Bindeglied oder ein wenig Kurzweil für dich? Ein angenehmer Kitzel? Pass auf, dass du dich durch Argwohn nicht aus dem Gleichgewicht bringen lässt, Ahmose Tao, schalt er sich. Wie auf Kamose wartet der Wahnsinn auch auf dich, und der erste Schritt in jenes Dunkel ist Mangel an Vertrauen.

«Ich habe es für das Beste gehalten, für diese Arbeit nicht einen der Hausschreiber zu nehmen», erläuterte sie auf Papyrus. «Natürlich vertraue ich allen, schließlich sind sie darin ausgebildet, über ihre Herrschaft den Mund zu halten, aber da zu der Herrschaft auch unsere unbeugsame Großmutter gehört, schien es mir klüger, einen zu wählen, der nur mir verantwortlich ist. Chunes erzählt mir auch, was im Tempel vor sich geht, wenn ich zu viel zu tun habe und nicht selbst hingehen kann. Du hast mir viele schwierige Aufgaben zugemutet, Ahmose, aber die hier ist die schwierigste, und ich komme nur langsam voran.»

Der Rest des Briefes plauderte von den Kindern, der Gesundheit ihrer Mutter, dann kam noch ein Liebeserguss, ehe sie mit Namen und Titel unterschrieb. Aahmes-nofretari hatte Tetischeri nur einmal erwähnt, und das harmlos, aber genau das weckte ungute Gefühle. Fand im Haus ein Machtkampf statt? Wollte Tetischeri die vielen Aufgaben überwachen, die er seiner Frau anvertraut hatte? Ich werde noch lange nicht nach Waset zurückkommen, dachte er, und das weiß Aahmes-nofretari. Darum stand auch so viel in ihrem Brief. Ich muss sie daran erinnern, ihre Mitteilungen an mich sofort zu siegeln und sie unverzüglich dem Herold zu geben, der sie mir bringt. Nein, sie muss die Briefe selbst schreiben.

Dann lachte er jäh auf. Das würde sie mehr Zeit und noch mehr Mühe kosten. Ich sollte mich freuen, dass sie jemanden gefunden hat, dem sie vertrauen kann, dachte er. Dieser Chunes ist Schreiber, ein nützliches und notwendiges Werkzeug. Mehr nicht.

Ich habe sie ruhig und ohne nachzudenken geliebt, wanderten seine Gedanken weiter. Dieses bequeme Gefühl ist so selbstverständlich für mich gewesen. Sie war meine scheue, hübsche Ehefrau, der ich ein nachsichtiger, recht gönnerhafter Beschützer gewesen bin. Ich habe sie zärtlich und genüsslich geliebt, aber Leidenschaft habe ich nicht für sie empfunden. Das hat sich alles geändert. Krieg und Leid haben einen Mann aus mir gemacht und bei ihr Eigenschaften freigelegt, die ich von Anfang an hätte sehen müssen, wenn ich mir in meiner Selbstgefälligkeit ihrer Zuneigung nicht so sicher gewesen wäre.

Nun liebe ich sie, und das habe ich erst jetzt richtig begriffen. Ich bin eifersüchtig auf ihren Schreiber, die Hauptleute der Hauswache, die Priester im Tempel. Auf die Frauen, die sie ankleiden, auf die Männer, die ihr Essen bringen, auf die Kosmetikerin, die ihr Gesicht berühren darf, ich beneide sie allesamt. Ich möchte mein Gesicht in ihrem Haar, an ihrem Hals, zwischen ihren Brüsten bergen, ihren Duft einatmen. Nicht Ehefrau, nicht Mutter, nein, für mich bist du eine Frau,

Aahmes-nofretari, und ich begehre dich mit nie gekannter Leidenschaft.

Ipi, der ins Zelt getreten war, räusperte sich, und Ahmose blickte benommen auf. «Du möchtest mir diktieren, Majestät?», fragte der Schreiber höflich. Mit einem Ruck kam Ahmose in die Gegenwart zurück.

«Nein. Nein, Ipi», sagte er mit heiserer Stimme. Er streckte ihm eine Rolle hin. «Ein Brief von der Königin. Datiere und verwahre ihn. Sag mir», fuhr er fort, als Ipi den Papyrus nahm, «weißt du irgendetwas über einen Tempelschreiber namens Chunes? Ihre Majestät hat ihn kürzlich als persönlichen Helfer eingestellt.» Ipi runzelte die Stirn und dachte nach.

«Ich kenne jeden Unterschreiber in deinen Diensten, Majestät», antwortete er, «aber um Amuns Diener habe ich mich lange nicht mehr gekümmert. Der Name kommt mir bekannt vor. Soll ich diskret Auskunft über den Charakter und die Fähigkeiten dieses Mannes einholen?»

«Nein», sagte Ahmose nachdenklich. «Die Königin urteilt gut. Ich habe mich nur gefragt, ob du dich an ihn erinnerst, falls du ihn kennen gelernt hättest. Danke, Ipi. Das ist alles. Achtoi!», rief er dann. «Bringe mir ein Sonnensegel! Ich will schwimmen und mich vor dem Essen noch etwas aufs Ufer legen.»

Der Brief und die darauf folgende Erkenntnis versetzten ihn in Unruhe. Er wollte nicht essen, was Achtoi ihm vorsetzte, konnte aber auch nicht einschlafen, als die Sonne stillzustehen schien und die Hitze am größten war. Daher war er fast froh, als Anchmahor auftauchte und ihm sagte, Mesehti und Machu wünschten vorgelassen zu werden.

Die beiden traten ein, warfen sich bäuchlings vor ihm zu Boden und drückten die Stirn auf den Vorleger, bis er ihnen knapp befahl aufzustehen. «Also», sagte Ahmose schließlich, «was möchtet ihr mir sagen?» Mesehti kam, wie Ahmose erwartet hatte, ohne Umschweife zur Sache.

«Majestät, du hast uns ins Delta mitgenommen, und nun haben wir nichts zu tun», fing er an. «Wir haben hier kein Amt. Natürlich können wir nachvollziehen, warum wir unter deinem göttlichen Befehl stehen, warum wir dich begleiten, denn du traust uns nicht, aber diese Untätigkeit stört uns sehr. Also bitten wir untertänigst darum, uns zu sagen, wie lange wir noch bei dir in Ungnade sind.» Er warf Machu einen Blick zu. «Wir wissen natürlich, dass du unsere Briefe an unsere Familien in Djawati und Achmin und ihre Briefe an uns liest. Aber wir laufen untätig im Lager herum, und jeder Offizier kann unsere Schande sehen. Dann lieber eingesperrt!»

«Ach, wirklich?», unterbrach Ahmose trügerisch leutselig. «Das wolltet ihr doch gerade von euch abwenden, als ihr mit Ramose nach Waset zurückgekommen und vor mir und der Königin auf die Knie gefallen seid. Um Haaresbreite hätte es euch den Kopf gekostet. Ja, wenn die Königin nicht nachsichtig gewesen wäre, lägt ihr jetzt einbalsamiert in eurem Grabmal. Und ihr wagt es, euch über etwas so Nichtiges wie Schande zu beschweren?»

«Unsere Schande ist nichts Nichtiges», sagte Machu ernst. «Sie entstellt unser Ka für den Rest des Lebens, das uns die Königin in ihrer Gnade geschenkt hat. Aber wir sind keine Bauern. Wir sind nicht dumm. Wir wussten nicht, wem wir treu sein sollten, aber feige und unschlüssig sind wir nicht gewesen. Wir sind Fürsten und haben Kenntnisse und Fähigkeiten, die dir als unserem König zur Verfügung stehen. Verschwende sie nicht, Göttlicher! Gib uns Arbeit. Wir möchten uns dein Vertrauen erneut verdienen!»

Ahmose wandte sich ab und durchmaß das Zelt. Briefe und Vertrauen, dachte er grimmig. Vielleicht muss ausgerechnet ich heute etwas lernen. Sprichst du zu mir, Amun, König der Götter? Ermahnst du mich oder warnst du mich? «Eins steht fest, nach Haus kann ich euch nicht schicken», sagte er. «Und desgleichen steht fest, dass ich zwei Edelleute gern wieder in Gnaden aufnehme, damit sie ihre Fehler gutmachen können. Solche Nachsicht entspricht der Maat. Aber welche Buße ist angemessen?» Er spielte ein wenig mit ihnen, denn er hatte bereits beschlossen, die Mahnung des Gottes zu beherzigen. «So setzt euch doch, alle beide!», fuhr er sie an. «Nehmt die Schemel da. Ich kenne euer Dilemma seit Wochen und erwarte, dass ihr meins auch versteht. Ich kann mir keine weiteren Aufstände leisten.» Sie zogen sich die Schemel heran und setzten sich, während sich Ahmose auf seinen Stuhl sinken ließ. «Achtoi hat Wein auf dem Tisch stehen lassen», sagte er. «Machu, schenke uns ein. Ich weiß, dass die Divisionen Wagenlenker brauchen, und nur wenige Ägypter, abgesehen von den Fürsten, verstehen etwas von Pferden. Ich brauche dringend Leute, die Wagenlenker ausbilden können und in den Ställen für Ordnung sorgen. Es ist eine ehrenhafte Stellung und sehr passend für Menschen von blauem Blut. Ihr könnt beide als Aufseher der Ställe anfangen. Ist das für euch annehmbar?» Sie nickten ernst, sahen erleichtert aus, zeigten jedoch nicht jene Unterwürfigkeit, hinter der sich Unaufrichtigkeit verbarg. «Gut. Dann lasst uns auf die Wiedereinsetzung der Maat und die Gesundheit unserer Lieben trinken.»

Es dauerte noch eine Woche, bis Nachrichten von den sechs im Delta kämpfenden Divisionen hereinzutröpfeln begannen, und Ahmose las sie zunehmend beunruhigt. Die Situation war keineswegs so gut, wie er gehofft hatte. Sie war nicht schlecht, wie Hor-Aha in der Strategiesitzung klarstellte, die Ahmose einberufen hatte, aber dennoch Besorgnis erregend. «Kamose hat die Horusstraße zu lange vernachlässigt», meinte Turi. «Sie ist wie ein Loch im Deich. Solange aus Rethennu Soldaten nach Ägypten hereinströmen, können wir Apophis nicht aus seiner sicheren Festung locken. Durch seine fürstlichen Brüder im Osten sind wir weiterhin machtlos.»

«Kamose hatte kaum eine andere Wahl», hielt Cheti dagegen. «Er musste erst einmal den Rest Ägyptens sichern und hat darauf seine Energie verwandt. Er hat sein Ziel erreicht.»

«Anscheinend hat Rethennu einen unerschöpflichen Vorrat an Männern und Waffen», sagte Sobek-chu erbost. «Woher kommen die eigentlich?»

«Vergesst nicht, dass Rethennu Bündnisse mit mehreren Stammeshäuptlingen hat, die sich Fürsten nennen», erinnerte Ahmose. «Apophis' Großvater Sekerher war einer von ihnen. Zweifellos haben sie sich zugesichert, sich in Kriegszeiten zu helfen.»

«Und im Handel», warf Hor-Aha ein. «Gewiss ist viel vom Wohlstand des Deltas in ihre Schatullen geflossen. Wir müssen das Loch stopfen.»

«Diese fremdländischen Soldaten sind keine Geister», sagte Ahmose. «Und die Frauen aus Rethennu können sie auf Befehl auch nicht erwachsen gebären.» Er konnte nur unter Gelächter weitersprechen. «Irgendwann muss sich dieser Bestand erschöpfen. Aber darauf können wir nicht warten. Auaris muss fallen, und das bald.»

Er legte die Hände auf den Tisch. «Und ich muss mich weiter ins Delta wagen und selbst nachsehen, was dort los ist», sagte er. «Ihr alle wisst, was hier zu tun ist. Hor-Aha, du hältst Soldaten und Bürger von der Mauer fern. Die Medjai sollen auf alles schießen, was den Kopf zeigt.» Ahmose wandte sich an die anderen. «Cheti, du verteidigst den Ring um den Nordhügel. Die Soldaten müssen drinnen eingeschlossen bleiben, und niemand darf hinein. Turi, Sobek-chu, ihr passt auf, dass sich die Tore von Auaris nicht öffnen. Niemand darf hinein oder heraus.»

Sie beredeten noch ein Weilchen weitere Einzelheiten, dann ging Ahmose und winkte Chabechnet. «Übergib deinen Posten deinem Stellvertreter und mache dich reisefertig, du kommst mit», befahl er. Chabechnet salutierte. Anchmahor, der mit einer Gruppe Getreuer geredet hatte, blickte Ahmose fragend an, als der zu ihm trat. «Wir ziehen ins Delta», sagte Ahmose. «Deine Männer können ihre Zelte abbauen. Morgen früh müssen sie aufbruchbereit sein.»

Er fand Achtoi und Ipi, die zusammen am Nilufer saßen. «Packe meine Sachen», sagte er zu Achtoi, «und du, Ipi, nimmst reichlich Papyri und Tusche mit. Es wird Zeit, dass wir nachsehen, was meine anderen dreißigtausend Mann treiben.»

In dieser Nacht schlief er schlecht. Sein Zelt war leer, die Truhen mit seinen Sachen waren draußen aufgetürmt. Gelegentlich döste er ein. Mesore war beinahe vorbei. Thot war der Beginn des neuen Jahres und, falls es den Göttern beliebte, auch eines reichlichen Hochwassers. Die Horusstraße jedoch schlängelte sich zwischen Pfützen dahin, die zu Seen und trügerischen Binsensümpfen würden, ein Weg, der nicht vollkommen unpassierbar wurde, jedoch ohne Unterstützung durch die Streitwagen allein von Fußsoldaten gehalten werden musste. Und was ist mit der Fürstenmauer?, fragte er sich, während er sich wälzte. Kann man die gegen einsickernde Setius verstärken, ohne das Heer auszubluten? Hier liegt der Schlüssel zur Zerstörung von Auaris, die Mauer und die Horusstraße, und ich bin dazu verdammt, im Norden zu bleiben, bis sie mir völlig gehören.

Gegen Tagesanbruch schlief er endlich ein, und sein Schlaf

wurde nur von den regelmäßigen Rufen der Herolde gestört, die um die hochragende Stadtmauer herumfuhren, und von einem Traum. Er stand an einem Ufer des Nils, der ganz gegen seine Art gefährlich und aufgewühlt war. Am anderen Ufer stand Aahmes-nofretari bleich und reglos und starrte ihn an, während sich zwischen ihnen Dunkelheit ausbreitete und sie allmählich verschluckte. Achtois Stimme, dazu die ersten Strahlen der Sonne und der Duft von warmem Brot weckten ihn, und er schwang die Beine vom Feldbett und begrüßte seinen Haushofmeister sichtlich erleichtert. «Ich muss mich davon überzeugen, dass Mesehti und Machu mit uns reisen», sagte er laut, als die Sorgenwolke zurückkehrte. Achtoi antwortete nichts, und Ahmose begann zu frühstücken.

SECHSTES KAPITEL

Es dauerte volle sechs Wochen, bis Ahmose seinen Streitwagen wieder in Richtung Auaris lenken konnte, und in dieser Zeit begann der Fluss, rasch zu steigen, der Höhepunkt der Überschwemmung würde jedoch erst in zwei Monaten erreicht sein.

Ahmose merkte kaum, dass das Neujahrsfest gefeiert wurde, denn die Soldaten aus Rethennu gehörten nicht dem wahren Glauben an und zeigten keine Achtung vor dessen Feiertagen. Die Kämpfe im Delta hörten weder den Göttern noch den Menschen zuliebe auf. Ahmose stellte fest, dass er in einem enttäuschenden, unentschiedenen Krieg steckte, von dem er geglaubt hatte, er hätte ihn mit Kamose und davor mit seinem Vater hinter sich gebracht. Nachdem er die Gegend von Auaris verlassen hatte, war ihm seine Wehrlosigkeit rasch klar geworden. Eine Abteilung der Ptah-Division hatte ihn abgefangen, als er drei Tagesreisen östlich der Stadt war und gerade in ein trügerisch friedliches Dorf mit weiß getünchten Hütten und schattigen Tamarisken- und Akazienhainen eindringen wollte. Der höhere Offizier hatte sich an den Getreuen vorbeigedrängt und war zu Ahmoses Streitwagen gekommen, während seine Männer schnell einen Schutzring um

Ahmoses Gefolge bildeten. «General Achethotep schickt mich, damit ich dich zu seinem Hauptquartier begleite, Majestät», erläuterte er. «Deine Späher haben die Division gestern gefunden, aber wir sind ständig in Bewegung, und der General befürchtete, du könntest ihn verpassen.» Er zeigte auf die Ansammlung kleiner Hütten, die sich halb verborgen unter wild wachsende Bäume duckten. «Dort haben wir gegen die Setius gekämpft», sagte er. «In und vor den Häusern. Aber wir mussten das Dorf verlassen, ehe die ganze Gegend abgesichert war. Die Chonsu-Division brauchte unsere Hilfe.»

«Wieso?», fragte Ahmose scharf. «Wo war sie?» Als er die angespannte Miene des Offiziers sah, verspürte er zum ersten Mal echte Angst.

«Zwanzig Meilen entfernt an der Horusstraße, Majestät», erwiderte der Mann. «General Iymeri hat versucht, eine starke Streitmacht des Feindes abzuwehren, die sich an einem der Seen gesammelt hatte. Sonst sind die Kämpfe eher Scharmützel», fuhr er abbittend fort, «aber das war eine offene Feldschlacht, auf die Iymeri nicht gefasst war. Keiner der Generäle hatte einen vereinten Feind erwartet.»

Ahmoses Blick schweifte über die sonnenschimmernden Mauern des Dorfes, ohne sie zu sehen. Meine ganze Zeit und Energie sind in die Belagerung von Auaris gegangen, während der wahre Krieg um Ägypten anderswo stattfindet, dachte er zu Tode erschrocken. Wie konnte ich nur so blind sein? Selbst als ich noch von der Notwendigkeit geredet habe, das Delta zu säubern, bin ich in Gedanken bei den Furcht einflößenden Toren der Stadt gewesen. Ich habe nicht zugehört. Was habe ich mir dabei gedacht? Dass Kamose das Delta ein für alle Mal gesäubert hätte? Dass sich die Fremdländer irgendwie in Luft auflösen und verschwinden würden, wenn ihr Fuß ägyptischen Boden betritt? Oder verhält es sich schlicht so, dass meine Begegnung mit dem Tod mir Angst macht, mich dem Schweiß und Schrecken der offenen Feldschlacht zu stellen? Eine Belagerung ist vergleichsweise blutlos. Ist ein langsames und vorhersehbares Unternehmen. Amun hilf mir, ich kann es mir noch nicht leisten, mich mit irgendeinem langsamen und vorhersehbaren Unternehmen zur Ruhe zu setzen. Ich habe mir etwas vorgemacht. Er merkte, dass seine Männer verstummt waren und ihn forschend anblickten.

«Steige ein und stelle dich hinter mich», befahl er dem Offizier. «Dein Wagenlenker kann allein fahren, wir folgen ihm. Und du erzählst mir jetzt, was hier passiert ist.» Der Soldat machte eine flüchtige Verbeugung und stemmte sich in Ahmoses Streitwagen. Der winkte, und der Zug setzte sich in Bewegung. Das verschlafene Dorf verlor sich allmählich hinter sonnengeflecktem, dichtem Laubwerk.

Als sie über die Ebene rollten, die noch trocken und fest war, obwohl sie an einer Seite an einen Sumpf mit dichtem dunkelgrünem Schilfrohr grenzte, in dem Wasservögel zwitscherten, und auf der anderen Seite an einen von Bewässerungskanälen durchkreuzten Obsthain, berichtete der Mann aus der Ptah-Division von der Schlacht um die Kontrolle des östlichen Deltas. Er sprach knapp und schmucklos. «Wir schlagen keine Zelte mehr auf, Majestät», erzählte er mit einer Lässigkeit, die Ahmose mehr sagte als sein Bericht. «Wir sind jetzt alle Angriffstruppe, ziehen frei herum und sind gezwungen, uns der jeweiligen Situation anzupassen. Darum schickt mich ja auch mein General zu deinem Empfang.»

«Wer versucht, den Zustrom über die Horusstraße aufzuhalten?», wollte Ahmose wissen. Der Mann lächelte grimmig.

«Das hatte General Nofreseschemptah mit der Anubis-Division vor», antwortete er. «Aber überall sind Setiu-Nester. Er ist noch nicht dazu gekommen.» Die Stammeshäuptlinge in Rethennu werfen all ihre Soldaten gegen uns ins Feld, folgerte Ahmose. Sie leeren ihre Länder, damit Apophis seine Hochburg halten kann, und hoffen, dass wir zu guter Letzt erschöpft sind und keinen Kampfgeist mehr haben, nach Haus ziehen und ihm den Norden überlassen. Ägypten wird genau hier gewonnen oder verloren. Und ich in meiner Dummheit habe das nicht gesehen.

Er hatte vorgehabt, eine Division nach der anderen würdevoll zu inspizieren. Was er vorfand, waren besorgte, abgearbeitete Männer, die in voller Kriegsausrüstung auf der Erde schliefen. Die Setius marschierten nicht in Formation. Sie strömten über die Fürstenmauer und teilten sich dann zu kleinen, festen Abteilungen, bewegten sich schnell und ungehindert zwischen den vielen Teichen und Sümpfen des Deltas, verirrten sich zwar, fanden aber immer ein Versteck, von dem aus sie Schaden unter den Ägyptern anrichten konnten, die unbeweglicher waren. Und es sind so viele, dachte Ahmose niedergeschlagen, während er selbst Teil des an- und abschwellenden, gemeinen, nicht greifbaren Schattenkrieges wurde. Die Dörfer erinnern sich an Kamose, das Plündern, Brandschatzen und Morden. Sie nehmen die Setius wie Verwandte auf, und bei den Göttern, ich werde das Delta nicht noch einmal schänden, es sei denn, mir bleibt kein anderer Ausweg.

Bisweilen fanden ihn Späher aus Auaris mit ihren Nachrichten. Bisweilen auch nicht. Sie setzten ihr Leben aufs Spiel, nur um ihm die Nachricht zu bringen, dass sich rings um die Stadt nichts tat. Und diese Späher brachten etwas von ihm zu Turi, Sobek-chu und Hor-Aha zurück. Seine unausgesprochene Angst vor einem weiteren Aufstand war unsinnig, das wusste er. Aber er war zu müde, als dass er sie unterdrücken konnte.

Dann hatten sie Paophi, den zweiten Monat des Jahres, und die Ebenen wurden unmerklich schmaler. Isis weinte tief unten im Süden. Widerstrebend entschloss sich Ahmose zum Rückzug. Die Kämpfe ringsum waren zwar abgeflaut, aber dennoch heftig. Seine Soldaten bekamen im Delta allmählich die Oberhand und konnten sich jetzt dem Abriegeln der Horusstraße widmen. Er diktierte dazu Befehle, schickte vier Divisionen ins Winterlager, wo die Straße zwischen zwei großen Seen nach Nordwesten abbog, die anderen zwei Divisionen sollten weiterhin versprengte Setius jagen, die vom ansteigenden Wasser abgeschnitten worden waren.

Nur wenige der vielen tausend fremdländischen Soldaten mit Ziel Auaris waren den Ägyptern entkommen. Viele waren tot, und der Rest versteckte sich in überall verstreuten Dörfern oder hatte sich in die Sümpfe zurückgezogen. Doch der Blutzoll und die Erschöpfung waren groß. Ich muss die Männer auswechseln, dachte Ahmose, als er endlich gen Westen rollte und die Straße erblickte, die sich nach Auaris schlängelte. Und falls alles gut geht, muss ich ihnen auch gestatten, nach Haus zu gehen und die Aussaat vorzunehmen. Es wird Zeit, die Flotte anzufordern. Er warf Ramose einen Blick zu. «Lass uns um eine reichliche Überschwemmung beten», sagte er. Ramose lächelte.

«Heute ist der Vorabend des Amun-Festes für Hapi», meinte er, «und auch der Rest des Monats ist dem Nilgott geweiht. Wir sollten anhalten und opfern, Ahmose.»

«Weiter», sagte der nur.

Es wollte ihm so vorkommen, als hätte sich nichts verändert, als er endlich beim vertrauten Lager vor den Toren von Auaris steif aus seinem Streitwagen stieg. Der mächtige Nebenarm strömte vielleicht ein wenig schneller, die Stadt jedoch hockte noch immer festungsgleich auf ihrem großen Hügel mit den angeschrägten Mauern, die bis in den Himmel ragten. Seine Soldaten kamen und gingen noch immer, die Schiffe der Medjai dümpelten noch immer sacht auf dem Wasser, so als ob er nie fort gewesen wäre. Außer dass ich benommen und erschlagen bin, dachte er bekümmert. «Lass Paheri aus Het nefer Apu holen», sagte er zu Chabechnet. «Ich möchte die Flotte so schnell wie möglich hier haben. Erkundige dich bei deinen Herolden, ob es irgendeine Reaktion auf ihre nächtlichen Bekanntmachungen gegeben hat. Bitte die drei Generäle und Hor-Aha nach dem Abendessen zu mir. Das ist alles, Chabechnet.» Der Oberste Herold verbeugte sich und entfernte sich rasch. Ipi näherte sich mit einem ganzen Arm voll Rollen.

«Hier sind Briefe von den Königinnen Tetischeri, Aahotep und deiner Gemahlin, Majestät», sagte er. «Und auch einer von Fürst Sobek-nacht. Einer von Paheri. Einer vom Bürgermeister von Aabtu.» Ahmose seufzte. Mit halbem Auge sah er Machu vorbeigehen, der ein Streitwagenpferd zur Tränke führte, gefolgt von einem Stallknecht mit einer Bürste in jeder Hand.

«Was will der Bürgermeister von Aabtu?», fragte Ahmose. Ipi legte seine Bürde ins Gras, suchte die entsprechende Rolle heraus und erbrach das Siegel mit kundiger Hand. Er überflog sie rasch.

«Er will wissen, ob du, Majestät, dieses Jahr bei den heiligen Osiris-Spielen anwesend sein wirst.»

«Aabtu liegt in der Nomarche Abetsch und fällt unter die Gerichtsbarkeit von Fürst Anchmahor», überlegte Ahmose. «Aber während des Monats Choiak ist das Hochwasser auf seinem höchsten Stand, und ich weiß noch nicht, was das für uns hier bedeutet. Wir haben noch nie im Winter belagert.

Schreibe dem Bürgermeister, dass ich aufgrund der Lage im Delta, die er kennt, nicht versprechen kann, bei den Spielen anwesend zu sein, ich aber, falls möglich, Fürst Anchmahor als meinen Stellvertreter schicke. Und jetzt zu Sobek-nacht.» Ipi bückte sich und wählte eine andere Rolle aus.

«Der Fürst teilt dir mit, dass er in Waset eingetroffen ist und die Arbeit abschätzen kann, die er für die Königin tun soll. Er ist überaus zuvorkommend empfangen worden und berät sich täglich mit der Königin, die er ‹Ägyptens schönste und erlauchteste Herrin› nennt.» Ipi blickte hoch. «Er äußert keine Bitte, Majestät.» Ahmose verspürte einen Stich Eifersucht. Doch den unterdrückte er. Sobek-nacht ist nicht nur gut aussehend, sondern auch gebildet, dachte er finster. Amun, erbarme dich, was ist los mit mir? Die Narbe hinter seinem Ohr juckte, und er kratzte sich gereizt.

«Der Rest kann warten, den lese ich, wenn ich Zeit habe», sagte er. «Danke, Ipi. Halte dich bereit, heute Abend mein Treffen mit den Generälen aufzuzeichnen.» Ich kann nicht nach Haus fahren, ganz zu schweigen von einer Reise nach Aabtu zu den heiligen Spielen, dachte er erbost. Wenn ich mich weiter diesen bösen Eingebungen überlasse, werde ich noch wahnsinnig. Aahmes-nofretari liebt mich, und ich vertraue ihr völlig. Daran muss ich mich festhalten.

Die Flotte traf erst Ende des folgenden Monats ein, und Ahmose verbrachte die Zeit bis dahin mit der Überwachung der Bewässerungskanäle, die nicht geöffnet werden durften. Die mächtigen Gräben rings um die Stadt füllten sich langsam mit dem lebensspendenden Nass, das die Bürger von Auaris so dringend brauchten und das Ahmose ihnen unbedingt vorenthalten wollte. Er stationierte überall an der Mauer, wo Flecken auf Löcher hinwiesen, Abteilungen, die von Medjai-Bogenschützen Deckung bekamen.

Zunächst konnte man hören, wie Männer auf der Stadtseite gruben, wie der steinharte Lehm gelockert wurde, doch als sie durchbrachen, kam ihnen durch die frischen Öffnungen ein Hagel gut gezielter Pfeile entgegen. Ahmose wusste, dass Apophis das Graben neuer Brunnen anordnen und er ohne große Schwierigkeiten auf Wasser stoßen würde, aber er wusste auch, dass noch so viele Brunnen die Stadt nicht mit Wasser versorgen konnten.

In Auaris war erbärmlich wenig Platz. Die Stadt war ein Irrgarten aus schmalen Gässchen und winzigen Häusern. Gab es Stellen, wo man noch bohren konnte, wenn die Einwohner gezwungen waren, ihre Toten, ja, sogar ihre Lasttiere unter dem Fußboden zu vergraben? Und angenommen, man fand genug Wasser, würde die Bevölkerung dann anstehen und es holen? Den Anleger gab es nicht mehr, die Stadt war von ägyptischen Truppen umzingelt. Von der üppigen Fruchtbarkeit des Deltas hatten die Leute auch nichts. Keine Güter würden ausgeladen werden, kein Obst würde den Weg nach drinnen finden, um die hungrigen Mäuler zu stopfen. Früher wurden die Feindseligkeiten während des Hochwassers stets eingestellt und im Sommer wieder aufgenommen, wenn der Nil seinen gewohnten Wasserstand erreicht hatte und die Saat ausgebracht war. So war es immer gewesen. Doch Ahmose hatte mit der Tradition gebrochen und spürte mit jeder Faser, dass Auaris fallen würde.

Mit Ankunft der Bootstruppe schloss sich der Ring um die Stadt. Tausende von Soldaten patrouillierten auf dem schmalen Gelände zwischen Stadtmauer und Hochwasser und bewachten die beharrlich geschlossenen Tore. Dem nördlichen Hügel, auf dem der Großteil des Setiu-Heeres einquartiert war, erging es nicht besser. Im östlichen Delta wurde weitergekämpft, doch die Nachrichten von den Divisionen dort waren ermutigend. Die Horusstraße konnte endlich gehalten werden, obwohl Ahmoses Truppen so weit auseinander gezogen waren, dass sie die Festungen, aus denen die Fürstenmauer bestand, nicht zurückerobern konnten. Zum ersten Mal, seit sich mein Vater geweigert hat, Apophis' beleidigendem Befehl zu gehorchen und die Nilpferde in Waset zu erschlagen, kann ich den Sieg riechen, und er duftet ungemein lieblich.

Bei dem Gedanken an die Nilpferde fiel ihm Tani ein. Während der Winter ins Land ging, hatte er sich gefragt, ob er endlich von ihr oder Apophis hören würde, und wenn schon keine Übergabeerklärung, so doch wenigstens eine Bitte um Nachsicht mit den Bürgern, eine Bitte um ein Treffen. Doch der Palast in Auaris schwieg sich aus, entweder aus Not oder aus Halsstarrigkeit.

Mittlerweile teilte er in den langen Nächten, wenn nichts als die Rufe der Herolde und das Seufzen der Stadt die dunklen Stunden störte, seine Erinnerungen mit Ramose. Die beiden Männer saßen dann wohl im Schein von Ahmoses Lampen, hielten Weinbecher in der Hand und redeten über Tani und Kamose und die qualvollen Jahre, die hinter ihnen lagen. Irgendwie war das Ganze für Ramose eine Reinigung und für Ahmose eine Zeit, in der er vergessen konnte, dass sich ein Gottkönig keinem anderen menschlichen Wesen zu sehr nähern durfte. Er war wieder ein Fürst und hatte Freunde, mit denen er angeln und ringen, eine Schwester, die er lieben und beschützen konnte, einen Bruder, der ihn ratlos machte und ihm Bewunderung einflößte.

«Es ist, als ob Tani hinter den Mauern da zu Stein geworden ist», meinte Ramose eines Nachts. «Wochenlang habe ich halbherzig erwartet, dass man eine Botschaft von ihr über die Mauer wirft, auch wenn es nur die Bitte um Wasser und Brot wäre. Sie muss doch wissen, dass wir hier sind. Sie könnte auf die Mauer steigen und zu uns herunterrufen.» Bedächtig wirbelte er die Neige im Becher. «Kann sein, sie ist tot oder krank, aber das glaube ich nicht. Das würde mein Herz spüren.» Er warf Ahmose einen wachsamen Blick zu, doch der lachte ihn nicht aus. «Heute Abend hat man Wehklagen in der Stadt gehört», fuhr er fort. «Hast du es vorhin auch gehört, Ahmose?»

«Ja», antwortete dieser ernst. «Möglicherweise ist eine Krankheit ausgebrochen. In diesem Fall können wir tatsächlich mit einer Nachricht von Apophis rechnen. Aber so leicht macht er es uns, glaube ich, nicht.» Er beugte sich vor. «Ich könnte mir denken, dass ihm seine fürstlichen Brüder in Rethennu befohlen haben, Auaris um jeden Preis gegen uns zu halten. Sie wissen, wenn die Stadt fällt, können sie in Ägypten nie wieder festen Fuß fassen. Dann ist dessen ganzer Reichtum für sie verloren. Gold, Getreide, Papyrus, alles. Sie verschwenden ihre eigenen Heere in dieser Auseinandersetzung erstaunlich großzügig. Von ihrem Bruder hier erwarten sie das Gleiche.» Sie schwiegen, während er einen Schluck Wein trank. Ich bin ein wenig betrunken, dachte er überrascht. Aber es tut gut, einmal etwas Abstand von sich selbst zu gewinnen.

«Und du erwartest von deinen Divisionen auch das Gleiche», gab Ramose zurück. «Aber im Mechir musst du deine Soldaten zur Aussaat nach Hause schicken, Ahmose. Die Männer murren bereits.»

«Ich weiß», sagte Ahmose kurz angebunden. «Das habe ich auch vor. Und ich möchte auch gern nach Hause, Ramose. Ich träume, dass ich schon dort bin, aber der Garten ist dämmrig, die Umrisse des Hauses verschwimmen, und ich kann Aahmes-nofretaris Stimme zwar hören, aber ich kann sie in dem Dunst nicht sehen. Ich möchte, dass dieser Rückeroberungskrieg ein Ende hat.»

Choiak begann mit leichtem Nieselregen, was man im Delta kannte, und ein frischer Wind trieb Streifen graufarbener Wolken über den Himmel. Die Medjai suchten sich Schutz, wo immer es ging, schüttelten sich die Regentropfen aus dem Haar und hockten verdrossen zusammen wie ein Schwarm zerzauster Vögel, doch die Ägypter hoben die Gesichter zum Himmel, schlossen die Augen und genossen den unerwarteten feinen Regen. Danach dampfte die Erde. Hungrige Mücken gesellten sich zu den vielen Fliegen, die der nackten Haut bei zunehmender Feuchtigkeit zu schaffen machten.

Ahmose hatte es sich zur Gewohnheit gemacht, am Rand des geschwollenen Nebenarms zu stehen und zur Stadt hinüberzustarren, wenn er seine täglichen Pflichten erledigt hatte, und da spürte er auf einmal, dass etwas in der Luft lag. Es war, als braute sich fern in der Wüste ein Unwetter zusammen. Zerstreut betätigte er den Fliegenwedel, nahm aber die geordnete Geschäftigkeit ringsum kaum wahr, denn seine Augen suchten die Furcht einflößenden Verteidigungsmauern von Auaris ab. Die festgefahrene Situation ging ihrem Ende entgegen. Das sagten ihm die stickige Luft und das Plätschern des Hochwassers zu seinen Füßen, das war den Soldaten anzuhören.

Bald musste er einen Teil seiner Truppen nach Hause schicken, das wusste er. Ende des kommenden Monats würde der Nil wieder in seinem gewohnten Bett fließen und der Boden auf die Saat warten. Anchmahor war bereits zum Osiris-Fest nach Aabtu aufgebrochen und hatte seinen Sohn als Befehlshaber der Leibwache des Königs zurückgelassen. Ob Apophis diese Anspannung wohl auch spürte?

Eines Morgens weckte ihn kurz vor Tagesanbruch ein

Angstanfall, wie er ihn seit der Zerstörung von Daschlut nicht mehr verspürt hatte. Mit hämmerndem Herzen setzte er sich im Dunkel auf und wollte bereits nach Achtoi rufen, als vor dem Zelt ein Licht flackerte und er hörte, wie Ramose den wachhabenden Soldaten ansprach. Auf einmal erkannte er den süßlichen Geruch, der in seine Träume gedrungen war. Daschlut. Ich werde nie vergessen, wie ich zum ersten Mal brennendes menschliches Fleisch gerochen habe. Er zog sich Sandalen an, ging zur Zeltklappe und hob sie vorsichtig.

Sein Wachposten salutierte, und Ramose verbeugte sich. «Ich kann es riechen», sagte Ahmose. «Hier draußen ist der Geruch sehr stark. Woher kommt er?»

«Aus der Stadt», antwortete Ramose knapp. «Man kann den matten Feuerschein sogar noch über der Mauer sehen, und wenn die Sonne aufgeht, wohl auch den schwarzen Rauch. Sie verbrennen Leichen.»

Ahmose ergriff seinen Arm, und dann gingen sie zusammen zum reglosen Nebenarm, dessen Fluten glatt und schwarz schimmerten, und sahen sich Auaris an. Ein Weilchen blickten die Männer so hinüber. Dann sagte Ahmose: «Was, meinst du, ist da los, Ramose?»

«Ich meine, die Menschen sterben», erwiderte dieser. «Bei einer solchen Wasserknappheit muss es zu Krankheiten kommen, vor allem an einem solchen Ort. Und es gibt kein frisches Essen als die Hand voll Getreide, die die Bürger auf ihren Dächern anbauen können. Arme, Bauern und Händler, die Auaris aufgesucht haben, sitzen seit Beginn der Belagerung in der Falle, auch die Kinder, und die sterben zuerst. Apophis' Vorräte sind durch Raumnot begrenzt. Sie werden immer weniger. Er und sein Adel leiden noch nicht, aber die Einwohner, die gar keine Vorräte haben, die tun mir Leid.»

«Sie hätten besser daran getan, die Leichen über die Mauer

zu werfen, dann hätten wir sie nämlich wegschaffen müssen», warf eine tiefe Stimme ein, und als sich Ahmose umdrehte, stand Hor-Aha dicht neben ihm und hinter ihm Paheri und Kay Abana. «So hätten sie kostbares Brennmaterial gespart und die rasche Ausbreitung von Krankheiten unterbunden. Der Bürgermeister ist nicht gerade schlau.»

«Vielleicht sollen wir nicht wissen, wie schlimm es um sie steht», meinte Paheri. «Das Feuer da kann hundert Leichen oder tausend bedeuten. Puh, wie das stinkt!» Ach, Tani, dachte Ahmose verzweifelt. Wie viel von der Not der Stadt kannst du sehen und hören? Hast du letzte Nacht auch wach gelegen, als sich der erste Hauch des Gestanks in dein Schlafgemach gestohlen hat und du nicht schlafen konntest? Hast du schon taube Ohren vom Geschrei und Gejammer, das nicht bis zu uns hier unten dringt? Oder liegst du noch immer in Apophis' luxuriösem Nest, in seiner erbarmungslosen Umarmung? Erhebst du bei ihm Einspruch gegen diese Gräuel, oder hat sich dein Herz zu sehr verhärtet?

«Heute volle Alarmbereitschaft für die Flotte, Paheri», sagte er mit belegter Stimme. «Und du, Hor-Aha, du lässt die Medjai nicht von ihren Schiffen herunter. Chabechnet, wo bist du?» Sein Oberster Herold löste sich aus dem Dunkel und trat näher. «Melde General Cheti, er soll sich vor Bogenschützen hüten, die auf der Mauer um den Nordhügel auftauchen können. Er soll kampfbereit sein. Auch die Generäle Turi und Sobek-chu sollen ihre Divisionen aufstellen, für den Fall, dass die Tore aufgehen.»

«Hoffst du darauf, Majestät?», fragte Kay erwartungsvoll. «Dann bitte ich dich um Erlaubnis, die *Norden* gegenüber den Toren zu Apophis' Festung vertäuen zu dürfen, Majestät.»

«Wo die *Norden* hinkommt, bestimmen deine Vorgesetzten», sagte Ahmose. «Und was meine Hoffnungen angeht, so glaube ich nur, dass wir den Beginn von Apophis' Untergang sehen, und darum müssen wir bereit sein.» Er hob die Schultern. «Aufgeben wird er gewiss nicht. Ramose, lass meinen Streitwagen bringen, wenn du fertig bist.»

Er, seine Generäle und seine Streitmacht warteten Nacht um Nacht kampfbereit, während der hin und her huschende rötliche Schein jenes makabren Feuers die Morgenröte ersetzte und die Sterne auslöschte. Bisweilen flackerte er nur noch gelegentlich, aber ganz erstarb er nie, und der Brandgeruch haftete an Haaren, Kleidern und Nahrung, sodass die Ägypter das Zeugnis des Todes trugen, einatmeten und aßen.

So vergingen zwei Wochen, und der Choiak ging zu Ende. Allmählich sank der Wasserstand im Nebenarm und in den Kanälen rings um die Stadt. Am ersten Tag im Tybi feierte der Rest eines sauberen, gereinigten und unter der Maat von den Göttern gesegneten Ägyptens das Krönungsfest des Horus. Für Ahmose war das Delta jetzt keine gesegnete Gegend mehr. Es war eine Abweichung von der Regel, ein namenloser Ort, an dem er in einem ständigen grauen Nebel leben und einen Feind stellen musste, der sein Gesicht nicht zeigen wollte.

Was mache ich, wenn Apophis gar nichts unternimmt?, fragte er sich in den endlosen dunklen Stunden, wenn an Schlaf nicht zu denken war. Wie hält er das Leiden seines Volkes aus? Wie halsstarrig ist er? Was mache ich, wenn der Nebenarm auf sommerlichen Stand fällt, die Gräben östlich der Hügel austrocknen und ich meine Flotte abziehen muss?

Er hatte keine Antworten, keinen Traum, in dem ihm sein Vater oder Bruder erschienen wäre, kein Bild von Amun, der die Siegessymbole hielt. Neiderfüllt dachte er an die Frau, die Kamoses Gedanken beherrscht und ihm letztlich das Herz gestohlen hatte. War Kamose weniger klug, weniger scharfsichtig als ich, dass du ihn so bevorzugt hast?, fragte er den Gott, während er vor dem Schrein in seinem Zelt kniete. Oder schätzt du ihn gerade wegen seiner Besessenheit höher? Aber ich bin derjenige, den du zum König bestimmt hast. Höre mich, großer Amun. Ich will keine Belohnungen haben. Ich will nicht einmal eine Vision haben. Gib mir diese Stadt, diese Beute, für die mein Bruder gestorben ist. Gib sie mir und nenne deinen Preis, denn ich bin müde und an einem Punkt angelangt, an dem es keinen Ausweg mehr gibt außer Rückzug.

Er wartete, doch nichts störte die Stille ringsum. Schließlich erhob er sich, huldigte Amun, ehe er die Türen des Schreins schloss und nach draußen ging. Auaris leuchtete noch immer. Die Luft stank noch immer. Er wünschte dem Getreuen vor dem Zelt eine gute Nacht und zog sich zurück, lauschte den leisen, unauffälligen Geräuschen vor dem Zelt, während ihm andere Auswege durch den Kopf schossen, ein jeder abartiger als der andere, und wie sehr er sich auch bemühte, seine Gedanken ließen sich nicht beruhigen.

Doch dann weckte ihn ein Geräusch vollends, das er lange nicht gehört hatte, und sein Körper reagierte, er stolperte nach draußen und merkte, dass es unmelodiöse Hornstöße waren. Die Sonne stieg gerade über den östlichen Horizont. Vögel flogen über das Wasser, lärmten bei ihrer Morgenmahlzeit. Die Bäume waren feucht betaut. Ahmose jedoch nahm nichts davon wahr, er hörte nur die harsche, tonlose Musik, die aus der Stadt kam, und rings um ihn rannten die Ägypter durcheinander, als ob man einen Stein in einen Ameisenhaufen geworfen hätte. Ahmoses Herz setzte einen Schlag aus, dann hämmerte es schmerzhaft. «Chabechnet!», rief er. «Wo steckst du?»

«Hier, Majestät.» Der Herold kam herangekeucht. Er rannte zu Ahmose, band sich dabei den Schurz um und hielt eine Sandale noch immer in der Hand.

«Laufe zu Machu. Ich will sofort meinen Streitwagen haben. Du wirst auch einen brauchen. Ich will Berichte. Ich will Ramose. Sag ihm das, aber das kommt als Letztes.» Der Herold machte kehrt und sauste fort. Ahmose wandte sich an Harchuf, Anchmahors Sohn, der vorübergehend die Getreuen des Königs befehligte. Der war auch halb angekleidet, umklammerte jedoch seinen Schwertgurt. Bogen und Köcher hingen über der nackten Schulter. «Hole die Getreuen zusammen, Harchuf. In voller Rüstung. Ich will näher an die Stadt heran, möchte aber nicht behelligt werden. Bringe sie her, wenn sie fertig sind.» Der junge Mann zögerte mit bedenklicher Miene.

«Majestät, mein Vater ... ich glaube nicht ...»

«Du schaffst das schon», beruhigte ihn Ahmose. «Dein Vater hat dich ausgebildet, und ich bin mit dir als Stellvertreter einverstanden, solange er in Aabtu ist. Du wirst mich schon beschützen. Und jetzt los.» Harchuf biss sich auf die Lippen und nickte. Ahmose ging, wäre aber lieber gerannt und am Ufer des Nebenarms entlang in Richtung des Gedröhns gelaufen, doch er zwang sich, aufrecht und gemessen auszuschreiten. Niemand durfte argwöhnen, dass der König erregt war.

Jemand kam hinter ihm her, und als er stehen blieb, war es Achtoi, der mit verschiedenen Dingen beladen war. Er winkte den Haushofmeister ungeduldig fort, doch Achtoi wich und wankte nicht. «Mit Verlaub, Majestät, aber dazu reicht die Zeit», sagte er störrisch. «Die Getreuen sind noch nicht fertig, und dein Streitwagen ist auch noch nicht da.» Er reichte Ahmose ein Schälchen mit Weißkäse, frische Datteln und einen Becher Bier. Und da merkte Ahmose, dass er hungrig war. Er knurrte seinen Dank, trank rasch und stopfte sich das Essen in den Mund. Darauf nahm ihm Achtoi die Schale ab und sagte: «Auf leeren Magen ist nicht gut kämpfen, Majestät. Und auch nicht mit der Schlafmütze auf dem Kopf und ohne die Insignien, die die Truppen kennen.» Ahmoses Hand fuhr hoch, dann lachte er und nahm die Mütze ab. Achtoi reichte ihm das große Pektoral, dessen Gold im Frühlicht funkelte und dessen Lapislazulisteine und Türkise matt schimmerten, und Ahmose legte es sich um.

Es folgte ein gestärktes blauweißes Leinenkopftuch. Auf seinem goldenen Rand bäumte sich Nechbets Geier. Ahmose setzte es sich auf den rasierten Schädel und streckte die Arme aus, damit Achtoi ihm die goldenen Armreife des Obersten Befehlshabers überstreifen konnte. Der hatte auch den Schwertgurt nicht vergessen, an dem Schwert und Dolch hingen. Ahmose schloss ihn um die Mitte und blickte Achtoi lächelnd in die Augen.

«Danke», sagte er schlicht. Am Rand seines Blickfeldes sah er die Speichen eines rollenden Streitwagens im Sonnenschein blitzen. Achtoi winkte.

«Dein Streitwagen kommt, und die Getreuen sind unmittelbar hinter dir, Majestät», sagte er. «Möge Amun uns den Sieg schenken.» Dann verzog er sich unauffällig. Der Streitwagen hielt an, Machu ruckte an den Zügeln, und Harchuf und seine Männer kamen angerannt. Ahmose bestieg den Streitwagen.

«Ich glaube nicht, dass wir uns beeilen müssen», sagte er. «Harchuf, verteile deine Männer zu beiden Seiten und halte dich bereit, mir überallhin zu folgen. Machu, los.»

Der metallische Ton der Hörner war verstummt, daher wirkte jetzt sogar der Aufruhr von Tausenden ägyptischer Soldaten auf der Ebene gedämpft. Die Sonne war inzwischen vollends aufgegangen. In dem grauen Rauch konnte Ahmose Hunderte von Gestalten sehen, die sich oben auf der Mauer verteilt hatten. Er warf einen Blick nach links und war beruhigt. Die Medjai säumten die Decks ihrer Schiffe, hatten die Bogen erhoben.

Doch die Setius hatten eine schmerzhafte Lektion gelernt. Dieses Mal kauerten oder hockten sie, wenn sie auf die Soldaten unten schossen, und boten den Medjai damit weniger Angriffsfläche. Etliche lagen sogar auf dem Bauch und hielten den Bogen schräg nach unten. Machu rümpfte die Nase. «Die Schwachköpfe!», sagte er abfällig. «Sie haben die besten und genausten Bogen, die je erfunden wurden, mit nach Ägypten gebracht, aber sie gebrauchen sie so unbeholfen, dass man meinen sollte, wir hätten diese Waffe gebaut. Sie können uns nicht mehr das Wasser reichen.»

«Sie scheuern sich den Innenarm auf, und der lederne Armschutz lenkt die Pfeile ab», murmelte Ahmose. «Die, die hocken, haben bestimmt bald aufgeschrammte Knie. Auf dem Bauch kann man nicht schießen. Zumindest aber fallen ihnen Pfeile herunter. Sie haben Angst, sich hinzustellen.»

«Die hätte ich auch, wenn ich die Medjai vor mir hätte», bekannte Machu. «Da kommt Ramose, Majestät.» Ahmose forderte ihn auf, zu ihm in den Streitwagen zu steigen. Ramose schwitzte und war außer Atem.

«Ich konnte nicht schlafen, also habe ich mit den Herolden den Belagerungsring abgeschritten», erklärte er, als er Ahmoses fragenden Blick sah. «Einen Herold hatte ich hinter dem Hügel gelassen und unterhielt mich gerade mit einem Wachposten, als die Sonne aufging. Dann dröhnten die Hörner, und ich bin gerannt.»

«Was hast du gesehen?», wollte Ahmose wissen. Ramose überlegte.

«Nicht viel», meinte er. «Den Rauch. Die vielen Bogenschützen auf der Mauer. Wie sich unsere Zelte geleert haben. Wie die Männer zu den Sammelstellen gelaufen sind. Es ist ein geordnetes Chaos.»

«Das möchte ich auch hoffen.» Ahmose ließ sich Ramoses Worte einen Augenblick durch den Kopf gehen, während er das turbulente Schauspiel betrachtete. «Was will Apophis damit erreichen?», dachte er laut. «Ist es schlicht eine sinnlose Übung, eine stolze Geste oder was?»

Auf einmal erhob sich ein Geheul, unter das sich ein hektisches Gejaule mischte, bei dem Ahmose die Haare zu Berge standen. «Das Osttor geht auf!», schrie Ramose. «Sieh doch, Ahmose! Es ist nicht zu fassen!» Ja, dachte Ahmose. Benommen und ungläubig sah er die mächtigen Flügel nach innen aufgehen. Er beugte sich vor, wollte Machu anfeuern, näher heranzufahren, doch Machu hatte bereits an den Zügeln geruckt, und die Pferde beschleunigten. «Die Setius kommen heraus! Da sind sie! Da sind sie!»

Machu brachte die Pferde zum Stehen, als ein anderer Streitwagen auf sie zugerast kam. Es war Chabechnet. Er sprang herunter und kam angelaufen. «Ich habe jedem General einen Herold zugewiesen, Majestät», rief er. «Wie lauten deine Befehle?»

«Ich muss wissen, ob die Tore am Nordhügel ebenfalls geöffnet worden sind», sagte Ahmose. «Ob weitere Soldaten herauskommen. Sag General Cheti, falls ja, so soll er sie schlagen und den Nordhügel besetzen, koste es, was es wolle. Koste es, was es wolle! Falls er Verstärkung braucht, kann er sie mit meiner Erlaubnis bei Turi oder Sobek-chu anfordern. Sag Paheri, er soll ihn mit der Flotte unterstützen. Die Medjai kontrollieren den westlichen Rand von Auaris und können daher beim Sturm auf das Westtor helfen.» Chabechnet salutierte, und sein Streitwagen entfernte sich in einer Staubwolke.

«Warum der nördliche Schutzwall?», wollte Ramose wissen.

«Weil dort fast ausschließlich Setiu-Soldaten sind», erwiderte Ahmose. «Wenn wir ihn überrennen und sie erschlagen können, haben wir Apophis vollkommen besiegt. Das östliche Delta ist beinahe in unserer Hand. Denk nur, Ramose. Dann hat er nur noch die Stadt selbst. Soldaten auszuräuchern ist wichtiger, als die Stadt einzunehmen.»

Sowie die Worte heraus waren, wusste er, dass sein Entschluss, sein Heer im Osten zu konzentrieren, richtig gewesen war. Kamose wäre dagegen gewesen. Für Kamose war dieser Krieg eine persönliche Angelegenheit, und er hatte nur einen einzigen Feind im Blick gehabt, nämlich Apophis. Er hatte die Setius vertreiben wollen, nur damit er nach Auaris hineinkam und Apophis eigenhändig vernichten konnte.

«Der Nordhügel hat auch zwei Tore», warf Machu ein. «Eins zur Horusstraße und eins nach Westen, Richtung Nebenarm. Lass dich in den Schatten fahren, Majestät. Es wird ein langer, heißer Tag werden.» Ramose stieg aus.

«Mit Verlaub, Majestät, ich möchte an den Kämpfen teilnehmen», sagte er. «Falls das Königstor auch geöffnet ist, möchte ich zur Stelle sein. Ich könnte mich bei General Turi nützlich machen.» Ahmose blickte zu ihm hinunter. Ich weiß, warum du dort sein willst, dachte er. Ich möchte dich nicht verlieren, aber ich kann es dir nicht abschlagen. Er nickte schroff.

«Aber lass dich nicht umbringen», sagte er. «Ich habe keine Lust, nach einem anderen Nomarchen für Chemmenu und die Un-Nomarche zu suchen.» Und an Machu gerichtet sagte er: «Na schön. Fahre mich zu den Bäumen da.» Er zeigte in die Richtung. «Das ist zwar kein guter Aussichtspunkt, aber er muss reichen, bis die Herolde mir ein klareres Bild von dem Geschehen übermitteln.»

Unter den dicht belaubten Ästen einer mächtigen Sykomore setzte er sich auf den Boden des Streitwagens mit Blick auf die Stadt, und die Getreuen umringten ihn. Über einem Meer vorwärts stürmender Leiber, den Soldaten der Thot-Division, konnte er General Baqets Standarte sehen; sie befanden sich bereits im Kampfgetümmel mit den Horden, die aus dem Westtor strömten. Nach Südosten hin konnte er nur die Nachhut der Montu-Division ausmachen, die sich in einem riesigen Bogen verteilt hatte und sich mit Baqets Nachhut vereinte. Es gab noch ein Tor, das Ahmose nicht einsehen konnte. Daher wusste er nicht, ob es offen oder geschlossen war.

Die Sonne stand merklich höher am Himmel, und Ahmose schätzte, dass es Vormittag war, als sich die Streitwagen der Herolde auf dem festgestampften Boden zu ihm durchschlugen. Der erste kam von Sobek-chu. «Die Montu-Division kämpft verbissen vor dem Südosttor, Majestät», sagte er. «Das Tor selbst war offen, ist jetzt aber wieder zu. General Sobek-chu hat tausend Soldaten an General Cheti zum Nordhügel geschickt.»

«Dann ist Sobek-chu überzeugt, dass er die Stellung halten kann?»

«Ja, Majestät. Aber er braucht die Medjai. Er verliert viele Männer durch die Bogenschützen auf der Mauer.»

«Befiehl General Hor-Aha, zwei seiner Schiffe hinzuschicken. Bringe mir Nachricht, wenn sich die Lage ändert.»

Der Bericht von der Thot-Division lautete ganz ähnlich. «Das Westtor wurde zugemacht, sowie das Setiu-Heer draußen war», berichtete der Herold Ahmose. «Sie haben sich zwischen Außenmauer und unseren Soldaten aufgestellt und versuchen, uns ins Wasser zu drängen. Sie machen General Baqet schlimm zu schaffen, obwohl er von General Paheri großzügig Unterstützung bekommt. Die Schiffe werden ein wenig von den Resten des Anlegers unter der Wasseroberfläche behindert.»

«Was ist mit den Medjai?»

«Die bleiben in Stellung gegenüber dem Westtor und versuchen, die Bogenschützen oben auf der Mauer unter Kontrolle zu halten.»

«Hat General Baqet um Verstärkung gebeten?» Der Herold schüttelte den Kopf.

«Verstärkungen würden ihm nichts nützen», sagte er. «Für die ist kein Platz. Sie würden die Division nur unbeweglich machen. Der Setiu-General Pezedchu hat ihn mit einer großen Abteilung Soldaten umzingelt. General Baqet meint, er will sich durch unsere Truppen zum Wasser durchschlagen.» Ahmose stand bereits und blickte seinen Herold an.

«Pezedchu? Der Mann hat wirklich die sichere Stadt verlassen?»

«Ja, Majestät. Seine Truppen sind inmitten des Chaos ein Fels in der Brandung. General Baqet meint, er will die Medjai ablenken und wenn möglich unseren Männern von hinten zusetzen, sodass sie zwischen zwei feindliche Abteilungen geraten.» Und das könnte ihm durchaus gelingen, denn ich kann General Baqet nicht helfen, dachte Ahmose wütend. Ich brauche Kunde vom Königstor, aber vor allem von General Cheti. Was ist im Norden los?

«Falls Baqet an Boden verliert, bringst du mir sofort Nachricht», sagte Ahmose und entließ ihn.

Pezedchu ist draußen. Stelle dich deiner Angst, Ahmose, du Memme. Vergiss nicht, mehr als eine Schlacht kann er nicht gewinnen. Den Krieg hast du gewonnen. Du möchtest jetzt zu gern zum Westtor eilen, ihn beobachten, sich an seinem Anblick weiden und dich von deinen Erinnerungen ohnmächtig machen lassen. Aber es ist Cheti und nur Cheti, der dir zum Sieg verhelfen kann, sonst endet dieser Tag wieder einmal in der allzu vertrauten Sackgasse. Dennoch gelang es ihm nicht, die jähe Furcht abzuschütteln, die ihn überfallen hatte. Dieses Gefühl kannte er gut. Pezedchu.

Der Bericht vom Königstor fiel kurz aus. «Das Tor ist überhaupt nicht aufgemacht worden», sagte der Herold, «und auf der Mauer sind keine Bogenschützen. Die Generäle Kagemni und Turi brauchen dringend eine Entscheidung von dir, wie sie die Divisionen Re und Amun aufstellen sollen, Majestät. Sie haben ihre Männer auf eigene Faust vom Königstor abgezogen und zum Osttor geschickt.»

«Warte hier bei mir», befahl Ahmose. «Ich entscheide mich, wenn ich von der Horus-Division gehört habe.»

Chetis Herold traf als Letzter ein. Er war schlammbespritzt und humpelte. An seiner Wade war eine blutige Wunde. Er salutierte erschöpft. «Die beiden Tore am Nordhügel sind offen geblieben, Majestät», sagte er ohne Vorrede. «Fremdländer strömen noch immer heraus, und auf der Mauer wimmelt es von Bogenschützen. Es wird gnadenlos und erbittert gekämpft. General Cheti kann seine Stellung kaum halten, auch nicht mit Hilfe von General Sobek-chu. Er braucht mehr Männer, und er braucht die Medjai.»

«Die Generäle Kagemni und Turi sollen mit ihren gesamten Divisionen General Cheti verstärken», blaffte Ahmose. Er drehte sich um. Als Oberster Herold war es Chabechnets Pflicht, neben Ahmose zu bleiben, wenn er die Aufgaben an seine Untergebenen verteilt hatte, und zu ihm sagte Ahmose, nein, dachte er eher laut: «Ich habe fünftausend Medjai auf vierzig Schiffen. Zwei davon, das heißt zweihundertfünfzig Mann, unterstützen General Sobek-chu. Ich kann Baqet jedoch nicht völlig den Setiu-Bogenschützen ausliefern. Er behält acht Schiffe. Melde General Hor-Aha, er soll mit den verbleibenden dreißig Schiffen auf der Stelle den Nordhügel umzingeln und die Männer von der Mauer schießen. Er soll seine Medjai persönlich befehligen. Falls der Wasserstand im Graben im Osten am Tor zur Horusstraße zu niedrig geworden ist, sollen die Medjai von Bord gehen und vom Ufer aus schießen. Wenn du diese Botschaft überbracht hast, suche nach Kay Abana. Falls die *Norden* irgendwo in der Nähe ist, möchte ich an Bord gehen.»

Nun sind die Spielsteine also aufgebaut, dachte er, als er Chabechnets Streitwagen auf das glitzernde Wasserband zurollen sah. Mehr als beten kann ich augenblicklich nicht tun.

«Majestät, falls du auf ein Schiff gehst, möchte ich gern die Pferde ausspannen, füttern und tränken», sagte Machu. Er hatte, seit er das Fahrzeug angehalten hatte, mit den Zügeln in der Hand im Wagen gestanden. Ahmose blickte erschrocken zu ihm hoch.

«Dich hatte ich ganz vergessen, Fürst», entschuldigte er sich. «Bringe die Pferde fort, schicke aber Mesehti mit frischen zurück. Vielleicht brauche ich den Streitwagen ganz schnell.» Ein eigenartiger Friede erfüllte ihn. Er wusste, das konnte nicht dauern, aber er sah Machu ruhig und gelassen zu. Der Mann redete leise mit seinen Tieren, streichelte ihnen Nüstern und Hals, und sie bedankten sich mit leisem Gewieher.

In Machu und Mesehti habe ich mich auch nicht getäuscht, dachte er. Aber ich darf nicht vergessen, dass sie Fürsten mit einem edlen Stammbaum sind. Sie nehmen die Verletzung ihres Stolzes mit einer Gelassenheit hin, die mir gefällt. Aber das hielt ihn nicht davon ab, Machu auf die Probe zu stellen. «Warte und speise mit mir, ehe du gehst», bot er ihm an. Doch Machu schüttelte den Kopf.

«Danke nein, Majestät», antwortete er. «Die Tiere hier würden es nicht verstehen, wenn ich länger zögere.» Er entfernte sich in der gleißenden Nachmittagssonne, schritt zwischen den Pferden, die ihm den Kopf zuwandten. Ahmose fragte sich, ob er mit seiner Gemahlin auch so zärtlich umging.

Achtoi und eine Dienerschar breiteten jetzt Tischtücher und Polster aus und deckten für Ahmose und die Getreuen ein kaltes Mahl auf. Es gab Granatapfelwein und Gerstenbier, doch Ahmose trank reichlich Wasser, und die Leibwache folgte seinem Beispiel.

Gegen Ende des Mahls kamen die Herolde erneut zurück, und wieder einmal bemerkte Ahmose den Schlachtenlärm, der so stetig und gleichbleibend war, dass sich seine Ohren bereits daran gewöhnt hatten. Es gab keine neuen Nachrichten. Beide, Ägypter wie Setius, wurden müde. Den Medjai gingen die Pfeile aus. Cheti gewann dank der Verstärkungen durch Kagemni und Turi langsam die Oberhand, doch die Nachrichten von der Westseite waren wirr. Erst als Chabechnet vorfuhr, seinen Streitwagen verließ und salutierte, erhielt Ahmose eine verständliche Nachricht.

«Die *Norden* kämpft verbissen vor dem Westtor», sagte der Herold. «Ich bin nicht an sie herangekommen. Aber die *Leben in Ptah* ist nicht weit entfernt, und ihrem Kapitän wäre es eine Ehre, dich an Bord zu haben, Majestät.» Ahmose reichte ihm einen Krug Wasser, den Chabechnet mit ein paar Zügen leerte.

«Was ist mit Pezedchu?», fragte Ahmose mit belegter Stimme. Chabechnet stellte den leeren Krug zu seinen Füßen ab.

«Der Setiu-General hat seine Stellung zwischen Toren und Nebenarm ausweiten können», sagte er. «Seine Männer stehen nach Norden und nach Süden und teilen General Baqets Truppe in zwei. Die Medjai sind keine Hilfe, Majestät. Sie haben keine Pfeile mehr, und da sie gegen die Mauer geschossen haben, konnten sie sich auch keine zurückholen. Zwischen Mauer und Nebenarm gibt es ein Gemetzel. Man kann unmöglich sagen, wer dort siegt.»

«Da kommt Fürst Mesehti mit deinen Pferden, Majestät», unterbrach sie Harchuf leise. Ahmose nickte.

«Er soll anspannen und mich zum Wasser fahren», sagte er. «Es wird Zeit, dass ich höchstpersönlich nachsehe, was los ist, und mich unseren Soldaten zeige. Harchuf, hole die Getreuen zusammen. Chabechnet, halte dich bereit, deine Herolde abzufangen, wenn sie mich suchen. Ich werde auf der *Leben in Ptah* sein.»

Die Fahrt zum Schiff dauerte nicht lange, doch als Ahmose auf offenes Gelände kam, wurde der Schlachtenlärm immer lauter. Schreie und Flüche übertönten den fast ohrenbetäubenden Grundton Tausender keuchender, schubsender Männer, die mit Äxten und Schwertern klirrende Hiebe austauschten. Staubwolken verdeckten einen Teil der Auseinandersetzung, und die launische Brise wehte einen beißenden Gestank nach Schweiß und warmem, frisch vergossenem Blut heran.

Die Getreuen rannten vor, während er aus dem Streitwagen stieg und die Laufplanke hinaufeilte. «Ich bin dein Diener Qar», empfing ihn der Kapitän unter Verbeugungen. «Was wünschst du?»

«Fahre in den östlichen Graben, rudere mich an General Sobek-chu vorbei und dann nach Norden», antwortete Ahmose. «Ich möchte mir einen Eindruck von jedem Schlachtfeld verschaffen.» Qar nickte mit bedenklicher Miene.

«Dann musst du auf der östlichen Seite zurück, Majestät», erklärte er. «Dort wird sehr heftig gekämpft, da komme ich nicht durch.»

«Umso besser. So sehen die Soldaten, dass ich bereit bin, ihre Gefahren zu teilen», gab Ahmose zurück. «Und das bin ich, Kapitän. Ich habe unter dem Oberbefehl meines Bruders größere Gefahren auf mich genommen. Los jetzt.» Qar verbeugte sich erneut, verließ ihn und schrie dem Steuermann Befehle zu. Die Ruderer griffen zu den Riemen, und dann glitt die *Leben in Ptah* durch die trägen Fluten des Nebenarms.

Als sie nach Osten einbogen, schien der Lärm noch zuzunehmen und, so meinte Ahmose, auch die Hitze. Harchuf gab einen leisen Befehl, und die Getreuen nahmen die Bogen von der Schulter und umringten Ahmose dichter. Er selbst war an die Reling getreten, wo er leicht zu erkennen war. Seine Augen fanden Sobek-chus Standarte, die lange Stange mit dem aufgemalten Symbol Montus, des bullenköpfigen Kriegsgottes, die über den Köpfen der Kämpfenden schwankte. Er erspähte auch den General selbst, der den Arm gehoben und den Mund weit geöffnet hatte und dem Offizier neben sich einen Befehl zubrüllte. Der Mann wandte sich ab und sah Ahmose. Über dem Getöse konnte Ahmose ihn rufen hören: «Der König! Es ist der König!» Für einen Augenblick schien der Kampf nachzulassen, denn die Ägypter nahmen den Ruf auf, doch dann glitt die *Leben in Ptah* hinter zwei Medjai-Schiffe und kam außer Sicht.

«Die Toten werden in den Kanal gerollt, Majestät», sagte Harchuf. «Hast du das bemerkt? Da verwesen dann die Leichen, und man kann das Wasser nicht mehr trinken.»

«Das macht nichts, in ein paar Wochen ist der Kanal ohnedies ausgetrocknet», antwortete Ahmose. «Der Nebenarm trägt das ganze Gift nach Norden ins Große Grün.» Er legte die Hände um den Mund und rief zum zweiten Medjai-Schiff, das unweit dümpelte, hinüber: «Hauptmann, was machst du?» Die schwarzen Zöpfe flogen herum, und ein schwarzes Gesicht wandte sich ihm zu. Der Medjai-Hauptmann verbeugte sich.

«Keine Pfeile mehr, Majestät», rief er zurück. «Wir können nichts machen als zusehen.» Zornig hämmerte Ahmose auf die Reling ein.

«Lege mit deinem Schiff am südlichen Ufer an und lass die Verwundeten an Deck tragen», brüllte er. «Wie kannst du es wagen zu sagen, dass du nichts zu tun hast!» Qar rief einen Befehl, und die *Leben in Ptah* schwenkte langsam nach links. Sobek-chu und die Medjai gerieten allmählich außer Sicht. Ahmose merkte, dass er vor Wut zitterte.

«Sie sind schlichte und fügsame Menschen, Majestät», mahnte ihn Harchuf. «Sie befolgen Befehle, können aber selbst keine Entscheidungen fällen.»

«Ich weiß», erwiderte Ahmose und verbiss sich einen längeren Ausbruch. Denkt Hor-Aha nicht weiter, als Pfeile zu verschießen?, fragte er sich. Jeder Ägypter hätte gesehen, dass nutzlose Bogenschützen vieles tun können, um zum Erfolg der Schlacht beizutragen. Ich habe ein Wörtchen mit ihm zu reden, wenn dieser Tag vorbei ist. Die Aussicht bereitete ihm eine selbstgerechte Freude, doch er merkte, dass er kleinlich dachte, was jedoch von seiner wachsenden Abneigung gegen Hor-Aha zeugte, und hatte den Anstand, sich dafür zu schämen.

Die östliche Seite von Auaris war eigenartig friedlich, die langen Schatten der prahlerischen Mauer umfingen Ahmose, als Qars Schiff hineinglitt. Der Lärm vom Nordhügel und dem westlichen Stadtrand ließ nach, und in den Bäumen rechts vom Kanal zwitscherten die Vögel. Das Wasser plätscherte und funkelte in der Sonne. Es war sehr flach, der Wasserstand sank noch weiter, und die *Leben in Ptah* kroch vorsichtig zwischen verschlammten Ufern dahin und auf das Osttor zu. Alle an Bord schwiegen und waren angespannt, richteten den Blick auf die Mauerkrone, doch die blieb leer, schwang sich in die Ferne und war nicht mehr einzusehen.

Ahmose hatte erwartet, am Nordhügel große Mengen von kämpfenden Ägyptern und Setius zu erblicken, und wusste zunächst nicht, was er da sah. Das Horusstraßentor stand weit offen, und Männer strömten in die Festung hinein, nicht heraus. Zwischen Mauer und Kanal türmten sich Leichen. Die Mauer selbst war blutbespritzt. Hinter der Mauer konnte Ahmose noch immer Waffengeklirr und Geschrei hören. Auf einmal ging ihm auf, was los war, und er stieß einen Siegesschrei aus. «Wir sind drinnen!», schrie er. «Cheti hat den Hügel genommen! Qar, lege hier kurz an!»

«Majestät, es wird immer noch gekämpft, und das verbissen, wie es sich anhört», warnte Harchuf. «Als Befehlshaber der Getreuen ist es meine Pflicht, darauf zu bestehen, dass du nicht von Bord gehst.» Ahmose hätte ihn am liebsten umarmt. Er schenkte dem ernsten jungen Mann ein Lächeln.

«Ziehe dein Schwert, Harchuf», sagte er. «An einem Tag wie diesem ist ein König nicht viel nütze. Er kann nur wenig ausrichten, aber vielleicht wendet er das Kriegsglück durch seine bloße Gegenwart. Keine Bange. Amun ist mit uns!»

Ahmoses Aufmerksamkeit war so auf das gerichtet, was er vor sich sehen würde, dass er, ehe er sich's versah, durch die hohen, schweren Tore gegangen war. Ein Blick nach hinten zeigte ihm, dass Qars Schiff teilweise durch die Menschenmenge verdeckt war, die durch die große Öffnung in der Mauer die abschüssige Straße hinuntertrabte, und da traf es ihn wie ein Blitz. Ich bin in Apophis' Hochburg, dachte er, und ihn schwindelte. Vater, Kamose, bin ich drinnen oder träume ich, aber kein Traum kann so wirklich sein. Da ist das Tor, es gähnt offen, ist nutzlos, und ich bin endlich auf der richtigen Seite.

Viel Zeit hatte er nicht, diesen Augenblick zu genießen, denn die Truppen hatten ihn erkannt, und sofort machte man ihm ehrerbietig Platz. Müde Mienen wurden munter. Hände, die lahm von der grausigen Arbeit waren, schlossen sich fester um die Griffe von stumpfen und mit Setiu-Blut beschmierten Waffen. «Majestät, Majestät», verstärkte sich das Gemurmel und wurde zu hellem Jubel.

Harchuf erspähte einen niedrigen Offizier und winkte ihn zu sich. Dessen Schurz hing in Fetzen, er hatte seinen Lederhelm verloren, und ein Fuß war unbeschuht. In der Hand hielt er einen kurzen Dolch. Seine Schwertscheide war leer. «Berichte», sagte Ahmose. Der Mann blickte bestürzt.

«Ich, Majestät?», stammelte er. «Soll ich nicht lieber einen höheren Offizier suchen?»

«Nein.» Ahmose wartete. Der Offizier schluckte, blickte flüchtig das Messer in der blutverkrusteten Hand an, dann riss er sich sichtlich zusammen.

«Die Setiu-Truppen haben sich auf den Hügel zurückgezogen», sagte er. «Was noch von ihnen übrig ist. Sie haben versucht, die Tore hinter sich zu schließen, aber General Cheti war zu schnell. Er hat die Horus-Division gesammelt und hat es geschafft, das Tor offen zu halten. Ich bin von der Amun-Division. Mein General Turi ist ihm zu Hilfe geeilt.» Er zögerte. «Majestät, ich habe gehört, dass auch das andere Tor, das Hafentor, von General Kagemni offen gehalten worden ist. Er hat sich an dem Ort, wohin du ihn geschickt hast, sofort auf den Feind gestürzt. Gewiss war es ein schlimmes Gemetzel, denn wohin können die Setius noch? Ihre eigene Mauer engt sie ein.»

«Wo ist deine Waffe?», fragte Ahmose. Der Offizier verzog das Gesicht.

«Vergebung, Majestät. Die steckt noch in dem Soldaten, den ich getötet habe. Er ist ins Wasser gefallen, und sein Gewicht hat mich gezwungen, die Waffe loszulassen.» Sofort löste ein Getreuer seinen Gurt und reichte ihm den zusammen mit seinem Schwert. Der Mann warf Ahmose einen abbittenden Blick zu. Ahmose nickte.

«Du brauchst es mehr als er», sagte er. «Und jetzt bringe meinen Generälen eine Botschaft. Richte ihnen aus, sie sollen die Setiu-Soldaten töten. Es ist bedauerlich, aber das Gerücht von dieser Schlacht wird unausweichlich bis nach Rethennu dringen. Die Fürsten jenes Landes sollen überlegen, ob es klug ist, weitere Setiu-Heere nach Ägypten zu schicken. Richte ihnen auch aus, dass gewöhnliche Bürger verschont werden. In der nordwestlichen Ecke des Hügels wohnen Ägypter. Ich habe gesprochen.» Er lächelte und winkte. «Geh jetzt. Du hast deine Sache gut gemacht.» Der Offizier erwiderte das Lächeln, verbeugte sich und rannte davon. «Wir kehren aufs Schiff zurück.»

«Falls du weitergehst, Majestät, begibst du dich in Lebensgefahr», sagte Harchuf erleichtert. «Hörst du das Gebrüll? Wer würde uns dann anführen?»

Ja, wer wohl?, dachte Ahmose, als er auf einer blutschlüpfrigen Straße zum Schiff zurückeilte. Ahmose-onch ist noch zu klein zum Regieren. Ob Aahmes-nofretari die habgierigen Edelleute unterwerfen, die Generäle anleiten und den Thron für ihren Sohn sichern könnte? Der Gedanke, dass sie das möglicherweise schaffen würde, war nicht gerade beruhigend. Ahmose eilte die Laufplanke hoch, und die *Leben in Ptah* setzte ihre Fahrt rings um Auaris fort. Nein, er war überhaupt nicht beruhigend, und Ahmose wusste nicht so recht warum.

SIEBTES KAPITEL

Vorsichtig kroch das Schiff den Kanal zwischen dem nördlichen Rand des Haupthügels und der südlichen Mauer des kleineren militärischen Hügels entlang. Der Schauplatz kam Ahmose irgendwie unwirklich vor, vielleicht weil man die Schlacht zwar noch hören konnte, der Lärm jedoch gedämpft war und der Wind, der die Schiffsflagge und die Schurze der Männer flattern ließ, nicht die Leichen erreichte, die durch die Mauer geschützt waren. Verstümmelt und reglos lagen sie wie Abfall im sanften Nachmittagssonnenschein.

Qar bellte einen Befehl, und das Schiff hielt nach links, doch ehe der Nordhügel außer Sicht kam, sah Ahmose, dass dessen anderes Tor, das Hafentor, tatsächlich weit offen stand und von mehreren Reihen ägyptischer Soldaten bewacht wurde, die salutierten, als er vorbeifuhr. Ihr Siegeslächeln war nicht zu verkennen. «Alle Soldaten von General Kagemni und General Turi dürften jetzt drinnen sein», meinte Harchuf, und Ahmose nickte, ohne sich umzudrehen, denn die *Leben in Ptah* fuhr jetzt am nördlichsten Tor von Auaris, dem fest verschlossenen Handelstor, vorbei, und dahinter konnte er die Türme von Apophis' festungsähnlichem

Palast ausmachen, stumpf, aber mächtig überragten sie die Stadtmauer.

Auf einmal fuhren sie auf den Fluten des Hauptnebenarms, und Ahmose bemerkte bei der Mannschaft ein stummes Aufseufzen. Die Freude war jedoch kurz. Als er hochsah, erblickte er oben auf der Mauer aufgereihte Bogenschützen, jeder von ihnen schussbereit. Die Reihe begann am Königstor, das auch geschlossen war, und kam hinter der Biegung der Insel außer Sicht. «Schilde hoch!», bellte Harchuf, und sogleich befand sich Ahmose unter einer hölzernen Decke.

Als sie den Palast passiert hatten, waren die Bogenschützen verschwunden, und die Schilde sanken herunter, doch Ahmose hörte kaum noch Harchufs Befehl, denn jetzt war nur noch Lärm zu hören. Die Westseite von Auaris zog sich gerade dahin und bot einen guten Blick den Nebenfluss entlang bis zu dem verkohlten Anleger vor dem Bürgertor und noch weiter, und hier herrschte völliges Chaos. Doch allmählich konnte Ahmose weit hinter dem Tor Baqets Standarte ausmachen. Unmittelbar am Ufer schwankte Pezedchus rotes Sutech-Banner, und eine geballte Heeresmacht Setius scharte sich darum, sie reichte fast bis zum Tor zurück und erstreckte sich in zwei unregelmäßigen Flanken am Wasser.

Das Getöse war ohrenbetäubend. Männer hackten aufeinander ein, standen bis zur Mitte im Wasser oder kämpften Mann gegen Mann unbeholfen auf den überall herumliegenden Leichen. Viele von Paheris Schiffen waren leer, die Laufplanken lagen auf dem Ufer, die Bootsleute befanden sich irgendwo im Schlachtgetümmel. «Die Setius haben es geschafft, sich am Ufer festzusetzen und die Stellung zu halten», übertönte Harchuf den Krach. «Wo ist ihr General?»

Ahmose winkte Qar, er solle zwischen die schaukelnden, manövrierenden Schiffe fahren, und sein Blick suchte das

Ufer ab. Allmählich bekam er einen Überblick über die Schlacht, doch er war ratlos. Nach sorgfältiger Einschätzung der Setius wollte ihm scheinen, dass sie sich weniger um die Ausweitung ihrer Stellung bemühten als um deren Festigung am Ufer. Auf der Stadtseite verteidigten sie sich lediglich, doch auf der Flussseite kämpften sie wie die Löwen, wollten alles hinwegfegen, was zwischen ihnen und dem Wasser war. Warum?, fragte sich Ahmose mit wachsender Besorgnis. Das war keine vernünftige Strategie. Pezedchu sollte sich lieber bemühen, die Divisionen zu vernichten. Schließlich ist er zwischen Mauer und Wasser eingeklemmt. Zum Tor kann er nicht zurück, ohne sich durch Baqets Männer zu mähen, und welchen Vorteil hat er davon, wenn er in den Fluss fällt? Gewiss wäre es vernünftiger, einen Ausfall nach Norden und nach Süden zu machen, statt sich nach Westen zu sammeln?

Auf einmal erblickte er ihn selbst. Pezedchu hatte sich auf den Überresten des Anlegers aufgebaut und balancierte dort gelassen, die dunkle Brust schweißglänzend, das blutige Schwert hoch erhoben. Ahmose unterdrückte den Wunsch, sich hinter den Getreuen zu ducken, sich unsichtbar zu machen. Pezedchu beugte sich jetzt hinunter. Die Bewegungen des Generals hatten in dem ganzen wilden Durcheinander etwas so Ruhiges, Bewusstes, dass Ahmose plötzlich vollkommen gebannt war. Er sah, wie ein Setiu-Offizier einmal nickte. Pezedchu zeigte nach vorn, dann nach hinten. Seine Geste umfing das gesamte Ufer, und Ahmose, dessen Blick Pezedchus muskulösem Arm gefolgt war, erstarrte. Überall lagen ägyptische Schiffe, etliche mit ausgelegten Laufplanken, etliche ohne, die meisten verlassen oder nur spärlich bemannt. Selbst aus der Entfernung bekam er mit, dass Pezedchu sie sinnend musterte. Ihr Götter, nein!, dachte Ahmose ungläubig, aber da rannte er auch schon zum Heck, dass die Getreuen hinter ihm herstolperten. Das kann er doch nicht tun! Diese Überheblichkeit! Diese Selbstsicherheit! Aber er kann, wisperte eine andere Stimme. Er versucht es gerade, und falls du dich nicht beeilst und seine Absichten vereitelst, ist diese Schlacht so gut wie verloren. Verzweifelt musterte Ahmose die Nachhut. Der ältere Abana hatte sich zu Paheri gesellt. Sie berieten sich. Die *Leben in Ptah* bewegte sich bereits auf ihr Schiff zu, denn Qar hatte begriffen, wie eilig es der König hatte, und schlängelte sich durch andere Schiffe, deren Bootsleute und Soldaten Ahmose erkannten und ihm zujubelten. Ahmose hörte sie kaum. Ungeduldig hielt er die Reling gepackt und sah zu, wie der Abstand zwischen ihm und dem Befehlshaber der Flotte kleiner wurde. Paheri blickte auf und sah ihn. Qar rief einen Befehl, und die Riemen hoben sich. Die *Leben in Ptah* glitt vorwärts.

«Der Hügel gehört uns», rief Ahmose Paheri zu. «Kümmere dich um deine Schiffe, Paheri! Sie liegen unbemannt am Ufer aufgereiht und warten nur darauf, angezündet oder eingenommen zu werden!»

«Aber, Majestät, die Divisionen haben dringend um Hilfe gebeten, also habe ich den Bootsleuten den Befehl zum Aussteigen und zum Kämpfen an Land gegeben», wehrte sich Paheri. «Nötigenfalls werden weitere losgeschickt.»

«Die Bootsleute hätten die Laufplanken einziehen und vom Ufer ablegen sollen», rief Ahmose laut dazwischen. «Pezedchu kämpft nicht darum, unsere Reihen zu lichten, er will unsere Schiffe erobern oder verbrennen. Wenn er so schlau ist, wie ich vermute, verbrennt er sie. Falls er sie erobert, ist er immer noch im Vorteil, denn dann ist er nicht mehr an Ort und Stelle gebunden. Er kann seine Männer zu jedem Kampfgebiet schicken, kann den Rest der Bootstruppe binden. Wenn möglich, schicke deinen Kapitänen Nachricht. Hole die

Bootsleute zurück an Bord und die Schiffe auf den Fluss. Sofort.» Er fuhr zu Qar herum. «Bringe mich zum Setiu-General», befahl er. «Ich möchte so nahe wie möglich an ihn heran.» Paheri hatte nicht reagiert, aber ein Boot legte rasch von seinem Schiff ab, und da wusste Ahmose, dass die Herolde seinen Befehl durch den alles übertönenden Lärm weitergeben würden.

Seine kostbaren Schiffe, Kamoses kostbare Schiffe, mit großen Kosten gebaut, lagen am verschlammten Ufer, ihre Schatten fielen lang und mager auf das Gewühl, während die Sonne tiefer sank. Paheri trifft keine Schuld, dachte Ahmose, während er besorgt Ausschau hielt, ob seine Soldaten ihre Laufplanken einholten. Noch so viel Drill und Scheinschlachten können keine echte Schlacht ersetzen, in der nichts richtig vorhersehbar ist und eine einzige gute Idee das Kriegsglück wenden kann. Pezedchu ist fähig, uns allesamt auszutricksen. Wenn sein Genie doch mir statt Apophis zur Verfügung stünde. Gewiss hat Pezedchu es satt, einem König zu dienen, der nur wenig Mut und Urteilsvermögen besitzt!

Er hob die Hand, und die *Leben in Ptah* schob sich langsam weiter. Hinter ihm lagen die Schiffe, die noch nicht in den Kampf eingegriffen hatten. Vor ihm ging der Kampf unterhalb der Mauer weiter, aber er sah nur noch Pezedchu und die unordentlich aufgereihten, ungeschützten Schiffe. Die Setius gehorchten irgendeinem Befehl, den ihr General gegeben hatte. Sie rannten jetzt, und Ahmose sah halb erleichtert, halb besorgt, dass sie die Laufplanken erreichten. Also hatte Pezedchu am Ende doch noch einen Fehler gemacht. Entweder war er nicht auf den Gedanken gekommen, die Schiffe in Brand zu stecken, oder er hatte beide Möglichkeiten abgewogen und die riskantere gewählt. Hochmut oder ein Ausrutscher in der Hitze des Gefechts?

Paheris Befehle waren gehört worden, denn die Bootsleute setzten den rennenden Setius nach, lösten sich aus dem Getümmel und stürmten zu ihren Schiffen. Einige erreichten ihr Ziel, machten kehrt und wehrten den Feind ab, aber viele, zu viele, dachte Ahmose zutiefst erschrocken, kamen zu spät und sahen zu, wie die Laufplanken eiligst ins Wasser geworfen wurden, sodass sie nicht mehr an Bord gehen konnten. Trotzdem stürzten sie sich ins Wasser, hielten sich am Rumpf der Schiffe fest und versuchten hochzuklettern. Die Setius beugten sich vor und hackten Hände und Arme ab, während ihre Bootsleute zu den Riemen griffen und ihre Steuerleute ans Ruder eilten.

Die ägyptischen Schiffe hinter Ahmose umringten ihn nun, ruderten hastig auf die fremdländischen Mannschaften zu, die mit ihrer Beute jetzt eilig vom Ufer fortsteuerten. Und wir haben keine Pfeile, dachte Ahmose fieberhaft, nichts, womit wir sie umbringen könnten, und die Medjai haben Angst vor dem Wasser. Die verlassen ihre Schiffe nicht, wagen den Sprung zum Entern nicht. Er hörte, wie Paheri mit heller Stimme einen Schwall Befehle gab, seine Kapitäne namentlich aufrief und sie einen nach dem anderen losschickte, dass sie den Setius die Durchfahrt versperrten. Wir müssen als Erste entern, dachte Ahmose. Wir müssen die Initiative ergreifen. Unsere Männer müssen das Gefühl haben, dass sie sich ihr Eigentum zurückholen.

Offensichtlich dachte Paheri genauso. Er brüllte den grimmigen Soldaten, die sich an der Reling der ägyptischen Schiffe drängten, eine Abfolge von Anweisungen zu. Auch Hor-Ahas tiefe Stimme war über dem von Schiffen wimmelnden Wasser zu vernehmen. «Ihr seid Krieger aus Wawat, keine Fliegen, die an einem Hundefell kleben!», verwünschte er seine Stammesbrüder. «Lasst euch nicht von den Ägyptern beschämen!

Springt, ihr Memmen! Springt!» Ahmose blickte hinter sich. Die Medjai liefen auf dem Deck hin und her, während ihre Hauptleute auf sie einpeitschten, und Hor-Aha selbst schwang einen Knüppel. Vor Ahmoses Augen hob er einen seiner Männer hoch und warf ihn über die Reling. Dann sprang er selbst und landete geschmeidig auf dem Deck eines Schiffes, das Ahmose jäh als die *Norden* ausmachte.

Kay Abana lief auf Hor-Aha zu, der aufgestanden war und zum Schwert gegriffen hatte. Erleichtert sah Ahmose, dass die *Norden* noch ganz mit Ägyptern bemannt war, die säuberlich geordnet an der Reling standen und gelassen auf Befehle warteten. Auf einmal erblickte Ahmose eine bekannte Gestalt, ein wenig kleiner als die Übrigen, die mit behandschuhter Hand ein Schwert umklammerte und wild entschlossen blickte. Kays Vetter Zaa-pen-Necheb. Ahmose tat ein Stoßgebet für die Sicherheit seines jüngsten Soldaten.

Rings um ihn versuchten die ägyptischen Schiffe jetzt, längsseits der geraubten Schiffe zu gehen. Das Krachen von splitternden Riemen vermischte sich mit lauten Flüchen, während sich beide Seiten zum Kampf bereit machten. Kay und Hor-Aha berieten sich, steckten die Köpfe zusammen. Dann trennten sie sich, und Kay zeigte auf etwas. Ahmoses Blick folgte diesem Finger.

Pezedchu stand im Bug eines Schiffes, das sich stetig und lautlos auf die *Leben in Ptah* zubewegte. Er kam so nahe heran, dass Ahmose sein grobes, eher abstoßendes, aber dennoch fesselndes Gesicht über dem mächtigen, wie aus Ziegelsteinen gemauerten Körper sehen konnte. Da stand er gefasst, breitbeinig, blickte gelassen und sah zu, wie er sich der *Leben in Ptah* näherte. Schicksalsergeben erkannte Ahmose, dass der Setiu-General ihn nicht nur gesehen hatte, denn er stand ja für alle sichtbar, sondern Qars Schiff entern und ihn töten wollte.

Das war in seinen Augen zu lesen, während der Abstand zwischen ihnen immer kleiner wurde. Augenblicklich bedeutete ihm der Tumult ringsum nichts. Ahmose war seine Beute.

Doch als Ahmose sein Herz erforschte, merkte er, dass Pezedchu, das Schreckgespenst, ihm keine Angst mehr machte. Es blieb nur noch Pezedchu, das Schicksal, ein Mann, dessen Geschick mit dem Haus Tao verknüpft war, seit er Seqenenre schmählich besiegt und getötet hatte. Er nahte wie ein Freund.

Harchuf und die Getreuen umringten ihn eilig, doch Ahmose winkte sie zurück. Er hörte, wie sie Pfeile auflegten, und da fiel ihm ein, dass seine Leibwache keine Pfeile vergeuden durfte, es sei denn zum Schutz ihres Königs. Gleich würden sie schießen, und Pezedchu würde fallen.

Pezedchu schnipste mit dem Finger. Eine winzige Geste, fast unmerklich, doch Ahmose erschrak, denn der General war plötzlich von Bogenschützen umringt, die sich auf den Knien liegend verborgen gehalten hatten, die Bogen spannten und nun schossen, und ehe Ahmose auch nur mit der Wimper zucken konnte, fiel jemand gegen ihn, jemand stöhnte, jemand hustete erstickt, und als er sich auf tauben Füßen umdrehte, sah er seine Männer auf dem Deck liegen wie geschlachtete Schweine. Harchuf kroch auf allen vieren, aus seiner Schulter ragte ein schwarzer Pfeilschaft, und Ahmoses erster, benommener Gedanke war: Wie bringe ich das nur Anchmahor bei? Qar rannte, gefolgt von den Bootsleuten, auf ihn zu. Harchuf begann zu schwanken und stoßweise zu keuchen.

«Du bist ein kluger Mann, Ahmose Tao, aber nicht klug genug», schrie Pezedchu. «Du kannst mir nicht das Wasser reichen. Habe ich nicht deinen Vater umgebracht? Habe ich nicht deinen Bruder bis ans Ende seiner Tage verfolgt? Wo sind jetzt die viel gerühmten Getreuen des Königs? Nackt und bloß stehst du da, und ich werde auch dich umbringen.»

Bei diesen Worten lief es Ahmose kalt den Rücken hinunter. Als er Pezedchu das letzte Mal gehört hatte, da kauerte er mit Kamose und Hor-Aha hinter einem Felsen, während irgendwo im heißen Sand unter ihnen der Leichnam seines Vaters zwischen anderen erschlagenen Ägyptern lag. Es stimmte. Er konnte diesem brillanten, brutalen Mann nicht das Wasser reichen und auch keiner seiner Generäle. Sein Mund war trocken. Er leckte sich die Lippen, schmeckte das Salz des Entsetzens auf ihnen, wollte sich hinhocken und die Augen zumachen, doch er tat es nicht. Er fühlte, wie Harchuf blind und unter furchtbaren Schmerzen an seinen Knöcheln herumtastete, und spürte mehr, als er sah, dass Qar ihn aufhob. Deine Mutter hat getötet, um dein Leben zu retten, und Kamose ist für dich gestorben, sagte er sich. Genau wie jeder andere Ägypter, der an diesem Tag gefallen ist. Das hier ist der Augenblick, in dem du wahrhaft König werden kannst. Er trat bis zur Reling vor.

«Dein fremdländischer Herrscher verdient dich gar nicht, General», sagte er und staunte selbst, wie klar und gelassen seine Stimme klang. «Du musst doch einsehen, dass Auaris verloren ist, ob du mich nun umbringst oder nicht. Es ist die letzte kleine Insel in einem Meer ägyptischer Macht, und gerade wollen es die Wellen für immer verschlingen.» Pezedchu lächelte. Es war kein spöttisches oder überhebliches Lächeln. Es war herzlich und freundlich.

«Ich habe viele Gebieter», erwiderte er. «Apophis ist nur einer von ihnen. Wenn sein Krieg mit dir vorbei ist, kehre ich nach Rethennu zurück, zu meiner Frau, meinen Wäldern und meinem Meer, bis ich an anderer Stelle gebraucht werde. Ich mag dich, Ahmose, und deinen Bruder habe ich bewundert, aber was kannst du mir, verglichen mit alldem, schon bieten?» Er schüttelte den Kopf und nahm den Bogen von der Schulter. «Außerdem klingen deine Schmeichelreden hohl. Wo sind die Bogenschützen, die du noch in Reserve haben solltest? Du bist ein toter Mann, und wenn du tot bist, löst sich dein Heer auf. Apophis wird siegen.» Pezedchu wählte einen Pfeil und legte ihn auf den Bogen.

Ahmose wartete ohnmächtig und wie angewurzelt. Ich atme die letzten Züge, dachte er, aber das darf nicht sein. Wie konnte das geschehen? Die Abendsonne funkelt auf der Spitze von Pezedchus Pfeil, er hebt den Bogen, zielt, und die Spitze wird sich tief in meine Brust bohren. Die Sonne ist schön. Sie ist Leben, wie sie das Wasser berührt, die geschwungenen Flanken des Zedernholzschiffes wärmt, in dessen poliertem Bug ich stehe. Ich sollte ihn nach Tani fragen. Er wird wissen, wie es ihr geht. Ich sollte mich auf das Deck fallen lassen, denn dann geht sein Schuss vielleicht ins Leere, und ich bleibe am Leben. Er tat es nicht. Er wartete, und sein Blick wanderte am Pfeil, an der behandschuhten Hand und dem straffen, muskulösen Arm entlang, der den Bogen spannte, bis zu den zusammengekniffenen braunen Augen, die sich auf eine Stelle unter seinem Schlüsselbein richteten, dann zu dem Tumult dahinter. Die Sonne funkelte kurz auf etwas Metallischem …

Dieses Etwas kam hinter Pezedchu durch die heiße Luft gepfiffen, drehte sich schimmernd und schlug irgendwo hinter Ahmose ein. Gleichzeitig zischte ein Pfeil an ihm vorbei. Und da kam er wieder zu sich, hörte jäh Geräusche und nahm Bewegung wahr. Der Schlachtenlärm war erneut ohrenbetäubend. Der Geruch von frisch vergossenem Blut stieg ihm in die Nase. Benommen drehte er sich um. Seine Leibwache lag ringsum tot, abgesehen von Harchuf, der zusammengesunken am Mast lehnte. Qar hockte neben ihm, und zu seinen Füßen lag der Schaft eines abgebrochenen Pfeils. Eine Axt hatte sich in das Holz über Harchufs gesenktem Kopf gebohrt, ihr langer Stiel zitterte noch. Ahmose drehte sich wieder um.

Pezedchu hatte das Gleichgewicht verloren. Sein Schuss war ins Leere gegangen. Er taumelte, richtete sich jedoch wieder auf, duckte sich und fuhr herum, weil er sehen wollte, woher die Axt gekommen war. Hinter ihm dräute die *Norden*. Ihre Männer stürzten auf Pezedchus Deck, und schon waren sie und Pezedchus Soldaten im Kampfgetümmel. Hor-Aha hielt nach dem Wurf noch immer den Arm erhoben. Während Ahmose zusah, lief er über das Deck der *Norden*, enterte und stürzte sich in den Tumult. Zaa-pen-Necheb war auch schon drüben. Desgleichen Kay, und der näherte sich Pezedchu. Ahmose sah, wie er sein Schwert fallen ließ und den Dolch zückte.

Pezedchus Leibwache hatte ihn umringt. Jetzt schützte ihn nur noch eine schwache Abwehr, und Kay umrundete sie und suchte nach einer Möglichkeit. Mit stockendem Atem bemerkte Ahmose, wie verletzlich Pezedchu auf einmal geworden war.

Kay zögerte nicht. Er stürzte sich auf ihn. Pezedchu erholte sich langsam von dem Schreck über Hor-Ahas unvermuteten Angriff, doch der große Bogen behinderte ihn. Er ließ ihn fallen, schob ihn mit dem Fuß beiseite und griff zum Schwert, aber er hatte kostbare Augenblicke verloren, und noch ehe er das Schwert halb gezückt hatte, war Kay bereits da, presste die Ellbogen an die Rippen und zielte mit dem Dolch auf den Bauch des größeren Mannes. Pezedchus Arm fuhr instinktiv zum Schutz hoch, und Ahmose sah eine rote Wunde, wo das Messer auf Knochen gestoßen war, dann abrutschte und die Muskeln von Pezedchus Unterarm durchtrennte. Kay verlor das Gleichgewicht, weil er sich so heftig auf ihn geworfen hatte, den Dolch ließ er jedoch nicht los. Er fiel vornüber. Pezedchu drückte den verletzten Arm an die Brust, hob die Faust und zielte auf Kays Schläfe. Der fiel auf die Knie und wedelte mit der Waffe, kämpfte gegen den Schwindel, den der Hieb bewirkt hatte.

Pezedchu bemühte sich, sein Schwert mit dem unverletzten Arm zu ziehen, während der andere, den er noch immer an sich drückte, unkontrolliert zuckte. Blut lief in zwei dunklen Rinnsalen über seinen Leib und durchtränkte seinen Leinenschurz. Sein Gesicht war schmerzverzerrt. Mit gefletschten Zähnen riss er wie wild am Schwertgriff und tanzte wie ein Irrer, um Kays Stößen zu entgehen. Doch als er zurücktrat, stieß er mit dem Fuß an den fallen gelassenen Bogen. Er stolperte, der Bogen wippte und kam ihm in die Quere. Pezedchu fiel. Ehe er sich aufrichten konnte, war Kay bereits da, kam über das Deck gekrochen und stieß ihm die Dolchklinge in die Kehle.

Kay fiel auf den zuckenden Körper, lag erschöpft und erleichtert auf ihm, dann stand er wieder auf und zog seine Waffe heraus. Fieberhaft begann er an dem leblosen Handgelenk herumzusägen, bohrte und hackte, bis sich Pezedchus Hand löste. Dann stand er auf, drehte sich zu Ahmose um und hielt sie schadenfroh hoch. «Ich habe mir seine Hand genommen, Majestät!», schrie er. «Pezedchus Hand! Ich danke meiner Schutzgöttin Nechbet und deinem Vater Amun in Waset! Jetzt ist Apophis wehrlos! Lang lebe Deine Majestät!» Ahmose musste sich an die Reling klammern, denn die Beine drohten unter ihm nachzugeben.

Er ist tot, er ist tot, sagte er sich. So schnell, so einfach. Am Ende ist er doch ein Mensch gewesen, Kamose, ein Mensch, der wie andere Menschen in der Schlacht gefallen ist. Ich hatte mir wohl einen Zweikampf um Ägypten vorgestellt, aber ein gewöhnlicher Kapitän eines Schiffes unter vielen hat ihn besiegt. Bedauern und Mitleid überwältigten ihn. Es ist das Ende einer Ära, schoss es ihm durch den Kopf. Pezedchu, Seqenenre, Kamose, ihr habt das düstere Gewebe aus Verderben, Bitterkeit, Entsetzen und Mord gewoben, und euer Schicksal hat sich erfüllt. Hölzern drehte er sich zu Qar neben sich um. «Schicke einen Bootsmann nach drüben, hole mir die Hand da und bringe mich dann ans Ufer», sagte er mit heiserer Stimme. «Chabechnet soll sie durch die Reihen tragen. Die Setius müssen sie sehen. Bei Einbruch der Nacht ist der Sieg unser.»

Er setzte sich auf ein zusammengerolltes Tau und wartete, war blind für das Getöse ringsum, bis sich Qar bückte und ihm die Hand in den Schoß legte. Sie blutete nicht mehr. Die Finger krümmten sich nach innen. Sacht hob Ahmose sie hoch und drehte sie um. In den Ring waren Symbole geätzt, die Ahmose nicht kannte, fremdländische Symbole, Pezedchus Name vielleicht oder der seiner Frau oder seines Sohnes in der Sprache irgendeines unbekannten Setiu-Stammes. Ich weiß nicht mehr von ihm, als dass er ein ausgezeichneter Stratege mit großer persönlicher Autorität war, dachte er traurig.

Qar räusperte sich. «Kapitän Abana bittet demütig darum, den Ring behalten zu dürfen. Er möchte ihn als die ihm zustehende Beute tragen, aber er weiß auch, dass der Setiu-General kein gewöhnlicher Feind gewesen ist und du den Ring bei deiner Rückkehr nach Waset vielleicht Amun schenken möchtest.» Ahmose nickte, während die *Leben in Ptah* langsam in ruhigeres Fahrwasser gerudert wurde.

Dann wurde die Laufplanke ausgelegt, und Ahmose ging mit wackligen Beinen zu der Abteilung im Schlamm steckender Streitwagen und ermatteter Pferde. «Das hier ist Pezedchus Hand», sagte er zu dem wartenden Obersten Herold. «Stecke sie auf einen Speer und trage sie durch das Kampfgetümmel. Verkünde seinen Tod und die Forderung nach Übergabe. Dann bringst du sie mir zurück.» Chabechnet nahm sie, und aufgeregtes Gemurmel lief durch die Gruppe der anderen Herolde. Ahmose wartete nicht auf ihre Verbeugungen. Er drehte sich um und ging mit ausholendem Schritt zu den Zelten unter den schützenden Ästen der Sykomore.

Die Klappe von Ahmoses Zelt war zurückgeschlagen, und er konnte sehen, wie sich drinnen jemand bewegte. Als er näher kam, trat Achtoi heraus, und bei seinem Anblick war Ahmose auf einmal völlig erschöpft, all seine Gliedmaßen zitterten, und er fiel in sich zusammen. «Pezedchu ist tot», sagte er mit belegter Stimme. «Es ist nur noch eine Frage der Zeit, und wir haben gesiegt. Meine Getreuen sind erschlagen, alle mit Ausnahme von Harchuf, der verwundet ist. Schicke sofort meinen Arzt in sein Zelt.» Achtoi musterte ihn prüfend.

«Majestät, bist du auch verwundet?», fragte er. Ahmose blickte an sich hinunter. An seinen Händen klebte Pezedchus getrocknetes Blut, und an Schurz und Waden klumpte das Blut seiner Leibwache in Flecken und langen Rinnsalen. Da wollte er nur noch sauber sein, riss sich die Kleidung vom Leib, Schwertgurt und Helm, nahm das Pektoral ab und warf alles zu Boden.

«Bringe mir frisches Natron», sagte er mit zusammengebissenen Zähnen. «Ich muss mich waschen, Achtoi. Ich muss mich waschen.» Und dann taumelte er hastig zum Wasser, stolperte auf dem abschüssigen Ufer, bis er die kühle Gegenströmung des Nils auf seiner Haut spürte. Er beugte sich vornüber und tauchte.

Er kam nach Luft schnappend wieder hoch, atmete die klare Abendluft ein und sah seinen Diener mit einer Schüssel

Natron und einem Handtuch warten. Ahmose winkte. «Komm ins Wasser», rief er. Der Mann legte sich das Handtuch um den Hals und watete gehorsam in die sanfte Strömung. «Und jetzt schrubbe mich tüchtig», befahl Ahmose, «und wenn du fertig bist, fängst du noch einmal von vorn an.»

Als er in sein Zelt zurückkehrte, kribbelte seine Haut, und seine Seele war ruhiger. Er blieb kurz stehen, war nicht bereit, den Ort zu betreten, der vertraut, jedoch beengt und verlassen wirkte. Achtoi trat mit einer Mütze zu ihm, und erst da merkte Ahmose, dass er sich barhäuptig in der Öffentlichkeit gezeigt hatte. «Es gibt Essen und Bier, Majestät», sagte Achtoi und setzte Ahmose die Kopfbedeckung auf den rasierten Schädel. «Du hast seit heute früh nichts gegessen. Der Arzt kümmert sich um Prinz Harchuf. Fürst Mesehti möchte wissen, ob du den Streitwagen heute noch brauchst oder nicht.» Das kurze Gefühl der Entfremdung verflog. Ahmose merkte, dass Beine und auch Kopf schmerzten.

«Ich bin nicht hungrig, aber ich esse wohl lieber», antwortete er bedrückt. «Es wird eine lange Nacht, Achtoi. Schicke zu Mesehti und richte ihm aus, dass ich auf der Stelle einen Streitwagen brauche.» Er zog den randvollen Becher mit dunklem Bier heran und griff nach dem Brot. «Sowie ich gegessen habe, will ich Harchuf aufsuchen. Gibt es Nachricht von Anchmahor?» Achtoi schüttelte den Kopf.

«Nein, Majestät, aber er wird jeden Augenblick aus Aabtu zurückerwartet.»

«Sehr gut. Öffne den Schrein, und dann kannst du gehen», sagte Ahmose. «Ich will Amun sehen.» Ein schmales Lächeln, halb Mitgefühl, halb Zuneigung, zuckte um den Mund des Oberhofmeisters.

«Vielleicht möchtest du dich zuvor ankleiden, Majestät», schlug er vor, und erschrocken merkte Ahmose, dass er noch immer nackt war, einen stämmigen Oberschenkel über den anderen gelegt hatte, dazwischen dichtes, gelocktes Schamhaar. Bestürzt stand er auf, und auf einmal war ihm nach Weinen zumute. Lächerlich.

Geziemend mit einem frischen Schurz bekleidet, speiste und trank Ahmose, während seine Augen und Gedanken an dem kleinen goldenen Abbild des Gottes hingen und sein Diener ihm stumm aufwartete. Ahmose wusste, dass ihn die Ereignisse seit der Morgendämmerung gefühllos gemacht hatten, dass er Amun später überwältigend dankbar sein würde, der ihm sowohl den Sieg als auch das Leben geschenkt hatte, aber im Augenblick vermittelte ihm der Anblick von Amuns rätselhaftem Lächeln unter den anmutigen Federn seiner Krone nur einen gewissen Frieden. Dann bemerkte er verwundert, dass auf den Tellern, die der Diener auf ein Tablett stellte, nur noch Krumen lagen, stand auf, schloss die Türen des Schreins, zog Sandalen an und verließ das Zelt.

Keine Getreuen umringten ihn, als er nach draußen trat, doch Mesehti war da und hielt die Zügel der Pferde von Ahmoses Streitwagen, und er verneigte sich, als Ahmose näher kam. Die Sonne war soeben untergegangen, und die schattenlose Landschaft lag in goldenes Licht getaucht. Ahmose winkte. Mesehti stieg ein und Ahmose folgte. «Harchufs Zelt», sagte er knapp. Mesehti ruckte an den Zügeln und wollte den Pferden gerade etwas zurufen, als ein Schrei zu hören war. Ahmose drehte sich um und sah Anchmahor mit angstverzerrtem Gesicht herbeigerannt kommen.

«Majestät, ich bin soeben von Bord gegangen», keuchte er. «Die Männer am Ufer berichten von einem Blutbad unter den Getreuen. Stimmt das? Bist du in Sicherheit? Wo ist mein Sohn?»

«Es stimmt», antwortete Ahmose und wunderte sich im

Stillen über die Reihenfolge von Anchmahors Fragen. «Steige hinter mir ein, Anchmahor. Harchuf ist verwundet. Ich will gerade zu ihm, will nachsehen, wie es ihm geht.» Anchmahor brauchte keine weitere Aufforderung.

Vor Harchufs Zelt sprangen die beiden Männer aus dem Streitwagen. Ahmose betrat das Zelt, dicht gefolgt von Anchmahor, und der Arzt, der sich über die Gestalt auf dem Feldbett gebeugt hatte, richtete sich auf und verbeugte sich. «Der Pfeil hatte Widerhaken und war schwierig zu entfernen», beantwortete er Ahmoses knappe Frage. «Der Prinz hat starke Schmerzen, aber die Genesung nimmt ihren normalen Verlauf, falls sich kein Uchedu bildet. Ich habe einen Umschlag aus gemahlener Weide und Honig gemacht und eine große Menge Mohnsaft hergestellt, den ihm sein Diener zu trinken gibt, wann immer er welchen haben will. Falls du es wünschst, Majestät, werde ich mich weiter um den Prinzen kümmern.» Anchmahor war zur anderen Seite des Feldbetts gegangen. Ahmose bedankte sich bei dem Arzt mit einem Nicken und sah Harchuf an. Er war auf einen Bewusstlosen gefasst gewesen, doch Harchufs Blick war klar, obwohl seine Pupillen vom Mohn erweitert waren. Auf dem fahlen, schmerzverzogenen Gesicht standen Schweißperlen. Die verwundete Schulter war mit Leinen verbunden. Harchuf leckte sich die trockenen Lippen, und sofort kniete sich Ahmose hin, hob den schweißfeuchten Kopf und hielt dem jungen Mann einen Becher Wasser an die Lippen. Harchuf stöhnte bei der Bewegung, doch er trank ein wenig.

«Majestät, wie steht die Schlacht?», flüsterte er, als Ahmose seinen Kopf behutsam aufs Kissen bettete.

«Sie ist fast gewonnen», sagte er. «Ich warte nur noch auf die endgültige Bestätigung meiner Generäle. Pezedchu ist tot. Harchuf, dein Vater ist hier.»

«Hier?» Harchufs benommener Blick wanderte zur Seite. Er lächelte, als sich Anchmahor über ihn beugte und ihm die Wange streichelte. «Vater, ich habe meine Pflicht getan», hauchte er.

«Natürlich hast du das», versicherte ihm Anchmahor. «Der Arzt sagt, deine Wunde wird heilen. Du musst jetzt schlafen, Harchuf, falls du kannst. Ich komme morgen früh wieder.»

«Es tut weh», murmelte Harchuf, doch die Augen fielen ihm zu, und noch ehe Anchmahor zu Ahmose getreten war, hatte er das Bewusstsein verloren.

«Mein Arzt kennt sich aus», sagte Ahmose, als sie zum Streitwagen zurückgingen. «Ich glaube nicht, dass Harchufs Wunde tödlich ist. Er hat sich während deiner Abwesenheit gut geschlagen, Anchmahor. Genauso wie die anderen Hauptleute, die für mich gestorben sind. Du wirst unverzüglich neue Getreue suchen müssen.»

Sie bestiegen den Streitwagen und wurden zu Ahmoses Zelt zurückgefahren, doch während Ahmose Anchmahor vom Öffnen der Tore und den darauf folgenden Kämpfen berichtete, ging ihm eine Vielzahl von Problemen durch den Kopf. Die gefallenen Getreuen des Königs müssen einbalsamiert werden, dachte er. Wo ist das nächste Haus des Todes? Und was ist mit den Hunderten, die wir ohne Einbalsamierung bestatten und der Gnade der Götter anvertrauen müssen? Wo ist Ramose? Habe ich einen meiner Generäle verloren? Demnächst sollte auch Nachricht von den Kämpfen im östlichen Delta kommen. Das muss ich sichern, wenn wir den großen Gewinn des heutigen Tages halten wollen.

Anchmahor verließ ihn vor dem Zelt, denn die Sache mit der neuen Leibwache drängte. Ahmose trat ein, und da zündete Achtoi gerade die Lampen an, und auf dem Tisch lagen zwei Rollen. Ahmose griff danach. Eine trug das Siegel seiner Frau, doch den tiefen Abdruck im Wachs der anderen kannte er nicht. Mit gerunzelter Stirn erbrach er es, doch ehe er den Papyrus entrollen konnte, hörte er Chabechnet um Einlass bitten. Ramose folgte ihm. «Es ist vorbei, Majestät», rief Ramose und grinste, dass die weißen Zähne in seinem verdreckten Gesicht blitzten. «Der Nordhügel gehört dir, und die meisten Setiu-Soldaten sind tot. Als die Überlebenden gemerkt haben, dass die auf Chabechnets Speer aufgespießte Hand Pezedchu gehört, haben sie nach und nach die Waffen gestreckt.» Er fuhr sich mit der Hand leicht über den Leib. «Mit Verlaub, ich möchte mich gern säubern», bat er. «Ich stinke.» Ahmose erwiderte sein Lächeln.

«So riecht der Sieg», sagte er. «Verlockender als alle Düfte Hathors höchstpersönlich. Ich freue mich, dass du unversehrt geblieben bist, Ramose. Geh und ruhe dich aus.» Ahmose wandte sich an Chabechnet. «Die Hand?» Statt einer Antwort legte Chabechnet einen Lederbeutel auf den Tisch.

«Sie ist sehr mitgenommen und beginnt zu verwesen, Majestät», sagte er. «Unsere Männer schlagen für die Zählung der toten Feinde noch immer Hände ab. Soll ich Pezedchus auf einen der Haufen legen?» Ahmose überlegte kurz. Irgendwie kam es ihm abstoßend, ja, abscheulich vor, Pezedchus kräftige Hand zu den Hunderten von namenlosen Händen zu werfen.

«Nein», sagte er. «Die kommt in den Fluss. Gib sie Hapi als Opfergabe. Aber ziehe ihr zunächst den Ring ab und gib ihn Kay Abana. Er hat den Mann getötet. Es ist seine Trophäe.»

«Die Hand ist sehr aufgedunsen», meinte Chabechnet. «Ich muss den Finger abschneiden.» Ahmose unterdrückte ein gereiztes Aufstöhnen. «Dann tu das», sagte er kurz angebunden. «Was ist mit seinem Leichnam?» Der Herold schüttelte den Kopf.

«Ich weiß es nicht, Majestät. Darüber habe ich nichts gehört. Aber ich gehe davon aus, dass man ihn zum Verbrennen zu den anderen Setiu-Leichen geschleift hat.» Ich hätte ihm gern ein ehrenhaftes Begräbnis gegeben, dachte Ahmose ziemlich bedrückt, oder ihn zumindest einbalsamiert und seiner Familie im Osten geschickt. Es ist nicht Maat, mit den sterblichen Resten eines so gefährlichen Gegners umzugehen, als wäre er bedeutungslos, aber in der Hitze des Gefechts hat mein Interesse nur dem eigenen Überleben gegolten. Du wirst deine Wälder und dein Meer nie wieder sehen, General. Das stimmt mich froh und traurig zugleich.

«Haben deine Herolde die Stadt zur Übergabe aufgefordert?», fragte er. Chabechnet nickte.

«Das tun sie fortwährend, aber ich glaube, es ist noch zu früh für eine Antwort des Thronräubers», sagte er. «Nach dem Schreck muss er erst einmal den Verlust seines Generals und der Schlacht verarbeiten.»

«Sehr gut.» Ahmose winkte. «Schicke zu jeder Division einen deiner Untergebenen. Wenn der Heeresschreiber mit der Zählung fertig ist und das Verbrennen beginnt, erhalten alle ägyptischen Soldaten außer den Wachposten Essen und reichlich Bier und einen Tag zum Ausschlafen. Und ermahne sie, dass die Verwundeten alles bekommen, was die Heeresärzte für notwendig erachten. Versuche herauszufinden, ob es in der Nähe Häuser des Todes gibt, aber selbst wenn es sie gibt, wird es den Sem-Priestern kaum möglich sein, jeden ägyptischen Gefallenen einzubalsamieren.»

«Verzeihung, Majestät, aber das ist reine Zeitverschwendung. Bis jetzt hat das Delta den gotteslästerlichen Setius gehört, und die balsamieren ihre Toten nicht ein, sondern lassen sie unter dem Fußboden ihrer Häuser verrotten. Alle Tempel in unserer Nähe dürften fremdländischen Gottheiten gewidmet sein, und die einzigen Sem-Priester sind in Auaris selbst und dienen den Ägyptern des Nordhügels. Unsere Soldaten wissen, wenn sie in der Schlacht fallen, werden sie nicht einbalsamiert, ein Risiko, das sie für ihren König eingehen. Es ist wider alle Vernunft, unsere Toten einzubalsamieren.»

«Du hast Recht», sagte Ahmose nach einer Pause widerstrebend. «Es ist ein unvernünftiges Ansinnen. Du bist entlassen, Chabechnet.» Ein unvernünftiges Ansinnen, aber eines, das meine Gewissensbisse für lange Zeit beruhigen würde, dachte er. Kamose hat sie aus ihrer Heimat herausgerissen, und ich habe sie von ihr fern gehalten. Nun sind viele tot. «Ich will jetzt die Rollen lesen», sagte er zu Achtoi, der auf einen Befehl gewartet hatte. «Lass Ipi holen.»

Er zog sich seinen Stuhl an den Tisch und entrollte den dünneren Papyrus, dessen Siegel er bereits erbrochen hatte. Die Schrift war vertraut. Sie gehörte dem neuen Schreiber seiner Frau, Chunes, doch die Unterschrift war übergroß und ein mühsames Gekrakel. Ahmose entzifferte sie mit wachsender Freude. «Dein dich liebender Sohn, der Falke-im-Nest, Ahmose-onch, Prinz der Zwei Länder», las er.

«Achtoi, das ist der erste Brief von Ahmose-onch, und er hat selbst unterschrieben!», rief er und blickte hoch, aber Achtoi war nicht mehr da. Neugierig widmete sich Ahmose wieder der Rolle.

«Grüße von deinem treuen Sohn an Uatsch Cheperu Ahmose, Neb-pehti-Re, Horus, Goldhorus und verehrter Vater», las er. «Untertänigst und betrübt spreche ich dir mein Beileid zum Tod meiner Schwester Prinzessin Hent-ta-Hent aus. Chunes hat mir gesagt, ich soll es so schreiben, aber ich bin wirklich traurig. Sie fehlt mir, und dabei hat sie so viel geschrien. Chunes will mir zeigen, wie ich meinen Namen und meine Titel selbst schreiben kann. Hoffentlich geht es dir gut und du hast den bösen Setiu besiegt und kommst bald nach Haus. Dein dich liebender Sohn, der Falke-im-Nest ...» Fassungslos warf Ahmose die Rolle beiseite, erbrach das Siegel der anderen und entrollte sie mit einer einzigen heftigen Bewegung. Sie war ganz mit Aahmes-nofretaris säuberlicher Handschrift beschrieben.

«Mein geliebter Gemahl», begann sie. «Verzeihe mir, dass ich dich mit dieser schrecklichen Nachricht belaste, wo du doch alle Kräfte zur Besiegung des Feindes brauchst. Gestern ist unsere Tochter Hent-ta-Hent an einem Fieber gestorben, das Amunmose nicht exorzieren konnte. Er hat es mit vielen Gesängen versucht, aber der Dämon war zu stark. Sie hatte schon ein paar Tage gequengelt, und Raa und ich haben gedacht, das kommt vom Zahnen, aber dann bekam sie hohes Fieber. Sie hat das Bewusstsein nicht wiedererlangt. Natürlich wird sie einbalsamiert und angemessen betrauert. Ehe sie erkrankte, konnte sie schon richtig laufen und ein paar einfache Wörter sagen. Sie war so stolz darauf! Und sie ist immer hinter Ahmose-onch hergelaufen, was ihn je nach Laune geärgert oder bezaubert hat. Du fehlst mir so sehr, gerade jetzt in der Trauerzeit. Schicke mir so schnell wie möglich Nachricht von dir. Deine dich liebende Gemahlin und gehorsame Untertanin Aahmes-nofretari.»

Die Rolle raschelte leise, als Ahmose sie aufrollen ließ. Er saß ein Weilchen mit dem trockenen Papyrus in den reglosen Fingern und starrte blicklos in den Schein der Alabasterlampe. Kleine Hent-ta-Hent, dachte er. Ich weiß noch, wie sich dein Körperchen angefühlt hat, als ich im Garten gelegen habe, deine warme Haut an meiner, und wie dein Atem im Schlaf regelmäßig deine dunklen Löckchen bewegt hat. Ich kann dich noch riechen, diesen wunderbar reinen, frischen Kleinkindergeruch. Arme Aahmes-nofretari. Von den drei Kindern, denen du das Leben geschenkt hast, hat nur eins überlebt, und obwohl mich der Verlust meines kleinen Mädchens tief getroffen hat, ist er nichts, verglichen mit dem Schmerz einer Mutter.

Er schob die Rollen beiseite, stützte die Ellbogen auf den Tisch und das Kinn in die Hände. Es ist kein Zufall, dass ich diese Nachricht im Augenblick meines Triumphes erhalten habe, wanderten seine Gedanken. Alles hat seinen Preis. Sogar Könige müssen für das, was sie haben wollen, zahlen. Hent-ta-Hent ist der Preis, den die Götter für all die gefordert haben, die hier heute gefallen sind, nur damit ich meinem Ziel noch näher komme. Gehörte Kamose auch zu dem Preis? Und dabei wollte ich von mir aus gar nicht König werden, die Götter haben es so bestimmt. Und trotzdem haben sie mir meine Tochter genommen und meinen Bruder vernichtet. Auf einmal rannen Tränen durch seine Finger.

Als er sich ausgeweint hatte, hob er den Kopf und sah sofort das saubere Tuch, das man ihm hinhielt. Er nahm es und wischte sich das Gesicht. Ipi verbeugte sich, und Achtoi nahm ihm das Tuch ab. «Prinzessin Hent-ta-Hent ist tot», sagte Ahmose tonlos. «Sie ist an einem Fieber gestorben. Nimm die Briefe hier, Ipi. Lies sie und bringe sie ins Archiv. Die Antworten diktiere ich morgen. Bleib hier. Bald kommt der Heeresschreiber mit seinem Bericht.»

«Majestät, es tut mir so Leid», sagte Achtoi. «Gewiss braucht sich die kleine Prinzessin nicht vor den Göttern zu rechtfertigen. Ihr Herz wird auf der Waage im Gerichtssaal leichter wiegen als die Feder der Maat.» Sein Mitgefühl war echt, das wusste Ahmose. Achtoi hatte selbst Töchter. Aber deine Töchter sind nicht geopfert worden, damit eine Art kosmisches Gleichgewicht gewahrt wird, sagte Ahmose stumm zu ihm. Gewiss werden es die Götter nicht wagen, Hent-ta-Hents Herz in die Waagschale zu legen, da sie ihren Tod gewollt haben und sie unschuldig ist.

Ahmose blickte seinen Obersten Schreiber an, der sich die Rollen genommen hatte und ihn ausdruckslos beobachtete. «Ich glaube», sagte Ahmose bedrückt, «dass wir demnächst heimziehen können, Ipi.» Der Schreiber lächelte grimmig.

«Das erhoffe ich mir von ganzem Herzen, Majestät», sagte er.

Wie Ahmose vorausgesehen hatte, gab es in dieser Nacht weder für ihn noch für alle höheren Hauptleute Schlaf. Kurz vor Mitternacht stellte sich der Heeresschreiber ein, während sich der leider wohl bekannte Gestank nach brennenden Leichen in die ägyptischen Zelte stahl.

«Die Zählung ist beendet, Majestät», sagte er, raschelte mit den Unterlagen und ließ sich tiefer auf seinen Stuhl rutschen. «Fünftausendvierhunderteinundneunzig Hände wurden eingesammelt und von mir persönlich gezählt. Davon wurden zweitausendeinhundert auf dem Schlachtfeld am Nebenarm genommen, die verbleibenden dreitausenddreihunderteinundneunzig am Nordhügel. Ein furchtbarer Verlust für Apophis.» Er blickte auf. «Die Leichen sind an zwölf Stellen in angemessener Entfernung vom Fluss angezündet worden. Unsere Verluste belaufen sich auf zweitausend Tote und fünfhundertdreiundsechzig Verwundete. Von den Verwundeten werden ungefähr neunzig nicht durchkommen, und zweihundertacht haben durch feindliche Schwerter entweder Arme oder Beine verloren. Wenn sie so weit genesen sind, sollte man sie nach Haus und wie üblich in Ruhestand schicken. Dir sind sie nichts mehr nütze.» Sein Bericht war knapp und sachlich. «Die Ärzte melden mir, dass die medizinischen

Vorräte knapp werden. Ich lasse aus den Tempeln von Iunu Verbandszeug sowie Kräuter und Mohn holen, aber es dauert ein paar Tage, bis das hier ist.»

«Ordne unsere Gefallenen und Verwundeten nach Divisionen und Bootstruppe», bat Ahmose. Der Schreiber gehorchte und las aus einer scheinbar endlosen Liste vor. Baqets Thot-Division hatte die größten Verluste erlitten, da er verzweifelt versucht hatte, Pezedchu aufzuhalten, bis Turi und die Amun-Division eintrafen, und die Flotte hatte weitaus die meisten Verwundeten, denn die Bootsleute hatten bei dem Versuch, ihre Schiffe zurückzuerobern, Arme und Hände verloren.

Nachdem sich Ahmose die Zahlen fest eingeprägt hatte, entließ er den Mann. An seiner Stelle traf fast unmittelbar darauf ein stetiger Strom von Hauptleuten der Divisionen ein, die meldeten, dass langsam wieder Ordnung herrsche. Der Vorrat an Pfeilen war aufgebraucht, Schwerter und Speere waren verloren oder zerbrochen, und man hatte Soldaten abgeordnet, die, sowie es hell wurde, herrenlose Setiu-Waffen einsammeln würden.

Der Letzte, der unter Verbeugungen eintrat, war Anchtifi, Standartenträger der Horus-Division. «General Cheti schickt dir seine herzlichsten Glückwünsche, Majestät», sagte der Offizier. «Alle Setiu-Soldaten vom nördlichen Schutzwall brennen in diesem Augenblick draußen vor der Mauer, und unsere Division bezieht ihre Quartiere. Aber es gibt eine Enklave mit Ägyptern und Fremdländern, die meisten Kaufleute aus Keftiu, die auf kleinen Anwesen im Nordwesten des Hügels wohnen. Die zetern, dass sie fortwollen. General Cheti gibt ihnen nicht die Erlaubnis, ehe er keinen Befehl dazu hat.»

«Das sind die Anwesen mit den Bewässerungsgräben, die normalerweise durch Löcher in der Mauer gefüllt wurden», sagte Ahmose. Er überlegte. «Ich möchte die Keftius sprechen. Sag Cheti, dass ich den Hügel morgen besichtige. So lange soll er alle festhalten und beide Tore zumachen und davor und dahinter Wachposten aufstellen. Zu jeder Tageszeit und vor allem am Horusstraßentor. Es wäre eine Katastrophe, wenn der Nordhügel durch Zufall von den Setius zurückerobert würde. Bei Tage werden die Tore natürlich für unsere Soldaten geöffnet. Was ist mit dem altehrwürdigen Seth-Tempel?» Der Mann blickte erstaunt.

«In seinem Bezirk hatten sich einige Setius festgesetzt, aber die sind überwältigt und erschlagen worden. Der Tempel selbst hat keinen Schaden genommen, aber er muss gereinigt werden. Soll das noch heute Nacht geschehen, Majestät? Willst du dort morgen beten?»

«Nein.» Ahmose hatte sich rasch entschieden. «Das Delta hat schon immer Seth gehört, aber die Setius haben den Gott mit ihrem eigenen Sutech verschmolzen. Ich möchte nicht, dass jemand denkt, wenn ich Seth anbete, lasse ich damit Sutech zu. Die Priester sollen den Tempelbezirk reinigen, und der Tempel darf bleiben, ich jedoch werde ihn nicht betreten. Richte bitte General Cheti aus, dass ich tiefste Bewunderung für seinen Erfolg empfinde.»

Als Anchtifi gegangen war, fiel Ahmose auf sein Feldbett.

Gerade wollte er Achtoi bitten, die Lampe zu löschen, als ein weiterer Schatten den Zelteingang verdunkelte. Es war Hor-Aha. Der trat rasch ein, blieb neben dem Feldbett stehen und blickte Ahmose ausdruckslos an. «Die Nachricht vom Tod der Prinzessin verbreitet sich gerade überall im Lager», sagte Hor-Aha ohne weitere Vorrede. «Es tut mir sehr Leid, Majestät. Was kann ich sonst noch sagen? Die Auffassung der Götter von Gerechtigkeit stimmt nicht immer mit unserer überein.» Ahmose nickte einmal und wartete. Hor-Aha schluckte. «Ich bin gekommen, weil ich dir gestehen muss, dass ich mich schäme», fuhr er fort. «Ich schäme mich für das Zögern, nein, die Feigheit der Medjai. Ich schäme mich, weil sie meinen Befehlen nicht gehorcht haben. Ich schäme mich, weil mir zu Ohren gekommen ist, dass du sie höchstpersönlich über den kleineren Nebenarm zum Forttragen der Verwundeten treiben musstest.» Seine tiefe Stimme klang jetzt rau. «Ich bitte um die Erlaubnis, sie bestrafen zu dürfen.» Ahmose musterte das glatte, fremdländisch schöne Gesicht. Irgendwie wirkte Hor-Aha anders, doch Ahmose wusste nicht so recht warum.

«Stimmt, sie haben sich schändlich aufgeführt», sagte er, «aber ihre Angst vor Wasser ist wohl bekannt, Hor-Aha. Sie hätten über ihren Schatten springen müssen, und ich verstehe ihren Antriebsmangel nicht, aber zu Beginn der Schlacht haben sie sich gut geschlagen.»

«Durchaus möglich», sagte Hor-Aha ernst, «nur jetzt denken die ägyptischen Hauptleute abfällig über sie und mich. Früher haben sie mich gehasst, jetzt bin ich ihnen ein Gräuel.» O ja, dachte Ahmose. Da sind wir bei dem Kern des Problems. Deinem Stolz, mein alter Freund, und deinen heimlichen Selbstzweifeln.

«Wie willst du sie bestrafen?», erkundigte er sich.

«Ich nehme ihnen ihre privaten Amulette», erwiderte Hor-Aha prompt. Und trennst du dich selbst auch von deinem kostbaren Amulett?, fragte Ahmose ihn stumm. Wirfst du das Stück Leinen mit dem Blut meines Vaters fort, das du in deinem Gurt mit dir herumträgst?

«Nein», sagte Ahmose nachdrücklich. «Nein, Hor-Aha. Falls du das tust, bilden sie sich ein, sie sind schutzlos und können nicht mehr kämpfen. Dann sind sie tatsächlich Feiglinge! Lass das. Beschimpfe sie, peitsche sie aus, wenn du möchtest, aber beschädige nicht ihren Kampfgeist.» Hor-Aha blickte einen Augenblick nachdenklich zu Boden, dann reckte er das Kinn.

«Du sprichst klug, Majestät», bekannte er, «aber damit beschämst du mich noch mehr. Da.» Er streckte Ahmose etwas hin, was im schwachen Schein der einen Lampe wie ein schwarzes Katzenfell mit baumelndem Schwanz aussah. «Ich schäme mich so furchtbar, dass ich mir die Haare abgeschnitten habe.» Und Ahmose sah verwundert zu, wie Hor-Aha zwei lange Zöpfe nebeneinander auf das Feldbett legte. Das ist also anders an ihm, dachte er. Seine Brust ist nackt. Ich hatte mich so daran gewöhnt, sie von diesen glänzenden Zöpfen geschmückt zu sehen. Ihr Götter! Er schenkt mir seine Mannheit! Sein Blick kreuzte sich mit dem ausdruckslosen des Generals.

«Das werden deine Männer sehen», sagte er bedächtig. «Sie werden wissen, was du getan hast und warum.» Hor-Aha fuhr sich mit der Hand über den nackten Hals.

«Und wennschon», antwortete er. «Aber es ist nicht nur ihretwegen, es ist auch meinetwegen. Weil ich es bedauere. Weil ich nach besten Kräften dafür sorgen will, dass so etwas nicht wieder vorkommt, Majestät. Bitte, entlasse mich.» Das tat Ahmose.

Ein Weilchen herrschte im Zelt beklommene Stille. Ahmose und Achtoi blickten sich an. Dann winkte Ahmose. «Wickele sie ein, und verwahre sie irgendwo auf dem Boden einer meiner Kleidertruhen», sagte er. «Aber mach schnell, Achtoi. Ich muss schlafen, sonst werde ich noch verrückt.»

Er wachte auf, frühstückte eilig und kleidete sich langsam an, denn er wollte sich seinen Truppen in der ganzen Pracht seiner königlichen und militärischen Abzeichen zeigen. Als Achtoi ihm das Pektoral umgelegt, den goldenen Ohrring im Ohrläppchen befestigt, ihm die goldenen Armbänder des

Oberbefehlshabers übergestreift und das golddurchwirkte Leinenkopftuch mit dem hochfahrenden Schnabel der Göttin Nechbet aufgesetzt hatte, band er sich den Schwertgurt um, zog Sandalen an und trat hinaus in den rauchigen Morgen. Ipi begrüßte ihn, wartete bereits mit seiner Palette bewaffnet, und dann klirrte Metall, Füße stampften, und Anchmahor kam mit einer Gruppe Soldaten vom Nebenarm auf ihn zumarschiert. Sie waren bereits in königliches Blauweiß gekleidet. Im Näherkommen verbeugten sie sich wie ein Mann und blickten ihn erwartungsvoll an. «Deine neuen Getreuen, Majestät», erläuterte Anchmahor. «Ich habe sie aus der Angriffstruppe jeder Division ausgesucht. Sie möchten dir gern dienen.»

«Wie geht es Harchuf?», fragte Ahmose.

«Ein wenig besser und noch keine Anzeichen für Uchedu in der Wunde», antwortete Anchmahor. «Aber er hat noch immer starke Schmerzen. Er trinkt viel, Wasser und Mohnsaft.»

«Gut.» Ahmose ging zu seinem Streitwagen, und unverzüglich umringte ihn die Leibwache. «Als Erstes halten wir heute beim Nordhügel.»

In dem riesigen Lager, durch das er gefahren wurde, herrschte geschäftiges, geordnetes, munteres und lautes Treiben. Soldaten, beladen mit Schmutzwäsche, waren unterwegs zum Fluss, blieben stehen und huldigten ihm. Andere saßen vor ihren Zelten, säuberten ihre Waffen und tranken Bier.

Am Kanal, der vom Hauptnebenarm abzweigte, sich um den Nordhügel schlängelte und dann wieder zurück, stieg Ahmose aus und durchschritt stolzgeschwellt die beiden sperrangelweit geöffneten Flügel des Horusstraßentores. Der General kam ihm höchstpersönlich entgegen, und zusammen mit Ipi, den Getreuen und Chetis höheren Hauptleuten verbrachte Ahmose mehrere Stunden mit der Überprüfung seiner Beute.

Es war ein hässlicher Ort ohne jegliches Grün, abgesehen von dem auf den Dächern endloser Kasernenreihen, wo die fremdländischen Soldaten einen mageren Vorrat an Gerste, Knoblauch und Gemüse angebaut hatten. Chetis Männer waren damit beschäftigt, alles auszuräumen, was die unseligen Setius zurückgelassen hatten, türmten im Schein der Morgensonne Töpfe, Kleidung und sogar ein paar unbenutzte Bogen und Schwerter aufeinander.

Die Verwundeten wurden in einem großen, weitläufigen Herrenhaus dicht beim Tempel gepflegt. Ahmose ging an Reihen von Strohsäcken entlang, auf denen seine Männer lagen, und ihr Stöhnen und Schreien tat ihm in den Ohren weh und schien von der hohen Decke widerzuhallen. Zwischen ihnen bewegten sich die Ärzte, begleitet von mehreren Seth-Priestern, die die Fieberdämonen exorzierten und mit den Sterbenden beteten. «Vermutlich hat hier der Statthalter des Hügels gelebt, ehe Apophis gezwungen war, das Haus für die allzu vielen Soldaten aus dem Osten in ein Heerlager zu verwandeln», beantwortete Cheti Ahmoses Nachfrage, als sie wieder draußen waren. «Das Gebäude selbst stammt aus der Zeit deines Vorfahren Osiris Senwasret, aber die Setius haben einige Anbauten gemacht, zumeist schlichte Säle aus Lehmziegeln. Sie haben nur wenig Interesse für die Baukunst.»

«Ein hässliches Gemäuer», meinte auch Ahmose, «und für uns nicht zu gebrauchen. Wenn die Verwundeten entlassen sind, darfst du die Setiu-Anbauten abreißen und den Rest als Hauptquartier nutzen, Cheti. Du und die Horus-Division, ihr werdet hier stationiert, bis sich Auaris ergibt. Wie viele Brunnen gibt es?»

«Nur vier, Majestät. Der Wasservorrat wurde natürlich durch Wasser aus dem Kanal draußen ergänzt.»

«Falls erforderlich, lass weitere graben und Wasser in die

Gärten der wenigen Anwesen hier leiten. Wenn wir das östliche Delta halten können, gibt es Nahrung genug für deine Männer, doch wir sollten uns nicht völlig darauf verlassen.»

Von hier war es nicht weit bis zur Enklave der Begünstigten, die es geschafft hatten, sich den Gestank und Lärm des restlichen Hügels vom Leib zu halten. Eine raue Mauer bildete einen großen Halbkreis, der an jedem Ende auf die Festungsmauer des Hügels stieß. In regelmäßigen Abständen waren feste Holztüren eingelassen, und jede öffnete sich auf einen kleinen Hof, dahinter kamen das Haus und ein Gärtchen, das sich bis zur mächtigen Außenmauer zog. Die Türhüter waren geflohen, die Türen selbst standen weit offen.

Gemäß Ahmoses früheren Anweisungen hatte man die fremdländischen Würdenträger auf dem Hof des ersten Hauses zusammengetrieben, und als Ahmose, Cheti und die Getreuen durchs Tor traten, entstand ein erregtes Gebrabbel in Keftiu, das jedoch rasch verstummte. Viele besorgte, dunkle Augen richteten sich auf ihn, ehe sich etliche Dutzend geölte Lockenköpfe vor ihm neigten. «Habt ihr einen Sprecher?», fragte Ahmose. Sofort fuhren die Köpfe wieder hoch. Ein Mann trat vor, doch dieses Mal fiel er vor Ahmose auf die Knie und drückte den Mund auf seine staubigen Füße. Er trug einen Schurz wie die Ägypter, doch der war überall mit einem dichten, farbenprächtigen Spiralmuster bestickt, und die Kante, an der ringsum rote Quasten hingen, bog sich zur Mitte. Ahmose forderte ihn zum Aufstehen auf. «Seid ihr allesamt Kaufleute?», fragte er herrisch. Der Mann begriff sofort.

«Seine Majestät Awoserra Apophis bekommt seine militärischen Ratgeber und alle höheren Hauptleute von seinen Brüdern in Rethennu», antwortete er, und dann ging ihm auf, mit wem er da sprach, und er errötete unter seiner glatten olivfarbenen Haut. «O verzeihe mir, Majestät, bitte. Wir sind nicht daran gewöhnt ... Wir kümmern uns nur ... Ich wollte nicht ...» Ahmose winkte ungeduldig ab.

«Weiter», drängte er. Der Mann spreizte die zierlichen Finger.

«Danke. Du bist gnädig. Die meisten von uns sind tatsächlich Kaufleute und hier, um Handelsabsprachen zwischen Keftiu und Ägypten abzuschließen. Einige von uns sind Baumeister und Künstler. Seine M... Apophis bevorzugt die Farben und Formen aus Keftiu und hat fast seinen ganzen Palast in Auaris von uns ausgestalten lassen. Ich selbst bin Kaufmann und versorge Apophis im Austausch für Papyrus, Flachs und Gold mit Schiffen und Olivenöl.» Ahmoses Miene schien ihn zu ermutigen, und er lächelte. «Dass Apophis dreißig Schatzschiffe, die von den Keftius gebaut wurden, an deinen Bruder verloren hat, ist ein schlimmer Schlag für ihn gewesen.»

«Zweifellos.» Ahmose musterte die schweigende Menge. «Ich habe nicht die Absicht, euch etwas anzutun», sagte er laut. «Während der Herrschaft meiner Vorfahren hat der Handel mit eurem Land geblüht. Wir sind alte Geschäftspartner, ihr und ich. Gebt General Chetis Schreiber eure Namen und Berufe an. Die Baumeister und Künstler dürfen heim nach Keftiu reisen. Ägypten braucht euch nicht. Die Kaufleute können auch auf ihre Insel zurückkehren, wer jedoch unternehmungslustig ist, kann mit seiner Familie und seiner Habe nach Süden, nach Waset fahren, dort um Audienz bei Königin Aahmes-nofretari bitten, denn von nun an werden alle Handelsabsprachen dort, in der Hauptstadt des vereinten Landes, ausgehandelt. Die Goldstraßen nach Wawat werden gerade beschlagnahmt. Wenn ihr den Handelspartner wechselt, soll es euer Schade nicht sein.» Ahmose schätzte ihre Reaktion sorgfältig ab und sah nichts als Erleichterung und berechnende Gier. «Das ist alles. Ich gebe euch einen Monat, dann müsst ihr fort sein.» Ein dankbares Gemurmel folgte ihm, als er und sein Gefolge den Hof verließen und an der kunstlos gebauten Mauer entlanggingen.

«Sie werden Waset verabscheuen», meinte Anchmahor. «Hier im Delta sind sie nahe an ihrem geliebten Großen Grün. Die Wüste wird sie austrocknen.»

Die ägyptischen Kaufleute, die man auf einem anderen Hof zusammengetrieben hatte, benahmen sich ganz anders. Ihre Feindseligkeit war fast mit Händen zu greifen, obwohl sie sich hinter ausdruckslosen Augen verbarg, und er vergeudete keine Artigkeiten an sie. «Befinden sich Edelleute unter euch?», blaffte er, ohne sich die Mühe zu machen, sie zu begrüßen, und am liebsten hätte er sie angebrüllt. Ihr seid Ägypter, ihr hättet die Tore schon für Kamose öffnen können, ihr hättet lieber für uns spionieren sollen, ihr seid es nicht wert zu leben, ganz zu schweigen davon, dass ich Zeit auf euch verschwende, während eure Brüder zu Hunderten für Ägyptens Wohl geblutet und gelitten haben. Er sah, wie sie sich verstohlene Blicke zuwarfen. Nach einem Weilchen traten drei Männer vor.

«Ich bin Antefoker, Fürst von Iunu», sagte einer von ihnen. «Ich habe ein Anwesen in Iunu, doch ich komme hier meinen Pflichten als Apophis' Oberster Richter nach, wenn das Hochwasser zurückgegangen ist. Falls Grenzsteine fortgeschwemmt worden sind, gibt es immer Streit zwischen Landbesitzern. Natürlich ist hier nicht die Rede von Bauern. Damit geben sich die Beamten vor Ort ab.» Er verstummte, holte Luft, holte noch einmal Luft, dann schloss er: «Der Krieg geht mich nichts an, Majestät. Ich bin ein friedlicher Mensch, ich kümmere mich um meine Geschäfte und meine nützliche Arbeit.»

«Ach ja?», sagte Ahmose freundlich. «Mit anderen Worten, du hast den Kopf in den Sand gesteckt wie ein dummer kuschitischer Straußenvogel, während jeder echte Ägypter mit Leib und Seele für die Befreiung dieses heiligen Bodens gekämpft hat.» Er rümpfte die Nase. «Du bist schlimmer als die Verräter, die mir ans Leben wollten. Die haben wenigstens gehandelt, wie irregeleitet auch immer. Da du dich jedoch um die Ausrichtung der Bewässerungskanäle und bröckelnde Feldraine gekümmert hast, bekommst du eine Hacke in die Hand und einen Schaduf, an dem du arbeiten kannst. Hast du Söhne?» Antefoker konnte nicht antworteten. Sein Adamsapfel hüpfte, und er ballte die Faust. Als er die Stimme wieder fand, krächzte er.

«Majestät, das ist nicht gerecht!», begehrte er auf. «Ich liebe Apophis nicht, aber entweder ich arbeite für ihn, oder man nimmt mir alles. Mein Titel und meine Aufgabe hätten vielen Setius ins Auge gestochen, falls ich mich geweigert hätte. Ja, ich habe Söhne, und für sie habe ich meine Rechtschaffenheit geopfert.»

«Welcher Sohn achtet einen Vater, der die Gesundheit seines Kas opfert?», hielt Ahmose schneidend dagegen. «Aber vielleicht bin ich ungerecht. Solche wie dich, Antefoker, gibt es viele in Ägypten. Ich kann dich nicht Richter bleiben lassen, aber ich kann dich zum Unterschreiber eines Tempelrichters in Iunu machen. Gib General Chetis Schreiber die Namen deiner Söhne. Die können in meinem Heer vielleicht Treue lernen. Dein Anwesen in Iunu fällt an die Krone. Und was ist mit euch beiden?»

Einer hatte große Besitzungen im westlichen Delta, wo er Aufseher der Reben war, aus denen der beste Wein Ägyptens hergestellt wurde. Ganz und gar selbstsüchtig beließ Ahmose ihn in seinem Amt, nachdem er ihn eingehend über Weinbau befragt hatte, doch er unterstellte ihn seinem eigenen Aufseher. Der andere war ein eher rührender Edelmann aus dem niederen Adel und mit noch geringerer Stellung, der war am Nordhügel Helfer des Verwalters gewesen und hatte seine Arbeit ohnedies verloren. Ahmose beließ es dabei. «Und den Rest», rief er, «kenne ich nicht, und ihr seid mir auch einerlei. Nehmt eure Habe und geht. Seid dankbar, dass ich euch verschone. Ein weniger gnädiger König hätte euch allesamt nach Wawat geschickt, wo ihr in den Goldbergwerken umgekommen wärt.»

Als Ahmose gegen Abend müde zu seinem Zelt ging und Machu endlich seine gleichermaßen müden Pferde zum Stall zurückführen konnte, rief ihn ein Späher an. «Majestät, ich bringe Nachricht von den Generälen Nofreseschemptah, Iymeri und Achethotep», sagte er. «Das östliche Delta gehört dir. Deine Divisionen kontrollieren die Horusstraße und marschieren in diesem Augenblick gegen die Festungen, aus denen die Fürstenmauer besteht. Wie lauten deine Befehle?» Ahmose war hoch erfreut und spürte, wie die Müdigkeit von ihm abfiel.

«Wir wollen keine guten Männer für die Eroberung der Festungen vergeuden», sagte er nach kurzem Nachdenken. «Es reicht, wenn die Horusstraße auf der westlichen Seite gehalten wird. Früher oder später werden sich die dort lebenden Setius ihre Niederlage eingestehen und fortziehen, und dann übernehmen und halten wir die Festungen. Gut gemacht! Richte den Generälen aus, falls sie den Osten für wirklich sicher halten, dürfen die Soldaten nach dem Rotationsprinzip nach Haus. Einzelheiten schicke ich später. Überbringe ihnen die Nachricht von unserem Sieg hier.»

Am darauf folgenden Morgen führte Ahmose die Begräbnisrituale für die gefallenen Ägypter an. Die Schreiber hatten die Namenslisten vervollständigt, und die Gruben, in die man sie ehrerbietig gelegt hatte, waren zugeschaufelt worden. Ahmose befahl, über jedem Hügel eine Stele mit den eingemeißelten Namen aufzustellen, damit die Götter sie finden konnten. Die Bestattung selbst war feierlich und bewegend, die Divisionen waren schweigend in Reih und Glied hinter ihren Standarten angetreten, und beißender Weihrauch stieg grau zum Himmel hoch und vermischte sich mit dem Rauch von den immer noch brennenden Setiu-Leichen.

Ahmose stieg auf eine behelfsmäßige Estrade und verteilte Belohnungen an die, die sie sich verdient hatten: Beförderungen, lobende Erwähnungen und das Versprechen auf das Gnadengold für bestimmte Männer, die großen Mut bewiesen oder tatkräftig Initiative ergriffen hatten.

General Baqet von der Thot-Division wurde ausgezeichnet für sein verbissenes Durchhalten gegen Pezedchus Ansturm, bis Verstärkung kam, und Kay Abana auch. Als Ahmose ihn für seinen Angriff auf Pezedchu lobte, sah er, dass der junge Mann bereits den Ring des toten Generals an einer Silberkette um den Hals trug. Ahmose hatte lange und gründlich über seinen voreiligen Kapitän nachgedacht. Kay erweckte den Anschein von Unüberlegtheit und Tollkühnheit, doch Ahmose hatte eingesehen, dass sich unter der Großtuerei, die ihn bei seinen Bootsleuten beliebt machte und die seine Vorgesetzten belustigte, ein festes Herz und ein gesundes militärisches Urteil verbargen. «Zusätzlich zum Tapferkeitsgold habe ich beschlossen, dir mein Flaggschiff, die *Cha-em-Mennofer*, zu geben und dazu den Titel Admiral, und du bist für meine Sicherheit verantwortlich, wenn ich an Bord bin, und als Admiral bestimmst du die Strategie in der Schlacht. Dein Vater und Paheri bleiben jedoch die Obersten Befehlshaber der Flotte.» Kay stand da und blickte Ahmose und dann die Gruppe der Generäle rings um ihn an.

«Majestät, die Ehre ist zu groß für mich», sagte er ernst. «Ich bin überwältigt. Es verschlägt mir die Sprache.»

«Was ich bezweifeln möchte», flüsterte Turi, aber Kay hatte ihn offenkundig gehört.

«Dieses eine Mal irrst du, General Turi», rief er. «Majestät, ich bin für immer dein Diener. Danke.» Doch er konnte nicht anders, er machte eine der überschwänglichen Gesten, für die er allmählich berühmt wurde. «Als Zeichen meiner Dankbarkeit und als Versprechen meiner immer währenden Treue bitte ich um die Erlaubnis, meinen Namen ändern zu dürfen», sagte er mit einer schwungvollen Verbeugung. «Ich bin es zwar nicht würdig, aber statt Kay würde ich gern Ahmose heißen.»

«Ich bin Herr deines Lebens, jedoch nicht deines Namens», gab Ahmose zurück. «Trage den Namen, den du möchtest, und möge er dir Gesundheit und Wohlstand bringen.»

«Der Wohlstand wird ganz von dir abhängen, Große Inkarnation», entgegnete Kay fröhlich. «Ich danke dir noch einmal.»

«Er ist trotz seines Benehmens eine gute Wahl», sagte Turi, als Kay, jetzt Ahmose, zu seinem Platz zurückstolzierte. «Er wird dir gut und treu dienen.»

Den Rest des Tages verbrachte Ahmose über Plänen für die Rotation der Truppe. Er teilte die Horus- und Re-Division, sodass die halbe Mannschaft jeweils nach Hause gehen und aussäen konnte. Den Rest von Chetis und Kagemnis Truppe zog er auf dem Nordhügel zusammen, das ergab eine volle Division, nämlich fünftausend Mann, die ständig anwesend waren. Die anderen Divisionen teilte er genauso auf und konnte nun Auaris mit halber Truppenstärke belagern. Bezüglich des östlichen Deltas schickte er Botschaften, die es seinen Generälen erlaubten, so viele Soldaten wie möglich zu beurlauben, vorausgesetzt, die so hart erkämpfte Sicherheit litt nicht darunter. «In diesem Jahr erwarte ich während des Schemu keine feindliche Offensive. Ich weiß, herkömmlicherweise ist das die Zeit für Krieg, aber woher sollen weitere Setiu-Soldaten kommen? Nicht aus dem Osten. Dieser Zustrom ist unterbunden worden. Nicht vom Nordhügel, denn den haben wir eingenommen. Auaris selbst hat nicht genug Soldaten, um uns erneut entgegenzutreten. Es ist nur noch eine Frage von Monaten, glaube ich, bis sich Apophis ergibt.»

«Es will mir einfach nicht in den Kopf, dass nur dieses elende Fleckchen Erde nicht zu Ägypten gehört», meinte Turi. «Das kommt mir nach so viel Not unwirklich vor.»

«Es wird allerhöchste Zeit, dass der König im Palast von Auaris vor dem Horusthron steht und den Befehl erteilt, ihn nach Süden zu bringen», antwortete Paheri. «Was ist mit der Flotte, Majestät?» Ahmose lächelte abbittend.

«Viele Schiffe sind beim Entern durch Pezedchus Männer beschädigt worden», sagte er. «Diese Schiffe müssen ausgebessert werden und zusammen mit ihrer Mannschaft zurück nach Necheb. Kay und du oder Baba Abana, ihr könnt mitfahren. Ihr versteht beide etwas von Schiffsbau. Also fährt einer heim, und der andere bleibt hier. Ich muss den Nebenarm patrouillieren, auch wenn der Fluss Niedrigwasser führt. Kein Bewohner darf die Stadt verlassen oder betreten. Sucht die Männer aus, die ihr nicht braucht, und schickt sie zur Aussaat in ihre Dörfer. Diese Entscheidungen überlasse ich euch beiden.» Die Männer nickten. «Ich selbst muss mit den Medjai nach Waset zurück», schloss Ahmose, «aber ich bleibe bis Mitte Tybi hier, bekomme eure Abschlussberichte und lasse euch natürlich Herolde da, damit wir auf Papyrus in Verbindung bleiben.»

In Wahrheit habe ich gar keine große Lust, nach Haus zu fahren, sagte er sich, als er hinter ihnen hersah, wie sie grüppchenweise fortschlenderten. Ich möchte gar nicht rechtzeitig zur Bestattung meiner Tochter zurück sein, ich habe mein ganzes Mitleid und Bedauern beim Tod meiner Soldaten aufgebraucht. Ich möchte Aahmes-nofretaris neuen Schreiber nicht kennen lernen. Ich möchte nicht hören, wie gut Fürst Sobek-nacht und meine Frau zusammengearbeitet haben. Das Leben im Heer ist schlicht und einfach gewesen, und ich fürchte mich vor den Schwierigkeiten in meinem Haus. Oder fürchte ich mich nur vor Aahmes-nofretari, weil ich dann wieder in diesen Tumult von Eifersucht und Besitzstreben gestürzt werde, den ich hier im Griff habe? Ich habe das dunkle Gefühl, dass ich nach sechs Monaten in ein ganz anderes Waset zurückkehre.

Ramose hatte schweigend neben ihm gestanden und störte jetzt seine Gedankengänge. «Und was wird mit mir, Ahmose?», fragte er freundlich. «Wenn ich wählen darf, bleibe ich hier, das weißt du.» Ahmose zwang sich, sich zu ihm umzudrehen.

«Ja», sagte er. «Aber ich möchte, dass du nach Chemmenu zurückgehst, wohin du gehörst. Übernimm das Anwesen und die Nomarche, die dir gehören. Falls die Belagerung Anfang Thot noch immer nicht aufgehoben ist, bin ich wieder hier, am selben Fleck, und du mit mir. Bis dahin kümmerst du dich um deine Angelegenheiten und vergisst den besudelten Schatz in Auaris!»

«Ich gehorche natürlich», sagte Ramose schlicht. «Mir scheint, ich habe dich verärgert. Entschuldigung.»

«Nein, nicht du», gestand Ahmose. «Um die Wahrheit zu sagen, Ramose, ich kehre nicht gern zu meinen Pflichten im Süden zurück. Irgendwie habe ich mich in den letzten Monaten verändert. Falls ich mich auf beschauliches Angeln, ein paar Nachmittage mit Schießübungen, ein, zwei Krüge Wein beim Essen und dann angstfreie Nächte freuen könnte, ich würde nicht so … davor zurückschrecken.» Dazu sagte Ramose nichts weiter. Er berührte seinen Freund kurz an der Schulter, verneigte sich und ging.

Hent-ta-Hent ist nicht mehr, dachte Ahmose. Pezedchu ist tot. Die Feder der Maat zittert, und wieder einmal sind die Farben und Formen im lebendigen Bild meines Lebens und in Ägyptens Schicksal in Bewegung und ordnen sich neu. Und ich muss mich anpassen. Und da thront Auaris, stumm und verdrossen wie ein bezwungenes Tier, das tödlich verwundet ist, jedoch nicht sterben will. Er vertiefte sich in seine Überlegungen, bis das Licht im Zelt hinter ihm heller wurde als die verblassenden Strahlen Res.

ACHTES KAPITEL

Aahmes-nofretari wachte früh auf und verspürte Vorfreude. Die Rolle, die sie am vergangenen Abend hundertmal gelesen und dann beiseite gelegt hatte, lag noch neben ihr auf dem Nachttisch. Heute kehrt er nach Hause zurück, dachte sie und schwang die Beine aus dem Bett auf die kalten Fliesen des Fußbodens. Vielleicht nicht heute Morgen, aber irgendwann wird ein Herold kommen und melden, dass sein Schiff zur Bootstreppe einschwenkt. Ich werde den Haushalt zusammenrufen. Wir werden uns oberhalb der Bootstreppe aufstellen, allesamt aufgeregt, und dann ist er da, steht im Bug, die Getreuen hinter sich. Unsere Blicke werden sich kreuzen. Er wird lächeln. Ach, ihr Götter, wie herrlich. Ahmose kommt heim. Ich werde nichts mehr erledigen können, bis ich ihn wieder in den Armen halte.

Sie rief leise nach Senehat, griff sich einen Umhang, ging zum Fenster und zog die Binsenmatte hoch. Kühle Luft umschmeichelte sie, und der verschlafene Morgenchor der Vögel im noch verschatteten Garten drang gedämpft an ihr Ohr. Da trat ihre Leibdienerin ein und verbeugte sich schlaftrunken mit zerzaustem, schwarzem Haar und zerknautschtem Hemd. «Ein schöner Morgen, Senehat», sagte Aahmes-nofretari und lächelte. «Sieh nach, ob man im Badehaus schon Wasser warm macht. Sag Neb-Amun, dass ich nach meinem Bad rasiert und auch massiert werden will, und er soll Lotosessenz ins Öl tun. Bring mir Essen, während ich warte, und schicke Uni zu mir, sowie er angekleidet ist.»

Die junge Frau verbeugte sich und ging, und Aahmes-nofretari durchmaß das Zimmer. In den Monaten seit Ahmoses Aufbruch nach Norden, als er ihr so viele Lasten aufgebürdet hatte, dass sie bisweilen verzweifeln wollte, hatte sie sich oft mit Erinnerungen getröstet. Zunächst hatte sie noch klare Bilder gehabt, doch als die Wochen ins Land gingen, stellte sie bekümmert fest, dass das Bild ihres Mannes immer nebelhafter wurde, sein Leib, sein Lachen, seine Bewegungen schwieriger heraufzubeschwören.

Hent-ta-Hents Tod hatte diese Entfremdung besiegelt. Er war nicht da gewesen, hatte das Kind nicht gesehen, das sich schweißgebadet gewälzt hatte, hatte seine Schreie nicht gehört, die Amunmoses Gesänge übertönt hatten. Er hatte die Fingerchen nicht gehalten, während die Lebenswärme aus ihnen wich, und als sich Aahmes-nofretari in ihrer Not und ihrem Verlustschmerz von dem schweißdurchtränkten und zerwühlten Kinderbett mit seinem rührenden Inhalt abgewendet hatte, waren da keine starken Arme gewesen, die die Gramgebeugte umfasst hätten. Was er auch immer gefühlt haben mochte, als er vom Sterben seiner Tochter erfuhr, es war nichts im Vergleich zu dem, was sie fühlte. Sie hatte mit angesehen, wie sich die kleine Brust zum letzten Mal gehoben und gesenkt hatte. Er nicht. Er würde bei der Bestattung anwesend sein. Die Trauerzeit für Hent-ta-Hent endete erst in einer Woche. Aber das war nicht das Gleiche.

Sie waren schon viele Male getrennt gewesen. In den Jahren von Kamoses Krieg hatte es eine Reihe von qualvollen Abschieden gegeben, dazwischen kurze Perioden der Wiedervereinigung, die jedoch unter der Angst vor einer ungewissen Zukunft gestanden hatten. Aber während dieser ganzen Jahre hatten sie sich wenig verändert, waren langsam erwachsen geworden. Der Mord an Kamose und die darauf folgenden Säuberungen hatten sie beide verfrüht reifen lassen. Ahmose hatte ihr einen Berg Aufgaben übertragen und die Macht, sie zu erledigen. Darüber war sie zu einer fähigen Königin geworden. Aahmes-nofretari war das völlig klar, aber ob ihr Mann das auch wusste?

Dennoch stand ihr an diesem Morgen, diesem bedeutsamen Morgen, sein Gesicht klarer vor Augen als seit vielen Monaten. Sie war allein gewesen und hatte getrauert, war nur die eine Hälfte eines wunderbaren Ganzen gewesen, das wieder einmal eins sein würde, und während sie ihr Schlafgemach durchmaß, hauchte sie ein Dankgebet zu Amun und Hathor.

Es war jedoch nicht Senehat, die an ihre Tür klopfte, sondern Ahmose-onch. Er trabte vollkommen nackt mit einer Scheibe frischem Brot in der Hand und einer Honigdattel in der anderen herein, ging schnurstracks zum Fenster, stellte sich auf die Zehenspitzen und spähte über die Fensterbank. «Re klettert schon am Himmel hoch, und die Gärtner sind draußen, aber sie stehen rum und reden», sagte er. «Warum stellen sie keine Sonnensegel auf? Was ist, wenn Vater da ist, und wir sind noch nicht fertig?»

«Es ist noch reichlich Zeit», ermahnte sie ihren Sohn. «Zuerst kommt ein Herold, und dann kommt die Begrüßungszeremonie an der Bootstreppe, ehe wir ein Fest feiern. Beruhige dich, Ahmose-onch, sonst gibt es noch vor Mittag Tränen und Ärger. Iss deine Dattel und fass hier ja nichts mit klebrigen Händen an.» Das Kind stopfte sich die Dattel in den Mund, und in dem Augenblick tauchten Raa und Uni an der Tür auf. «Raa, wie oft muss ich dir noch sagen, dass er nicht nackt herumlaufen soll?», meinte Aahmes-nofretari gereizt, als die Kinderfrau Ahmose-onch beim Handgelenk packte und sich abbittend verbeugte. «Dazu ist er zu alt. Ziehe ihn heute festlich an und pass auf, dass er sauber bleibt.»

«Es tut mir Leid, Majestät», sagte Raa. «Ich begreife einfach nicht, wie er es immer wieder schafft zu entwischen, kaum dass ich ihm kurz den Rücken kehre.»

«Ich weiß.» Aahmes-nofretari bückte sich, gab ihm einen Kuss auf den rasierten Schädel und schob ihre Finger durch die lange Haarsträhne, die ihm auf die rechte Schulter hing. «Übergib ihn seiner Leibwache. Er darf mit kleinen Pfeilen auf die Bäume im Garten schießen. Oder sieh nach, ob einer der Unterhofmeister mit ihm Ball spielt. Ich kann mir nicht vorstellen, dass er heute Mittagsschlaf machen will.»

«Er ist reif für einen Lehrer», brummelte Raa. «Er sollte seine Energien aufs Lernen verwenden, nicht herumrennen und Dienern in die Quere kommen und Ziegelmacher belästigen.»

«Aber ich lerne doch, Raa!», protestierte Ahmose-onch, während er auf den Flur gezogen wurde. «Die Ziegelmacher haben mir gezeigt, wie man Lehm und Stroh vermischt und das dann in Formen füllt.»

«Du bist ein Prinz. Du solltest nicht so bereitwillig mit dem gemeinen Volk verkehren.» Raas Stimme wurde leiser. «Ich werde ein Wörtchen mit deiner Leibwache reden müssen, mir scheint, sie hat eine Vorliebe für Schwätzchen mit den Arbeitern ...» Aahmes-nofretari seufzte und widmete sich Uni, der gelassen und geduldig gewartet hatte.

«Sie hat Recht, Majestät», sagte er. «Der Prinz stapft zu

gern im nassen Schlamm herum und sieht zu, wie das Stroh geschnitten wird, aber das ist kein passender Zeitvertreib für einen Falken-im-Nest.» Aahmes-nofretari verzog das Gesicht.

«Ich weiß, Uni», gestand sie. «Ich muss darüber nachdenken. Er ist ein aufgewecktes Kind. Ist es noch zu früh für einen Lehrer?»

«Ich kann Yuf bitten, dass er seine Reife prüft», antwortete Uni. «Königin Aahotep wird nichts dagegen haben. Yuf soll demnächst nach Djeb reisen und das Grabmal ihrer Vorfahrin Königin Sobekemsaf prüfen, und bis dahin hat er nicht viel zu tun.»

«Ich kann mich heute nicht um Ahmose-onch kümmern», sagte Aahmes-nofretari. «Sprich mit Yuf, wenn du möchtest. Eine gute Idee. Raa liebt ihren Schützling, aber er entwischt ihr dauernd, und sie wird langsam müde. Komm herein, Senehat.» Die junge Frau schlüpfte an dem gewaltigen Haushofmeister vorbei und stellte das Morgenmahl auf den Tisch. «Schicke Emchu zur Kaserne», sagte Aahmes-nofretari jetzt zu Uni. «Ich will mit ihm heute Vormittag die Parade zu Ehren des Königs besprechen. Richte Fürst Sobek-nacht aus, dass an diesem Tag nicht am alten Palast gearbeitet wird und er sich bereithalten soll, Ahmose zu begrüßen. Lass den Aufseher des Getreides holen. Ich möchte mich mit ihm unterhalten, nachdem ich Tetaki eine Audienz gegeben habe. Schicke zu Amunmose. Er ist heute Abend zum Festmahl geladen. Nofreperet auch. Hoffentlich billigt Ahmose, dass ich ihn zum Obersten Schatzmeister ernannt habe.»

«Majestät, du hast in den Monaten, während der König fort war, Wunder vollbracht», sagte Uni, und da wusste Aahmes-nofretari, dass er ihr unterschwelliges Zögern mitbekommen hatte. «Falls Seiner Majestät nicht gefällt, was du gemacht hast, wird er es abändern, aber das glaube ich nicht. Waset erblüht unter deiner Hand.»

«Eher unter meiner Peitsche.» Aahmes-nofretari lachte. «Überwache die Festvorbereitungen sehr genau, Uni. Es darf nichts schief gehen. Alles ist wie ein Traum gewesen, nicht wahr?», sagte sie leise. «Ich erinnere mich noch an den Tag, als der beleidigende Brief meinen Vater erreichte, der, in dem sich Apophis beklagte, dass die Nilpferde in unseren Sümpfen mit ihrem Husten seinen Schlaf störten. Damals war Vater nichts als ein Fürst im Süden und trotz seines königlichen Stammbaums in den Augen von Ägyptens Eroberern ein Niemand. Das ist noch gar nicht so lange her. Bisweilen denke ich beim Aufwachen, dass ich in meinem früheren Schlafgemach bin und Tani neben mir auf dem Feldbett liegt und Vaters Stimme aus dem Garten durch die Binsenmatten hereinweht.» Sie hob die Schultern. «Es ist einfach unwirklich, was diese Familie erreicht hat, und ich kann nicht glauben, dass ich Königin von Ägypten bin.»

«Da ist immer noch Auaris», sagte der Haushofmeister. Aahmes-nofretari rümpfte die Nase, winkte ihn fort und ging zum Tisch.

«Niemand versteht es wie du, mich auf den Boden der Tatsachen zurückzuholen», sagte sie, jedoch nicht bissig. «An die Arbeit, Uni.»

Nachdem sie gespeist hatte, ging sie ins Badehaus und ließ sich schrubben, dann rasieren, zupfen und mit Duftöl kneten. Während sie auf der Holzbank lag und die kundigen Hände des Mannes sie durchwalkten und ihr berauschender Lotosduft in die Nase stieg, dachte sie an Uni, an sein Einfühlungsvermögen und seine Zuverlässigkeit trotz seiner Setiu-Vorfahren. Achtoi würde mit Ahmose zurückkehren und wieder seine Stellung als Oberhofmeister einnehmen wollen. Der Gedanke sagte ihr gar nicht zu. Uni führte den Haushalt, wie sie es mochte, tüchtig und taktvoll.

Ich möchte nicht, dass Achtoi das alles ändert, dachte sie, als sie in ein Laken gehüllt zu ihren Gemächern zurückging und sich vor ihren Kosmetiktisch setzte. Ich möchte nicht, dass sich die beiden über meinem Kopf böse anfunkeln, während ich Entscheidungen fälle, die ganz Ägypten betreffen. Aber das tust du dann auch nicht mehr, erinnerte sie eine andere, eine freudlose innere Stimme und eine, die sie verzweifelt unterdrücken wollte. Das tut Ahmose. Er hat dir die Macht nur während seiner Abwesenheit übertragen, und sowie er sein Schiff verlässt, fällt sie an ihn zurück. Du musst Zusammenarbeit lernen, Königin Aahmes-nofretari! Du wirst dich auf die Zunge beißen müssen, falls er schlechter urteilt als du.

Aber warum?, fragte sie sich, als ihr Kosmetiker den Deckel des Tisches aufklappte. Wir haben doch immer zusammengearbeitet, Ahmose und ich, haben keine Geheimnisse voreinander gehabt, haben gemeinsam schwierige Entscheidungen getroffen. Wovor habe ich wirklich Angst? Nicht vor dem Verlust meiner Autorität, denn Ahmose hat meine Einwände immer geachtet und auf meine Einwürfe gehört. Vielleicht argwöhne ich nur, dass er durch Ausübung seiner eigenen Macht, männlicher Macht, die nicht von mir gemildert wird, hochfahrend geworden ist. Seine Briefe waren knapp gehalten. Fast kalt. Weil er viel zu tun hatte und keine Zeit fand oder weil er mir allmählich alles übel nimmt?

Oder weil … Sie hielt den Atem an, denn ein scharfer Schmerz stach sie in die Brust. Weil ich ihm kein gesundes männliches Kind geschenkt habe wie Si-Amun? Warum sollte er anders sein als andere Könige, die einen Sohn brauchen, der eine friedliche Nachfolge gewährleistet? Als Prinz hat er sich um derlei nicht gekümmert, und darin waren wir uns völlig einig. Nun, da er ein König mit nur einem Stiefsohn und keiner Tochter mit königlichem Blut ist, erkennt er da die Gefahr und gibt mir die Schuld daran? Aber ich bin noch jung, und er auch. Noch ist Zeit für mehr Kinder, Jungen und Mädchen. Ihr Götter, Aahmes-nofretari, höre auf zu grübeln. Höre auf zu grübeln!

«Welche Farbe trägst du heute, Majestät?», fragte der Kosmetiker. Er hatte ihr Gesicht mit Ocker gepudert und griff nach dem Kohl-Topf.

«Dunkelrot», sagte sie, ohne nachzudenken. Ja, Dunkelrot, sagte sie sich, das leuchtet in der Sonne, und dazu Gold und Lapislazuli, damit kann ich ihn so blenden, dass er nur noch mich sieht.

Als er fertig war, reichte er ihr den Kupferspiegel, und sie musterte ihr Abbild sorgfältig. Bin ich noch schön?, befragte sie das Gesicht, das sie nachdenklich anblickte. Ob er mich noch begehrt? Sie legte den Spiegel in den Kasten, bedankte sich mit einem Nicken bei dem Mann und schickte ihn fort.

Senehat kleidete sie in ein dunkelrotes Hemdkleid, das in weichen, golddurchwirkten Falten von ihren Schultern bis zu den braunen Knöcheln rauschte. Ein breiter Kragen aus Gold, Lapislazuli und Jaspis lag um ihren Hals. In ihren Ohrläppchen hingen goldene Kobras mit Augen aus Lapislazuli. Sie wählte eine Perücke ohne Zöpfe, deren volles schwarzes Haar ihr hinten auf den Nacken und vorn über die Schlüsselbeine fiel, darauf kam ein goldenes Krönchen mit winzigen Abbildern der Geiergöttin Mut, der Schutzgöttin der Königinnen, die ihr auf die Stirn hingen. Senehat schob ihr goldene Armbänder auf den Arm und rote Ledersandalen mit Perlen aus Lapislazuli zwischen die Zehen. Zum Schluss ließ sie sich die Handflächen mit Henna bemalen, ehe sie ihre Ringe ansteckte, und da kam Uni herein. «Der Bürgermeister von Waset zusammen mit deinem Aufseher des Getreides», sagte er. «Sie warten im Empfangssaal. Chunes ist bereits dort.»

«Gut.» Aahmes-nofretari reckte die Schultern unter dem juwelenbesetzten Kragen. «Lass meine Sänfte bereitstellen, ich will zu den Kasernen, wenn wir fertig sind», sagte sie. «Wo sind Mutter und Großmutter heute Morgen?»

«Königin Aahotep ist mit Yuf zum Tempel gegangen, und Königin Tetischeri lässt ihr Sonnensegel dicht an der Bootstreppe aufstellen.» Ein schmales Lächeln huschte um seinen Mund. «Sie möchte die Ankunft des Königs nicht verpassen.»

«Sehr gut. Fangen wir also an.»

Sie mochte Tetaki, den Bürgermeister von Waset. Sie plauderten, während Chunes mit gekreuzten Beinen zu ihren Füßen saß und die wichtigsten Punkte der Unterhaltung niederschrieb. Danach sprach Aahmes-nofretari mit dem Aufseher kurz über den Fortgang der Aussaat, dann ließ sie sich mit ihrem Schreiber zu den Kasernen tragen.

Emchu, den sie zum Hauptmann ihrer Hauswache bestellt hatte, begrüßte sie ehrerbietig, folgte ihr in den Schatten seines Zimmers und bot ihr Bier an, was sie jedoch ablehnte. Eine Stunde lang besprachen sie und ihr Hauptmann, wie man die Soldaten am Weg zur Bootstreppe anordnen, den König durch den Garten geleiten und wen man an den Wänden im Saal aufstellen sollte, falls er zu spät eintraf, um noch draußen zu feiern. Aahmes-nofretari war stolz auf die tüchtige militärische Mannschaft, die sie geschaffen hatte und die sowohl Anwesen wie auch die lärmende Stadt bewachte, und wollte, dass Ahmose das billigte. Das wollte Emchu auch. Sie erinnerte ihn daran, dass seine Männer kurz nach dem Mittagsmahl aufgestellt sein mussten, und dann wurden sie und Chunes durch das Hintertor der Mauer, die das Anwesen umgab, zurückgetragen, und sie entließ die Sänftenträger, sagte Chunes, sie würde ihn später holen lassen, und ging langsam durch den Garten zur Bootstreppe.

Wenn man zum alten Palast wollte, musste man nicht länger durch die Bresche in der zerfallenen Mauer schlüpfen, die ihn früher vom Haus getrennt hatte. Sobek-nacht hatte als Erstes dafür gesorgt, dass sie abgetragen wurde, und wenn Aahmes-nofretari jetzt nach links blickte, konnte sie das altehrwürdige, hohe Gebäude, die Hebesteine und das Baugerüst sehen.

Auf halbem Weg zwischen Säulen und Grenzmauer hatte Sobek-nacht seinen Tisch unter einem Sonnensegel aufgestellt, und dort beriet er sich mit seinen niederen Baumeistern und Aahmes-nofretari selbst. Sein Tisch lag dabei voller Pläne, auf dem Baugerüst wimmelte es von schwitzenden Arbeitern, und von den Lehmgruben in der Nähe des Flusses, wo Ahmose-onch so gern spielte, wurden Ladungen neuer Lehmziegel herangeschafft. Heute war der geschäftige Ort auf Befehl der Königin menschenleer, und trotzdem wurde ihr Blick im Vorbeigehen hingezogen, und sie dachte daran, wie ihre Brüder vor einer ganzen Ewigkeit durch den verbotenen Spalt in der nicht mehr vorhandenen Mauer geklettert waren und ihre heimlichen Spiele gespielt hatten und sie allein und neidisch auf der anderen Seite hatten stehen lassen.

Wie gut, wenn der Palast wieder zum Leben erweckt und voller Geschäftigkeit und Licht sein würde, wenn auf dem Dach Frauen plaudern würden, die unter dem Sternenzelt farbenprächtige Decken ausbreiteten, um der Hitze des Schemu zu entrinnen. Vielleicht fanden dann die unseligen Gespenster, die in den staubigen Ecken hingen und um Gerechtigkeit flehten, endlich Ruhe.

Tetischeri thronte am Ende des Weges auf einem Berg Kissen im Gras. Auch sie war reich gekleidet: weißes Hemdkleid mit Goldgürtel und Goldsaum, an dem goldene Anchs hingen. Beim Näherkommen dachte Aahmes-nofretari, wie angemessen, dass sie das Lebenssymbol trägt, schließlich geht sie auf ihren siebenundsechzigsten Geburtstag zu, und noch immer kaum ein Anzeichen von Gebrechlichkeit. Tetischeri hörte sie kommen, wandte ihr ein verdrossenes, dick geschminktes Gesicht zu und winkte mit einem mageren, goldbeschwerten Arm. «Seit die Schutzmauer um unsere Aruren erhöht und verlängert worden ist, kann man die Bootstreppe nicht mehr einsehen», beschwerte sie sich. «Wenn ich mir den Nil anschauen will, muss ich den Wachposten auf dieser Seite befehlen, dass sie mir das neue Tor aufsperren, muss hindurchgehen und es auf der anderen Seite von den Wachposten wieder schließen lassen. Dadurch kann ich weniger Zeit auf der Treppe verbringen, als mir lieb ist, denn ich verschrecke die Soldaten sichtlich mit meiner Anwesenheit. Ein echtes Ärgernis, meine Liebe.»

«Ich weiß», meinte Aahmes-nofretari und bückte sich, damit sie ihrer Großmutter einen Kuss auf die runzlige Wange drücken konnte. «Tut mir Leid, Tetischeri. Aber ich habe nur Ahmoses Befehl ausgeführt. Wenn du möchtest, kannst du jetzt über den Hof des alten Palastes gehen und durch die Öffnung in der Mauer, in die das neue Tor kommt.»

«Hmpf», knurrte Tetischeri. Sie hatte protestiert und war nun zufrieden. «Neues Tor. Vermutlich will er für seine prächtige neue Residenz Elektrum haben, falls wir jemals so viel Silber zusammenkratzen. Das Gold für die Mischung ist kein Problem mehr, seit die Kuschiten eingeschüchtert sind, ja, letztens ist es mit beruhigender Stetigkeit in die Schatzkammer und zu den Goldschmieden geströmt. Der Schöne Teti hat sich sehr ruhig verhalten.»

«Das berichten auch meine Spitzel.» Aahmes-nofretari ließ sich auf den Kissen neben der Älteren nieder. «Aber Kusch hat noch nie lange Ruhe gegeben, falls sich mein Geschichtslehrer nicht geirrt hat. Ich muss gestehen, dieser geheimnisumwitterte Fürst macht mich neugierig.» Ihre Großmutter rümpfte die Nase.

«Hmpf. Fürst? Der Titel ist zu gut für ein Halbblut aus Ägypten und Kuschit», sagte sie. «Es würde mich nicht wundern, wenn er auch noch eine Spur Setiu-Blut in den Adern hätte. Schließlich ist er, seitdem er Häuptling seines wilden Stammes ist, ein zuverlässiger Verbündeter von Apophis und dessen Vater gewesen. Ahmose sollte ihn lieber im Auge behalten.» Aahmes-nofretari antwortete nicht. Für Tetischeri würde Ahmose immer ein ziemlich dümmlicher jüngerer Bruder bleiben, den man ständig beraten und ermahnen musste.

Ein Weilchen saßen die beiden Frauen schweigend da. Dann sagte Tetischeri: «Nächsten Monat feiern wir die Geburt deines Vaters. Wir wollen zu seinem Grabmal und dort Essen, Wein und Öl opfern. Hoffentlich erinnert sich Ahmose daran, ohne dass man es ihm sagen muss.»

«Natürlich», gab Aahmes-nofretari zurück. «Aber ich warne dich, Großmutter, dränge ihn nicht. In einer Woche bestatten wir Hent-ta-Hent, und er wird nur den Verlust seiner Tochter im Kopf haben. An Seqenenre wird er erst danach denken.» Als sie sich umdrehte, kreuzten sich ihre Blicke.

«Ich weiß, was du sagen willst», kam ihr Tetischeri zuvor. «Dass ich deinen Gemahl nie gemocht oder geachtet habe, dass ich in der Vergangenheit lebe, dass ich hochfahrend und unnachgiebig stolz bin. Es stimmt, und es tut mir Leid, Aahmes-nofretari. Seqenenre war ein König. Kamose habe ich abgöttisch geliebt. Für Ahmose ist nichts mehr übrig, aber du musst mir glauben, dass ich mich bemühe, gegen mein Vorurteil anzukämpfen.» Ihre skelettartige Hand wedelte eine Fliege fort, die sich auf ihrem Hals niederlassen wollte. «Ein Fluch des Alterns ist die Rückbesinnung auf lange vergessene Jugenderinnerungen, während sich die Ereignisse der jüngsten Vergangenheit scheinbar verflüchtigen. Ich weiß, was Ahmose geschaffen hat. Aber ich kann nicht anders, dahinter sehe ich immer die Klugheit und Verzweiflung und die Aufopferung seines Vaters und Bruders, ohne die Ahmose nichts hätte erreichen können.»

«Du redest von Dingen, die vielleicht oder auch nicht eingetreten wären», sagte Aahmes-nofretari, während sie sich bemühte, ihren Ärger im Zaum zu halten. «Das sind eitle und gefährliche Gedanken. Du bist die Einzige, die Einzige, Tetischeri, die dem nutzlosen Spiel, was wäre wenn, frönt. Wenn Vater und Kamose so häufig und bereitwillig in diese Falle getappt wären wie du, hätten wir Seqenenres Niederlage durch Pezedchu angenommen und wären unter Kamose in die Verbannung gegangen. Und wenn mein Gemahl nicht ein vielschichtigeres Hirn als Kamose hätte, wäre Auaris heute keine kleine Insel in einem Meer von ägyptischem Triumph. Seqenenre hat mit dem Aufstand angefangen. Kamose hat ihn fortgeführt. Ahmose wird ihn vollenden.» Sie stand auf und glättete ihr Hemdkleid mit steifen Fingern. «Die Geschichte wird Seqenenre bemitleiden und Kamose schlecht machen, weil man nicht begreift, was er tun musste. Künftige Generationen jedoch werden meinen Gemahl als Ägyptens Retter verehren. Was sie zu dir sagen werden, weiß ich nicht. Vielleicht, dass sie in ihrer Jugend schön war.» Tetischeri verzog gequält die alten, würdevollen Züge, und da wusste Aahmes-nofretari, dass sie zu weit gegangen war. Sie hockte sich neben Tetischeri und nahm ihr Gesicht in beide Hände. «Verzeih mir, Großmutter», bat sie. «Das war ungerecht.»

«Aber vermutlich wahr.» Tetischeri machte sich los. «Ich sitze hier und warte auf ihn, damit ich ihn als Erste begrüßen kann, damit er mich bemerkt, damit er mich sieht, mich wahrnimmt», sagte sie mit rauer Stimme. «Ich bin nicht dumm, Aahmes-nofretari. Ich weiß, dass er mich mit Absicht von den militärischen Beratungen mit dir und deiner Mutter ausgeschlossen hat, dass er mich wegen meiner Abneigung gegen ihn bestimmt, aber taktvoll in die Frauengemächer abgeschoben, dass er mir auf seine sanfte, aber ganz und gar unnachgiebige Art jegliche Macht genommen hat. Daran bin ich selbst schuld, und dennoch kann ich keine Wärme empfinden, wo keine ist.»

«Dann versuche es erst gar nicht.» Aahmes-nofretari seufzte und richtete sich auf. «Du bist seine Großmutter, und dafür achtet er dich. Zerstöre das nicht durch Unaufrichtigkeit. Denk daran, sein Blut ist auch deins, und er ist der König.» Sie sah ihre Großmutter bekümmert an. «Kamose hat erkannt, dass er regieren kann», sagte sie schroff. «Kamose hat gewusst, dass er selbst keinen guten König abgegeben hätte. Er war Krieger. Ihm war ein gewaltsamer Tod beschieden, und auch das hat er gewusst. Falls er am Leben geblieben wäre, seine Herrschaft wäre immer gnadenloser geworden. Er hat sein Schicksal erfüllt, Tetischeri. Es war nicht das, wofür du ihn ausersehen hattest, aber deine Liebe zu ihm hat dich blind für seine Schwächen gemacht, die er seinerseits klar gesehen hat. Ahmose ist dazu geboren, Ägypten Frieden und Wohlstand zu bringen. Kein so ruhmreiches Schicksal wie das eines Befehlshabers, der sein Leben im Kampf für sein Land lässt. So siehst du es, nicht wahr?» Sie verstummte. Tetischeri starrte blicklos zu Boden. «Du bist nicht als Mann geboren und ich auch nicht», schloss sie mit jähem Scharfblick. «Wir können nicht das Schwert schwingen oder uns die Doppelkrone aufsetzen. Dich erwartet nichts als Verzweiflung, wenn du dich von Bitterkeit über dein Geschlecht verzehren lässt, Großmutter. Ahmose ist König. Falls du doch nur deine Selbstsucht überwinden und für seine Gottheit danken könntest, würdest du feststellen, dass er auch ein gütiger und verzeihender Großsohn ist.»

Sie machte auf den Fersen kehrt und schritt zum neuen Tor, und als die Wachposten sie nahen sahen, rissen sie es sperrangelweit auf. Ich sollte ihr nicht die Schuld an meinem eigenen Groll geben, dachte sie, als sie hindurchging. Ich habe sie gescholten und damit mich gegeißelt. Dadurch bin ich gewarnt. Ich bin nicht der Sohn der Sonne. Ich bin kein Krieger. Dennoch bin ich Königin, und damit will ich mich zufrieden geben. Amun bewahre mich, dass ich mein Leben in Selbstmitleid verbringe wie Tetischeri!

«Majestät, du solltest den Weg am Fluss nicht ohne Begleitung gehen», rief ihr ein Soldat nach, als sie dem Tempel zustrebte. «Wasets Bürger scharen sich schon am Ufer, sie wollen die Ankunft des Königs nicht verpassen. Du könntest geschubst werden.» Ich könnte geschubst werden. Aahmes-nofretari musste lächeln. Vor nicht allzu langer Zeit könnte ich Ziel eines Mörders geworden sein, aber heute könnte mein erhabener Leib geschubst werden.

«Dann kommen zwei von euch mit», gab sie widerstrebend nach. «Ich will nicht ganz bis zum Tempel, sondern nur den Nil im Auge haben.» Und mich vor den hektischen Vorbereitungen im Haus drücken, sagte sie bei sich, als die Männer hinter ihr einschwenkten.

Ihr plötzlicher Wunsch nach Einsamkeit erfüllte sich jedoch nicht. Wie der Soldat vorhergesehen hatte, strömten die Einwohner Wasets aus der Stadt. Grüppchenweise drängten sich Männer, Frauen und Kinder schwatzend auf dem

Weg, wollten unbedingt den besten Platz am Ufer bekommen, wo sie dann einen guten Blick auf Ahmoses Flotte hatten, wenn die in Sicht kam. Es ist kein Festtag eines Gottes, dachte Aahmes-nofretari ergeben, aber mir scheint, keiner will arbeiten.

Man sah sie kommen, und der Lärm ließ allmählich nach und erstarb, doch hinter ihr wuchs die Aufregung wieder. Knie beugten sich, Stirnen berührten die Erde, als sie vorbeiging, und freundlich rief man ihren Namen, jedoch ohne ihre Titel, so als würde sie von Freunden gegrüßt.

Sie war so enttäuscht, dass sie schon umkehren wollte, als vor ihr Unruhe entstand. Sie sah, wie sich Köpfe senkten und Rücken beugten, doch nicht in ihre Richtung. Sie blieb stehen, und auf einmal hatte sie einen Kloß im Hals. Gestalten kamen auf dem sonnengefleckten Weg mit ausholendem Schritt auf sie zu und unterhielten sich mit tiefen, gebieterischen Stimmen. Ringsum brach Jubel aus. «Der König! Es ist Seine Majestät! Lang lebe der König, unser Mächtiger Horus!» Aahmes-nofretaris Herz schnürte sich zusammen. Und dann lief sie auch schon, vorbei an Chabechnets hoch gewachsener Gestalt, um eine dunkle Säule herum, die Hor-Aha war, stieß fast mit einem erschrockenen Ipi zusammen, bis sich ihre ausgebreiteten Arme um ihren Mann schlossen und sich sein Pektoral in ihre Wange drückte.

Er fuhr etwas zurück. Dann lachte er erfreut, umschlang sie mit seinen Armen, starken männlichen Armen, drückte sie an sich, umgab sie mit Sicherheit, Schutz und machte, dass sie sich winzig und geliebt und völlig eins mit ihm vorkam. «Majestät, Zweiter Prophet, meine allerliebste Aahmes-nofretari», sagte er und lächelte sie an. «Was tust du hier draußen ohne Gefolge, abgesehen von zwei Soldaten?» Sie erwiderte sein Lächeln und freute sich an seiner Wärme, seinen dunklen

Augen, den teuren, vertrauten Zügen, die mittlerweile schmaler und kantiger geworden waren.

«Ahmose», hauchte sie, während ihr die Männer neben ihm huldigten. «Das Gleiche könnte ich dich fragen. Meine Leibwache säumt schon den Gartenweg und will dich begrüßen, wenn du von Bord gehst. Woher kommst du? Wo sind deine Schiffe?»

«Ach, ich wollte Amun rasch für meinen Sieg im Norden danken, ehe ich ins Haus gehe», erläuterte er. «Später opfere ich natürlich noch richtig und feierlich, aber meine ersten Worte sollten dem Gott gelten.» Aahmes-nofretari tat einen Schritt zurück und musste ein Gefühl der Enttäuschung und Kränkung unterdrücken. Bin ich dir nicht teurer als der Hohe Priester?, wollte sie schreien. Weißt du nicht, wie sehr ich mich danach gesehnt habe, dich zu begrüßen, wie viele Stunden ich seit Eintreffen deines Briefes mit Tagträumereien verbracht habe, wie du mir entgegenlaufen würdest und nur mich sehen wolltest?

«Der ganze Haushalt fiebert dir entgegen», sagte sie bemüht munter. «Tetischeri hat schon vor Stunden gleich hinter dem Tor oben an der Bootstreppe Stellung bezogen. Mutter ist in aller Frühe mit Yuf zum Tempel gegangen, damit sie bei deiner Ankunft wieder daheim ist. Du hättest sie dort treffen müssen.» Sie merkte, dass sie dummes Zeug redete und nicht mehr aufhören konnte. Ihr Mund öffnete und schloss sich, und sie vernahm ihre Worte kaum, während ihre Enttäuschung allmählich wuchs. «Hor-Aha», redete sie das nackte Rückgrat des Generals an, der unvermittelt vor ihr ging. «Wo ist dein Haar? Hat dir ein Setiu-Schwert die Zöpfe abgeschnitten?» Er warf ihr über die Schulter ein verkniffenes Lächeln zu.

«Nein, Majestät», sagte er tonlos. «Die habe ich selbst abgeschnitten.» Das war keine Erklärung, und Aahmes-nofretari kam sich auf einmal albern vor. Sie biss die Zähne zusammen.

Das Gedränge der Bürger ließ nach, als sie sich der Bootstreppe näherten. Aahmes-nofretari sah, wie der Blick ihres Mannes erstaunt zur Krone der neuen Mauer wanderte, als die dort verbliebenen Wachposten strammstanden und salutierten. «Hoffentlich ist sie wunschgemäß ausgefallen, Ahmose», sagte sie. «Ich habe sie um unsere ganzen Aruren erhöhen und das Tor anbringen lassen.» Sie zeigte in die Ferne, doch Ahmose war stehen geblieben und starrte durch die Öffnung, wo eines Tages die Palasttore eingehängt werden würden.

«Ihr Götter!», hauchte er. «Sieh dir das an, Hor-Aha! Die Zeit ist hier schneller vergangen als im Norden, oder hat mich ein Zauberbann gefangen gehalten, aus dem ich gerade eben erwacht bin? Die innere Mauer zum alten Palast ist nicht mehr da. Ich kann meinen Garten sehen. Die Baugerüste … die Ziegelhaufen …» Er wirkte bestürzt, und die Hand, mit der er den Oberarm seiner Frau umklammerte, schien ein wenig zu zittern.

«Ahmose, du hast Sobek-nacht hergeschickt, dass er diese Arbeiten in Angriff nimmt», sagte sie. «Gefällt es dir nicht? Haben wir etwas falsch gemacht?» Er schüttelte den Kopf.

«Nein, nein!», sagte er laut. «Es ist wunderbar. Ich bin nur die ganze Zeit mit meinen Gedanken woanders gewesen, und selbst jetzt lassen sie sich nur mühsam von Auaris lösen.» Er lächelte ihr zu, und sein Gesicht strahlte. «Ich kann es kaum erwarten, das alles mit dem Fürsten durchzusprechen. Welche anderen Wunder vollbringt er noch?»

«Er baut das neue Dorf für die Divisionen, die du dort auf Dauer einquartieren willst», erinnerte ihn Aahmes-nofretari, doch er hatte sie tief getroffen. Und ich?, dachte sie gedemütigt. Habe ich nicht Tag für Tag bei Sobek-nacht gestanden, während er die Pläne für deinen Palast entworfen hat, o König? Allmählich mag und achte ich ihn, und er wiederum hat oftmals meine Ideen in seine Pläne eingearbeitet. Für mich ist kein Platz mehr.

Emchu hatte ihren Befehl befolgt. Die Hauswachen standen jetzt zu beiden Seiten des Weges, der durch die Rasenflächen führte, vorbei am Teich und dann hinter das Haus. Ihre kurzen Schurze strahlten in der Sonne, die auch auf den Speerspitzen und Bronzeschnallen ihrer Schwerter funkelte. Sie hörte Chabechnet die altehrwürdige Warnung rufen: «Der König kommt! Aufs Gesicht!», und wie ein Mann drehten sich die Soldaten um und begrüßten Ahmose mit dem Ruf: «Majestät!», während Emchu selbst vortrat, auf die Knie fiel und Ahmose die Füße küsste. Ohne nachzudenken, bat Aahmes-nofretari ihn aufzustehen, sah, wie er zögerte, und hörte, wie sich Ahmoses Worte mit ihren eigenen mischten. Sie biss sich auf die Lippen.

«Majestät, das ist Emchu, unser Hauptmann der Hauswache», sagte sie vorsichtig. «Er stammt aus Birabi, dem Dorf am Westufer, hinter den Felsen. Er und sein Vater haben unter Seqenenre gekämpft. Sein Vater ist gefallen.» Ahmose neigte den Kopf.

«Du hast da ein eindrucksvolles Aufgebot an Soldaten», meinte er leutselig. «Wie viele Männer bewachen mein Haus?»

«Danke, Majestät», antwortete Emchu. «Augenblicklich befehligt Ihre Majestät zweihundert Mann. Einhundert bewachen Haus und Anwesen, die Tore vorn und hinten und die Mauer von außen. Einhundert haben frei. Aber alle zweihundert sind anwesend, um dir heute zu huldigen.» Ahmose warf seiner Frau einen Blick von der Seite zu.

«Ach ja, tut sie das?», murmelte er spöttisch. «Aber natürlich doch. Ich habe ihr ja selbst die Macht gegeben. Weiter, Emchu.» Der Hauptmann verbeugte sich und rief etwas, und die Männer drehten sich wieder zum Weg um. «Sie sehen prächtig aus, Aahmes-nofretari», fuhr Ahmose fort. «Das hast du gut gemacht.» Es waren Ton und Stimme eines jüngeren Ahmose, heiter und rücksichtsvoll, und Aahmes-nofretari war so dankbar, dass sie sich auf die Zehenspitzen stellte und ihm einen Kuss auf die warme Wange gab.

Sie hätte auch etwas gesagt, aber jetzt tauchte Tetischeri zwischen den strammstehenden Reihen der Soldaten auf, kam unter ihrem Sonnenschirm, den Isis ihr über den Kopf hielt, auf sie zugeschritten. Sie lächelte. Vor Ahmose verneigte sie sich flüchtig. «Willkommen daheim, Majestät», sagte sie. «Ich wollte, abgesehen von meiner Großtochter, das erste Familienmitglied sein, das dir zu deinem großen Sieg über die verfluchten Setius gratuliert. Nun dauert es nicht mehr lange, und Auaris öffnet die Tore und Apophis kommt herausgekrochen und winselt zu deinen Füßen um Gnade.» Ahmose lachte schallend. Er hob sie hoch und drückte sie fest an sich, ehe er sie wieder absetzte.

«Inmitten von so vielen Veränderungen bist wenigstens du die Alte geblieben, Großmutter», sagte er strahlend. «Ägypten sollte dein unnachgiebiges Rückgrat statt das von Osiris zum Symbol des Djed-Pfeilers erklären. Ich bin so froh, dass du noch immer so wild fauchst wie Sechmet.»

«Nur so lange, wie ich dich nicht anknurre», brummelte sie, doch sie freute sich. Sie ging neben ihm, ergriff seinen anderen Arm, Hor-Aha jedoch übersah sie geflissentlich. «Ich möchte alles über die Belagerung und die Schlachten wissen. Alles», fuhr sie fort, als die drei zwischen den Soldaten in Habtachtstellung den Weg entlanggingen. «Komm heute Abend in meine Gemächer, Ahmose, und berichte.» Ihr Wunsch, ihn mit Beschlag zu belegen, war so durchsichtig, dass er verlegen wurde und sich kaum merklich zurückzog.

«Den heutigen Abend schulde ich meiner Gemahlin», schalt er Tetischeri sanft. «Aber morgen bekommst du tatsächlich einen so ausführlichen Bericht von meinen Taten im Norden, wie du ihn dir nur wünschen kannst.» Du schuldest mir den heutigen Abend?, dachte Aahmes-nofretari und war schon wieder niedergeschlagen. Wie schmeichelhaft, dass du die bei mir verbrachte Zeit als Abzahlung einer Schuld auffasst. Was ist los mit dir, mein Gemahl?

Nachdem er die Hausdiener begrüßt hatte und diese auseinander gingen, winkte Aahmes-nofretari Chunes heran, der weiter hinten gestanden hatte. «Majestät, das hier ist mein persönlicher Schreiber Chunes», sagte sie. «Er ist im Thot-Tempel von Aabtu ausgebildet worden und hat für Amunmose gearbeitet. Und Amunmose hat ihn mir auch empfohlen, und er hat sich als sehr tüchtig erwiesen.» Auf einmal war ihr Mund trocken, und sie musste mehrmals schlucken. Warum rechtfertige ich meine Arbeit und meine Wahl vor ihm?, fragte sie sich. Ahmose musterte den jungen Mann ungerührt, aber durchdringend, sein Blick war beinahe unhöflich. Endlich seufzte er, und sie staunte.

«Du bist sehr hübsch, Chunes», sagte er langsam. «Sollte die Erledigung deiner Arbeit genauso hervorragend ausfallen wie dein Aussehen, musst du tatsächlich ein Ausbund an Thots Tugenden sein.» Chunes verbeugte sich verdutzt.

«Danke, Majestät», stammelte er. «Was mein Äußeres angeht, so bin ich, wie mich die Götter geschaffen haben. Meine Fähigkeiten als Schreiber muss Ihre Majestät beurteilen.» Ahmose wollte etwas erwidern, doch er machte den Mund zu und betrat zwischen den Säulen den Empfangssaal.

Hier scharten sich etliche Menschen hinten an der Estrade. Bei seinem Eintreten drehten sie sich um, und Ahmose-onch und Aahotep eilten auf ihn zu. Ahmose-onch blieb vor Ahmose stehen und machte eine tiefe Verneigung. «Ich freue mich, dich wieder zu sehen, Großer Horus und Vater», sagte er mit heller, klarer Stimme. «Hoffentlich geht es dir gut und den Setius schlecht.» Raa neben ihm lächelte stolz. Aahmes-nofretari musterte sein vollkommenes Gesichtchen und hatte einen Kloß im Hals. Ahmose machte keinen Versuch, seinen Stiefsohn in den Arm zu nehmen, und Aahmes-nofretari beglückwünschte ihn im Stillen zu seinem Takt. Stattdessen streckte er die Hand aus.

«Ich freue mich auch, dich wieder zu sehen, mein Falke-im-Nest», antwortete er. «Es geht mir tatsächlich gut und den Setius schlecht.» Ein Lächeln huschte über Ahmose-onchs Gesicht. Er griff nach Ahmoses Fingern, drückte sie königlich-schwungvoll an seinen Mund und flüsterte dann: «War mein Brief fehlerfrei diktiert, Vater? Das, was ich über mich selbst geschrieben habe – war das richtig?»

«Es hat mir große Freude und auch großen Kummer bereitet, Ahmose-onch», erwiderte Ahmose. «Aber damit du es weißt, von nun an erwarte ich während meiner Abwesenheit weitere Botschaften von dir.» Jetzt strahlte der Junge über beide Backen.

Aahotep trat ernst zu ihm, und sie umarmten sich ohne Verlegenheit. Ahmose schloss die Augen und entspannte sich sichtlich, ehe sie sich voneinander lösten. «Mutter, wenigstens du hast dich nicht verändert», sagte er offensichtlich erleichtert. «Du bist noch immer der Webrahmen, auf dem das Gewebe unseres Familienlebens gewebt wird, und jedes Mal nach langen Trennungen fürchte ich, du könntest krank oder alt geworden sein.» Sie lächelte verhalten, dann lachte sie laut.

«Ach, Ahmose, wie bist du doch bisweilen albern!», schalt sie ihn. «Ich weiß dein Kompliment zu schätzen. Aber du siehst müde aus. Du musst dich ausruhen. Es ist, glaube ich, das erste Mal seit Jahren, dass du das tun kannst, ohne dass wir irgendeine Krise haben. Aahmes-nofretari und ich sind ohne dich treue Regentinnen gewesen. Du musst dir um nichts Sorgen machen.»

Aahmes-nofretari holte tief Luft, als sich die anwesenden Würdenträger verbeugten. «Majestät, als du nach Norden gezogen bist und mir die Verwaltung deiner Stadt und der Nomarche Uas übertragen hast», setzte sie vorsichtig an, «da wurde es erforderlich, die Zahl deiner Beamten zu erhöhen. Der Friede im Süden hat einen wachsenden Wohlstand mit sich gebracht, und Wohlstand muss weise verwaltet und gelenkt werden, soll daraus nicht ein munteres Chaos entstehen.» Sie verstummte, beobachtete ihn prüfend, doch er hatte eine durch und durch interessierte Miene aufgesetzt. Er nickte. Sein Blick wanderte von ihr zu den geduldig wartenden Männern, und er musterte sie mit Bedacht. «Eine Zeit lang habe ich meine Pflichten als Zweiter Prophet Amuns, als Befehlshaberin der Haussoldaten und als Helferin Aahoteps im Haushalt erfüllen können», fuhr sie fort. «Aber als Sobek-nacht gekommen ist, die Aussaat beginnen sollte und ich noch immer damit beschäftigt war, eine Liste geeigneter Männer aufzustellen, die du den Fürsten der anderen Nomarchen zuordnen wolltest, da habe ich gemerkt, dass ich mich von der Vorstellung trennen musste, Herrin eines kleinen Anwesens neben einer verschlafenen Stadt im Süden zu sein. So war es zur Zeit unseres Vaters. So haben uns die Setius gesehen.» Sie winkte einen der Männer mit dem Finger herbei. Er trat geschmeidig näher, dass ihm seine lange, silbergesäumte Tunika um die Knöchel flatterte. «Das hier ist nicht mehr das Anwesen eines Fürsten», stellte

Aahmes-nofretari klar. «Wir werden zum Königshof, und mit Aahoteps Hilfe habe ich die Beamten ausgesucht, die ich zu meiner Entlastung dringend brauchte, und jetzt, Majestät, musst auch du dich nicht mehr persönlich um solche Angelegenheiten kümmern, wie Getreide für die Aussaat zuzuteilen oder dafür zu sorgen, dass die Hunderte von Handwerkern, Bauern und Maurern ordentlich arbeiten und angemessen bezahlt werden. Ich treffe mich jeden Morgen hier im Empfangssaal mit ihnen und höre mir ihre Berichte an. Sobek-nacht hat hinten am alten Palast eine Reihe von Arbeitszimmern für sie und ihre Helfer angebaut. Im Augenblick ist das unbequem, aber wenn wir in den Palast ziehen, sind sie in unserer Nähe.» Ahmose betrachtete sie noch immer mit zusammengekniffenen Augen und verhielt sich sehr ruhig. Aahmes-nofretari wusste nicht zu sagen, ob er nachdachte, und auf einmal hatte sie Angst vor ihm. Dieses Gefühl war so neu für sie, dass sie beinahe laut nach Luft geschnappt hätte. «Das hier ist Nofreperet, dein neuer Oberster Schatzmeister», fuhr sie fort. «Neschi, Kamoses Schatzmeister, habe ich mit der Beaufsichtigung des Tempelschatzes betraut. Nofreperet kümmert sich auch um die Auflistung unserer Einkünfte. Er kann dir das Gewicht und die Lagerung jedes Goldstäubchens sagen, das während der letzten sechs Monate zu uns gelangt ist, wie auch unsere Ausgaben. Er war in Diensten des Bürgermeisters von Waset und hat den gesamten Besitz der Stadt verwaltet. Ich habe seine Abrechnungen eigenhändig geprüft. Er ist gewissenhaft und verlässlich.» Nofreperet verbeugte sich erneut.

Ahmose starrte ihn an, und seine Miene wurde immer nachdenklicher. «Also, Nofreperet», meinte er munter, «ich habe vor, zwei meiner Divisionen, die Amun- und die Thot-Division, ständig hier einzuquartieren. Zehntausend Mann, die jeden Tag beköstigt werden müssen. Vermutlich weißt du das bereits. Ihre Kasernen werden auf dem Land unmittelbar südlich dieses Hauses gebaut. Kann ich die und meinen Hof», er stolperte über das Wort, «mit dem Getreide und Gemüse meiner eigenen Aruren ernähren?» Nofreperet fing sichtlich Feuer. Er legte die Stirn in Falten, kaute auf der Lippe, eine Hand klopfte zerstreut auf seinen Schenkel.

«Nein, Majestät», sagte er. «Dein Land wirft genügend Nahrung für deine Bediensteten und Verwalter ab, aber nicht für deine Soldaten. Ich werde jedoch jedes Jahr die Berichte der Aufseher der Königin über Speicher, Weingärten und Vieh schätzen, die ihrerseits Berichte aus Ägyptens Städten und Dörfern erhalten, und auf der Grundlage von Hochwasser und Ertrag der darauf folgenden Ernte zu angemessenen Steuern raten. Dazu kommen natürlich noch die erhofften Einkünfte aus dem erneut aufgenommenen Handel mit den Keftius, die bereits ihren Wunsch vorgetragen haben, eine Abordnung nach Waset schicken zu dürfen, und Ihre Majestät hat, glaube ich, auch schon ihren Aufseher des Handels nach Asi geschickt, sodass auch von dort künftig Gewinn zu erwarten ist. Was nun Wawat und Kusch angeht ...» Ahmose schnitt ihm das Wort ab.

«Meinen Aufseher des Handels», sagte er nachdrücklich. «Meine Aufseher über Speicher und Weingärten und Vieh.» Er wandte sich an seine Frau. «Ihr Götter, Aahmes-nofretari, du hast ja mit einer vollständigen Revolution begonnen, während ich Setius abgeschlachtet habe.»

«Keine Revolution, Ahmose», erwiderte sie rasch. «Eine friedliche Entwicklung. Ein Aufblühen. Mit der alten Ordnung hat es nicht mehr geklappt.»

«Gut», sagte er und seufzte dabei. «Dann her mit diesen Aufsehern. Eine richtige Abwechslung nach all den Generälen.»

Chabechnet, Ipi und die Mitglieder der Familie mussten warten, während Ahmose eine weitere Stunde die Männer befragte, die Aahmes-nofretari sorgfältig ausgesucht hatte, damit sie den Kern dessen bildeten, was einer neuen Ordnung in Ägypten gleichkam.

Aber schließlich entließ er alle mit einer Handbewegung und kam zu den Frauen zurück. «Ich bin durstig und habe Kopfschmerzen», sagte er knapp. «Es gibt hier viel, was ein König erst verstehen muss, Aahmes-nofretari, aber jetzt will ich meine eigenen Gemächer aufsuchen und Ruhe und Frieden auf meinem eigenen Lager genießen. Vermutlich sind die Medjai mittlerweile angekommen, da Hor-Aha fort ist, und gewiss liegt mein eigenes Schiff an der Bootstreppe vertäut.» Er schenkte Aahmes-nofretari ein schiefes Grinsen. «Eine eigenartige Heimkehr», war seine Abschiedsbemerkung. Sie und Aahotep sahen ihn zur Tür hinten neben der Estrade gehen, die ins Innere des Hauses führte, und Ipi und Chabechnet folgten ihm.

«Ich weiß einfach nicht, was er denkt», sagte Aahotep zögernd. «Sind wir zu weit gegangen, Aahmes-nofretari?»

«Wir hatten keine andere Wahl», antwortete ihre Tochter schroff. «Die Last auf unseren Schultern war unerträglich. Früher oder später wird er merken, dass wir eine Regierungshierarchie geschaffen haben, wie Ägypten sie seit Hentis nicht mehr gehabt hat, eine volle Rückkehr zur Maat, aber noch sieht er es nicht. Er ist noch immer ein Kriegerkönig, auch wenn der Krieg fast vorbei ist.»

«Er möchte nicht hier sein», sagte Aahotep leise. «Das macht er sich zwar vor, aber irgendetwas in ihm sehnt sich danach, mit dem Heer im Land auf und ab zu ziehen, damit er sich niemals den verstörenden Pflichten der Göttlichkeit stellen muss. Darin gleicht er Kamose sehr.»

«Nein.» Aahmes-nofretari blickte auf die kleinen Lapislazulisteine auf ihren Sandalen. «Er ist völlig anders als Kamose, aber der Schatten seines Bruders liegt noch immer über ihm. Und der hebt sich erst, wenn sich Apophis ergibt.»

An diesem Abend zog sich Aahmes-nofretari nach dem Festmahl im fackelerhellten Garten mit Gelächter und Geplauder, mit Glückwünschen und Liedern und munteren Späßen so widerstrebend zurück, dass sie beunruhigt war. Als sie Ahmose darum bat, hatte er mit einem fragenden Blick reagiert, hatte ihr das Knie getätschelt und gesagt, natürlich, es wäre ein langer Tag gewesen und sie müsse müde sein.

Senehat wartete auf sie, um sie zu entkleiden und zu waschen. Ihre Lampen erhellten den Raum mit stetigem, friedlichem Schein. Die Bettlaken dufteten sacht nach Lotus, in den sich ein Hauch des Weihrauchs mischte, den sie an diesem Morgen vor ihrem Hathor-Schrein geopfert hatte, und auf einmal wurde sie traurig. Sie ging nicht mehr ins Kinderzimmer, um sich kurz Hent-ta-Hents schlafendes Gesicht anzusehen, während sie den Zauberspruch flüsterte, der den Dämon Sie-deren-Gesicht-nach-hinten-gewandt-ist davon abhalten würde, der Kleinen den Atem zu rauben. Dieses böse Wesen hatte nicht gesiegt, sondern es waren andere Bewohner der unsichtbaren Welt gewesen, die sich durch die Nasenlöcher, den Mund und die winzigen Ohren des kleinen Mädchens eingeschlichen und dort festgesetzt und das Fieber entzündet hatten, an dem Hent-ta-Hent gestorben war.

Er hat darüber kein Wort verloren, dachte Aahmes-nofretari, als Senehats kundige Hände ihr die Perücke vom Kopf nahmen und ihr das dunkelrote Hemdkleid über die Hüfte zogen, bis es als schimmerndes Häuflein auf dem Boden lag. Er hat gar nichts gefragt. Er hat kein Mitgefühl geäußert. Es war, als hätte es unsere Tochter nie gegeben. Was soll ich mir bei so viel Vernachlässigung denken? Ist seine eigene Wunde so tief, dass er nicht darüber reden kann, oder ist er einfach zu ehrlich und leugnet seine Gleichgültigkeit nicht?

Sie saß da, während ihre Leibdienerin heißes Wasser brachte und ihr das Henna von Handflächen und Fußsohlen wusch, die Schminke entfernte und dann eine Salbe aus Honig und Kastoröl auflegte. Ihr Haar wurde gekämmt. Hölzern stand Aahmes-nofretari auf, damit Senehat ihr das Nachtgewand über den Kopf streifen konnte, doch als die Dienerin die Lampen löschen wollte, gebot Aahmes-nofretari ihr Einhalt. «Ich gehe in die Gemächer meines Gemahls», sagte sie und war selbst ganz erstaunt über ihren Einfall. «Hole deinen Strohsack vom Flur und schlafe neben meinem Lager, bis ich zurück bin.» Es war schon spät, und die Aufforderung, auf die sie gewartet hatte, war nicht gekommen. Ich sollte einfach zu Bett gehen und diesen ganzen enttäuschenden Tag vergessen, dachte sie aufmüpfig, doch an Schlaf ist ohnehin nicht zu denken, also kann ich genauso gut meinen Stolz hinunterschlucken und zu ihm gehen.

Senehat bückte sich mit einem Paar Binsensandalen in der Hand, und Aahmes-nofretari hob schon einen Fuß, als ihr ein Gedanke durch den Kopf schoss, der sie abkühlte. Vielleicht habe ich eine Rivalin. Vielleicht hat sich Ahmose in irgendein Mädchen verliebt, das er auf dem Weg nach Norden kennen gelernt hat, eine Fürstentochter, eine Sängerin oder Tänzerin aus einem der Tempel, in denen er gebetet hat. Schließlich hat er meinen Leib sechs Monate entbehren müssen. Er ist der König. Er kann Nebenfrauen in sein Bett befehlen. Er kann sich, wenn er will, weitere Gemahlinnen nehmen, und nur weil unsere Herzen und Hirne seit Kinderzeiten harmonisch übereinstimmen, heißt das noch lange nicht, dass es immer so sein muss.

Aber nein, liefen ihre Gedanken weiter. Ahmose hat nie mit einer anderen Frau geliebäugelt. Auf diesem Gebiet betrügt oder heuchelt er nicht. Unter seiner Schlichtheit verbirgt sich große Klugheit, aber hinterlistig ist er nicht. Hier ist etwas nicht in Ordnung. Sie winkte dem Wachposten vor ihrer Tür und ging durch die schwach beleuchteten Flure zu Ahmoses Gemächern.

Achtoi erhob sich, als sie näher kam, von seinem Schemel vor der geschlossenen Flügeltür, und sie grüßte ihn mit einem Lächeln. «Ich freue mich, dich zu sehen, Haushofmeister», sagte sie. «Uni hat sich während deiner Abwesenheit über das Wohlergehen deiner Familie auf dem Laufenden gehalten. Du möchtest sie gewiss gern wieder sehen.» Er verbeugte sich.

«So ist es, Majestät, und danke», antwortete er. «Seine Majestät hat mir ein paar Tage frei gegeben, damit ich sie besuchen kann, da sowohl Uni als auch Kares für ihn sorgen können.» Es lag Aahmes-nofretari auf der Zunge, dass Kares, der Haushofmeister ihrer Mutter, und Uni mit Tetischeri alle Hände voll zu tun hätten, aber sie verbiss sich die Bemerkung. Dieses Problem müssen Ahmose und ich lösen, sagte sie sich. Wer hat hier das Sagen?

«Gut!», antwortete sie kurz angebunden. «Und jetzt möchte ich Seine Majestät sehen. Bitte, melde mich an.» Der Mann zögerte.

«Verzeihung, Majestät, aber Seine Majestät will gerade schlafen gehen. Das Fest hat ihn ermüdet. Ich warte darauf, dass er mich entlässt, damit ich mein eigenes Lager aufsuchen kann.» Aahmes-nofretari hätte ihn am liebsten geohrfeigt.

«Achtoi», sagte sie bemüht ruhig. «Tu, was man dir sagt. Sofort.» Er verbeugte sich einmal, nickte, drückte einen Türflügel auf und verschwand drinnen. Aahmes-nofretari wartete. Dann riss Achtoi die Tür weit auf, winkte sie herein und schlüpfte selbst hinter ihr hinaus, als sie das Zimmer betrat.

Ahmose saß neben seinem Lager, hinter ihm stand ein Diener, der ihm gerade das viereckige Leinentuch umband, das seinen rasierten Schädel bedeckte. Er sah müde aus. Dunkle Ringe lagen unter seinen Augen, und Aahmes-nofretari merkte an der Art, wie er ihr durch den Lichtschein der Lampe zublinzelte, dass er Kopfschmerzen hatte. Trotzdem lächelte er abbittend, als sie näher kam. «Ich weiß, ich habe Tetischeri gesagt, dass ich dir diese Nacht schulde, Aahmes-nofretari», sagte er sofort, «aber ich bin sehr müde. Ich möchte mich einfach nur ausruhen. Das Fest war wunderschön. Danke.» Starr vor Zorn blieb sie stehen.

«Ich bin nicht gekommen, um eine Schuld einzufordern», sagte sie bitter. «Und du musst auch nicht herablassend sein, Ahmose. Du hättest mir Bescheid geben können.» Der Diener starrte sie an, und da fand ihre Empörung ein Ziel. «Wer bist du?», fragte sie. Der Mann blinzelte und fasste sich.

«Ich bin Hekayib, Leibdiener Seiner Majestät», sagte er und verneigte sich tief.

«Dann kannst du uns verlassen, Hekayib», befahl Aahmes-nofretari. Als er gegangen war, sagte sie: «Den kenne ich nicht, aber ich möchte jeden unter diesem Dach kennen.»

«Meinen früheren Leibdiener habe ich zur Pflege von Anchmahors Sohn Harchuf abgestellt, der verwundet ist», erläuterte Ahmose. «Er durfte ihn behalten. Warum bist du so böse, Aahmes-nofretari?» Weil du zuerst in den Tempel gegangen bist, hätte sie gern geschrien. Weil du über meinen Kummer hinweggegangen bist. Weil du mich offensichtlich nicht lieben willst. Es hat Zeiten gegeben, da hat keine noch so große Erschöpfung oder Krankheit dich nach einer langen Abwesenheit davon abgehalten, mich auf das Lager da zu ziehen.

«Ich bin nicht böse», log sie. «Ich wollte dir nur sagen, dass ich Amunmose gebeten habe, jeden Morgen Priester zu schicken, die bei Tagesanbruch draußen vor deiner Tür die Lobeshymne singen. Es gehört sich, dass die überlieferte Sitte wieder aufgenommen wird, den König bei Sonnenaufgang zu begrüßen. Und gleich nach dem Frühstück treffe ich mich mit meinen Ratgebern und Verwaltern.»

Er betrachtete sie lange und stumm mit zusammengekniffenen Augen, die Beine unter dem Schlafschurz übergeschlagen, und bewegte langsam einen Knöchel. Dann sagte er: «Aahmes-nofretari, du hast wie ein Sklave in den Goldbergwerken geschuftet, damit die neue Ordnung in Ägypten eine Grundlage bekommt. Dein Geschick und feines Gespür flößen mir große Achtung ein. Ohne dich wäre ich erneut zu einem Berg Arbeit zurückgekehrt, und ich bin dir dankbar. Aber, liebste Schwester, sind diese Ratgeber und Verwalter nicht meine statt deine? Bin ich nicht die Inkarnation Amuns und unter den höheren Gesetzen der Maat nicht Richter über das Schicksal jedes Ägypters?» Er seufzte. «Wie ich sehe, habe ich deinen Stolz verletzt, aber ich habe wirklich gedacht, wenn ich dir während meiner Abwesenheit alles übertrage, würden wir vereint für Ägypten arbeiten, du hier in Waset und ich im Norden. Sind wir nicht ein Kopf und ein Leib, Aahmes-nofretari? Haben wir nicht immer in himmlischer Harmonie gelebt?»

«Ja», sagte sie tonlos. «Was du sagst, klingt einleuchtend und wahr, aber, Ahmose, wir kennen uns gut. Ich spüre unter deinen ach so vernünftigen Worten Unaufrichtigkeit.»

«Und ich unter deinen Ärger», gab er rasch zurück. «Ich verbiete dir nicht, bei diesen Sitzungen anwesend zu sein. Ich sage nur, dass du diese Männer kennen magst, ich hingegen nicht, und wenn ich die höchste Macht sein, wenn ich genauso gut herrschen wie regieren soll, ist es dringend erforderlich, dass ich nicht nur begreife, wer sie sind, sondern auch in allen Einzelheiten, was sie tun.»

«Du traust meinem Urteil nicht!», platzte sie heraus. «Ich habe sie ausgesucht, nicht du, und das stört dich, ja?» Er schoss hoch.

«Ich bin nach Hause gekommen, und in Waset hat sich mehr verändert als seit Hentis!», schrie er. «Mauern hoch, Mauern runter, unbekannte Männer mit seltsamen Titeln, eine Ehefrau, die zu beschäftigt mit Bauen und Beratungen und Diktieren ist, um ihren Mann mit mehr als Höflichkeit zu empfangen!»

«Ich habe nichts weiter getan als deine Wünsche ausgeführt!», schrie sie zurück. «Du hast mir einen Sack voll steinschwerer Pflichten aufgebürdet, bist fröhlich davongesegelt und hast dich als Krieger mit Ruhm bekleckert! Wie kannst du es wagen, mich zu beschuldigen, dass ich zu viel zu tun habe! Ich habe hier Wunder vollbracht, und das auf deine Bitte hin in sechs Monaten, während meine Tochter gestorben ist und mein Ehemann hehren Träumen nachgejagt hat!»

«Und wem hast du nachgejagt?», schoss er zurück. «Einem gut aussehenden Schreiber und einem dich anbetenden Baumeister?»

«Ahmose!» Entsetzt starrte sie ihn an und merkte, wie ihr das Blut aus den Wangen wich. «Du bist ja eifersüchtig? Du bist eifersüchtig auf Chunes und Sobek-nacht?» Er verzog das Gesicht.

«Ja», sagte er schließlich widerstrebend. «Auf einen, auf alle. Du bist nicht nur schön, Aahmes-nofretari, sondern strahlst auch eine Aura von Macht aus, die vorher nicht zu sehen war.» Sein Blick war beinahe schüchtern. «Mich haben Bilder von dir mit diesen Männern gequält, die sich um dich scharten und den Platz ausfüllten, den ich zurückgelassen hatte, während du die Befehlsgewalt ausprobiert und vervollkommnet hast, die ich dir übergeben hatte. Macht ist ein mächtiger Liebeszauber.» Er lächelte schmerzlich.

«Ich weiß nicht, ob ich geschmeichelt oder gekränkt sein soll», sagte sie ungläubig. «Das waren keine Bilder, Ahmose, sondern Trugbilder. Ja, ich verstehe mich gut mit meinem Schreiber. Natürlich doch! Und, ja, ich verstehe mich auch gut mit dem Fürsten. Wie könnte ich wohl anders mit ihm zusammenarbeiten? Aber wie du die notwendige Übereinstimmung zwischen mir und meinen Dienern und Ratgebern als geschlechtliche Anziehung deuten kannst, das ist mir zu hoch!»

«Schon wieder», gab er zurück. «Mit Ausnahme von Chunes sind sie nicht deine Diener und Ratgeber. Es sind meine.»

«Es sind unsere», widersprach sie mit Nachdruck. «Ich habe sie gefunden, sie beurteilt, habe ihre Verantwortlichkeiten in meiner Eigenschaft als Königin festgelegt. Hast du mittlerweile Angst vor mir, Ahmose? Sehnst du dich insgeheim nach einer beruhigenderen, fügsameren Frau? Träumst du von mir, wie ich gewesen bin, schüchtern und zurückhaltend? Oder vielleicht hast du schon eine andere Frau gefunden, die mehr nach deinem Geschmack ist? Du hast mich seit deiner Rückkehr noch kein einziges Mal geküsst, ganz zu schweigen davon, dass du keine Lust auf meinen Leib gezeigt hast.»

«Es tut mir Leid, Aahmes-nofretari», sagte er leise. «Deine Briefe waren so sachlich und kalt, so zurückhaltend, und ich war so verzweifelt, erst im östlichen Delta und dann vor Auaris. Du hast Männer erwähnt, die ich nicht kannte. Da bin ich bange geworden, ich gebe es zu. Eifersüchtig und bange.» Er blickte ergeben auf seine Hände. «Es gibt keine andere Frau. Nur dich. Ich gestehe, dass ich mich noch einmal in dich verliebt habe.»

Was ist das?, dachte sie niedergeschlagen. Entfremdung und Eifersucht und das Wissen, dass du hier nichts im Griff hattest, während ich dein Reich neu geordnet habe, daraus soll Leidenschaft entstanden sein? Haben Blut und Feuer dich am Ende blind für die Wirklichkeit gemacht? «Hent-ta-Hent», sagte sie, und ihre Stimme schwankte. «Bedeutet dir ihr Tod denn gar nichts?»

«Doch», sagte er schlicht. «Als ich Ahmose-onchs Brief und dann deinen eigenen gelesen habe, bin ich tief betrübt gewesen, aber später habe ich mehr und weniger selbstsüchtig um die vielen Männer getrauert, die in der Schlacht für mich, für Ägypten gefallen sind. Hent-ta-Hents Tod ist schlicht einer von vielen geworden.»

Sie ging unsicheren Schrittes zu ihm, griff über den Tisch nach seinem halb geleerten Weinbecher und trank ihn aus. Dann zog sie sich einen Schemel heran und setzte sich neben ihn. «Du bist dumm, Großer Horus», sagte sie, «aber ich nicht weniger. Auch ich bin bange und voller Groll gewesen, wollte dich nicht im Haus haben, damit du meine ganze Arbeit nicht zunichte machen, mir nicht die Zügel der Regierung aus der Hand nehmen konntest.» Sie griff zögernd nach seinem Knie. «Ich möchte die Aufgaben, die ich begonnen habe, noch immer nicht gern abgeben. Schließe mich nicht aus, Ahmose, bitte.» Auf einmal lachte er und legte eine feste und warme Hand auf ihre.

«Ich und dich ausschließen?», sagte er lachend. «Und dabei habe ich befürchtet, ich würde hier nur herumlungern und nichts zu tun haben, während meine Gemahlin Ägypten regiert. Ich denke, wir haben uns beide etwas vorgemacht, Aahmes-nofretari, aber ich weiß nicht warum. Sind es letzte Reste der ständigen Angst gewesen, in der wir seit Kamoses Feldzügen gelebt haben? Oder grundloser Argwohn, seitdem die jahrelange Anspannung nachgelassen hat? Einerlei. Ich sage es noch einmal, es tut mir Leid, und du hast Recht. Wir haben immer wie ein Mensch gelebt und gehandelt. Lass uns so weitermachen. Was sagst du dazu?»

Ich sage, ich spüre noch immer Entzugserscheinungen, dachte sie bei sich, und deine augenblickliche Gleichgültigkeit über den Tod unserer Tochter ist ein Verrat, der vielleicht mit der Zeit nicht mehr so schmerzt, den ich jedoch nie ganz vergessen werde. Sie zwang sich, ihn lächelnd anzublicken. «Und wie soll das aussehen, mein Gemahl?», fragte sie.

«Ich höre den Schmerz in deiner Stimme», murmelte er. «Zunächst führen wir jeden Morgen gemeinsam den Vorsitz bei den Sitzungen mit den Ratgebern. Du bist der Lehrer, ich lerne. Wenn ich so viel weiß wie du, hören wir gemeinsam zu und treffen gemeinsam Entscheidungen. Einverstanden?» Sie seufzte innerlich.

«Einverstanden. Ich möchte dir die neuen Kasernen und auch die Pläne für den alten Palast zeigen, die Sobek-nacht und ich entworfen haben», sagte sie. «Sie sind sehr gut, Ahmose. Ich glaube, sie werden deinen Beifall finden. Falls nicht, so darfst du sie verändern.» Flüchtig blickte er verwundert und ratlos. Dann strahlte er, griff nach ihr und zog sie auf seinen Schoß.

«Küsse mich», befahl er und schloss die Augen. Sie gehorchte, und dann spürte sie nur noch seinen Mund, wie er schmeckte, wie er roch, alles so vertraut, und sehnte sich nach der Geborgenheit, die sie stets darin gefunden hatte. Aber obwohl sie aufs Lager sanken und sich liebten, obwohl sie sich bemühte, sich seinem Verlangen und ihrem Bedürfnis hinzugeben, blieb ein Teil ihres Kopfes kühl. Er ist nicht zu mir gekommen, sagte sie sich. Ich musste zu ihm kommen. Er hat mich nicht geküsst. Er hat mir befohlen, ihn zu küssen. Unsere Leiber wollen sich vereinen, aber es ist eher ein Kampf als ein Verschmelzen. Selbst als er in mich eingedrungen ist, war sein Ka weit fort, und meines hat dem Sterben unseres kleinen Kindes zugesehen.

Danach lagen sie nebeneinander und blickten zum flackernden Lampenschein auf der blauweiß bemalten Decke empor. Nach einem Weilchen bewegte sich Aahmes-nofretari. «Ich habe vergessen, dir zu erzählen, dass du einen meiner Männer heute Morgen nicht gesehen hast, nämlich meinen Obersten Spion im Süden», sagte sie. «Er ist noch in Kusch. Er hat Männer in Esna, Pi-Hathor, Swenet und in verschiedenen Dörfern in Wawat stationiert.»

«Dann spionierst du also in Wawat? Du bespitzelst Hor-Ahas Leute?», sagte Ahmose erschrocken, und sie nickte.

«Nicht richtig», erwiderte sie. «Aahotep und ich erwarten von den Medjai keinen Ärger. Aber wie du weißt, können sie wetterwendisch sein. Wir brauchen Informationen, ob Teti-en von seiner Festung Kusch aus Angriffe plant.» Ahmose stützte sich auf einen Ellbogen.

«Und warum bespitzelst du Pi-Hathor noch immer?», wollte er wissen. «Het-ui, der Bürgermeister, hat einen Vertrag mit Kamose unterschrieben.»

«Aber Kamose ist tot», sagte Aahmes-nofretari. «Die Setius haben Pi-Hathor reich gemacht. Die Spione berichten, dass es sowohl in Pi-Hathor als auch in Esna gärt. Necheb ist jetzt Mittelpunkt unseres Schiffbaus, Ahmose. Die beiden anderen Städte übergehen wir, obwohl sie auch in der Nomarche Nechen gelegen sind. Vergiss nicht, dass dort noch immer viele Setius leben.»

«Dann glaubst du also, dass der Vertrag für sie durch Kamoses Tod nichtig geworden ist.» Er stöhnte. «Ihr Götter, hat das denn nie ein Ende! Kaum habe ich den Norden einigermaßen im Griff, schon werden wir von Süden bedroht! Und das nur zwei Tagesreisen entfernt!»

«Ich glaube nicht, dass Grund zur Panik besteht», sagte Aahmes-nofretari vorsichtig. «Schließlich ist erst kürzlich eine große Zahl unserer Schiffe auf dem Weg zur Ausbesserung in Necheb unbehelligt an ihnen vorbeigefahren.» Sie lächelte ein wenig. «Ein paar rebellische Städte mit den Medjai zu bezwingen ist nichts, verglichen mit deinem Sieg in Auaris. Das würde Kay Abana mit einem einzigen Schiff schaffen!» Ahmose grinste und legte sich wieder hin.

«Er hat seinen Namen zu Ahmose Abana abgeändert», sagte er. «Der Mann ist unverbesserlich.»

«Und was ist mit Ramose?», wollte Aahmes-nofretari wissen. «Wo ist der?»

«Den habe ich in Chemmenu gelassen, er soll sich dort mit seinen Aufgaben als Nomarch vertraut machen», antwortete Ahmose. «Hoffentlich ist er so beschäftigt, dass er keine Zeit hat, an Tani zu denken.»

«Ist das nun Liebe oder Besessenheit?», murmelte Aahmes-nofretari mehr zu sich selbst als zu Ahmose und merkte zu spät, dass sie ihren flüchtigen Neid hinter den Worten nicht hatte verbergen können. Er gab keine Antwort. Das Schweigen zog sich in die Länge, und sie mochte es nicht brechen. Irgendwann wagte sie einen Blick auf ihren Mann, und da merkte sie, dass er eingeschlafen war. Vorsichtig schob sie sich über den auf dem Rücken Liegenden, hob ihr abgestreiftes Nachtgewand und die Sandalen auf und kehrte in die himmlische Abgeschiedenheit ihrer eigenen Gemächer zurück.

NEUNTES KAPITEL

Sie schlief unruhig, träumte, dass sie ihren Kupferspiegel vor ein so entstelltes und groteskes Gesicht hielt, dass sie es zunächst nicht als ihr eigenes erkannte, und als sie erwachte, lag sie quer auf ihrem Lager und hatte die Beine im Laken verheddert. Der Traum war ein schlechtes Vorzeichen, das wusste sie. Während sie Brot und Obst frühstückte, dachte sie über seine Botschaft nach. Ich habe ein neues und nicht unbedingt bequemes Leben vor mir, dachte sie. Gewiss bedeutet es nicht, dass Ahmose stirbt! Aber natürlich nicht. Mächtigere Vorzeichen von Amun selbst weisen darauf hin, dass er zum Gott wird und weiter König in Ägypten bleibt. Zwischen uns ist ein Bruch entstanden, und den hat der Traum widergespiegelt. Lange kann er nicht anhalten, dafür lieben wir uns zu sehr. Er wird heilen.

Gebadet und angekleidet und von ihren Wachposten begleitet, ging sie zum Empfangssaal und begrüßte den wartenden Chunes, der ihr folgte. Ahmose war bereits da, saß auf der Estrade auf dem Stuhl, auf dem sie die letzten sechs Monate gesessen hatte, Ipi mit gekreuzten Beinen zu seinen Füßen. Sie verneigte sich vor ihm, während ihr die versammelten Aufseher und Ratgeber huldigten. Neben seinen Stuhl hatte man einen weiteren gestellt, und sie stieg die Estrade hoch und nahm Platz. «Heute brauchen wir dich nicht, Chunes», sagte Ahmose laut, und der Schreiber, der seine Palette schon auf den Knien bereitgemacht hatte und sein Tuschetöpfchen öffnete, blickte ihn überrascht an.

«Majestät?»

Ahmose winkte ihn herrisch fort. «Ipi ist Oberster Schreiber», erläuterte er schroff. «Ich danke dir für deine Dienste während seiner Abwesenheit, aber du stehst jetzt ausschließlich zur Verfügung der Königin.» Chunes' Blick huschte bestürzt zu Aahmes-nofretari.

«Mit Verlaub, Majestät», sagte sie vorsichtig, denn sie war sich der vielen gespitzten Ohren bewusst, «aber Chunes hat jede Beratung aufgezeichnet, die ich mit deinen Beamten hier hatte. Er ist gut über ihre laufenden Fragen und Probleme informiert. Vielleicht sollte man ihm heute erlauben, die Niederschrift zu machen und dann Ipi eine Zeit lang in seine besonderen Aufgaben hier einzuführen, damit dieser morgen als Schreiber dienen kann.» Sie sah, wie Ipi ernst nickte. Schließlich war es ein vernünftiger Vorschlag.

«Es war eigenartig und angenehm, morgens durch eine von einem Priester und seinen Tempeldienern gesungene Lobeshymne geweckt zu werden», murmelte Ahmose. «Du bist ein Ausbund an Tüchtigkeit, Aahmes-nofretari. Ich danke dir, dass du mich davon abgehalten hast, über meine eigenen königlichen Füße zu stolpern», sagte er leise und dann lauter: «Die Königin hat klug gesprochen. Chunes, mache den Papyrus bereit. Ipi, ich komme für den Rest des Tages ohne dich aus. Berate dich später mit Chunes.»

«Die Arbeitszimmer und das neue Archiv sind fertig, Ipi», sagte Aahmes-nofretari. «Du kannst sie beziehen. Chunes wird dir alles zeigen.»

«Wäre ich doch lieber im Bett geblieben», flüsterte Ahmose ihr zu, seine flüchtige Gereiztheit war verflogen, und sie lachte leise.

«Lass sie den Eid auf dich schwören, Majestät», erwiderte sie im Flüsterton. «Sie wollen dir sehr gern dienen.»

Als die Sitzung beendet war und die Männer entlassen waren, erhob sich Ahmose und reckte sich. «Du hast gut gewählt», meinte er, als sie den Empfangssaal verließen und in die helle Vormittagssonne traten. «Vor allem Ameniseneb hat mich beeindruckt. Der Zustand der Speicher und die erwartete reichliche Ernte sind lebenswichtig, und er scheint über beides bestens Bescheid zu wissen. Was denkst du, wird uns Nofreperet als Königlicher Schatzmeister reich machen, Aahmes-nofretari?» Sie lachte.

«Wieder aufgenommener Handel und Erhöhung der Steuern, die ein gesundes und friedliches Land abwirft, werden uns und auch Amun reich machen», gab sie zurück, «aber Nofreperet wird dafür sorgen, dass das auch so bleibt. Ich bin dankbar, dass du einverstanden bist, Ahmose. Es bedeutet mir viel.» Sie seufzte. «Kein beschauliches Leben mehr für uns.»

«Verglichen mit diesem Gebrabbel und Gewusel rings um uns ist ein Schlachtfeld ein Hafen der Ruhe», sagte er wehmütig, aber humorvoll. Sie waren am Hauptweg angekommen, der von der Bootstreppe zum Anwesen führte. Das Haus lag hinter ihnen und vor ihnen schlenderten viele Menschen allein oder in Grüppchen, mit Rollen unter dem Arm oder ins Gespräch vertieft.

«Wenn die Arbeitszimmer erst fertig sind, müssen nicht mehr so viele Leute unseren Garten benutzen», meinte Aahmes-nofretari. «Sie können von Tür zu Tür gehen, und das im Schatten der hinteren Mauer neben den Dienstbotenunterkünften. Augenblicklich arbeiten sie, wo immer es möglich ist.» Sie spürte, dass sein Missfallen fast an Bestürzung grenzte, nahm seinen Arm und drehte ihn sacht zu sich herum. «Hör mir zu, Ahmose», sagte sie dringlich. «Vor ganz kurzer Zeit noch waren wir kleine Fürsten, die im Süden, in der tiefsten Provinz lebten. Vater regierte unter Apophis' Auge eine ruhige Nomarche. Wir als seine Kinder angelten, schwammen, spielten und nahmen die scheinbar endlose Abfolge kleiner Aufgaben und Vergnügungen als sicheres und überschaubares Leben wahr. Wir hatten unser Schicksal unter einer verderbten Maat angenommen. Aber das alles hat sich geändert. Nichts ist mehr wie früher. Apophis beleidigte uns in unserem behaglichen Nest und zwang Vater, etwas dagegen zu unternehmen. Von diesem Augenblick an war alles entschieden. Wir können nicht mehr zurück. Ist dir wirklich klar, was im vergangenen Jahr geschehen ist?» Sie rüttelte an seinem Arm, und auf einmal war sein Blick nicht mehr so vage, sondern war scharf auf sie gesammelt. «Ägypten hat wieder einen ägyptischen König. Ägypten hat angefangen, sein uraltes Lied von Heiligkeit und Fruchtbarkeit zu singen. Es wird reich sein. Es wird von neuem gefestigt und mächtig sein. Dieses Anwesen ist zum Herzen von Ägyptens Verwaltung geworden. Du dienst nicht mehr dem Krieg, sondern der Maat und Ägypten unter Amun. Du bist ein Gott, lieber Bruder. Du kannst dir nicht mehr allein gehören.» Sie verstummte und ließ ihn los.

Nach einem Weilchen nickte er langsam. «Das weiß ich alles», sagte er und wog dabei jedes Wort ab. «Ich habe mir in den langen Nächten, als Kamose und ich uns am Nil entlanggekämpft haben und der Wille des Gottes das Einzige war, was uns in all dem Schrecken und all der Not dieser Monate erhalten hat, viele Male vorgestellt, wie das sein würde. Aber mit der Wirklichkeit komme ich nicht zurecht. Ich sehe alles, kann es jedoch kaum begreifen. Ich wollte, ich wäre hier gewesen, als alles angefangen hat.» Er warf dem geschlossenen Tor an der Bootstreppe einen sehnsüchtigen Blick zu. «Von jetzt an werden meine Tage angefüllt sein, nicht wahr? Ich würde mir gern ein Boot nehmen und mit Ahmose-onch in den Sümpfen jagen.» Sie schüttelte den Kopf.

«Ahmose-onch ist mit einem Weeb-Priester in den Tempel gegangen», sagte sie. «Er lernt die angemessenen Gebete und Regeln, die der Gott von einem Prinzen fordert. Sobek-nacht erwartet dich, Majestät. Er möchte dir zeigen, was er schon getan hat.» Sie sah, wie er die Zähne zusammenbiss, als er quer durch den Garten zu dem alten Palast mit seinem Baugerüst blickte, das sich in Staub hüllte. Das Geschrei und Geklapper der Arbeiter, die an den rauen Wänden herumkletterten, schallte bis zu ihnen herüber.

«Ich sollte hocherfreut sein», murmelte er bei sich. «Das hier ist der Höhepunkt all dessen, wonach wir gestrebt haben. Die Krönung unseres Kampfes, die Rechtfertigung unserer verehrten Toten. Warum komme ich mir dann vor, als hätte ich in einen reifen Apfel gebissen, und der ist innen braun und faul?» Er winkte, und sofort erwachten die Wachposten zum Leben. Er und Aahmes-nofretari betraten das federnde Gras des Rasens. «Ich habe den alten Palast geliebt, als er noch diese Aura vornehmen Verfalls hatte», sagte er, als sie zu der leichten Erhebung kamen, die noch von der Trennmauer geblieben war. «Es war ein düsterer Ort, auf dem die Vergangenheit dumpf lastete, aber er hatte Abgeschiedenheit und Stille zu bieten.»

«Seine Stille hat für Vater und Kamose nach Gerechtigkeit geschrien», antwortete Aahmes-nofretari knapp. «Stelle ihn dir instand gesetzt vor, Majestät, voller Lampenlicht, mit funkelnden goldenen Wänden und silbernen Türen.»

«Und was wird Schatzmeister Nofreperet zu dieser Ausgabe sagen?», gab Ahmose zurück. Aahmes-nofretari hob die Achseln, konnte aber nichts entgegnen, da Chabechnet bereits die Ankunft des Königs meldete und unter den Arbeitern ein Tumult entstand, als sie Werkzeuge und Ziegellasten fallen ließen und auf die Knie fielen, wo immer es möglich war.

«Sobek-nacht!», rief Ahmose. «Ich freue mich, dich zu sehen, und das viel früher, als wir beide erwartet haben. Verzeih mir, dass ich dein Gewissen belastet und dich davon abgehalten habe, nach Auaris zurückzukehren und die Aufgabe zu vollenden, die Apophis dir gestellt hatte.» Der Fürst hob die beringten Hände, die allgemein verständliche Geste, dass er ein unvermeidliches Schicksal annahm.

«Ich habe meine Verpflichtungen meinem Gebieter gegenüber im Rahmen der Umstände nach bestem Wissen und Gewissen erfüllt», antwortete er, «und mir ist klar, Majestät, dass der Krieg nicht auf das Abreißen von Totentempeln warten konnte.» Er warf Aahmes-nofretari einen Blick zu und lächelte. «Aufbauen macht mich glücklicher als Vernichten, und ich danke dir, Majestät, dass ich in Waset dazu Gelegenheit habe.» Er zeigte auf eine Hand voll Männer, die ehrerbietig hinter ihm warteten. «Das hier sind die Unterbaumeister, die ich mit der freundlichen Erlaubnis Ihrer Majestät anheuern durfte.» Rasch stellte er sie vor, dann glättete er die sich aufrollenden Papyrusblätter, die sacht in der Brise raschelten. «Ich habe erste Entwürfe zur Instandsetzung des Palastes gezeichnet», fuhr er fort, «doch bislang haben wir nur außen daran gearbeitet. Die Königin wollte, dass ich mit schwer rückgängig zu machenden Veränderungen am Gebäude warte, bis du, Majestät, zurück bist und sie billigst.»

«Ach wirklich!», sagte Ahmose. Aahmes-nofretari konnte seiner Stimme keinerlei Bitterkeit anhören. «Du solltest mir lieber zeigen, was du getan hast, und mir den Rest erzählen, Sobek-nacht, denn aus deinen Plänen werde ich nicht schlau. Wenn die Königin dir vertraut, will ich es auch tun.» Er pochte auf den Tisch und warf seiner Frau einen Blick von der Seite zu. «Aahmes-nofretari, du bist jeden Tag hier gewesen. Hast du gelernt, was die Zeichnungen da bedeuten?» Sie musterte seine Miene, versuchte herauszufinden, ob er ihr eine Falle stellte oder nicht, dann schalt sie sich einen Feigling. Wenn ich jetzt damit anfange, ihn zu belügen, damit er Ruhe gibt, hört das nie mehr auf, dachte sie.

«Einiges habe ich gelernt», erwiderte sie gelassen. «Ich habe das Gelände mehrfach mit dem Fürsten abgeschritten, ehe wir uns in Vaters altes Arbeitszimmer gesetzt haben und Sobek-nacht mir erklärt hat, was er gern tun würde.»

«Sehr gut», sagte Ahmose. «Dann lass uns durch die Säle meiner Vorfahren gehen, Fürst, und ich höre dir zu. Wie gern uns doch Kamose dabei begleitet hätte!»

Ja, wirklich, dachte Aahmes-nofretari, als sich die drei durch zerbrochene Ziegel, Werkzeuge, weggeworfene Teile vom Baugerüst und die gebückten Gestalten der Bauern, die ihrerseits die Lasten ablegten und sich bäuchlings auf die staubigen Steine warfen, einen Weg suchten. Ich habe seine Gegenwart genauso stark gefühlt wie Sobek-nacht, als ich durch den Palast gegangen bin, und einmal war ich mir sicher, ich hätte ihn oben auf dem Dach des Frauenflügels sitzen sehen, wo er immer hinging, wenn er allein sein wollte. Vor einer Reihe hoch ragender Säulen, die den Haupteingang zierten, blieb Sobek-nacht stehen.

«Davon gibt es, wie du weißt, zehn», sagte er gerade. «Der Palast selbst ist natürlich aus Lehmziegeln, aber die hier sind aus Sandstein.» Er berührte eine. «Sie sind majestätisch und schön, obwohl die Szenen, mit denen sie zweifellos bemalt waren, zum größten Teil zerstört sind. Drei von ihnen stehen etwas schief auf dem Fundament, Majestät. Die müssen herausgenommen und neu aufgestellt werden, und dazu braucht man kundige Maurer. Darf ich aus Mennofer die Handwerker holen lassen, mit denen ich früher gearbeitet habe? Ich verbürge mich für ihr Geschick.» Ahmoses Blick wanderte an den mächtigen Säulen zu dem tiefblauen Himmel darüber.

«Tu das», sagte er. «Ich vertraue auf dein Urteil, Fürst.»

Sie gingen hinein, traten aus dem warmen Sonnenschein in das düstere Dunkel des großen Empfangssaals, gingen vorbei an dem uralten Wachraum links und dem größeren Raum rechts, wo Bittsteller, Ratgeber und alle die gewartet hatten, die dem König vorgestellt werden sollten. Ahmose blieb stehen und holte langsam Luft. Aahmes-nofretari und Sobeknacht musterten ihn prüfend.

Der Fußboden, einst ausgetreten und unregelmäßig, war herausgerissen und ersetzt worden. Eben und gleichmäßig erstreckte er sich und wurde nur durch die Säulenreihen unterbrochen, die auf der blanken Fläche standen. Die bröckelnden Wände, in deren Löchern Vögel genistet hatten, erhoben sich jetzt glatt und unversehrt bis zu einer Decke, die sich hoch wölbte und weder gerissen war noch durchhing. Die Thronestrade war vollkommen neu gestaltet. «Das war keine Arbeit für einen Baumeister, Majestät», bemerkte Sobeknacht. «Hier waren nur geschickte Fliesenleger und ein erfahrener Vorarbeiter aus Waset erforderlich. Was du siehst, sind natürlich die kahlen Knochen späterer Pracht, die du dir vorstellen musst.»

«Ich kann sie mir vorstellen», sagte Ahmose beeindruckt. «Fliesen in dunkelblauem Lapislazuli auf dem Fußboden, in den goldenen Einsprengseln fängt sich der Fackelschein und glitzert wie Sonnenschein auf Wasser. Wände mit Elektrum verkleidet, in das Götterbildnisse gehämmert sind. Und eine Decke voller Silbersterne.» Er zeigte auf die Estrade, und sein Finger zitterte vor Erregung. «Ich kann den Horusthron in der Mitte sehen, Aahmes-nofretari, und daneben den Kasten mit der heiligen Doppelkrone und Krummstab und Geißel. Wo sind die Schatten geblieben, die sonst in den bröckelnden Ecken gelauert haben?»

«Die Gespenster sind fort, Ahmose», sagte Aahmes-nofretari ruhig. «Sie sind zufrieden, dass die lange Ära des Trübsinns vorbei ist. Der Palast erwacht wieder zum Leben und wird Heimstatt eines Königs.» Sie meinte in seinen Augen Tränen zu sehen, doch falls das so war, so rannen sie nicht herunter. Lange stand er da wie angewurzelt, blickte hierhin und dorthin und roch statt feuchtem Zerfall Ziegelstaub und Schweiß.

«Führe mich weiter», sagte er zum Fürsten. «Es gefällt mir sehr gut.»

Er wurde durch die kleineren Flure geleitet, in denen Bauschutt vom Umbau lag, Gänge entlang, deren Dächer herausgerissen waren. Währenddessen erläuterte Sobek-nacht ihm sein Konzept des Palastes, der aus der Schmetterlingspuppe des alten entstehen würde, die Räume größer und luftiger, Flure und Treppen breiter. «Zu den Schlafgemächern können wir nicht hoch», sagte er. «Oben sind viele Fußböden nicht sicher, haben gefährliche Löcher, wo der eine oder andere Windfang nach innen gefallen ist. Ich habe dir die Mauern gezeigt, die ich völlig herausreißen möchte, damit viele der Gemächer größer werden. Doch das begrenzt die Zahl der Menschen, die im Palast wohnen können, daher meine Bitte, dass ich zwei neue Flügel anbauen darf, einen nach Norden und nach Süden einen, der an dein jetziges Haus grenzt. Ich werde sie so entwerfen, dass sie unschwer mit einer größeren königlichen Familie mitwachsen können. Natürlich habe ich auch neue Dienstbotenunterkünfte entworfen und kleine Zellen für deine Nomarchen, wenn sich diese in Waset aufhalten. Es wäre mir eine Ehre, wenn ich dir die Pläne dazu unterbreiten dürfte.»

Sie waren zum Fuß der schmalen, gewundenen Treppe gekommen, die zu dem Dach führte, auf dem Seqenenre überfallen worden war und auf dem Kamose zu sitzen pflegte, den Rücken an die Überreste des Windfangs gelehnt, die Augen auf Fluss und Felsen in der Ferne gerichtet. Ahmose blieb stehen.

«An dieser Treppe liegt mir etwas», sagte er. «Du bist ein begabter Baumeister, Fürst, und ich beglückwünsche dich zu dem bislang Geschaffenen. Ich habe nichts einzuwenden, aber diese Treppe soll genauso bleiben, wie sie ist. Ist sie sicher?»

«Ja, Majestät», bestätigte Sobek-nacht erstaunt. «Doch die Treppe hier muss breiter werden und nur eine Windung haben, falls sie von vielen Frauen und ihren bepackten Dienerinnen benutzt werden soll.»

«Baue den Frauen eine andere Treppe, wenn sie von ihren Zimmern auf das Dach wollen», sagte Ahmose. «Die hier darf niemand ohne meine Erlaubnis benutzen. Bringe am Fuß eine Tür an und eine andere auf dem Dach, damit niemand aus Versehen hier herunterkommt.»

«Das lässt sich machen», bestätigte Sobek-nacht. «Aber gewiss sollte man Steine und anderen Abfall wegräumen und die Stufen ausbessern.»

«Nein.» Ahmose schüttelte den Kopf. «Lass alles so, wie es ist, als kleinen Teil des alten Baus, der künftige Könige daran erinnert, dass Ägypten eine ähnliche Tragödie bevorsteht, falls sie nicht wachsam sind. Ich habe gesprochen.»

Später verabschiedeten sie sich von einem sichtlich erleichterten Sobek-nacht und waren fast am Teich im Garten angelangt, als Aahmes-nofretari seinen Arm ergriff. «Ich weiß, warum du die kleine Treppe so erhalten möchtest», sagte sie. «Aber ist das klug, Ahmose? Eine unbenutzte Treppe mit Türen an beiden Enden, ein Ort, wo das Böse hinaufgegangen ist und uns Schmerz gebracht hat, die Kamose so oft hinaufgestiegen ist, das Herz voll von starken und geheimen Gefühlen, die kann gefährlich werden. Hoffentlich bleiben die bösen Mächte nicht dort, sickern nicht in den übrigen Palast, bringen nicht traurige Träume und suchen die, die nach uns kommen, mit fremden Erinnerungen heim?»

«Vielleicht.» Er ließ sich auf die Polster sinken, die unter dem weißen Sonnensegel bereit lagen, und sofort tauchte Achtoi an der Spitze einer Dienerprozession mit Tabletts auf. «Aber auf jener Treppe wurde unser Schicksal geschmiedet, Aahmes-nofretari, und sie ist mir teuer, erstens aus diesem Grund und zweitens, weil sie der einzige Teil des alten Palastes ist, der noch den Abdruck von Vaters und Kamoses Füßen trägt.» Sie merkte, dass er fest entschlossen war und sich nicht erweichen lassen würde.

«Vater, ich habe den ganzen Morgen meine Gebete aufgesagt, und jetzt bin ich schrecklich hungrig!», rief ihnen Ahmose-onch entgegen und kam auf sie zugerannt. «Darf ich mit euch essen? Muss ich heute Mittagsschlaf machen? Ich möchte in die Sümpfe und mir die kleinen Nilpferde ansehen, die gerade geboren sind.»

«Ja und nein», antwortete Ahmose gelassen, als sich der Junge zwischen ihm und Aahmes-nofretari zu Boden warf. «Wir fahren zusammen zu den Nilpferden, aber nicht jetzt. Die Eltern der Jungen sind gefährlich. Die haben deine Tante Tani einmal aus dem gleichen Grund verfolgt.» Ahmose-onch griff nach dem Teller, den man ihm reichte.

«Ich habe die Diener über meine Tante Tani reden hören, aber nicht meine Familie», sagte er. «Warum nicht? Ist sie tot? Wir gehen nicht zu ihrem Grabmal und bringen ihr beim Schönen Fest vom Wüstental keine Gaben. Ich habe nur ein Radieschen auf meinem Teller», beschwerte er sich bei dem aufwartenden Diener. «Gib mir mehr.»

Beim Essen erzählte Ahmose seinem Stiefsohn dann von dem jungen, unbekümmerten Mädchen, das so gern die Nilpferde beobachtet hatte, das durch das Haus getanzt und gehüpft war und Herrschaft und Dienerschaft gleichermaßen zum Lachen gebracht hatte. Er sprach von der Leidenschaft, die zwischen ihr und seinem Freund Ramose aufgeflammt war, wie daraus ein stetiges Leuchten geworden war, das noch immer in Ramose brannte, und wie Apophis nach Seqenenres Niederlage bei Qes nach Waset gekommen war und die Familie hatte auseinander reißen, jeden an einen anderen Verbannungsort hatte schicken wollen und Tani als Geisel mitgenommen hatte. Ahmose-onch war ganz Ohr und schob sein Lieblingsgemüse an den Tellerrand, damit er es als Letztes verspeisen konnte. «Aber mein Onkel Kamose Osiris hat nicht getan, was der Thronräuber wollte», unterbrach er Ahmose. «Er hat Krieg gemacht. Was ist jetzt mit meiner Tante? Hat Apophis sie in Auaris umgebracht?» Ahmose schüttelte den Kopf.

«Nein», antwortete er ernst. «Er mag ein Thronräuber sein, Ahmose-onch, aber er ist kein grausamer Mensch. Sie lebt noch immer dort.»

«Ach.» Der Junge steckte sich den Berg Radieschen jetzt eins nach dem anderen genüsslich in den Mund. «Dann rettest du sie, wenn du die Stadt einnimmst, und sie lebt dann zusammen mit Ramose.»

«Vielleicht.»

«Hoffentlich.» Seine Neugier war befriedigt, und er verlor das Interesse, reichte seinen leeren Teller einem Diener, rollte sich auf den Bauch und suchte im Gras nach Insekten, damit er die Frösche im Teich füttern konnte.

Vermutlich war das gerade seine erste Geschichtslektion, dachte Aahmes-nofretari. Tanis Schicksal kommt mir schon wie Geschichte vor, eine uralte Geschichte, die in eine andere Zeit gehört. Ahmose hat sie nicht vollständig erzählt, nicht wie Kamose Ramose in jene Stadt geschickt hat, damit er Apophis und seinen Generälen Falschinformationen zuspielt, wie Apophis Ramose im Austausch für diese Informationen ein Treffen mit Tani gewährt hat und wie Ramose herausgefunden hat, dass Tani Apophis geheiratet hatte und sie bei den Setius Königin Tautha hieß. «Zeit zum Mittagsschlaf, Ahmose-onch», sagte sie. «Raa wartet schon.» Er seufzte abgrundtief, stand aber sofort auf.

«Darf ich nach dem Aufwachen schwimmen?», fragte er. Ahmose zupfte sacht an seiner Kinderlocke.

«Wenn du willst, fahren wir zu den kleinen Nilpferden», sagte er. «Ein, zwei Stunden mit dir auf dem Fluss sind genau das, was ich brauche.» Ahmose-onch strahlte.

«Danke, Vater», krähte er. «Und darf ich dabei mit meinem Wurfstock üben?»

«Aber nach Enten werfen, nicht nach Nilpferden», sagte Ahmose belustigt. «Er hat einen Wurfstock?», fragte er seine Frau. Aahmes-nofretari tauchte die Finger in ihre Wasserschale und trocknete sie in dem dargebotenen Handtuch ab, ehe sie antwortete.

«Emchu hat ihm einen kleinen anfertigen lassen», sagte sie. «Noch trifft er nichts damit. Emchu sagt, dass die Enten noch ein paar Jährchen vor ihm sicher sind.» Ahmose lächelte nicht.

«Er ist fast fünf», meinte er. «Von jetzt an wird er sehr schnell wachsen und sich verändern. Wir müssen weitere Kinder haben, Aahmes-nofretari, noch einen Sohn, eine Tochter, die Ahmose-onchs Nachfolge als Gott legitimieren kann. Nur er steht zwischen Ägyptens Sicherheit und dem Rückfall ins Chaos. Wenn ich könnte, ich würde ihn am liebsten einsperren, damit ihm nichts zustößt.» So direkt hatte er noch nie von der Furcht gesprochen, die ihn allmählich völlig beherrschte, und auf einmal hatte sie das Gefühl, sie wäre gescheitert.

«Ich weiß», murmelte sie. «Es tut mir Leid, Ahmose. Aber wenn du vielleicht einmal mehr als ein, zwei Tage daheim bleiben würdest, könnten wir diese neuen Gemächer, von denen Sobek-nacht gesprochen hat, tatsächlich füllen.» Ihr Bemühen, es witzig zu nehmen, hatte Erfolg. Er lachte und küsste sie auf den Hals.

«Das könnten wir», bestätigte er mit einem Funkeln in den Augen. «Wir müssen uns sehr anstrengen, meine schöne Kriegerin, ja, wie wäre es heute Nacht ...» Er brach ab, als er seine Muter aus dem Schatten hinten am Haus treten und auf den Teich zukommen sah. «Aahotep!», rief er. «Du hast ein herrliches Mahl verpasst!» Sie winkte und blieb dann im Schutz des Sonnensegels stehen. Sie hatte Schweißtropfen auf der Stirn, und eine dunkle Haarsträhne klebte ihr am Hals.

«Für Frühling ist der Tag zu warm», sagte sie. «Ich habe keinen Hunger gehabt, Ahmose. Ich bin mit Tetischeri im Gemüsegarten gewesen. Den habe ich dieses Jahr vergrößern lassen, weil wir mehr zu essen brauchen. Schlickladungen vom Hochwasser mussten herangeschafft und mit Sand gemischt werden, und das Bewässern ist zum Problem geworden, so groß ist der Garten jetzt. Ich möchte ihn ganz verlegen, einen der Äcker im Norden von Getreide auf Gemüse umstellen, damit er aus einem Kanal mit Zugang zum Nil direkt bewässert werden kann.» Kares reichte ihr ein Leinentuch, und sie wischte sich zierlich die Stirn, damit sie ihr Kohl nicht verschmierte. «Die Zeiten mit ein paar Reihen Knoblauch, Salat und Zwiebeln sind vorbei. Ich bin müde.»

«Du hast doch wohl nicht eigenhändig Unkraut gejätet?», protestierte Aahmes-nofretari, und Aahotep schenkte ihr ein spöttisches Lächeln.

«Natürlich nicht. Aber Tetischeri hat mich wegen der Gurken in einen Streit verwickelt.» Aahmes-nofretari kniff verwundert die Augen zusammen, dann lächelte sie halb belustigt, halb gequält. «Tetischeri hält nichts von Gurken, weil die Setius sie ins Land gebracht haben. Sie ist dagegen, dass wir mehr davon anbauen. Ich habe ihr gesagt, sie soll sich nicht lächerlich machen und dass Gurken kühl und saftig schmecken und ohnedies alle erlaubte Nahrung von den Göttern kommt. Aber sie hat sich nicht erweichen lassen. Ich bin gezwungen gewesen, ihre Befehle an den Gartenaufseher zu widerrufen. Jetzt ist sie zum Schlafen in ihre Gemächer gegangen.» Aahmes-nofretari fand die Situation gar nicht lustig, und Ahmose offenbar auch nicht. Seine Miene war nachdenklich geworden.

«Sie wird zwar alt, ist aber noch im Vollbesitz ihrer geistigen Kräfte», sagte er. «Für beides verdient sie Ehrerbietung und Achtung, und ich möchte ihr gern eine Aufgabe übertragen, die ihre bemerkenswerten Energien bindet, aber wie kann ich das, wenn sie statt des kleinen Fingers immer gleich die ganze Hand nimmt und Ägypten regieren will? Ich liebe sie als meine Großmutter. In jeder anderen Eigenschaft ist sie eine Landplage.»

«Ich möchte gleich nach Hent-ta-Hents Bestattung nach Djeb reisen», sagte Aahotep. «Ich hatte vor, Yuf allein zu schicken, damit er das Grabmal meiner Vorfahrin Königin Sobekemsaf überprüft, aber ich finde, ich brauche eine Abwechslung.» Sie warf ihrem Sohn einen zerknirschten Blick zu. «Es stimmt, ich langweile mich ein wenig, Ahmose, wenn ich nur noch den Zustand des Gemüsegartens beurteilen und mich mit einer anderen Königin über Gurken streiten darf. Lass mich Tetischeri mitnehmen. Wir werden in Esna, Pi-Hathor und natürlich auch in Necheb anlegen.»

«Dann meinst du also, Esna und Pi-Hathor müssen daran erinnert werden, dass sie jetzt auf Dauer von mir regiert werden», sagte Ahmose. Es war eher eine Feststellung als eine Frage, und Aahmes-nofretari staunte wieder einmal über den Scharfblick ihres Mannes. Wie so viele andere lasse auch ich mich gelegentlich einlullen und finde Ahmose genauso aufrichtig und schlicht, wie er scheint, dachte sie bei sich. Ich hätte längst wissen müssen, dass dieser Eindruck trügt. Ihr Blick kreuzte sich mit Aahoteps.

«Die Spitzel berichten, dass in diesen Städten ständig gemurrt wird und die Beschwerden zunehmen», sagte sie unumwunden. «Es kann nicht schaden, wenn wir sie besuchen. Aber ich fahre nicht nur nach Süden, um die öffentliche Meinung zu prüfen. Das Grabmal meiner Vorfahrin ist keine Ausrede.»

«Dann frage doch Großmutter, ob sie mitkommt», gab Ahmose nach. «Ein Weilchen auf dem Fluss, und die Empfangsräume katzbuckelnder Bürgermeister werden sie ablenken, und sie kehrt vielleicht mit besserer Laune zurück. Wie lange werdet ihr fort sein?»

«Das weiß ich nicht genau. Ein, zwei Monate, vielleicht auch mehr.»

«Dann langweilst du dich tatsächlich, Mutter», sagte er bedächtig. «Bist du auch unglücklich?» Sie biss sich auf die

Lippen, was angesichts ihrer sonstigen Gefasstheit eigenartig unpassend wirkte.

«Ahmose, ich bin vierzig», meinte sie. «Ich habe viel erlebt, was rechtens in die Welt der Männer gehört. Ich habe einen Aufstand niedergeschlagen. Ich habe einen Verräter getötet. Es ist mir schwer gefallen, erneut die schlichten Haushaltsaufgaben zu übernehmen. Auf meinem Nachttisch steht das Fliegengold. Bisweilen hebe ich es hoch, wenn ich nachts nicht schlafen kann, und denke daran, dass du mich gebeten hast, in dem von Meketras Blut befleckten Kleid in den Tempel zu gehen, wo du es mir umgelegt hast.» Sie legte die Hand auf die Brust, als ruhten dort die drei kostbaren goldenen Insekten, die Symbole ihres Mutes. «Verstehe mich recht», fuhr sie lauter fort. «Ich möchte diese Zeit nicht für alles Gold von Kusch zurückhaben. Ich möchte kein General sein. Oder ein Mörder.» Sie lächelte über ihren lahmen Witz. «Ich bin nicht unglücklich, aber ich bin ruhelos. Eine Reise stromauf wird mir gut tun.»

«Soll ich einen zweiten Ehemann für dich suchen, Aahotep?», fragte ihr Sohn jählings, und jetzt lachte sie, laut und melodisch.

«Ihr Götter, nein!», sagte sie erstickt. «Da müsstest du schon außerhalb der Grenzen Ägyptens suchen, schließlich bin ich eine Königin, Gemahlin eines Königs und Mutter eines anderen. Außerdem ist es spannend in Waset, bei all dem Wandel, und in Frieden zu schlafen ist an sich schon himmlisch.»

Ist es das?, überlegte Aahmes-nofretari, während sie das schöne Gesicht ihrer Mutter musterte. Du bist immer eine sinnliche Frau gewesen, Aahotep. Und das bis ins Mark. Man sieht es an deinem Gang, der Anmut deiner Bewegungen. Entbehrt dein Leib denn nichts?

Eine Woche später wurde Hent-ta-Hents kleiner Sarg über den Nil gebracht, und Amunmose leitete die Bestattungsriten. Es war ein schöner und klarer Tag. Am Himmel waren nur die ausgebreiteten Schwingen der Falken zu sehen, die sich gemächlich vom Aufwind tragen ließen. Man befolgte die vorgeschriebenen Rituale. Die Klageweiber jammerten und streuten sich Sand auf den Kopf. An Hent-ta-Hents bandagiertem Körper wurde die Mundöffnungszeremonie vollzogen, Amunmose berührte Mund, Augen und Ohren mit dem heiligen Messer und umwölkte sie mit Weihrauch.

Dennoch fand Aahmes-nofretari, die still neben ihrem Mann weinte, es irgendwie unaufrichtig, dass ein Kleinkind das ganze Drumherum einer Bestattung erhielt. Sie hat nicht lange genug gelebt, konnte die Anwesenden nicht mit ihrer Persönlichkeit beeindrucken, dachte Aahmes-nofretari. Nicht einmal mich und Ahmose schon gar nicht. Er weint nicht. Er steht da mit trockenen Augen. Niemand außer mir hat sie aufrichtig betrauert. Mein Körper hat sie ausgetragen. Meine Brüste haben sie genährt. Ich habe sie Tag für Tag an mich gedrückt, habe ihr Gesicht beobachtet, sie in den Schlaf gewiegt. Ich habe sie beruhigt, wenn sie geschrien hat. Und nur ich leide.

Nach dem vorgeschriebenen Fest entließ Ahmose die Trauergesellschaft, kehrte jedoch nicht zum Ostufer zurück. Stattdessen holte er sich einen Soldaten und einen Leibdiener mit Sonnenschirm und wanderte zwischen den anderen in der sandigen Ödnis verstreuten Grabmälern umher. Die in ihren Kummer versunkene Aahmes-nofretari, die sich ein Weilchen dem lärmenden Alltagsleben des Anwesens entziehen wollte, saß im Schutz eines Sonnensegels und sah ihn auftauchen und wieder verschwinden.

Als er zu guter Letzt den kleinen Vorhof seines Bruders betrat, löste sich eine graue Gestalt aus den Schatten der Steine und trabte zögernd auf ihn zu. Aahmes-nofretari sah, wie sich Ahmose hinhockte und dem Hund die Ohren kraulte, ehe er zu ihr zurückging. «Was hat Behek hier noch immer zu suchen?», fragte er sie abrupt und blickte sie dabei nicht an.

«Zur Zeit von Kamoses Bestattung hat er den Weg über den Fluss gefunden», antwortete Aahmes-nofretari. «Weißt du das nicht mehr? Es gibt genügend Boote, die zwischen den Ufern hin- und herfahren. Er hält sich an der Tür zu Kamoses Grabmal auf. Ich habe einen Diener angewiesen, ihm jeden Tag Futter und Wasser zu bringen, denn er rührt sich nicht vom Fleck.»

Ahmose äußerte dazu nichts. Er starrte weiter auf die schweigende, trockene Einöde, die eine eigenartige Verlassenheit ausstrahlte. Doch dann bewegte er sich und umfasste ihren Fuß mit der Hand.

«Hent-ta-Hent hat nichts erreicht, ist nichts geworden», sagte er still. «Sie hatte keine Zeit, erwachsen zu werden. Und dennoch ruht sie hier unter denen, die gekämpft und gelitten, geliebt und gehasst haben, die betagt auf ihrem Lager gestorben sind oder in der Blüte ihres Lebens durch eine Speerspitze. Als wir unseren Vater und Kamose bestattet haben, geschah das in einer so turbulenten Zeit, dass ihr Tod schlicht Teil der großen Erschütterung zu sein schien. Selbst Si-Amuns Tod, der sich wegen seiner Schuldgefühle und Gewissensbisse umgebracht hat, weil er uns an Apophis verraten hatte, sogar sein Selbstmord gehörte in den Fluss unseres Lebens. Aber Hent-ta-Hent ...» Er zog die Hand zurück und umfasste ihre Knie. «Ihr Tod kommt mir unnatürlich vor, unwirklich, grotesk, er passt nicht in diese Zeit des Friedens und des neuen Wohlstands. Er passt auch nicht zum normalen An- und Abschwellen des Lebens, er fügt sich nicht ein wie die anderen

Todesfälle, die wir hinnehmen mussten.» Er blickte kurz zu ihr hoch und dann beiseite. «Entschuldigung, Aahmes-nofretari, ich drücke mich ungeschickt aus. Wenn ich es doch nur klarer formulieren könnte, denn es ist einer der Gründe, warum mich der Tod unseres Kindes nicht mehr anrührt.»

«Wenigstens schaffst du es, den Mangel an Gefühl zuzugeben», sagte sie mit belegter Stimme.

«Entschuldigung», sagte er noch einmal. «Es sind nicht Erinnerungen, die mir fehlen, auch wenn es nur wenige sind, und auch keine Kälte gegen sie. Sie war da. Jetzt ist sie bei den Göttern. Ich war ihr Vater, und ihr Heimgang hat eine Spur auf meinem Ka hinterlassen. Aber es ist eine Spur, die Ereignisse hinterlassen haben, nicht Gefühle. Der Tod ist nicht mehr Teil des Lebens wie zu der Zeit, als die Familie noch kämpfen musste. Er ist zu etwas Abgetrenntem, Abgesondertem geworden.»

«Er ist nie abgetrennt», gab sie heftig zurück. «Falls du das glaubst, dann machst du dir etwas vor, Majestät.»

Wieder herrschte Schweigen zwischen ihnen, das nur vom Schrei eines Falken gestört wurde, der irgendwo hoch oben kreiste, und von knirschendem Leder, als einer der Soldaten seinen Gurt stramm zog. Dann sagte Ahmose: «Denkst du noch manchmal an Si-Amun, Aahmes-nofretari? Denkst du oft an ihn? Schließlich war er Kamoses älterer Zwilling, vor mir dein Ehemann und Ahmose-onchs richtiger Vater. Hat er noch immer einen Platz in deinem Herzen?»

«Natürlich doch!», rutschte es ihr heraus. «Er hat es gut gemeint, aber er war schwach, und sein Schicksal war grausam und schlimm, aber ich habe ihn geliebt. Du doch auch. Was die Liebe einer Ehefrau zu ihrem Mann angeht, so gehört meine dir, und nur dir allein. Er fehlt mir nicht. Wenn ich manchmal um ihn trauere, dann um die brutalen Notwendigkeiten der Vergangenheit, in der Si-Amun seine Rolle gespielt hat, und nicht um Si-Amun an sich.» Sie stand erregt auf. «Was ist heute über dich gekommen?» Er mochte sie noch immer nicht ansehen.

«Ich weiß, dass ich dich zum Fluss treibe», sagte er leise und verwendete dabei das Bild, das die Not der Frauen schilderte, die durch Krieg ohne Mann und Heim waren. «Ich habe Angst, dass ich deine Achtung verliere.»

Ein Dutzend bittere Antworten lagen ihr auf der Zunge. Der Tag heute gehört Hent-ta-Hent, da kannst du dich nicht gehen lassen. Seit du heimgekommen bist, hast du mir weder Takt noch Zärtlichkeit entgegengebracht. Deine Unsicherheit hat ihre Wurzeln in selbstsüchtiger Furcht, nicht in Liebe zu mir. Aber sie schluckte sie allesamt hinunter und ging unsicheren Schrittes zum Fluss, wo ihre Sänfte am Stamm einer betagten Sykomore stand.

«Zurück zur Bootstreppe», fuhr sie die Träger an, kletterte in die Kissen und zog die Vorhänge zu.

Anfang Phamenot begann die Wachstumsperiode. Überall auf dem schmalen Streifen Land zu beiden Seiten des Nils, der von der Wüste begrenzt wurde, wuchsen Weizen, Gerste und Flachs üppig heran. Überall konnte man Bauern sehen, die sich verdreckt und barfuß über ihre Hacken beugten oder knietief inmitten der gedeihenden Ernte standen, während die Fischer in ihren Feluken auf dem Fluss hin- und herglitten.

Aahotep, Yuf und Tetischeri waren mit einem großen Gefolge von Dienern und Soldaten, Kisten und Kasten mit offiziellen Geschenken für die Bürgermeister der Städte, bei denen sie anlegen würden, nach Djeb aufgebrochen, dazu kamen noch Aahoteps Leibarzt und private Anweisungen von Aahmes-nofretari, sowohl in Esna als auch in Pi-Hathor Verbindung mit den Spionen aufzunehmen, falls die etwas zu berichten hatten. «Diese beiden Städte machen mir ungute Gefühle, und ich weiß nicht warum», hatte sie zu ihrer Mutter gesagt. «Sorge dafür, dass Großmutter nichts von unserem geheimen Tun erfährt. Sie schafft nur Unordnung. Verlasse dich auf deine Einfühlungsgabe, Aahotep, und mögen deine Sohlen festen Tritt finden.» Der ganze Haushalt war erschienen, um ihnen Lebewohl zu sagen.

«Vermutlich bist du froh, dass du mich eine Weile los bist», hatte Tetischeri Aahmes-nofretari angeblafft, doch ihr Lächeln strafte ihre Worte ein wenig Lügen. Sie täuscht sich, dachte Aahmes-nofretari, als sie zusah, wie das fröhlich herausgeputzte Schiff langsam nach Süden gerudert wurde und die blauweißen königlichen Fahnen in der ablandigen Brise flatterten und die Riemen glitzerndes Wasser hochspritzten. Du wirst mir fehlen, Mutter auch. Am meisten Mutter. Ihre Gegenwart macht alles im Haus so selbstverständlich, obwohl sie sich selten zeigt.

Vor ihrem Aufbruch hatte Aahotep ihren Priester nach einem geeigneten Lehrer für Ahmose-onch gefragt, und binnen einer Woche stellte sich auf einer der morgendlichen Sitzungen ein junger Mann vor. Er hieß Pa-sche und stammte aus Aabtu. Sein Vater war Kaufmann, der während der dreimonatigen Rotationszeit der niederen Priester auch noch im Osiris-Tempel diente, aber Pa-sche interessierte sich für uralte Grabmäler, erlernte den Beruf des Schreibers und hatte sich um eine Stelle im Amun-Tempel von Waset beworben, weil er näher an der Totenstadt auf dem Westufer sein wollte. Er und Yuf waren befreundet, aber Aahmes-nofretari wusste, dass eine Empfehlung für den wichtigen Posten als Königlicher Lehrer nicht nur auf Freundschaft allein beruhte.

Pa-sche betrat den Empfangssaal mit mehreren Proben seiner Schreibkunst, einem Brief vom Hohen Priester, einem anderen von seinem Gebieter im Osiris-Tempel in Aabtu und einer kleinen Abhandlung über einige der älteren Grabmäler, die er in seiner freien Zeit verfasste. Er wartete geduldig, bis die wichtigeren Tagesgeschäfte beendet waren und sich die Ratgeber auf ihre zeitweiligen Arbeitszimmer verteilt hatten. Dann winkte Ahmose ihn herbei, streckte die Hand nach seinen Empfehlungsschreiben aus, überflog sie und reichte sie an seine Gemahlin weiter. Aahmes-nofretari schenkte ihm ein ermutigendes Lächeln. «Die Schreiben, die du bringst, sind sehr schmeichelhaft», sagte sie. «Aber ein Königlicher Lehrer muss mehr als nur Klugheit besitzen. Er muss in der Lage sein, sich das Vertrauen und die Achtung seiner Schüler zu erwerben. Hast du viel mit Kindern zu tun gehabt, Pa-sche?»

«Nein, Majestät», war die rasche Antwort. «Aber die Gelegenheit, einen jungen Geist zu formen, insbesondere den eines Menschen, der einmal in Ägypten herrschen wird, ist eine einmalige Herausforderung. Mein Vater hat mich fest, aber sanft erzogen, und genau diese Mischung aus Freundlichkeit und Disziplin möchte ich bei meinem Schüler anwenden.»

«Prinz Ahmose-onch braucht mehr Disziplin als Freundlichkeit», meinte Ahmose. «Seine Kinderfrau hat ihn verwöhnt und ihm viel zu viel durchgehen lassen.»

«Auf eine Zeit gegenseitiger Anpassung bin ich gefasst, Majestät», antwortete Pa-sche. «Ich habe gehört, dass der Prinz ungebärdig ist, aber eine gewisse Mutwilligkeit kennzeichnet oftmals ein edles und kluges Wesen, das schlicht Lenkung erfordert.» Ahmose beugte sich vor.

«Anscheinend bist du bereit, den Jungen zu zähmen. Wie willst du das anfangen?»

In Pa-sches Augen funkelte es auf. «Der Prinz ist noch keine fünf», sagte er beflissen. «Für die ersten sechs Monate schlage ich je eine Stunde Unterricht morgens und nachmittags vor, in denen ich ihn die Elemente der einfacheren hieratischen Schrift lehre, ehe wir uns an die förmlicheren Hieroglyphen wagen. Ein Werk mit Namen Kemyt ist vor siebenhundert Jahren genau für diese Zwecke verfasst worden. Ich könnte mir denken, dass du, Majestät, auch mit diesem uralten Text angefangen hast, ehe du zu den Lehren für Osiris Amenemhat I. und der Hymne an den Nil weitergegangen bist, die Cheti, Sohn des Duauf, verfasst hat.»

«Ich erinnere mich», sagte Ahmose wehmütig. «Und bei jedem Wort wurden mir Schläge angedroht. Mein Lehrer war ein strenger Zuchtmeister.»

«Schläge sind mein allerletztes Mittel», sagte Pa-sche entrüstet, und Aahmes-nofretari lachte.

«Vielleicht änderst du deine Meinung noch!», sagte sie. «Und außerdem bekommst du es mit seiner Kinderfrau Raa zu tun. Sie murrt zwar über seinen Ungehorsam, nimmt ihn aber immer in Schutz.» Pa-sche zögerte.

«Majestät, wäre es dir recht, wenn ich ein Zimmer neben dem Prinzen bekäme?», fragte er. «Er muss in mir genauso den Freund und Hüter sehen wie den Lehrer. Ich möchte bei ihm sein, wenn er isst, schwimmt, betet. Jede Willensäußerung bietet Gelegenheit zur Schulung.»

«Das verstößt gegen die Regel», überlegte Ahmose. «Aber wenn du dich selbst bestrafen willst, können wir es hinbekommen. Aahmes-nofretari, was hältst du davon?» Sie musterte lange das Gesicht des Schreibers, ehe sie antwortete.

«Eine eigenartige Ausbildungsmethode», sagte sie zögernd. «Fürs Erste bin ich jedoch geneigt, Pa-sches Bitte stattzugeben. Chabechnet!» Der Oberste Herold trat zu ihnen und verbeugte sich. «Suche Ahmose-onch und bring ihn her. Er soll den Mann, der ihm das Leben sauer machen wird, lieber gleich kennen lernen.» Ihr Blick kehrte zu Pa-sche zurück. «Vergiss nie, dass du den Falken-im-Nest ausbildest», ermahnte sie ihn. «Ich möchte jede Woche einen Bericht über seine Fortschritte haben.» Pa-sche fiel auf die Knie und warf sich bäuchlings hin.

«Tausend Dank, Majestät», sagte er mit der Nase auf dem Fußboden. «Ich werde diese Aufgabe ausführen wie Chnum, als er aus Ton den Menschen mit seinen göttlichen Händen auf der himmlischen Drehscheibe formte.» Ahmose stand auf.

«Du hast die Erlaubnis, gelegentlich auch zu lachen, Pasche», sagte er trocken. «Ich wünsche dir viel Glück mit deinem Schützling. Aahmes-nofretari, kümmere dich um diese folgenschwere Begegnung.» Bei diesen Worten winkte er Ipi und Achtoi und verließ den Saal.

Mitten im folgenden Monat, im Parmuthi, traf eine kleine Flotte aus dem Norden mit den Kaufleuten aus Keftiu ein, die Ahmose auf dem Nordhügel von Auaris angesprochen hatte. Es waren an die fünfzehn Familien mitsamt Habe und Dienerschaft, und Ahmose beschaffte ihnen mittels Uni Unterkunft in Waset. Das war nicht leicht. Alle wollten ausgewählte Grundstücke am Nil haben. «Wir dürfen sie nicht vor den Kopf stoßen», sagte Aahmes-nofretari zu Uni. «Sie sorgen nicht nur für den Handel mit Bronze, goldgepunzten Schwertern und Dolchen, Vasen, Lampen und vor allem Mohn und Farben, sondern auch für Gelegenheit, politisch Verbindung mit ihrer Insel aufzunehmen. Ich versuche gerade, Händler aus Asi nach Waset zu locken. Tu dein Bestes für sie.» Uni stöhnte betont, ausgerechnet er, der selten Gereiztheit durchblicken ließ, aber er fügte sich.

Nicht lange danach erhielt Aahmes-nofretari Nachricht, dass Keftiu einen Botschafter an Ahmoses Hof schickte, der auf Dauer in Waset bleiben sollte. Das war ein Sieg für sie. Sie hatte vor ein paar Monaten Verhandlungen mit dem Herrscher von Keftiu aufgenommen und hatte ihn ungemein höflich und taktvoll daran erinnert, dass sein früherer Verbündeter Apophis nur noch ein Skorpion ohne Stachel war.

Auf ihren Brief war eine ebenso höfliche Antwort gekommen, voll artiger, aber letztlich leerer Worte. Sie hatte nicht nachgehakt, sondern Sobek-nacht voll Vorfreude gebeten, zusätzlich zu seiner erdrückenden Arbeitslast auch noch den Bau einer Reihe großer Häuser mit Garten für die Gesandten zu übernehmen, die man an den neuen Sitz der Macht locken konnte. Die reizenden Gebäude waren im Süden zwischen der Außenmauer ihres eigenen Anwesens und den mittlerweile fertig gestellten Kasernen errichtet worden, in der Ahmoses zwei Divisionen untergebracht werden sollten.

Doch der König von Keftiu hatte offensichtlich einige Zeit gebraucht, um Apophis' Notlage zu prüfen, und da sie sich nicht beheben ließ, hatte er beschlossen, sich mit einem Stärkeren zu verbünden. Als der Gesandte mit seinem gesamten prächtigen Haushalt eintraf, bewirtete Ahmose ihn üppig und verbrachte viele Stunden mit ihm, in denen sie die neuerliche Freundschaft zwischen den beiden Völkern besprachen, doch es waren die Königin und Nofreperet als Oberster Schatzmeister, die um die Bedingungen des Handelsvertrages feilschten. Aahmes-nofretari sorgte auch dafür, dass einer der Küchendiener und einer der Gärtner, die der Residenz zugewiesen wurden, eine Zeit lang in Esna als Spion ausgebildet worden waren.

Sie und Ahmose hatten einen unguten, unausgesprochenen Waffenstillstand geschlossen. Früher hatten sie jede Freude und Sorge geteilt, mittlerweile machten sie einen Bogen um die Seelenbereiche, die noch immer schmerzten, sie wussten, die Wunden waren noch zu frisch. Sie liebten sich auch wieder, aber mit der gleichen Vorsicht wie bei ihren privaten Unterhaltungen, und ihre Leidenschaft war zur stummen Pflichtübung geworden.

Aahmes-nofretari bemühte sich, nicht an die fröhliche Ungehemmtheit zu denken, mit der sie sich früher geliebt hatten. Mit solchen Gedanken rieb sie nur Salz in die Wunden, die noch immer bluteten. Ende Pachons merkte sie, dass sie wieder schwanger war. Als sie es Ahmose erzählte, hatte er offensichtlich erfreut gelächelt, hatte sie geküsst und in den Arm genommen und war zum Tempel gegangen, um Amun zu danken. Doch zwischen ihnen stand der Tod von zwei Kindern, Hent-ta-Hent und der erste Sohn, den sie Si-Amun geboren hatte, und Angst dämpfte ihre Vorfreude.

Die Berichte vom noch immer im Delta stationierten Heer und von der Flotte kamen regelmäßig. An der Situation hatte sich nichts geändert. Auaris hatte sich auf sich selbst zurückgezogen. Ahmose und Aahmes-nofretari lasen die Briefe in Seqenenres Arbeitszimmer, saßen mit dem Rücken zur Sonne zwischen den Säulen. Hor-Aha war bei ihnen. Sein Haar war gewachsen.

Sie hatte seit seiner Rückkehr nach Waset wenig von ihm gesehen. Er hatte seine Zeit zwischen den Medjai im Dorf jenseits des Nils und langen Jagdausflügen in die Wüste geteilt, wo er auf die Pirsch nach Hyänen, Antilopen und Löwen ging. Jetzt legte er die Finger um den Stiel seines Weinbechers und beugte sich über den Tisch, als Ahmose den Papyrus zusammenrollen ließ, den er gerade erhalten hatte, und ihn Ipi reichte, der zu seinen Füßen saß. «Wie überleben sie, Majestät?», überlegte er laut. «Als wir die Stadt verlassen haben, herrschten dort Krankheit und Wassermangel. Eigentlich hätten sie sich binnen Wochen ergeben müssen.»

«Die Pest dauert immer einige Zeit, dann lässt sie nach», sagte Ahmose. «Zweifellos sind Hunderte von den Einwohnern gestorben. Wir haben den Rauch ihrer Feuerbestattungen mit eigenen Augen gesehen. Es mag sich kalt und sachlich anhören, General, aber ich glaube, dass nach ihrem Tod die zusätzlich gegrabenen Brunnen ausreichen. Was Nahrung angeht, so bebauen sie die Dächer ihrer Hütten. Dürftig, aber vielleicht genug, um Leib und Seele zusammenzuhalten.»

«Sie sind wie ein ständig wiederkehrender Albtraum», warf Aahmes-nofretari ein. «Nimmt das denn nie ein Ende.»

«Aber sicher doch», versicherte ihr Ahmose. «Die Divisionen im Osten halten die Horusstraße und die Festungen der Fürstenmauer ohne große Mühe. Es ist nur noch eine Frage der Zeit.» Er trommelte kurz auf dem Tisch. «Ende Epiphi haben die Soldaten alle rotiert», fuhr er fort. «Dann kannst du, glaube ich, die Medjai für ein paar Monate nach Wawat schicken, Hor-Aha. Sie haben sich einen Besuch bei ihren Familien verdient. Abana soll einen Teil der Flotte hierher schaffen, und Turi und Kagemni können die Amun- und die Thot-Division aus dem Delta in ihre neuen Unterkünfte im Süden des Anwesens bringen.»

«Es wäre nicht klug, die Medjai zu lange in ihren Dörfern zu lassen, Majestät», sagte Hor-Aha. «Dort verfallen sie schnell wieder in ihre frühere Lebensweise, und die Aussicht, sie wieder herauszuholen und erneut in ägyptischem Disziplinstandard auszubilden, ist entmutigend. Hast du einmal daran gedacht, ob man ihre Familien nicht hierher holen sollte? Sie leben in der Gegenwart. Sie würden aus den Kasernen, in denen sie jetzt wohnen, liebend gern ein Dorf machen, wenn ihre Frauen und Kinder bei ihnen sein dürften.»

«Falls ich das für die Medjai mache, muss ich das für jeden Soldaten meiner Divisionen in Waset machen», wandte Ahmose ein. «Zehntausend Mann kann man mit wenig Geld und Aufwand unterbringen, aber dazu noch Frauen und Kinder, und ich muss einen weiteren Verwaltungszweig einrichten.» Er verzog das Gesicht. «Na ja, du musst das», sagte er zu Aahmes-nofretari.

«Waset wird von Tag zu Tag größer», meinte sie. «Die Menschen lassen sich von der Aussicht auf Beförderung oder gewinnbringenderen Handel oder aus Ehrgeiz für ihre Kinder anlocken, weil Waset zum Sitz der Macht in Ägypten wird. Hier ist Platz für viele mehr. Teile den Familien deiner Soldaten etwas Land zu. Einige entscheiden sich gewiss dafür, ihre Familien nicht zu entwurzeln, aber zumindest haben sie die Wahl. Ich kann, wenn du willst, einen Aufseher für Heeressiedlungen einstellen, der dann alles organisiert.»

«Vermutlich hast du Recht», sagte Ahmose widerstrebend. «Das kann ich auch für die Medjai machen, Hor-Aha. Ich weiß nur nicht, warum mir dabei angst und bange wird. Kümmere dich darum, Aahmes-nofretari. Mir sagt diese Aussicht gar nicht zu.»

Es ist der Verlust der völligen Kontrolle, was dich anficht, mein lieber Mann, dachte Aahmes-nofretari, als sie das Arbeitszimmer an seinem Arm verließ. Du weißt nicht mehr genau, was jeder Ratgeber tut, und nicht jeder Befehl kommt mehr aus deinem Mund. Du bist gezwungen, dich auf die Klugheit und Ehrlichkeit anderer zu verlassen, und das treibt dich zur Verzweiflung.

Pachons wurde zu Payni und Payni zu Epiphi. Die sommerliche Hitze nahm zu, hatte Mensch und Tier fest im Griff, und das Leben verlangsamte sich. Edelmann und Bauer gleichermaßen verschliefen die langen, heißen Nachmittagsstunden, aber an den warmen Abenden herrschte auf den Straßen Wasets lebhaftes Treiben, wenn die Bürger aus den Häusern kamen und Geschäfte abwickelten oder schlicht Bier tranken und schwatzten.

Aahmes-nofretari, die unter morgendlicher Übelkeit litt, waren die Stunden der sanften Dunkelheit besonders willkommen. Bei Sonnenuntergang ging sie stets ins Badehaus und ließ sich den Schweiß und die Müdigkeit des Tages abwaschen, dann kleidete sie sich in eine lose Tunika und ging aufs Dach des Hauses, wo Senehat Läufer und Polster ausgebreitet und Lampen aufgestellt hatte, deren Flamme in den dünnen Alabastergefäßen vor dem Dunkel golden leuchtete. Aber Aahmes-nofretari war einsam. Ihr fehlten die anderen Frauen des Hauses, ihre Mutter und Großmutter, die in anderen Sommern oben bei ihr gewesen waren und mit denen sie die Zeit bei ungezwungenem weiblichem Geplauder verbracht hatte.

Aahotep hatte Rollen geschickt, Tetischeri nur wenige. Die beiden waren sowohl in Esna als auch in Pi-Hathor gut aufgenommen worden und hatten in jeder Stadt ein paar Tage verweilt, aber keine von beiden hatte den Aufenthalt dort genossen. Tetischeri beschwerte sich, dass die Dienstboten im Haus des Bürgermeisters schlampig und unfähig seien und das gemeine Volk nachlässig in seiner Huldigung, wenn sie sich vor die Tür wagte. Sie erinnerte Aahmes-nofretari daran, dass Osiris' Penis in Esna von einem Fisch verschluckt worden war, «und daher darf hier niemand Fisch essen, auch deine Mutter und ich nicht», äußerte sie sich giftig in ihrem Brief. «Meiner Meinung nach wäre es besser gewesen, der Fisch hätte den Penis des Gottes anschwemmen lassen und an seiner Stelle die Stadt verspeist.»

Aahotep jedoch schrieb von einer gewissen unterschwelligen Unruhe an beiden Orten. Sie hatte sich kurz mit den Spionen unterhalten, und die hatten ihr von baufälligen Anlegern und Warenhäusern und von aufgegebenen Anwesen berichtet, deren Besitzer einst unter den Setius reich geworden waren, von einer überall spürbaren Unsicherheit sowohl in Esna als auch in Pi-Hathor. «Diese Städte haben das Vorrecht gehabt, Schiffe für die Eindringlinge zu bauen, auszustatten und auszubessern», hatte Aahotep geschrieben. «Diese Einnahmequelle ist versiegt und jetzt in Necheb. Eine andere Einnahmequelle war der Handelsweg von und nach Kusch. Die Städte liegen auf halbem Weg zwischen Auaris und Kusch. Aber da Waset nur dreiundzwanzig Meilen stromab zum Herzen Ägyptens geworden ist, bietet ihre Lage ihnen keine Vorteile mehr. Ihnen bleibt nur noch der Steinbruch in der Nähe von Pi-Hathor, und da Ahmose noch nicht begonnen hat, große Denkmäler zu errichten, sind die Steinbrecher arbeitslos und hungern.»

Aahmes-nofretari hatte Ahmose diese Briefe gezeigt, und er hatte sie gelesen und geknurrt. «Kamose hat ihnen auch nicht getraut», hatte er gemeint. «Aber sie können nichts ausrichten, Aahmes-nofretari, so wie sie zwischen Waset und Necheb eingeklemmt sind. Ihnen bleibt nichts, als ihr Schicksal anzunehmen. Ich kann doch die Kalksteinbrecher nicht einstellen, nur damit sie Brot und Zwiebeln haben, obwohl sie mir Leid tun, und die Schiffbauer in Necheb unter Paheri und den Abanas sind nun einmal verlässlicher als die verbliebenen Setius in Pi-Hathor. Wenigstens hat Kamose ihre Häuser nicht dem Erdboden gleichgemacht wie in Daschlut.» Er hatte sie flüchtig aufs Kinn geküsst. «Du und Mutter und eure Spione!», hatte er stillvergnügt gesagt.

Aahmes-nofretari war entrüstet über die unausgesprochene Andeutung, sie und Aahotep hätten ihren Spaß daran gehabt, ihr Netz aufzubauen, doch sie hatte ihm nicht widersprochen. Als wir ihm zuerst davon erzählt haben, hat er das durchaus nicht abfällig gesehen, sondern war dankbar für jede Zusicherung von Schutz, wie undurchsichtig auch immer. Ich werde die Sache nicht mehr mit ihm bereden.

Bisweilen gesellte sich Ahmose auf dem Dach zu ihr, streckte sich auf den Polstern aus, und dann unterhielten sie sich ruhig oder spielten Brettspiele oder benannten abwechselnd die Sternbilder über ihren Köpfen, aber weitaus öfter saß er lieber im dunklen Garten und trank Bier mit Turi, Kagemni, Hor-Aha und anderen.

Und Aahmes-nofretari, die hoch über Hunderten von winzigen Lichtern auf anderen bewohnten Dächern in der Stadt saß, lauschte dem schallenden Gelächter der Männer, das vom Rasen hochwehte, und kam sich verlassen vor. Die Ernte hat begonnen, dachte sie bedrückt. Das Getreide fällt unter den Sicheln der Mäher, und die Luft ist voll Staub von den Tennen. In den Weingärten singen Männer und Frauen beim Traubentreten, und der Honig aus den Waben wird wie dickflüssiger Sonnenschein in Krüge gefüllt. Die Gärten duften nach frisch zerdrückten Kräutern, Koriander und Kreuzkümmel, Thymian und frisch-herber Minze. Aber in meinem Schoß rührt sich nichts, kein Zeichen, dass mein Kind lebt. Dazu ist es wohl noch zu früh.

Hinter den Palmen, in deren mageren Wedeln sich der untergehende Mond verfangen hatte, fiel ihr ein flackerndes Licht ins Auge, und als sie über die Dachkante blickte, sah sie ein Boot still vorbeigleiten, ein Ruderer im Heck und im Bug die Gestalten eines Mannes und einer Frau, die sich in den Armen lagen und den Rest der Welt vergessen hatten. «Senehat», sagte sie matt, und die junge Frau verließ ihren Platz beim Windfang und kam zu ihr. «Das erinnert mich daran, dass ich noch keine Schätzung der Inet-Fische habe, die für die Kaufleute aus Keftiu gesalzen und gelagert werden sollen.

Behalte es im Kopf, wenn du kannst, und erinnere mich morgen daran, dass ich mich darum kümmere.» Senehat murmelte zustimmend und verschmolz wieder mit dem Dunkel. Ihr Götter, dachte Aahmes-nofretari, legte sich zurück und schloss die Augen. Es ist Vollmond, die Nachtluft duftet nach Liebe, und mir fällt dazu nichts weiter ein als Inet-Fisch. Sie war so leer, dass sie nicht einmal mehr weinen konnte.

ZEHNTES KAPITEL

Ganz Waset feierte im Monat Payni, wenn Vollmond war, das Schöne Fest vom Wüstental, und die Taos hatten sich den Hunderten von Menschen angeschlossen, die mit Gaben wie Essen, Öl und Wein für ihre Toten über den Fluss setzten. Ahmose hatte den Geburtstag seines Vaters im Phamenot nicht vergessen und ihn mit den üblichen Gebeten und einem Fest begangen, wie es sich in den Familien für lebende wie für tote Verwandte gehörte. Aber das Schöne Fest vom Wüstental war für alle ein feierliches Fest, bei dem Priester mit Weihrauch von Grabmal zu Grabmal gingen. Wenn die Andacht vorbei war, machten es sich die Angehörigen der Bestatteten neben den Toten bequem, speisten in ihrer Gegenwart und sprachen liebevoll über sie.

Wir haben so viele Tote, hatte Ahmose gedacht, während er zusah, wie Diener das Festmahl in Kamoses kleinem Vorhof aufbauten. Großmutters Gemahl Osiris Senechtenre, Seqenenre, mein Vater, zwei Kleinkinder, Osiris Kamose und Si-Amun, den wir an diesem Tag nicht erwähnen dürfen. Wir gehen von versiegelter Tür zu versiegelter Tür und legen unsere Gaben nieder, und nur wer gerade einen Todesfall hat, darf trauern. Aber das Fest ist ja auch nicht zum Trauern gedacht. Es dient dem Andenken an die Toten, und man erzählt von ihnen. Behek ist der Einzige, dessen Kummer immer frisch und schmerzlich ist. Wie viel kann so ein Hund fühlen? Wie begrenzt ist Beheks Verstand? Wartet er an diesem öden Ort darauf, dass Kamose herauskommt, oder weiß er, dass mein Bruder von uns gegangen ist, und hält es für seine Pflicht, seinen langen Schlaf zu bewachen?

Ahmose-onch kniete im Sand und hielt Behek im Arm. Sein Lehrer Pa-sche stand daneben und erklärte etwas, was Ahmose über dem Geschwätz der Diener und dem Geklirr des Geschirrs nicht hören konnte. Dieses Pärchen passt gut zusammen, dachte Ahmose jetzt. Ein paar Wutausbrüche zu Anfang, als Ahmose-onch gemerkt hat, dass er nicht mehr durch das Haus und über das Anwesen toben kann, aber er scheint nicht nur Pa-sches Disziplin angenommen zu haben, sondern auch Zutrauen zu ihm zu fassen. Auch das ein Sieg von Aahmes-nofretari, wie üblich.

Er warf seiner Frau, die ein kleines Stück von ihm entfernt still auf ihrem Stuhl saß, einen Blick zu. Letztens war sie immer auf der Hut, hatte sich angewöhnt, nur noch mit einem knappen Ja oder Nein zu antworten, setzte eine ausdruckslose Miene auf, die ihre Gedanken verbarg. Auf andere mochte das wie ein Rückfall in die Schüchternheit ihrer Jugend wirken, doch Ahmose wusste es besser. Sie war ständig furchtbar böse auf ihn, eine Wut, in die sich Enttäuschung und verletzter Stolz mischten, und er hätte es zwar gern anders gehabt, hatte aber mit seinem eigenen verwundeten Stolz zu tun. Wie gern hätte er zu der Intimität zurückgefunden, die einst zwischen ihnen gewesen war, aber seine Divisionen waren eingetroffen, zur gleichen Zeit auch Anchmahor und Harchuf, Paheri und Ahmose Abana, und so musste er seine Aufmerksamkeit seinem Heer widmen.

Er gestand sich jedoch seine Erleichterung über diese Ablenkung ein. Wenn er im lampenerhellten Garten mit den Männern zusammensaß, mit denen er gekämpft hatte, sie über die Zukunft sprachen und die Belagerung und Schlacht von Auaris aufleben ließen, genoss er das schallende Gelächter und die freimütige Unterhaltung. Er war sich bewusst, dass seine Frau allein oben über ihnen saß und vor sich hin brütete, doch zum ersten Mal seit sie Mann und Frau waren, hatte er keine Eile, zu ihr zu gehen. Er überlegte, ob die neue Schwangerschaft noch mehr auf ihre Stimmung drückte. Natürlich freute er sich, dass wieder ein Kind geboren werden sollte, aber noch mehr fürchtete er sich vor der Angst, die mit seinem Heranwachsen verbunden war.

Er war heimlich in den Tempel gegangen, um die Zukunft auslegen zu lassen, hatte in respektvoller Entfernung von dem jungen Priester mit der Sehergabe gestanden, während sich der Mann über den Ölfilm auf dem Wasser in der Seherschale beugte, und hatte mit angehaltenem Atem auf die Auslegung der Vision gewartet. Sein Herz hatte vor Angst ausgesetzt, als die Zeremonie beendet war und er am Kopfschütteln des Priesters die Niederlage ablesen konnte. «Hole dir auch eine Auslegung von Amuns Orakel, Majestät», hatte dieser gesagt. «Das Öl zeigt nicht immer genau, was sein wird, aber die Stimme des Gottes ist unfehlbar.»

«Ist es Krankheit oder Tod?», hatte Ahmose gekrächzt.

«Beides, Krankheit und Tod für das Kind», hatte die schonungslose Antwort gelautet, und Ahmose hatte den dunklen Raum verlassen, war in seine Sänfte gestiegen und hatte sich nach Haus tragen lassen. Seine Hoffnung war zunichte. Bis jetzt hatte er es einfach hingenommen, dass Kinder anfällig für Fieber und Krankheiten waren. Kinder starben so schnell. Doch jetzt fragte er sich, ob Aahmes-nofretaris Schoß krank war, etwas Unsichtbares, aber Tödliches für die Kinder, die sie gebar. Diese Möglichkeit vergrößerte seine Angst nur noch.

Dann kam ihm der Gedanke, dass ihm eine andere Frau vielleicht gesunde Nachkommen schenken könnte. Schließlich hatte er das Recht, sich andere Frauen zu nehmen. Sogar Nebenfrauen. Aber er konnte sich nicht richtig vorstellen, eine andere als Aahmes-nofretari zu lieben. Er wusste, er war die Art Mann, die nur mit einer Frau schlief und damit zufrieden war. Wie sich ihre Haut unter seinen Fingern anfühlte, der Duft ihres Leibes bei der Liebe, der Geschmack ihres Mundes unter seinem, alles bedeutete für ihn Geborgenheit und Erfüllung. Fremdes Fleisch würde diese wichtigen Dinge oder das gegenseitige Vertrauen und Verständnis niemals ersetzen können. Doch fremdes Fleisch konnte vielleicht künftige Könige und dazu Königinnen hervorbringen, die so lange lebten, dass sie das Alter der Vernunft erreichten. Entsetzt bemühte sich Ahmose, diese unguten Überlegungen beiseite zu schieben.

Ahmose-onch hatte vergeblich versucht, Behek von seinem Posten wegzulocken. Er hatte aufgegeben, und als Achtoi ihn rief, kam er in den Schutz des Sonnensegels seiner Eltern gelaufen. Pa-sche gesellte sich nach einer Verbeugung in ihre Richtung etwas gemessener zu den anderen Dienstboten, deren Binsenmatten und Sonnensegel sich unmittelbar vor dem Hof des Grabmals befanden. «Ach, ist das heiß!», rief Ahmose-onch und griff nach einem Krug Wasser. «Warum muss dieses Fest auch im Sommer sein?»

«Weil man bei Winterhochwasser den Fluss nur schwer überqueren kann und im Frühling alle mit der Aussaat beschäftigt sind», antwortete seine Mutter. «Es ist genau der richtige Zeitpunkt, dass man der Toten gedenkt.» Ahmose sah beifällig zu, wie der Junge, ehe sein Leibdiener ihm einen

Teller mit Essen auf die Knie stellte, die Finger in die Wasserschale tauchte, ohne dass man es ihm sagen musste.

«Pa-sche lehrt dich gute Manieren», sagte er. Ahmose-onch nickte gemessen.

«Mein Lehrer weiß alles», verkündete er. «Vater, hast du gewusst, dass der mächtige Gott Thot dem Gott Ptah sechshundert heilige Symbole gegeben hat, damit der alles auf der Welt ins Leben sprechen konnte?»

«Ja, natürlich», sagte Ahmose ernst. «Und wir selbst verwenden sie für formelle Schreiben. Aber die lernst du doch gewiss noch nicht!»

«Noch nicht.» Ahmose-onch zupfte ein Stück gebratene Ente vom Knochen und biss herzhaft hinein. «Ich übe die hieratische Schrift auf Tonscherben, die ich selbst in der Küche sammeln muss, sagt Pa-sche. Bislang kann ich erst zwölf Zeichen schreiben.»

«Zwölf!», rief Aahmes-nofretari. «Aber das ist sehr gut, Ahmose-onch. Zeigst du mir die bald einmal?»

«Erst wenn ich alle kann», sagte der und leckte das Salz von einer Gurkenscheibe, ehe er sie in den Mund steckte. Dann blickte er zu ihr hoch. «War das unhöflich, Mutter? Ich habe gerade die Ermahnung des Schreibers Ani gelernt.» Er kräuselte die Stirn und kaute nachdenklich. «‹Vergiss nicht, dass deine Mutter dich zur Welt gebracht und dich mit allumfassender Sorge aufgezogen hat›», sagte er stockend auf. «‹Gib ihr nie Anlass, sich über dich zu beschweren und die Hände zum Gott zu erheben und dein Benehmen zu geißeln, und gib dem Gott nie Grund, auf die Klagen deiner Mutter zu hören.›» Er schnaufte vor Anstrengung und strahlte dann. Aahmes-nofretari schenkte Ahmose ein entzücktes Lächeln, das erste unbeschwerte Lächeln, dachte er, das ich seit meiner Rückkehr gesehen habe.

«Das hast du sehr gut gemacht», sagte sie zu Ahmose-onch. «Du hast ein gutes Gedächtnis.»

«Die Veränderung an ihm gefällt mir sehr, Aahmes-nofretari», bemerkte Ahmose und sah hinter seinem Stiefsohn her, der über den Sand lief. «Pa-sche hat berichtet, wie rasch sein Schüler auffasst und behält, was man ihn lehrt.» Aahmes-nofretari nickte.

«Pa-sche hat gefragt, ob er ihn irgendwann abends mit aufs Dach nehmen und ihm die Sternbilder zeigen kann», sagte sie. «Zuerst habe ich ängstlich reagiert, Ahmose. Vater ist mir eingefallen, wie er allein oben auf dem alten Palast gesessen hat und dann, wie Kamose ermordet worden ist und du verwundet wurdest. Ist das nicht dumm? Noch nie haben wir so viel Sicherheit genossen, und trotzdem zucke ich noch immer bei jedem Schatten zusammen.»

«Ich bisweilen auch», bekannte er. «Aber mit einer Leibwache kann den beiden nichts passieren.» Er schnipste mit den Fingern, holte Achtoi herbei. «Es ist Zeit, nach Hause zurückzukehren», sagte er. «Ich möchte Abana und Paheri sehen, ehe sie nach Necheb aufbrechen. Ich habe ihnen einen Monat frei gegeben, danach müssen sie zurück ins Delta.» Sofort wurde ihre Miene undurchschaubar.

«Ich bleibe noch ein Weilchen hier», sagte sie kühl. «Ich möchte eine Gabe bei Si-Amun lassen, und es ist mir einerlei, dass es nicht erlaubt ist.»

«Mir auch», sagte er leise mitten in ihr trotziges Gesicht. «Erinnere dich an seine Bestattung, Aahmes-nofretari. Wir alle, selbst Amunmose, haben es gewagt, seinen Leichnam heilig und unverletzlich zu machen, als wir Vater bestattet haben.» Er konnte sich nicht erinnern, ob sie Si-Amun bei anderen Schönen Festen geehrt hatte, und fragte sich, ob sie nur heute darauf bestand, weil sie ihn damit in Verlegenheit bringen wollte. «Achtoi, hole den Prinzen und lass die Sänften bringen», befahl er. «Die Zeremonie ist beendet.»

Nach dem Monat Mesore beging man am ersten Tag im Thot den Beginn des neuen Jahres, das Erscheinen des Sopet-Sterns und den Winteranfang. Ganz Ägypten feierte, drängelte sich in den Tempeln, verteilte sich an den Ufern des Nils, wo Süßigkeitenhändler und Hersteller billiger Götterbilder ihre Waren feilboten, und strömte zum Tanzen, Trinken und Schwatzen auf die Dorfanger. Edelleute und Reiche zog es Abends aufs Wasser, dort ließ man sich zur Musik von Trommel, Pfeife und Laute treiben, während das gemächliche Kielwasser den Fackelschein der geschmückten Boote und Barken zurückwarf.

Ahmose stand vor Tagesanbruch auf und lauschte der Lobeshymne, die in Amuns Tempel für ihn gesungen wurde, dann vollzog er höchstpersönlich das Öffnen des Schreins und das Speisen, Ankleiden und Einnebeln des Gottes mit Weihrauch.

Er hatte nichts von der furchtbaren Vision des Sehers erzählt. Und Amuns Orakel hatte er auch nicht befragt. Solange ich mich nicht bemühe, die Vorhersage bestätigen zu lassen, kann ich zweifeln und hoffen, sagte er sich bekümmert, während er sich verneigte und sich bäuchlings niederwarf, die Arme hob und fallen ließ, während sein Mund zusammen mit den weiß gekleideten Männern ringsum Lobes- und Bittworte sprach. Das Kleine lebt. Aahmes-nofretari spürt, wie es sich in ihr bewegt. Sie hat meine Hand genommen und sie auf ihren Unterleib gelegt, und ich habe selbst das unmerkliche Flattern seiner Gliedmaßen gespürt. Vielleicht wird doch noch alles gut. Vielleicht hat das Wahrsageöl Dämonen angelockt, die mich täuschen, meine Liebe zu ihr vergiften und die große Verheißung der Zukunft zerstören wollen. Er war jedoch ein ehrlicher Mensch, und seine Vernunftgründe klangen selbst in seinen Ohren hohl.

Als er über den Vorhof des Tempels zu seiner Sänfte ging, versengte und blendete ihn die Sonne, die noch immer gnadenlos herunterbrannte, und er war niedergeschlagen. Heute Abend nehme ich sie mit auf den Fluss, schwor er sich. Ich schlafe mit ihr auf dem Dach. Ich mache meinen Leib zu einem Instrument der Beruhigung für sie, wenn meine Zunge die Worte verweigert, die ich gern sagen möchte. Heute beginnen die Priester mit ihrer Überwachung des Nils, machen sich bereit, das Ansteigen des Wassers zu melden. Heute beginnt ein neues Jahr mit all seinen unbekannten Freuden und Leiden, und nur die Götter wissen, wie es enden wird, aber gewiss wird uns die Zuneigung, die Aahmes-nofretari und ich füreinander empfinden, Kraft geben, alles zu bewahren, sonst rinnt es davon wie Sand durch gespreizte Finger.

Ägypten stieß einen Stoßseufzer aus, als das jährliche Hochwasser einsetzte. Die Ernte war wohlbehalten eingebracht, die entsprechenden Steuern waren festgesetzt worden, und Ahmose hatte sich allmählich mit der täglichen Abfolge von Beratungen, Audienzen und den kleinen Schwierigkeiten seines augenblicklichen Lebens angefreundet. Sobek-nachts Familie traf mit all ihrer Habe in Waset ein, ein Zeichen für Ahmose, dass sich der Fürst endgültig für ihn entschieden hatte. Ahmose ernannte ihn zum Obersten Baumeister und gab ihm ein Haus neben den Häusern der fremdländischen Gesandten, die allmählich einer nach dem anderen in die Stadt zogen. Und langsam freute sich Ahmose auch auf seine Stunde mit Sobek-nacht im alten Palast.

Aahmes-nofretari nahm weiterhin an den morgendlichen Audienzen teil, doch nur wenig an den Beratungen, und ihr Schreiber war zwar zugegen, schrieb sich aber nichts auf.

Ihre Schwangerschaft zeigte sich an einer gewissen zarten Rundung ihres Unterleibes und dem gesunden, strahlenden Aussehen ihrer Haut. Die meisten Nachmittage verbrachte sie in ihren eigenen Gemächern, kam ihren Pflichten als Zweiter Prophet Amuns im Tempel nach und besuchte gelegentlich die Kasernen der Leibwache, die noch immer unter dem Befehl von Emchu standen, danach ruhte sie im schattigen Garten.

Weder sie noch Ahmose sahen viel von Ahmose-onch. Er und Pa-sche bildeten jetzt eine Streitmacht aus zwei Menschen. Pa-sche begleitete seinen Schützling auf den Exerzierplatz, wo der Junge lernte, mit seinem winzigen Bogen und einem kleinen Schwert umzugehen. Sie fuhren zusammen in die Sümpfe, damit Ahmose-onch seinen Wurfstock nach quakenden Enten werfen konnte. Und Ahmose-onch hing an der Hand seines Lehrers, wenn dieser seinen eigenen Geschäften nachging. Bei einem wöchentlichen Bericht hatte Ahmose zu Pa-sche gesagt, dass ein Lehrer außerhalb der Schulstunden nicht für seinen Schüler verantwortlich sei, aber Pa-sche hatte Einwände erhoben. «Bisweilen werden die wertvollsten Lektionen außerhalb der Schulstunden erteilt, wenn die formale Ausbildung beendet ist, Majestät», hatte er klargestellt. «Die Gelegenheit, gute Manieren, Ehrlichkeit und Güte einzuflößen, wie es die Maat von einem Kind verlangt, ergibt sich beim Diktatschreiben oder Rechnen nicht gerade häufig. Wenn ich allein sein möchte, lasse ich Raa holen, und sie übernimmt den Prinzen. So einfach ist das.»

«Raa wird ganz fett vor lauter Müßiggang», sagt Ahmose grinsend. «Und dein Prinz geht uns mit seinem halb verdauten Wissen auf den Geist. Friede!» Er hielt die Hand hoch, um Pa-sches entrüstetem Aufschrei zuvorzukommen. «Ich bin sehr damit zufrieden, wie du dich um den Falken-im-Nest kümmerst. Pass auf, dass du dich in deinem Bemühen nicht erschöpfst.»

Vor einer Aufgabe hatte sich Ahmose besonders gefürchtet, nämlich jedem Statthalter der vielen Nomarchen, die er mittlerweile kontrollierte, einen zweiten Mann zuzuordnen, der ihm verlässliche Berichte über den Zustand der Nomarche schickte. Vor geraumer Zeit hatte er Aahmes-nofretari gebeten, eine Liste von geeigneten Spionen aufzustellen, denn trotz ihrer gehobenen Stellung als Stellvertreter waren sie dennoch Spione. Aber angesehen hatte er sich die Liste nicht. Jetzt bat er sie darum, teilweise weil es seine Pflicht war, aber hauptsächlich, weil er mit ihr sprechen wollte. Sie kam eines Spätnachmittags mit Chunes in sein Arbeitszimmer, und als Geste des Vertrauens schickte Ahmose Ipi fort. Als Chunes zu ihren Füßen Platz nahm, reichte er ihr einen großen Stapel Papyri hoch. Ahmose sank der Mut. «Es sind nur zweiundzwanzig Nomarchen», sagte er. «Gewiss braucht dein Schreiber zum Aufschreiben nicht so viele Papyri!» Sie lächelte hochfahrend.

«Natürlich nicht», gab sie zurück. «Aber ich dachte, du möchtest auch wissen, wie wir mit unseren Handelsverträgen vorankommen. Du hast die Gesandten von Keftiu, Asi, Mitanni und sogar ein paar fremdländische und ungehobelte Männer aus Kusch offiziell empfangen.» Ahmose beugte sich interessiert vor.

«Welche Verträge hast du abgeschlossen?», erkundigte er sich. Sie blätterte den Stapel hellgelber Papyri durch.

«Zunächst natürlich die mit den Keftius. Sie werden uns Bronze, Mohn und Farben im Austausch für Leinen und Papyrus liefern. Sie haben noch andere Dinge, Vasen, Becher und so fort, aber derlei Luxuswaren brauchen wir noch nicht.» Sie reichte Chunes ein Blatt hinunter. «Aus Asi bekommen wir Rohsilber, nicht viel, denn es ist selten. Dafür liefern wir ihnen Leinen, Papyrus und Getreide.» Ein weiteres Blatt wanderte zu Chunes. Ahmose hörte es rascheln, obwohl er den jungen Mann nicht sehen konnte. «Mitanni macht Schwierigkeiten. Es ist weit im Osten hinter Rethennu gelegen, und sein Gesandter weiß nicht recht, ob er in Waset bleiben und sich dieser tiefsten Provinz widmen soll.» Sie lächelte. «Aber mit ihm sind mehrere Kaufleute gekommen, und um die kümmert sich Nofreperet. Kaufleute wollen Gewinn machen, und diese Männer wittern künftigen Reichtum. Sie werden uns Gewürze, kostbare Hölzer, Rotgold und Dolchklingen aus Eisen verschaffen, alles, was wir hier in Ägypten weder herstellen noch anpflanzen können. Aber dafür wollen sie Getreide und Gold haben.»

«Die Speicher sind voll, also ist Getreide kein Problem», warf Ahmose ein. «Aber aus Kusch und Wawat kommt noch nicht regelmäßig Gold. Wie willst du bezahlen?» Sie hielt einen Finger hoch.

«Ich habe mir die Mühe gemacht, den Männern aus Kusch eine Audienz zu gewähren. Sie sind von ihren Stämmen im Süden nach Waset gekommen und wollen Zusicherungen, dass du sie in Ruhe lässt. Sie fürchten Teti-en und den Stämmebund, aus dem sein kleines Königreich besteht, und sie fürchten dich. Ich habe ihnen gesagt, solange sie uns Gold liefern, versuchen wir, sie vor dem Schönen Teti-en zu schützen, falls sich der entschließen sollte, seinen Einflussbereich auszuweiten.»

«Ach wirklich!», rutschte es Ahmose heraus. «Dann soll ich also Truppen für Kusch bereitstellen, wann immer sich diese Höhlenbewohner einbilden, dass ihr jämmerliches Leben in Gefahr ist? Hast du dafür gesorgt, dass sich die Mühe lohnt?»

«Ich glaube schon», erwiderte sie kühl und ungerührt von seinem Ausbruch. «Kusch hält die Goldbergwerke in Schuss und schickt uns außerdem Elfenbein, Ebenholz, Weihrauch, Lapislazuli und exotische Tierfelle.»

«Aha!» Ahmose nickte. «Sehr gut. Eine Menge im Austausch für nichts weiter als das Versprechen, Schutz zu geben. Hoffen wir, dass sich Teti-en mit der sonderbaren Ansammlung von Dörfern zufrieden gibt, die er sein Königreich nennt. Ich wundere mich, dass er keine Abgesandten zu uns geschickt hat, nachdem sein so genannter Bruder Apophis jetzt machtlos ist.» Er seufzte. «Aber, Aahmes-nofretari, ich brauche Zedern aus Rethennu als Masten für meine Schiffe. Wann fällt Auaris?»

Ganz kurz herrschte Schweigen, seine Frau blickte ihn an und wölbte die dunklen Brauen. Sie wartet auf ein Kompliment, ging ihm jählings auf. Sie hat mir zuliebe eine Menge zuwege gebracht, und ich hocke da wie ein selbstsüchtiger Dummkopf. «Ich staune über deine Tüchtigkeit und wie viel Erfolg du mit deinen Bemühungen hast», sagte er schließlich. «Hoffentlich tragen alle Übereinkünfte Frucht. Was ist jetzt mit der Namensliste?» Sie nickte, als befriedigten sie seine Worte, und dieses Mal las sie nicht aus dem Papyrus vor, sondern schob ihn über den Tisch.

«Um Handelsverträge zu feilschen, ist nichts, verglichen mit den Monaten, die ich über dieser Aufstellung verbracht habe», sagte sie schroff. «Ich habe die Archive im Haus des Lebens hier in Waset eingesehen und die Abstammung geeigneter Männer überprüft. Nachdem Chunes in meine Dienste getreten war, habe ich ihn in jedes Haus des Lebens geschickt, von Chemmenu bis Swenet im Süden. Nach seiner Rückkehr sind wir alles durchgegangen: Alter, Familiengeschichte und Verbindungen, Begabungen, Erfolg oder Misserfolg im Umgang mit den eigenen Aufsehern und Bauern, Verhalten zur Zeit unseres Vaters und während Kamoses Aufstand.» Sie deutete mit dem Kinn auf die Liste. «Was ich an Urteilsfähigkeit und Einfühlungsgabe habe, ist in der Liste da enthalten», sagte sie. «Ich bin bereit, für die Treue jedes Mannes, den ich ausgewählt habe, die Hand ins Feuer zu legen.»

«Wirklich?», verwunderte er sich. «Dann musst du außerordentlich gründlich geprüft haben und sehr überzeugt von deiner Arbeit sein.» Er raschelte mit dem Papyrus, und seine Miene heiterte sich auf. «Wie ich sehe, hast du nicht nur eine Liste von Namen aufgestellt, sondern auch aufgeschrieben, wer sich am besten für welche Nomarche eignet. Ich kenne nur wenige davon.» Er war sichtlich erleichtert und machte sich kaum die Mühe, die Liste zu überfliegen. «Ehrlich gesagt, mir fällt ein Stein vom Herzen, wenn sie erst allesamt vor Ort sind und mir regelmäßig Bericht erstatten. Vermutlich hast du mit Mutter auch dafür schon gesorgt?»

«Natürlich», sagte sie prompt. «Ich habe neue Herolde eingestellt, die nur auf deinen Befehl warten, diese Männer nach Waset einzubestellen, damit sie dir Treue schwören, ehe sie sich auf ihre Posten verteilen.» Sie zögerte. «Ahmose, vielleicht wäre es von Vorteil, wenn wir uns einen Titel für sie ausdenken würden. Nach außen hin sind sie Berater des Nomarchen und Fürsten, aber möglicherweise ist es ihnen zuwider, dass sie kaum mehr als Spitzel sind. Schließlich habe ich sie wegen ihrer Ehrlichkeit und Verlässlichkeit ausgesucht.»

«Ich habe dir schon vor Monaten gesagt, dass sich in meiner Regierungszeit der Kopf eines Edelmannes nie wieder höher erheben darf, als ich bestimme», sagte er, «und dass ich sie gern mit Titeln überhäufe. Titel bedeuten gar nichts, es sei denn, man hat dazu auch Macht, und die bekommen sie von mir nicht! Darum bin ich deiner Meinung.» Er blickte zur Decke. «Wie sollen wir sie nennen? Lass sehen. Wie wäre es mit ‹Herold seines Gebieters und des Amunsohnes? Der Beiname ‹Herold› nimmt ihren Berichten an mich den Beigeschmack der Heimlichkeit, zumindest für sie, und ‹Amunsohn› sorgt dafür, dass sie nur mir allein verantwortlich sind. Ja?»

«Du bist ein schlauer und verschlagener Gott!», sagte sie lachend. «Ja, du hast gut gewählt. Bekommen sie denn überhaupt keine Macht, Ahmose?»

«Von Befehlsgewalt reden wir erst, wenn sie vor mir knien», antwortete er nachdenklich. «Aber ich bin gewillt, ihnen jede Nomarche zu übertragen, deren Nomarch Misswirtschaft treibt oder zum Aufruhr anstiftet.»

«Mit Ausnahme von Ramose natürlich», stellte sie klar. «Dem hast du die Nomarche Un und völlige Herrschaft über Chemmenu, Neferusi, Hor und Daschlut gegeben. Ihm habe ich keinen zweiten Mann zugeteilt.»

«Nein. Ramose muss ich nicht überwachen. Dem vertraue ich wirklich.»

«Du wirst unvorsichtig», meinte sie.

«Nicht ganz», sagte er. «Bisweilen träume ich von dem Aufstand der Fürsten. Ich war ja bewusstlos und verwundet und habe nichts mitbekommen, weder deine Tapferkeit noch die unserer Mutter bei der Niederschlagung, aber der Albtraum sucht mich dennoch heim. Ich möchte kein Messer in den Rücken bekommen, wenn ich es am wenigsten erwarte. Und ich möchte auch nicht während meiner ganzen Regierungszeit mit meinen Divisionen durchs Land ziehen und Aufstände niederschlagen.»

«Es ist nicht mehr wirklich Misstrauen, nicht wahr?» Ihre Blicke kreuzten sich, und er las in ihrem Zuneigung.

«Nein», sagte er schlicht. «Du hast das Vertrauen, das ich in dich, meine liebste Schwester, gesetzt hatte, völlig gerechtfertigt, und das hat mich ermutigt, Vertrauen in die Männer zu setzen, die du während meiner Abwesenheit um dich geschart hast.»

«Danke, Ahmose», sagte sie gerührt. «Das habe ich hören wollen. Dann bist du also nicht mehr eifersüchtig?» Er suchte nach Humor in ihrer Miene, hätte ihn gern gesehen, doch sie meinte es vollkommen ernst, und er musste ihr gleichermaßen ehrlich antworten. Sie hatten miteinander geredet wie früher, als sie ihre Beschlüsse noch in völliger Übereinstimmung getroffen hatten.

«Manchmal überkommt es mich noch, wenn ich mich ärgere», gestand er. «Aber ich liebe dich, Aahmes-nofretari. Ich liebe dich wie in früheren Zeiten.» Ihm wurde unbehaglich zumute, als er die Tränen in ihren Augen sah.

«Ich liebe dich auch, mein Bruder», sagte sie. Ahmose erhob sich.

«Von Mutter und Großmutter sind längere Zeit keine Rollen gekommen», meinte er. Gehorsam war auch Aahmes-nofretari aufgestanden, doch dann hob sie abrupt und unerwartet die Arme, reckte sich langsam, gähnte und entblößte dabei ihre lange, goldumschlungene Kehle. Das war so katzenartig, dass Ahmose staunte, aber noch mehr staunte er, dass es ihn geschlechtlich erregte.

«Gewiss sind sie wohlbehalten und bei guter Gesundheit», antwortete sie. «In ihrem letzten Brief hat Mutter geschrieben, dass das Grabmal ihrer Vorfahrin in Djeb tatsächlich ausgebessert werden muss. Sie wohnen in einem Haus am Fluss und genießen vermutlich den langsamen Gang des Lebens im Süden.» Er kam um den Tisch herum und ließ die Hand unter ihr Haar gleiten. Ihr Nacken war heiß.

«Ich überlasse es dir, die Männer auf der Liste herzubestellen», murmelte er. « Komm, wir gehen unterdessen in meine Gemächer, Aahmes-nofretari, oder deine, einerlei. Du hast mir im Bett gefehlt. Ich möchte dich lieben.» Mit dieser nackten Bitte hatte er ziemlich viel von seinem Stolz hinuntergeschluckt und wartete jetzt ängstlich auf ihre Reaktion. Sie rührte sich nicht. Er wollte die Hand schon verlegen zurückziehen, da drehte sie sich zu ihm um, und er las erst Argwohn, dann Freude auf ihrer Miene. Ja, dieses Mal bin ich ganz bei dir, sagte er stumm.

«Zu Befehl, Majestät», flüsterte sie. «Und du, Chunes, kannst den Brief entwerfen, der den vom König gebilligten Männern gebracht werden soll. Ich sehe ihn mir später an.»

Es war der Beginn einer Art Versöhnung, die mit vielen Rückschlägen und Verletzungen verbunden war, denn schließlich musste sich jeder mit den Veränderungen abfinden, die beim anderen stattgefunden hatten. Dabei kamen ihnen die vielschichtige, aber feste Routine des Hoflebens und Aahmes-nofretaris Schwangerschaft zu Hilfe.

Anfang Choiak, gleich nach dem Hathor-Fest, als der Fluss beinahe den Höchststand erreicht hatte und die Luft nicht mehr ganz so brennend heiß war, traf Ahmose Abana ein. Er ging in den Garten, wo Ahmose und seine Frau den Sonnenuntergang genossen. Pa-sche und Ahmose-onch waren auch zugegen. Auf Aahmes-nofretaris klein gewordenem Schoß lagen Tonscherben, denn der Junge hatte ihr stolz die Lektionen gezeigt, die er darauf geschrieben hatte. Ahmose sah beiden erfreut zu. Sie saßen im matten, roten, rasch nachlassenden Licht, und ihre Stimmen, die sanfte seiner Frau und die helle seines Sohnes, hallten ganz eigenartig, wie es oft beim letzten Anblick von Res Scheibe war.

Da löste sich ein Herold aus dem Dämmer und hinter ihm

eine andere Gestalt, die sich verbeugte. «Admiral Ahmose Abana, Majestät», verkündete Ersterer.

«Was?» Ahmose winkte ihn beiseite. «Abana, was tust du hier? Es ist knapp sechs Wochen her, dass du von Necheb ins Delta zurückgekehrt bist. Du siehst furchtbar aus. Achtoi, sorge für Essen und Wein.»

Der junge Mann trat näher und verbeugte sich, der Rücken krumm und die sonst so belebten Züge hölzern, und da bekam es Ahmose mit der Angst zu tun. Die Fürstenmauer ist vom Feind zurückerobert worden, rasten seine Gedanken. Die Setius haben weitere Soldaten bekommen, und die strömen in diesem Augenblick auf der Horusstraße ins Delta. Die Tore von Auaris haben sich geöffnet, mein Heer hat nicht standhalten können, und Apophis marschiert auf Waset. Er holte tief Luft und schnipste mit den Fingern. «Ahmose-onch, Zeit, ins Bett zu gehen», sagte er. «Keine Widerworte. Sammele deine Scherben ein und tu sie in den Beutel. Gib mir und deiner Mutter einen Kuss.» Ahmose-onch gehorchte schmollend, was er aber gut verbarg.

Ahmose gab sich einen Ruck und blickte sich um. «Ipi, du bleibst», befahl er. Hekayib entzündete Lampe für Lampe. Ahmose sah zu, wie Abanas Züge im Lampenschein immer deutlicher wurden. Der Mann sah wirklich erschöpft aus, die Augen halb zugeschwollen, die Schultern gebeugt. Hekayib war fertig, verbeugte sich und verschwand in der zunehmenden Dunkelheit.

Ahmose winkte dem Admiral. «Setz dich lieber, ehe du umfällst, Abana», sagte er. «Bist du allein? Wieso bist du nicht mit der *Strahlen in Mennofer* gekommen?» Abana sank auf die Matte und seufzte erleichtert.

«Ich bin allein in dem leichtesten Boot gekommen, das ich finden konnte, Majestät», antwortete er heiser. «Ich musste schnell sein. Es war ein Fehler, keine Hilfe mitzunehmen, denn ich musste bei höchstem Wasserstand gegen den Winterwind anrudern, aber ich wollte dir die Nachricht persönlich überbringen, ehe sie sich in Waset herumspricht. Gegen die Überschwemmung, das ist auch im Boot keine leichte Arbeit.»

Ruhe, Ahmose, sagte sich der König. Wie kommst du darauf, dass es schlechte Nachrichten sind? Wie können sie schlecht sein, wenn meine Soldaten ganz Auaris umzingeln?

«Ich weiß, wie geschickt du mit dem Boot umgehen kannst», sagte er gereizt. «Darauf musst du mich nicht erst hinweisen. Sag, was ist geschehen?» Abana blickte zu ihm hoch.

«Wir haben versagt, Majestät», gestand er. «Uns bot sich Gelegenheit, Apophis zu fangen, und wir haben sie verschenkt. Ich überbringe dir die untertänigsten Entschuldigungen der Generäle, die für die Belagerung der Stadt verantwortlich sind.»

«Ihn fangen?», hakte Aahmes-nofretari scharf nach. «Willst du damit sagen, dass Auaris gefallen ist?» Sie hatte sich vorgebeugt, ihre Miene war ungläubig. Abana schüttelte den Kopf.

«Mögen uns die Götter für unsere Nachlässigkeit strafen», sagte er bitter. «Zu unserer Entschuldigung möchte ich sagen, dass eine jahrelange Belagerung ermüdend ist und dass Soldaten auf ihrem Posten unaufmerksam werden, selbst wenn sie noch ihre Pflicht tun.» Er stolperte ein wenig über die eigenen Worte, und obwohl Ahmose darauf brannte, seinen Bericht zu hören, gebot er ihm Einhalt.

«Iss und trink, ehe du weiterredest», sagte er. «Achtoi hat dir zu essen gebracht.» Abana griff hastig zu. Ahmose wartete. Endlich wischte sich Abana den Mund.

«Verzeihung, Majestät …», fing er an, doch da riss Ahmose der Geduldsfaden.

«Demut vor den Göttern ist etwas sehr Schönes», brüllte er, «aber vor einem König ist sie ein ärgerliches Hindernis, dem man am besten einen Tritt gibt. Ausgerechnet du, Admiral, hast sie nicht gerade gepachtet, also Schluss damit, rede.»

Abana kreuzte die Beine, umschlang die Knie und wiegte sich ein wenig hin und her. Er ist wirklich gemäßigter geworden, dachte Ahmose erstaunt. Das ist nicht gespielt. «Am Zwölften im Athyr haben wir den letzten Tag des Hapi-Festes gefeiert», begann Abana. «Natürlich hat das ganze Heer teilgenommen, doch da Hapi der Nilgott ist, hat die Flotte die Riten mit besonderer Ehrfurcht und Freude befolgt.» Er warf Ahmose einen raschen Blick zu. «Wenn ich sage, das ganze Heer, dann meine ich die Männer, die dienstfrei hatten. Ein Teil der Flotte hat weiter die Kanäle rings um Auaris patrouilliert, nüchtern und wie es sich gehört.»

«Und die Übrigen haben sich betrunken», sagte Ahmose trocken. Abana nickte.

«Wie immer bei Festen», bestätigte er. «In jener Nacht hat Paheri die Flotte befehligt. Ich und meine Mannschaft, wir hatten frei und haben mit unserem Bier am Kochfeuer gesessen. Wir waren auf der Ostseite der Stadt mit Wasser zwischen uns und den Mauern. Auf einmal haben wir von der Westseite, wo sich der Hauptnebenarm an Auaris vorbeischlängelt und wo das Tor schon einmal aufgegangen ist, einen großen Tumult gehört. Ich bin aufgestanden und losgerannt. Als ich zum Tor gekommen bin, war eine Heerschar Setius leise und im Schutz der Dunkelheit herausgekommen und griff unsere Männer an. Das Tor war wieder zu. Unsere Männer waren überrascht und durcheinander. Es hatte keine Warnung gegeben.»

«Natürlich nicht», warf Ahmose ein. «Haben die Generäle erwartet, dass die Setius mit Fackeln auf der Mauer stehen und rufen ‹Alles bereit, wir kommen raus›?» Abana umfasste seine Knie fester.

«Die Stadt ist so lange still gewesen, wochenlang, Majestät, als wäre sie tot. Der Ausfall kam völlig unerwartet. Ich bin zur *Strahlen in Mennofer* zurückgerannt. Wir waren auf der Ostseite von Auaris und wollten uns in den Kampf stürzen. Aber als ich die Mauer gemustert habe, war da eine Bewegung.» Er schlug sich mit der Hand an die Stirn. «Ich Dummkopf! Ich hatte dienstfrei. Ich war betrunken und wurde wieder nüchtern, aber nicht schnell genug. Mauer und Himmel waren sehr dunkel. Ich konnte nicht gut sehen, aber mein Vetter Zaa neben mir hat ins Dunkel gezeigt. ‹Da oben sind Männer und lassen etwas herunter›, hat er gesagt. ‹Ein Boot, glaube ich.› Bei seinen Worten schlug etwas auf dem Wasser auf. Ich hatte keinen Durchblick. Wenn ich mich nicht mit Bier hätte voll laufen lassen, mir wäre schneller klar geworden, dass die Kämpfe auf der Westseite reine Ablenkung waren. ‹Sie lassen noch etwas herunter›, hat Zaa gesagt. ‹Sieht wie ein großer Korb aus. Was ist da los, Ahmose?›» Abana ballte die Fäuste und hämmerte auf den Boden ein. «Majestät, da habe ich noch immer nichts begriffen», platzte er heraus. «Wenn ich jenen Korb in Ruhe gelassen, wenn ich ruhig abgewartet hätte, könnte ich hier heute Abend vor dir stehen und dir deinen abscheulichen Feind an meinen Mast gebunden bringen!»

«In dem Korb war Apophis», sagte Aahmes-nofretari tonlos. «Er wollte fliehen. Wie unehrenhaft, sein Volk zu verlassen und sich wie ein Wiesel davonzustehlen. Woher hast du gewusst, dass er das ist? War noch jemand bei ihm?» Tani, dachte Ahmose sofort und griff nach der Hand seiner Frau. Die war kalt, und er drückte sie sacht.

«Auf meinem Schiff brannte die Lampe des Steuermanns, Majestät», sagte Abana. «Ich konnte in dem Korb Bewegung ausmachen, als er langsam an der Mauer herunterglitt. Ohne nachzudenken, denn ich war ja noch immer benebelt, habe ich meinen Bogen genommen und einen Pfeil auf die verschwommenen Gestalten im Korb abgeschossen. Es hat einen Mann getroffen, der aufgeschrien hat, herausgefallen ist und das dunkle Tuch mit sich gerissen hat, unter dem sich die Insassen versteckt hatten. Ein Schrei, und der Korb wurde eilig wieder hochgezogen. Gerade als der Korb über den Rand der Mauer gehievt wurde, hat ein Gesicht herausgespäht. Apophis, gar kein Zweifel. Einer meiner Bootsleute hat sich an ihn von seinem Besuch hier in Waset erinnert. Jetzt weißt du, warum ich um Vergebung bitten muss», sagte Abana. «Der Thronräuber ist wieder in seiner Festung, und ich schäme mich.»

Er verstummte, und Ahmose lehnte sich zurück, damit sein Gesicht im Schatten war. Seine Gedanken rasten. Neben ihm atmete Aahmes-nofretari hastig und hörbar, ob nun aus Zorn über Abanas Unfähigkeit oder aus Angst um Tani in jenem Korb, er wusste es nicht. Nein, Apophis würde Tani nicht mitnehmen, sagte sich Ahmose. Falls er jemanden mitnimmt, dann gewiss seinen ältesten Sohn, Apophis II., und vielleicht auch Kypenpen, seinen jüngeren Sohn. Eine Königin ist unschwer zu bekommen, Nachfolger schon schwerer. «Ist der Mann, den du erschossen hast, bekannt gewesen?», fragte er unvermittelt. Abana schüttelte den Kopf.

«Er war reich gekleidet, in ein Haushofmeistergewand», sagte er. «Weiße Haare und ein Bart nach Setiu-Mode.»

«Was Apophis jetzt wohl macht?», überlegte Ahmose.

Abana rümpfte die Nase. Nachdem er seine Geschichte erzählt hatte, ohne dass der König einen Wutanfall hatte, kehrte sein angeborenes Selbstvertrauen zurück. «Er wird es, glaube ich, noch einmal versuchen», sagte er, «aber nicht so bald. Seine Erfahrung dürfte ihn verstört haben. Aber, Majestät, in Auaris muss die Lage kritisch sein, sonst hätte er nicht beschlossen, Tausende von Einwohnern, für die er Verantwortung trägt, im Stich zu lassen.»

«Ich habe es satt, darüber Vermutungen anzustellen», sagte Ahmose mit einem Seufzer. «Wie viel Wasser, wie viel Nahrung, wie viel Krankheit, wie viel Verzweiflung, was nützt das schon, wenn die Tore niemals aufgehen und die Niederlage nicht eingestanden wird? Steh auf, Abana.» Der junge Mann gehorchte. Ahmose konnte sehen, dass ihm beides, Essen und Erleichterung seines Gewissens, gut getan hatten. Er sah nicht mehr so gehetzt aus. «Falls das ganze Heer und die ganze Flotte gefeiert hätten und du im Dienst betrunken gewesen wärst, ich wäre gewiss so wütend gewesen, dass ich meinen Befehlshabern Nasen und Ohren abgeschnitten und sie in die Verbannung geschickt hätte», sagte er. «Aber so undiszipliniert war niemand. Darum ist keine Schelte erforderlich, obwohl mir scheinen will, die Wachsamkeit der Generäle lässt etwas zu wünschen übrig. Gehe mit Achtoi. Er sucht dir ein Bett und jemanden, der dich badet.» Abana verbeugte sich.

«Majestät, es stimmt, dein Heer ist gewissenhaft», sagte er. «Ich danke dir für deine Großmut mir gegenüber, deinem beflissenen und zerknirschten Diener.» Er entfernte sich mit gekrümmtem Rücken rückwärts.

«Ipi, hast du alles aufgeschrieben, was der Admiral gesagt hat?», fragte Ahmose. Der Schreiber nickte. «Es wird, glaube ich, für mich Zeit, ins Delta zurückzukehren», sagte Ahmose bedrückt. «Die Soldaten müssen mich wieder einmal sehen. Ihre Begeisterung für eine zugegebenermaßen langweilige

Aufgabe nimmt ab.» Er war sich sehr deutlich des starren Profils und der Anspannung seiner Frau bewusst.

«Ein eigenartiges Gefühl, als er zu der Stelle kam, dass Tani vielleicht in dem Korb gewesen ist», sagte sie zögernd. «Ich war besorgt und wiederum nicht besorgt.» Er legte ihr den Arm um die verkrampften Schultern.

«Ich weiß», sagte er schlicht. «Wir sollten hineingehen, Aahmes-nofretari. Dir ist kalt.» Gehorsam stand sie auf. «Du tust, was du tun musst, ziehst nach Norden oder bleibst hier. Was mich betrifft, so bin ich die Gefangene dieses Leibes und muss wieder einmal gebären.» Der Ton war schneidend, aber er war so klug, dass er darauf nichts antwortete.

Im Haus gab sie ihm einen Kuss und wünschte ihm eine gute Nacht. Er bekam nicht mit, was sie zu dem Wachposten vor ihrer Tür sagte, aber es klang freundlich. Sie liebt die Soldaten, dachte er. Dieses Band wurde in den Tagen geschmiedet, als ich bewusstlos dalag und Ägyptens Schicksal ihr anvertraut war. Ihr und Aahotep. Ein Stück meines Lebens wird mir für immer fehlen, ihres jedoch ist weitergegangen, und ich bin auf ewig von den vielen Reifeprozessen ausgeschlossen, die während dieser Zeit rund um mich stattgefunden haben.

Als Reaktion auf seine Überlegungen fing sein Kopf an zu schmerzen, ein leichtes Hämmern, das ihn mahnte, sein Lager aufzusuchen, doch Abanas Nachrichten hatten ihn beunruhigt. Jetzt verspürte er auch aufkommenden Ärger, nicht über den Admiral, sondern über das Schicksal, das ihn neckte, ihm Apophis vor der Nase baumeln ließ und wieder wegzog.

Ahmose ging zu seinen Gemächern, an den salutierenden Soldaten vorbei, die die Flure bewachten, und blieb stehen. Er wusste, er musste schlafen, oder die Kopfschmerzen wurden schlimmer, aber auf einmal mochte er nicht mit seiner Ruhelosigkeit allein sein. «Lass Fürst Anchmahor holen», sagte er zu Achtoi vor seiner Tür. «Richte ihm aus, er soll mich an der Bootstreppe treffen, und dann suche dein Lager auf, Achtoi. Ich möchte einen Teil der Nacht auf dem Fluss verbringen.»

«Die Flut hat ihren Höchststand erreicht, und die Strömung ist sehr stark», sagte Achtoi bedenklich. «Ist das klug, Majestät?»

«Nein, das ist es nicht», erwiderte Ahmose. «Und ehe du gehst, hole mir einen Umhang.»

Anchmahors Gegenwart war tröstlich. Er besaß eine gelassene Selbstsicherheit, die Ahmose beruhigte, und als beide zu den Riemen griffen und von der Bootstreppe ablegten, spürte Ahmose, wie sich Anspannung und Enttäuschung verflüchtigten. Der Mond rundete sich zur vollen Scheibe, war eine bläuliche, verformte Kugel, deren Schein dennoch hell genug war, dass sie eine gesplitterte Silberspur auf den dunklen, hohen Fluten des Nils hinterließ. Ahmose nahm diese stille Schönheit langsam in sich auf. «Wenn ich doch nur angeln dürfte», sagte er betrübt. «Ein König darf Hapi nicht beleidigen, aber mir fehlt meine Lieblingskurzweil.»

«Wohin möchtest du, Majestät?», fragte Anchmahor höflich, als die Strömung an ihrem Boot zu ziehen begann. Ahmose hob die Schultern.

«Lassen wir uns ein Weilchen stromab treiben und rudern wir dann zurück», sagte er. «Ich muss mich körperlich betätigen, und außerdem kann ich einfach noch nicht schlafen, Anchmahor. Auaris treibt mich zum Wahnsinn.»

«Die Lage im Norden kann so nicht ewig bleiben», hielt Anchmahor dagegen. «Wenn wir weiter Geduld üben, Majestät, muss die Stadt zu guter Letzt fallen.»

«Sie hätte vergangenen Monat fallen können», stöhnte

Ahmose, und während der Fürst die Hand am Steuer hatte und sie den Nil hinabglitten, erzählte er Anchmahor alles, was Abana berichtet hatte. Der Fürst lauschte, warf hier und da eine Bemerkung ein, und schon bald waren sie in eine Unterhaltung vertieft.

Der Weg zurück zur Bootstreppe war anstrengend und ließ wenig Luft fürs Reden, und als das Boot vertäut lag und sie wieder vor den Toren zu Ahmoses Garten standen, waren beide Männer müde und schweißnass. Ahmose wünschte dem Fürsten eine gute Nacht, man machte ihm auf, und er ging ums Haus herum zum Badehaus. Das war dunkel und leer. Er ließ die Eingangstür offen, damit ein wenig Mondschein hereinfiel, und prüfte die hohen Wasserkrüge an den Wänden, bis er einen vollen fand. Er nahm eine Hand voll Natron, schrubbte sich ab und übergoss sich mit kaltem Wasser. Alle Tücher waren in der Wäsche, aber das machte nichts. Nass, wie er war, griff er nach seinem verdreckten Schurz und dem Umhang, machte die Innentür auf und tappte leise zu seinen Gemächern, und da merkte er, dass er überhaupt keine Kopfschmerzen mehr hatte.

Als er sich seiner Tür näherte, sah er Licht auf den Flur fallen. Drinnen hörte er erregte Stimmen, die seiner Frau und eine andere. Von hinten rasche Schritte, und Emchu eilte auf ihn zu. «Majestät, meine Männer haben dich überall gesucht!», keuchte er. «Achtoi hat gesagt, dass du auf dem Fluss bist, aber als ich die Wachen befragt habe, warst du bereits zurück und verschwunden. Die Königin braucht dich.» Er hatte kaum ausgeredet, da hörte Ahmose Aahmes-nofretari selbst rufen.

«Ist er da, Emchu? Hast du ihn gefunden?» Ahmose stürzte ins Zimmer.

Aahmes-nofretari hielt die Falten ihres Nachtgewandes am

Hals zusammen und schritt auf und ab, und ein Ahmose unbekannter Mann stand am Fenster und verbeugte sich.

«Wo bist du gewesen?», fragte sie. «Aber, Ahmose, du bist ja nackt und tropfnass! Achtoi hat gesagt, dass du dir ein Boot genommen hast. Bist du gekentert?» Er antwortete nicht sofort, sondern ging zu seinem Lager, zog ein Laken herunter, bedeckte sich damit, und dann erst wandte er sich ihr zu.

«Ich bin nicht gekentert», sagte er gelassen. «Ich bin ins Badehaus gegangen und habe mich eigenhändig gewaschen, nachdem Anchmahor und ich zurück waren.» Sein Blick wanderte zu dem Mann, der jetzt das Fenster verlassen hatte und ihn ernst anblickte.

«Das ist Mereruka, mein Oberster Spion in Esna und Pi-Hathor», erläuterte Aahmes-nofretari. «Ich habe dir von ihm erzählt. Er hat fünf Männer und Frauen unter sich und wohnt selbst in Pi-Hathor, wo er Esel züchtet und verkauft.»

«Ein nützlicher Beruf für einen Spion», meinte Ahmose. Auf einmal war er sehr müde und setzte sich auf seinen Stuhl. Für ein paar kostbare Stunden war ich wieder Prinz, dachte er. Jetzt bin ich wieder König. «Deine Nachrichten müssen wichtig sein, wenn du sie höchstpersönlich nach Waset bringst.» Mereruka neigte den Kopf. Er ist, so dachte Ahmose, der unauffälligste Mensch, den ich je gesehen habe. Alles an ihm von dem kurzen schwarzen Haar bis zu den abgetragenen Binsensandalen ist unaufdringlich. Keine besonderen Gesichtsmerkmale. Sogar seine Gesten sind verhalten.

«Sie sind sehr dringlich, Majestät», sagte Mereruka. «Ich habe Ihrer Majestät regelmäßig Berichte, mündliche natürlich, über die wachsende Unruhe in den beiden Städten geschickt, für die ich verantwortlich bin. Majestät, gewiss muss ich dir nicht erzählen, wie Esna und Pi-Hathor gelitten haben. In beiden leben viele Setius. Die sind früher wohlhabend gewesen.» Er mag ja ein Gesicht haben, das man schnell vergisst, aber Verstand und Sprache passen nicht dazu, dachte Ahmose. Wo hat Aahmes-nofretari den nur aufgetrieben?

«Ich weiß», unterbrach er ungeduldig. «Kamose hat es geschafft, sie mit Drohungen und einem Bündnis abzuwiegeln.»

«Sie lassen sich nicht mehr länger abwiegeln», sagte Mereruka grimmig. «Vor zwei Tagen ist der Bürgermeister von Pi-Hathor ermordet und sein Haus in Brand gesteckt worden. Gestern hat man den Bürgermeister von Esna vor einer Menge johlender Einwohner mit einer Keule erschlagen. Die hatten bereits eine Barrikade quer über den Fluss errichtet und einen deiner Herolde getötet, der von Djeb kam. Sie wollen die Goldschiffe abfangen. Bislang waren die Unzufriedenen ungeordnet und wild, aber nun leiten und kanalisieren Männer ihren Unmut in geordnete Bahnen. Die Städte sind nur vier Meilen voneinander entfernt gelegen. Bereits jetzt streunen unmittelbar vor Pi-Hathor Banden herum, die jeden davon abhalten, das Gebiet zu verlassen und dich zu warnen. Ich befürchte einen gemeinsamen Aufstand.»

«Und wie bist du hierher gekommen?», erkundigte sich Ahmose. Mereruka tat die Frage mit einer Handbewegung ab.

«Ich habe zusammen mit meinem Sohn ein paar Esel nach Esna gebracht, die ich ihm dann zwischen den Städten anvertraute, um allein mit einem Floß über den Fluss zu setzen. Ich habe Nachricht an die Königinnen Aahotep und Tetischeri geschickt, dass sie in Djeb bleiben, bis Majestät die Lage im Griff hat.»

«Ach ja?», sagte Ahmose leise. «Wie vorausschauend von dir. Erdreistest du dich etwa, mir zu raten?» Der Mann warf

Aahmes-nofretari einen raschen Blick zu, denn der Ton des Königs hatte ihn sichtlich erschreckt.

«Er erdreistet sich zu gar nichts», sagte sie betont. «Aber es ist besser, wir hören auf ihn, Ahmose.» Mit ihrem ‹wir› hatte sie taktvoll vermieden, ihn der überheblichen Undankbarkeit zu bezichtigen, und Ahmoses kurze Gereiztheit verflog.

«Ja, gern», sagte er freundlich.» Sag, was soll ich tun, Mereruka. Hat sich die Unzufriedenheit nach ein paar gewalttätigen Taten erschöpft, dann kann ich nämlich abwarten und Richter schicken, oder ist es nötig, mit einem Heer nach Süden zu ziehen?»

«Vielleicht nicht mit einem Heer, Majestät», sagte Mereruka vorsichtig. «Aber meiner Meinung nach hast du einen kleinen Aufstand, aus dem etwas weitaus Gefährlicheres entstehen kann, falls du abwartest. Tausend Mann dürften genügen, um ihn zu ersticken.» Ahmose stand auf und warf dabei einen sehnsüchtigen Blick auf sein Lager.

«Sei bedankt», sagte er. «Kehrst du heute Nacht noch nach Pi-Hathor zurück?» Mereruka verbeugte sich. Er schob sich bereits auf die Tür zu.

«Das muss ich», sagte er. «Ich habe meinen Sohn und die Esel an einem stillen Fleckchen am Fluss gelassen, aber wenn er dort zu lange herumtrödelt, werden sich Vorbeikommende fragen, warum. Bin ich entlassen?» Ahmose nickte.

«Ein bemerkenswerter Mann!», meinte Ahmose, obwohl er recht ungute Gefühle dabei hatte. «Woher kommt er?» Aahmes-nofretari war zum Tisch gegangen, stand ihm jetzt gegenüber und hielt noch immer ihr Gewand fest.

«Ich habe durch Uni von ihm gehört, der wiederum von einem der Küchenjungen von ihm gehört hatte», erwiderte sie. «Er hat mit Frau und Sohn in Waset gelebt und für einen Kaufmann gearbeitet, der ihn auf andere Kaufleute angesetzt hatte. Anscheinend bekommt man mit den größten Bestechungssummen die oft besten Verträge, und sein Gebieter wollte wissen, was die anderen Gewerbetreibenden so boten.» Sie lächelte kalt. «Ahmose, was wirst du tun?»

«Natürlich Esna und Pi-Hathor Disziplin lehren.» Er rief nach Achtoi und drehte sich dann zu ihr um. «Sie müssen eine Lektion lernen, Aahmes-nofretari. Kamose ist ganz gegen seine Art gütig mit ihnen verfahren, verglichen mit dem, wie er mit vielen anderen ägyptischen Städten umgesprungen ist, und sie haben ihm seine Großmut mit Verrat gelohnt.»

«Sie sind verarmt und im Elend», hielt sie dagegen. Er wölbte die Brauen.

«Du verteidigst sie auch noch? Vergiss nicht, die meisten sind Setius. Sie hätten ihre Bürgermeister und Abgesandten zu mir schicken, ihre Notlage schildern und um Hilfe bitten können. Ich hätte mich wirklich für sie ins Zeug gelegt, Aahmes-nofretari, und das weißt du. Aber nein. Wie alle Setius haben sie lieber den gemeinen und blutigen Weg gewählt. Das lasse ich mir nicht bieten!» Achtoi war eingetreten und wartete ungerührt. «Hole Abana aus dem Bett und schicke ihn zu mir», befahl Ahmose, «und halte meinen Spion zurück. Wecke das Küchengesinde. Es soll uns lieber warmes Essen zubereiten. Ich glaube nicht, dass heute Nacht jemand Schlaf bekommt.»

Als Ahmose Abana unter Verbeugungen eintrat und trotz seines zerzausten Haars und dem schief gebundenen Schurz wachsam und klaräugig wie immer aussah, berichtete ihm Ahmose, was der Spion gesagt hatte. «Du musst nach Süden, nach Necheb», befahl er. «An Esna und Pi-Hathor kommst du gewiss ohne große Schwierigkeiten vorbei, denn die liegen auf dem Westufer und Necheb auf dem Ostufer. Bis dahin kannst du übrigens mit dem Spion reisen. Ich gebe euch beiden eine Begleitmannschaft mit. Bringe mir drei der Schiffe, die nach der Schlacht von Auaris zum Ausbessern nach Necheb geschickt worden sind. Das dürfte reichen, um mit allen vorhandenen Barrikaden fertig zu werden. Ich marschiere mit tausend Mann aus der Amun-Division nach Süden. Bis Pi-Hathor ist das gut eine Tagesreise, schließlich ist es nur achtzehn Meilen von Waset gelegen. Wie schnell kannst du die Schiffe heranschaffen?» Abana rechnete.

«Achtzehn Meilen nach Pi-Hathor, vier nach Esna, weitere zwanzig nach Necheb», murmelte er. «Vierzig Meilen zu Fuß. Drei Tage, falls alles gut geht. Dazu ein weiterer Tag, um die für diese kleine Unternehmung erforderlichen Bootsleute und Soldaten aufzutreiben.» Das klang spöttisch. «Da wir mit der Strömung fahren und der Fluss hoch und schnell geht, dürften wir nach einem weiteren Tag oder weniger in Esna sein.»

«Gut. Dann stürze ich mich in fünf Tagen auf Pi-Hathor und treffe dich dort irgendwo in der Nähe. Achtoi wird dich mit Mereruka bekannt machen.» Als Abana gegangen war, ließ sich Ahmose auf seinen Stuhl sinken. «Verflucht, Aahmes-nofretari!», beklagte er sich. «Ich hatte gehofft, ich müsste nur noch in Auaris töten!»

«Trotzdem bist du froh, dass du gehen kannst», gab sie zurück. «Dich langweilt das Leben hier allmählich. Gib es zu, Ahmose.»

«Es langweilt mich nicht, nein. Aber ich merke, dass ich nicht völlig darin aufgehen kann, Ägypten neu zu ordnen, wenn Auaris noch immer nicht erobert ist.» Jetzt suchte er ihren Blick. «Das hier ist eine Abwechslung, endlich gibt es etwas zu tun, statt dass ich immer wieder durch Nachrichten aus dem Norden enttäuscht werde.»

«Töten als Ablenkung, darauf wäre ich nie gekommen»,

gab sie bissig zurück und ging zur Tür. «Ich bin müde und möchte mich hinlegen.»

«So war es nicht gemeint!», rief er ihr nach. Aber vielleicht doch, dachte er etwas später, als Hekayib ihm einen dampfenden Eintopf aus Linsen mit Knoblauch vorsetzte und Achtoi ihm aufwartete.

Am nächsten Morgen waren Abana und Mereruka mit zwanzig Mann aus der Amun-Division aufgebrochen. Ahmose ließ Turi und Anchmahor holen und sagte, sie müssten in ein paar Tagen reisefertig sein, Turi mit Soldaten aus der Amun-Division und Anchmahor mit den Getreuen des Königs. Er hatte beschlossen, keine Medjai mitzunehmen. Das hielt er nicht für nötig, und außerdem waren sie aus ihren Dörfern in Wawat mit Frauen und Kindern zurückgekehrt und richteten sich noch immer in den Hütten ein, die Sobek nacht eilig am Rand der Wüste für sie hatte bauen lassen.

Von seiner Mutter und Großmutter gab es keine weiteren Briefe, doch Ahmose hatte auch keine erwartet. Aahotep würde schon dafür sorgen, dass sie Mererukas Aufforderung nachkamen und erst einmal in Djeb blieben. «Tetischeri würde solch eine Anweisung, wie taktvoll auch immer, als Angriff auf ihren adligen Stand seitens der Bauern beider Städte sehen», meinte Ahmose zu seiner Frau, als sie am Vorabend seiner Abreise nebeneinander in seinem Schlafgemach lagen. «Wäre sie als Mann geboren worden, sie wäre jetzt König, und die Setius wären nur noch eine verschwommene Erinnerung.»

«Sie wird schrecklich neugierig sein, was da los ist», meinte Aahmes-nofretari. «Vielleicht hätte Abana auf dem Weg nach Necheb in Djeb Halt machen und ihr berichten sollen.»

«Lieber nicht», erwiderte Ahmose. «Sie ist so viel höher

gestellt als er. Vielleicht hätte sie gefordert, dass man sie abholt, wenn die Schiffe vorbeifahren, und er hätte ihr das schwerlich abschlagen können.»

«Wenn ich doch mit dir fahren könnte», unterbrach Aahmes-nofretari bekümmert das darauf folgende kurze Schweigen. «Du bist nicht der Einzige, der sich bisweilen langweilt, Ahmose.» Er hob den Kopf und gab ihr einen Kuss auf das zerzauste Haar.

«Ich brauche dich hier als Königin», sagte er munter. «Außerdem bist du jetzt zu rund, du passt nicht mehr in meinen Streitwagen.» Sie lachte nicht über seinen Witz.

«Du bist doch zurück, wenn unser Kind geboren wird, Ahmose, ja?», sagte sie nachdrücklich. Er stützte sich auf den Ellbogen und blickte ihr in das besorgte Gesicht.

«Die ganze Sache ist in weniger als einer Woche vorbei», sagte er. «Verglichen mit den großen Feldzügen ist es nur ein Schwerthieb. Zur Feier der Krönung des Horus am ersten Tybi bin ich wieder an deiner Seite, Aahmes-nofretari, und das Kind kommt doch erst nächsten Monat. Mache dir keine Sorgen.»

Ihre Miene entspannte sich, und sie schloss die Augen, doch er bewegte sich nicht, sein Blick wanderte über die gefällige Linie ihres Kinns, über die langen schwarzen Wimpern, die auf ihrer Wange lagen, über den schmalen Schatten zwischen ihren Brüsten, die halb von den Laken verdeckt waren. Ich werde da sein, meine Schwester, dachte er, aber ich will gar nicht. Wenn du wüsstest, wie sehnlich ich tausend Meilen von Waset entfernt sein möchte, wenn du gebärst, deine Liebe zu mir würde sich auf der Stelle in Verachtung umkehren. Falls der Seher Recht hat, birgt dein gerundeter Leib für dich nur Herzeleid und für mich Verzweiflung. Amun, hilf mir, denn ich liebe dich noch immer abgöttisch und würde dir, wenn ich könnte, den bevorstehenden Schmerz ersparen.

Sie war eingeschlafen, atmete langsam und regelmäßig, und er drehte sich auf den Rücken, legte einen Arm auf die Stirn, starrte in die roten Schatten, die auf der Decke flackerten, und bemühte sich, die Schreckensbilder zu verbannen, die sich in seinen Kopf stahlen.

ELFTES KAPITEL

Nachdem Ahmose und seine Männer zum Westufer übergesetzt hatten, zogen sie nach Süden weiter, vorbei an der Totenstadt und dann um die weite Biegung des Nils. Rechts von ihnen erstreckten sich sandige Hügel, links magere Palmenhaine, durch die sie marschierten, daneben die Binsensümpfe, die leise in der Brise raschelten. Ab und zu erhaschte Ahmose einen Blick auf Nilpferdnüstern, und ein Strudel glitzernden Wassers sagte ihm, dass sie untergetaucht waren.

Der Wasserstand des Nils sank, die Sonne schien hell, doch nicht so schrecklich heiß wie im Schemu, und glücklich atmete Ahmose den Duft von feuchter Erde und Pferdeschweiß ein. Vor und hinter ihm marschierten seine Soldaten und unterhielten sich ungezwungen und fröhlich. Es ist wie ein Jagdausflug, dachte er zufrieden. Die Männer wissen, dass ihnen auf diesem kleinen Ausflug keine Gefahr droht. Die Beute ist bereits in die Enge getrieben, Abschaum aus aufgebrachten Städtern und kein Gegner für erfahrene Soldaten. Und was mich angeht, so muss ich nur in meinem Streitwagen stehen und Ägypten vorbeirollen sehen. Ich bin frei.

Sie waren gerade vor dem Morgengrauen aufgebrochen,

und mittags hatten sie die halbe Strecke bis Pi-Hathor zurückgelegt. Ahmose ließ halten, speiste Brot, Trockenobst und Ziegenkäse und lehnte dabei den Rücken an eine Palme, während die Getreuen seine Pferde ausspannten und sie zum Tränken an den Nil führten. Überall im sonnenfleckigen Schatten aßen die Soldaten ihre Rationen und hatten die Schwerter sorglos neben sich gelegt. Einige hatten sich sogar ausgezogen, planschten im seichten Wasser, schrien und lachten.

Zwei Stunden nach Sonnenuntergang kam ihr einziger Späher zurück und berichtete Ahmose, dass Pi-Hathor nur noch eine Meile entfernt liege. «Man hat sie, glaube ich, vor uns gewarnt, Majestät», sagte er. «Soweit ich feststellen konnte, ohne dass ich die Stadt betreten habe, wimmeln Straßen und Gassen noch von Menschen, die eigentlich daheim beim Abendessen sein sollten.»

«Vermutlich ließ es sich nicht vermeiden, dass sie Wind von unserem Kommen erhalten haben», antwortete Ahmose. «Da wir so nahe an der Stadt sind, haben wir ein paar Bauern beim Tränken ihrer Ochsen gesehen, und die können uns natürlich auch gesehen haben.» Er bedankte sich bei dem Späher und schickte ihn auf Wache, der Rest des Heeres durfte sich einen Platz zum Schlafen suchen. Zelte hatten sie nicht mitgenommen. Jeder rollte sich in seine Decke, Ahmose auch.

Im Morgengrauen verließ Ahmose die sandige Mulde, in der er zusammen mit Turi und Anchmahor geschlafen hatte, etwas durchgekühlt und steif, und nachdem sie rasch etwas gegessen hatten, marschierten sie weiter. Doch weit waren sie nicht gekommen, als die erste Marschsäule stehen blieb und jemand nach hinten zu Ahmose gelaufen kam. Es war Mereruka. «Alle Männer haben Pi-Hathor verlassen», meldete er

Ahmose. «Sie sind in der Nacht nach Esna gezogen und haben sich mit den Einheimischen dort vereint. Wenn du die Stadt nicht niederbrennen willst, vergeude keine Zeit darauf. Es sind lediglich Frauen und Kinder geblieben.»

«Dann sind sie tatsächlich gewarnt worden», sagte Ahmose. Mereruka lächelte schlau.

«O ja. Und das war ich», verkündete er. «Mein Sohn hat nach dir Ausschau gehalten. Als du dich genähert hast, habe ich die Nachricht verbreitet. Ich musste gar nicht viel brüllen, um die Männer nach Esna zu locken, wo sie deinem Heer angeblich besser Widerstand leisten können.»

«Dann brauchen wir nur einmal zuzuschlagen statt zweimal und haben obendrein noch Hilfe von Abana», sagte Ahmose anerkennend. «Für einen Eselzüchter bist du wahrlich verschlagen. Was ist mit meinem Admiral?»

«Wir haben uns unbemerkt getrennt, und er ist nach Süden weitergegangen», sagte Mereruka. «Zwei meiner Spione in Esna, Binsenschneider, die am Fluss arbeiten und sich daher nicht verdächtig machen, haben mir Nachricht geschickt, dass Admiral Abana letzte Nacht südlich der Stadt eingetroffen ist.» Ahmose machte sich im Geist einen Knoten ins Kopftuch, dass dieser Mann für seine Treue das Gnadengold verdiente. Und ich brauche weiterhin seinen Sachverstand, dachte er, als er Mereruka entließ. Wenn in Ägypten alles geordnet ist, mache ich ihn zu Augen und Ohren des Königs. Das wird Aahmes-nofretari freuen. Wahrscheinlich hat sie die Beförderung bereits für ihn vorgesehen.

Es war, wie der Spion gesagt hatte. Der Nil bog bei Pi-Hathor nach Osten ab, die Stadt lag nicht unmittelbar am Wasser, und mehrere breite, festgetretene Straßen kreuzten den Weg von der Stadt zum Anleger. Eine stumme und besorgte Menschenmenge, Frauen und Kinder, stand vor den verwahrlosten Lagerhäusern und verfolgte die vorbeimarschierenden Soldaten mit Blicken.

Ahmose bemerkte, dass der Anleger selbst allmählich verfiel, die Planken hatten Löcher, die Stützbalken lehnten wie betrunken in die Strömung. Schiffe waren nicht zu sehen. Ahmose fühlte sich zwar sicher, aber trotzdem überlief es ihn kalt, als sein Streitwagen an diesem bizarren Schauplatz vorbeirollte. Seine Männer waren verstummt. Man hörte nur noch das Geräusch ihrer Schritte und das Schnauben der Pferde. Die feindselige Atmosphäre erinnerte ihn stark an die Wochen mit Kamose, an den schrecklichen Feldzug zur Eroberung der Städte und Dörfer zwischen Waset und Auaris, an das tagtägliche Töten und Brandschatzen, bis beide, er und sein Bruder, von all dem Blut und der Brutalität halb wahnsinnig gewesen waren. Er war wirklich froh, als Pi-Hathor außer Sicht kam und der Fluss wieder nach Westen abbog.

Die Morgensonne schien hell, die Luft war frisch und kühl und Esna nur vier Meilen entfernt. Schon bald hatten die Männer wieder gute Laune.

Sie hörten die Stadt, ehe sie sie erblickten, und ein Windstoß wehte heiße Luft und den durchaus angenehmen Geruch von verbranntem Holz heran. Ahmose befahl, die Schwerter zu ziehen, während er seine Pferde in die vordersten Reihen drängte. Anchmahor und die Getreuen liefen neben ihm her.

Esnas Anleger brannte, im strahlenden Sonnenschein loderten die Flammen beinahe durchsichtig, über ihnen waberte die Luft vor Hitze. Auf dem Fluss ringsum wimmelte es von Schiffen, und da ging Ahmose auf, warum in Pi-Hathor keine Schiffe gewesen waren. Die Städter, alle gute Bootsleute, hatten sie hierher gebracht und umzingelten jetzt unbeholfen

Abanas Schiff, das unschwer an den geordneten Reihen und dem Wald von Bogen auf Deck auszumachen war.

Rasch schätzte Ahmose die Lage ein. Hier war keine Strategie vonnöten. Sie mussten sich nur ins Gedränge der Städter stürzen und sie niedermetzeln. Einige schwenkten Schwerter, wenige hatten Speere, doch die meisten waren nur mit Messern, Steinbrecherwerkzeugen und Geräten bewaffnet, die man im Schiffsbau verwendete. Ahmose unterdrückte aufwallendes Mitleid und Gewissensbisse, gab Turi einen knappen Befehl und sah, wie der die gewölbten Hände an den Mund hob und ihn an seine Hauptleute weitergab. Die Getreuen stellten sich mit gezückten Schwertern schützend um ihn auf.

Es wurde allerdings kein Abschlachten, denn ein Mann war aus der Menge aufgetaucht, schien eine Art Anführer zu sein. Seine Stimme übertönte den Aufruhr, unverständlich zwar, jedoch unverkennbar gebieterisch, und gehorsam bildeten die Städter mal hier eine Gruppe, mal dort eine, oder rannten und nahmen andere Stellungen ein. Ahmose fiel ein, dass Mereruka behauptet hatte, jemand stimme den Aufstand in beiden Städten aufeinander ab. Das hier war offensichtlich der Mann, um den sich die Unzufriedenheit gesammelt hatte, der Mann, der sie gebündelt und ihr Richtung gegeben hatte. Ahmose beobachtete ihn aufmerksam und fragte sich, ob er wohl in Seqenenres Heer oder vielleicht sogar unter Apophis Soldat gewesen war. Er konnte nicht ausmachen, ob er Setiu war oder nicht. Er hatte ein Schwert, das er hochhielt und als Zeigestock benutzte. Ach, dachte Ahmose, so viel Bemühen und Mut und alles für eine von Anbeginn an verlorene Sache. Wie ich das, was ich tun muss, verabscheue!

Eine Weile konnte man Soldaten und Stadtbewohner nicht auseinander halten, doch allmählich lichteten sich die Reihen der Städter. Es wurde nicht mehr so heftig gekämpft. Überall lagen Leichen, und die Überlebenden wandten sich zur Flucht, warfen ihre Behelfswaffen fort, liefen in Richtung ihrer halb ertrunkenen Felder oder stürzten sich in den Nil, wo zwei ihrer Schiffe mit Schlagseite verlassen und brennend trieben. Abanas Bootsleute waren bereits an Bord der anderen und hieben auf Männer ein, die ans Segeln gewöhnt waren, jedoch nicht an das Kämpfen auf schwankendem Deck. In das Geschrei und Gestöhne der Verwundeten mischten sich die Jubelrufe der Sieger. Der Zusammenstoß hatte vielleicht eine Stunde gedauert. Es war Vormittag, die Sonne stand noch nicht im Zenit, und schon war die Schlacht vorbei.

Der Mann, der die Aufständischen zusammengehalten hatte, brüllte noch immer. Er war gerade von seinem Aussichtspunkt auf einem Stein heruntergesprungen und stürzte zum Fluss, wollte, wie Ahmose vermutete, seine panisch fliehenden Männer aufhalten und watete ins Wasser, bis er bis zur Brust darin stand.

Er bemerkte Abana nicht, der sich über die Reling seines Schiffes beugte, mit einem einzigen, raschen Blick die Situation erfasste, von Deck sprang und mit einem großen Platsch, den Ahmose hören konnte, genau hinter dem Mann landete. Der Mann fuhr unbeholfen herum, doch sein Schwert und der Wasserwiderstand behinderten ihn. Spuckend tauchte Abana auf, umschlang seine Beute mit beiden Armen, dass sie das Gleichgewicht verlor. Beide Männer fielen ins Wasser, und als sie auftauchten, umklammerte Abana die Schwerthand des Mannes mit beiden Händen. Er schüttelte ihn heftig und versuchte, ihm mit Ellbogen und Kopf zuzusetzen, so gut es ging. «Turi!», brüllte Ahmose. «Schicke ihm jemanden ins Wasser zu Hilfe!» Der Befehl war nicht nötig. Mehrere Soldaten trabten bereits am Ufer entlang zu den beiden kämpfenden Männern. Als sie sich in den Fluss stürzten, hatte Abana dem Mann das Schwert entwunden und zerrte ihn mit einem Arm um den Hals und die andere Hand fest in sein Haar gekrallt ans Ufer.

Seine Gefangennahme beendete jedweden schwachen Widerstand. Die Männer im Fluss wateten verzagt heraus und warfen ihre Waffen aufs Ufer. Turi kam zu Ahmose und salutierte. «Alles vorbei, Majestät», sagte er. «Was sollen wir mit den Männern machen, die sich ergeben haben?» Ahmose musterte die brennenden, knisternden Ruinen des Anlegers, die überall herumliegenden Leichen, die Frauen, die schon aus der Stadt herausströmten und die Totenklage anstimmten.

«Bewacht sie erst einmal», sagte er. «Sammelt die Gefallenen und verbrennt sie. Haltet die Frauen fern. Und ich möchte, dass unsere Toten und Verwundeten so schnell wie möglich gezählt werden.»

Er stieg aus dem Streitwagen und ging zu Abana und seinem Gefangenen, beide tropfnass und von wachsamen Soldaten umringt, die sich zurückzogen und verbeugten, als er sich näherte. Abana grinste. «Der konnte einem ägyptischen Admiral mit seiner besseren Ausbildung und Disziplin nichts anhaben!», platzte er heraus. «Aber er hat seine Leute gut befehligt, ja?» Ahmose nickte und musterte den Mann von Kopf bis Fuß.

«Wie heißt du?», fragte Ahmose. Der Mann senkte den Blick.

«Yamu», sagte er.

«Dann bist du Setiu.» Das war eine Feststellung, keine Frage, und der Mann nickte. «Yamu, du hast heute viel nutzloses Blutvergießen bewirkt», fuhr Ahmose fort. «Und das alles», er machte eine heftige Geste, «war nicht nötig. Wenn die Einwohner von Esna und Pi-Hathor unzufrieden waren, hätten sie ihre Kümmernisse zunächst ihrem jeweiligen Bürgermeister und dann mir in Waset vortragen müssen. Ich hätte lieber einen Richter geschickt, statt euch mit tausend Soldaten zu vernichten!» Yamus Kopf fuhr hoch, seine teilnahmslosen Züge belebten sich jäh vor Verachtung.

«Der Bürgermeister von Pi-Hathor hat sich geweigert, das feige Abkommen mit deinem Bruder zu gefährden», sagte er gehässig, «und unser Bürgermeister hier in Esna hatte viel Land und Vieh und keine Lust, seinen Reichtum zu verlieren, wenn er sich über unsere Notlage bei dir beschwerte, Ahmose Tao. Also haben wir ihnen den Kopf abgehackt.»

Ahmose betrachtete ihn nachdenklich. Nicht Ungerechtigkeit hatte ihn zu seinen verbitterten Worten angestachelt, sondern ein Abscheu, der an Hass grenzte. Ihr Setius habt uns immer verachtet, dachte er. Ihr habt uns unauffällig, gewaltlos durch Schläue und Täuschung erobert, und weil wir so leicht hereinzulegen waren, habt ihr auf uns herabgesehen, diese arglosen und dummen Menschen, die man benutzen, ein Land, das man ausplündern konnte. Ihr seid als Schafhirten mit der Erlaubnis des Königs zum Weiden eures Viehs nach Ägypten gekommen, darauf sind eure Händler und Abenteurer gefolgt und haben uns die Reichtümer und zu guter Letzt auch die Freiheit geraubt. Und jetzt wagen wir es, die jämmerlichen, schlichten Häupter zu heben und uns zurückzuholen, was unser ist, und nun verachtet ihr uns dafür, dass wir nicht so sind, wie ihr euch eingebildet habt. Kein Urteil konnte die Wut dieses Mannes beschwichtigen. Ahmose seufzte. «Wenn das so ist, dann habe ich keine andere Wahl, als dir den Kopf abzuschlagen», sagte er. Und zu dem Standartenträger der Division in seiner Nähe: «Idu, lass die Gefangenen antreten und die Soldaten zusammenrufen. Dieser Mann wird wegen Hochverrats hingerichtet.»

Mit Bangen sah er zu, wie die Stelle von Leichen gesäubert wurde und sich seine Soldaten gehorsam aufstellten. Die letzte Hinrichtung ist die von Teti gewesen, dachte er, nach der Schlacht um die Festung Neferusi. Teti, der Vetter meiner Mutter, der Si-Amun dazu gebracht hatte, uns zu verraten. Er war Apophis' Werkzeug, und irgendwie ist dieser Mann das auch.

Das Geplauder der Soldaten verstummte allmählich. Die Gefangenen wurden nach vorn geschoben, wo sie unsicher und ängstlich herumstanden. In der eingetretenen Stille richteten sich alle Augen auf Ahmose. Damals hat Kamose geschossen, dachte Ahmose fieberhaft, als er den besonnten Fleck, flankiert von Turi und Anchmahor, betrat. Aber ich muss ein Schwert schwingen, muss den Rückstoß spüren, wenn es Muskeln und Knochen durchtrennt, muss mich darauf gefasst machen, zur Seite zu treten, wenn das Blut spritzt und der Körper zuckt. In der Hitze der Schlacht, ja, da geht das, aber so kalt auf einen Mann zuzugehen, der auf den Knien liegt und dem das trocknende Haar um den Hals flattert, den ich abschlagen muss, das ist eine ganz andere Sache. Amun, hilf mir, dass ich vor meinem Volk nicht schmählich versage!

Er zog sein Schwert und sprach zu den Männern aus Esna und Pi-Hathor. «Aus Gnade habe ich beschlossen, euch nach Haus zurückzuschicken», rief er, und seine Stimme klang klar in dem erwartungsvollen Schweigen. «Ihr seid alle des Hochverrats schuldig, was ihr euch auch immer als Rechtfertigung für diesen Aufstand ausdenkt. Ihr sollt euch jedoch an diesen Tag erinnern, an meine Barmherzigkeit und die Rache, die ich jetzt übe. Ägypten gehört mir. Ihr gehört mir. Wenn ihr das noch einmal vergesst, töte ich alle, Männer, Frauen und Kinder in beiden schuldigen Städten, und mache diese dem Erdboden gleich. Ich habe gesprochen.» Er hörte sie erleichtert murmeln, und die Abneigung, die ihm ihre ungesäumt aufflammende Selbstsucht einflößte, machte seine Hand fest und beruhigte sein hämmerndes Herz. Eine der Frauen begann zu kreischen: «Yamu, nein! Yamu, nein!» Ahmose wandte sich zu dem Mann, umklammerte den Schwertgriff und hob die Waffe bis zur Schulter.

«Möchtest du kurz beten?», fragte er und wunderte sich selbst, dass seine Stimme nicht zitterte.

«Ja», sagte Yamu mit erstickter Stimme, weil sein Mund so dicht am Boden war und sein volles Haar zu beiden Seiten herunterhing. «Ich bete darum, dass du für immer verflucht sein mögest, du und deine Nachkommen, jeder Tao bis zum Ende der Zeit.» Ahmose stellte sich breitbeinig hin. Er hob das Schwert mit beiden Händen. Der Nacken des Mannes streckte sich. «Im Namen meines Vaters Amun», flüsterte Ahmose und ließ das Schwert funkelnd und beinahe lautlos fallen.

Er schaffte es noch anzuordnen, dass man den Leichnam zu den anderen ins Feuer werfen und den Kopf auf eine Stange stecken sollte, wo ihn jeder auf dem Weg von der Stadt zum Fluss sehen konnte. Aber als er seinen Streitwagen erreichte, ließ er sich neben ihm zu Boden sinken, verschränkte die Arme über dem Magen und legte den Kopf auf die Knie. «Anchmahor», krächzte er. «Schicke ein paar Getreue in die Stadt und treibe Wein auf. Einerlei welchen. Meinetwegen auch Palmwein.» Er sah einen Blutspritzer auf seinem Schurz, stand auf, riss sich das Kleidungsstück vom Leib und warf es in ein Dornengebüsch.

«Majestät, was ficht dich an?», fragte Anchmahor. «Du

hast früher doch auch getötet. Du und Osiris Kamose und davor dein Vater, allesamt Kriegerkönige. Die Tat war gerecht und notwendig. Was ist daran falsch?» Ahmose blickte ihn an.

«Es will nicht enden», sagte er leise. Er hatte einen Reifen um die Brust, und seine Schultern schmerzten von der Wucht des Hiebs. «So viele Leben sinnlos vergeudet. Ich hatte gedacht ... ich hatte gehofft ... Apophis ergibt sich nicht. Auaris wartet auf mich wie eine riesige eiternde Wunde, die ausgebrannt werden muss, und das hier», er berührte das noch feuchte Blut auf seinem Schenkel und hielt den Finger hoch, «wird allmählich zum Wahrzeichen meiner Familie. Blut und die Taos. Wenn du an eins denkst, dann unwillkürlich auch an das andere.» Anchmahor bückte sich tiefer.

«Ich hole dir frische Kleidung, und die Getreuen bringen dir Wein», sagte er sanft. «Nimm Natron und wasche dich im Nil, Majestät. Für den Rest des Tages musst du dich um nichts mehr kümmern. Die Leichen brennen, und Abana ist gerade dabei, die Setiu-Schiffe zu bemannen, damit man sie nach Necheb bringen kann. Diese Strafexpedition war notwendig, Ahmose, und das weißt du. Pi-Hathor und Esna hätten anstecken können.»

«Wo denn? Wen denn?», murmelte Ahmose. Er zog sich am Streitwagen hoch und stand auf wackligen Beinen vor seinem Obersten Getreuen. «Die Setius haben nur noch im Delta Einfluss. Aber du hast wie üblich Recht, Anchmahor, und ich bin fast wieder der Alte. Ich werde mich Hapis reinigender Berührung überlassen, wie du empfiehlst. Schicke Abana zu mir, wenn er seine Arbeit beendet hat.»

Es ist nicht die Tat an sich, dachte er, als er im seichten Wasser soeben außer Sicht der Stadt badete. Die war nicht zu viel für meine Seele, denn ich bin nicht zimperlich und auch nicht feige. Nein, es ist der Fluch, den er ausgestoßen hat, der hat mich bis ins Mark erschreckt. Es war, als wüsste er von der furchtbaren Voraussage des Sehers, als redete einer seiner Götter durch ihn, ein Ägyptenhasser. Ich kann Amuns Willen durchaus annehmen. Aber wenn ich weiß, dass sich Amuns Feinde hämisch darüber freuen und sich an dem Elend weiden, das er über seine göttliche Familie bringt, ist das etwas ganz anderes.

Als er sich dann abgetrocknet und Schurz und Leinenkopftuch angelegt hatte, die Anchmahor ihm besorgt hatte, war auch sein seelisches Gleichgewicht zurückgekehrt, er setzte sich in seinen Streitwagen, trank durstig den Wein, den ein Getreuer aufgetrieben hatte, und hielt den Becher mit Händen, die nicht mehr zitterten. Abana kam mit ausholendem Schritt auf dem Uferweg entlang, verbeugte sich ehrerbietig und ließ sich auf Ahmoses Wink hin ins Gras neben dem Streitwagen sinken.

Ein Weilchen sagte keiner etwas. Unweit unterhielten sich leise die Getreuen. Anchmahor hatte sich am Nil aufgestellt, wo er alles im Blick hatte, was sich dem König näherte. Wortlos reichte Ahmose seinem Admiral den Rest des Weins nach unten, und Abana trank bedächtig. Ahmose sah seine gemessenen Bewegungen. Allmählich hatte er ihn richtig gern. «Wie alt bist du, Abana?», fragte er unvermittelt. Abana blickte argwöhnisch zu ihm hoch, doch das war gespielt.

«Dreiundzwanzig, genauso alt wie du, Majestät», antwortete er. «Ich habe, glaube ich, in meinem kurzen Leben schon viel erreicht, aber nicht so viel wie du, Majestät. Dennoch bin ich stolz auf den neuen Titel Admiral und dass ich Kapitän der *Cha-em-Mennofer* bin. Ich stehe jetzt bei dir in Gunst, ja?»

«Du alter Angeber!», gab Ahmose gutmütig zurück.

«Trotzdem steckt viel von deinem Vater Baba in dir, seine Vernunft und seine Gabe, das Vertrauen anderer zu gewinnen. Sag, wenn du Herr dieser Nomarche wärst, was würdest du mit Esna und Pi-Hathor machen?» Abana stellte den Becher vor sich auf die Erde, faltete die Finger darüber und blinzelte nachdenklich nach oben in das wirre Blattwerk.

«Du bist Herr über alles», sagte er nach einem Weilchen. «Ich habe nicht über das Schicksal dieser beiden aufsässigen Städte zu bestimmen. Doch wenn ihr Wohl in meiner Hand läge, ich würde mich bemühen, der Unzufriedenheit irgendwie beizukommen. Sie werden keinen Aufstand mehr machen. Der Preis ist zu hoch. Dennoch glauben sie auch jetzt noch nicht, dass sie dir Treue schulden, Majestät. Noch nicht.» Er runzelte die Stirn und zupfte an seinem Ohrläppchen. «Die Einwohner sind in der Mehrzahl Setius und daran gewöhnt, dass sie dem treu sind, der ihnen immer mehr Wohlstand und Wohlleben schenkt. Bislang ist das Apophis gewesen. Aber sie sind wetterwendisch.» Noch ein Blick zu Ahmose, der mit gekreuzten Beinen auf dem Boden seines Streitwagens saß. «Gib ihnen Arbeit, Essen in ihre Schüsseln, und sie tanzen nach deiner Pfeife. Ich kenne sie. Necheb liegt nur zwanzig Meilen weiter südlich. Ich kenne sie», wiederholte er.

«Und ich frage dich noch einmal», beharrte Ahmose gütig. «Was würdest du mit ihnen machen?»

«Zuerst würde ich gute Ägypter zu Bürgermeistern ernennen», sagte Abana schnell. «Zweitens würde ich neue Anleger bauen lassen. Deine Hauptwerft befindet sich jetzt in Necheb, Majestät, aber Esna könnte Flöße zum Steintransport und Barken für Waren aller Arten herstellen. Vergiss nicht, die Männer, die in Wawat Gold schürfen, brauchen mehr Nahrung, als man in jener unfruchtbaren Gegend anbauen kann.

Augenblicklich arbeiten die Bergwerke nur mit halber Kraft. Apophis hat sich auf die Einheimischen verlassen, dass sie ihm Gold schickten, wo immer sie es finden konnten, und das stammte häufig aus dem Nilbett selbst. Aber du wirst für Waset, für den Handel, für deinen Adel mehr Gold brauchen. Du wirst die Goldbergwerke wieder in Gang bringen müssen. Ich würde Esna und Pi-Hathor das Recht verleihen, stromauf und stromab Nahrung zu verkaufen und die Bergleute zu versorgen. Wenn du später mit dem Bau von Denkmälern beginnst, können die Menschen wieder Arbeit in den Kalksteinbrüchen finden.»

«Ehrgeizige Pläne», sagte Ahmose, als Abana Luft holte. «Vielleicht durchführbar. Vielleicht auch nicht. Aber ich habe beschlossen, du darfst es versuchen.» Erschrocken kam Abana auf die Knie. «Du hast dich bereits in meinem Dienst bewährt», fuhr Ahmose fort, «und trotz deiner lästigen Aufschneiderei hast du um nichts gebeten.» Er ließ sich aus dem Streitwagen gleiten. «Steh auf, Abana. Anchmahor! Komm her!» Anchmahor kam angelaufen. «Du bist mein Zeuge», sagte Ahmose. «Wenn ich wieder in Waset bin, soll Ipi das entsprechende Dokument aufsetzen.» Er trat dicht an Abana heran und berührte ihn an Stirn, Brust und Füßen. «Ahmose Abana aus Necheb», sagte er. «Ich ernenne dich zum Statthalter der Nomarche Nechen und erhebe dich als Erpa-ha in den Erbfürstenstand, dich und deine Söhne.» Er packte Abanas sonnenwarme Schultern und küsste ihn auf beide Wangen. «Freue dich an der Gunst deines Gebieters.» Dieses eine Mal fehlten Abana die Worte.

«Aber, Majestät, ich habe doch noch gar keine Söhne», stammelte er benommen. «Ich habe nicht ... Heißt das ...»

«Und ich verleihe dir noch einmal das Gnadengold», unterbrach Ahmose das Gestammel. «Du bist ein tapferer

Mann, Fürst. Ernenne, wen du willst, zum stellvertretenden Nomarchen. Ich erwarte von dir monatlich einen Bericht über den Zustand meiner Nomarche.» Abana blinzelte.

«Dann ist meine Frau Idut jetzt Fürstin?», erkundigte er sich. «Und ich Fürst?» Der glasige Ausdruck seiner Augen wich, und sie fingen an zu funkeln. «Majestät, du erweist mir eine große Ehre! Ich schaffe das! Ich bin überwältigt! Aber was wird aus meiner *Cha-em-Mennofer*?», schloss er betrübt. «Soll ich den Befehl einem anderen übergeben?»

«Natürlich nicht. Ich brauche dich und meine Flotte im Norden, ja, du sollst die Schiffe nach Necheb zurückbringen, deine Männer sammeln und sofort nach Auaris aufbrechen. Dein neuer Stellvertreter kann an deiner statt die Verantwortung hier übernehmen. Du bist entlassen.»

«Eine kluge Wahl, auch wenn er noch sehr jung ist», überlegte Anchmahor laut, während sie beide hinter Abana hersahen. «Er ist nicht nur sehr fähig, sondern auch vollkommen verlässlich.» Ahmose nickte. Auch wenn er noch sehr jung ist, wiederholte er traurig bei sich. Hältst du mich nicht mehr für jung, Anchmahor? Du kannst dir nicht vorstellen, dass ich meinem Alter gemäß kerngesund und munter herumspringe. Ich auch nicht.

Binnen einer Stunde hatten er und seine jubelnden Soldaten Esna hinter sich gelassen. Auf dem Marsch erkannte Ahmose, dass er sich unbewusst dazu entschlossen hatte, nicht in Waset zu verweilen, als er Abana den Befehl zum sofortigen Aufbruch nach Norden gab.

Seit Abana mit der Nachricht von Apophis' beinahe geglücktem Ausbruch gekommen war, war Ahmose die Stadt nicht mehr aus dem Kopf gegangen, und jetzt war ihm klar geworden, dass er keine weiteren zwei Monate geduldig zu Hause hocken und auf die Ankunft von Aahmes-nofretaris

Kind warten konnte. Er spürte mit jeder Faser, dass sich die Situation dort zu guter Letzt änderte.

Er machte es sich gerade für die Nacht bequem, als er hörte, wie ein Getreuer jemanden anrief, und gleich darauf erblickte er im Dunkel Mererukas Gesicht. «Meine Arbeit in Pi-Hathor und Esna ist getan, Majestät», sagte dieser. «Ich mache noch einen Bericht für Königin Aahmes-nofretari, aber hast du in der Zwischenzeit irgendeinen Wunsch?»

«Ich bin froh, dass du gekommen bist», sagte Ahmose. «Schicke bitte eine weitere Botschaft nach Djeb. Meine Mutter und Großmutter können jetzt nach Waset zurückkehren, wann sie wollen, vorausgesetzt, es geschieht binnen der nächsten zwei Monate.» Aahmes-nofretari würde sie brauchen, doch das musste der Spion nicht unbedingt wissen. «Ich habe Ahmose Abana zum Statthalter der Nomarche Nechen ernannt», fuhr er fort. «Du könntest dich bei seinem stellvertretenden Statthalter nützlich machen, aber das muss die Königin entscheiden. Du hast mir treu gedient, Mereruka, und dafür bin ich dankbar. Zahlt sie anständig?» Selbst im Halbdunkel konnte Ahmose sehen, dass der Mann nicht wusste, ob er lächeln oder sich verwundert stellen sollte.

«O ja, Majestät», antwortete Mereruka. «Die Königin ist großzügig mit Gütern, und ich habe meine Esel.» Man hörte seinen Worten eine echte Zuneigung zu diesen Tieren an, und das freute Ahmose.

«Gut», sagte er. «Abana fährt wieder nach Süden. Du reist bis Necheb mit ihm. Und vergiss nicht, ihn richtig anzureden, Mereruka. Er ist jetzt Fürst.» Wie seltsam, dass sich ein Bauer als ehrlich erweist, während Fürsten für ihre Niedertracht gestorben sind, dachte Ahmose, als er sich unter seiner Decke drehte, weil er einen bequemen Platz auf dem unebenen Gelände finden wollte. Ein Eselzüchter und obendrein ein Spion. Ein ehrlicher Spion. Er lachte stillvergnügt und schloss die Augen.

Am Abend des darauf folgenden Tages war er staubig und müde wieder daheim und ging gleich ins Badehaus, um sich den Reisestaub abwaschen zu lassen. Hekayib band ihm gerade einen sauberen Schurz um, als Aahmes-nofretari eintrat. «Ich habe Anchmahor durch den Garten gehen sehen», sagte sie. «Ich freue mich, dass du wohlbehalten zurück bist, und das so bald! Bist du hungrig? Ahmose-onch und ich haben noch nicht gespeist.» Sie trug ein langes, durchsichtiges Hemdkleid, in dessen weißen Falten Silberfäden funkelten. Ahmose fand, sie hatte noch nie so schön ausgesehen. Ich kann es ihr nicht sagen, dachte er. Ich ertrage es nicht, wenn dieses Lächeln verblasst und ihre Augen vor Zorn und Enttäuschung trübe werden. Er ging zu einer Bank an der Wand und setzte sich, damit Hekayib ihm die Sandalen anziehen konnte.

«Es war nur ein kleines Scharmützel», sagte er. «Wegen Esna und Pi-Hathor müssen wir uns keine Sorgen mehr machen. Ich habe Ahmose Abana zum Fürsten ernannt und ihm die Nomarche Nechen übertragen.» Sie wölbte die Brauen.

«Ganz gegen deine Art hastig, mein Gemahl! Er hat Glück, dass er sich dein Vertrauen so schnell erwerben konnte.» War da unterschwellig Kritik zu hören?

«Ich bin halb verhungert», gestand er, stand auf und reichte ihr den Arm. «Es ist noch früh am Abend. Wollen wir im Garten speisen? Danach muss ich einiges diktieren.» Sie fragte nicht was. Ich habe ihr zugesichert, dass ich zur Geburt ihres Kindes daheim bin, dachte er zerknirscht, daher ist sie so zufrieden. Sie will nichts weiter, als dass ich bei ihr bin.

Weil er sich schämte, war er besonders besorgt um sie, als

sie in die sanfte Dämmerung traten und zu ihren Polstern und Matten gingen. Er half ihr beim Hinsetzen, legte ihr einen kurzen Umhang um die Schultern, nahm Uni die Gerichte ab und bediente sie höchstpersönlich. Er wedelte ein paar verspätete, träge Fliegen von ihrem Hals fort und ermahnte Ahmose-onch mehrmals, sich nicht so ungeschickt anzustellen. Sie sagte nur: «Du solltest öfter fortgehen, Ahmose, wenn ich dir dann fehle und du nach deiner Rückkehr so lieb bist!» Hier bot sich ihm Gelegenheit, sich ihr zu eröffnen, aber die Worte wollten ihm nicht über die Lippen.

Auf einmal nahm sie seine Hand und legte sie auf ihren Unterleib, hielt sie fest, und er spürte, wie sein Kind gegen seine Hand trat, und da überkamen ihn Abscheu, Mitleid, Liebe und Furcht. «Es dauert nicht mehr lange», sagte sie und küsste ihn aufs Ohr. «Dieses Mal wird es ein Sohn, was meinst du, Ahmose? Oder noch besser, eine Tochter!» Er konnte nicht antworten, der Kummer überwältigte ihn, und da schloss er sie fest in die Arme.

Später ließ er Ipi holen und diktierte ihm Abanas Erhebung in den Fürstenstand und Briefe an seine Befehlshaber, die seine unmittelbar bevorstehende Ankunft meldeten. Er schickte auch nach Hor-Aha, Turi und Anchmahor und befahl ihnen, in zwei Tagen marschbereit zu sein. Dann begab er sich in Aahmes-nofretaris Gemächer. Die begrüßte ihn überschwänglich auf ihrem Lager, und trotz seiner Sorge reagierte sein Leib auf die sinnliche Einladung. «Ich möchte dir nicht wehtun oder das Kind gefährden», sagte er ungeschickt, wurde aber dennoch zu ihr gezogen.

«Im nächsten Monat geht es vielleicht nicht mehr», antwortete sie mit belegter Stimme. «Aber lass uns heute allen Ärger beiseite schieben, lieber Bruder. Wir lieben und brauchen uns, und was könnte wichtiger sein als das hier?» Auaris ist wichtiger, dachte er, als er auf das Lager neben sie sank. Apophis zu töten ist wichtiger. Amun, hilf mir, wie kann ich ihr nur verständlich machen, dass sie zwar in meinem Herzen und meinem Kopf ist, mir jedoch etwas anderes vorübergehend wichtiger ist und mich verzehrt, obwohl ich mich ihr hingebe?

«Nichts», log er und wusste nicht, ob sie es gehört hatte oder ob es ihr im Augenblick einerlei war. «Überhaupt nichts, meine Herzallerliebste.»

Das Unwetter brach am darauf folgenden Nachmittag los. Chabechnet war nach Norden aufgebrochen, die Divisionen Amun und Re und die Medjai sammelten Waffen, zählten Pfeile und ölten Leder, und Ahmose hatte Achtoi befohlen zu packen. Er war von der Lobeshymne geweckt worden, hatte wie gewohnt gemeinsam mit Aahmes-nofretari Audienz im Empfangssaal abgehalten und die Fortschritte Sobek-nachts mit dem alten Palast überprüft. Sie hatte ihre Gemächer erst zur Audienz verlassen und hatte offensichtlich zu viel zu tun, um die Geschäftigkeit im Haus zu bemerken oder das Leben und Treiben am Fluss hinter den Toren zu hören, und dafür war Ahmose unendlich dankbar. Mittags speisten sie zusammen, und danach hielt sie Mittagsruhe.

Ahmose selbst ging ins Arbeitszimmer. Er musste sich noch um viele Einzelheiten kümmern und war gerade fertig, als die Tür aufging und seine Frau unangemeldet hereinrauschte. Sie war sehr blass, aber ihre mit Kohl umrandeten Augen beschuldigten ihn der Feigheit. «Hinaus!», fuhr sie den Unterschreiber an. Mit einem entsetzten Blick in ihre Richtung wartete der Mann nicht erst darauf, dass Ahmose ihn entließ, sondern verzog sich mit seiner Palette durch die Tür. Aahmes-nofretari trat danach und schloss sie mit einer einzigen heftigen Bewegung. «Du hast mich angelogen», sagte sie ruhig, doch ihrer künstlichen Ruhe war unterschwellig eine so wilde Wut anzuhören, dass Ahmose fast vor ihr zurückgewichen wäre.

«Nein, ich habe nicht gelogen», sagte er sachlich. «Ehe Abana mit seiner Nachricht aus Auaris gekommen ist, wollte ich wirklich gern bei dir bleiben, bis das Kind geboren ist. Aber sie hat alles verändert.»

«Sie hat nichts an dem verändert, was du mich hast glauben lassen», unterbrach sie ihn eisig. «Was hast du erst vor ein paar Tagen zu mir gesagt? ‹Ich bin am ersten Tybi, wenn wir das Krönungsfest des Horus begehen, an deiner Seite.› Vielleicht war das an Apophis gerichtet. Oder du hast einfach so dahergeredet.» Er streckte die Hand aus, wollte irgendetwas tun, um den übergroßen Ausbruch von Schmerz zu verhindern, den er verdiente, wollte sie unbedingt zum Schweigen bringen.

«Aahmes-nofretari, du hast Recht, und es tut mir Leid», sagte er. «Aber versuche doch zu verstehen, warum ...»

«Warum was? Warum du mich zum Narren gehalten hast? Warum jeder im Haus gewusst hat, dass du morgen wieder aufbrichst und es niemand gewagt hat, mir das zu sagen? Warum es dir an Mut, ganz zu schweigen an Mitgefühl fehlt, sodass du mir deinen Aufbruch verschwiegen hast? Nicht die Gründe für deinen Weggang haben mich tief getroffen», schrie sie, «sondern dass du lügst. Du lügst!» Sie trat unbeholfen näher, hatte einen Arm über ihren Leib gelegt, der andere griff nach der vergoldeten Stuhllehne. «Ahmose-onch ist in mein Schlafgemach gestürzt und wollte wissen, ob er mit dir ziehen kann», fuhr sie wütend fort. «Da habe ich es erfahren. Du hast mich letzte Nacht geliebt, und noch auf meinem Lager hast du gelogen und gelogen!» Sie verstummte und holte Luft, und er kam näher, doch sie schreckte zurück. «Ich weiß, was los ist», sagte sie mit rauer Stimme. «Meine Kinder sind schwach. Meine Kinder sterben. Du willst nicht dabei sein und das zarte Wesen sehen, das mein Schoß gebiert, und es ist dir einerlei, dass auch ich schreckliche Angst habe, dass ich dich an meiner Seite brauche. Du möchtest dir eine andere Frau nehmen.»

Er blickte sie entgeistert an, wusste, dass sie seine wundeste Stelle getroffen, die schlimmste Wahrheit jedoch nicht erkannt hatte, dass er sie nämlich von ganzem Herzen liebte und sich nur dann eine zweite Frau nehmen würde, wenn es für die Nachfolge unbedingt erforderlich wurde. Nichts, was ich sage, kann ihren Schmerz lindern, dachte er. Das habe ich mir selbst zuzuschreiben. «Ich bin tatsächlich ein Feigling», versuchte er es. «Ich habe tatsächlich davor zurückgescheut, dir zu sagen, dass ich auf der Stelle nach Norden muss. Lass mich dir erklären.»

«Erklären ist ein so leidenschaftsloses Wort», sagte sie bitter. «So kalt, so verflucht vernünftig. Nein, Ahmose. Beleidige mich nicht mit deinen Erklärungen. Es gibt Sätze, die können dem Skorpion, der mich in die Seele gestochen hat, nichts anhaben.»

Wie gern hätte er ihr sein Herz ausgeschüttet: die Vorhersage des Sehers, sein eigenes schreckliches Gefühl, dass alles umsonst war, sein heftiges Verlangen, von ihr fortzulaufen, weil er sie nicht vor dem Kommenden beschützen konnte, sein Gefühl, dass er so bald wie möglich vor den Mauern von Auaris stehen musste, sonst war alles verloren. Doch seine Gedanken purzelten so durcheinander, dass er nichts davon herausbrachte. Sie ließ den Stuhl los und ging zur Tür. «Ich möchte dich vor deinem Aufbruch nicht mehr sehen», sagte sie. «Es ist mir einerlei, ob Auaris fällt oder nicht, und ehe dieses Kind geboren ist, sollte es dir auch einerlei sein. Zum

Seth mit dir, Ahmose Tao. Erwarte während deiner Abwesenheit keine Briefe von mir. Ich habe zu viel zu tun und kann nicht diktieren.»

Tief betroffen sah er sie hoch erhobenen Hauptes und am ganzen Leib zitternd gehen. Als die Tür zugefallen war, rief er ihren Namen, doch sie kam nicht zurück. «Aahmes-nofretari, du bist jetzt eine Königin», sagte er laut in den erschreckend stillen Raum. «Du hast eine neue Verwaltung aufgebaut, du hast während meiner Abwesenheit geherrscht, gewiss verstehst du die bisweilen harten Unterschiede zwischen dir und mir, wie wir waren, dir und mir, wie wir gern wären, und dir und mir heute, nämlich Gottheiten, die die Last eines Landes auf ihren Schultern tragen.» Aber seine Worte verblassten im Sonnenstrahl auf dem Tisch und wurden von den Staubpartikeln aufgesogen, die in der Luft tanzten. Es ist nicht die Gottheit, die du verletzt und getäuscht hast, Ahmose, du Narr, sagte er sich. Es ist die Frau. Und noch so viele Gebete und Fußfälle bringen dich bei ihr nicht wieder in Gunst.

Er hatte gehofft, das ihr der Ausbruch gereicht hätte, dass sie an der Bootstreppe stehen und ihm ihren Segen geben würde, als er und sein Gefolge sich im Morgengrauen des folgenden Tages einschifften, und er wartete, solange es nur ging, doch sie erschien nicht. Ahmose-onch klammerte sich an ihn. «Ich habe mit Bogen und Schwert geübt», sagte er, als Ahmose ihn hochhob und ihm einen Kuss gab, ehe er ihn wieder absetzte. «Brauchst du mich ganz bestimmt nicht, Vater?» Ahmose schluckte.

«Ich brauche dich sehr», antwortete er ernst. «Aber dieses Mal braucht dich deine Mutter noch mehr. Verbringe ein wenig Zeit mit ihr, wenn du keinen Unterricht hast, Ahmose-onch.» Er warf Pa-sche einen Blick zu, und der nickte verständnisinnig.

«Sie ist immer so brummig», sagte das Kind leise. «Aber ich gehorche dir, Göttlicher. Ich bin der Falke-im-Nest, ich vertrete dich und tröste sie.»

Es gab nur noch wenig zu sagen, denn keine anderen Familienmitglieder waren zum Lebewohl erschienen. Während Amunmose Gesänge anstimmte und die Tänzerinnen ihre Fingerzimbeln klicken ließen, ging Ahmose schließlich die Laufplanke hoch, und Anchmahor und die Getreuen folgten. Die Diener lösten die Taue.

Abana dürfte Necheb erreicht und seine Reise nach Norden begonnen haben, überlegte Ahmose, aber er wird meiner Flotte erst in zwei, drei Tage folgen. Auch wenn ich in Chemmenu anlege und Ramose abhole, bin ich noch vor meinem Admiral vor Auaris. Mich drängt zwar alles zur Eile, trotzdem dürfte sich die Situation nicht geändert haben, wenn ich dort eintreffe. Der Gedanke, dass er Ramose wieder sehen würde, munterte ihn ein wenig auf. Doch als er zurückblickte und Ahmose-onch an der Hand seines Lehrers so klein und ziemlich verloren zwischen all den großen Erwachsenen sah, da kehrten seine Schuldgefühle zurück. Bänglich musterte er das Haus, hoffte, einen Blick auf seine Frau zu erhaschen. Doch sie hatte gemeint, was sie gesagt hatte.

Durch die große, torlose Öffnung, die auf den Vorhof des alten Palastes ging, sah er Sobek-nacht und seine Unterbaumeister die Arme ausstrecken und sich verneigen, als er vorbeiglitt. Die Bauarbeiter waren bereits an der Arbeit, schwärmten über und um das altehrwürdige Gebäude herum. Dann wichen Haus und Palast zurück, wurden von Palmen geschluckt, die sich über dem dichten Vorfrühlingsgrün zwischen ihnen und dem Tempeldach erhoben. Waset selbst lag fast ganz verborgen. «Bald ist der Palast wie neu», bemerkte Anchmahor. Er war neben Ahmose getreten und lehnte an der

Reling, sah zu, wie Waset verschwand. «Ich denke, du wirst gleich nach deiner Rückkehr aus dem Norden einziehen können, Majestät.»

«Vermutlich», antwortete Ahmose zögernd. Sie durchfuhren die Biegung des Flusses, sein Haus war nicht mehr zu sehen, und da wurde ihm auf einmal leichter ums Herz, und er mochte nicht länger an Waset denken.

ZWÖLFTES KAPITEL

Es wurde Mitte Tybi, ehe Ahmose wieder einmal die Mauern von Auaris erblickte. Die Winde waren launisch gewesen, hatten zwar noch nicht stetig aus Norden geweht wie im Sommer, was die Schiffe behindert hätte, waren jedoch böig gewesen, so dass sie trotz der nördlichen Strömung viel Zeit mit Kreuzen verschwenden mussten. Ahmose hatte in Chemmenu länger Halt gemacht als geplant, hatte zwei Nächte in Ramoses Haus geschlafen und dem Bürgermeister und verschiedenen anderen Würdenträgern Audienzen gegeben und sich mit seinem Freund wegen des noch nicht abgeschlossenen Aufbaus der Stadt beraten. Ramose schien glücklich zu sein, dass er wieder das schöne Anwesen bewohnen durfte, das einst seinem Vater, dem Verräter, gehört hatte, doch Ahmose wurde von der Vergangenheit eingeholt. Er hatte den Vetter seiner Mutter, Teti, und seine Frau Nofre-Sachuru als Kind häufig besucht. Teti hatte viel gelächelt und gern im Garten gesessen und seinen und Seqenenres Sprösslingen Süßigkeiten zugeworfen, aber Ahmose hatte sich immer ein wenig vor ihm gefürchtet. Jetzt wusste er warum. Hinter einem leutseligen Äußeren war Teti ein verschlagener und hinterlistiger Mann gewesen und war dafür gestorben.

Am dritten Tag hatte Ramose seinem stellvertretenden Nomarchen allerletzte Befehle erteilt und war zu Ahmose an Bord gegangen. Die Divisionen hatten gemeldet, sie hätten bis auf eine Tagesreise mit ihnen aufgeholt. Paheri und Abana waren auch unterwegs. Ahmose hatte nicht mehr angehalten. Nun müssen nur noch die großen Tore aufgehen, dann ist mein Freudenbecher ganz voll, dachte er spöttisch. Vielleicht sollte ich Schu bitten, dass er sie für mich entzweibläst. Bei dem Bild musste er lächeln. «Du bist glücklich, Ahmose.» Auch Ramose lächelte ihm über dem Rand seines Bierkruges zu. «Es tut gut, wieder auf dem Fluss zu sein, nicht wahr?»

«Ja», bestätigte Ahmose und schob das Bild seiner Frau beiseite, das sich zwischen ihn und den glitzernden Sonnenschein schieben wollte. «Sieh mal, Ramose. Da drüben. Da kommt gerade ein Krokodil aus dem Binsensumpf geschwommen. Ein verheißungsvolles Vorzeichen, was meinst du?» Bei dem Wort ‹Vorzeichen› aus seinem eigenen Mund verstummte er, wandte sich ab und ging in seine Kabine.

Achtoi hatte Ahmoses Zelt an genau derselben Stelle neben dem großen Nebenarm aufbauen lassen wie im Jahr zuvor, und während seine Habe hineingetragen wurde, stieg Ahmose in seinen Streitwagen, Anchmahor nahm die Zügel, und dann fuhren sie so nahe an Auaris heran, wie es eben ging. Er stieg aus und starrte die vertrauten Mauern an. Chabechnet hatte er zu seinen Generälen geschickt und sie zum Abendessen eingeladen.

Eine Zeit lang betrachteten er und Anchmahor die Stadt. Dann sagte Ahmose: «Befehlshaber, siehst du irgendetwas, was sich seit letztem Mal geändert hat?» Anchmahor zögerte.

«Eine seltsame Frage, Majestät», antwortete er. «Ich sehe keine Veränderungen, aber du hast Recht. Es scheint, als ob

Auaris zusammenbrechen will, als ob die Grundmauern unsichtbar und still vor sich hin bröckeln. Man spürt eine gewisse Spannung. Und ich habe gedacht, ich bilde mir das nur ein.»

«Ich habe es gespürt, seit Abana gestanden hat, dass Apophis beinahe die Flucht gelungen wäre», sagte Ahmose. «Er hat aufgegeben, Anchmahor. Er will in den Schoß seines heimatlichen Rethennu zurückkehren und sucht verzweifelt nach einem Weg, wie ihm das gelingt, ohne dass er sich selbst oder seine Stadt aufgeben muss. Hier tut sich bald etwas.»

«Auaris wirkt wie ausgestorben», meinte Anchmahor. «Kein Rauch von Kochfeuern oder Bestattungen. Und man hört so gar nichts.» Er blickte Ahmose an. «Kann es sein, dass die Einwohner allesamt tot sind?»

«Nein», sagte Ahmose knapp. «Die Bevölkerungszahl hat zweifellos durch Seuchen und Hunger abgenommen, aber noch sehe ich keine Aasgeier über diesen verfluchten Mauern kreisen.»

Gegen Abend fiel ein leichter Regen, tüpfelte den Boden und tanzte auf dem Nebenarm, doch als die Generäle vorfuhren, hatte er aufgehört, und der Himmel war wieder klar. Ahmose hatte sich in einen Wollumhang gehüllt und saß an der Stirnseite des langen Tisches vor seinem Zelt. Achtoi und seine Dienerschar hatten ein schlichtes Mahl vorbereitet, frischen Salat, Gurken, Frühlingszwiebeln, Radieschen, zerdrückten Knoblauch, Weichkäse, gebratene Gazelle und Brot. In den nächsten Monaten würde es noch kein Obst geben, stattdessen trugen sie in Honig eingelegte, getrocknete Datteln und Feigen auf.

Als die Männer aus ihren Streitwagen stiegen und in den Lampenschein traten, begrüßte Ahmose sie, nahm ihre Huldigung entgegen und forderte sie auf, Platz zu nehmen. Jedes Gesicht erinnerte ihn lebhaft an die Schlacht vom vergangenen Jahr, und bei dem Andenken überkam ihn eine tiefe Befriedigung.

Die geballte Kraft ihrer Männlichkeit war wie Eintauchen in kaltes Wasser, erfrischend und belebend. Die Männer, die ihm in Waset gedient hatten, seine Berater und Beamten, waren kluge Leute. Doch ihre Männlichkeit war anders geartet. Die hier ist mir lieber, dachte Ahmose, als sich Hor-Aha, der als Letzter erschien, verbeugte, geschmeidig auf einem Schemel Platz nahm und als Chabechnet dann um Ruhe bat. Für diese Strategen gibt es keine unausgesprochenen Ziele, kein zähes Ringen um Kleinigkeiten, die am Ende wenig zu bedeuten haben. Eines Tages, und das bald, werde ich meine Energien völlig auf friedliches Regieren sammeln müssen, aber in der Zwischenzeit verblassen diese Alltagspflichten neben meiner Aufgabe hier, der Befreiung Ägyptens. Er winkte Achtoi, er solle das Essen auftragen, und musterte lächelnd die Gesichter, die sich ihm zuwandten. «Ich bin glücklich, dass ich wieder bei euch bin», sagte er. «Beim Essen könnt ihr mir einer nach dem anderen berichten, wie es um eure Division steht. Ich verlasse mich darauf, dass eure Soldaten ordnungsgemäß rotiert haben und dass sie gesund und kampfbereit sind.»

«Bereit ist nicht das Wort, das ihre Verfassung wiedergibt, Majestät», sagte Baqet. «Ergeben trifft es besser. Was wir im letzten Jahr gewonnen haben, hat ihnen Mut gemacht, und sie haben sich auf ein Ende der Belagerung gefreut. Aber dazu ist es nicht gekommen.» Er lehnte sich zurück und ließ sich Wein einschenken. «Damit will ich nicht sagen, dass es in der Truppe zu Meutereien gekommen ist. Sie haben sich bewundernswert willig drillen lassen und haben mit ihren Waffen geübt. Aber an den Kochfeuern hört man kein munteres Soldatengeschwätz mehr. Es geht um die Höhe der Mauern, ihre mutmaßliche Stärke, die gewaltigen Tore und so weiter. Und sie schmieden einen wahnwitzigen Plan nach dem anderen, wie man die Stadt stürmen kann. Wir haben das am besten geschulte Heer auf der ganzen Welt, sind aber unserem Ziel keinen Schritt näher gekommen als Kamose.» Zustimmendes Gemurmel rings um den Tisch.

«Meine Männer auf dem Nordhügel reden davon, dass sie sich auf die Mauern stellen und Brandpfeile nach Auaris hineinschießen wollen», warf Cheti ein. «Aber Feuer in der Stadt öffnet keine Tore.» Ahmose hob die Hand.

«Ich weiß», sagte er bestimmt. «Du täuschst dich, General Baqet, wir haben seit der Zeit meines Bruders durchaus Fortschritte gemacht. Von den Divisionen im östlichen Delta kommt Nachricht, dass diese Gegend zu Ägypten zurückgekehrt ist, die Horusstraße gehört uns, und die Festungen der Fürstenmauer sind vom Feind verlassen und darauf von unseren Männern besetzt worden. Nichts, nichts bleibt den Setius von ihrer Macht, nur das da.» Er zeigte auf Auaris, das im zunehmenden Dunkel riesig und hoch dräute. «Wir müssen uns nur noch in Geduld üben, dann haben wir gewonnen.»

«Ausgerechnet Geduld ist eine Tugend, die wir Ägypter in hohem Maße besitzen», meinte Kagemni spöttisch. Alles lachte. Ahmose klopfte auf den Tisch.

«Ich möchte etwas über meine Soldaten hören. Cheti, du fängst an. Wie ist es der Horus-Division ergangen?»

Sie aßen stumm und ließen sich von schweigsamen Dienern vorlegen, während einer nach dem anderen aufstand und Ahmose berichtete, was er in den Monaten von Ahmoses Abwesenheit getan hatte. Ipi schrieb fleißig Beschwerden auf. Es gab nur wenige. «Im Augenblick müssen wir das Essen rationieren», hatte Sobek-chu geendet. «Die Überschwemmung war gut, die Aussaat beginnt sehr bald, aber du weißt, Majestät, dass die Proviantschreiber mit der Beköstigung Tausender Soldaten eine schwierige Aufgabe haben. Wie du schon gesagt hat, ist das Delta gesäubert, aber viele Dörfer sind verfallen. Aus denen bekommen wir erst im nächsten Jahr etwas. Und hoffentlich», so sagte er und schüttelte sich, «liegen wir im nächsten Jahr nicht mehr hier.»

Als die Berichte beendet und die Teller leer gegessen waren, tranken die Männer Bier und unterhielten sich, und es wurde viel gelacht. Zufrieden lauschte Ahmose dem lauten Gespräch ringsum, schwieg aber selbst. Trotz meiner Enttäuschung habe ich Frieden gefunden, dachte er. Die Wochen, die ich hier auf Wachposten neben dieser störrischen Stadt, diesem breiten Nebenarm verbracht habe, werden mir fehlen. Er stand auf, und sofort verstummte das Gespräch. «Ich suche jetzt mein Lager auf», sagte er. «Geht, wann ihr wollt. Anchmahor, hole meine Wachposten.» Die Männer verweilten nicht länger. Sie verbeugten sich und verschwanden in der Dunkelheit. Die Diener schickten sich an, die Reste fortzuräumen, und Achtoi begleitete Ahmose ins Zelt.

«Die Stadt wird fallen», sagte Achtoi auf einmal. Erschrocken fuhr Ahmose zu ihm herum. Achtoi goss Duftöl in ein Wasserbecken, und Hekayib stand daneben und wartete darauf, dass er Ahmose waschen durfte.

«Was hast du da gesagt?», fragte Ahmose nach. Achtoi stöpselte das Gefäß wieder zu und winkte Hekayib mit dem Finger.

«In der letzten Nacht auf dem Schiff habe ich geträumt, dass du eine Gans tötest, Majestät», erläuterte Achtoi. «Ein sehr viel versprechendes Vorzeichen.»

«Ja, wirklich», bestätigte Ahmose. «Also werde ich meine Feinde töten. War der Traum lebhaft, Achtoi?»

«Bis in die letzten Einzelheiten und sehr farbenprächtig», versicherte ihm der Haushofmeister.

Noch vor Mittag des folgenden Tages trafen Paheri und Abana ein, und nach ein paar Begrüßungsworten befahl Ahmose ihnen, ihre Schiffe längs der Westseite der Stadt zu sammeln und das Bürgertor, das Königstor an der Nordspitze und das Händlertor zu bewachen. «Brauchst du dein Flaggschiff, Majestät?», fragte Abana erwartungsvoll. Ahmose schüttelte den Kopf.

«Lass die *Cha-em-Mennofer* hier im Süden vertäuen, sodass ich im Notfall rasch an Bord gehen kann», antwortete er. «Aber ich möchte, dass du eine Position einnimmst, von der aus du all unsere Schiffe dirigieren kannst.» Paheri warf ihm einen scharfen Blick zu.

«Erwartest du wieder Kampfhandlungen mit den Setius, Majestät?» Ahmose seufzte.

«Ich weiß nicht, was ich erwarte», bekannte er. «Jeder ist unruhig, hat Träume und Eingebungen, schwört, dass sich etwas geändert hat, was man mit bloßem Auge nicht sehen kann. Aber irgendetwas sagt mir, dass ich bereit sein muss. Lass deine Bootsleute aber nachts an Land schlafen, Paheri. Ich denke, der Umschwung findet noch nicht gleich statt!»

An diesem Abend trafen auch die Amun- und die Re-Division zusammen mit den Medjai nacheinander im Lager ein. Ahmose ließ Hor-Aha durch Chabechnet ausrichten, dass die Medjai am nächsten Morgen mit fünf Schiffen den kleineren Nebenarm östlich der Stadt patrouillieren und sich auf das einzige Tor in dieser Mauer, das Horustor, sammeln sollten.

Er ließ seine Generäle ihre Soldaten ungefähr so aufstellen

wie während der letzten Auseinandersetzung, Amun und Re im Westen, verteilt hinter der Bootstruppe. Thot unter General Baqet um die Südspitze herum bis zu den Medjai draußen vor dem Bürgertor im Osten. Sobek-chus Montu-Division schickte er in das nordwestliche Gebiet, wo der kleinere Nebenarm zwischen Stadt und Nordhügel verlief, den die Ägypter eingenommen und bislang verbissen gehalten hatten. Jede Division hatte Behelfsbrücken, die man über die randvollen Gräben legen konnte, falls die Tore aufgingen. Die Osiris-Division bildete Ahmoses Reserve.

Er wusste, dass seine erwartungsvolle Stimmung wahrscheinlich eine Sinnestäuschung war, ein törichter Wunsch, der in seinem Hirn irgendwie magische Gewissheit angenommen hatte, aber auch die Soldaten empfanden so. Begeisterung hatte das riesige Lager erfasst, und das hatte mit Ahmoses Rückkehr angefangen. Es liefen Gerüchte um, der König hätte einen geheimen Weg in die Stadt gefunden, er würde die Mauern auf der Stelle abreißen lassen, ein Seher hätte ihm einen Zauber gegeben, mit dem er ganz Auaris in Brand stecken und in einer Riesenflamme verschwinden lassen könnte.

Er lachte darüber, denn er wusste, dass Bauern, auch wenn sie noch so gute Soldaten geworden waren, zu Aberglauben neigten. In dieser Nacht schlief er unruhig, wachte auf und hatte etwas geträumt, an das er sich nicht mehr erinnerte, lag da und starrte ein Weilchen in die Dunkelheit seines Zeltes, ehe er wieder einschlief.

Am darauf folgenden Tag war es nicht besser. Müde und gereizt schaffte er es, einen Brief an Aahmes-nofretari zu diktieren und einen an Ahmose-onch und kurz die Streitwagenpferde zu überprüfen, darauf kehrte er zum Ufer des Nebenarms zurück, wo er auf und ab ging, schwamm, ohne Appetit speiste und am Ende beschloss, den Nachmittag mit Schießübungen zuzubringen. Anchmahor und Harchuf gesellten sich zu ihm, nahmen seine Wette um ein goldenes Armband an und verloren.

Die Luft war so drückend, als ob es gleich regnen wollte. Ahmoses Kopf schmerzte etwas, das jedoch beharrlich, und die Narbe hinter seinem Ohr juckte.

Kurz nach Sonnenuntergang entzündete Achtoi die Lampen und holte das Senet-Brett. Ahmose wollte eigentlich gar nicht spielen, doch trinken und draußen herumgehen wollte er auch nicht, und so versuchten er und sein Haushofmeister, sich zwei weitere Stunden auf das Spiel zu sammeln. Es hatte kosmische Bedeutung, auch wenn man sich damit nur einen Nachmittag lang die Zeit vertrieb. Entsprechend den Feldern, auf welche Kegel oder Rollen gerieten, konnte man an dem Tag Glück oder Pech haben, und Ahmose, der spürte, dass sein Schicksal auf der Kippe stand, fürchtete sich fast davor, die Stäbe zu werfen, die sein Vorgehen bestimmen würden. Hinter dem Zelt schritten die wachhabenden Getreuen auf und ab, doch ihre Schritte klangen dumpf. Drinnen knisterte die Glut in dem kleinen Becken, die Achtoi gegen die nächtliche Kühle entfacht hatte. Nur das rhythmische Klappern der Senet-Stöckchen störte die tiefe Stille.

Ahmose hatte gerade eine Zwanzig geworfen und wollte seinen letzten Stein vom Brett nehmen, was ihn zum Sieger gemacht hätte, als jemand zum Zelt getrabt kam, von dem Getreuen davor angerufen wurde und sich außer Atem ins Zelt drängte. Keuchend stand er da, hatte die Hände auf die Knie gelegt und ließ den Kopf hängen. «Verzeihung, Majestät», japste er. «Es waren keine Streitwagen angespannt, ich musste den ganzen Weg laufen.» Ahmose erkannte Amuns Feder auf dem Bronzearmreif, den der Mann trug.

«Was hat General Turi zu melden?», blaffte er. Er umklammerte den goldenen Kegel so fest, dass dieser sich in seine Handfläche grub.

«Auf der Stadtmauer tut sich etwas», erklärte der Offizier. Er bekam wieder Luft und richtete sich auf. «Männer tauchen auf, nicht viele, aber die Nacht ist dunkel, und sie sind nicht gut auszumachen. Sie haben keine Fackeln dabei.» Achtoi hatte bereits Ahmoses Schwertgurt, Bogen und Köcher von der Truhe geholt. Ahmose schob die Füße in die Sandalen, bückte sich rasch und band sie zu.

«Geh in die Ställe und richte Fürst Machu aus, er soll jeden Streitwagen anspannen», befahl er. «Nimm dir einen und fahre zu General Turi zurück. Ich komme sofort.» Ahmose nahm den Gurt und schnallte ihn mit zitternden Händen zu. «Vielleicht war dein Traum ja wahr, Achtoi», sagte er. Der Haushofmeister reichte ihm den Köcher, und Ahmose zog den Kopf ein und den Lederriemen über der Brust zurecht. «Öffne den Schrein und bete zu Amun, dass es so ist. Auaris ist am Ende.»

Draußen warf er einen Blick auf den Himmel. Die Getreuen griffen schon zu den Speeren, und Anchmahor tauchte aus dem Dunkel auf. «Wir haben Neumond», sagte Ahmose besorgt. «Wie können wir, wenn es sein muss, in dieser Dunkelheit kämpfen?»

«Wenn wir nicht kämpfen können, dann die Setius auch nicht», meinte Anchmahor. «Wir stehen, glaube ich, vor keiner Schlacht, Majestät. So dumm ist nicht einmal Apophis.»

«Vielleicht doch, er hat ja Pezedchu nicht mehr, der ihm die Entscheidungen abnimmt», gab Ahmose zurück. «Du bist der Befehlshaber von Amuns Angriffstruppe, Anchmahor. An die Arbeit! Schicke mir an deiner Stelle Harchuf.»

Er saß wie auf glühenden Kohlen, während er auf Machu

und seinen Streitwagen wartete. Schreie hallten durch die Dunkelheit, gefolgt von dem Gepolter seines erwachenden Heeres. Als sein Streitwagen endlich kam, jäh aus der Finsternis auftauchte, winkte er Chabechnet, er solle hinter ihm einsteigen. «Zieh die Zügel an!», rief er Machu zu. «Und bringe mich so nah wie möglich an die Stadt!»

Weit war es nicht bis zum Südwesten von Apophis' Hügel, doch Ahmose kam die Fahrt wie eine Ewigkeit vor. Schließlich brachte Machu die Pferde zum Stehen, und Ahmose sprang heraus, gefolgt von Chabechnet. Vor ihnen lag der kleinere Nebenarm, ein breiter von Menschenhand geschaffener Graben zweigte vom Hauptfluss ab und schlängelte sich um die Ostseite der Stadt, doch der lag dunkel und friedlich. Zu ihrer Linken verschwand der Hauptnebenarm des Nils in der Nacht.

Ahmose spähte die Mauer hoch und verwünschte die Dunkelheit. Nichts zu sehen. Nirgendwo bewegten sich Gestalten vor dem matten Schein der Sterne. Die Stadt wirkte, als schliefe sie. Doch überall am Kanalufer rechts von Ahmose stellten sich Baqets Soldaten eilig in Schlachtordnung auf. Tchanni, sein Befehlshaber der Angriffstruppe, trat zu Ahmose und verbeugte sich. «Majestät, sollen wir die Brücken auslegen?», erkundigte er sich. Eine vernünftige Frage.

«Nein, noch nicht», sagte Ahmose. «Erst muss ich Nachricht von General Turi haben, dann entscheide ich, was wir tun. Er ist gegenüber vom Westtor stationiert, wo die Gestalten gesichtet worden sind. Ich schicke dir einen Läufer, Tchanni.» Der Mann verbeugte sich erneut und ging, als die Getreuen, die zu Fuß gehen mussten, eintrafen. Harchufs Gesicht tauchte neben Ahmose auf, blass und angespannt. Er hatte das Schwert gezückt.

Die Zeit verging. Ahmose spürte jeden Herzschlag, während er und seine Leibwache warteten. Allmählich gewöhnten sich seine Augen an die Dunkelheit, doch es gab wenig zu sehen.

Auf einmal erhob sich ein Gebrüll und wurde zum Dröhnen Tausender aufgeregter Stimmen. Harchuf stieß einen Schrei aus. Ahmose bewegte sich nicht, obwohl sein Herz einen Satz machte und ihm kurz übel wurde. Er hatte das Gesicht nach Westen gewandt und bemühte sich, etwas zu erkennen, irgendetwas, doch schließlich kam Meldung aus dem Osten. Einer seiner Herolde schrie ihm die Nachricht zu, noch ehe man ihn richtig sehen konnte. «Das Südtor geht auf!», brüllte er. «Majestät, das Südtor!» Es ist kein Traum, schoss es Ahmose durch den Kopf, ehe er aus seiner Erstarrung erwachte. Ich habe gewonnen. Ich spüre es mit jeder Faser. Endlich gehört Auaris mir.

«Schicke zu Baqet», sagte er ruhig. «Man soll die Brücken auslegen, Tchanni muss seine Männer auf der Stelle über den Graben führen.» Der Mann hatte sich kaum umgedreht, als ein Streitwagen heranbrauste und der nächste Herold herausstürzte.

«Majestät, die Stadt hat sich ergeben», sagte er, und seine Stimme kippte vor Erregung um. «Männer auf der Mauer über dem Westtor haben es uns zugerufen, und das Tor geht auf. Die Generäle Turi und Kagemni haben Brücken auslegen lassen.»

«Gut. Dann sollen sie ihre Angriffstruppe so schnell wie möglich über das Wasser führen.»

«General Sobek-chu hat einen Läufer mit der gleichen Botschaft zu General Turi geschickt», fuhr der Herold fort. «Das Königstor im Norden steht auch sperrangelweit offen.»

«Dann kann man davon ausgehen, dass sich auch das Horusstraßentor und das Handelstor öffnen», sagte Ahmose.

Gern hätte er Harchuf fest an sich gedrückt, ihn hochgehoben und tüchtig abgeküsst. «Gehe zum Nordhügel», wies er den Herold an. «Richte General Cheti aus, dass er ihn auf gar keinen Fall verlassen darf. Die Horus-Division rührt sich nicht vom Fleck, die Tore bleiben fest geschlossen. Mir liegt nichts an einem Überraschungsangriff seitens Apophis', der den Nordhügel zurückerobern will. Cheti bekommt Nachricht, wenn wir seine Männer brauchen.» Der Mann und sein Streitwagen brausten davon. Harchuf berührte Ahmose ehrfurchtsvoll am Arm.

«Meine Glückwünsche, Großer Horus», sagte er. «Du hast gesiegt.» Der junge Mann klang so bass erstaunt, dass Ahmose lachen musste.

«Ein Wunder nach so langer Zeit, nicht wahr, Prinz Harchuf? Aber noch sind wir nicht innerhalb dieser verfluchten Mauern. Für Lobeshymnen ist es noch zu früh.» Er ging zu seinem Streitwagen und stieg hinter Machu ein. «Los», rief er. «Wir stoßen zu General Baqet. Ich möchte mir ansehen, wie unsere Soldaten durch das Südosttor strömen.»

Machu fuhr am Kanal entlang, kam jedoch im Gedränge der Thot-Division schon bald nur noch langsam voran. Fünftausend Mann warteten darauf, das Wasser überqueren zu können. Sie schufen eine Gasse, als Chabechnet sie laut anrief, und Ahmoses Streitwagen rollte durch die Reihen, doch noch ehe Machu am Grabenrand hielt, wo jetzt eine Brücke lag, wusste Ahmose, dass irgendetwas nicht stimmte. Tchanni und seine Angriffstruppe standen unbeweglich. Baqet war bei ihnen. Er verbeugte sich, als Ahmose ausstieg, zu ihm ging und über das Wasser zeigte. «Was sollen wir tun, Majestät?», murmelte er.

Die Einwohner strömten aus Auaris heraus, drängelten sich durch das Tor, eine sich langsam bewegende Masse

Mensch, die sich wie dunkles Öl durch die Öffnung zu ergießen schien und sich beiderseits der Mauer verteilte. Und es kamen immer mehr. Sie schwiegen, abgesehen von quengelnden Kleinkindern und einer namenlosen schluchzenden Frau.

Zwei Gedanken schossen Ahmose gleichzeitig durch den Kopf. Wenn er sich einen Weg durch die dichte Menschenmenge bahnen lassen wollte, mussten seine Soldaten die Menschen ins Wasser stoßen. Und dann noch ernüchternder: Er wusste, er würde es nicht schaffen, den Befehl zum Abschlachten dieser dahinschlurfenden Unseligen zu geben. «Das macht Apophis mit Absicht», sagte er ergrimmt. «Er benutzt sein Volk, damit wir die Stadt nicht schnell einnehmen können, und vielleicht soll ich auch Mitleid mit ihm und ihnen verspüren. Ja, ich habe Mitleid. Sieh sie dir an, Baqet! Hast du schon einmal solch lebende Leichname gesehen? Ich glaube nicht, dass sie eine Gefahr für uns sind, oder?» Baqet schüttelte den Kopf.

«Ich erblicke unter ihnen keine Soldaten, Majestät, aber vermutlich haben einige unter ihren Umhängen Waffen versteckt. Bei dieser Dunkelheit kann man nichts erkennen.» Ahmose sah sich den traurigen Auszug weiter an. Die Menge kam jetzt rechts und links außer Sicht, eine schwankende, stolpernde Schar, die ihn an Gemälde erinnerte, die Hungeropfer darstellten, nachdem der Nil einmal kein Hochwasser geführt hatte. Aber natürlich sind sie Hungeropfer, dachte er. Nicht weil es keine Überschwemmung gegeben hat, sondern durch meine Belagerung.

«Schafft ihnen eine Gasse und lasst sie gehen», sagte er zu Baqet. «Es ist nicht Maat, Halbtote zu ermorden. Sie können uns nichts tun. Stelle Männer zu beiden Seiten der Brücke auf und beobachte sie beim Überqueren. Lass Fackeln holen. Wer Waffen dabeihat, wird festgehalten.» Doch das Aufstellen der

Männer wurde von den Menschen am anderen Ufer falsch gedeutet. Erregung machte sich breit, und dann schrie jemand: «Erbarmen, Erbarmen, Männer aus Ägypten! Tut uns nichts! Wir sind doch nichts!» Sie drehten sich um, wollten zum Tor zurück, doch das war von Herausströmenden verstopft. Baqet sprang in Ahmoses Streitwagen.

«Wir tun euch nichts!», schrie er, und seine Stimme übertönte das Gekreisch. «Der König hat bestimmt, dass ihr die Stadt ungehindert verlassen dürft. Kommt herüber! Kommt herüber!» Und so brüllte er weiter, bis seine Worte den Aufruhr besänftigen konnten. Ein Mann, beherzter als die anderen, kam zögernd näher, betrat die Brücke und schlich auf ihr entlang. Die Menge beobachtete ihn, und der Lärm verstummte. Als sie ihn im Schein der Fackeln ungehindert durch die Gasse der Soldaten gehen sahen, strömte alles vorwärts und folgte. Die meisten gingen zu Fuß, doch gelegentlich kam ein Karren, in dem sich Einwohner befanden, die alt oder gebrechlich waren. Die Ägypter überprüften sie kaum, einerseits fürchteten sie sich vor ansteckenden Krankheiten, andererseits war klar, auch wenn die Männer noch so viele Waffen mitnahmen, keiner war mehr in der Lage, damit zu kämpfen. Baqet kam zu Ahmose zurück. «Die Esel dürften alle aufgegessen sein», meinte er. «Ein schrecklicher Anblick, Majestät. Was tun wir mit ihnen?» Ahmose hob die Schultern und richtete den Blick weiter auf den Elendsstrom, der in der Nacht verschwand.

«Ich weiß es nicht», antwortete er. «Sie sind tatsächlich nichts. Die Proviantschreiber können sie unmöglich alle verköstigen. Sie müssen allein zurechtkommen.»

«Möglicherweise versuchen sie, nach Rethennu zurückzukehren», meinte Baqet. Ahmose winkte Harchuf und Chabechnet.

«Rethennu ist für die meisten ein fremdes Land», sagte er. «Nur das Blut ihrer Vorfahren bindet sie noch daran. Ehrlich gesagt, Baqet, es ist mir einerlei, wohin sie gehen. Sowie der Strom der Hungerleider versiegt ist, führst du die Division über die Brücke und durch die Tore.» Er ging zu seinem Streitwagen.

Er und sein Gefolge bezogen Stellung, wo sich Kanal und Nebenarm teilten, und dort fanden ihn dann auch die Herolde. Jeder hatte die gleiche Geschichte zu erzählen. Ahmose schickte sie mit dem Befehl fort, die Leute ziehen zu lassen, ehe man versuchte, in eine scheinbar verlassene Stadt einzudringen.

Dieser Gedanke beunruhigte ihn. Was hatte Apophis wirklich vor? Hatte er gedacht, er würde einem blutdurstigen König die Gelegenheit zu einem Gemetzel rauben? Aber genauso gut hätte er die Menschen diesseits der Mauer abschlachten können. Vielleicht wollte er Ahmose einen schalen Sieg verschaffen. Oder vielleicht war Apophis tot, und seine Söhne hatten in einem Anfall von Verzweiflung die Übergabe der Stadt veranlasst.

Achtoi und seine Untergebenen brachten Brot, Käse und Trockenobst, und Ahmose und seine Leibwache aßen im Stehen. Kaum hatten sie ihre magere Mahlzeit beendet, da kam ein Offizier mit den Insignien der Osiris-Division und salutierte. «Majestät, die Flüchtlinge verteilen sich zwischen unseren Zelten. Sie nehmen sich alles zu essen, was sie finden können. Unser Proviantschreiber hat Angst, dass er die Getreidevorräte nicht schützen kann.»

«Sag General Meryrenefer, er soll eine Abteilung zum Schutz der Speicher abordnen», befahl Ahmose. «Und ausreichend Männer, um die Menschen voranzutreiben. Sie dürfen sich nehmen, was an Resten greifbar ist, aber sie dürfen nicht stehen bleiben oder Zelte, Kleidung oder Waffen stehlen. Wer das tut, ist des Todes.» Er fragte sich, wie es der Flotte ergehen mochte, ob von den Einwohnern noch jemand kräftig oder schlau genug war und in dem Wirrwarr ein Schiff stehlen würde.

Nach einer weiteren Stunde ließen die gedämpften Fluchtgeräusche nach, und Ramose tauchte aus der tiefen Dunkelheit auf. Er verneigte sich, dann stand er mit fest vor der Brust verschränkten Armen, das Gesicht der Stadt zugewandt. «Ich habe die Brücke überquert und es geschafft, die ganze Mauer von außen abzuschreiten», sagte er. «Das hat lange gedauert. Jedes Tor hat seinen Abschaum ausgespuckt.» Er hörte sich bitter an. «Dabei habe ich die Einwohner ausgefragt in der Hoffnung, dass Apophis vielleicht tot ist, aber man hat mir versichert, er lebt noch, hat sich in seinem Palast eingeschlossen. Heute Nacht werde ich Tani wieder sehen. Ich weiß es.» Ahmose erschrak zutiefst. Er hatte seine Schwester vollkommen vergessen.

«Es ist einige Zeit her, dass du Auaris als Kamoses Spion betreten hast», sagte er vorsichtig. «Denke an deinen Schmerz, Ramose, als du sie sehen durftest und festgestellt hast, dass sie Apophis geheiratet hatte. Sie dürfte dich nicht gerade freudig empfangen. Vielleicht ist sie sogar tot. In der Stadt hat es Seuchen und Hungersnöte gegeben.» Jetzt drehte sich Ramose endlich um. In der Dunkelheit schimmerten seine Zähne wie Elfenbein.

«Falls es unter der Feder der Maat noch Gerechtigkeit gibt, dann lebt sie und Apophis ist tot», fauchte er. Ahmose hatte seinen Freund verzweifelt, ja, auch zornig erlebt, doch er hatte nicht gewusst, dass er so hassen konnte.

«Liebst du sie noch immer?» Das war eher geflüstert, damit sein Gefolge nichts mitbekam. Ramose wandte den Blick ab.

«Ich weiß es nicht», antwortete er steif. «Aber rechtens gehört sie mir. Der Verlobungsvertrag liegt in Seqenenres Archiv in Waset, und ich will sie haben, komme, was da wolle.» Reicht es nicht, dass ich dich zum Statthalter der Nomarche Un gemacht und dir einen Titel verliehen habe?, dachte Ahmose ziemlich niedergeschlagen. Du bist Herr von Chemmenu, du bewohnst das Anwesen deiner Familie, du genießt mein völliges Vertrauen und meine Gunst, aber anscheinend macht nur die Wiederbelebung eines Leichnams wieder gut, was man dir angetan hat.

«Wir können nicht in die Vergangenheit zurück, keiner von uns», sagte er laut. «Ich möchte meinen Vater zurückhaben. Ich möchte Kamose hier an meiner Seite haben, Kamose mit seiner ganzen Schroffheit und unerschütterlichen Ehrlichkeit. Wenn es möglich wäre, würde ich meine Tochter gern lebendig, gesund und glücklich zurückhaben. Wir haben alle gelitten, Ramose.»

«Seqenenre, Kamose und Hent-ta-Hent sind tot», gab Ramose zurück. «Die kannst du nicht zurückbekommen. Tani lebt. Das ist ein Unterschied.» Aber, mein lieber Ramose, da ist kein Unterschied, wollte Ahmose sagen. Die Tani, die du gekannt hast, ist gewisslich tot. Das Mädchen, das du geliebt hast, ist im Meer der Zeit ertrunken, und du wirst sie nie wieder finden. Doch er war so klug, dass er den Mund hielt.

Er hatte nicht erwartet, dass man ihn vor Tagesanbruch rief, doch Ramose war noch gar nicht lange fort, da kam ein Herold. «General Baqet will die Brücke überqueren, Majestät», sagte er. «Er möchte gern wissen, ob du ihn begleitest.»

«Sofort», erwiderte Ahmose. «Harchuf, lass die Getreuen antreten. Chabechnet, gehe und wecke Fürst Ramose. Machu, wende die Pferde.» Er war erregt, voller Vorfreude, in die sich Angst mischte, aber die verbarg er, als er in seinen Streitwagen sprang. Ramose kam, und er und der Oberste Herold stellten sich hinter ihn.

Weit war es nicht bis zu der Brücke, wo Baqet mit seiner eigenen Leibwache und an die zwanzig Soldaten mit Fackeln wartete.

«Die Angriffstruppe unter Pepynacht ist schon drin, Majestät», meldete Baqet. «Dazu die drei Befehlshaber der Hundert mit ihren Männern. Die Standarte auch.»

«Machu, steige aus und führe die Pferde über die Brücke», sagte Ahmose. «Sonst scheuen sie noch.» Machu gehorchte. Und schon befand sich Ahmose vor dem mächtigen, bronzeverzierten Bürgertor. Sein Blick wanderte über die beiden mächtigen Flügel, die jetzt offen standen. Hinter ihnen schien es eine breite Straße zu geben, die durch die überraschend dicke Mauer führte und sich hügelan in der Dunkelheit verlor.

«Hier bin ich damals auch durchgekommen», meinte Ramose. «Gleich wird die Straße schmaler und mündet dann in die Straße zum Palast.» Ahmose erwiderte nichts. Er klopfte Machu auf die Schulter, und der Streitwagen setzte sich in Bewegung.

Die Fackelträger hatten rasch aufgeholt und liefen voraus, um seinen Weg zu erhellen, und im Schein ihrer Fackeln sah Ahmose zu beiden Seiten die dunklen Nischen für die Torwächter. Die Straße dahinter war breit, doch dann engten sie Gebäude ein, Lehmziegelhäuser, die wie betrunken gegeneinander lehnten.

Das Schweigen war gespenstisch. Keine Ziege, kein Schaf blökte, kein Hund bellte, kein menschlicher Schrei störte. Hier und da lagen Knochen. Zunächst dachte Ahmose angeekelt, es wären Menschenknochen, doch dann machte er die vertrocknete Haut einer Ziege aus, die noch am Rückgrat hing, und merkte, dass es Tierknochen waren. Alles, Ratten, Hunde, Ziegen und Katzen war gegessen worden. Er blickte hoch, ob noch etwas von dem auf den Dächern angebauten Getreide oder Gemüse zu sehen war, aber nein. Chabechnet rümpfte die Nase. «Majestät, der Gestank! Tod und Seuchen und Krankheit!», brummelte er, und als sich Ahmose halb umdrehte, sah er, dass sich der Mann einen Zipfel seines Schurzes vor die Nase hielt. Auaris stank tatsächlich, eine überwältigende Mischung aus menschlichen Exkrementen, verwesenden Leichen und gekochten Innereien.

Dann hörte der Wirrwarr schlichter Häuser auf, und sie kamen an schützenden Mauern vorbei, die hier und da von etwas breiteren Gassen durchbrochen wurden. Gelegentlich ließen Sykomoren traurige, fast kahle Äste über die zu ihren Füßen gegrabenen Brunnen hängen. Viele Türen in den Mauern standen offen, und als Ahmose hineinspähte, sah er Reste von einst schönen Gärten, die nur noch aufgewühlte Erde waren. Einige waren vollständig umgegraben, vermutlich für Bestattungen.

Ramose war ausgestiegen und ging nun neben dem Streitwagen. «Das waren die Häuser der Reichen», staunte er. «Nichts mehr davon übrig, Ahmose. Sogar die Reichen haben ihr eigenes Gras gegessen. Ihr Götter, sieh dir das an!» Ein Schrein tauchte auf, eigentlich nur ein niedriger Granitpfeiler mit dem Abbild einer barbarischen Setiu-Gottheit, Anath möglicherweise, gemessen an den roh behauenen Brüsten, doch der Sockel hatte sich in eine Grube geneigt, die sich bis zur Straße erstreckte. Aus ihr stieg ein fast unerträglicher Gestank auf, weiße Gliedmaßen durchstießen eine dünne Erdschicht. Damit er sich nicht erbrechen musste, richtete Ahmose den

Blick auf die braunen Pferdeflanken vor sich. «Alle tot oder fort», sagte Ramose leise. «Ich habe Angst vor dem, was wir im Palast vorfinden, Majestät.» Ich auch, dachte Ahmose. Aber solange Apophis noch wie eine Spinne in ihrem zerrissenen Netz hockt, muss ich mich eher freuen als fürchten.

Eine leichte Brise wehte frischere Luft heran, und Ahmose atmete erleichtert durch. Das unheilvolle Schweigen hörte auch auf, denn das Heer strömte jetzt immer geräuschvoller durch die anderen Tore von Auaris. Machu hielt die Pferde an. Turi und Kagemni hatten sich vereint. Sie grüßten Ahmose und eilten zu ihm. «Was für ein fürchterlicher Ort!», rief Turi. «Wie muss es hier noch vor den Seuchen und der Belagerung bei so vielen Menschen gestunken haben! Wie konnten sie nur so leben?»

«Weil sie nicht wie wir sind, darum», sagte Kagemni. «Als sie die Ratten gegessen haben, da haben sie ihre Verwandtschaft verputzt.» Er schenkte Ahmose ein seltenes Lächeln. «Majestät, es ist vorbei», sagte er herzlich. «Ägypten ist wieder befreit.»

«Bist du auf irgendwelche Setiu-Soldaten gestoßen?», erkundigte sich Ahmose. Sein Blick war über ihre Köpfe zu der Stelle gewandert, wo die Säulen des Sutech-Tempels hochragten und daneben die Mauer einer Kaserne. Turi folgte seinem Blick.

«Der Tempel war voller Leute, wohl Kranke», sagte er. «Seine Höfe und Vorsäle liegen noch immer voll Abfall: Strohsäcke, Schüsseln, Tierknochen, Mörser von Ärzten. Dazu ein paar verwesende Leichen. Aber Soldaten, nein. Wir sind in ihre Kaserne gegangen und haben niemanden vorgefunden. Vielleicht sind sie alle in der letzten Schlacht umgekommen. Unsere Männer sind enttäuscht.» Er lachte. «Sie fühlen sich um einen richtigen Sieg betrogen.»

«Halte sie vom Tempel fern!», sagte Ahmose nachdrücklich. «Vielleicht kann man sich da noch immer anstecken. Stelle Wachen davor auf. Deine Männer sollen die Stadt nach Versprengten durchsuchen, aber sehr vorsichtig. Ich möchte nicht, dass sich in meinem Heer Krankheiten ausbreiten.» Jetzt blickte er endlich dorthin, wo gleich hinter der Kaserne die Palastmauer aufragte. «Ich bin dort drinnen», sagte er und deutete mit dem Kinn in die Richtung. «Bringt mir die Berichte, wenn ihr fertig seid. General Baqet, auch du darfst deine Soldaten in diesen elenden Gassen verteilen.» O Amun, Größter der Großen, betete er, als seine Befehlshaber salutierten und im Gedränge der Soldaten verschwanden, lass Apophis am Leben sein und auf mich warten. Lass diese Nacht als die gewaltigste Wiedergutmachung in die Geschichte Ägyptens eingehen.

Weit war es nicht bis zu den hohen Toren aus Zedernholz in der Schutzmauer des Palastes. Ramose schritt mit verschränkten Armen und gesenktem Kopf neben dem Streitwagen. Ahmose glaubte nicht, dass seine Getreuen ihre Schilde noch brauchen würden. Hier drohte keine Gefahr. Auaris war tot, sein krankes Herz tat die letzten schwachen Schläge innerhalb des Irrgartens aus Fluren und Höfen, die Ramose bei seiner Rückkehr beschrieben hatte. Ahmose blickte zum Himmel empor. Er hatte keine Ahnung, wie lange es her war, dass die Nachricht kam, die Tore öffneten sich, doch bislang sah er kein Anzeichen der Morgendämmerung. Noch immer funkelten die Sterne hell im samtigen Schwarz. Hinter dem Palasteingang konnte er weitere Fackeln ausmachen, die sich hin und her bewegten wie Flammen, die dem Feuer entkommen waren. Er stieg aus, winkte Machu und folgte seiner Leibwache in Apophis' Reich.

Hier wimmelte es von seinen eigenen Soldaten. Vor ihm,

mitten auf dem eindrucksvollen Weg, der zu dem schattenhaften, mächtigen Gebäude dahinter führte, hatte man die Standarte Montu aufgepflanzt und neben ihr seine eigene königliche Fahne. Statuen säumten den Weg, seltsame Gestalten, die Stäbe mit Ahmose nicht bekannten Emblemen hielten, die meisten bärtig und gehörnt, und es kam ihm so vor, als zuckten ihre feierlichen Mienen im flackernden Fackelschein. Rechts und links davon schienen sich ausgedehnte, verschattete Gärten zu erstrecken. Ein schwacher Duft nach Obstblüten, Blätter raschelten. Doch die Erde war kahl, abgesehen von ein paar Stellen mit knisterndem, vertrocknetem Gras. Kein Wasser, dachte er. Apophis konnte seine kostbaren Rasenflächen und Blumenbeete nicht mehr bewässern, der Regen hat dazu nicht gereicht.

Sobek-chu näherte sich mit Tchanni, der eine Fackel hielt. Sie verbeugten sich. Beide lächelten. «Meine Division ist durch das Königstor eingezogen, Majestät. Ich war überrascht, dass ich auf den Palastmauern auf keinerlei Widerstand gestoßen bin. Ich habe den Palast mit einem kleinen Trupp betreten und wollte gegen Apophis' verbliebene Soldaten kämpfen, aber es sind nur noch ein paar Höflinge da.» Ahmose spürte, wie ihn die wohl bekannte Verzweiflung packte.

«Apophis ist nicht da?»

Sobek-chu schüttelte den Kopf, sein Lächeln verschwand. «Nein, Majestät, es sei denn, er versteckt sich irgendwo. Ich habe das Gebäude flüchtig durchsucht, aber es ist weitläufig, und meine Männer und ich, wir sind noch nicht lange hier. Sein Wesir wartet jedoch auf dich. Ich habe ihn in einem kleinen Raum hier in der Nähe eingesperrt. Er wollte dich im Empfangssaal begrüßen, aber da hätte ich zu viele Soldaten zu seiner Bewachung gebraucht. Leider habe ich ihn damit in seiner Würde getroffen.»

«Zum Seth mit seiner Würde!», entgegnete Ahmose laut. Werden wir um unsere Rache betrogen, Kamose? Soll alles, die Verzweiflung, das Morden, die Ungewissheit und der Schmerz, unserer und der der Einwohner dieses unseligen Ortes, soll das alles umsonst gewesen sein? Falls Apophis fort ist, streue ich mir Staub auf den Kopf und jaule wie ein verletzter Hund. «Bringe mich zu ihm», schloss er gereizt. Auf einmal war er todmüde. Die Erregung hatte ihn bis hierher getragen, doch jetzt wollte er nur noch durch diese trügerischen Tore hinausgehen, sich auf sein Lager werfen und saubere Laken um sich haben. Auaris war ein zerstörtes Nichts.

Er folgte seinem General, schritt durch die eigenartigen Statuen, die so fremdländisch waren, dass er eine Gänsehaut bekam. Chabechnet und Ramose gingen an seiner Seite, die Getreuen jetzt hinter ihm. Sobek-chu strebte nicht zum Haupteingang. Er bog nach links ab, umrundete eine Palastecke und blieb vor einer kleinen Tür in der Westmauer stehen. «Hier bin ich schon gewesen», platzte Ramose heraus. «Hierher hat man mich gebracht.» Ahmose hob die Hand.

«Chabechnet, gehe hinein und verkünde meine Titel.»

«Auf dein Gesicht vor Uatsch-Cheperu Ahmose, Sohn der Sonne, Horus, Goldhorus, Der von den Zwei Ländern, Der von der Binse und Der von der Biene.» Chabechnet hatte aus eigenem Antrieb noch die drei Titel angehängt, die Ahmose erst nach seiner Krönung tragen wollte, denn noch war er nicht König von Ober- und Unterägypten.

Kerzenlicht empfing ihn, weich und unscharf, und er musste blinzeln. Er stand in einem gefälligen Raum mit niedrigen vergoldeten Stühlen und einem einzigen eleganten Tisch mit mehreren dicken Kerzen. Hier und da lagen Kissen in grellen Farben und wilden Mustern aufgehäuft. Die Wände waren in mattem Dunkelgelb gehalten, und oben unter der Decke zog sich ein schwindlig machender Fries aus schwarzen Spiralen entlang. In einer Ecke stand ein geschlossener goldener Schrein.

Auf dem Boden lag ein Teppich und mitten darauf kniete ein Mann, berührte ihn mit der Stirn und umklammerte dabei seinen blauweißen Amtsstab. Die Soldaten um ihn hatten Ahmose gehuldigt, standen jetzt auf und beobachteten ihn wachsam. «Gib mir den Stab da», befahl Ahmose. Der Mann kam mühsam hoch. Er war von mittlerem Alter, hatte ein gefurchtes Gesicht, das von einer Hakennase und einem geflochtenen Bart beherrscht wurde. Sein schwarzes Haar war sehr kurz. Ein Silbergürtel hielt sein langes, schlichtes weißes Gewand zusammen. Gehorsam tat er, was man ihm sagte. Mit einer einzigen heftigen Bewegung zerbrach Ahmose den Stab auf seinem Knie und warf die Stücke in die Ecke. «Wer bist du?», fuhr er ihn an. Der Mann räusperte sich.

«Ich bin Peremuah, Wesir und Bewahrer des Königlichen Siegels», sagte er ruhig. «Es ist meine Pflicht, die Stadt Auaris im Namen meines Gebieters, Seiner Majestät König Awoserra Apophis, zu übergeben.»

«Und wo ist Seine Majestät?», fragte Ahmose. Er wusste, es war unter seiner Würde, aber das klang höhnisch. Der Mann wurde rot.

«Er hat seine Stadt aufgegeben und will sich mit seinen Brüdern in Rethennu vereinen. Mir hat er aufgetragen, dir das Königliche Siegel zu übergeben. Damit bestätigt er, dass Ägypten jetzt dir gehört.»

«Das hat es immer», entgegnete Ahmose ohne nachzudenken, aber er war ratlos. «Wie kann Apophis nur entkommen sein, Auaris ist seit Monaten von meinen Soldaten abgeriegelt? Wie lange ist er schon fort?», fragte er Peremuah. Die

Lider des Wesirs senkten sich. Er starrte auf seine Silbersandalen und sagte gar nichts.

Auf einmal wusste Ahmose die Antwort und fuhr zu Chabechnet herum. «Nimm sofort meinen Streitwagen», befahl er. «Fahre so schnell wie möglich durch das Königstor und suche nach Fürst Abana. Der dürfte irgendwo in der Nähe sein. Jeder Bürger und jeder Karren, der noch nicht verschwunden ist, soll angehalten und durchsucht werden. Alle, in welchem Zustand auch immer. Wie lange?» Peremuah kniff die Lippen zusammen und hob den Kopf. Seine Miene war störrisch.

«Ich sollte dir nur ausrichten, dass Seine Majestät fort ist, und dir das Siegel übergeben», beharrte er. «Tut mir Leid.»

«Ach wirklich?», sagte Ahmose wütend. «Dann gib es mir!» Peremuah öffnete die Zugschnur eines Beutels, der an seinem Gürtel hing, holte das Siegel heraus und überreichte es Ahmose mit einer knappen Verbeugung. Es war ein kleiner Lehmzylinder. Ahmose betrachtete ihn, als er auf seiner Hand lag. Er rieb an den erhabenen Hieroglyphen mit Apophis' Namen und Titeln und wusste, dass er das letzte Mittel der Setiu-Macht in Ägypten in Händen hielt, dann ließ er es auf den Teppich fallen und zertrat es verächtlich, spürte, wie es zerbrach und zerbröselte. «So endet Apophis' Herrschaft», sagte er und trat mit dem Fuß danach. «Peremuah, du wirst hier festgehalten, bis ich jemanden finde, der mir sagt, wohin Apophis gegangen ist. Danach darfst du Ägypten verlassen.» Der Mann fuhr erschrocken zurück.

«Aber, Majestät, ich muss nicht sterben?», stammelte er und hatte Ahmose dabei unbewusst mit seinem Titel angeredet. Der rümpfte die Nase.

«Mach dich nicht lächerlich!», fuhr er ihn an. «Du bist weder ein Soldat noch ein Verräter an deinem Herrn, und ich bin kein Dämon. Bleibe in diesem Pestloch oder eile heim nach Rethennu, mir ist es einerlei. Sobek-chu, kümmere dich um ihn. Und wo sind die restlichen Höflinge?»

«Die habe ich in Apophis' Schlafgemach zusammengetrieben», sagte Sobek-chu. «Es sind fast ausschließlich Frauen.» Er warf Ahmose einen Blick von der Seite zu. Er weiß, dass Tani darunter sein kann, dachte Ahmose besorgt. Er hat sie nie gesehen, aber er kennt meine Familientragödie. Was mache ich, wenn auch sie fort ist?

Er trabte hinter seinem General her und hatte in dem Irrgarten aus schmalen, sich kreuzenden Fluren schon bald die Orientierung verloren. Sobek-chu hatte dafür zwar ein beinahe untrügliches Gespür, aber auch er zögerte oft vor einem gähnenden Quergang. Es gab in regelmäßigen Abständen Halter für Fackeln, doch die waren leer. Mehrmals durchquerten sie kleine Höfe, die sich zum Himmel öffneten und Springbrunnen hatten, die kein Wasser mehr hochwarfen.

Schließlich schien Licht am Ende eines schmalen Ganges, und Ahmose blieb vor einer beeindruckenden Flügeltür stehen. Die Soldaten zu beiden Seiten nahmen Habtachtstellung an und machten sie auf Sobek-chus Befehl hin auf. Ahmose trat ein. Ein Blick genügte, und die ängstlichen Mienen, die sich ihm rasch zuwandten, sagten ihm, dass sich Apophis nicht unter ihnen befand. Die Jüngeren haben den Mut gehabt, sich unter das gemeine Volk zu mischen, dachte Ahmose, aber Alter bringt Vorsicht und eine zunehmende Angst vor dem Unbekannten mit sich. Hier ist Tani auch nicht.

Er ließ den großen Raum kurz auf sich wirken. An den Wänden hingen Behänge in den gleichen grellen Farben und Spiralmustern wie auf den Kissen in dem Raum, den er zuerst betreten hatte, und wo keine waren, gab es gemalte Berge mit weißen Gipfeln über einem blauen Meer, das mit Schiffen getüpfelt war. Im Wasser tummelten sich exotische Geschöpfe, die Ahmose nicht kannte. Es gab zwei Innentüren, beide aus bemaltem Holz. Von der linken funkelte ihn ein Bulle mit rundem Rücken, goldenen Hörnern und geblähten Nüstern an, von der rechten der Setiu-Meeresgott Baal-Yam, der seinen Bart und den nackten Oberkörper aus dem schäumenden Wasser reckte. Was Ahmose von den wenigen nicht besetzten Stühlen sehen konnte, waren Stuhlbeine, die wie vollbusige Mädchen in kurzem Schurz und Bändern in den Locken geformt waren, welche vergoldete Sitze hielten, deren Rückenlehnen elfenbeinerne Delphine waren. Ahmose scheute innerlich vor der völligen Fremdartigkeit seiner Umgebung zurück. Selbstverständlich kann man mit den Händlern aus Keftiu Handel treiben, dachte er. Vieles ist hübsch. Aber hier gibt es überhaupt nichts Ägyptisches, keinen Beweis, dass unsere Eroberer das geringste Interesse für unsere Kunst oder unsere Götter gehabt hätten.

Widerstrebend wandte er sich der stummen Menge zu, deren Angst mit Händen zu greifen war. Die Frauen waren nicht geschminkt und zerzaust, das Haar hing ihnen gelöst herunter, ihre langen Wollröcke waren unordentlich zugebunden. «Seid ihr alle betrunken?», erkundigte sich Ahmose. Einer der Männer trat vor.

«Wir haben den Weinvorrat unseres Gebieters ausgetrunken», sagte er schlicht, «aber wir konnten die Katastrophe ringsum nicht vergessen. Was für ein Ägypter bist du?» Ahmose wusste mit der Frage nichts anzufangen, die man ihm noch nie so gestellt hatte, merkte aber, dass er in der Eile des Aufbruchs die Abzeichen seiner Position vergessen hatte. Sobek-chu nahm ihm die Antwort ab.

«Du sprichst mit Seiner Majestät Uatsch-Cheperu Ahmose. Huldige ihm», bellte er. Der Mann verbeugte sich sichtlich verwirrt, und der Rest tat es ihm unbeholfen nach.

«Verzeihe mir, Majestät. Ich bin Semken, Bürgermeister von Auaris. Ich konnte meine Stadt nicht verlassen.»

«Du kommst gleich zur Sache», meinte Ahmose. «Und jetzt sag mir, wohin ist Apophis gegangen?» Semken schüttelte den Kopf.

«Ich schwöre, dass ich es nicht weiß. Ich bin nur der Bürgermeister, Einzig-Einer, kein Höfling. Vor drei Tagen hat man mich in den Palast bestellt, und Wesir Peremuah hat mich angewiesen, die Einwohner auf den Auszug vorzubereiten, der in dieser Nacht stattgefunden hat. Aber als ich dann gehen musste, habe ich es nicht übers Herz gebracht, obwohl ich meine Familie fortgeschickt habe. Stattdessen bin ich hierher gekommen. Vielleicht kann dir der Wesir sagen, wo sein Gebieter ist.»

«Er könnte, aber er weigert sich.» Ahmose blickte die eng Zusammengedrängten an. «Weiß jemand von euch, wohin er gegangen ist?», fragte er laut. Niemand rührte sich, doch auf einmal stieß jemand einen Schrei aus, und eine junge Frau löste sich aus der Gruppe. Sie zeigte auf Ramose.

«Du!», rief sie. «Dich kenne ich! Aus dem Badehaus hier in Auaris! Du hast dich neben mir gewaschen, und du hast einen Wachposten dabeigehabt. Der hat mir verboten, weiter mit dir zu reden, weil du Apophis' Gefangener aus dem Süden warst und nach einer Prinzessin Tani gefragt hast.» Sie stand mitten im Raum. «Du heißt ... du heißt ...» Dann strahlte sie. «Du bist Ramose!»

«Ja», sagte er zögernd. «Und du bist Hat-Anath, Tochter eines Unterschreibers bei einem von Apophis' Viehaufsehern. Jetzt erinnere ich mich wieder.» Dann zuckte ein flüchtiges Lächeln um seinen Mund. «Entschuldige bitte, dass ich deiner Einladung, dich in deinen Räumen aufzusuchen, damals nicht gefolgt bin.»

«Was nicht ist, kann noch werden», antwortete sie unverzüglich, erwiderte sein Lächeln und schämte sich überhaupt nicht für ihren unordentlichen Aufzug. «Es sei denn, du hast die Prinzessin gefunden.»

«Ich habe sie gefunden», sagte Ramose leise, «habe sie aber wieder verloren.»

«Wo ist dein Vater?», fuhr Ahmose scharf dazwischen. Hat-Anath deutete hinter sich.

«Da, und meine Mutter auch. Seit ihr mit der Belagerung Ernst gemacht habt, konnte mein Vater seiner Arbeit nicht mehr nachgehen.» Sie musterte Ahmose prüfend. «Man sagt, du hast das ganze Vieh im Delta abgeschlachtet wie vorher dein Bruder und du schlachtest auch uns ab. Das stimmt doch nicht, oder?»

«Nein», stellte Ahmose sachlich klar. «Aber ich habe vor, diesen Palast niederzubrennen, und schlage deshalb vor, dass ihr die Weinkrüge Weinkrüge sein lasst, euch greift, was ihr könnt, und schnell aufbrecht. Meine Männer tun euch nichts.»

«Aber wohin sollen wir gehen, Majestät?» Hat-Anath hob die Hände. «Ich bin Ägypterin. Ich bin in Auaris geboren wie mein Vater, auch wenn mein Großvater Setiu war. Ich kenne nichts als das Delta!» Ahmose seufzte innerlich. Wir haben einen schmutzigen Krieg geführt, Kamose, du und ich, dachte er traurig. Aber welcher Bürgerkrieg ist nicht schmutzig? Wir sind gezwungen gewesen, die Unschuldigen mit den Schuldigen umzubringen, wenn wir frei sein wollten, und du, Hat-Anath, bist nur ein weiteres Opfer.

«Tut mir Leid», sagte er laut. «Aber das ist nicht mein Problem. Wenn dein Vater noch Familie außerhalb der ägyptischen Grenzen hat, dann müsst ihr zu ihnen ziehen. Aber seid gewarnt.» Er hob die Stimme. «Verlasst den Palast.» Sie hätte noch einmal aufbegehrt, doch Ahmose hob einen warnenden Finger. «Nein», sagte er. «Ich habe gesprochen.» Ramoses Miene war nicht zu deuten. Er starrte noch immer Hat-Anath an. «Ramose, willst du sie haben?» Ahmose war ein Einfall gekommen. Ramose fuhr zusammen.

«Sie haben, Ahmose?», wiederholte er. «Wozu?» Ahmose gab es auf.

«Zu gar nichts», sagte er müde. «Sobek-chu, lass uns gehen.»

Er und die anderen hatten kaum das Ende des Ganges erreicht, als sich Sobek-chus Befehlshaber der Angriffstruppe näherte. Er trug eine Fackel, und in ihrem Schein konnte man sein besorgtes Gesicht sehen, das sich aufheiterte, als er sie erblickte. Er verbeugte sich.

«Majestät, gut, dass ich dich gefunden habe. Vermutlich hast du gerade mit den Leuten in Apophis' Gemächern gesprochen. Wir haben da eine Frau, die nicht bei ihnen sein will. Sie hat darauf bestanden, in ihren eigenen Räumen zu bleiben. Sie behauptet, sie ist Königin, darum mochte ich sie nicht zwingen. Sie hat darum gebeten, dass ich dich zu ihr bringe.» Sein Ton verriet seinen Ärger über so viel Dreistigkeit. Ahmoses Blut begann zu rauschen, und Ramose neben ihm holte Luft.

«Führe mich zu ihr», sagte Ahmose mit Mühe. «Anchmahor, nimm die Getreuen und begleite Sobek-chu. Suche nach dem Thronsaal. Vermutlich befindet er sich gleich hinter dem Haupteingang. Schlage den Horusthron und die königlichen Insignien in sauberes Leinen ein und bringe alles in mein Zelt. Lass ihn gut bewachen. Ramose, du kommst mit mir.» Tani wartete auf ihn. Das konnte nur sie sein, und er wollte sie nicht vor neugierigen Ohren begrüßen. Eigentlich möchte ich sie gar nicht begrüßen, dachte er. Was soll ich nur sagen? Wie können schlichte Worte nach so langer Zeit den Abgrund überbrücken? Liebe ich sie oder verachte ich sie?

«Dann lebt sie also noch!», flüsterte Ramose so verwundert und voll Vorfreude, dass sich Ahmose für sein instinktives Zurückschrecken vor dieser Begegnung schämte. Er nickte dem Offizier knapp zu.

«Lass uns jetzt allein», sagte er.

DREIZEHNTES KAPITEL

Weit war es nicht bis zum Frauenflügel. Der war natürlich unweit von Apophis' Privatgemächern gelegen, und Ahmose stand schon wieder vor einer dicken Flügeltür, noch ehe er sich gefasst hatte. Die Wachposten machten sie für ihn auf. Er hatte das Gefühl, seine Füße steckten in Nilschlamm, doch er zwang sich zum Weitergehen, und Ramose folgte ihm. Die Tür fiel zu.

Als Erstes beeindruckte ihn die Helligkeit. Zwei goldene Lampenständer trugen Alabasterschalen, die den bezaubernden Raum mit den weichen Läufern, silbergepunzten Zedernholzstühlen, dem niedrigen Ebenholztisch mit Elfenbeinfeldern für Brettspiele und den zierlichen, kleinen Schrein in der Ecke sanft erhellten. «Du hast noch Öl!», rutschte es ihm heraus. Die Frau, die neben dem Tisch stand, lächelte nicht. Sie hatte sich in einen dicken Wollumhang aus roten, blauen und grünen Stoffvierecken gehüllt, ihre kleinen Füße steckten in kurzen Lederstiefeln, ihr langes Haar war aufgesteckt und von einem Goldnetz gehalten. Sie war geschminkt. Endlich einmal jemand, der so viel Würde besaß, dass er sich weigerte, sich angesichts der Auflösung in betäubenden Weinnebel zu flüchten. Ahmose starrte sie an, und sein Mund war so trocken, dass er nicht schlucken konnte, und sein Herz hämmerte so stark, dass er eine Ohnmacht befürchtete.

«Selbstverständlich», sagte sie, und das war Tanis Stimme, ein wenig tiefer als ihre helle Mädchenstimme, ein wenig bewusster und mit hörbar höfischem Akzent. «Und auch Holzkohle für mein Kohlebecken. Als Königin genießt man durchaus Vorteile, Ahmose, vor allem während einer Belagerung. Ich freue mich, dich wieder zu sehen.»

Er konnte nicht antworten. Dieses vertraute und dennoch völlig fremde Wesen blickte ihn so gelassen an, dass es ihm die Sprache verschlug. «Ich freue mich, dich wieder zu sehen!», rief sie jetzt, und auf einmal stürzte sie auf ihn zu und ließ dabei den Umhang fallen. Er breitete die Arme aus, und dann umfing er sie, und sein Leib erkannte auf der Stelle ihre angeborene Lebendigkeit, während sie die Wange an seinen Hals drückte und ihm ihre Tränen warm über das Kinn rannen.

«Tani», sagte er erstickt. «Tani. Tani. Du bist erwachsen geworden. Ich habe dich kaum erkannt. Wie schön du bist!» Sie lachte und weinte zugleich, drückte ihn an sich, streichelte seinen Rücken, plapperte Unverständliches, doch ihm fehlten noch immer die Worte, obwohl sein Herz schier überfloss. Lange umklammerten sie sich. Als er sie endlich von sich schob, drehte sie sich zu Ramose um. Der hatte mit steif herabhängenden Armen gewartet, doch nun ergriff sie sanft seine Handgelenke und blickte ihm ins angespannte Gesicht.

«Und du, Ramose. Du lebst. Du lebst! Nachdem du fort warst, habe ich nichts mehr von dir gehört. Ich musste annehmen, dass Kethuna dich in die vorderste Linie der Schlacht geschickt hatte und du tot warst.» Er entzog ihr seine Hände, ergriff ihre und küsste sie, ehe er sie losließ.

«Er wollte, dass ich sterbe, aber ich habe ihm einen Strich

durch die Rechnung gemacht», antwortete er mit rauer Stimme. «Kethuna ist umgekommen.»

«Wie mich das freut.» Sie fasste wieder nach ihrem Bruder, ihre Hand schloss sich um seine. «Erzähle mir alles, Ahmose. Wie geht es Mutter? Lebt Großmutter noch? Und Kamose? Ist er hier im Palast mit dir oder unten am Fluss bei den Soldaten?»

Sie ahnt nichts, ging ihm auf, während er sich von ihr zu einem Stuhl ziehen ließ. Wir haben zumindest gewusst, dass sie am Leben ist und tatsächlich überaus höflich behandelt wird, aber wie muss das für sie gewesen sein, sie, die nur ihre Einbildungskraft gehabt hat? Er setzte sich, und sie ließ sich ihm gegenüber nieder. «Ramose, komm, setze dich neben mich», rief sie. Gehorsam zog der einen anderen Stuhl heran und gesellte sich zu ihnen, doch ihre Aufmerksamkeit galt wieder Ahmose. «Dann ist Kamose also der Goldhorus, der Held der Maat», fuhr sie fort, und es verschlug ihr fast die Sprache. «Er hat gesiegt. Das hat niemand in Auaris für möglich gehalten.»

Da fand er die Stimme wieder, und während ihre Miene von Wissbegier zu Entsetzen wechselte, erzählte er ihr alles: vom Aufstand der Fürsten, seiner Verwundung und Kamoses Ermordung, vom Tod seines und Aahmes-nofretaris Kind. Von seinen Feldzügen erzählte er nichts. Das hatte sie alles mitbekommen, wenn auch im anderen Lager. Als er geendet hatte, wollte sie sich ihm entziehen. «Den bösen Plan haben die Fürsten ausgeheckt, Ahmose, nicht Apophis. Nicht er!», beharrte sie, und ihre Stimme brach. «Den Aufstand würde er ermutigt haben, aber nicht den Mord! Ach, Kamose, lieber Kamose!»

«Und warum nicht?», fuhr Ahmose sie an, denn ihr Kummer beeindruckte ihn nicht, und sein Mitgefühl hatte sich verflüchtigt. «Er hat den Angriff befohlen, nach dem unser Vater stumm und gelähmt war. Warum aufhören?» Tani richtete sich auf. Ihr Gesicht war erhitzt. Sie klatschte leise in die Hände, und eine Dienerin tauchte aus dem inneren Raum auf und verbeugte sich. «Heket!», rief Ahmose. «Dann bist du also noch immer in Diensten meiner Schwester.»

«Ja», sagte die Frau. «Und hoffentlich kannst du sie überreden, jetzt nach Hause zu gehen. Mir fehlen die Wüste und meine Familie.» Sie weiß auch nichts, sagte sich Ahmose. Beide haben in einer Luftblase gelebt, die Apophis hier in Auaris geschaffen hat, während sich draußen vor Auaris ganz Ägypten verändert hat.

«Natürlich geht sie jetzt nach Hause!», unterbrach Ramose sie laut. «Es ist alles vorbei. Sie ist keine Geisel mehr. Sie ist frei.» Doch Tani schüttelte den Kopf, und ihre Augen glänzten von ungeweinten Tränen.

«Bringe Wein und Becher, Heket», befahl sie. «Nein, Ramose», fuhr sie bekümmert fort. «So ist es nicht. Ich habe meinem Gemahl ein Versprechen gegeben.»

«Was meinst du damit?», fragte er zurück. «Was für ein Versprechen? Tani, der Thronräuber ist fort. Heket muss nur noch packen, dann gehst du an Bord eines Schiffes und fährst stromaufwärts nach Waset! Oder besser noch, nach Chemmenu, wo wir einen Heiratsvertrag unterschreiben und du mein Haus endlich als meine Frau betrittst!» Er war lauter und lauter geworden. Ahmose machte eine Geste, als wollte er dem Schwall seiner immer heftiger werdenden Worte Einhalt gebieten.

«Was ist, Tani?», sagte er scharf. Ihre Lippen bebten jetzt.

«Er wollte, dass ich ihn begleite.» Das war eher gehaucht. «Uazet, seine Hauptfrau, und seine Söhne und einige andere Frauen sind alle mitgegangen. Aber ich habe darum gebeten, in der Stadt bleiben zu dürfen, damit ich dich wieder sehen kann, dich, Ahmose und Kamose. Er hat nachgegeben, hat mich aber vor meinem Amun-Schrein schwören lassen, dass ich dir nicht sage, wohin er sich gewandt hat. Und was eine Ehe angeht ...» Sie fuhr zu Ramose herum, «so bin ich bereits verheiratet. Ich habe einen Ehemann. Ich habe einen Vertrag unterzeichnet.» Ramose sprang auf, stellte sich vor sie hin und stemmte die Hände in die Hüften. Er zitterte jetzt auch, aber vor Wut, weil er so enttäuscht war.

«Du hast diesem Menschen gegenüber keine Verpflichtungen!», brüllte er. «Er hat deine Familie auseinander gerissen! Er hat dich hier zur Gefangenen gemacht! Er hat dich verführt, weil er Kamose mit nichts ärger treffen konnte! Du gehörst ihm nach keinem Gesetz der Maat! Du gehörst mir!» Sie barg das Gesicht in den Händen und wiegte sich hin und her.

«Ich bin seine Frau!», schluchzte sie. «Er ist mein Mann! Er hat ehrbar an mir gehandelt! Ich kann ihn nicht verlassen, jetzt, wo er alles verloren hat!» Erschrocken legte Ahmose eine Hand auf ihren heißen Rücken. Seine Berührung beruhigte sie augenblicklich. «Ramose, ich kann dich nicht heiraten», stammelte sie beinahe unverständlich. «Man hat mich nicht zur Unterzeichnung des Vertrages gezwungen. Man hat mir nicht gedroht. Ich habe aus freien Stücken mit Namen und Titeln unterschrieben.» Er bückte sich langsam, bis sein Gesicht auf gleicher Höhe mit ihrem war. Lange betrachtete er sie prüfend, dann richtete er sich auf.

«Du liebst ihn», sagte er dumpf. «Ich sehe es und kann es nicht fassen. Du liebst diesen Unmenschen. Dann Fluch über dich, Königin Tautha. Ihr beide verdient einander.» Er machte kehrt, schritt zur Tür, riss sie auf und war verschwunden.

Tani holte zitternd Luft. Heket, die entsetzt gewartet hatte, kam näher, stellte zwei Becher hin und schenkte Wein ein. Tani hob ihren, umklammerte ihn mit beiden Händen und trank rasch. Ahmose rührte sich nicht. «Stimmt das?», fragte er tonlos. Sie nickte.

«Ja. Ach, verzeihe mir, Ahmose, und verstehe mich doch! Ich war fast noch ein Kind, als ich nach Auaris gekommen bin, eingeschüchtert und einsam, ich war so schrecklich in Ramose verliebt, habe meine Familie vermisst, und als ich gehört habe, dass Kamose seinerseits mit einem Aufstand angefangen hat, da war ich mir sicher, dass Apophis mich für seinen Ungehorsam hinrichten würde. Aber ich hatte mich geirrt.» Sie trank wieder einen Schluck. «Er war sanft und freundlich. Er hat sich mit mir unterhalten, hat mir Geschenke gemacht, hat mir gesagt, dass er die Taos für ihren Mut bewundert, auch wenn er gezwungen war, wegen Hochverrats gegen sie vorzugehen. Er hat gewusst, dass ich durcheinander war. Er war so geduldig.» Sie rieb sich die nassen Wangen, dann starrte sie auf ihre Hände, sah jedoch Ahmose nicht an. «Ich habe mich nicht in ihn verliebt wie in Ramose», fuhr sie leise fort. «Jene Liebe war heftig und verzehrend, und als sie gestorben war, wie es mit der ersten großen Liebe oft geschieht, hat sie ein Echo hinterlassen, das mich heute noch ein wenig schmerzt.» Sie lächelte matt. «Meine Liebe zu Apophis ist allmählich gewachsen. Es ist ein starkes und dauerhaftes Gefühl, Ahmose, und ich entschuldige mich nicht dafür.»

«Wir hatten erwartet, dass das Kind, das uns verlassen hat, als Kind zurückkommt», erwiderte Ahmose hölzern. «Das war eine grausame und unwirkliche Hoffnung. Vielleicht trifft dich keine Schuld. Wir haben dich geliebt und zugleich gehasst, seit wir erfuhren, dass du unseren Feind geheiratet hast, aber ich weiß jetzt, dass du unseren Hass nicht verdienst. Du hast es geschafft, hier nicht nur zu überleben, und das macht mich stolz auf dich.» Sie wandte sich ihm zu, und er nahm ihr Gesicht in die Hände. «Ramose weiß es noch nicht, aber er liebt dich auch nicht mehr», fuhr er behutsam fort. «Seine Liebe ist zu einem beständigen Trugbild geworden, weil er damit die furchtbaren Verluste, die er erdulden musste, geistig gesund überleben konnte. Jetzt verspürt er vielleicht zum ersten Mal, seit Vater ihm erlaubt hat, offiziell um dich zu werben, echte Freiheit. Und du, Tani, bist auch frei. Du kannst nach Hause fahren.» Sie entzog sich ihm.

«Nein», sagte sie jetzt entschiedener. «Nein, Ahmose. Ich möchte Waset nicht wieder sehen. Ich möchte zu meinem Mann.»

«Wo ist er?»

«Ich habe schon gesagt, dass ich dir das nicht verraten kann. Ich habe es geschworen.» Ahmose stand auf.

«Tani, ich muss ihn finden, das wirst du doch einsehen!», hielt er dagegen. «Ich kann ihn nicht verschonen, sonst hebt er ein neues Heer aus und versucht, das Delta zurückzuerobern! Ich werde nie wieder ruhig schlafen, wenn er ungehindert in Rethennu umherstreifen darf!» Ihre Miene wurde störrisch. Das kannte Ahmose noch von früher.

«Was würdest du denken, wenn Aahmes-nofretari dich auf diese Weise verraten würde?», fragte sie. «Und wenn sie obendrein geschworen hätte, es nicht zu tun.»

«Aber, Tani, dein Schweigen ist Verrat, siehst du das denn nicht ein?», drängte er. «Apophis ist Ägyptens Feind, und wenn du ihm hilfst, wenn auch nur verkappt durch dein Schweigen, machst du dich des Hochverrats strafbar.»

«Dann lass mich hinrichten», sagte sie fest. Sie stand jetzt auf und verschränkte die Arme. «Ich habe nicht nur mein

Wort gegeben, sondern bei Amun geschworen. Das bindet. Breche ich den Schwur, werde ich vielleicht ungünstig gewogen, wenn mein Ka den Gerichtssaal betritt und vor der Waage steht.» Sie reckte trotzig das Kinn. «Mache mit mir, was du willst.»

«Du willst es mir nicht verraten, nicht wahr?», sagte er. «Du liebst ihn wirklich.» Sie gab keine Antwort. Er hob die Schultern, eine Geste, die zeigte, dass er aufgab. «Allein kann ich dich nicht nach Rethennu laufen lassen, auch wenn ich dich beschattete», sagte er mehr zu sich selbst. «Und hier bleiben, das geht auch nicht. Ich kann dich nur in mein Zelt bringen und bewachen lassen, damit du nicht fortläufst. Ach, Tani», schloss er bitter. «Du würdest fortlaufen, ja?» Sie ließ den Kopf hängen. Ahmose überlegte einen Augenblick. «Heket», befahl er der Dienerin. «Suche die Sachen deiner Herrin zusammen, ich schicke dann jemanden, der sie ins Lager bringt. Tani, du kommst mit mir.» Ohne Widerworte ging sie zu ihrem Umhang, hob ihn auf, legte ihn sich wieder um die Schultern und schritt zur Tür.

Tani führte ihn durch den leeren Palast. Nach einem Weilchen erspähte Ahmose vor sich Licht, und gleich darauf trat Tani zur Seite. Sobek-chu, Anchmahor und die Getreuen näherten sich in loderndem Fackelschein. Anchmahor trug einen großen Kasten. Sobek-chu verbeugte sich knapp und sagte ohne Vorrede: «Der Horusthron ist verschwunden, Majestät. Desgleichen die königlichen Insignien. Wir haben auch nach ihnen gesucht, jedoch nichts gefunden.» Tani trat vor.

«Ihr sucht vergebens», sagte sie. «Mein Gemahl hat Thron und Insignien in einem Karren verborgen mitgenommen. Eine kleine Rache, denke ich.»

«Eine kleine Rache», blaffte Ahmose. «Der Sitz des Göttlichen und die Symbole seiner Macht und Gnade? Was, in Amuns Namen, ist in dich gefahren, Tani?» Er zwang sich, gelassen zu bleiben. «General, Fürst, meine Schwester, Königin Tautha und Apophis' Gemahlin.» Sie machten große Augen und warfen ihm gleich darauf einen mitleidigen Blick zu. Ihm war übel, und er kam sich bis ins Mark beschmutzt vor. «Anchmahor, was hast du da drin?», erkundigte er sich mit zusammengebissenen Zähnen. Anchmahor reichte ihm den Kasten.

«Das lag auf der Estrade im großen Empfangssaal, wo vermutlich auch der Horusthron gestanden hat.» Ahmose hob den Deckel.

Eine runde Kopfbedeckung aus gestärktem dunkelblauem Leinen, die über beiden Ohren ausgestellt und mit kleinen goldenen Scheiben bedeckt war. Hinten hingen zwei Bänder herab, auch sie blau. Mitten auf dem stützenden Goldreif, der auf der Stirn ruhte, war eine ausgesparte Stelle. Ahmose betastete sie behutsam. «Was ist das?», fragte er.

«Eine Setiu-Krone», antwortete Tani. «Die hat Apophis oft getragen. Er hat sie dir als Anerkennung deines Sieges zurückgelassen.» Ahmose warf sie auf der Stelle wieder in den Kasten. Liebend gern hätte er sie zerrissen und ihre Fetzen mit den Füßen zertreten, wie er es mit Apophis' Siegel gemacht hatte, doch ihm war klar, dass er sich nicht gehen lassen durfte, auch wenn seine Geduld an einem dünnen Faden hing. Anderenfalls würde der Wunsch, sinnlos zu töten, überhand nehmen.

«Das ist keine Anerkennung», sagte er rau. «Das ist eine Beleidigung. Er nimmt Hedjet, Deschret, Heka und Nechacha, Ägyptens heiligste königliche Besitztümer, mit und ersetzt sie durch eine gotteslästerliche Setiu-Krone. Vermutlich hat er, wann immer es ihm beliebte, die heilige Uräusschlange in der ausgesparten Stelle angebracht, doch die gehört selbstverständlich an die Doppelkrone. Und die hat er nicht dagelassen.» Er warf Anchmahor den Kasten zu. «Bringe das in mein Zelt und Königin Tautha desgleichen», befahl er. «Stelle ein paar Getreue zu ihrer Bewachung ab. Sie darf das Zelt nicht verlassen. Sag Achtoi, er soll ihr ein Feldbett aufstellen.» Tani streckte zaghaft die Hand nach seinem Arm aus, doch die schüttelte er ab. «Ich werde ihn finden, und wenn es den Rest meines Lebens dauert», sagte er verbittert. «Dieser Dieb muss die Schätze, die er gestohlen hat, zurückgeben, bevor ich ihn bestrafe.» Anchmahor zögerte und verbeugte sich, doch ehe er Tani berühren konnte, schob sie sich an ihm vorbei, und er und seine Männer folgten ihr in die Dunkelheit.

«Wir sind in der Nähe des Thronsaals, Majestät», sagte Sobek-Chu. «Komm und ruhe dich ein Weilchen aus.»

Ein paar Soldaten mit Fackeln in der Hand wanderten im Saal herum, als Ahmose eintrat, und ihre Stimmen hallten von der unsichtbaren Decke hoch oben wider. Doch Ahmoses Blick wurde zu der kahlen Estrade und der Säulenreihe gezogen, hinter der man den Himmel sehen konnte. Die Sterne verblassten allmählich. Er ging zu den Stufen und setzte sich, lockerte die Muskeln. «Ist das eine Nacht gewesen, Majestät!», meinte Sobek-chu. «Ich kann es noch immer nicht fassen, dass die Belagerung vorbei ist.»

«Ich hatte gehofft, alles wäre vorbei, alles wäre fein säuberlich geordnet», murmelte Ahmose. «Aber dem ist nicht so. Muss ich tatsächlich noch in Rethennu einfallen, damit diese ganze unselige Geschichte ein Ende hat, Sobek-chu? Was will Amun? Wenn ich das doch wüsste!»

Er hörte den Aufruhr, ehe er den Grund dafür sah, erregtes Stimmengewirr, das näher kam und schließlich mit hell brennenden Fackeln durch die Tür stürzte. Abana und Zaa und Bootsleute, die einen Mann und drei Frauen umringten.

«Majestät, ich habe Neuigkeiten!», rief Abana, noch ehe er bei Ahmose war und seinen Fußfall machen konnte. «Diese Setius sind meine Gefangenen!» Ahmose erinnerte sich an seinen Befehl, alle Setius, die noch in der Nähe der Stadt aufgegriffen wurden, zurückzuhalten, doch ein Blick zeigte ihm, dass der Mann mit dem unordentlichen Bart und der verdrossenen Miene nicht Apophis war.

«Dann heraus damit», sagte er.

«Du hattest nach mir schicken lassen», begann Abana schwungvoll.» Außerdem hatte ich den Befehl erhalten, den dein Oberster Herold allen Hauptleuten erteilt hatte. Dem konnte ich entnehmen, dass man Apophis nicht im Palast gefunden hat. Doch ehe ich deiner Aufforderung Folge leisten konnte, musste ich mich um eine Sache kümmern, die einige Verwirrung angestiftet hatte. Meine Bootsleute schliefen am Ufer, wie du uns gnädigerweise erlaubt hattest, und die Schiffe waren, abgesehen von je zwei Wachposten, unbemannt. Daher waren wir nicht gefasst auf das plötzliche Öffnen der Tore und die herausströmenden Menschen. Ich gestehe, dieses eine Mal waren ich und meine Männer wirklich überrascht.» Er verstummte und setzte eine angemessene, aber vollkommen unbußfertige Miene auf. «Die *Norden* unter Kapitän Qar lag beinahe unmittelbar vor dem Königstor vertäut, und ich selbst war auch nicht fern. Qar und ich, wir schliefen beide am Nordufer des Nebenflusses. Als ich aufwachte, war die erste mächtige Welle der Stadtbewohner schon über die Brücke geströmt, die Soldaten der Montu-Division ausgelegt hatten, und verteilte sich in Reichweite der Laufplanken am Wasser.»

«Admiral, du hast den Beruf verfehlt», unterbrach ihn Ahmose, den das Ganze wider Willen belustigte. «Du hättest Märchenerzähler im Dorf werden sollen.»

«Majestät, das ist eine Beleidigung», gab Abana unbekümmert zurück. «Ich muss doch den Hintergrund schildern. Darf ich fortfahren?»

«Wenn es sein muss.» Jetzt lächelte Ahmose.

«Es gab ein großes Gedränge von laufenden, weinenden Menschen, sodass weder Qar noch ich, noch einer deiner Kapitäne zunächst sehen konnte, was da los war. Du hattest bestimmt, dass die Setius ungehindert abziehen durften. Sie schienen an den Schiffen nicht interessiert zu sein, sondern verschwanden querfeldein und in Obsthainen. Aber als sich ihre Reihen dann gelichtet hatten, merkte Qar, dass die *Norden* verschwunden war.» Ahmose setzte sich mit einem Ruck auf. «Die Leichen der beiden Wachposten trieben am Ufer. Die *Norden* war nirgendwo zu sehen. Qar trifft keine Schuld», versicherte Abana ernst. «Das Durcheinander war groß und die Nacht sehr dunkel. Mir war sofort klar, was geschehen war. Apophis und seine Leibwache und vielleicht auch seine Familie hatten sich als Bauern verkleidet, hatten sich auf die *Norden* geschlichen und waren im Schutz des großen Auszugs, den Apophis selbst eingefädelt hatte, fortgefahren.» Seiner Stimme war echte Bewunderung anzuhören. «Ein kühner Plan.»

«Gewiss, falls die Geschichte stimmt.» Ahmose war aufgestanden, die ganze Müdigkeit war von ihm abgefallen.

«Oh, die stimmt», versicherte ihm Abana stolz. «Und mittlerweile war auch der Befehl gekommen, die letzten Setius zurückzuhalten. Zaa und ich haben diese drei Verdächtigen geschnappt. Ein Blick auf ihre weichen Hände und die blasse Haut zeigte mir, dass sie genauso wenig Bauern sind wie ich. Außerdem lügen sie sehr schlecht. Der Mann hier», er griff hinter sich und zog seinen Gefangenen an dem Strick um die Handgelenke heran, «dieser Mann gibt vor, Kaufmann zu sein, doch er hat Spuren von Henna auf den Handflächen. Zaa und ich haben ihn an Bord der *Cha-em-Mennofer* gebracht. Dort haben wir die hübsche Kleine an den Beinen über Bord gehängt. Zaa hat ein Bein gepackt und ich das andere. Das war vielleicht ein Anblick!» Er grinste. «Als sie dann nicht mehr kreischte und ihre Schwester und ihre Mutter nicht mehr flehten, wir sollten sie nicht ertränken, da hatte ihr Vater uns alles erzählt.» Er verbeugte sich. «Majestät, das ist Yamusa, Apophis' Herold. Sein Gebieter ist zusammen mit der Hauptfrau Uazet, dem Obersten Schreiber Yku-Didi, den königlichen Söhnen Apophis und Kypenpen und weiterer königlicher Brut unterwegs zur Stadt Scharuhen in Rethennu. Leider ist es zu spät, sie noch abzufangen, bevor sie ihr Ziel erreichen. Sie werden unverzüglich ins Große Grün hinausgefahren sein und dann an der Ostküste entlang, und Scharuhen ist, glaube ich, dicht an der Küste gelegen.»

«Abana, du erstaunst und entzückst mich immer wieder», sagte Ahmose. «Gut gemacht. Du hast mir den Weg gezeigt.» Und der König umarmte seinen Admiral. Abana fiel auf ein Knie.

«Majestät, deine Berührung ist das Schönste, was du einem Untertan schenken kannst!», platzte er heraus. «Ich fühle mich wahrlich geehrt!»

«Steh auf», sagte Ahmose. Er musterte die vier Gefangenen ohne besonderes Interesse. «Du hast von mir schon so viel Gold bekommen, dass du dir ein Leben lang Linsen leisten kannst, Abana. Möchtest du diese Setius gern behalten?» Yamusa schrie auf, und seine Frau brach in Tränen aus. «Schweigt!», brüllte Ahmose, dass es von den Wänden und vielfach aus der Leere ringsum widerhallte. «In unserer Sprache hat es das Wort ‹Sklave› nicht gegeben, bis deine Vorfahren es mitgebracht haben! Abana!» Der Fürst blickte bedenklich.

«Höflinge taugen nicht für körperliche Arbeit, Majestät», meinte er. «Und es wäre dumm, Fremdländern eine verantwortliche Stellung zu geben. Die beiden Mädchen könnte man als Hausdienerinnen oder sogar als Leibdienerinnen schulen, aber Yamusa ist Herold. Vielleicht lernt er ja bei meinem Oberaufseher des Getreides rechnen, wenn die Ernte in meine Speicher eingebracht wird. Danke, Majestät. Ich nehme sie. Und nun», fuhr Abana fort, «wann geht es nach Scharuhen?»

«So schnell wie möglich», erwiderte Ahmose. «Sei bedankt, Fürst. Du bist entlassen.» Sobek-chu stand jetzt neben Ahmose. «Kümmere dich darum, dass der Palast leer ist, und dann setzt ihr ihn in Brand», befahl er dem General. «Jedes Möbelstück, jeder Wandbehang, jedes Lager und jedes Stück Tuch. Es darf nicht geplündert werden. Kein einziger Silberbecher verlässt das Gebäude. Verbrenne alles und dann lass die Reste schleifen. Abgesehen von der Nordmauer, die mein Vorfahr Osiris Senwasret errichtet hat. Sorge dafür, dass die stehen bleibt.»

«Und was wird aus der Stadt?», erkundigte sich Sobekchu. Ahmose zögerte. Gern hätte er auch ihre völlige Zerstörung angeordnet, doch das kostete zu viel Zeit und Mühe.

«Sie ist eine eiternde Wunde», bekannte er, «und vermutlich sollte auch sie dem Erdboden gleichgemacht werden. Sie ist jedoch sehr günstig gelegen für den gesamten Handel, der vom Großen Grün ins Delta geht. Ich werde darüber nachdenken, wie ich sie neu besiedeln kann. Die Verteidigungsanlagen und der nördliche Hügel müssen jedoch verschwinden. Deine Division und die Horus-Division unter Cheti sollen sich darum kümmern. Zehntausend Mann dürften ausreichen, um alles zu schleifen.»

Er und die verbleibenden Getreuen verließen den Thronsaal und traten nach draußen. Dort überquerte er Apophis' vertrocknete Rasenflächen und ging mit ausholendem Schritt durch die hochragenden Tore. Hier stieß er auf Turi, und auch Machu war mit dem Streitwagen da, doch Ahmose zögerte. «Ich möchte die Sonne von hier, in der Mitte von Auaris aufgehen sehen», sagte er zu seinem Freund. «Es dauert nicht mehr lange. Begleite mich, Turi. Die Morgendämmerung ist sehr kühl.»

So schlenderten sie ein Weilchen vor der Mauer herum. Soldaten strömten durch die Tore hinein und hinaus. Pferde standen geduldig wartend mit gesenktem Kopf und schnoben leise durch die Nüstern.

Da strich eine sanfte Brise über Ahmoses Wange. Er hob den Kopf. Der ganze östliche Horizont war jetzt dunkelrot, und unmittelbar vor seinen Augen schimmerte der Himmel. Als er zusah, wie Re über den Rand der Erde stieg und sich zum ersten Mal seit vielen Hentis über ein geeintes Ägypten erhob, stand Ahmose da und spürte die Tränen auf seinen Wangen nicht.

Tani schlief noch fest, als er sein Zelt betrat, die Truhen mit ihrer Habe waren ordentlich an der Zeltwand gestapelt, und Heket, die auch schlief, lag auf einer Matte auf dem Teppich daneben. Ahmose war hungrig, aber er brauchte auch Ruhe. Er ermahnte Achtoi, ihn mittags zu wecken, legte rasch Sandalen, Schurz und Kopftuch ab, fiel auf sein eigenes Feldbett und versank auf der Stelle in Träumen. Als er aufwachte, beugte sich der Haushofmeister über ihn, und der Duft von frisch gebackenem Brot zog durch das Zelt. «Deine Schwester geht in Begleitung von Heket und einem Soldaten am Wasser spazieren», sagte er als Antwort auf Ahmoses Frage. «Sie hat sehr wenig gegessen, als sie aufgewacht ist, Majestät. Sie scheint sich genauso über das Wiedersehen zu freuen wie ich.» Er zögerte, das Gesicht ein Abbild taktvoller Unschlüssigkeit. «Verzeih mir, Majestät, aber wie soll ich sie anreden und wie soll ich ihr aufwarten? Ein Heerlager ist nicht der richtige Ort für eine Prinzessin.» Ahmose hatte sich aufgesetzt und musterte, was Achtoi ihm auf einem Tablett vorgesetzt hatte. Im Hintergrund bewegte sich Hekayib still um ein Becken mit dampfendem Wasser, hatte das Rasiermesser in einer Hand und ein sauberes Leinentuch über dem Arm. Ahmose seufzte laut.

«Ich weiß», sagte er. «Ich möchte sie nach Waset zurückschicken, aber ich befürchte, dass sie nicht will. Du musst sie mit Königin Tautha anreden, Achtoi, und ihr huldigen, wie es ihrem Titel zukommt. Vermutlich ist sie jetzt meine Gefangene», fuhr er finster fort. «Gehe zum Heeresschreiber von Turis Division und erbitte dir ein Offizierszelt für sie. Wenn das geschehen ist, lass Ipi und Chabechnet holen. Und halte die Königin fern, bis ich gewaschen und rasiert bin.»

Er speiste und trank mit Genuss, hielt still, während Hekayib ihm Gesicht und Schädel rasierte, ließ sich ankleiden und genoss jeden Augenblick seiner Erlösung. Denn das war es. Eine Erlösung. Ein Feldzug nach Rethennu war etwas ganz anderes als die Einnahme von Auaris. Er würde ein unbeflecktes Ägypten zurücklassen, in dem die letzten Reste der fremdländischen Besatzung getilgt waren. Rethennu hatte im Laufe der letzten Jahre Ströme von Soldaten ins Delta geschickt. Die Fürsten hatten ihre eigenen Männer hergegeben, damit der geschwächte Apophis sein Land wieder in den Griff bekam. Ahmose erwartete auf dem Weg nach Scharuhen keinen großen Widerstand. Jetzt mussten Späher ausgeschickt werden, die ihm die Festung beschrieben.

Hekayib hatte Ahmose gerade die Sandalen zugebunden und räumte seinen Kosmetiktisch fort, als Tani zurückkehrte. Zaghaft, fast scheu betrat sie das Zelt, hatte sich in ihren farbenprächtigen Umhang gehüllt und hatte von der frischen Morgenluft eine blühende Gesichtsfarbe. Ahmose begrüßte sie und forderte sie auf, sich zu setzen. Das tat sie vorsichtig, hockte sich auf die Kante eines Schemels und beobachtete ihn irgendwie wachsam. Sie reizte ihn, andererseits ärgerte er sich über seine Kleinlichkeit. Das hier war seine Schwester, sein eigen Fleisch und Blut, das Kamose geopfert hatte und das jetzt heil und gesund zu ihm zurückgekehrt war. Ich sollte überglücklich sein, sie hier zu haben, dachte er, aber ich will sie lieber bestrafen. Vielleicht bin ich ärgerlich, weil mir das Bild nicht zusagt, Apophis könnte gütig und gnädig sein. Ich möchte ein Ungeheuer abschlachten, nicht einen Menschen töten. «Achtoi hat sich überhaupt nicht verändert», setzte sie an. «Er ist noch ganz der Alte. Er sucht mir ein eigenes Zelt.»

«Ja.»

«Es ist wirklich nicht nötig, Ahmose, dass du mich die ganze Zeit bewachen lässt. Selbst wenn ich ausreißen wollte, ich glaube nicht, dass Heket und ich auf uns allein gestellt weit kommen würden, oder?» Er musterte sie eingehend.

«Keine Ahnung», sagte er wachsam. «Ich kenne dich nicht mehr, Tani. Vielleicht bist du durchaus in der Lage, den ganzen Weg nach Scharuhen zu Fuß zu gehen. Denn dorthin willst du doch, ja?» Ihr Blick verschleierte sich, und sie beugte sich vor.

«Ja, mehr als alles auf der Welt!», sagte sie. «Bitte, Ahmose, schicke mich nicht nach Waset! Das ist nicht mehr mein Zuhause. Falls du es doch tust, werde ich ausreißen, sowie ich mich davonstehlen kann. Apophis ist mein Zuhause. Er braucht mich.»

«Erspare mir die Rede, die du bereits gehalten hast», fiel er ihr schroff ins Wort. «Apophis ist fast doppelt so alt wie ich, und du bist noch drei Jahre jünger als ich. Ich kann seine lüsterne Begierde, dich in seinem Bett zu haben, ja verstehen, aber beleidige mich nicht damit, dass du so tust, als verspürtest du Zuneigung zu ihm.» Sie verzog das Gesicht.

«Aber so ist es doch», platzte sie heraus. «Ach, was soll's! Lege mich in Ketten und schicke mich zurück zu Mutter, deren Vergebung und Güte glühende Kohlen auf meinem Haupt sind! Und meine Großmutter wird sich nicht die Mühe machen, ihre Verachtung zu verbergen! Und meine Schwester, die jetzt selbst Königin ist, wird keine Gelegenheit auslassen, mir unter die Nase zu reiben, wie viel angenehmer es ist, Königin von Ägypten zu sein als die Ehefrau eines flüchtigen Stammeshäuptlings!»

Ahmose musste schlucken. Sie hatte mit ihrem Ausbruch weitaus besser ins Ziel getroffen, als er zugeben durfte. So scharfsinnig hatte er sie nicht in Erinnerung. Vielleicht hat sie Recht, dachte er, und der Gedanke überraschte ihn. Vielleicht wird sie in Ägypten nie mehr ganz willkommen sein, denn sie hat sich mit den Setius befleckt. Was könnte sie am Hof von Waset anderes sein als eine Merkwürdigkeit?

«In einem Heer auf dem Marsch ist kein Platz für dich», sagte er. «Wir haben keine Sänften. Du kannst doch nicht stundenlang in einem Streitwagen stehen.»

«Aber ich könnte in einem sitzen», unterbrach sie ihn eifrig, denn sie spürte, dass sie siegte. «Ich könnte mich zu deinen Füßen zusammenrollen, hinter deinem Wagenlenker! Heere rennen nicht, Ahmose. Nimmst du mich mit?»

«Ich habe vor, ihn zu töten, und seine Söhne auch», sagte Ahmose mit Nachdruck. «Seine Linie muss ausgelöscht werden, damit sie Ägypten nicht länger bedrohen kann. Und,

Tani, du kannst noch so viel bitten und betteln, ich werde nicht anderen Sinnes, wenn ich ihn vor mir habe. Es steht zu viel auf dem Spiel, da kann ich nicht auf deine fehlgeleitete Treue Rücksicht nehmen.»

«Ich weiß. Daran will ich jetzt noch nicht denken. Du nimmst mich doch mit, Ahmose? Im Andenken an die Liebe, die wir einmal füreinander empfunden haben?»

«Tani, wir lieben uns immer noch», sagte er, aber er log, und sie wusste es. «Ja, ich nehme dich mit nach Scharuhen. Und ich wünsche dir eine vergnügliche Reise.»

Sie wurden von Ipi und Chabechnet unterbrochen, und dankbar wandte sich Ahmose erfreulicheren Überlegungen zu. Wenn sie doch nur gegangen wäre, solange er seine Anweisungen erteilte, aber er konnte nicht gut erwarten, dass sie in der Zeit vor dem Zelt herumlungerte. «Ipi, schreibe die Befehle auf, die Chabechnet dann weitergibt», sagte er. «Die Späher folgender Divisionen sollen sofort nach Scharuhen aufbrechen. Amun, Re, Ptah, Thot und Osiris. Sie sollen auf der Horusstraße entlangziehen und unterwegs mit den Generälen Iymeri und Nofreseschemptah Kontakt aufnehmen. Die beiden Divisionen hier, Chonsu und Anubis, werden fürs Erste im Delta bleiben. Danach dürfen die Späher zur Fürstenmauer und damit nach Rethennu hinein. Ich folge ihnen unverweilt und erwarte so bald wie möglich ihre Berichte. Mache sechs Abschriften, eine für jeden Späher und eine für deine Akten. Und, Chabechnet, wenn du die abgeliefert hast, bestelle Herolde, die die Nachricht vom Fall von Auaris durchs ganze Land tragen. Lass sie das in jedem Dorf ausrufen, aber bestimme einen, der unverzüglich mit einer Rolle für die Königin nach Waset fährt. Habt ihr mich verstanden?» Chabechnet nickte. «Und sagt General Hor-Aha und Fürst Abana, dass wir zehn Schiffe mit Medjai brauchen, sie sollen vom Nebenarm ins Große Grün fahren und jegliche Unterstützung für Scharuhen vom Wasser her unterbinden. Diese Aufgabe dürfte eine Herausforderung für meinen voreiligen Admiral sein. Das ist alles.» Sie machten ihren Fußfall und gingen. Tani bewegte sich.

«Fünf Divisionen», sagte sie. «Fünfundzwanzigtausend Mann. Ahmose, glaubst du etwa, dass du Scharuhen mit diesen paar Soldaten einnehmen kannst?»

«Unterwegs erwarte ich keinen Widerstand. Rethennu ist erschöpft», entgegnete er unwirsch. «Falls es Ärger geben sollte, kann ich die zwei Divisionen im östlichen Delta sehr schnell heranholen. Ich ...» Er verstummte, denn jählings war ihm aufgegangen, dass er seine Strategie mit dem Feind besprechen wollte. Was war, wenn Tani ihm irgendwo in der Nähe von Scharuhen entwischte und ihren Mann vor dem herannahenden ägyptischen Heer warnte? Würde sie so etwas tun? Würde sie aus ihrem Verrat wirklich Hochverrat machen? Sie wartete aufmerksam und gesammelt, dass er fortfuhr, doch Hinterlist las er nicht auf ihrer Miene. «Weiter als bis dahin kann ich nicht planen», schloss er lahm. «Die Späher werden uns Scharuhen beschreiben.»

«Das ist eine mächtige Festung», sagte sie unverhofft. «Eine ummauerte Stadt wie Auaris, aber mit dem Vorteil, dass ihre Westflanke vom Meer geschützt ist. Das hat mir Pezedchu erzählt. Die Eroberung wird nicht leicht werden, Ahmose.» Auf einmal schämte er sich für seine Unterstellungen.

«Dennoch werde ich sie erobern», sagte er betont, weil er sein Unbehagen verbergen wollte.

Vor dem Zelt hörte man einen Wortwechsel, und gleich darauf wurde die Zeltklappe hochgehoben. Ahmose hatte Anchmahor erwartet, doch es war Ramose, der eintrat. Er verneigte sich ehrerbietig vor beiden, etwas, was er oft vergaß, was Ahmose ihm jedoch verzieh. «Majestät, ich hätte dich gern unter vier Augen gesprochen», sagte er und sah dabei Tani nicht an. Die stand sofort auf und zog sich den schweren Umhang um die Schultern.

«Ich sehe nach, ob mein Zelt bereitsteht», sagte sie. Beim Hinausgehen blieb sie kurz vor Ramose stehen, doch der blickte ihren Bruder an, und mit einem kaum hörbaren Seufzer ging sie hinaus.

«Setz dich», forderte Ahmose ihn auf. «Es tut mir sehr Leid, dass deine Hoffnungen zunichte sind, Ramose.» Ramose nahm sich den Schemel, den Tani freigegeben hatte. Er reagierte nicht auf Ahmoses unterschwellige Aufforderung, sein Herz zu erleichtern.

«Binnen einer Woche wirst du auf Scharuhen marschieren, Ahmose.» Das war eine Feststellung, und Ahmose nickte.

«Dann habe ich einen Wunsch. Nein, eine Bitte.» Er fuhr sich mit der Hand durchs Haar. «Halte mich nicht für treulos dir und wankelmütig Tani gegenüber, wenn du mich angehört hast. Die Götter wissen, dass ich meine Liebe zu ihr jahrelang wie ein Kind im Mutterschoß getragen habe, aber diese Liebe war eine Totgeburt.» Er warf Ahmose einen Blick zu. «Eine Stelle meines Herzens, da, wo die Erinnerungen sind, wird sie immer lieben, aber von der Vergangenheit wird mir speiübel.» Er fuhr sich mit einem Finger über die Lider, und Ahmose merkte, wie müde er war. «Verzeih mir», fuhr er fort. «Ich habe den größten Teil der Nacht mit Grübeln verbracht und diesen Morgen im Palast. Die Feuer sind entzündet, er fängt an zu brennen.»

Ahmose wartete. «Bitte lass mich nach Chemmenu zurückkehren», platzte Ramose heraus. «Falls Tani Apophis nach Scharuhen begleitet hätte, ich wäre gern mit dir gezogen, aber das ist nun sinnlos. Ich bin keiner deiner Generäle. Ich begleite dich als dein Freund. Aber du brauchst mich nicht mehr an deiner Seite. Ich würde gern auf der Stelle meine Arbeit als Nomarch aufnehmen.» Ahmose wurde weh ums Herz.

«Du bist mir beim Verlust von Kamose Schutz und Schirm gewesen», sagte er langsam. «Ja, du hast häufig seine Stelle eingenommen. Aber wenn du heimkehren möchtest, so hast du meine Erlaubnis. Und meinen Segen.» Ramoses bedrückte Miene veränderte sich jedoch nicht.

«Da ist noch mehr», gestand er. «Ich würde gern Hat-Anath und ihre Eltern mitnehmen.»

Ganz kurz sagte der Name Ahmose nichts, doch dann fiel ihm die junge Frau in Apophis' Gemächern ein, zerzaust und trotzig, und dann standen noch andere Gesichter in grässlicher Klarheit vor seinem geistigen Auge. Ramoses Vater Teti und seine Gemahlin Nofre-Sachuru, beide wegen Hochverrats hingerichtet. Jetzt wirst du geprüft, König von Ägypten, raunte es in seinem Kopf. Willst du auf Dauer mit den Füßen im Sumpf des Misstrauens leben, oder ist dies der Augenblick, dich daraus zu befreien?

«Und zu was?», rang er sich ab. «Willst du weitere Diener für dein Anwesen haben? Und was ist mit Senehat?»

«Nein», sagte Ramose entschieden. «Ich mag Hat-Anath. Sie ist vornehm erzogen worden und hat Mut. Sie erinnert mich ein wenig an Tani oder vielleicht an Tani, wie sie hätte sein können, wenn das Schicksal nicht so grausam mit uns umgesprungen wäre. Sie gibt eine gute Gemahlin für einen Nomarchen ab, und ich, lieber Ahmose, einen guten Nomarchen. Was Senehat angeht, so habe ich sie sehr gern. Sie war mir in Waset eine gewissenhafte Dienerin und eine zärtliche Bettgefährtin, als ich so dringend weiblichen Trost brauchte. Falls sie mitkommen will, dann jedoch nicht als Dienerin. Ich werde ihr einen anständigen Ehemann suchen.» Er blickte

Ahmose fest in die Augen, als er das sagte. Du bist kein Dummkopf, nicht wahr?, dachte Ahmose. Er stand auf.

«Kehre heim, mein Freund», sagte er herzlich. «Nimm die junge Frau mit und lehre sie, wie glücklich sie sich schätzen kann, dass sie einen Ägypter heiraten darf. Du wirst mir sehr fehlen.» Die Worte hatten ihn viel gekostet.

«Danke, Ahmose», sagte Ramose mit anrührender Würde. «Ich bin dir für die Beweise deiner Gnade dankbar. Möge Thot dir weiterhin Weisheit schenken, so wie ich dich auch weiterhin liebe und dir diene.»

Das Zelt wirkte kleiner und dunkler, nachdem er gegangen war. Ich hasse Veränderungen, dachte Ahmose, während er reglos auf dem Stuhl saß, und das ist sonderbar, weil ich den größten Teil meines Lebens damit zugebracht habe, für sie zu kämpfen. Aber einige Veränderungen bewirkt man selbst, und andere hat man nicht in der Hand, und Letztere bereiten mir solche Not. Werde glücklich, Ramose. Es war an der Zeit, dass es den Göttern beliebt, dir zuzulächeln. Finde Ruhe.

Er war erleichtert, als Ipi unter Verbeugungen eintrat und sich setzte, um den Brief zu schreiben, den er an Aahmes-nofretari diktieren musste. Sehnsucht nach ihr überfiel ihn, während er nach den richtigen Worten suchte. Er hatte von ihr noch immer nichts gehört. Schließlich räusperte sich Ahmose und begann. «Grüße an die Königin von Ägypten, den Zweiten Propheten Amuns», sagte er. «Meine liebste Aahmes-nofretari, du wirst hochbeglückt sein, wenn du hörst, dass Auaris in meiner Hand ist und dass seine Mauern in diesem Augenblick geschleift werden. Apophis jedoch ist nach Rethennu geflohen, und du wirst verstehen, dass ich ihn um der künftigen Sicherheit dieses Landes willen verfolgen muss. Es wird also noch einige Zeit dauern, bis ich dich küssen und mich vergewissern kann, dass du bei guter Gesundheit bist.

Unser Kind wird bald geboren werden. Verzeih mir, wenn ich dich noch einmal bitte, diesen Weg allein zu gehen. Ich kenne deinen Zorn und deine Einsamkeit und bitte dich, nicht schlecht von mir zu denken, denn ich liebe dich aufrichtig. Und jetzt muss ich dir von Tani erzählen ...» Das hörte sich für seine Ohren lahm und geschwätzig an, Ipis Gekratze hingegen laut. Auf einmal dürstete ihn nach Wein.

VIERZEHNTES KAPITEL

Es dauerte noch eine ganze Woche, bis sich Ahmose und seine fünf Divisionen von Auaris gelöst und den Marsch nach Osten auf der Horusstraße angetreten hatten. In dieser Zeit war aus dem Palast eine rauchende Ruine geworden, und Arbeitsgruppen aus Soldaten der verbleibenden Divisionen schickten sich an, die dicken Mauern zu schleifen. Ein paar Bürger kehrten in die Stadt zurück. Ahmose hatte ihnen keine Nahrung zu bieten, doch nun stand ihnen das Delta ja wieder offen.

Die Aussaat würde erst im nächsten Monat stattfinden, doch der Fluss war auf Frühlingsstand zurückgegangen, die überfluteten Ebenen waren beinahe trocken. Die Horusstraße zog sich östlich auf höherem Grund dahin und um Seen und kleine Wasserlöcher herum, die immer Wasser führten. Die Kampfbegeisterung war groß. Die Männer sangen, während sie unter Bäumen dahinmarschierten, hatten die Speere geschultert, Äxte und Schwerter klirrten an ihre Schenkel. Ahmose fuhr an der Spitze des Heerwurms, der sich hinter ihm herschlängelte und sich im kalten Frühnebel verlor. Vor ihm gingen Anchmahor und die Angriffstruppe und unmittelbar hinter ihm rollten Tani und Heket im Streitwagen unter einem

Sonnensegel, und Machu lenkte die Pferde. Mesehti fuhr Ahmoses eigenen Streitwagen.

Am ersten Tag schafften sie nur fünfundzwanzig Meilen, weniger, als Ahmose lieb war, doch stellenweise war die Horusstraße noch aufgeweicht, und die Soldaten mussten sich nach dem langen Aufenthalt vor Auaris erst wieder abhärten.

Am zweiten Abend wich das üppige Grün des Deltas allmählich, und sie lagerten am Ufer des Binsenmeeres, einer großen, sumpfigen Gegend voller Vögel, Frösche und mit Wolken von Stechmücken, die sich gierig auf das Heer stürzten und ihm die Stunden bis Tagesanbruch verleideten. Die Horusstraße zog sich mitten hindurch, war im Sommer für Streitwagen trocken genug, doch um diese Jahreszeit hatten die Pferde viel Mühe, die kleinen Gefährte durch den verkrusteten Schlamm zu ziehen. Ahmose ließ alle aussteigen, und selbst Tani musste in Lederstiefeln hinter Machu hergehen.

Gegen Ende des vierten Tages roch Ahmose das Meer. Erleichtert waren die Soldaten aus dem raschelnden, üppig stehenden Schilfrohr aufgetaucht und in ein raues, wüstes Land aus Sand und Steinen gelangt, und zusammen mit der feuchten Fülle hatten sie auch die unterschiedlichen Gerüche feuchter Vegetation hinter sich gelassen.

Gegen Mittag dieses Tages hatte Ahmose Teile der Fürstenmauer erblickt, eine Abfolge kleiner Festungen, die seine Vorfahren zum Schutz von Ägyptens nordöstlicher Grenze erbaut hatten. Sie zogen sich von Nord nach Süd über die Horusstraße, vom Großen Grün bis zur Wüste. Die Wachposten auf den Mauern und die Standartenträger der Division hatten sich Grüße zugerufen, doch Ahmose hatte nicht halten lassen, obwohl er gemerkt hatte, dass einige Festungen ausgebessert werden mussten. Warum sollten sich die Setius auch darum kümmern?, dachte er spöttisch. Von Osten hat ihnen keine

Gefahr gedroht. Ihre wahren Feinde waren im Süden, in Ägypten selbst.

In dieser Nacht heulte der Wind, und eisige, alles durchnässende Regenschauer prasselten auf das Lager nieder. Die Männer lagen in Umhänge und Decken gehüllt um ihre Feuer und konnten vor Kälte nicht schlafen. Nur Tani wirkte friedlich, lag auf ihrer Matte im Schutz des nicht angespannten Streitwagens, und ihr fest gewebter Setiu-Umhang wärmte sie, während Tausende Soldaten unter der leichteren ägyptischen Wolle froren. Ahmose fühlte sich gleichermaßen elend, und da ging ihm auf, dass er beim Durchzug durch die Fürstenmauer die Horusstraße und damit die Sicherheit Ägyptens hinter sich gelassen hatte. Der Regen und die sinkenden Temperaturen waren ein passender Empfang in einem Teil der Welt, den er immer gehasst und gefürchtet hatte, obwohl er wenig darüber wusste. Ägypten ist fast immer von Osten bedroht worden, überlegte er, während er dem Husten der durchnässten Wachposten lauschte, die das Lager außen abgingen. Mein Land liegt warm und wohlbehalten im Zauberbann gütiger Götter, doch darüber hinaus geht ihr Interesse nicht. Hier herrschen Kälte und Dunkel.

Aber am Morgen hatte es aufgeklart, und die Luft wirkte durch die hellblaue Farbe des Himmels noch kühler. Im Lager ging es gedämpft zu, während man es abschlug. Besorgt musterte Ahmose die Gegend. Ein Pfad schlängelte sich durch Kies und Sand, doch führte der nun nach Scharuhen oder verlor er sich in irgendeiner Wüstenödnis? Er beschloss, ihm zu folgen, solange die Sonne im Osten noch ziemlich tief stand, und gegen Mittag auf die Ankunft der Späher zu warten. Der Gedanke, dass er zwanzigtausend Mann in die Irre führte, war nicht gerade angenehm, doch ein Marsch von ein paar Stunden würde sie aufwärmen und ihre Laune heben.

Er hatte soeben anhalten lassen, und die Männer hatten die Marschordnung aufgegeben und wollten sich in den Sand hocken und Brot und Zwiebeln essen, als seine Vorhut am Horizont einen sich bewegenden Fleck sichtete. Auf Ahmoses Drängen hin fuhr Mesehti mit seinem Streitwagen vor der Angriffstruppe her, die aufgesprungen war und zu den Waffen griff. Ahmose stieg aus und beschattete die Augen. Der Fleck teilte sich schon bald zu einer Gruppe von sechs Männern, die sich stetig näherten. Ahmose ließ einen Getreuen Essen und Bier holen, und als der zurückkehrte, wischten sich sechs Späher den Schweiß von der Stirn, und zwei Soldaten stellten ein Sonnensegel auf.

Chabechnet holte die Generäle, und Turi, Kagemni, Achethotep, Baqet und Meryrenefer setzten sich in den Sand, wo sie sich den Bericht anhören wollten. Als Ahmose ihrem ungezwungenen Geplauder lauschte, fehlte ihm auf einmal Hor-Aha. Der war natürlich mit den Medjai und Abana zu Schiff unterwegs, hatte Auaris zur gleichen Zeit wie Ahmose verlassen. Bislang hat es kaum einen Kriegsrat ohne ihn gegeben, dachte Ahmose recht betrübt. Wenn er überhaupt etwas gesagt hat, dann immer zur Sache. Wie gern würde ich jetzt seine dunkle, schimmernde Haut neben mir sehen. Vielleicht schenke ich ihm doch noch ein Fürstentum. Er unterbrach das Geplauder mit einer Handbewegung. Die Späher hatten gegessen und warteten auf seine Erlaubnis zu sprechen. Der Späher der Amun-Division berichtete.

«Du bist drei, vielleicht vier Tagesreisen von Scharuhen entfernt, Majestät», begann er. «Dieser Weg führt geradewegs dorthin. Bis jetzt bist du nach Osten gegangen, aber morgen wird der Weg nach Norden abbiegen und dich durch eine Gegend mit gewaltigen Sanddünen führen. Langsames Vorankommen, sehr kalte Nächte. Die Dünen enden ungefähr zwei Meilen vor Scharuhen, dort beginnt dann wieder diese Art Wüste.» Er zeigte auf die gleißende, steinübersäte Weite ringsum. «Zwei Meilen nach Westen, auf der Meeresseite der Festung, gibt es erneut Dünen, die sich von der Festung bis zum Großen Grün erstrecken. Es ist ausreichend Platz vorhanden, dass du Scharuhen ganz umzingeln kannst. Aber die Festung ist so groß wie Auaris und aus Stein gebaut.» Besorgtes Gemurmel lief durch die Gruppe, und Ahmose sank der Mut. Stein. Er stand vor einer weiteren Belagerung, es sei denn, die Götter griffen ein. Die Einwohner von Scharuhen waren wohlgenährt und kräftig und noch nicht durch Monate des Mangels während einer Belagerung ermattet. «Durch die Dünen führt eine breite Straße von der Stadt zum Wasser», fuhr der Späher fort. «Zehn Meilen, aber viel befahren von Kaufleuten, die Güter nach Scharuhen bringen. In dem Dörfchen an der Küste und auch vor dem Westtor der Festung kann man Esel bekommen. Einen davon haben wir gestohlen und sind zum Großen Grün geritten. Soviel wir wissen, will Fürst Abana eine Seeblockade versuchen, aber da ist lediglich das heruntergekommene Dorf, wie ich schon gesagt habe, und auf Reede liegen fünf, sechs Schiffe in Keftiu-Bauart und die *Norden.*» Er grinste, als er Ahmoses Miene sah. «Es gibt keinen Zweifel mehr, Apophis ist in der Stadt.»

«Und die Tore?», fragte Ahmose knapp.

«Davon gibt es vier, im Norden, Süden, Osten und Westen. Sie gleichen denen von Auaris, sind aus sehr dickem Zedernholz und mit Bronze verstärkt. Über ihnen patrouillieren viele Soldaten auf den Mauern.»

«Und draußen?» Der Späher schüttelte den Kopf.

«Anscheinend braucht Scharuhen, weil es so gewaltig ist und für sich allein steht, keine Soldaten außerhalb der Mauern. Wir haben jedoch auf unserer Reise jenseits der Horusstraße einige Menschen gesehen, überwiegend Frauen, Kinder und alte Leute. Ein paar haben wir ausgefragt. Sie gehören einem Stamm von Wilden an, dem die ganze südliche Küstenregion gehört. Demnächst kannst du sie in der Ferne sehen. Aber die Hügelstämme befehden sich ständig. Sie sind nicht einmal dem Aufruf von Apophis' Brüdern gefolgt und ihm zu Hilfe geeilt. Ich bin wie du der Meinung, dass es in fast ganz Rethennu keine gesunden Männer mehr gibt. Die haben wir allesamt im Delta umgebracht.» Gelächter folgte diesen Worten, erstarb aber rasch. Ahmose konnte sehen, dass seinen Generälen genau wie ihm Steinmauern und mächtige Tore auf der Seele lagen.

«Seid bedankt für euren Bericht», sagte er zu den Spähern. «Er war klar, und ihr habt euren Auftrag gründlich ausgeführt. Kehrt zu euren Divisionen zurück.»

Nachdem sie sich die Reste ihres Mahls geschnappt hatten, entfernten sich die Späher. Düsteres Schweigen herrschte. Dann sprach Kagemni für alle.

«Wir stehen vor einer weiteren Belagerung in einem Land, das wir nicht kennen, weit entfernt von Nahrung und anderen Vorräten», sagte er bedrückt. «Das Land ist zwar augenblicklich leer, die Straße nach Ägypten muss aber trotzdem ständig gegen Übergriffe bewacht werden. Lohnt das, Majestät? Warum verstärken wir nicht einfach die Fürstenmauer, machen sie zu einer undurchdringlichen Barriere gegen alle Fremdländer und ziehen uns dahinter zurück?»

«Schließlich ist Ägypten jetzt geeint», fügte Meyrenefer an. «Apophis ist wieder im Land seiner Vorfahren. Auaris gehört dir. Dein langer Kampf ist zu Ende.»

Ahmose merkte, dass sein Blick zu Tani wanderte. Sie war auf einen kleinen Erdhügel geklettert, hatte sich etwas von dem Lärm des sich ausruhenden Heeres entfernt und wandte ihnen, in ihren Umhang gehüllt, den Rücken zu. Warum kehren wir nicht heim?, überlegte er. Ich könnte Tani mit einer angemessenen Begleitung vorausschicken, mit dem Heer kehrtmachen und Apophis seinem verdienten Schicksal überlassen. Aber da sind noch seine Söhne …

«Es wäre vernünftig, euren Rat zu befolgen», sagte er vorsichtig, «aber ich muss auch an die Zukunft denken, nicht nur an unsere augenblickliche Notlage. Falls ich nach Ägypten zurückkehre, lasse ich einen Mann zurück, der Ägypten regiert hat, und dazu noch seine Erben. Ich hinterlasse eine Bedrohung für jeden meiner Nachfolger, Männer, die ihrerseits zu den Waffen greifen müssen, weil bei uns Fremdländer eingedrungen sind, einerlei ob durch Gewalt oder List. Ich muss es wenigstens versuchen, für künftige Jahre jedweden Anspruch auf Ägyptens Thron zu beseitigen.»

«Aber, Majestät, eine Stadt aus Stein!», hielt Baqet dagegen. «Gegen Scharuhen können wir überhaupt nichts ausrichten! Eine lange Belagerung ist unvermeidlich, und dieses Mal müssen wir nicht nur die Tore überwachen, sondern unsere Truppen auch noch vor dem Großen Grün und allen umliegenden Stämmen schützen! Haben wir dazu den Mut?»

«Die Soldaten verlieren den Mut schon nicht, wenn sie regelmäßig nach Haus dürfen», entgegnete Ahmose. «Glaube mir, Baqet, auch mir sinkt bei der Aussicht das Herz in die Sandalen, aber ich muss die Sache zu Ende bringen. Das ist alles. Macht euch marschbereit.» Widerwillig standen sie auf und verließen den Schutz des Sonnensegels, das rasch abgebaut wurde.

Ahmose schickte einen Läufer zu Tani. Er war zornig und bedrückt. Zweimal hat sich uns Gelegenheit geboten, Apophis zu schnappen und diese elendige, unendliche Sache zu beenden, sagte er sich, als er zu seinem Streitwagen ging.

Zweimal war es ein Fehlschlag. Zur Strafe dafür müssen wir weitermachen. Allmählich komme ich mir vor wie eine verdammte Seele, die für alle Zeit im See der Unterwelt schwimmen muss, während Kamose und mein Vater in der Himmelsbarke an mir vorbeisegeln und ihre Schlachten gewonnen haben. Amun, gib mir den nötigen Mut, Scharuhen anzusehen und nicht zu verzweifeln.

Alles war, wie der Späher gesagt hatte. Am folgenden Tag wandte sich der Weg nach Norden, zog sich durch eine riesige Ödnis gewellter Dünen, deren Kuppen unter dem ständigen Wind zu leiden hatten. Drei Tage lang stapften die Soldaten mit gesenktem Kopf dahin. Am zweiten Tag bemerkte Ahmose grimmig zu Mesehti, nun könne er verstehen, warum die Setius vor vielen Hentis so schrecklich gern ihre Herden in der üppigen Fruchtbarkeit des Deltas hätten weiden wollen. «Deine Vorfahren haben aus Mitleid und Großmut einen Fehler gemacht, als sie sie eingelassen haben», lautete die knappe Antwort des Fürsten. «Eine solche Entscheidung ist Maat, war aber eine Katastrophe für Ägypten.» Ahmose gab ihm schweigend Recht.

Nachts legte sich der Wind ein wenig, doch dann fiel die Kälte auf die Soldaten herab, störte sie beim Schlafen und säumte ihre Decken mit Reif. Falls wir hier von Sommer bis Winter und einen weiteren Frühling bleiben, muss ich für die Männer wärmere Kleidung beschaffen, bemerkte Ahmose, während er fröstelnd neben dem heruntergebrannten Feuer lag, das Mesehti abends für ihn angelegt hatte. Vielleicht wollene Tuniken mit Ärmeln. Ganz gewiss mehr Decken. O Amun, bist du bei mir an diesem verfluchten Ort, der so weit fort ist von deinem Tempel, wo Amunmose dein Hoher Priester und Aahmes-nofretari dein Zweiter Prophet ist? Er hatte beten wollen, doch vor seinem geistigen Auge sah er das Gesicht seiner Frau, und da erstarb alles Lob und Flehen. Er überließ sich einem unruhigen Schlummer.

Kurz nach Mittag des folgenden Tages, ihr achter seit dem Aufbruch aus Auaris, sichteten sie Scharuhen. Fünf Meilen entfernt ragte es aus der steinübersäten Wüste empor, als gehörte es zu den Bergen im Osten, ein abgeschlagener, geglätteter und von Riesenhand in die Erde gerammter Felsbrocken. Die Festung strahlte etwas Dauerhaftes und Uneinehmbares aus und war Furcht einflößend. Sie näherten sich vorsichtig, freuten sich, dass sie die Dünen hinter sich gelassen hatten, und sahen, wie sie im schimmernden Nachmittagslicht immer gewaltiger vor ihnen hochragte.

Ahmose ließ gerade außer Reichweite der Bogenschützen auf den Mauern halten und verteilte auf der Stelle seine Divisionen, vier, die die Festung umzingelten, und eine, die diese wiederum umringte und vor Angriffen schützte.

Ahmose ließ sein Zelt dicht neben Turis aufstellen. Wohin er auch schaute, überall schossen die kleinen Zelte seiner Männer wie weiße Pilze aus dem steinigen Boden. Streitwagen ratterten hin und her, Hauptleute brüllten, Karren voller Nahrung und Vorräte wurden entladen, doch diese Geräusche wurden von dem jähen wilden Lärm auf der Stadtmauer übertönt. Ahmose konnte sehen, dass dort Männer herumliefen und zeigten und schrill vor Überraschung schrien, entsetzt jedoch nicht. Sie wissen, dass sie von uns nichts zu befürchten haben, dachte er bekümmert. Unsere Schwerter können sie nicht erreichen. Noch nicht. Nicht bis sie am Verhungern sind. Und dieser Ort ist so groß, dass es innerhalb der Steinmauern viele schöne Gärten mit Brunnen geben muss. Draußen gibt es keine. Scharuhen wird mich besiegen. Ich spüre es. Er wandte sich an Chabechnet, der pflichtschuldig unmittelbar neben ihm wartete. «Schick einen Läufer mit Begleitschutz an die Küste», befahl er. «Er soll sich einen Streitwagen nehmen. Ich möchte wissen, ob Abana und Hor-Aha angekommen sind und was sie bislang getan haben. Wenn alles gut gegangen ist, sollen sie mit den Medjai hierher kommen, und danach bittest die Generäle für heute Abend zum Kriegsrat.» Chabechnet verbeugte sich und ging, verbeugte sich erneut vor Tani, die sich einen Weg durch die Steine suchte.

«Du hast Achtoi befohlen, mein Zelt neben deinem aufzustellen», sagte sie ohne weitere Vorrede. «Aber ich brauche es nicht, Ahmose. Ich möchte sofort in die Stadt.» Sie reckte das Kinn, und ihre Augen blickten trotzig. Er musterte sie, wägte ab, ob es ratsam war, sie während des Kriegsrats noch bei sich zu behalten.

«Ich möchte Apophis gern eine formelle Aufforderung zur Übergabe zukommen lassen, ehe ich dir Lebewohl sage», antwortete er. «Das geschieht morgen früh. Bitte, Tani, erdulde meine Gesellschaft noch zwei Tage länger.» Ihre Miene wurde weicher.

«Entschuldigung», sagte sie zerknirscht. «Ich bin hin- und hergerissen zwischen der Liebe zu meinem Mann und der Treue zu dir, meinem Bruder. Ich bleibe. Ein gnadenloser Ort, nicht wahr?»

«Ja. Ändere deine Meinung, und ich schicke dich nach Hause!», drängte er ohne viel Hoffnung. «Was hast du schon zu erwarten, als für den Rest deines Lebens wie eine Verbannte unter Fremdländern hier oder an einem ähnlichen Ort zu leben! Und falls dein Mann stirbt, bist du nichts, nur die zweite Frau eines flüchtigen Stammeshäuptlings. Fehlt dir nicht manchmal dein kleines Zimmer auf unserem Anwesen in Waset, der Seerosenteich und der Sumpf der Nilpferde, die Stimme deiner Mutter und die Wüste bei Sonnenuntergang?»

«Ja, das fehlt mir», sagte sie leise. «Aber es macht keinen

Unterschied, Ahmose. Wenn mein Zelt fertig ist, möchte ich mich ausruhen.»

In der Abenddämmerung, ehe es zu kalt wurde, hielt Ahmose Kriegsrat in seinem Zelt. Es war zu eng für die vielen Männer, und sie waren bedrückt, sprachen dem Wein nur mäßig zu und redeten leise und lustlos. Sechs Kapitäne der Keftius hatten Abana begleitet und saßen nun mit gekreuzten Beinen auf dem Boden vor ihm, ihre eng anliegenden Lederhauben schimmerten im Lampenlicht, ihre dunklen Augen blickten wachsam, und ihre schmalen Adlernasen witterten, woher der neue Wind wehte.

Der Krach auf der Stadtmauer hatte sich gelegt, doch die Einwohner standen noch immer scharenweise da und hielten neugierig nach dem ägyptischen Heer Ausschau. Ahmose hatte den gerade eingetroffenen Medjai verboten, auf sie zu schießen. Es hatte keinen Sinn, jetzt schon zu töten. «Ich habe viel über unsere Lage nachgedacht», begann Ahmose, und jäh verstummte die Unterhaltung. «Ich muss euch nicht sagen, dass unsere Situation unhaltbar ist. Natürlich nicht hinsichtlich einer Belagerung. Darin sind wir mittlerweile Fachleute. Die Rede ist von unserem Bedarf an Nahrung und Wasser für fünfundzwanzigtausend Mann.» Alle saßen reglos, keiner lachte über seinen bitteren Scherz. «Heute Nachmittag habe ich entlang der Straße, die wir gekommen sind, eine Reihe von Stationen mit Läufern und einer Hand voll Soldaten eingerichtet, die uns rasch Nachrichten aus dem Delta bringen. Aber die Entfernung ist zu groß für ein ständiges Heranschaffen von Wasser und Nahrung. Die Bergstämme hier möchte ich nicht darum angehen, denn das Risiko, mein Heer Rethennus Ziegenhirten auf Gedeih und Verderb auszuliefern, ist mir zu groß.» Er fuhr herum und fixierte die Keftius. «Ist euch klar, dass euer Herrscher Verträge mit meinem Hof in

Waset abgeschlossen hat?», fragte er. Sie nickten, und einer stand auf.

«Davon wissen wir, Majestät», sagte er. «Es gibt bereits einen Warenaustausch zwischen Keftiu und Waset. Der Handel zwischen unseren beiden Ländern ist immer friedlich und Gewinn bringend gewesen. Das Delta gehört den Setius nicht mehr, also sind wir bereit, dir nach besten Kräften zu helfen.»

«Ihr habt sechs Schiffe auf Reede vor der Küste liegen», bemerkte Ahmose.

«Ja. Wir hatten Urnen mit Öl an Scharuhen geliefert und wollten nach Hause aufbrechen.»

«Es sind große, seetüchtige Schiffe, Majestät», unterbrach Abana. «So etwas haben wir nicht. Sie könnten es gut schaffen.» Er hatte offensichtlich erfasst, in welche Richtung Ahmose dachte. Der lächelte bitter und wandte sich wieder an die Keftius.

«Falls ihr einwilligt, für mein Heer Nahrung und vor allem Wasser aus dem Delta heranzuschaffen, bezahle ich euch mit Gold», sagte er. «Und natürlich würdet ihr euch in Ägypten viel Wohlwollen erwerben, von dem die Keftius in künftigen Zeiten zehren könnten.»

Der Kapitän zögerte. Er rückte seinen breiten Webgürtel um die Mitte zurecht und zupfte an der Kante seines schwarzweiß gemusterten Rockes. Darauf verschränkte er die Arme. «Keftiu will weiter mit Rethennu Handel treiben, Majestät», meinte er vorsichtig. «Es liefert uns Zedernholz und andere Dinge, die wir schätzen. Falls ich und die anderen Kapitäne dir helfen, laufen wir Gefahr, dass Rethennu den Handel mit uns einstellt.»

«Ich habe keinen Streit mit Rethennu», sagte Ahmose mit Nachdruck. «Ich habe gegen Setiu-Soldaten gekämpft, die man Apophis ins Delta, nach Ägypten zu Hilfe geschickt hatte. Ich bin hier, weil ich Apophis haben will, nicht um in Rethennu einzufallen und es zu unterwerfen. Wenn ich ihn habe, ziehe ich ab. Dieser Einfall führt nicht über Scharuhen hinaus.» Der Kapitän blickte noch immer bedenklich. Seine Landsleute musterten den Teppich.

«Ich muss Nachricht an meinen Kaufmann in Keftiu schicken, der trägt sie dann unserem Herrscher vor», sagte er. «Ich möchte mir weder Rethennu noch Ägypten unabsichtlich zum Feind machen.» Er wurde offenkundig immer bedrückter.

«Dann schicke Nachricht», sagte Ahmose nachdrücklich. «Und falls du die Erlaubnis erhältst, bitte um weitere Schiffe aus Keftiu. Sechs werden nicht reichen. Ich diktiere einen Brief an deinen Herrscher, in dem ich um seine brüderliche Hilfe bitte. Aber während du wartest, arbeitest du bitte mit Fürst Abana zusammen und bringst uns Wasser? Gegen Gold?» Der Kapitän gab nach.

«Gut», willigte er ein und sackte in sich zusammen.

«Danke.»

«Ihre Schiffe sind interessant, Majestät», sagte Abana leise. «Meine Kapitäne und ich können bezüglich Konstruktion und Handhabung viel von ihnen lernen. Später brauchen wir auch solche Schiffe, falls wir vermehrt Handel treiben wollen.»

«Behandele sie höflich, Abana», antwortete Ahmose im gleichen Ton. «Lobe ihre Seemannskunst. Mische unsere Bootsleute unter ihre. Zweifellos ist der Herrscher in Keftiu so einsichtig, dass er uns hilft, aber in der Zwischenzeit brauche ich Wasser!» Abana verbeugte sich und lächelte.

«Ich verstehe vollkommen, Majestät. Sei versichert, dass sie morgen früh unterwegs zum Delta sind und von der *Chaem-Mennofer* begleitet werden. Binnen sechs Tagen erwarte ich sie mit Wasser zurück. In drei Tagen soll Paheri weitere Schiffe losschicken. Damit haben wir einen ständigen, wenn auch mageren Vorrat, bis weitere Schiffe von Keftiu eintreffen.»

In dieser Nacht schlief Ahmose gut, obwohl die Unterredung mit seinen Generälen nichts erbracht hatte. Belagern war einfach. Die Außenflanke des Heeres zu bewachen war einfach. Nur das Betreten von Scharuhen war unmöglich. Lediglich Hor-Aha hatte einen nützlichen Vorschlag gemacht. Wenn das Tor aufginge, um Tani einzulassen, könnte man stürmen. Er war enttäuscht, als Ahmose das abschlug. «Es würde meine Schwester in den Augen ihres Gemahls zur Verräterin machen», hatte er gesagt. «Apophis und der Befehlshaber von Scharuhen würden glauben, dass sie ehrlos gehandelt hat. Ich will diesen sich in die Länge ziehenden Krieg zwar unbedingt beenden, aber das tue ich Tani nicht an.»

«Majestät, die Treue zu deiner Familie ehrt dich», hatte Iymeri gesagt und hatte beherzt fortgefahren: «Aber dein Hauptziel ist doch die Einnahme der Stadt und nicht der gute Ruf deiner Schwester.» Beifälliges und auch besorgtes Gemurmel unter den Männern. Sie erwarteten einen Ausbruch königlichen Zorns, doch der kam nicht.

«Ich weiß deine Aufrichtigkeit zu schätzen, General», hatte Ahmose gelassen erwidert. «Als wir dieses Heer aufgebaut haben, habe ich euch, glaube ich, Redefreiheit zugesagt. Doch abgesehen davon würde Tani merken, was wir vorhaben, und sich weigern, zum Tor zu gehen. Ich bin dagegen. Ich habe gesprochen.»

Ahmose hatte gedacht, ihre stumme Missbilligung würde ihn ärgern und ihn vom Schlafen abhalten, als er später auf seinem Feldbett lag. Zum ersten Mal gab es zwischen ihm und seinen Waffengefährten keine Übereinstimmung. Doch demütig erkannte er, dass sie ihn nicht nur als ihren König ehrten, sondern auch Zuneigung zu ihm als Mensch empfanden, und da überließ er sich froh dem Schlaf.

Der Morgen war nicht ganz so kalt wie die anderen, seit sie die Horusstraße verlassen hatten. Es hatte nicht gefroren, der Himmel hatte eine freundliche Farbe, und die Sonne schien himmlisch warm. Die Kampfbegeisterung hatte wieder zugenommen, seitdem man feste Stellungen bezogen hatte, und die Medjai, die auf der Reise von Auaris nach hier seekrank gewesen waren, hatten sich erholt, befanden sich hinter der Amun-Division und schossen unter viel Gekreisch und hellem Gelächter auf Zielscheiben.

Eine Belagerung schafft eine sonderbare Stadt, dachte Ahmose, als er hinaus in den funkelnden Sonnenschein trat. Keine Frauen oder Kinder, Zelte statt Lehmhäusern und Läden, doch sonst gleicht alles einer riesigen Stadt mit ihren Straßen, ihren Kornspeichern, ihren Schreinen, ihren Menschenmassen, dem Geruch nach Gebratenem und dem Wiehern der Esel. Von Tani oder ihrer Leibwache war nichts zu sehen, obwohl ihre Zeltklappe zurückgeschlagen war. Ahmose verspürte Gewissensbisse, weil ihn das erleichterte. Auf den Mauern von Scharuhen drängelten sich schon wieder die Zuschauer, Männer und Frauen, deren Haar und Kleidung in der steifen Brise flatterten und deren Unterhaltung helle Aufregung verriet. «Gemessen an dem Krach könnten sie ein Fest feiern», meinte Anchmahor. Er und seine Getreuen waren wie immer in der Nähe.

«Ich wäre nicht überrascht, wenn sie Blumen auf uns herabregnen ließen, Majestät.»

«Blumen wohl nicht gerade. Das Stimmengewirr hat unterschwellig etwas Überhebliches», meinte Ahmose. «Sie wissen, dass sie unangreifbar sind. Warten wir ab, vielleicht können wir sie ein wenig in ihrer Überzeugung erschüttern.» Chabechnet näherte sich, und Ahmose sagte zu ihm: «Du kommst mit und rufst vor jedem Tor diese Botschaft aus. ‹An den Befehlshaber der Festung Scharuhen Grüße von Uatsch-Cheperu Ahmose, Sohn der Sonne, Goldhorus, Der von der Binse und Der von der Biene. Ich, König von Ägypten, schwöre beim göttlichen Amun, dass ich die Bewohner deiner Stadt verschone, wenn ihr mir den Setiu Apophis mit seiner gesamten Familie, zusammen mit dem Horusthron und den Königlichen Insignien, ausliefert, die er so hinterlistig an sich gebracht hat. Falls du dich weigerst, springt jeder Mann, jede Frau und jedes Kind über die Klinge. Du hast bis morgen Zeit für eine Antwort.› Wiederhole das, Chabechnet. Wir beginnen am Südtor, das ist das nächstgelegene.»

Er hatte dafür gesorgt, dass Hekayib ihn so prächtig wie möglich kleidete: golddurchwirkter Schurz, der im Sonnenschein funkeln würde, und gestärktes Kopftuch in Blauweiß, auch das goldglitzernd. Das gewaltige Pektoral, das Kamose in Auftrag gegeben und das Ahmose geerbt hatte, bedeckte seine Brust, blitzte von Türkis und Jaspis und dem heiligen Lapislazuli. Goldene Anchs baumelten in seinen Ohrläppchen. Ringe mit Mondstein und Karneol steckten an seinen hennaroten Fingern, und in Gold gefasste Skarabäen aus Lapislazuli zierten Handgelenke und Arme. Er bestieg den Streitwagen, Chabechnet stellte sich neben ihn, Anchmahor hielt hinter ihm die Fahne hoch, und auf Ahmoses Befehl hin ruckte Mesehti an den Zügeln.

Lange brauchten sie nicht für die Meile aus Sand und Stein zwischen seinem Lager und der Festung. Überall waren Soldaten, die zu tun hatten, innehielten und der sonnenglänzenden Gestalt huldigten, die funkelnd vorbeifuhr, eine Hand zum Gruß erhoben, während das Symbol ihrer Befehlsgewalt hörbar über ihr knatterte. Ahmose reagierte zerstreut auf ihre Ehrerbietung. Seine ganze Aufmerksamkeit war auf die mächtigen Steinmauern gerichtet, die immer näher kamen und allmählich über ihm dräuten.

Die bunt gemischte Menge auf der Mauer stieß einhellig einen Schrei aus, als sie ihn kommen sah. Der verstummte auch nicht, als Mesehti das Fahrzeug vor dem hohen Tor zum Stehen brachte. Ahmose wartete und blickte gelassen nach oben. Allmählich senkte sich erwartungsvolles Schweigen auf die Menschen. Chabechnet holte tief Luft. «An den Befehlshaber der Festung Scharuhen Grüße von Uatsch-Cheperu, Sohn der Sonne», begann er, und seine geschulte Heroldsstimme hallte klar und kräftig durch die reine Morgenluft. Kein Laut von oben störte den Rest der Aufforderung, doch als die Zuhörer merkten, dass er geendet hatte, erhob sich ein Chor aus höhnischem Gelächter und Schmähungen.

«Geh nach Haus, Nildreck!»

«Sterbt an Langeweile, ihr Wüstenratten!»

«Baal-Reschep hasst euch, ihr Mörder!»

Auf ein knappes Wort von Ahmose hin setzte Mesehti den Streitwagen in Gang und lenkte ihn an der langen Biegung entlang, die sie zum mehrere Meilen entfernten Osttor führen würde. «Wilde, Ungeziefer!», knurrte Chabechnet. «Hoffentlich haben unsere Soldaten ihre höhnischen Bemerkungen gehört. Dann tun sie sich leichter, ein paar Kehlen durchzuschneiden, wenn wir endlich diese verfluchten Befestigungen stürmen.» Ein derartiger Ausbruch passte gar nicht zu dem Obersten Herold. Ahmose pflichtete ihm bei.

Es war Mittag, als sie beim vierten Tor vorfuhren, nachdem sie sich am östlichen und nördlichen Tor die gleichen Schmähungen und Spottreden hatten anhören müssen. Die Getreuen, die neben dem Streitwagen hergelaufen waren, keuchten und schwitzten. Ahmose selbst war auch durchgeschwitzt und müde, und Chabechnet machte verstohlen Sprechübungen, ehe er aufblickte, die Schultern reckte und die letzte Aufforderung erschallen ließ. Hinter dem Streitwagen erstreckte sich hell und leer die Straße zum Meer.

Ahmose blinzelte in die gleißende Sonne und sah, dass die Mauerkrone hier menschenleer war, abgesehen von drei Männern, die sich vor dem strahlenden Himmel abhoben und ungerührt lauschten. Sie hatten Bärte und Hakennasen, um die Köpfe hatten sie sich Stoffbänder mit Stickereien und Troddeln geschlungen, ihre Leiber waren unter dicken Tuniken verborgen, die ihnen bis zu den Waden reichten und farbenprächtige geometrische Muster und Fransen an Ausschnitt und Saum aufwiesen. Alle hielten Speere, und der in der Mitte hatte eine gewaltige Axt in der Hand, die an seinem Knöchel ruhte.

Chabechnet beendete seine Aufforderung. Ahmose wartete auf irgendeine Antwort von diesen reglosen Wachposten, irgendeine Andeutung, dass sie die Botschaft gehört und verstanden hatten, doch sie starrten nur scheinbar gleichgültig zu ihnen herunter, und ehe Ahmose sich dabei albern vorkommen konnte, klopfte er auf Mesehtis feuchtes Rückgrat. Die erschöpften Pferde machten kehrt. «Wer das wohl gewesen ist?», sagte Chabechnet, als sich der Streitwagen Ahmoses Zelt näherte und hielt. «Möglicherweise die Leibwache des Befehlshabers.»

«Ich habe das Gefühl, der Mann in der Mitte war der Befehlshaber höchstpersönlich», meinte Ahmose. «Die Zeit hat gereicht, ihm zu melden, dass wir mit unserem Aufruf um die Stadt herumfahren, und da ist er aufs Westtor hinaufgeklettert und hat sie sich mit eigenen Ohren angehört. Ich befürchte, es waren unsererseits nur leere große Worte, Chabechnet, aber es musste sein.» Chabechnet steckte die Fahne an ihren Platz zurück, verbeugte sich und eilte davon.

Ahmose entließ Mesehti und betrat sein Zelt. «Ich habe rasende Kopfschmerzen», sagte er zu Achtoi, riss sich den Schurz vom Leib und fiel auf das Feldbett. «Geh zu meinem Arzt und hole mir Mohnsaft.» So lag er da, die Augen fest geschlossen, die Finger auf die schmerzenden Schläfen gepresst.

Das hast du mir angetan, sagte er im Geist zu Apophis. Deine Hand hat den Mörder geleitet, der Kamose ermordet und mir diesen Dämon im Schädel zurückgelassen hat. Und wenn es den Rest meines Lebens kostet, ich werde Scharuhen belagern, bis du nachgibst. Achtoi kehrte mit Hekayib zurück, und beide halfen ihm beim Aufsitzen. Behutsam flößte Achtoi ihm die milchige Flüssigkeit löffelweise ein und ließ ihn dann auf sein Kissen zurücksinken, wo Hekayib ihn sanft wusch. Unter der beruhigenden Berührung des Leibdieners döste Ahmose ein. «Wo ist Tani?», fragte er schlaftrunken.

«Ihre Majestät sieht sich zusammen mit Heket und ihren Wachen das Große Grün an», antwortete Achtoi quer durch das Zelt.

«Sie geht mir aus dem Weg», meinte Ahmose, schon halb im Schlaf. Die gemurmelte Antwort seines Haushofmeisters hörte er nicht mehr.

Gegen Sonnenuntergang wachte er auf, und da war das Hämmern in seinem Schädel zu einem dumpfen Schmerz geworden, und er schlief wieder ein. Es gab nichts zu tun, keine Befehle zu erteilen, keine andere Aufstellung seines Heeres anzuordnen. Achtoi erzählte ihm am nächsten Morgen, dass Tani in sein Zelt gekommen wäre, man ihr gesagt hätte, es ginge ihm nicht gut, und sie wieder gegangen wäre. Ahmose war froh, dass er zu der Zeit tief und fest geschlafen hatte. Er wollte nicht mehr mit seiner Schwester sprechen, nicht mehr verlegen und insgeheim gereizt bei ihr sitzen, nicht sehen, wie sie den Blick bei jeder Bemerkung abwandte, die über leichtes Geplauder hinausging.

Draußen vor dem Zelt hockten Chabechnet und Anchmahor in eine Unterhaltung vertieft auf der Erde, und Mesehti saß auf der Kante von Ahmoses Streitwagen, ließ die Beine baumeln und hielt das Gesicht in die Morgenbrise. Als sich Ahmose näherte, richteten sich alle drei auf. «Wir beziehen Stellung unter dem Südtor und bleiben dort, bis Re über unseren Köpfen steht oder Scharuhen uns eine Antwort gibt», sagte Ahmose, als er das Gefährt bestieg. Er nickte Chabechnet zu, der hinter ihm einstieg, und dann rollten sie erneut auf die Festung zu und hielten kurz vor dem Tor an. Dieses Mal lag die Mauer verlassen. Man hat den Einwohnern befohlen, sich der Mauerkrone fern zu halten, mutmaßte Ahmose. Nicht um uns stundenlange Beschimpfungen zu ersparen, sondern um die Warterei weiter in die Länge zu ziehen. Die tun vor Nachmittag keinen Zug. Jemand beobachtet uns, den wir jedoch nicht sehen können, ein Wachposten, der über jeden Schweißtropfen, über jedes Verlagern des Gewichts von einem müden Fuß auf den anderen, über jeden Seufzer berichtet, bis der Befehlshaber zu erscheinen geruht. Er stützte die Hüfte an den Rand des Korbes und schloss die Augen.

Und so kam es. Die Sonne hatte den halben Himmel durchwandert, ehe sich auf der Mauer über dem Tor etwas tat. Zunächst hatten Ahmose und seine Männer gelegentlich geredet, doch schon bald hatten sie ihre Kräfte geschont, damit sie die aufrechte Haltung und ihr Schweigen wahren konnten. Ahmose war in eine grimmige Trance gefallen, als sich Chabechnet vorbeugte und flüsterte: «Majestät, sie sind da.» Ahmose hob den Kopf. Die drei Männer von gestern waren aufgetaucht und beugten sich über die Steinbrüstung, die um die

Mauer herumlief und ihnen bis zur Mitte reichte, doch dieses Mal hatte sich die Gestalt in der Mitte eine lange Vogelfeder ins Stirnband gesteckt, und die zu seiner Rechten hob ein Horn an den Mund. Der Ton war erschreckend harsch, und Ahmose spürte, wie die Erschöpfung bei diesem ohrenbetäubenden Klang von ihm abfiel.

«Ahmose Tao, selbst ernannter König von Ägypten», rief der Mann in der Mitte herunter. «Ich bin der Hik-chase dieser befestigten Stadt. Mein Wort ist Gesetz. In deiner Dreistigkeit hast du die Herausgabe von Awoserra Apophis gefordert, welcher der wahre Herrscher Ägyptens ist und den du Wüstenhund aus seinem Land gejagt hast. Er steht hier unter meinem Schutz, und das bleibt auch so. Ich lache über deine Anmaßung und mache mich über deine prahlerischen Drohungen lustig. Nimm deine Soldaten und krieche zurück in die Hundehütte, aus der du gekommen bist. Scharuhen wird sich dir niemals öffnen.» Dann war er so schnell und leise verschwunden, wie er gekommen war, und Ahmose merkte, dass er nur noch die Brüstung anstarrte.

«Er hat sich nicht einmal die Mühe gemacht, uns seinen Namen zu nennen, Majestät», sagte Anchmahor mit erstickter Stimme. «Wahrlich, wir sind in einem Land ohne Maat, wenn der Gebieter einer Stadt, selbst wenn er ein Feind ist, mit einem anderen Gebieter derart umspringt.»

In diesem Augenblick wurde Chabechnet von etwas am Kopf getroffen. Mit einem Aufschrei hob er die Hand, und als er das tat, wimmelte es auf der Mauer auf einmal von kreischenden, johlenden Menschen, die sie bewarfen, und als sich Mesehti bückte und ein Geschoss aufhob, das in den Streitwagen gefallen war, erkannte er es angeekelt.

«Eseldung», rief er, warf ihn fort und wischte sich die Hand am Schurz ab. «Sie bewerfen uns mit Tierexkrementen,

Majestät.» Er ruckte an den Zügeln und riss die Pferde heftig herum. Mehrere Getreue sprangen in den Streitwagen, um Ahmose vor dem Hagel zu beschützen, und mit Anchmahor und Ahmoses restlicher Leibwache brausten sie außer Reichweite der erregten Menschenmenge.

Nachdem Ahmose wohlbehalten ausgestiegen war, befahl er Mesehti zu warten. Er griff sich eine Hand voll Dung und ging mit weichen Knien zu Tanis kleinem Zelt, riss die Klappe auf und trat rasch ein. Sie stand in einem weiten Gewand neben ihrem Feldbett, das Haar fiel ihr gelöst auf den Rücken, offenkundig wollte sie Mittagsruhe halten. Ahmose trat vor sie und hielt ihr das eklige Ding unter die Nase. «Das hier ist Eseldung, den hat man von den Straßen Scharuhens abgekratzt und mich damit beworfen, als ich vor dem Tor gestanden und auf eine Antwort auf mein Ultimatum gewartet habe», sagte er zähneknirschend. «Das ist die Beleidigung, mit der dein feiner Mann und sein Setiu-Bruder mich und meine Edlen hat bewerfen lassen. Es sind wilde Tiere, die du deiner eigenen Familie vorziehst, vor allem aber Ramose, einem ehrenwerten Mann, der dich geliebt hat!» Er warf ihr den Dung vor die Füße. «Heket soll deine Sachen packen, du verlässt auf der Stelle dieses Lager. Mesehti wird dich zum Tor fahren. Ich möchte dich nie wieder sehen, Tani. Deine Anwesenheit ist eine Beleidigung für jeden treuen Ägypter hier.» Sie war blass geworden und erzitterte unter seinem Wutausbruch. Tränen liefen ihr über die Wangen.

«Ahmose, es tut mir Leid ...», stammelte sie, doch ein Aufschrei Hekets, die sich in die Ecke duckte, unterbrach sie.

«Majestät, ich will nicht mit zu den Setius! Ich will heim nach Waset!», schrie sie, lief zu Tani und warf sich ihr zu Füßen. «Gib mich frei, bitte, bitte!» Sie wandte sich an Ahmose. «Göttlicher, habe Mitleid mit mir», schluchzte sie. «Ich bin keine Sklavin. Ich habe deiner Familie treu gedient, sogar in der stinkenden Enge von Auaris. Bitte, lass mich gehen!» Ahmose antwortete ihr, ehe Tani den Mund aufmachen konnte.

«Ich würde nicht einmal den räudigsten Köter, der am Anleger von Waset nach Fressen sucht, in diesen verfluchten Ort schicken», sagte er. Es war eine absichtliche Beleidigung seiner Schwester, und sie schluchzte erstickt auf. «Pack die Sachen deiner Herrin, danach bist du frei. Ich besorge dir eine Überfahrt auf dem nächsten Schiff, das ins Delta fährt. Und was dich angeht, Tani, so möchte ich dich zum Lebewohl lieber nicht küssen.»

«Ahmose, bitte ... Im Andenken an unsere gemeinsame Kindheit ...» Sie weinte jetzt ungehemmt, Halsausschnitt und Passe ihres Hemdes waren bereits feucht von Tränen. «Lass uns nicht so voneinander scheiden. Wenn du mich ohne Segen fortschickst, wandele ich schutzlos unter den Augen fremder Götter. Vielleicht bedauerst du noch einmal, dass du ihn mir vorenthalten hast.» Er machte auf den Fersen kehrt und ging hoch erhobenen Hauptes zur Zeltklappe, aber in seinem Herzen tobten Schmerz, Wut und Trauer, dass er schier daran erstickte.

«Schade, dass Ramose dich nicht erdrosselt hat, als er merkte, was du geworden bist», fauchte er und trat hinaus in den warmen Nachmittag.

Er sah sie nicht aufbrechen. Nach einem schroffen Befehl an Mesehti zog er sich in sein Zelt zurück. Irgendwann war Mesehti wieder da und berichtete, dass sich das Tor für sie geöffnet hätte, eine kleine Abteilung Soldaten wäre herausgeeilt, hätte ihre Habe aufgehoben und sie rasch hineingeführt.

Es war warm, und Ahmose speiste unmittelbar vor der Klappe seines Zeltes, damit er den ungewöhnlich milden Abend genießen konnte, als Ipi kam und sich verbeugte. Der

Oberste Schreiber hatte eine Rolle in der Hand. «Aus Waset, Majestät», sagte er. «Der Herold hat mich gesehen, als er gerade zu dir wollte. Er ruht sich jetzt aus und steht dann für deine Antwort bereit.» Ahmose nickte und schob seinen Teller beiseite.

«Lies vor», befahl er. Ipi ließ sich auf die Erde sinken und erbrach das Siegel.

«Von deiner verehrten Mutter», sagte er, entrollte den Papyrus und musste im schwindenden Licht die Augen anstrengen. ‹Grüße an dich, Ahmose, Herr allen Lebens. Wisse, dass deine Gemahlin am zwölften Tag im Mechir einer Tochter das Leben geschenkt hat. Aahmes-nofretari hat sich gut erholt, doch die Kleine ist schmächtig. Sie erbricht die Milch der Amme und schreit viel. Ich habe Ziegenmilch für sie holen lassen, die sie ein wenig länger bei sich behält als die andere Milch, aber der Arzt sieht düster für ihre Zukunft. Der Name, den die Astrologen für sie ausgesucht haben, bedeutet auch nichts Gutes. Ich habe mit dem Diktieren des Briefes gewartet, damit ich ihn dir mitteilen konnte. Und ich hatte auch gehofft, dass Aahmes-nofretari dir die Nachricht selbst übermitteln würde, aber sie weigert sich, dir einen Brief zu diktieren. Seit Tetischeri und ich aus Djeb zurück sind, hat sie sehr niedergeschlagen gewirkt, und ich fürchte auch für ihre Gesundheit.

Die Astrologen bestehen auf dem Namen Sat-Kamose. Aahmes-nofretari hat ihren Beschluss gleichgültig aufgenommen, was so gar nicht zu ihr passt, aber ich und deine Großmutter waren darüber erzürnt. Wir haben die Männer in den Tempel zurückgeschickt, damit sie das Horoskop noch einmal erstellen, und ich habe den Hohen Priester Amunmose hinsichtlich ihrer Befähigung befragt, vergebens. Die Astrologen sind kundige, erfahrene Priester. Sie haben der Kleinen erneut das Horoskop gestellt, weigern sich jedoch, einen anderen Namen auszusuchen. Ich glaube, diese Tragödie macht dir genauso viel Kummer wie mir. Falls das so ist, so flehe ich dich an, komm nach Hause. Deinen letzten Botschaften entnehme ich, dass du wieder einmal belagerst, also kannst du dein Heer getrost eine Weile deinen Generälen übergeben. Solltest du Scharuhen deiner Tochter zuliebe nicht verlassen können, dann vielleicht deiner Gemahlin zuliebe.› Ipi blickte auf. «Das ist alles, Majestät. Abgesehen von den Titeln der Königin und der Unterschrift natürlich.» Ihre Blicke kreuzten sich. Hinter der höflichen Dienermiene las Ahmose Mitleid und Sorge.

«Danke, Ipi», sagte er mit Mühe. «Morgen schicke ich eine Antwort.» Damit war Ipi entlassen. «Schaffe hier Ordnung und dann geh», sagte Ahmose zu Achtoi und stand auf, doch er hatte auf einmal weiche Knie, machte ein paar Schritt ins Zelt zurück und zog die Klappe hinter sich zu.

Hekayib hatte eine Lampe angezündet, während der König speiste. Ahmose starrte jetzt den schimmernden Alabaster an und konnte keinen Schritt mehr tun. O ihr Götter, mein armes Kind, meine arme Aahmes-nofretari, dachte er unzusammenhängend. Der Seher hat mich gewarnt, hat nachdrücklich ‹Tod› gesagt, aber irgendwie habe ich gehofft, dass es dieses Mal besser laufen würde. Sat-Kamose. Die beiden Worte dröhnten in seinem Kopf und hallten wie ein Klagegesang in seinem Herzen wider. Sat-Kamose, ein Teil ein Name, der einem Ermordeten gehört hatte, der andere der einer Göttin, die am Tor zur Unterwelt stand und die Dahingeschiedenen mit reinigendem Wasser übergoss. Sie ist schon vor ihrer Geburt verurteilt gewesen, wanderten seine Gedanken weiter. Von Osiris im Mutterschoß gekennzeichnet. Und was ist mit Aahmes-nofretari?

Hölzern ging er zu seinem Amunschrein, öffnete die Türen und sank vor dem zierlichen goldenen Abbild von Wasets Schutzgott zu Boden, doch er merkte, dass er nicht beten konnte. Aahoteps Brief klang nicht nur besorgt, sondern äußerte unterschwellig auch Kritik. Sie hatte Recht, seine Anwesenheit hier war nicht erforderlich. Die eintönige Routine der Belagerung lief auch ohne ihn weiter. Doch daheim gab es schreckliche Veränderungen, Ereignisse, die schon seit Wochen der Vergangenheit angehörten, ehe der Schmerz auch ihn traf. Dieses Mal musst du bei Aahmes-nofretari sein, wenn dieses Kind stirbt, flüsterte es in seinem Herzen. Dieses Mal darfst du sie nicht im Stich lassen, sonst hast du sie für immer verloren.

Er rief nach Achtoi und befahl, seine Truhen zu packen. Er schickte zu Mesehti in die Ställe, damit sein Streitwagen bei Tagesanbruch bereitstand, und sagte Anchmahor, die Getreuen sollten sich für den Aufbruch nach Waset bereitmachen. Ipi und Chabechnet wurden auch benachrichtigt. Der Herold, der Aahoteps Rolle gebracht hatte, wurde unverzüglich zu Paheri ins Delta geschickt, damit ein schnelles Schiff mit der doppelten Anzahl von Ruderern auf ihn wartete, sodass er nirgendwo entlang dem Nil anlegen musste. Als Achtoi die letzte Truhe zuklappte, ging Ahmose zu Bett, lag auf seiner Pritsche in dem leeren Zelt und wollte nur noch fort.

Bei Sonnenaufgang hatte er gespeist, war angekleidet und ließ sich von Mesehti zur Amun-Division fahren, die schon gedrillt wurde. Die Schurze der Soldaten flatterten beim Marschieren, ihre Speerspitzen schimmerten rot, die knappen Befehle der Hauptleute trugen in der kalten, frühmorgendlichen Luft weit. Von einer kleinen Estrade aus, die neben dem Exerzierplatz stand, schaute Turi kritisch zu. Als er Ahmose aussteigen und auf ihn zukommen sah, sprang er herunter und verbeugte sich. «Majestät, dich habe ich heute nicht erwartet!», rief er. «Möchtest du die Kommandos persönlich erteilen?» Ahmose schüttelte den Kopf.

«Nein. Ich habe Nachricht erhalten, dass mir eine Tochter geboren ist, sie jedoch im Sterben liegt. Ich muss nach Hause.» Turi streckte eine behandschuhte Hand aus.

«Ach, Ahmose, das tut mir Leid», sagte er. «Sag Aahmes-nofretari, wie Leid es mir tut.» Turis Worte hatten nichts Förmliches. Er kannte die Familie lange. Ahmose lächelte flüchtig.

«Ich bin zwar der Oberbefehlshaber, aber du bist der General meiner wichtigsten Division», sagte er. «Ich möchte, dass du während meiner Abwesenheit meinen Platz einnimmst. Du darfst in meinem Namen alle notwendigen Entscheidungen hinsichtlich Schulung und Wohlergehen des Heeres treffen, Turi. Die Wasserversorgung ist geregelt. Berate dich oft mit Abana. Gib den Keftius innerhalb vernünftiger Grenzen alles, was sie haben wollen. Ich erwarte regelmäßig Bericht, aber vermutlich wird nichts Neues darin stehen. Schicke Soldaten am Fuß der Berge auf die Jagd. Aber bläue ihnen ein, dass sie sich von den Bergstämmen fern halten. An meiner Ostflanke darf es keine Schlacht geben.» Er holte tief Luft. «Ich komme zurück, aber erst, wenn ich mir sicher bin, dass Aahmes-nofretari mich nicht mehr braucht.»

«Das verstehe ich. Wie wirst du reisen?»

«Bis Auaris im Streitwagen und dann mit dem Schiff. An Bord eines Wasserschiffes auf dem Großen Grün wäre es schneller gegangen, aber ich möchte auf dem Landweg die Läuferkette nach Ägypten überprüfen. Triff dich einmal wöchentlich mit den anderen Generälen, Turi. Die Stimmung in einem belagernden Heer kann sehr schnell umschlagen. Das ist, glaube ich, alles, es sei denn, du hast noch eine Frage.» Impulsiv umarmte er seinen Freund. Und Turi drückte ihn ohne nachzudenken an sich, ehe er sich bückte und ihm die Hand küsste.

«Mögen deine Sohlen festen Tritt finden, Majestät», sagte er. «Mach dir wegen Scharuhen keine Sorgen. Grüße deine Mutter von mir.» Mehr gab es nicht zu sagen, doch Ahmose wollte auf einmal gar nicht fort. Sein Blick wanderte kurz über die hin- und hermarschierenden Reihen seiner Soldaten, die jetzt von der voll aufgegangenen Sonne angestrahlt wurden. Kamose, du wärst stolz auf diese Bauern, aus denen Soldaten geworden sind, dachte er, bestieg seinen Streitwagen, gab Mesehti einen Befehl und machte sich auf die lange Reise zurück nach Ägypten.

FÜNFZEHNTES KAPITEL

Ahmose erreichte Auaris binnen acht Tagen und überzeugte sich unterwegs davon, dass die Läuferstationen am Landweg nach Ägypten gesichert waren und ordnungsgemäß arbeiteten. Er machte kurz Pause und beriet sich mit den Generälen Iymeri und Nofreseschemptah, deren Soldaten die Fürstenmauer bemannten und das östliche Delta überwachten, und freute sich darüber, dass überall auf den frisch bestellten Äckern und in den dichten Obsthainen rings um die Dörfer Friede und Ordnung herrschten. Auaris selbst summte von Geschäftigkeit. Die Mauern beider Hügel würden erst in einigen Monaten geschliffen sein, und vom Palast war kaum mehr zu sehen als ein riesiger Fleck verbrannter roter Erde und ein paar schwärzliche Bäume, doch die Mauer, die Ahmoses Vorfahr Senwasret erbaut hatte, die stand stolz und mittlerweile nutzlos zwischen dem verschwundenen Gebäude und der Straße zum Königstor.

Ahmose stellte bei sich fest, dass die Stadt sowohl für den Handel wie auch als Militärstützpunkt für Einfälle nach Rethennu günstig gelegen war. Ich lasse einen neuen befestigten Palast auf dem Gelände des alten erbauen, beschloss er. Natürlich nicht, damit das hier Hauptstadt wird. Waset bleibt

Mittelpunkt der ägyptischen Verwaltung. Aber Auaris wird mir als nördliche Bastion dienen.

Drei Schiffe warteten, um ihn und sein Gefolge nach Süden zu bringen, und mit Besorgnis und Erleichterung zugleich ging er mit Anchmahor, Ipi und Chabechnet an Bord der *Norden*, Abanas ehemaligem Flaggschiff, und begrüßte Kapitän Qar. Er hatte sich mit Paheri und Baba Abana unterhalten, die mit der Wasserversorgung der Truppen vor Scharuhen beschäftigt waren, und hatte sowohl seine Flotten- wie auch seine Divisionshauptleute kurz überprüft.

Normalerweise hätte die Reise nach Waset einen Monat gedauert, doch sie schafften es in der Hälfte der Zeit. Paheri hatte zwei Rudermannschaften bereitgestellt, und während Ahmose schlief, fuhr die *Norden* langsam nach Süden. Chemmenu lag ungefähr auf halbem Weg zwischen Auaris und Waset, und Ahmose war in Versuchung, dort anzulegen. Ramose fehlte ihm, und er war neugierig, wie sich die junge Setiu-Frau Hat-Anath in Tetis ehemaligem Heim eingefügt hatte, doch das Gefühl, dass die Zeit drängte, war stärker, und so widerstand er der Versuchung.

An einem strahlenden Frühlingsvormittag durchfuhr die *Norden* die lang gezogene Biegung, die Waset ankündigte, und mit gemischten Gefühlen, halb Aufregung, halb Zurückscheuen, sah Ahmose jenseits des Flusspfades, der sich durch seine Stadt zog, die vertraute Ansammlung von Häusern längs des Ufers im sonnengefleckten Schatten von Palmen und Sykomoren. Amuns Tempel erhob sich in warmem Hellbraun über seine schützenden Bäume. Während das Schiff schwerfällig auf das Ostufer zuhielt, kam seine Bootstreppe näher und mit ihr der alte Palast, der grau und gewaltig die hohe, neue Mauer überragte, die das ganze Anwesen umgab. Ahmose war daheim.

Die Soldaten zu beiden Seiten des Tores hatten beim Anblick der königlichen Fahne, die vom hohen Mast der *Norden* flatterte, Haltung angenommen. Sie behielten die drei Männer, die auf das Ausschiffen warteten, wachsam im Auge, und ihre Aufmerksamkeit wechselte zwischen ihnen und den anderen beiden Schiffen dahinter, doch als sich das erste Schiff näherte, heiterten sich ihre Mienen auf. «Es ist Seine Majestät!», rief einer von ihnen. «Das ist seine Fahne!» Sie ließen ihre Speere fallen, eilten herbei und hielten die Laufplanke fest.

Hinter ihnen ging das Tor auf. Gesichter tauchten auf, dann wurde es aufgerissen. Anchmahor und die Getreuen gingen an Land, und Ahmose folgte ihnen.

Neben dem Teich hatte man ein Sonnensegel aufgestellt, und darunter saßen zwei Gestalten inmitten eines Berges von Rollen. Durch den Aufruhr aufgeschreckt, blickten sie hoch, und da kam auch schon Ahmose-onch den Weg entlanggerannt. Als er Ahmose halbwegs erreicht hatte, mäßigte er den Lauf zu einem würdigen Gang, doch Ahmose konnte sehen, wie viel Mühe den Jungen diese Beherrschung kostete. Er kam näher, blieb stehen und machte eine tiefe Verbeugung. «Ich bin überglücklich, dich so unerwartet zu sehen, Vater», sagte er.

«Und ich auch, mein kleiner Falke-im-Nest», antwortete Ahmose. Er zupfte an der Jugendlocke des Kindes, die als schimmernder Zopf auf seiner schmalen Schulter lag. «Bist du schon erwachsen, oder darf ich dich noch in den Arm nehmen?»

«Nicht so richtig», sagte das Kind ernst, und dann lächelte es strahlend und stürzte sich in Ahmoses Arme. «Wir wissen, dass der Hochstapler in eine Festung entwischt ist, die Scharuhen heißt», sagte er. «Hast du ihn schon geschnappt, Majestät?»

Ahmose musterte das ernste kleine Gesicht. Es hatte sich während seiner Abwesenheit verändert. Die Augen waren größer, das Kinn breiter, die Wangen schmaler geworden. Er lässt allmählich die Kindheit hinter sich, dachte Ahmose und verspürte Liebe und Stolz. Bald ist er ein gut aussehender Jüngling. «Pa-sche und ich haben uns mit Rethennu beschäftigt», sagte Ahmose-onch gerade. «Gleich hinter Scharuhen gibt es eine Steppe und Wälder und Berge, die manchmal beben, und es gibt auch Heuschrecken, die ihnen die Ernte auffressen. Es hört sich nach einer grässlichen Gegend an. Hast du erlebt, wie die Berge beben, Vater?»

«Nein. All das spielt sich weiter nordöstlich ab. Und nein, ich habe Apophis noch nicht geschnappt. Scharuhen ist stark befestigt, mein Sohn. Das besiegt man nicht so schnell.» Er nahm das Kinn des Jungen in die Hand. «Ich bin nach Hause gekommen, weil ich deine Mutter und deine neue Schwester sehen will», sagte er sanft. «Geh jetzt zu deinem Lehrer zurück. Wir unterhalten uns später.»

«Sie ist sehr krank», flüsterte Ahmose-onch. «Mutter glaubt, dass ein Fluch auf ihr liegt.» Auf ihr selbst oder der Kleinen?, fragte sich Ahmose. Ahmose-onch verneigte sich erneut und ging zu Pa-sche zurück, der aufgestanden war, unter dem Sonnensegel stand und ihrem Austausch besorgt zusah.

Der Hauptmann der Hauswache war aus dem Haus getreten und wartete auf ihn, als er dem Seiteneingang zustrebte. «Willkommen daheim, Majestät», sagte er. «Wenn ich von deinem Kommen gewusst hätte, ich hätte den Flusspfad säubern lassen und mehr Männer an der Bootstreppe aufgestellt. Ich melde dem übrigen Haushalt deine Ankunft.»

«Danke, Emchu», antwortete Ahmose und verbarg dabei seine Ungeduld. «Ich weiß deine Gewissenhaftigkeit zu schätzen. Aber ich möchte auf der Stelle zur Königin. Wo ist sie?»

«Nach den Morgenaudienzen verbringt Ihre Majestät den Großteil des Tages im Kinderzimmer», sagte Emchu. Er zögerte. «Majestät, ich ... wir ... ich bin sehr froh, dass du zurück bist.»

«Ich verstehe», sagte Ahmose leise. «Sorge dafür, dass wir nicht gestört werden.»

Rasch ging er durch das Haus, erschreckte die Diener, denen kaum Zeit blieb, ihn zu erkennen, und die sich kaum verbeugen konnten, schon war er vorbei. Uni kam vor Aahmesnofretaris Gemächern von einem Schemel hoch und riss vor Schreck die Augen auf. «Ich bin sehr erleichtert, dass du da bist, Majestät», sagte der Haushofmeister, und seine Miene legte sich wieder in die gewohnten höflichen Falten. «Ich hatte gehofft, dass der Brief deiner Mutter dich nach Hause treiben würde.»

«Hat sie aufgebauscht?», erkundigte sich Ahmose. Uni schüttelte den Kopf.

«Ganz und gar nicht. Die Prinzessin wird von Tag zu Tag schwächer und die Königin immer verzweifelter. Sie hat mit Hilfe von Chunes die Regierungsgeschäfte weitergeführt, aber sie steht kurz vor dem Zusammenbruch. Sie hat so viel um ihre Kinder gelitten.» Unis Ton war keinerlei Kritik anzuhören. Ahmose hatte auch keine erwartet. Uni kannte sich wie Achtoi in den Hirnen und Herzen seiner Schützlinge besser aus als diese selbst.

«Ist sie da drin?»

«Sie hat die Tür zwischen Schlafgemach und Kinderzimmer entfernen lassen», erläuterte Uni. «Sie erlaubt keiner Dienerin und keinem Kindermädchen mehr, die Prinzessin zu berühren, und das bedeutet natürlich, dass sie jedes Mal aufwacht, wenn die Prinzessin schreit. Und sie schreit oft. Ich habe versucht, vernünftig mit ihr zu reden, aber vergebens.»

«Dann gehe ich jetzt hinein», sagte Ahmose. «In einer Stunde bringst du Wein und etwas zu essen. Melde mich nicht an.» Uni zog die Tür auf, und Ahmose trat ein.

Sie war nicht in ihrem kleinen Empfangsraum, auch nicht im Schlafgemach dahinter. Ahmose durchmaß beide leise. Er konnte sie singen hören, leise, aber so besorgt und zärtlich, dass er stehen blieb und zögerte, sie zu stören. Er näherte sich dem Durchlass, konnte sie sehen, wie sie sich über ein hohes Kinderbett beugte, in dem ein Körbchen stand. Sonst war niemand im Raum, und das einzige Möbelstück war ein Stuhl ohne Lehnen.

Sie musste gespürt haben, dass er da stand, denn auf einmal hörte sie auf zu singen und blickte ruckartig hoch, erkannte ihn jedoch anfangs nicht. Ihr Gesicht war blass, die Lider geschwollen. Die dunklen Ringe unter ihren Augen wirkten, als hätte sie ein Schreiber mit Tusche gemalt. Ihre Halsknochen standen vor, ihre Arme waren abgemagert. Ahmose konnte wenig von ihrem Leib sehen, da sich ihr Hemdkleid bauschte, als sie sich über das Körbchen beugte. Ihr Götter, sie stirbt auch, dachte er, und auf einmal überrollte ihn eine heiße Welle, Liebe vermischt mit Angst. Sie starrte ihn an, als sie sich langsam aufrichtete, und ganz kurz konnte er das Weiße ihrer Augen sehen, als sie merkte, wer es war.

«Ahmose», sagte sie erstickt, und dann umrundete sie das Körbchen und stürzte mit geballten Fäusten auf ihn zu. Sie warf sich auf ihn und fing an, ihn zu schlagen und seinen Namen zu schreien. Er schaffte es, den Arm um sie zu legen und sie locker zu halten, wich ihren Schlägen jedoch nicht aus, bis sie auf einmal an ihm erschlaffte, den Kopf an seine Brust legte, sich anlehnte und rau schluchzte. «Ich habe dich gehasst, ich bin so böse auf dich gewesen, du hast mich allein gelassen, ganz allein, und ich ertrage es nicht, ich ertrage nicht noch mehr», plapperte, jammerte sie, und ihre Fingernägel bohrten sich in seine Haut, ihre Stirn, die auf seinen Rippen lag, war fieberheiß. Er drückte sie an sich und wiegte sie hin und her, war bestürzt über ihre Magerkeit und erschrocken, dass sie so völlig die Fassung verloren hatte.

Lange standen sie eng umschlungen, bis ihr Wut- und Schmerzausbruch verebbte und ihre Schluchzer nur noch stoßweise kamen, und da schob er sie sanft von sich. «Ich habe jeden Morgen für die Aufseher und Ratgeber eine gelassene Miene aufgesetzt», sagte sie. «Das ist die schwierigste Aufgabe meines Lebens gewesen. Ahmose, ich glaube, ich werde verrückt. Was tust du hier?»

«Mutter hat mir einen Brief geschickt, Liebste», sagte er. «Ich bin zerknirscht und besorgt gewesen und musste einfach kommen. Und jetzt zeige mir meine Tochter.» Statt einer Antwort ergriff sie seine Hand und führte ihn zum Körbchen. Dabei wirkte sie beinahe schüchtern. Er staunte, dass ihr heftiger Ausbruch Sat-Kamose nicht aufgeweckt hatte. Jedes gesunde Kleinkind hätte bei der Lautstärke losgebrüllt. Doch als er in den Korb spähte, merkte er sofort, dass diese Prinzessin zu schwach war, um noch auf Schreck zu reagieren.

Sie lag auf dem Rücken, die Arme schlaff zu beiden Seiten, die schwarzen Augen halb geschlossen. Sie atmete schnell. Ahmose zog das kleine Laken ab, mit dem sie zugedeckt war, und musste einen mitleidigen Aufschrei unterdrücken, als er den deutlich sichtbaren Brustkorb und die winzigen, vorstehenden Hüftknochen sah. «Sie sieht verhungert aus», murmelte er.

«Sie verhungert», antwortete Aahmes-nofretari. «Sie trinkt gierig, aber dann erbricht sie alles, zieht die kleinen

Knie an und schreit. Ach, Ahmose, ihr Leiden zerreißt mir das Herz. Ich würde alles tun, selbst mein eigenes Blut vergießen, wenn es nur helfen würde! Die Ärzte sind machtlos. Ich habe vier befragt. Unser eigener königlicher Arzt will ihr Mohnsaft geben, aber ich habe nein gesagt. Er könnte ihr noch mehr schaden. Ich weiß nicht mehr, was ich tun soll.»

Ahmose hob den Körper hoch, der leichter war als das Pektoral, das er auf der Brust trug. Sat-Kamose wimmerte ein wenig, wandte ihm den Kopf zu, und in dem Augenblick, als ihr weicher Haarschopf seine Brust berührte, verliebte er sich in sie. Er ging zu dem Stuhl, setzte sich, drückte sie an sich und wiegte sie behutsam. Eine blasse Faust wie eine Blütenknospe kroch hoch, fand seine breite Brust und blieb dort so willig liegen, dass er fast aufgeschrien hätte.

Doch Aahmes-nofretari war neben ihm auf den Fußboden gesunken, hielt seine Waden umfasst und drückte den Kopf an seinen Oberschenkel. Sie fröstelte noch immer, und er wagte nicht, ihr sein frisches Herzeleid auch noch aufzubürden. «Verzeih mir meine Bitterkeit und mein Schweigen», flüsterte sie. «Ich bin grausam gewesen, und es tut mir Leid.»

«Nein», sagte er mit belegter Stimme. «Ich bin es, der sich wie ein ungehobelter Klotz benommen hat. Ich liebe dich, meine Gemahlin, und ich liebe meine Tochter.»

So saßen sie eine Weilchen, waren seelisch vollkommen erschöpft, und sie zog Stärke und Trost aus der Wärme seines Leibes, er forschte nach den Grenzen dieser sonderbaren, neuen Leidenschaft und fand keine. Seine Augen wichen nicht vom Gesicht der Kleinen. Er erblickte Aahmes-nofretari in ihrer Kinnlinie, und sie verzog den Mund wie Seqenenre. Es gab ihm einen Stich, als er sah, dass ihre Ohren wie seine geformt waren. Doch was ihn am meisten betrübte, war ihre blasse Haut, dieser Anflug von Grau, und die Tränenspuren auf ihren Schläfen. Wie gern hätte er seinen Mund auf ihren gelegt und ihr seinen eigenen, warmen Atem eingeblasen, hätte sie fest an sich gedrückt, damit der Lebenspuls, der unter seinen eigenen Rippen so stetig schlug, ihr Lebenskraft gäbe. Ich bin der König, dachte er in seiner Not. Ich bin der Sohn der Sonne, Amuns Inkarnation in Ägypten. Jeder grüne Weizenhalm auf den Feldern, jeder Ochse, der an seichten Stellen des Nils zur Tränke geht, jeder Bauer, Soldat oder Edelmann lebt nur, um mir zu gehorchen. Dennoch liegt es nicht in meiner Macht, dieser Kleinen zu befehlen, gesund zu werden.

Schließlich bewegte sich Aahmes-nofretari. «Lege sie ins Körbchen zurück, Ahmose», sagte sie dumpf. «Sie ist eingeschlafen.» Und mit einem Ruck ging Ahmose auf, dass sich die eingesunkenen Lider des Kindes geschlossen hatten. Behutsam stand er auf und legte es zärtlich hin.

«Ich habe Uni gesagt, er soll uns Essen bringen», sagte er. «Du wirst essen und trinken, und dann gehst du ins Badehaus, und Senehat wird dich waschen. Ich bleibe hier, bis du zurück bist.» Er sah ihre erstaunte Miene. «Ich muss mit dem königlichen Leibarzt und mit Mutter sprechen, aber danach komme ich wieder», versicherte er ihr. «Ich lasse mir ein Feldbett hierher bringen. Diese schreckliche Wache halten wir gemeinsam, Aahmes-nofretari, und von nun an übernehme ich die Morgenaudienz.» Sie fing schon wieder an zu weinen, doch dieses Mal aus stiller Dankbarkeit.

«Ich habe dich noch gar nicht nach Scharuhen gefragt», fing sie an, doch er fiel ihr ins Wort.

«Scharuhen ist dieser Tage ein Trugbild», sagte er. «Ich sorge mich nur noch um dich und Sat-Kamose.»

Es klopfte an der Tür, und Uni trat ein, gefolgt von Senehat und Hekayib. Duftender Dampf wölkte von den Tabletts hoch, die sie trugen. Dieses Mal war es Ahmose, der Aahmes-nofretari durch ihren Empfangsraum führte, sich neben sie an den Tisch setzte und ihr Wein einschenkte, während die Diener das Essen aufdeckten. «Da sieh mal, Liebste, frischer Salat, gewiss der erste», sagte er. «Linsensuppe, die nach Koriander duftet, gebratenes Rindfleisch mit Pfefferkörnern und warmes Gerstenbrot mit Sesamkörnern. Davon dürfen wir auch nicht einen Bissen vergeuden!» Er schob ihr die Teller zu und entließ dabei Uni. Die Tür fiel zu, und er zog sich einen Stuhl neben ihren. «Iss, Majestät, ich befehle es», sagte er streng, «sonst lasse ich dich in Kamoses Gefängnis werfen.» Sie belohnte seine Mühe mit einem matten Lächeln und nahm sich zu seiner Erleichterung einen dünnen grünen Stängel Frühlingszwiebel und wickelte ihn um den Finger, ehe sie ein Stückchen davon abbiss.

«Danke, Ahmose», murmelte sie. «Heute bin ich, glaube ich, ein wenig hungrig. Holst du Sat-Kamose, wenn sie aufwacht?» Er nickte. Doch ehe sie ihr Mahl beenden konnte, kam ein schwacher Schrei aus dem Kinderzimmer. Er bedeutete ihr zu bleiben, stand auf und ging zu seiner Tochter. Das fühlte sich an, als ginge er zu seiner eigenen Hinrichtung.

Als Aahmes-nofretari aus dem Badehaus zurückkam, ging Ahmose in das Arbeitszimmer seines Vaters. Sowohl Achtoi als auch Ipi und Uni standen draußen vor Aahmes-nofretaris Tür, und Ahmose schickte seinen Haushofmeister zum königlichen Leibarzt und Ipi zu Aahotep, dass er ihr meldete, er würde sie demnächst in ihren Gemächern aufsuchen. In dem Raum, der für ihn noch immer Seqenenres war, wurde er ruhiger. Etwas von der Gelassenheit seines Vaters war zurückgeblieben. Du hast niemals verstört oder aufgeregt gewirkt, Osiris, sagte er im Geist zu ihm. Immer bist du in deiner Rede die Ruhe selbst und in deiner Haltung die Würde selbst gewesen, sogar noch als du nach Mersus Angriff behindert und gelähmt warst. Was du auch an innerem Aufruhr erdulden musstest, nie hat man es dir angemerkt. Möge Amun mir die gleiche Würde und Beherrschung und den Mut schenken, die Verzweiflung meiner Frau und meinen eigenen Kummer hinzunehmen, während sich diese Tragödie ihrem unausweichlichen Ende nähert.

Als der Arzt eingelassen wurde und sich verbeugte, hatte sich Ahmose wieder gefangen. Der Mann sah beinahe genauso müde aus wie Aahmes-nofretari. Er wartete geduldig.

«Es gibt für meine kleine Tochter keine Hoffnung, nicht wahr, Arzt?», sagte Ahmose ohne Umschweife. Der Arzt befeuchtete sich die Lippen.

«Keine, Majestät», sagte er ehrlich. «Es tut mir Leid. Die Prinzessin kann weder die Milch ihrer Mutter noch die der Amme noch die Ziegenmilch bei sich behalten, die ich ihr verordnen musste. Ich schäme mich einzugestehen, dass ich mir darauf keinen Rat weiß.» Ahmose dachte einen Augenblick nach.

«Die Königin sagt mir, dass du der Kleinen Mohnsaft geben willst, sie das aber ablehnt.» Der Arzt hob die Schultern unter seiner gelben Tunika, eine Geste der Ergebung.

«Die Prinzessin stirbt den langsamen und qualvollen Tod des Verhungerns», sagte er. «Mohnsaft würde ihr Leben nicht verlängern, aber die Schmerzen lindern und ihr Bewusstlosigkeit schenken.» Seine Worte kamen zögernd, und Ahmose stürzte sich darauf.

«Warum, glaubst du, verweigert die Königin diese Hilfe für ein Kind, dessen Qualen ihr das eigene Leben aussaugen?» Der Mann blickte zu Boden.

«Das weiß ich nicht, Majestät.» Ahmose trat einen Schritt näher.

«O doch, du weißt es!», fuhr er ihn an. «Du bist mein Leibarzt, bist klug und erfahren in deinem Beruf. Antworte mir!» Widerstrebend hob der Arzt den Kopf.

«Ich bin zu keinem endgültigen Schluss gekommen», bekannte er, «aber mir will scheinen, dass sich Ihre Majestät für etwas bestraft, was ich nicht verstehe, und darum der Prinzessin den Mohnsaft verweigert. Sie möchte das Leiden der Kleinen bis zur bitteren Neige auskosten, als Buße sozusagen. Vielleicht weißt du mehr darüber als ich, Majestät.» Ahmose starrte ihn mit gerunzelter Stirn an. Eine Buße, überlegte er. Ja, natürlich. Meine arme Aahmes-nofretari. Du gibst dir die Schuld an deinen toten und sterbenden Kindern, nicht wahr? Du hast entsetzliche Angst, dass ich dich wegen etwas verstoße, was du als dein Scheitern verstehst, und du geißelst dich gnadenlos wegen deiner Schuldgefühle.

«Vielleicht habe ich das», sagte er nachdenklich. «Bereite den Mohnsaft zu und komme am Spätnachmittag in die Gemächer der Königin. Warte dort auf mich. Du bist entlassen.» Es kommt mir vor, als wäre ich mindestens schon eine Woche zu Hause, überlegte er, als er zu den Gemächern seiner Mutter ging, dabei sind es erst ein paar Stunden. Aber ich glaube nicht, dass ich so freudig wieder aufbreche wie letztes Mal und mich auch nicht langweilen werde. Sat-Kamose hat mein Herz erobert, und ihretwegen finde ich in meinem Reich Erfüllung. Lange wird sie nicht bei mir bleiben. Ich habe mich in ihren Verlust gefügt, obwohl ich gerade erst entdeckt habe, welche Freude es macht, sie zu lieben. Ich umarme das Bittere und das Süße, denn ich ahne, dass sie mir Bereiche meines Wesens zeigen wird, für die ich völlig blind gewesen bin. Wie mich wohl Hent-ta-Hent verändert hätte, wenn ich an ihrem Sterbelager gesessen hätte?

Ihm kam der ungeformte Gedanke, dass seine kürzlichen

schmerzhaften Zusammenstöße mit Tani etwas mit der unmittelbaren Erkenntnis zu tun haben könnten, dass seine Tochter etwas Kostbares war, dass Tanis standhafte, unerklärliche Weigerung ihn dafür hellhörig gemacht hatte, dass das Leben unvorhersehbar war. Das hatten seine ganzen militärischen Abenteuer nicht geschafft.

Als er Aahoteps Gemächer betrat, fuhr er zurück, denn dort saß auch Tetischeri neben Aahoteps Lager, hatte die Füße auf einen Schemel und die knotigen Hände in den Schoß gelegt. Er meinte, seine Überraschung, die fast an Schreck grenzte, gut verborgen zu haben, doch sie knurrte. «Du hast nicht erwartet, mich hier zu finden, Majestät», sagte sie. «Aber es ist lange her, dass wir uns gesehen haben, und als ich gehört habe, dass du Aahotep sehen wolltest, bin ich eilig hergekommen.» Ihr Ton enthielt einen milden Tadel.

«Du siehst gut aus, Großmutter», murmelte er und bemühte sich, ihrem durchdringenden, wissenden Blick standzuhalten, der noch immer so klug funkelte, obwohl sie mittlerweile auf die siebzig zuging.

«Der Rücken tut mir weh, und ich schlafe nicht gut», gab sie zurück. «Abgesehen davon bin ich gesund. Es tut mir Leid, dass dich die Umstände zur Heimkehr gezwungen haben, Ahmose. Für Sat-Kamose kannst du wirklich nichts tun, und für Aahmes-nofretari ...» Sie hob beredt die Schultern. «Höchst bedauerlicherweise hat deine Gemahlin die Fassung verloren. Ich liebe sie, aber es hat ihr immer an Lebenskraft gefehlt. Als Mädchen konnte man sie leicht erschrecken, und die Kleine braucht jetzt die Fürsorge einer starken, ruhigen Frau. Die Amme war in dieser Hinsicht vorbildlich, aber Aahmes-nofretari hat sie fortgeschickt.» Ahmose reckte sich und blickte sie an, bemühte sich um Beherrschung. Ihre Zunge war mit dem Alter noch schärfer geworden, doch er sagte sich, sie liebt Aahmes-nofretari wirklich, auch wenn ihre Vorstellung von einer Königin fast völlig aus den Erinnerungen besteht, an denen sie hängt.

«Man hat mich nicht gezwungen, nach Hause zu kommen», sagte er ruhig. «Ich bin gekommen, weil ich meine Tochter sehen wollte, bevor sie stirbt, und meiner Frau helfen will. Es hat schon viele Frauen gegeben, die unter einer solchen Belastung zerbrochen sind, mit Ausnahme natürlich von dir, Tetischeri. Dich kann nichts brechen.» Der unterschwellige Spott war ihr nicht entgangen, doch sie biss nicht an. Stattdessen sagte sie unerwartet: «Der Mord an Kamose hat mich zerbrochen. Der Tod deines Vaters in der Schlacht hat mich fast zerbrochen. Ich rede zuweilen grausam, Ahmose. Verzeih mir. Es ist nur so enttäuschend ...» Ihre Stimme erstarb, und er wandte sich erleichtert seiner Mutter zu.

«Danke für den Brief», sagte er schlicht. Sie lächelte.

«Ich wusste, dass du kommst», antwortete sie. «Wir haben eine schreckliche Zeit hinter uns, Ahmose. Sie wollte mir die Zügel der Regierung nicht überlassen, weil du ihr die Verwaltung des Landes anvertraut hattest. Eine Sache des Stolzes. Aber wenn du noch länger gezögert hättest, sie wäre, glaube ich, völlig zerbrochen. Ich konnte ihr leider keine Befehle erteilen.» Sie deutete auf den Granatapfelwein und das Schatbrot auf dem Tisch. «Und jetzt setze dich und erzähle uns von Tani», forderte sie ihn auf. «Dein Bericht hat wenig ausgesagt, aber viel angedeutet.»

Ahmose sank der Mut. Er hatte gewusst, dass es so kommen würde, doch er scheute davor zurück. Er neigte den Becher mit der leuchtend roten Flüssigkeit und trank einen Schluck von dem duftenden Getränk, ehe er sich zögernd auf einen Stuhl setzte. Obwohl er sich verzweifelt bemühte, fand er keinen Ausweg, wie er den Schlag für Aahotep mildern könnte, fand keine Notlügen, die Balsam auf die bereits blutende Wunde gewesen wären. Und so berichtete er in schlichten Worten und ohne Ausschmückungen von Tanis Weigerung, ihm zu sagen, wo Apophis hingegangen war, von ihrer Weigerung, im Schiff nach Waset zurückzukehren, von ihrem hartnäckigen Wunsch, Scharuhen zu betreten und bei ihrem Mann zu bleiben. Von der nur allzu realistischen Einschätzung ihres Empfangs durch die Frauen ihrer Familie erzählte er jedoch nichts.

«Der Mensch, den du beschreibst, ist nirgendwo mehr das junge Mädchen, das so tapfer mit Apophis fortgegangen ist», knurrte Tetischeri. «Sie hat es zugelassen, dass die Setius ihren Willen zerstört haben. Den Göttern sei Dank, dass ihr Vater ihren Verrat nicht mehr erleben musste! Er würde sie ausgepeitscht und an die Kabinenwand gefesselt nach Waset zurückgebracht haben! Wir wollen nie wieder von ihr reden. Und jetzt erzähle uns von Scharuhen und der Belagerung. Das ist doch viel interessanter.» So polterte sie mit ihrer krächzenden Altfrauenstimme, doch Ahmose sah, wie sie ihre Hände rasch in den Falten ihres Hemdkleides versteckte, damit man ihr Zittern nicht sah, und da tat sie ihm Leid. Hastig berichtete er von Apophis' Entkommen, vom Niederbrennen des Palastes, wie Abana die Setius gefangen und wie er sie gezwungen hatte, Apophis' Ziel zu verraten. «Ha!», krähte sie da. «Jetzt haben wir ihn, diese Sutech-Brut! Es ist nur noch eine Frage der Zeit, dann fällt Scharuhen, und du kannst ihm den Kopf abschlagen! Gut gemacht, Majestät!» Er verdarb ihr die Freude nicht, sagte nichts davon, wie uneinnehmbar Scharuhen war, sondern leerte seinen Becher, stand auf und verneigte sich vor beiden.

«Abgesehen von den morgendlichen Audienzen werde ich mich in Aahmes-nofretaris Gemächern aufhalten», sagte er.

«Kümmert euch bitte beide um Pa-sche und Ahmose-onch. Reißt er noch immer aus und spielt in den Lehmgruben der Ziegelsteinformer?»

«Die Ziegelsteinformer sind fort, Ahmose», sagte Tetischeri. «Der alte Palast braucht nur noch weiße Farbe und Ausmalung. Sogar die Gärten sind angelegt, aber noch sehr neu und daher hässlich. Lässt du ihn bald weihen?» Von dem Augenblick habe ich geträumt, seit Kamose und ich nach Norden gefahren sind und Ägypten zurückgefordert haben, dachte Ahmose traurig. Jetzt ist er gekommen, und ich kann nur noch an Sat-Kamose denken. Ich verspüre keinen Jubel, kein Triumphgefühl. Das hat mir das Schicksal gestohlen.

«Ich weiß es nicht», sagte er bedrückt. «Vielleicht.»

«Geht es ihr gut?», fragte Aahotep freundlich.

«Ja, es geht ihr gut, und sie ist schöner denn je», antwortete er, ohne sie anzuschauen. Er klopfte an das Holz. Sofort öffnete Kares, und Ahmose trat auf den Flur. Ihm war übel vor Verzweiflung.

Der königliche Leibarzt und Uni warteten vor Aahmes-nofretaris Tür auf ihn, und zusammen traten sie ein. Als sie das Fläschchen und den Löffel in der Hand des Arztes erblickte, hörte sie jäh auf herumzugehen. «Nein», sagte sie. Ahmose packte ihre Schultern mit festem Griff.

«Falls du jemandem dafür die Schuld geben musst, dass unsere Kinder so schwächlich sind, dann den Göttern, nicht dir selbst», sagte er leise zu ihr. «Ich verurteile dich nicht. Weißt du das denn nicht? Wie kannst du nur glauben, dass diese Verluste, so furchtbar sie auch sind, die Liebe auslöschen könnten, die ich für dich empfinde? Wir sind eins, liebste Schwester. Wir haben viele Prüfungen dieses Einsseins durchgestanden. Wir sind böse aufeinander gewesen. Aber trotzdem gibt es ein Band, das niemand durchtrennen kann.»

Sanft nahm er ihr Sat-Kamose ab. «Du benutzt ihr Leiden, um dich zu quälen, und das ist selbstsüchtig. Wir müssen versuchen, ihr die Schmerzen zu lindern und den Übergang zu Osiris zu erleichtern.»

«Sie behält es nicht bei sich», wehrte sich Aahmes-nofretari schwach, aber sie machte keine Einwendungen mehr. Sie war bei seinen Worten sehr blass geworden, doch ihr Blick hatte sich verändert. Es war nur ein winziges Anzeichen, aber Ahmose wusste, dass die Schlacht um ihre geistige Gesundheit gewonnen war. Er winkte dem Leibarzt und schlug die Windeln der Kleinen zurück. Sat-Kamose beobachtete ihn. Ihr Atem hauchte heiß über seine Finger. Ihr Kopf mit dem feinen schwarzen Flaum schien größer geworden zu sein und rollte in seiner Armbeuge. Das ist ein Trugbild, weil ihr kleiner Leib vertrocknet, dachte Ahmose liebevoll und mitleidig. Amun, du hast mit deiner allmächtigen Rechten viel gegeben, aber mit deiner Linken hast du es wieder genommen.

Der Leibarzt trat näher, hatte auf seinem kleinen Löffel eine dünne milchige Flüssigkeit. Behutsam schob er ihn zwischen ihre trockenen Lippen. Sat-Kamose verzog das Näschen, schluckte krampfhaft, hustete schwach und fing an zu schreien. Ahmose wiegte sie, sang ihr ein halb vergessenes Lied aus seiner Kinderzeit, und alle Anwesenden warteten darauf, dass sie das Rauschmittel erbrach. Aber das geschah nicht. Kurz darauf fielen ihr die Augen zu. Ahmose spürte, wie er sich entspannte. Sie schlief ein. «Ich komme zweimal am Tag und einmal in der Nacht und gebe ihr diese Dosis, Majestät», sagte der Arzt. «Ein Ro jedes Mal, mehr nicht.» Er ging unter Verbeugungen rückwärts aus dem Raum. Ahmose reichte Aahmes-nofretari die Kleine, und die ging mit ihr ins Kinderzimmer. Ahmose wandte sich rasch an Uni.

«Bringe uns alle Mahlzeiten hierher», befahl er. «Bereite

sie hübsch und appetitanregend zu, sodass sie die Königin verlocken. Und statt Wein Bier. Bier nährt mehr. Halte alle fern, abgesehen von Achtoi, Ipi und Chabechnet, und die lass nur ein, wenn es gar nicht anders geht.» Uni lächelte.

«Ich verstehe, Majestät», sagte er. «Ich preise deine Klugheit.» Klugheit?, dachte Ahmose zerknirscht. Das ist keine Klugheit, mein lieber Haushofmeister, sondern die blanke Angst. Was würde ich ohne Aahmes-nofretari anfangen? Ich wäre wie ein Segel ohne den Wind, der es bauscht.

Die folgenden Wochen verliefen nach einem strengen Muster, das durch Sat-Kamoses Bedürfnisse bestimmt und durch die Düsternis des Todes vorgegeben war. Jeden Morgen stand Ahmose zur Lobeshymne auf, die man nach seiner Rückkehr wieder sang. Er ging ins Badehaus und ließ sich waschen, rasieren und massieren, darauf besuchte er kurz seine eigenen Gemächer, wo er geschminkt und angekleidet wurde, und danach schritt er mit Ipi und Chunes in den Empfangssaal, wo er sich um die Geschäfte kümmerte, die sich am Tag zuvor angesammelt hatten.

Wieder in Aahmes-nofretaris Räumen, begrüßte er den Leibarzt, der schon wartete, und gemeinsam flößten sie dem Kind das große Gottesgeschenk ein, das die Macht hatte, Schmerzen zu lindern und Bewusstlosigkeit zu bringen. Sat-Kamose schrie jedes Mal wegen des bitteren Geschmacks und erbrach zuweilen, doch im Lauf der Zeit wurde ihr Magen zu schwach, konnte sich nicht mehr verkrampfen und den Mohnsaft aufstoßen. Ermutigt hatte der Arzt versucht, sie wieder mit Ziegenmilch zu füttern, doch die konnte sie nicht bei sich behalten. Sie lag fast ununterbrochen in Ahmoses Arm oder dem ihrer Mutter.

Anfangs kam er von den Audienzen zurück und traf seine Frau neben ihrem Lager sitzend an, Unis Essen unberührt auf dem Tisch neben ihr und Sat-Kamose auf ihrem Schoß. Wenn der Arzt gegangen war, hockte er sich neben sie und zwang sie, einen Mund voll zu essen und dann vielleicht noch einen, aber allmählich bekam sie wieder Appetit, und meistens sah Ahmose, wenn er ihre Gemächer betrat, hocherfreut, dass die Teller, abgesehen von ein paar Krumen, leer waren. Senehat begleitete sie dann zum Badehaus, während Ahmose über dem Körbchen wachte, das für beide etwas so Kostbares und Schmerzliches barg.

Ahmose bestand darauf, dass der Arzt Aahmes-nofretari untersuchte, und seine Nachricht war ermutigend. «Sie hat etwas zugenommen, ihre Augen sind nicht mehr so gelb von Uchedu, und ihr Atem riecht nicht mehr», berichtete er Ahmose. «Ich verschreibe ihr nichts. Alles, was sie braucht, ist gesundes Essen und Ruhe. Schläft sie gut?» Ahmose versicherte ihm, dass sie das täte. Sie hatte zunächst nur unruhig gedöst, war erregt aufgewacht, und er musste sie im Schein der einzigen Lampe, die immer brannte, mit Brettspielen und Geschichten beruhigen. Doch allmählich schlief sie länger und tiefer. Eines Nachts wachte sie nicht einmal auf, als der Arzt leise eintrat, um Sat-Kamose ihr Ro Mohnsaft einzuflößen.

Ahmose selbst war oft wach, verbrachte viele Stunden an Aahmes-nofretaris Bett und beobachtete sie mit immer neuem Entzücken. Da waren ihre harmonischen Formen, das dunkle Haar, das von ihren hohen Schläfen herunterrauschte, die bläulichen, geschlossenen Lider, die dichten schwarzen Wimpern, die schmale Adlernase ihres Vaters und der volle, blütenartige Mund ihrer Mutter. Der stetige Schein der Lampe warf freundliche Schatten auf ihren Hals, betonte die braune Vertiefung zwischen ihren Brüsten und ließ ihre Schultern schimmern, als wären sie geölt. Doch Lust verspürte er dabei nicht.

Einmal verließ er gleich nach Mitternacht, als der Arzt gegangen war und Aahmes-nofretari tief und fest schlief, den Frauenflügel und machte sich allein zum Tempel auf, nachdem er Uni auf seinem Strohsack draußen vor der Tür Bescheid gesagt hatte, falls sie aufwachte. Der Mond war zu drei viertel voll, und friedlich verschattet lag der Garten in seinem bleichen Schein. Ahmose fühlte sich nach der langen Zeit, die er ans Haus gefesselt war, benommen, blieb stehen und atmete die warme Luft ein, ehe er durch das Tor an der Bootstreppe trat. Er lehnte die Begleitung der Wachposten ab und schlug den Weg am Fluss ein, der sich unter seinen Füßen grau zu den dunklen Palmen zog.

Am mondhellen Himmel über ihm raschelten leise die Blätter, und der Nil neben ihm war ein silbergraues Band. Die Stadt Waset, fast schon eine Großstadt, lag wie verzaubert hinter Büschen und Feldern zu seiner Linken, ihre Lehmhäuser waren dunkel, ihre Straßen leer, abgesehen von ein paar streunenden Hunden und einem gelegentlichen Licht, wo ein Bewohner genauso schlaflos war wie sein König. Weit draußen in der Wüste schlug eine Hyäne scharf an, das Geräusch hallte von den unsichtbaren Dünen wider und erstarb. Ich liebe diesen Ort, dachte Ahmose, während er ausschritt. Alles, was ich bin, ist durch diesen langsam wachsenden Eindruck auf meine Sinne geformt worden. Ich bin König von Ägypten, aber zuallererst bin ich ein Kind Wasets, und das werde ich immer bleiben.

Der Vorhof des Tempels lag verlassen. Ahmose überquerte ihn rasch. Der Innenhof mit seiner Decke aus mächtigen Felsplatten war vollkommen dunkel. Ein Wachposten tauchte aus den Schatten auf und rief ihn an, doch als er sah, wer es war, entfernte er sich mit einer raschen Entschuldigung. Ahmose zog die Sandalen aus und näherte sich dem

Heiligtum. Das war natürlich geschlossen, doch es war ihm einerlei.

Ahmose fiel auf die Knie, dann warf er sich bäuchlings hin, streckte die Arme aus und drückte das Gesicht auf den Boden. Mit geschlossenen Augen betete er für Sat-Kamose, für Aahmes-nofretari, für sich selbst, und die Worte gingen ihm leicht von den Lippen, denn er dachte so klar wie seit langem nicht mehr. Nach einem Weilchen spürte er hinter sich eine Bewegung, doch er blickte nicht auf. Jemand legte sich neben ihn und begann auch zu beten, und froh erkannte er Amunmoses Stimme. Als alles gesagt war, was er dem Gott sagen wollte, stand er auf, und der Hohe Priester tat es ihm nach. «Ich habe gehört, dass du zurückgekommen bist, Majestät», sagte er, und in dem kleinen, engen Raum hörte sich seine Stimme ausdruckslos an. «Deine Mutter schickt Yuf regelmäßig mit Berichten zu mir über alles, was im Haus vorgeht. Die Königin hat mich gebeten, einen Stellvertreter für den Zweiten Propheten zu ernennen, bis sich die kleine Prinzessin erholt hat oder gestorben ist, und das habe ich getan. Wie ich höre, ist auch die Königin nicht ganz gesund.» Welch strenges Pflichtgefühl Aahmes-nofretari doch hat, dachte Ahmose. Ägypten könnte in einem Flammenmeer versinken, und sie würde sich noch immer Sorgen machen, dass sie ihren Pflichten nicht nachkommt.

«Ich habe deinen Takt stets geschätzt, Amunmose», antwortete Ahmose. «Die schwere Last hat sie niedergedrückt, aber sie erholt sich. Ich freue mich, dich wieder zu sehen. Augenblicklich komme ich meinen Pflichten Amun gegenüber nur im Herzen nach, aber dafür entschuldige ich mich nicht.» Amunmoses Gesicht war nur ein verschwommenes Oval in der Dunkelheit. Trotzdem deutete Ahmose seine Miene richtig.

«Warum auch», sagte der Hohe Priester. «Ich habe dir keinen Trost zu bieten, Majestät, es sei denn eine Weissagung aus der Seherschale. Scharuhen wird fallen, und Apophis gehört dir.»

«Das ist kein Trost in meiner augenblicklichen Not», sagte Ahmose bedrückt, «aber ich zweifle nicht an der Gabe des Sehers. Schließlich hat er die jetzige Tragödie auch vorhergesagt.»

«Er ist lediglich ein Werkzeug des Gottes», sagte Amunmose schlicht. «Übermittle dem Zweiten Propheten bitte meine Grüße.»

«Ja, gern. Und sei bedankt, dass du mir heute Nacht Gesellschaft geleistet hast.» Der Vorhof war ein graues Rechteck. Ahmose betrat ihn, holte sich seine Sandalen und machte sich auf den Heimweg.

Sat-Kamose starb in der Nacht des dreißigsten Pharmuthi. Der königliche Leibarzt hatte wie gewohnt gleich nach Mitternacht seinen Besuch gemacht. Aahmes-nofretari hatte kurz geschlafen, war dann aber aufgewacht und aufgestanden und hatte sich auf Ahmoses Bettkante gesetzt, denn der wollte sich gerade schlafen legen. «Ein Traum hat mich aufgeschreckt», sagte sie zu ihrer Entschuldigung, «ich weiß aber nicht mehr, worum es ging. Ich finde keine Ruhe, Ahmose. Ich muss meine Tochter im Arm halten.» Ahmose wusste, es war einerlei, denn die Kleine war die meiste Zeit über halb bewusstlos und wimmerte nicht einmal mehr, wenn man sie hochhob. Er warf das Laken ab und stand auf.

«Ich bringe sie dir», sagte er. «Steck dir meine Kissen in den Rücken. Hättest du gern einen Schluck Wasser?» Sie nickte. Ehe er leise ins Kinderzimmer ging, goss er ihr einen Becher ein, reichte ihn ihr und wartete, dass sie ihn auf den Tisch zurückstellte, nachdem sie ihn durstig geleert hatte.

«Du bist so schrecklich nett zu mir gewesen», platzte sie heraus. «Netter, als ich es verdiene. Ich liebe dich so sehr, Ahmose. Bitte verzeih mir alles.»

«Alles?» Er lächelte, denn er merkte, dass die Auswirkungen des Traumes, was auch immer es gewesen war, sie noch immer verstörten. Trotzdem wirkte sie nicht mehr so hager im Gesicht, und ihre Haut hatte wieder einen gesunden Schimmer. «Ich habe keine Ahnung, was das sein kann. Wenn du fertig bist, hole ich Sat-Kamose.»

Er ging durch das matt erleuchtete Kinderzimmer und beugte sich über das Körbchen, stutzte jedoch. Er hatte in den vergangenen Jahren den Tod viele Male gesehen, sogar auf den Gesichtern sonst nicht entstellter Soldaten. Sein Zeichen war unverkennbar. Nein, eher das Fehlen seines Zeichens, dachte er entsetzlich traurig. Wie still auch immer das Gesicht, wie scheinbar täuschend das Bild, ein Blick genügt, und man weiß, dass das Ka geflohen ist und nichts als eine leere Hülle zurückgelassen hat.

Die halb geschlossenen Augen der Kleinen schimmerten, aber nur vom geborgten Leben der Lampe. Ihr Mund stand ein wenig offen, die winzige Brust war völlig reglos. Ahmose hob sie hoch und drückte sie an sich. Ihr Leib war noch ein wenig warm, doch es war die Wärme von leblosen Dingen, die man in der Sonne vergessen hatte, von einem Kissen, einer Decke, nicht ihre eigene Wärme, nicht die des spärlichen Lebensfunkens, der noch in ihr geglimmt hatte. Er biss sich heftig auf die Lippen, um die Tränen zu unterdrücken, die hinter seinen Lidern stachen, dann trug er sie ins Schlafgemach.

Aahmes-nofretari schrie leise auf, als sie sein Gesicht sah, und streckte die Arme aus. Ehrerbietig legte Ahmose den rührenden Leichnam hinein und setzte sich neben sie, ergriff eine von Sat-Kamoses Händen und legte seiner Frau die andere um die Schulter. Sie sagten kein Wort, sondern schmiegten sich aneinander, weinten beide, während es immer mehr Nacht wurde und der Leib ihres Kindes in der Umarmung der Trauernden allmählich erkaltete.

Ahmose trug Sat-Kamose höchstpersönlich ins Haus des Todes. Er wickelte die Kleine in sauberes Leinen, befahl Uni, seine Sänfte zu holen, und ging leise durch die stillen Flure seines Hauses. Als er neben dem Gartenweg stand, merkte er, dass der Mond verblasste und ein Wind aufgekommen war, der die Wipfel der dunklen Palmen schüttelte, dass etwas Unsichtbares, ein Insekt oder ein Frosch, im Gras zu seinen Füßen raschelte. Die Welt hat sich nicht verändert, dachte er. Kein Stern fällt vom Himmel, weil du gestorben bist, meine Kleine. Die Bäume halten nicht still und flüstern deinen Namen. Der Fluss bespritzt uns nicht mit Tränen, während wir warten und ich deine leere Hülle im Arm halte. Wir dürfen den Lauf der Sterne berechnen, uns Bäume und Fluss zunutze machen, wir dürfen die Erde beackern und die Tiere zähmen, aber all diese Dinge verspüren kein Mitgefühl für menschliches Leid.

Die Sänfte kam, getragen von vier verschlafenen Dienern. Ahmose sagte ihnen, wohin er wollte, stieg ein und zog die Vorhänge zu. Das Haus des Todes grenzte an Amuns Tempel, die Entfernung war nur kurz. In der Abgeschiedenheit der Sänfte deckte er das Gesicht seiner Tochter auf und küsste ihren schlaffen Mund, doch wie gern hätte er ihre Seele umarmt, das, was sie vielleicht geworden wäre, und schließlich wickelte er sie enttäuscht wieder ein.

Die Sänftenträger setzten ihn in einiger Entfernung vom schwer bewachten Eingang zum Haus des Todes ab. Er verstand ihr Zögern, nicht weiterzugehen, und billigte es. Sat-Kamose fest an sich gedrückt schritt er zu den Wachposten des Tempels und bat um einen Sem-Priester, stand ruhig da, während einer in dem dunklen Gebäude verschwand. Der andere versperrte ihm mit dem Speer den Weg. Abgestandene Luft kam herausgeweht, roch nach Dingen, die er nicht ausmachen konnte, die ihm jedoch einen kalten Schauder über den Rücken jagten.

Eine Bewegung in den Schatten, dann tauchte ein Mann auf. Er trat nicht über die steinerne Schwelle, sondern verbeugte sich. «Was willst du von uns, Majestät?», fragte er. Ahmose streckte ihm das kleine Bündel hin.

«Ich bringe dir meine Tochter, die Prinzessin Sat-Kamose, zur Einbalsamierung», sagte er, und seine Stimme zitterte.

«Wie traurig, dass sie gestorben ist», antwortete der Mann. «Lege sie dort auf die Erde und tritt zurück.» Es war Zeit, loszulassen, doch Ahmose konnte sie nicht hergeben. Aufstöhnend drückte er sie an seinen Hals, dass ihr Kinn auf den Tüchern ruhte, schloss die Augen und spürte, wie ihm die Tränen heiß über die Wangen liefen. Auf einmal fiel ihm der Tag ein, an dem sie Hent-ta-Hent begraben hatten, wie wenig er da empfunden hatte, wie selbstsüchtig er allen echten Kummer um das Kind und das Mitleid mit seiner Mutter von sich geschoben hatte. Und da brach ein Damm, eine verspätete Überschwemmung, Liebe und Traurigkeit, ein Ausbruch, der anders war als sein augenblickliches Leid, vielleicht durch die lange Zeit gemildert, und füllte leere Höhlen, von denen er gar nicht gewusst hatte, dass es sie überhaupt gab. Er bekam kaum noch Luft, so sehr übermannte es ihn. Der Sem-Priester wartete ungerührt. Endlich tat Ahmose, was man ihn geheißen hatte, legte Sat-Kamose sacht nieder und zog sich zurück. Sofort kam der Priester näher, hob sie auf und ging rasch wieder an seinen Platz hinter dem Eingang. «Mein Gewand hat dich zwar nicht berührt, aber mein Atem oder die Ausdünstungen meines Körpers könnten dich unrein gemacht haben», sagte er. «Geh zum heiligen See und reinige dich.»

Ahmose ließ sich zu Amuns See tragen. An dessen beschaulichem Rand legte er Schurz und Kopfbedeckung ab und ging in des kühle Wasser, tauchte vollkommen unter, bis die reinigende Berührung des Gottes ihm in Mund, Ohren und Nase drang. Darauf kam er wieder heraus, kleidete sich rasch an und gab den Befehl, nach Hause zurückzukehren. Von ihrem Tod bin ich gereinigt, dachte er, aber von nun an wird meine Seele die Narben ihres kurzen Lebens tragen. Mögen dich die Götter freudig begrüßen, meine kleine, unschuldige Tochter!

Die Kunde von ihrem Tod hatte sich mittlerweile im Haus verbreitet. Trotz der frühen Stunde standen ein paar Diener im Flur herum. Sie huldigten ihm mit betrübten Mienen, als er vorbeikam, doch er war so tieftraurig, dass er nicht reagierte. Aahmes-nofretari saß auf dem Fußboden und hatte die Stirn auf die Knie gelegt. «Es ist getan», sagte er knapp und zog sie hoch. Ein Weilchen klammerten sie sich aneinander, dann ließ sie ihn los.

«Teile heute bitte mein Lager», bat sie. «Ich möchte deine Wärme spüren, Ahmose. Mir ist so kalt.» Statt einer Antwort hob er das Bettlaken, und sie stieg ins Bett. Er zog sich erst gar nicht aus. Auf einmal war er unendlich müde, legte sich neben sie, und da umschlang sie ihn auch schon. Heute Nacht kommt kein Laut aus dem Kinderzimmer, dachte er und verspürte bei aller Traurigkeit eine gewisse Erleichterung.

Am nächsten Tag zog er in seine eigenen Gemächer zurück, und dann begannen die siebzig Tage Trauerzeit um Sat-Kamose. Morgens kümmerte sich Ahmose weiterhin um die Regierungsgeschäfte. Er beriet sich mit Pa-sche bezüglich Ahmose-onchs stetigen Fortschritten und verbrachte jeden Tag ein paar Stunden mit dem Jungen. Oft gesellte er sich auch am

Spätnachmittag zu seiner Mutter und Tetischeri im Garten, wo es heißer und heißer wurde, während der Sommer ins Land ging.

Er hatte erwartet, dass Aahmes-nofretari wieder in Niedergeschlagenheit und Schlaflosigkeit verfallen würde, doch sie war gelassen an ihre Arbeit zurückgekehrt, und ihrem Haushofmeister zufolge aß und schlief sie gut. Ahmose sah nur wenig von ihr, obwohl sie ihm nicht aus dem Weg ging. Sie begegneten sich oft, wenn sich ihre Wege vor dem Empfangssaal kreuzten oder sie in entgegengesetzten Richtungen durchs Haus eilten. Sie war ruhig und lächelte, jedoch etwas zurückhaltend, und er spürte, dass er sie in Ruhe lassen musste.

Von Scharuhen kamen regelmäßig Berichte, und jeder glich dem vorherigen. Das Heer hatte sich um die Stadt herum fest eingegraben. Die Männer waren kampfbereit. Wasser traf unter Abanas Oberaufsicht in spärlichen, jedoch ausreichenden Mengen ein. Es gab keine Scharmützel mit Bergstämmen, und Scharuhen selbst wirkte, als hätte es die Anwesenheit der Ägypter völlig vergessen. Ahmose seufzte bei jedem Siegel, das Ipi erbrach. Diese Tore öffnen sich nur durch ein Gotteswunder, dachte er düster. Amunmose hat mir von der Weissagung des Sehers erzählt, aber leider hat der Seher nicht gesagt, wann das geschieht. Vielleicht stehe ich dann im sechzigsten Jahr, und Apophis ist an Altersschwäche gestorben. Die Seher machen mich rasend. Ewig reden sie in Rätseln, erwarten aber dennoch Bezahlung.

Er widmete sich wieder dem alten Palast. Seine vergangene Pracht hatte trübe Träume heraufbeschworen, seine Geister Angstanfälle, wenn er und Kamose sich als Kinder des Nachts hineingeschlichen hatten. Doch während der Trauerwochen für seine Tochter stellte er fest, dass er oft im Garten stand und den sich makellos erstreckenden Rasen betrachtete, wo früher die Mauer zwischen Haus und Palast gewesen war. Er gehört mir, ist mein Geburtsrecht, sagte er sich. Er ist die Wohnstatt eines Königs, und wenn ich einziehe, setze ich nach vielen Jahren der Setiu-Besatzung wieder das Gesetz der Maat in Kraft. Aber er kam erst zu einem Entschluss, als er eines schönen, heißen Morgens Ahmose-onch um eine Ecke sausen und lachend und kreischend auf den Teich zuflitzen sah, gefolgt von einem lächelnden Pa-sche.

Er schickte nach Fürst Sobek-nacht und traf sich mit ihm im Schatten einer der hohen Eingangssäulen, die aufrecht in einen strahlend blauen Sommerhimmel ragten. «Einige Innenwände sind schon weiß getüncht, Majestät», sagte der Fürst, als sie eintraten, «aber weitere Arbeiten sind erst nach der Bestattung der Prinzessin möglich. Ich bin mit dem Erreichten zufrieden. Du hoffentlich auch.» Ahmose gab keine Antwort.

Stumm schritt er über die schimmernden Fußböden, die sich vor ihm in große, dämmrige Höhlen erstreckten, strich mit den Fingerspitzen über die glatten Wände, von denen seine Schritte widerhallten, stand nachdenklich in Lachen hellen Lichtes aus Fenstern oben unter der Decke, stieg breite Treppen hoch, die zu weiteren hohen Räumen führten, und befand sich am Ende auf dem Dach, wo sich Waset mit seinen Palmenhainen und dem glitzernden Nil zwischen sandigen Ufern unter ihm ausbreitete. Bei einem Schrei von unten drehte er sich um. Ahmose-onch hatte ihn erblickt und winkte, ein Spielzeugkind, das mitten in einem kleinen Garten stand. Ahmoses Maßstäbe hatten sich verändert. Er erwiderte das Winken. «Du wirst feststellen, dass ich deine Anweisung hinsichtlich der schmalen Treppe befolgt habe, die zu dem Teil des Daches über dem Frauenflügel führt», sagte Sobeknacht gerade. «Am Fuß der Treppe und am Kopf sind Türen, und die Stufen sind noch nicht einmal gefegt worden, geschweige denn ausgebessert. Möchtest du jetzt die hinten angebauten neuen Arbeitszimmer der Verwaltung sehen, Majestät? Sie sind fertig gestellt.» Er sprach mit entschuldbarem Stolz. Ahmose schüttelte den Kopf.

«Fürst, ich bin beeindruckt von dem, was du geschaffen hast», sagte er. «Der Palast hat noch die Ausstrahlung uralter Erhabenheit und ist dennoch heller und größer, Alt und Neu harmonieren. Ich finde keine anderen Worte, ich bin hingerissen.» Sobek-nacht lächelte.

«Er ist eine Wohnstatt für einen Gott und damit eine angemessene Umgebung für dich und deine göttlichen Nachkommen», versicherte er Ahmose. «Apophis' Palast in Auaris war, verglichen damit, eine Hütte. Die Königin hat die besten Künstler des Südens eingestellt, dass sie Säulen und Wände verzieren. Und für den Fußboden im Thronsaal hat sie Fliesen aus Lapislazuli bestellt und Blattgold für die Wände. Sie sagt mir, dass ausreichend Silber und Gold in die königliche Schatzkammer strömen, sodass man die Tore zur Bootstreppe, wie du wünschst, aus Elektrum schmieden kann. Die Strahlen der Sonne werden sich darauf spiegeln und jeden Steuermann blenden, der mit seinem Schiff an ihnen vorbeisteuern will.»

«Das hat Aahmes-nofretari gesagt?», staunte Ahmose. Sobek-nacht wurde wieder sachlich.

«Der Befehl kam vor der Geburt der Prinzessin», sagte er. «Sie hat ihr Herzblut für dieses Gebäude gegeben, Majestät. Bei jeder Entscheidung hat sie darauf bestanden mitzuwirken. Sie und deine Mutter haben sich mit den Gärtnern hinsichtlich der Rasenflächen beraten und haben Bildhauer aus Swenet holen lassen, die die Springbrunnen meißeln.» Ich schäme mich, dachte Ahmose, denn ich habe die Depeschen aus Waset links liegen lassen, während ich Auaris belagert habe und nach Scharuhen marschiert bin. Mehr als ein paar ungeduldige Augenblicke habe ich nicht für sie gehabt. Meine Gemahlin, meine Familie, alles war unwichtiger als ein Abend bei Wein und Geplauder mit meinen Generälen an den Kochfeuern des Heeres. Amun, vergib mir.

Am elften Tag im Epiphi, zweieinhalb Monate nachdem Ahmose Sat-Kamose ins Haus des Todes getragen hatte, wurde sie vom gesamten Hof und allen Priestern des Tempels über den Fluss geleitet und in ihrem kleinen Sarg neben Hent-ta-Hent gestellt. Ahmose konnte nicht anders, er verglich diese Bestattung mit der vorigen. Äußerlich glich sich alles. Die Frauen trugen Trauerblau, streuten sich Sand auf den Kopf und wehklagten laut. Die roten Ochsen zogen den Schlitten, auf dem Sat-Kamose lag, stapften in Staubwolken zu den Grabmälern am Westufer. Amunmose öffnete dem Mädchen mit dem Pesesch-fek und den Netjeri-Klingen den Mund, damit ihre fünf Sinne wieder auflebten. Weihrauch wölkte schimmernd in der Hitze, und Sängerinnen und Tänzerinnen wiegten sich.

Doch dieses Mal tut mir jedes Geräusch und jede Bewegung, jedes Wort des Rituals weh, dachte Ahmose. Hent-ta-Hents Bestattung ist nicht durch meine rastlose Rücksichtslosigkeit gedrungen. Jetzt bin ich freudlos, beide Verluste schmerzen mich, und das alles wegen eines kleinen Wesens, das bequem auf meine beiden Handflächen passte. Während er danach mit Aahmes-nofretari beim Festmahl saß, beobachtete er, wie sich Ahmose-onch zu Kamoses Grabmal stahl, wo Behek noch immer Wache hielt. Der Hund kam mühsam hoch und begrüßte den Jungen, der sich hinkniete und seinen grauen Kopf streichelte. Behek wird alt und steif, sinnierte Ahmose. Eines Tages kommt der Priester, der sich um die Grabmäler kümmert, bringt Kamose Opfergaben und findet ihn tot. Ich muss ihnen sagen, dass er einbalsamiert und in allen Ehren dicht bei Kamose beigesetzt werden soll. So viel Treue verdient Belohnung.

Aahmes-nofretari hatte während des ganzen Tages, der mit den erforderlichen Riten dahinging, nichts gesagt. Gelegentlich weinte sie, und dann zog Ahmose sie an sich, doch die meiste Zeit stand sie mit locker vor dem Unterleib gefalteten Händen und starrte zu Boden.

Als er wieder ins Haus kam, merkte er sofort, dass sich die Atmosphäre verändert hatte. So war es immer nach einer Bestattung. Erst begann die Trauer, und alle waren bedrückt, doch das zerstob wie durch ein Wunder, wenn die Boote, die vom Westufer zurückkehrten, an die Bootstreppe stießen. Er stieg aus, und dann gingen er und Aahmes-nofretari Arm in Arm zu den Säulen des Haupteingangs, und die anderen Familienmitglieder folgten ihnen.

Auf einmal zupfte sie an ihm, dass er stehen blieb und wartete, bis Aahotep, Tetischeri und ein gähnender Ahmose-onch an ihnen vorbeigegangen waren, dann ließ sie ihn wieder los. «Ich muss dir etwas sagen, Majestät», begann sie mit hoher, gehetzter Stimme. «Irgendwie bin ich immer ein Feigling gewesen. Als ich noch jünger war, habe ich vor fast allem Angst gehabt – vor einem bedrohlichen Vorzeichen, einem Dornenpikser, einem harten Wort. Ständig habe ich darauf gewartet, dass die Götter zuschlagen. Dann hat der Krieg angefangen, und ich war gezwungen, mich mit echter Gefahr auseinander zu setzen, meine Gespenster zu verdrängen.» Sie biss sich auf die Lippen. «Viel Erfolg habe ich dabei nicht gehabt. Erst als Kamose ermordet wurde und du verwundet daniederlagst, habe ich einen Funken echte Tapferkeit und Waghalsigkeit in mir entdeckt. Das hat mich befreit. Doch bei Hent-ta-Hents Tod sind die früheren Schreckensbilder zurückgekehrt.» Sie verschränkte die Arme, umschlang sich fest, so als fröre sie. «Ich bin darin untergegangen. Ich habe nicht gekämpft. Als ich mit Sat-Kamose schwanger geworden bin, waren die dunklen Fluten des Selbstmitleids und der äußersten Vorsicht bereits völlig über meinem Kopf zusammengeschlagen, und als sie dann geboren war, war ich so krank, dass ich nicht mehr essen, schlafen oder gehen konnte, ohne mich und dich zu hassen.» Ahmose wollte sie in den Arm nehmen, doch sie trat zurück. «Nein», sagte sie laut. «Lass mich ausreden. Nichts davon ist deine Schuld. Nichts. Dann bist du nach Hause gekommen und warst zärtlich und liebevoll, du hast sie gesehen und hast dich um mich, um uns beide gekümmert, und da habe ich mich allmählich geschämt.» Tränen rannen ihr übers Gesicht, aber sie lächelte. «Ich habe meinen Mut wieder gefunden, Ahmose. Wir haben zwar unsere Töchter verloren, aber wir werden weitere Kinder bekommen, und ich will nie wieder Angst haben. Ich wehre mich nicht länger gegen das Leben. Kommst du heute Nacht zu mir und liebst mich? Es ist so lange her.» Verwundert und zutiefst bewegt zog Ahmose sie an sich, drückte ihren warmen Kopf an seine Brust.

«Dich trifft nicht die ganze Schuld, liebste Schwester», sagte er mit belegter Stimme. «Ich bin unverzeihlich selbstsüchtig gewesen. Ich würde mich sehr freuen, wenn ich heute Nacht zu dir kommen dürfte. Es ist mein sehnlichster Wunsch.» Er spürte, wie sie seufzte.

Dabei fragte er sich, ob ihr Ausbruch schlicht eine übermächtige Reaktion auf die Anspannung von Sat-Kamoses Beisetzung war, doch als die Tage ins Land gingen und sie weiterhin heiter und liebevoll war, glaubte er allmählich, dass das Feuer der Selbstverdammung in ihr niedergebrannt war und sie sich für immer verändert hatte. Sie waren sich näher als je zuvor, liebten sich jede Nacht glücklich, saßen bei Audienzen nebeneinander, sahen zu, wie Ahmose-onch schwimmen lernte.

Ahmose hätte vollkommen zufrieden sein können, wenn da nicht das Problem Scharuhen gewesen wäre. Jedes Mal, wenn ein Herold mit Rollen von seinen Generälen eintraf, zog er sich in das Arbeitszimmer seines Vaters zurück, bis sich die Wolke der Enttäuschung, die sie mit sich brachten, verzogen hatte. Scharuhen war eine unerledigte Aufgabe, und Ahmose wusste, dass er Waset erneut verlassen und die Horusstraße entlangziehen musste.

Er wartete mit dem Gespräch darüber bis Anfang Thot, als das Neujahrsfest vorbei war und die Überschwemmung eingesetzt hatte. Man hatte eine reiche Ernte eingebracht. Von überall schickten Aufseher und Nomarchen Nachricht, dass Ägypten wieder fruchtbar und friedlich war, und dazu Geschenke für ihren König. Die Schatzkammer füllte sich. Die Goldstraßen waren gesichert. Ein guter Zeitpunkt für den Aufbruch, überlegte Ahmose, und Aahmes-nofretari wird während meiner Abwesenheit mit gelassener Tüchtigkeit regieren. Er wählte einen Abend, als keine Gäste bewirtet werden mussten und er und Aahmes-nofretari im Garten sitzen konnten, wo sie zusammen einen letzten Becher Wein tranken, ehe sie in ihre Gemächer gingen. Es war ein sehr heißer Tag gewesen. Sie hatten bei Sonnenuntergang im Fluss geschwommen und saßen jetzt in geselligem Schweigen, während sich die Abenddämmerung langsam zwischen die Bäume stahl und über den Rasen kroch. Aahmes-nofretari hockte auf einem Schemel, und Senehat kämmte ihr das nasse Haar. Ahmose lag zu ihren Füßen und fuhr mit dem Finger nachdenklich deren zierlichen Knochen entlang. «Ich habe eine gute Nachricht für dich, Ahmose», sagte sie. «Ich bin wieder schwanger. Das Kleine kommt im Frühling, Ende Pharmuthi. Freust du dich?» Er blickte hoch. Sie sah lächelnd zu ihm herunter. Er umfasste ihren Fuß und sammelte sich auf die Liebkosung, damit sie seine Bestürzung nicht sehen konnte.

«Aber ja doch», sagte er nachdrücklich. «Bist du sicher?»

«Vollkommen sicher. Und vollkommen glücklich.» Sie stupste ihn spielerisch mit dem Zeh. «Ich bin schon beim Seher wegen einer Weissagung gewesen. Er sagt, ich kann mich auf einen gesunden Jungen freuen, der lange leben wird.» Hat er sie angelogen?, dachte Ahmose sofort, und dann schämte er sich. Er kam hoch und gab ihr einen zarten Kuss auf den Mund.

«Ach, Aahmes-nofretari, das verdienst du auch», sagte er. «Wir verdienen es beide. Morgen gehen wir in den Tempel und opfern Amun.» Sie bedeutete Senehat, sie allein zu lassen, zog ihr Haar nach vorn und begann, es mit schnellen, kundigen Griffen zu flechten.

«Ahmose, ich möchte dich um einen Gefallen bitten», sagte sie, ohne ihn dabei anzublicken. «Du kannst ihn mir abschlagen, wenn du möchtest.»

«Ich möchte dir gar nichts abschlagen», protestierte er. «Worum geht es?» Sie sah ihn noch immer nicht an.

«Ich möchte, dass du bis zur Geburt dieses Kindes bei mir bleibst», sagte sie. «Bitte, missverstehe mich nicht, ich habe keine Angst. Aber ich brauche dich hier. Wirst du bleiben?» Ihre Hände ruhten ganz still auf dem Zopf, und sie rührte sich nicht. Ahmose spürte ihre Anspannung.

Auf einmal erkannte er, dass alles, was ihr wichtig war, von seiner Antwort abhing. Sie wollte ihn nicht auf die Probe stellen. Sie wollte nicht kühl seine Treue abschätzen und zornig oder sicher sein, je nachdem wie seine Antwort ausfiel. Sie setzte in diesem Augenblick ihr gesamtes künftiges Wohlergehen aufs Spiel, und sie hatte dafür den richtigen Zeitpunkt gewählt. Natürlich war ihr klar, dass seine Männer ihn nicht brauchten, ihn vor Scharuhen vielleicht nie brauchen würden. Und seine Anwesenheit in Waset, wo die Regierungsgeschäfte auch ohne ihn liefen, war auch nicht unbedingt erforderlich, vorausgesetzt, jemand mit Befehlsgewalt stand notfalls mit Rat und Tat bereit. Nur sie brauchte ihn wirklich, und er wurde gefragt, ob er merkte, wie nötig sie ihn brauchte. Er fiel auf die Knie, hob ihre Hände in seinen hoch und legte sie ihr unters Kinn. Ihr Gesicht war im nachlassenden Licht kaum noch zu sehen, und ihre Augen waren riesig und dunkel. Er lächelte bedächtig.

«Natürlich bleibe ich», sagte er.

SECHZEHNTES KAPITEL

Im Monat Pharmuthi des darauf folgenden Jahres gebar Aahmes-nofretari einen kräftigen, gesunden Jungen. Ihre Schwangerschaft war ohne Beschwerden verlaufen. Die Gespenster des Zweifels und der Angst, die sie gequält hatten, als sie Sat-Kamose unter dem Herzen trug, waren während der langen neun Monate Wartezeit gelegentlich zurückgekehrt, doch sie hatte sie gut im Griff, sprach darüber mit Ahmose und konnte sie rasch besiegen. Er selbst hatte sich ganz bewusst mit der Hofroutine angefreundet und die Rollen aus Scharuhen zunächst zufrieden, dann erleichtert gelesen. Der Osten meldete keine Veränderungen. Er war glücklich mit seiner Frau, glücklich mit dem wachsenden Frieden und Wohlstand in Ägypten, und falls er des Nachts aufwachte und eine flüchtige Unzufriedenheit verspürte, dann deshalb, weil der alte Palast noch immer auf den Thron und die königlichen Insignien wartete.

Er und Aahmes-nofretari verbrachten einen Teil des Vormittags in seinen anmutigen Sälen und fürstlichen Fluren, die ihr Heim und zugleich Schrein der Göttlichen Inkarnation und der erneuerten Maat sein würden. Der Thronsaal war endlich mit Lapislazulifliesen ausgelegt, die Wände mit Blattgold vergoldet, in das überlebensgroße Darstellungen des Königs mit der Doppelkrone gepunzt waren, wie er seine Feinde mit einer Axt niederschlug, während sich eine kleinere Aahmes-nofretari mit einer Hand an seine Ferse klammerte und mit der anderen ein Anch hochhielt. Überall wimmelte es von Kunsthandwerkern mit Töpfen unterschiedlicher Farben, die Säulen in Weinlaub, Decken in Vögel und Sterne und Flure in Flüsse und Teiche mit blauem Wasser, schwimmenden Fischen und dahintreibenden zarten Lotosblüten und Seerosen verwandelten.

Ahmose jubilierte innerlich, als der Oberste Schatzmeister Nofreperet meldete, es gäbe jetzt ausreichend Gold und Silber in der Schatzkammer, dass man die Tore aus Elektrum in Angriff nehmen könne und dass die Goldschmiede dem König dazu Pläne vorlegen wollten. Der Handel war gut angelaufen. Gold, Elfenbein, Straußenfedern und Felle exotischer Tiere kamen aus Wawat nach Norden, Ochsen aus Tjehenu, goldene und silberne Weihgefäße, Wasserkrüge, Schalen, Bronze, ziselierte Schmuckschwerter und Dolche, Keramiken so dünn wie Eierschale, die mit Kraken, Delphinen und Seeigeln verziert waren, Farben und natürlich auch der kostbare Mohn, alles strömte aus Keftiu herein, doch bislang noch keine Zeder aus dem nördlichen Rethennu oder frische Pferde von den Stämmen weiter östlich, mit denen die Setius gehandelt hatten.

Die Astrologen wählten für Ahmoses Sohn den Namen Amunhotep. Aahmes-nofretari, die den drallen Kleinen wiegte, während die Kindermädchen um sie herum tsss tsss machten, war überglücklich, als ihr Amunmose die Nachricht überbrachte. «Amunhotep – ‹Amun-ist-zufrieden›», freute sie sich. «Was für ein wunderbarer Name! Ahmose, das kann nur bedeuten, der Gott hat aufgehört, uns auf die

Probe zu stellen! Er ist mit dem zufrieden, was wir für ihn getan haben!» Ahmose betrachtete Amunhotep, und da gluckste der Kleine, lächelte und fuchtelte mit den runden Ärmchen.

«Sie hätten ihn Starker Stier von Waset nennen sollen», neckte er Aahmes-nofretari. «Jedenfalls trinkt und tritt er wie einer.»

«Der Seher hat ihm eine ruhmreiche Zukunft vorhergesagt, Majestät», warf Amunmose ein. «Langes Leben und gute Gesundheit.»

«Ich bin so froh», flüsterte Aahmes-nofretari. «So froh, so froh.» Ihre Blicke kreuzten sich über dem Bündel in ihren Armen mit denen ihres Mannes. «Prinz Amunhotep. Er wird einmal so ein großer Krieger und guter Herrscher sein wie sein Vater.»

«Und so tapfer und halsstarrig wie seine Mutter», gab Ahmose grinsend zurück. Er gab ihr einen Kuss auf die erhitzte Wange. «Wenn du dein Werk endlich genug bewundert hast, komm mit mir auf den Fluss. Der Abend ist kühl und lieblich, und auch ich brauche etwas Aufmerksamkeit.»

Er blieb noch drei weitere Monate zu Hause, denn er wollte sichergehen, dass sein Sohn und Aahmes-nofretari gesund blieben. Der Schemu mit seiner atemraubenden Hitze hatte begonnen.

Ahmose ging zu den Gemächern seiner Frau, traf sie jedoch nicht an, darauf stieg er die Treppe zum Dach darüber hinauf. Dort fand er sie mit Senehat, sie lag untätig auf einer Matte mit dem Kopf auf einem Kissen und starrte zum sommerlich strahlenden Sternenzelt hoch. Als sie ihn kommen hörte, drehte sie sich um, stand jedoch nicht auf. Er ließ sich neben ihr nieder und nahm den Becher Wasser, den Senehat ihm sofort anbot. «Im Haus ist es heute unerträglich heiß», murmelte sie. «Es wird Zeit, dass wir wieder auf dem Dach schlafen.» Ahmose trank sein Wasser und nickte zustimmend, musterte bedächtig ihren hingestreckten nackten Leib, der vom Schein einer einzigen Lampe beleuchtet wurde. Sie war schön, und sie gehörte ihm. Er spürte, wie ihre Hand sich auf seine legte, die neben ihr ruhte.

«Lieber Ahmose», sagte sie. «Ich weiß, warum du da bist. Du möchtest wieder nach Norden ziehen, nicht wahr?» Er erschrak über ihre Scharfsichtigkeit und beugte sich über sie, damit er ihre Miene sehen konnte. Sie lächelte traurig.

«Ich möchte nicht, Aahmes-nofretari, und das ist die reine Wahrheit», antwortete er ihr. «Aber ich muss. Es wird Zeit.»

«Ich weiß.» Sie setzte sich auf und drehte sich um, damit sie ihn ansehen konnte. «Du wirst mir schrecklich fehlen», gestand sie. «Dieses Jahr ist gesegnet gewesen, ja? Und du wirst Amunhoteps erste Worte verpassen, seine ersten Schritte. Schade.» Ihrer Stimme war kein Groll anzuhören, lediglich Bedauern. Sie lachte auf. «Ahmose-onch nennt ihn inzwischen Ahmose-onch-ta-scherit. Er sitzt neben dem Körbchen und befiehlt ihm, sich gefälligst zu beeilen und zu wachsen, damit sie zusammen mit Bogen schießen und Geschichten lesen können. Er ist, glaube ich, einsam gewesen.» Ahmose streichelte ihre Wade.

«Das glaube ich auch. Ahmose-onch der Jüngere. Ganz reizend. Aber ich habe nicht vor, auch nur einen Augenblick von Amunhoteps Fortschritten zu verpassen, wenn es sich irgendwie vermeiden lässt. Ich ziehe nach Scharuhen, weil ich das Heer auflösen und Wasets Divisionen nach Hause bringen will.»

«Ahmose!» Sie fuhr erstaunt zurück. «Du willst die Belagerung aufgeben? Apophis heil und wohlbehalten in jener Stadt zurücklassen? Aber warum?» Er verzog das Gesicht.

«Weil Scharuhen nicht einzunehmen ist. Ich könnte dort jahrelang herumhocken, während die Einwohner das Obst aus ihren Gärten essen und das Wasser aus ihren Brunnen trinken. Vermutlich würde sie irgendwann ein Unglück ereilen, die Bevölkerung vielleicht zu groß werden oder eine Seuche ausbrechen, was auch immer, aber darauf kann ich nicht warten.» Er hob die Schultern. «Eine Division bleibt ständig an der Fürstenmauer und auf der Horusstraße, gleich innerhalb unserer Grenzen. Den Rest verteile ich auf die Garnisonen im Delta und Iunu und Mennofer, vielleicht schicke ich eine nach Chemmenu, damit sie rotieren und notfalls zurückgerufen werden kann. Amun und Re kommen mit nach Hause und beziehen mit ihren Frauen und Familien die neuen Unterkünfte.»

«Aber was wird aus Apophis?», hakte sie nach. «Für Kamose ist er das Symbol der Unterdrückung schlechthin gewesen und für dich auch. Wenn er weiterlebt, bleibt dein Werk unvollendet. Und was ist mit seinen Söhnen? Wenn du sie am Leben lässt, werden sie Anspruch auf den ägyptischen Thron erheben.»

«Ich weiß», sagte er leise. «In den letzten Wochen habe ich fast an nichts anderes denken können. Aber es gibt keinen anderen Ausweg, Aahmes-nofretari, wir kommen nicht hinein und können auch Apophis und seine Söhne nicht aus diesen Steinmauern herausholen. Ich belasse Späher in der Gegend und kann mit den Divisionen aus Iunu und Mennofer rasch nach Scharuhen marschieren, falls sich eine gute Gelegenheit bietet, aber ich will nicht mein Leben lang in einem Zelt hocken und darauf warten, dass sich etwas tut. Ich möchte hier bei dir und den Kindern sein, bei meinen Ratgebern und Aufsehern, und ich will Ägypten unter meiner Herrschaft aufblühen sehen.» Er legte sich hin, zog sie mit sich und winkte dabei Senehat fort. «Ich finde den Preis angemessen, den ich im Austausch für alles zahlen muss, was mir lieb und teuer ist.»

«Trotzdem», sagte sie leise, «ist es der Wille der Götter, der unser Schicksal bestimmt. Gehe vor deinem Aufbruch in den Tempel, opfere Amun einen Bullen und bete, dass unsere Rache vollendet werden möge. Er wird dich am Ende nicht im Stich lassen, Ahmose. Ich bin sein Zweiter Prophet, vergiss das nicht. Ich spüre, dass dieser Krieg noch nicht vorbei ist.»

«Ich achte deine Eingebungen», sagte Ahmose nicht ganz überzeugt. «Und ich tue, was du sagst, jedoch ohne dein Vertrauen, Aahmes-nofretari. Und jetzt musst du tun, was ich dir sage. Küss mich. Das hier ist vielleicht das letzte Mal, dass wir uns auf dem Dach des alten Hauses lieben. Ziehe während meiner Abwesenheit in das neue Haus und sorge dafür, dass die Tore aus Elektrum so angebracht werden, dass mich ihr Funkeln begrüßt, wenn ich wieder heimkomme.» Und da stützte sie sich auf einen Ellenbogen, legte ihren Mund auf seinen, und seine Arme umfingen sie. Es ist richtig, diese kleine Niederlage einzugestehen, dachte er, ehe er die Beherrschung verlor.

Am zwölften Tag im Epiphi brach er mit Achtoi, Hekayib, Ipi, Chabechnet, Anchmahor und den Getreuen auf, einen Tag nachdem sich Sat-Kamoses Bestattungstag zum ersten Mal jährte. Er und Aahmes-nofretari hatten ihr Blumen, Öl, Obst und Brot gebracht, die sie vor dem Grabmal ablegten. Sie hatten in der glühenden Sonne gestanden, während Amunmose vor dem versiegelten Eingang die Gedenk- und Bittgebete für das Ka des Mädchens sprach, und Ahmose verspürte keine Traurigkeit, während er die Hand seiner Frau hielt, sondern nur Liebe zu der Kleinen, die sein Herz zum

Schmelzen gebracht hatte, und da kam ihm die verspätete Einsicht, dass sie in ihrem kurzen Leben den Bruch zwischen ihm und Aahmes-nofretari geheilt hatte.

Danach verabschiedete er sich von Aahotep und seiner Großmutter, nahm Ahmose-onch im Streitwagen mit in die Wüste und erteilte ihm den ersten Fahrunterricht seines Lebens, darauf ging er in den Tempel und vollzog das Opfer, wie er es seiner Frau versprochen hatte. Er sah zu, wie das Blut des Bullen in die wartende Schale lief, und schwieg. Tu, was du willst, König aller Götter, sagte er ergeben zu seinem Schutzgott. Du hast uns auf Kosten vieler Toter und viel Leid aus der Besetzung zur Freiheit geführt. Wenn es dir am Ende beliebt, unseren Feind zu verschonen, so ist das dein göttliches Vorrecht.

Er verbrachte den Abend bei Aahmes-nofretari, besprach die Regierungsgeschäfte, um die sie sich während seiner Abwesenheit kümmern sollte, ging ins Kinderzimmer, küsste seinen schlafenden Sohn und zog sich in seine Gemächer zurück.

Er schlief tief und traumlos, bis Achtoi ihn zwei Stunden vor Tagesanbruch weckte. «Die Schiffe sind beladen und bereit, Majestät», sagte dieser, «und im Badehaus gibt es heißes Wasser. Uni wird auf deinen Wunsch hin die Königin nicht wecken. Möchtest du jetzt etwas essen?» Ahmose schwang die Beine aus dem Bett. Die Luft in seinem Schlafgemach war stickig und heiß, und er hatte leichte Kopfschmerzen.

«Ich esse bei Sonnenaufgang auf dem Schiff», sagte er. «Aber ich will mich waschen. Hat Chabechnet einen Herold zu den Generälen geschickt?»

«Ja. Der Hohe Priester erwartet dich an der Bootstreppe und reinigt deinen Weg mit Blut und Milch.» Ahmose rieb sich das Gesicht und wurde vollends wach.

«Ach ja? Aber warum? Ich schiffe mich doch nicht zu einem neuen Abenteuer oder einem Staatsbesuch ein.»

«Das hat Königin Tetischeri angeordnet», antwortete Achtoi. «Sie hat sich gestern gleich nach der Mittagsruhe zum Tempel tragen lassen. Sie wartet auch auf dich.» Ahmose wechselte einen bedenklichen Blick mit seinem Diener.

«Na schön», sagte er. «Gib mir den Schurz da, Achtoi, und dann will ich ins Badehaus gehen.»

Die beiden harrten geduldig am geöffneten Tor zur Bootstreppe. Tetischeris Dienerin Isis hielt eine Lampe. Es herrschte noch völliges Dunkel, noch war keine Spur der Morgendämmerung zu sehen. Tetischeri hatte sich in einen Umhang gehüllt, als wäre es Winter. Ahmose näherte sich zögernd, er wusste nicht, was er von seiner Großmutter zu erwarten hatte.

Doch als er dicht bei ihr war, schoss ihr Arm vor und umfing ihn mit starkem, knochigem Griff. «Während der gestrigen Mittagsruhe habe ich geträumt, dass du eine Gans tötest», sagte sie ohne weitere Vorrede. «Du hast dir das Geschöpf fest unter den Arm geklemmt und seinen Kopf in der Hand gehalten. Zuerst hast du ihm das Messer in die Brust gestoßen, dann hast du ihm mit einer einzigen schnellen Bewegung den Hals durchtrennt. Blut ist auf deine Brust gespritzt und bis zu deinen Beinen gelaufen. Feucht und rot und satt, Ahmose, die Federn haben weiß geschimmert, und dein Messer hat beim Durchschneiden gefunkelt.» Ihr hocherhobenes Gesicht war ernst. «Als ich das geträumt habe, da wusste ich noch nicht, dass du nach Norden aufbrichst und das Heer auflösen willst, Ehrenwort. Ahmose-onch hat mir später erzählt, dass du versprochen hast, bald wiederzukommen. Da war mir alles klar.» Ihre Augen unter den schweren Lidern funkelten triumphierend. «Solch ein Traum ist sehr selten und seine Auslegung einfach. Du wirst deinen Feind töten. Daran besteht kein Zweifel.»

«Tetischeri», sagte er so freundlich, wie es ihm möglich war. «Ich bin von deinem Traum beeindruckt. Achtoi hatte vor einiger Zeit einen ähnlichen, gerade ehe sich die Tore von Auaris öffneten. Aber falls du mir das sagst, weil du mich überreden willst, vor Scharuhen zu bleiben, so täuschst du dich. Ich fahre hin und beende die Belagerung. Ich bin fest entschlossen.» Er wappnete sich innerlich gegen den Protestschwall, der kommen musste, doch sie nickte nur einmal und ließ die Hand sinken.

«Du bist der König», sagte sie völlig unerwartet. «Deine Beschlüsse sind Maat. Dennoch hast du einen Bullen in der Hoffnung geopfert, dass Amun dir diesen letzten großen Sieg schenkt, nicht wahr?»

«Ja, das habe ich, aber ...»

«Amunmose hat von deinem Opfer mit Bullenblut vermischte Milch mitgebracht», unterbrach sie ihn herrisch. «Die heiligt deinen Aufbruch, weiht deine Füße und beschleunigt Apophis' Tod. Ich weiß es. Ich bitte dich nur darum, eine Woche in deinem Zelt vor Scharuhen auszuharren. Eine Woche. Wirst du das für mich tun?»

«Das Heer braucht mehr als eine Woche zum Packen und für die Vorbereitung auf den Marsch», antwortete er. «Aber ja, Großmutter, das kann ich versprechen.»

«Danke.» Das klang so gegen ihre Art demütig, dass er entwaffnet war. Er hob sie hoch und gab ihr einen Kuss auf die lederne Wange, dann setzte er sie wieder ab. «Los, brich auf, Ahmose!», drängte Tetischeri. «Die Laufplanken der Dienstbotenschiffe sind schon eingezogen, und Apophis nähert sich seinem Untergang. Ich bete jeden Tag für dich. Wasche Blut und Milch nicht von deinen Sandalen. Nimm den

Segen des Gottes den ganzen langen Weg nach Rethennu mit dir.»

«Pass gut auf meine Söhne auf», sagte Ahmose mit Mühe, und sie lächelte.

«Immer», sagte sie.

Blut und Milch klebten nicht unter seinen Sandalen, denn das Steinpflaster war kühl. Trotzdem merkte er, wie die Flüssigkeit seitlich an seinen Füßen hochkroch und unter seine Sohlen sickerte, als er die Treppe hinunterging. Er lief die Laufplanke hoch und drehte sich um, weil er Amunmose und seiner Großmutter winken wollte. Sie erwiderte das Winken nicht, sondern hatte ihren Umhang wieder fest zusammengezogen, das graue Haar hing ihr steif und zerzaust auf die Schultern, und ihre alternden, jedoch gebieterischen Züge wirkten im Schein der Lampe, die Isis hochhielt, weich, und dieses eine Mal liebte Ahmose sie rückhaltlos.

Die Taue wurden gelöst. Qar gab dem Steuermann und den Ruderern einen Befehl. Schwerfällig schwenkte die *Norden* in die träge Strömung.

Die Fahrt ins Delta verlief ereignislos. Ahmose beeilte sich nicht, doch er legte auch nicht in Chemmenu an, um Ramose auf dem Weg nach Süden zu besuchen. Am Ende der ersten Woche im Mesore erreichte er Auaris, nachdem er lange, angenehme Stunden an der Reling der *Norden* verbracht und sich angesehen hatte, wie die Felder nilabwärts abgeerntet wurden. Auch im Delta ging es in den Dörfern hoch her, hier wurde Obst von den beladenen Bäumen gepflückt, und man erntete Trauben. Ahmose spürte bis ins Mark, wie sich sein geliebtes Land einer neuen Harmonie erfreute. Alles strahlte Verheißung und Fülle und ein wiedererlangtes Zutrauen in die Sicherheit aus, die er gewährleistete. Ob Scharuhen nun fällt oder nicht, dachte er, die vergangenen Hentis der Fremdherrschaft verschwinden schnell aus den Köpfen und der Erinnerung meiner Untertanen. Aber nicht aus meinen und denen meiner Nachkommen, schwor er sich. Ich werde dafür sorgen, dass kein künftiger König diese Zeit jemals vergisst, denn nur so wird Ägypten nie wieder Beute raubgieriger Männer, die ohne Re leben.

In Auaris hatte man bereits Kunde von seinem Kommen, und Mesehti wartete mit seinem Streitwagen. Nach etlichen Stunden Beratung mit Cheti und Sobek-chu hinsichtlich der unvollendeten Schleifung der Stadtmauer fuhr er auf der Horusstraße weiter, fröhlich gefolgt von Gepäck und Gefolge. Abana war nicht im Delta gewesen, sondern auf einem der Wasserschiffe unterwegs nach Rethennu, und Ahmose freute sich schon darauf, ihn später begrüßen zu können.

Jetzt im Spätsommer waren die Ebenen trocken und hart, und selbst das Binsenmeer war geschrumpft. Ahmose kam gut voran. Er verbrachte eine angenehme Nacht an der Fürstenmauer in einer der Festungen, zusammen mit den Generälen Iymeri und Nofreseschemptah, und hörte sich bei Bier und grobem Brot an, wie die Ausbesserung und Neubesetzung der Mauer stetige Fortschritte machten. Es tut gut, wieder unter Soldaten zu sein, dachte er im Stillen zufrieden, aber noch schöner ist es bei Aahmes-nofretari und unserem Sohn im Garten daheim, wenn wir nach einem langen, heißen Tag plaudern. Sie fehlten ihm bereits.

Acht Tage später stieß er auf den Standartenträger Idu und eine Eskorte der Amun-Division und betrat, umringt von den Getreuen, den Lagerbezirk. Es war, als wäre er erst gestern aufgebrochen. Die gleiche säuberliche Zeltreihe, der gleiche Duft nach bratendem Fleisch, das gleiche Hin und Her von Soldaten, die in lärmenden Grüppchen dahinschlenderten oder eilig Botengänge machten, das gleiche Auffunkeln von

Streitwagenrädern der ankommenden und abfahrenden Hauptleute.

Während Achtoi das Aufstellen seines eigenen Zeltes überwachte und Chabechnet die Generäle zusammenholte, ließ sich Ahmose dichter an Scharuhen heranfahren. Das Lager hatte ich noch richtig in Erinnerung, dachte er, aber irgendwie ist Scharuhen selbst in den vergangenen Monaten kleiner geworden. Und dabei ist es größer, als ich dachte. Seine Mauern sind höher und gewaltiger, der Eindruck von Uneinnehmbarkeit stärker. Ich mache es richtig, wenn ich mir eingestehe, dass meiner Vergeltung Grenzen gesetzt sind. Ob meine Befehlshaber wohl damit einverstanden sind?

Sie versammelten sich in dem langen Schatten, den sein Zelt warf. Der Spätnachmittag war heiß, daher nahmen sie das Wasser und das Bier, das Achtoi ihnen einschenkte, gern an. Ahmose musterte sie eingehend der Reihe nach, als sie eintrafen, ihm huldigten und ihren Platz am Tisch einnahmen, doch sie kamen ihm irgendwie bedrückt vor. Zwar freuten sie sich, ihn zu sehen, doch sie lachten und schwatzten nicht miteinander.

Kagemni machte als Erster den Mund auf. Er hatte unter dem zerknautschten roten Leinenkopftuch die schweißbedeckte Stirn in Falten gelegt, und in den Furchen um seine lange Nase hatte sich Staub abgesetzt. «Wir haben keinerlei Nachrichten aus der Stadt, Majestät», sagte er. «Gelegentlich, beinahe oberflächlich beobachtet man uns von der Mauer, aber sonst übersieht man uns. Wir brauchen mehr Wasser. Im Sommer ist es hier sehr heiß, und der Wind hat von West, vom Meer, auf Nord gedreht, wirbelt Sand auf und macht die Soldaten gereizt. Sie können sich nicht waschen, und das verstärkt ihren Unwillen.»

«Wir haben damit begonnen, sie in Schichten zum Meer zu

schicken», warf Achethotep ein. «Dort können sie sich im Großen Grün tummeln und waschen, aber viele fürchten sich vor der Größe und Gewalt des Meeres. Nahrung ist jedoch kein Problem. General Hor-Aha hat aus den Medjai Jäger gemacht. Die ziehen durch die Berge und schaffen viel Wild heran.»

«Wir haben vermehrt Augenkrankheiten, Majestät», hakte Baqet ein. «Die Ärzte lassen größere Mengen Salben aus dem Delta holen. Daran ist das Gleißen schuld, das der Sand ständig zurückwirft, und natürlich auch der Staub. Man kann sich nicht schützen, es gibt nichts Grünes.»

«Die Medjai brauchen solchen Schutz nicht», sagte Hor-Aha. «Sie sind zufrieden. Aber die anderen Soldaten beklagen sich Tag für Tag bei ihren Hauptleuten. Und dann ist es wohl auch die Zeit der Heuschrecken. Meine Stammesbrüder haben auf einem Streifen fruchtbarem Land am Fuß der Berge große Schwärme gesichtet. Sie haben keine Angst vor ihnen, aber man kann die schwarzen Wolken vom Lager aus sehen, und ihr Anblick löst bei den anderen Soldaten abergläubische Furcht aus. Die erblicken in ihnen das Vorzeichen einer Katastrophe.»

Ahmose musterte seinen Freund. Von seinen Generälen schien nur er Spaß am Aufenthalt an diesem trockenen, gottverlassenen Ort zu haben. Sein Haar war nachgewachsen, hatte die ehemalige Länge erreicht und fiel ihm glänzend auf die breiten Schultern. Im Gegensatz zu den anderen schwitzte er nicht. Ahmose klopfte auf den Tisch. «Ich hatte bereits beschlossen, die Belagerung aufzuheben», sagte er, «und alles, was ich von euch höre, bestätigt mich in meinem Entschluss. Wir müssen uns einfach eingestehen, dass wir ohne Blutvergießen besiegt worden sind, meine Generäle, und uns hinter die Fürstenmauer zurückziehen. Ich verliere dabei an Gesicht, aber meine Soldaten werden mich zweifellos preisen. Kein Ägypter ist gern zu lange fern der Heimat.» Niemand wandte etwas dagegen ein, und er deutete ihr Schweigen als Erleichterung. «Ich merke schon, ihr seid meiner Meinung», fuhr er trocken fort. «Dann benachrichtigt also eure Hauptleute, dass wir in einer Woche aufbrechen. Die Neuverteilung der Divisionen teile ich euch später mit. Jetzt seid ihr eingeladen, bei mir zu speisen, und wir reden von anderen Dingen. Ich freue mich, dass ich wieder bei euch bin.»

Nachdem sie gegangen waren, zögerte er, sein Zelt zu betreten. Das Licht schwand und mit ihm die Hitze, obwohl der Wind noch immer böig blies, ihm den Schurz an die Schenkel drückte und an den Enden seines Kopftuches zerrte. Begleitet von Anchmahor strebte er zur Festung. Ihre steinerne Unerbittlichkeit, ihre Ausstrahlung völliger Gleichmütigkeit zogen ihn an. Scharuhen war zu fest, zu wirklich für Trugbilder, dennoch hatte es etwas Traumartiges, das ihn quälte. Ich werde die Festung nie von innen sehen, dachte er. Irgendwo innerhalb dieser stummen Mauern speisen und schlafen Apophis und Tani, spazieren und reden, doch vor meinem inneren Auge stehen sie, während die Sonne auf- und untergeht, steif und reglos wie ein Paar Statuen, die weder atmen noch zwinkern. Vermutlich dämpfen die Steinmauern alle Geräusche, insbesondere wenn die Tore geschlossen sind, aber ich werde das Trugbild nicht los, dass Scharuhen voll lebloser Gestalten ist.

Drei Tage lang stand er früh auf, ließ sich so nahe wie möglich an die Stadt heranfahren, wie es seine Sicherheit gerade noch zuließ, und verbrachte den Morgen unter einem Sonnensegel, den Blick auf das Südtor gerichtet. Er hatte nichts zu tun. Bei der Nachricht, dass die Belagerung aufgehoben würde, war eine Welle freudiger Erregung durch das Lager gelaufen, doch Ahmose erinnerte sich an die höhnische Überheblichkeit des Mannes, der von der Mauer herab mit ihm gesprochen und ihm seinen Namen nicht genannt hatte, und er bedauerte diesen Rückzug teilweise. Den hätte ich gern gedemütigt, dachte er. Schließlich ist er lediglich der Herrscher einer einzigen Stadt, oder? Dennoch muss ich, der König von Ägypten, mich wie ein geprügelter Hund vor seiner hochnäsigen Missachtung davonschleichen.

Doch als er am vierten Tag zusammengesunken im mageren Schutz des Sonnensegels saß, sah er plötzlich einen Mann oben auf der Mauer auftauchen. Anchmahor stieß einen Schrei aus, der von den um ihn gescharten Getreuen aufgenommen wurde. Ahmose schoss hoch, und jäh fiel ihm der Traum seiner Großmutter und sein Versprechen wieder ein, sieben Tage lang vor Scharuhen auszuharren. Erregung packte ihn. Der Mann hob ein Horn an den Mund und stieß hinein. «Ägypter!», rief er. «Königin Tautha erbittet eine Audienz bei ihrem Bruder! Lasst sie ungehindert zu ihm!»

Hundert Gedanken zugleich schossen Ahmose durch den Kopf, doch einer gewann die Oberhand. Sie machen das Tor auf und lassen sie heraus, wir könnten uns auf sie stürzen, aber nein, es bleibt keine Zeit, einen Sturm anzubefehlen, oder sollten ich und die Getreuen den Versuch machen? Der Mann hatte nicht auf eine Antwort gewartet. Er war so schnell verschwunden, wie er gekommen war. Und da ging das Tor auch schon langsam auf, und eine kleine Gestalt trat heraus. Es war Tani, ohne Begleitung, eine Frau ganz allein, die durch die heiße Wüste auf ihn zukam. Die Quasten an ihrem Gewand wehten im Wind, er zupfte Strähnen aus ihrem geflochtenen Haar, die ihr um den Hals flatterten.

«Mesehti, den Streitwagen!», rief Ahmose. Auch die Getreuen sahen Tani näher kommen und hatten die Hand am Schwertgriff. Glauben sie etwa, dass sie sich mit einem Dolch auf mich stürzt?, dachte Ahmose albernerweise. Dann stand sie auch schon vor ihm, blickte mit zusammengekniffenen Augen in die Sonne und hob die Hände.

«Ich habe keine Waffe dabei», sage sie mit einer Spur Hohn in der Stimme zu Anchmahor. «Sei gegrüßt, Ahmose. Ich muss dich sofort und unter vier Augen sprechen. Darf ich?» Statt einer Antwort zeigte er auf den Streitwagen. Sie stieg ein, und er folgte ihr. Mesehti schnalzte, und sie fuhren zu Ahmoses Zelt. Ahmose hatte noch kein Wort gesagt.

Drinnen entließ er Achtoi, drehte sich um und sah sie an. «Überbringst du mir die Übergabe von Scharuhen?», erkundigte er sich ohne große Hoffnung. Sie lachte erschrocken auf.

«Nein, natürlich nicht!», sagte sie scharf und dann sanfter: «Es tut gut, dich wieder zu sehen, Ahmose.» Er mochte nicht auf ihren liebevollen Ton eingehen.

«Was willst du?», fragte er grob. «Hast du genug von dem Setiu? Willst du mich bitten, dass ich dich heimschicke? Das tue ich gern, Tani.» Sie biss sich auf die Lippen und wandte den Blick ab.

«Ich brauche deine Hilfe», sagte sie leise. «Mein Gemahl ist sehr krank. Er braucht Mohnsaft gegen seine Schmerzen, doch in der Stadt gibt es keinen. Scharuhens Vorrat ist immer aus Keftiu gekommen, aber damit ist seit der Belagerung Schluss. Darf ich mich setzen?» Er nickte, und sie ließ sich auf einen Stuhl sinken. «Ich weiß, dass du ihn hasst», fuhr sie dringlich fort, «aber ich hoffe, dass du für einen Mitmenschen in großer Not Mitleid empfindest.»

«Er ist krank», wiederholte Ahmose erstaunt. «Apophis? Was hat er denn?»

«Von dem Haus, in dem wir wohnen, führt eine steile Steintreppe zum Hauseingang», sagte sie. «Die ist er hinuntergegangen und über etwas gestolpert, ein Steinchen, was weiß ich. Er ist gestürzt. Die Wachen unten haben ihn aufgefangen, aber da war es schon zu spät. Er hatte sich das Bein gebrochen.»

«Ein gebrochenes Bein? Aber gewiss ...»

«Es ist an drei Stellen gebrochen», platzte sie heraus. «Kein glatter Bruch. Knochensplitter haben sich durch die Haut gebohrt. Er hat so geschrien. Ach, Ahmose, es war grässlich. Er hat immer noch geschrien, als er ins Haus zurückgetragen und auf sein Bett gelegt wurde. Sein Arzt hat versucht, den Knochen zu richten, und da ist er ohnmächtig geworden. Es war sinnlos. Das war vor drei Tagen. Dann hat sich Uchedu gebildet. Es hat nicht gereicht, dass wir sein Bein gewaschen und gesalbt haben. Es ist angeschwollen und eitert. Man darf ihn kaum noch berühren, ohne dass er vor Schmerzen schreit. Als ich ihn heute Morgen verlassen habe, war er schweißnass und hat gezittert, als wäre es Winter.» Auf ihrem Gesicht arbeitete es, dann liefen die Tränen. «Sein Arzt ist ein Dummkopf!», schrie sie. «Er stirbt und das unter Schmerzen, wie du sie dir nicht vorstellen kannst! Bitte, Ahmose, gib mir Mohn!» Sie griff sich eine Serviette vom Tisch und hielt sie an die Augen. Ihre Schultern bebten, so heftig schluchzte sie.

Ahmose sah ihr zu. Ihre Not ließ ihn nicht unberührt, doch er empfand auch reine Schadenfreude und musste lächeln. Er schämte sich zwar dafür, konnte aber nicht anders. Apophis lag im Sterben. Nicht der schnelle und einfache Tod durch einen Pfeil in die Brust oder ein Schwert durch den Hals, sondern langsam und wunderbar qualvoll. Diese Rache war besser als alles, was er sich hätte ausdenken können. Amun hatte gesehen, wie uneinnehmbar Scharuhen war. Er war in die Stadt gekommen und hatte Apophis niedergestreckt. Er hatte das Vertrauen und die Beharrlichkeit seiner Diener belohnt.

Er hatte auf ihre Bitten reagiert und Tetischeri den Traum geschickt, damit sie Bescheid wussten. Durch diese göttliche Strafe hatte der Gott Ägypten für immer sein mächtiges Siegel aufgedrückt und endlich die Maat voll eingesetzt. Soll er doch leiden, dachte Ahmose heftig. Soll Amuns Hand ihn immer mehr drücken, bis er den bitteren Wein der Qual bis zur Neige ausgetrunken und sein Leben ausgehaucht hat.

Doch dann stahl sich ein anderer Gedanke in den Tumult aus Feindseligkeit und finsterer Freude, und er tat einen Schritt auf seine Schwester zu. «Nein», sagte er fest. «Ich gebe dir keinen Mohn. Es ist mir einerlei, ob Apophis unter Qualen oder ohne Bewusstsein durch ein Rauschmittel stirbt, Hauptsache, er stirbt. Wenn du ihn jedoch zusammen mit dem Horusthron und den königlichen Insignien herschaffst, bekommt er so viel Mohn, wie er braucht.» Ihr Kopf fuhr hoch. Er sah, wie die Farbe aus ihren Wangen wich und sie unter ihrer zart gebräunten Haut aschfahl wurde.

«Ahmose», sagte sie erstickt. «Hast du denn gar kein Herz?»

«Nein. Das ist der Mann, in dessen Namen unser Vater zum Krüppel gemacht, dessentwegen Kamose ermordet wurde», sagte er hart. «Das ist der Mann, der Aahmes-nofretari mit einem gemeinen Mann verheiraten, Großmutter in einen Harem für alte Frauen schicken und Kamose für immer in der Grenzfestung Sile stationieren wollte. Mich hatte er dazu verurteilt, den Rest meiner Tage in Kusch unter Teti-en zu dienen und gegen Stämme zu kämpfen, die sich ihm nicht unterwerfen wollten. Falls Kamose nicht all seinen Mut zusammengerafft und mit dem Aufstand begonnen hätte, unsere Familie wäre nicht nur zerstreut, sondern auch völlig gedemütigt worden.» Er lehnte sich zurück und verschränkte die Arme. «Und das ist der Mann, für den du bittest. Nein. So weit geht mein Mitleid nicht. Du hast die Wahl. Geh mit leeren Händen zurück oder bringe ihn mit den heiligen Gegenständen heraus, die er gestohlen hat. Wie weit geht dein Mitleid?» Sie warf die nasse Serviette fort und sprang auf. Sie wurde zwar noch von gelegentlichen Schluchzern geschüttelt, doch sie hatte sich wieder gefasst.

«Ich bin nicht zum Feilschen gekommen!», sagte sie empört. «Ich bin gekommen, weil ich an brüderliches Erbarmen geglaubt habe. Doch mein Bruder hat einen Dämon anstelle eines Herzens!»

«Glaube, was du willst», entgegnete Ahmose kalt. «Apophis ist mir einerlei und du mehr oder weniger auch.»

«Du wirst ihn umbringen, sowie er kommt!»

«Sei nicht albern. Er liegt bereits im Sterben, es sei denn, du lügst. Du hast mein Wort, dass sich mein Arzt um ihn kümmert, falls er meinen Thron und meine Krone mitbringt. Was wirst du jetzt tun?» Sie stolperte zur Zeltklappe.

«Du bist unvorstellbar grausam geworden, Starker Stier der Maat», flüsterte sie erstickt. «Du hast mich ins Herz getroffen. Natürlich bringe ich ihn heraus. Nur der abgebrühteste Verbrecher könnte neben ihm sitzen und seine Qualen mit ansehen, und ich liebe ihn. Seine Familie wird dich verfluchen, und ich verfluche dich auch.» Sie tastete nach der Zeltklappe.

«Bringe ihn sofort», rief Ahmose ihr nach, als sie sich nach draußen schob. Er sprang auf und rannte hinter ihr her. Sie floh mit gelösten Zöpfen und nachschleifendem Gewand zur Stadt zurück. «Mesehti soll ihr mit dem Streitwagen nachsetzen und sie den Rest des Weges fahren», befahl er Anchmahor. «Dann suche Turi. Er soll fünfzig Mann mitnehmen und vor dem Südtor warten. Sie wird mit Apophis kommen. Turi begleitet sie dann hierher zurück.»

«Majestät, wie hast du das hinbekommen?», fragte Anchmahor.

«Das wirst du sehr bald sehen», sagte Ahmose. Er hatte das Gefühl, dass auch er krank war. Gewissensbisse setzten ihm zu, doch er reckte die Schultern, und da verflogen sie. Tut mir Leid, Tani, sagte er im Stillen zu ihr. Es stimmt nicht, du bist mir nicht einerlei, aber diese gute Gelegenheit konnte ich mir nicht entgehen lassen. Du bist weniger wichtig als die Symbole von Ägyptens Bestand. Achtoi stand in der Nähe, und Ahmose winkte ihn zu sich. «Lass neben meinem ein weiteres Zelt aufstellen und hole meinen Leibarzt», befahl er. «Und sag Hekayib, er soll einen Krug Wein bringen. Dieser Tag kann sehr lang werden.»

Er lag auf seinem Lager und balancierte den Weinbecher auf seiner nackten Brust. Was war, wenn sich Apophis' Söhne wehrten, wenn sich seine Hauptfrau Uazet auf ihren Gemahl warf und sich weigerte, ihn fortzulassen? Aber gewiss hatte der Mann solche Schmerzen, dass alle froh waren, wenn man sie linderte. Was das hinsichtlich Scharuhen bedeuten mochte, wusste er nicht. Aber es galt ihm gleichviel. Sein Herz hämmerte sprunghaft, und er spürte, dass sein Geschick rasch einem Höhepunkt zusteuerte. Der Gott hatte sich gerührt. Die Abfolge von Ereignissen, die er in Gang gesetzt hatte, näherte sich ihrem Ende.

Es wurde Abend, ehe er die Geräusche hörte, auf die er gewartet hatte. Ein Anschwellen erregten Stimmenlärms, das Rattern von Streitwagenrädern und das Getrampel vieler Füße zogen ihn eilends nach draußen. Zwei Sänften mit Vorhängen wurden abgesetzt, und Turi entließ seine neugierigen Männer. Tani stieg aus, und Mesehti ruckte an den Zügeln und brachte die Pferde in den Stall zurück. Tani sah Ahmose nicht an. Sie winkte ein paar Getreuen und zog den Vorhang der ersten Sänfte auf. Sofort stank es nach fauligem Fleisch. Einige Getreue schreckten zurück, als sie sich bückten und den Strohsack mit seiner stöhnenden Bürde heraushoben, doch Tani nicht. Ahmose auch nicht.

Der Arzt und sein Helfer warteten neben dem Feldbett. Sanft legten die Getreuen Apophis ab und entfernten sich. Tani ließ sich auf einen der Stühle fallen. Der Arzt zog das befleckte Laken zurück, und Ahmose entfuhr gegen seinen Willen ein Aufschrei. Apophis war nackt bis auf ein Lendentuch, das bereits mit seinen Exkrementen besudelt war. Ein Bein zitterte unkontrolliert. Das andere war eine fast unkenntliche Masse aus sickerndem Eiter. Maden wimmelten und krochen über Knochenstücke, die aus den eiternden Wunden herausragten, und in dem geschlossenen Raum stank es jetzt überwältigend. Nur der Arzt wirkte ungerührt. «Bring mir ein Becken», fuhr er seinen Helfer an. «Als Erstes müssen wir die Schmarotzer absammeln. Während ich das tue, holst du heißes Wasser zum Waschen.» Er hatte den Mohnsaft schon bereit. «Majestät, gewiss ist dir klar, dass er binnen Stunden stirbt», sagte er zu Tani. «Bei einem solchen Bruch ist nichts zu machen. Nicht einmal ägyptische Ärzte hätten ihn retten können. Ich kann ihm nur noch die Gnade der Bewusstlosigkeit schenken.» Sie schluckte und nickte mit schmerzverzerrter Miene.

Ahmose trat näher und versuchte, eine Ähnlichkeit zwischen dem gemarterten Mann auf den Kissen und dem Apophis seiner Erinnerung zu entdecken. Der Mann, dessen Bild sich ihm eingebrannt hatte, war höher gewachsen gewesen als die meisten Männer, hatte lange, wohlgeformte Beine und breite Schultern gehabt. Sein Hals war auch lang, fast zu lang, und darauf ein völlig unägyptischer Kopf mit ausgeprägten Wangenknochen, spitzem Kinn, braunen, zu eng stehenden

Augen und einem Mund mit hängenden Mundwinkeln, die ihm einen mürrischen Ausdruck verliehen. Um die Augen hatte er Lachfältchen gehabt. Ahmose erinnerte sich lebhaft an ihn. Doch das fiebernasse Gesicht, der schmerzvoll verzogene Mund, die eingesunkenen Augen hatten keine Ähnlichkeit mehr mit dem König in golddurchwirktem Leinen und mit Geschmeide behangen, der auf den Thron gestiegen war, den er aus Auaris nach Waset mitgebracht und von dem er seine Familie abgeurteilt hatte. Das hier war kaum noch ein menschliches Wesen, eher ein verwundetes Tier.

Plötzlich schlug Apophis die Augen auf. Sein Atem ging schnell, doch er wollte unbedingt sprechen. Allmählich sammelte sich sein Blick auf Ahmose. Der ekelte sich zwar, bückte sich aber dennoch und sah, wie Tani am Rand seines Gesichtsfeldes die Hand ihres Mannes ergriff. «Ahmose Tao», flüsterte Apophis. «Hätte ich an jenem Tag, als du in Waset vor mir gestanden hast, nur geahnt, welche Gewalten, welche Bitterkeit und verzweifelte Hartnäckigkeit ich mit der Verkündung meines Urteils gegen dich und deine Familie geweckt habe! Ich habe meine Blindheit teuer bezahlt.»

«Mein Vater und mein Bruder auch, Awoserra Apophis», erwiderte Ahmose. «Und dazu viele, viele Ägypter. Es sind ein paar blutige und schreckliche Jahre gewesen.»

«Und jetzt bist du König. Ich habe beides, deinen Stolz und dein Beharrungsvermögen, unterschätzt. Meine Götter haben sich von mir abgewandt. Sie lassen mich wie ein verstoßenes Tier in einem Zelt sterben. Ich bin nach Scharuhen geflohen, aber ich bin wieder in Ägypten. Ich bin wieder in Ägypten.» Seine Stimme erstarb in Geschrei und Gemurmel, er verdrehte die Augen. Ahmose richtete sich auf.

«Gebt ihm Mohnsaft, wenn er ihn schlucken kann», befahl er. Der Helfer stand mit einer Schüssel hinter ihm. Ahmose trat beiseite. Er glaubte, der Magen würde sich ihm vor Ekel umdrehen, wenn die Maden abgesucht wurden, hielt den Atem an und ging nach draußen.

Turi und seine Soldaten drängten sich noch immer schützend um die zweite Sänfte. Ahmose ging mit ausholendem Schritt darauf zu und holte im Gehen tief Luft, warme, reine Luft. Er nickte einmal, und die Vorhänge wurden aufgezogen. Der rote Schein der untergehenden Sonne fiel auf den Horusthron und machte sein Gold zu Feuer. Staunende Erregung lief durch die Schar der Männer, einige fielen auf die Knie. «Hebt ihn heraus», befahl Ahmose. Ein paar Soldaten hoben ihn behutsam hoch, stellten ihn auf die Erde und traten hastig zurück. Auf seinem Sitz lagen zwei Kästen. Ahmose zögerte, doch dann nahm er seinen Mut zusammen und machte den ersten auf. Da lag die Doppelkrone vor ihm, die glatte, sich verjüngende weiße Hedjet Oberägyptens, der die rote Deschret daneben einen zarten rosigen Schimmer verlieh. Er berührte sie ehrfürchtig.

«Das ist die Pschent», rutschte es Turi tief beeindruckt heraus. Ahmose konnte nicht antworten. Sein Herz war zu voll. Liebevoll öffnete er den zweiten Kasten. Im Schein von Res dunkelroter Pracht lagen Heka und Nechacha in Gold und Lapislazuli gefasst. Ahmose mochte kaum glauben, dass er sie da vor sich hatte, und liebkoste sie bewundernd mit einem Finger.

«Der Krummstab der Gnade und die Geißel der Gerechtigkeit», sagte er leise. «Amun, ich danke dir für diese Gaben, auch wenn sie inmitten von Schmerz und Tod zu mir kommen. Ich flehe dich an, lass mich stets würdig sein, sie zu führen, und erinnere mich daran, dass ich zwar deine Inkarnation, aber zugleich Diener der Maat bin.»

Er setzte sich nicht auf den Thron. In die Versuchung kam

er erst gar nicht. Doch gierig musterte er jede kunstvolle Einzelheit: Isis' und Neiths Flügel aus Türkis und Lapislazuli auf dem Gold seiner Seiten, wo die Göttinnen die Arme hoben, um den König zu beschützen und zu umfangen, die Rückenlehne aus kunstvoll gepunztem Gold, das mit Jaspis und Karneol eingelegt war, die den Schemel des Wohlstands und den Stab der Ewigkeit darstellten, an denen viele Anchs hingen, das gewaltige Horusauge auf der Rückseite und die fauchenden Löwenmäuler, auf denen seine Hände ruhen würden. «Turi», rief er mit vor Rührung belegter Stimme. «Lass das hier sicher verpacken und mit geziemender Bewachung nach Waset bringen. Komm zu mir, wenn du reisefertig bist. Ich diktiere dazu eine Rolle an die Königin.» Er dachte an den Raum im neuen Palast, wo der Thron auf einer fürstlichen Estrade stehen, wie seine Ausstrahlung von Macht und Pracht den eindrucksvollen Raum ausfüllen würde. Er konnte noch nicht recht glauben, dass alle Symbole seiner Königswürde da waren, auf der steinigen Erde einer fremdländischen Wüste standen und so viel Würde ausstrahlten, dass die armselige Umgebung völlig unwesentlich wurde.

Auf einmal war er hungrig und bat Achtoi, ihm zu essen zu bringen, und er war gerade fertig, als der Arzt angemeldet wurde, der einen schwachen, fauligen Geruch mit sich brachte. Der Mann verbeugte sich. «Der Patient ist ins Koma gefallen», sagte er. «Er wird, glaube ich, nicht wieder aufwachen. Ich konnte ihm nicht helfen, Majestät. Es tut mir Leid.»

«Bleibe trotzdem bei ihm und halte Mohnsaft bereit, falls er wieder zu Bewusstsein kommt», sagte Ahmose. «Ich habe Königin Tautha versprochen, dass man sich bis zu seinem Tod gut um ihn kümmert.» Der Arzt hörte die Frage hinter den Worten.

«Ich würde mich sehr wundern, wenn er bis Tagesanbruch

durchhielte», meinte er. «Er verwest, ehe sein Ka den Leib verlassen hat. Er sieht nicht gerade kräftig aus, hat aber einen starken Lebenswillen.»

«Seltsam angesichts dessen, was er alles verloren hat.» Ahmose verstummte. «Sei bedankt. Du bist entlassen. Schicke die Königin zu mir.»

Es dauerte ein Weilchen, bis Tani eingelassen wurde. Die Dämmerung senkte sich herab, und Hekayib hatte den Lampendocht gestutzt und angezündet, Ahmose Sandalen und Schurz ausgezogen und ihm in eine ärmellose Tunika geholfen, ehe er seinen Posten draußen einnahm. Ahmose sah sie kommen und verbarg seine Sorge um sie. Sie sah erschöpft aus, ihre Augen lagen tief in den Höhlen, ihre Lippen waren blass. «Komm, setz dich», sagte er. «Du brauchst Schlaf, Tani. Bist du hungrig? Lass mich dir Wein einschenken.» Sie suchte sich einen Stuhl, nahm ihm teilnahmslos den Becher ab und starrte in die Flüssigkeit, als wüsste sie nicht recht, was sie in der Hand hielt.

«Der Arzt hat mir gesagt, dass er morgen tot ist», meinte sie tonlos. «Man hat ihn mir genommen, Ahmose. Ohne ihn bin ich völlig wurzellos. Für die Setius bin ich eine ägyptische Fremdländerin und für die Ägypter eine Frau, die ihr Geburtsrecht verraten hat. Er hat mich geliebt und beschützt. Was wird aus mir?» Er musterte sie von der Seite. In der Regel neigte sie nicht zu Selbstmitleid.

«Was möchtest du denn tun?», fragte er vorsichtig. «Ich bin davon ausgegangen, dass du seinen Leichnam nach Scharuhen, zu seiner Familie bringst.»

«Ihn nach Scharuhen bringen?», wiederholte sie, als ob er irre redete. «Aber, Ahmose, er muss ein richtiges königliches ägyptisches Begräbnis bekommen!»

«Ein was?» Er stellte den Becher so hart auf den Tisch,

dass ihm Wein über die Hand schwappte. «Gesellt sich zu deiner Dummheit nun auch noch Gotteslästerung, Tani? Der Mann stammt nicht nur aus einer langen Reihe von Thronräubern, er ist obendrein Setiu. Ein Fremdländer. Sollen ihn seine eigenen Leute doch verbrennen oder ein Loch für ihn graben oder mit ihm tun, was immer die Einwohner von Rethennu mit ihren Toten tun. Was ist los mit dir? Hast du den Verstand verloren?» Er hatte gesprochen, als wäre Apophis bereits tot, und Tani presste die Lippen zusammen.

«Du hast gar keine andere Wahl», sagte sie ruhig. «Wenn du ihm ein königliches Begräbnis verweigerst, können Zweifel an deiner eigenen Göttlichkeit aufkommen.»

«Wie das?» Er wischte sich die Finger nachdrücklich an seiner Tunika ab. Falls der Kummer ihren Verstand vergiftet hat, steht sie unter dem besonderen Schutz der Götter, dachte er. Als Irre ist ihre Person heilig, und ich kann sie mit nach Hause nehmen und dieser Posse ein Ende machen. Sie wird allen in Waset Leid tun, weil sie so lange unter Setius leben musste, dass es ihren Geist zerrüttet hat.

«Damit verhält es sich so», fuhr sie fort. «Du bist der Abstammung nach der König, nicht wahr?» Er nickte. «Und ich bin eine echte königliche Prinzessin. Aber die weibliche Linie legitimiert den König, Ahmose, nicht die männliche. Du hast Aahmes-nofretari geheiratet, also eine echte königliche Prinzessin. Das musstest du, damit du zum Gott werden kannst. Apophis hat mich geheiratet. Das macht ihn zu einem echten ägyptischen König.» Wutentbrannt ballte er die Fäuste.

«Du wagst es zu behaupten, dass Apophis irgendein Recht auf den ägyptischen Thron hat!», brüllte er. «Warte nur, bis Amun dich mit Stummheit schlägt! Bedeutet dir alles, was die Familie erdulden musste, denn gar nichts? Wann ist deine ägyptische Seele aus Scham geflohen und hat an ihrer Stelle ein Setiu-Ka zurückgelassen?»

«Bis er mich geheiratet hat, war er nicht König», sagte sie laut, nachdrücklich und brachte damit den Erzürnten zum Verstummen. «Aber sowie ich den Heiratsvertrag unterzeichnet hatte, ist Apophis rechtmäßiger König von Ägypten geworden. Falls du ihm die vollen Ehren verweigerst, die einem solchen König gebühren, stellst du deine eigene Rechtmäßigkeit in Frage.» Ahmose lehnte sich zurück. Ihm war auf einmal sehr kalt.

«Du Hure», flüsterte er. «Deine Folgerungen sind irgendwie schlüssig, aber sie sind schlecht, abartig.»

Sie verzog das Gesicht, weinte jedoch nicht. «Ich würde alles tun, nur damit sein Ka nicht ausgelöscht wird», sagte sie heftig. «Er ist ein guter Mensch, Ahmose. Ein gütiger Mensch. Falls die Setius ihn bestatten, können unsere Götter ihn nicht erkennen oder anerkennen, und das ertrage ich nicht! Ich will, dass er zu Osiris kommt und in alle Ewigkeit friedlich unter der Sykomore sitzt! Dieser Wunsch macht mich rücksichtslos!»

Ganz kurz musste er sie bewundern. Sie mag zwar eine Setiu geworden sein, aber dennoch fließt das Blut ihrer störrischen Großmutter in ihren Adern, dachte er. Und sie hat Recht. Wenn ich Apophis irgendwo auf einen Misthaufen werfe, leugne ich ihren Prinzessinnentitel und meine Gottheit. Sei verflucht, Tani!

«Er kann nicht einbalsamiert werden», erinnerte er sie schroff. «Hier gibt es kein Haus des Todes, keine Sem-Priester, nicht genug Natron zum Aufbewahren. Er verfault doch bei lebendigem Leib, und wenn er gestorben ist, wird er schnell verwesen.»

Sie antwortete ihm beflissen, witterte offensichtlich Sieg.

«Er kann in Sand gepackt und rasch nach Auaris geschafft werden», drängte sie. «Dort gibt es ein Haus des Todes für die Ägypter, die innerhalb der Mauern gelebt haben. Gewiss sind die Sem-Priester noch da! Die schaffen das, und dann könnte ich ihn vor Auaris in dem Grabmal seiner Vorfahren bestatten.»

Die Ironie entging Ahmose nicht. Einsilbig schenkte er sich Wein nach.

«Angenommen, ich willige in diese ... Posse ein», sagte er. «Ich erlaube dir, mit ihm zu reisen, aber seiner übrigen Familie nicht. Setiu-Prinzen dürfen sich nie wieder frei in Ägypten bewegen.»

Sie trank, drehte den Becher in den Händen und hob ihn hoch, dass er wie ein Schutzschild wirkte. «Es ist mir einerlei, ob sie hier bleiben», sagte sie hölzern. «Es geht mir nur um Apophis. Seine Familie hat mich nie wirklich aufgenommen. Seine Hauptfrau war eifersüchtig, und seine Söhne haben ihre Verachtung kaum verhehlt. Jetzt haben sie mich ganz und gar verstoßen, weil ich mich so tief erniedrigt habe, dich um Hilfe zu bitten. Sie wollten, dass er wie ein Krieger stirbt.»

«Krieger sterben nicht an einem Sturz von der Treppe», spottete er. «Meinen Glückwunsch, Tani. Mir scheint, du hast dir die Verachtung von Ägyptern und Setius gleichermaßen zugezogen. Du hast es weit gebracht.»

Sie errötete. «Ahmose, du bist grausam.» Das war fast geflüstert. «Verachtest du mich auch?»

Nun tat sie ihm doch ein wenig Leid. «Nein», sagte er etwas sanfter. «Du hast den Stolz auf dein Blut und Erbe, den du einmal gehabt hast, verkauft, und deshalb kann ich dich nicht länger achten, aber du bist und bleibst meine Schwester. Die Zuneigung zu einem Familienmitglied ist noch vorhanden.»

«Ein schwacher Trost», murmelte sie. «Aber das muss mir wohl genügen.»

«Genügen? Das ist eine ganze Menge, wenn man bedenkt, wie tief du durch deine Selbstsucht und Dummheit gesunken bist!», fuhr er sie an, und mit dem Anflug von Mitleid war es vorbei. «Und jetzt berichte von Apophis' Söhnen. Ich muss wissen, wie sie sind.» Er sah die Frage in ihren Augen und die Vorsicht, die ihr verbot, sie laut auszusprechen.

«Er hat mehrere von seinen Nebenfrauen», sagte sie, «aber nur zwei von seiner rechtmäßigen Frau Uazet. Apophis der Jüngere und Kypenpen. Kypenpen ist vom Wesen her genau wie sein Vater, ist sanft und klug, aber Apophis der Jüngere ist hochfahrend, voreilig und unüberlegt. Ehe mein Mann gestürzt ist, hat ihm sein Ältester dauernd zugesetzt, er solle die Tore öffnen und kämpfen. Eine absurde Idee, und das hat Apophis auch gewusst, aber er konnte seinen lästigen Sohn nicht zum Schweigen bringen. Ich mag Apophis den Jüngeren nicht, und er hat mich gehasst, weil ich deine Schwester bin.»

«Warum war die Idee absurd?», bohrte Ahmose weiter. Etwas an seinem Ton hatte sie aufmerken lassen, und sie machte den Mund zu, richtete den Blick auf die Spitzen ihrer Sandalen unter den Falten ihres gemusterten Gewandes. «Lass mich raten», fuhr er langsam fort. «Könnte es sein, dass Scharuhen voll gewöhnlicher Bürger ist und die Garnison sehr klein? In ganz Rethennu gibt es einfach keine Soldaten mehr. Die meisten hat mein Heer umgebracht, als sie sich ins Delta gewagt haben. Habe ich Recht?» Sie blickte weiter auf ihre Füße und antwortete nicht. «Sieh mich an!», befahl er ihr barsch. Widerstrebend hob sie den Blick. «Ich bin bereit, für deinen Mann ein königliches Begräbnis anzuordnen», sagte er. «Binnen einer Stunde wartet eine Kiste mit Sand vor seinem Zelt.

Sowie er tot ist, brecht ihr zusammen nach Auaris auf, und ich gebe dir eine Rolle für General Sobek-chu mit, dass du ihn ins Haus des Todes bringen und ihn formell siebzig Tage betrauern darfst. Dann suchst du dir einen Priester, der die erforderlichen Riten vor dem Grabmal von Apophis' Vorfahren vollzieht. Danach bist du verbannt. Du darfst nie wieder nach Ägypten zurückkehren, sonst bist du des Todes. Ich weise Abana an, dass er für dich mit dem Schiff so viel Gold nach Keftiu bringt, dass du davon bequem leben kannst. Wenn du willst, magst du wieder heiraten. Im Austausch dafür sagst du mir, wie viel Soldaten in Scharuhen stationiert sind.»

Bei seinen Worten war sie sehr still geworden. Man konnte kaum noch hören, dass sie atmete.

«Und wenn ich mich weigere?», flüsterte sie.

Er hob die Schultern. «Dann lasse ich den Leichnam deines Mannes verbrennen, sowie er tot ist, und dich sperre ich in Waset wegen Hochverrats ein.»

«Ahmose!», rutschte es ihr heraus. «Das würdest du niemals tun!»

«O doch», erwiderte er kalt. «Entschließe dich, Tani. Die Nacht ist bald vorbei.»

«Eine schöne Wahl», sagte sie bitter. «Und prächtige Aussichten. Das Ka meines Gemahls auslöschen oder meinen Wohltäter, den Befehlshaber von Scharuhen, verraten und in die Verbannung gehen. Wie gnädig von dir, Sohn der Sonne, Wahrer der Maat! Wie gütig! Wieder einmal hast du Salz in eine Wunde gerieben, die ohnedies unerträglich schmerzt. Na schön.» Sie stand auf. «In der Garnison von Scharuhen gibt es nicht mehr als fünftausend Soldaten. Die sind zwar gut bewaffnet, aber nicht sehr diszipliniert. Gegen dein Heer können sie bestimmt nichts ausrichten. Aber sie kommen nicht heraus, Ahmose. Der Befehlshaber lässt sie nicht.»

«Wer herrscht in Scharuhen?», hakte Ahmose nach. «Der Befehlshaber oder sein Bruder, dem er Asyl gewährt hat?»

«Der Befehlshaber wird sich dem Befehl von Apophis dem Jüngeren unterstellen», gab sie zu. «Und jetzt lass mich an das Lager meines Mannes zurückkehren. Hoffentlich sehen wir uns nie wieder.» Sie wartete nicht darauf, entlassen zu werden.

Und ich will mich nicht schämen, redete er sich gut zu. Ich habe getan, was ich tun musste. Ich habe mehr für sie getan als viele andere an meiner Stelle. Vielleicht erkennt sie eines Tages, dass auch ich vor einer ebenso begrenzten und furchtbaren Wahl gestanden habe wie sie, und verzeiht mir. Er ging zur Zeltklappe und rief nach Chabechnet. «Man soll für Apophis unverzüglich einen Sarg voll Sand bringen», sagte er. «Richte General Turi aus, dass er nicht nur den Thron, sondern auch Königin Tautha und den Leichnam ihres Gemahls ins Delta begleiten soll. Schicke mir sofort Ipi und hole Fürst Abana, falls er schon zurück ist.»

Kurz darauf erschien Ipi, legte dic Palette auf die Knie, und dann verfasste Ahmose einen Brief an Aahmes-nofretari, in dem er von der Rückgewinnung des Throns und Tanis Rolle dabei berichtete.

Abana wartete bereits, nachdem Ahmose geendet hatte, und als sein Admiral eintrat, bat Ahmose Ipi zu bleiben und die Unterhaltung aufzuzeichnen. Abana verbeugte sich und setzte sich auf den Stuhl, den Ahmose ihm anbot. Die Wochen auf dem Meer hatten tiefere Linien in sein Gesicht geätzt und seine Haut noch dunkler gemacht, doch er erfüllte das Zelt mit einer Aura von Gesundheit und männlicher Lebenskraft. «In drei Tagen hören die Wassertransporte auf», sagte Ahmose. «Doch ehe das geschieht, möchte ich, dass du jedes Fass in unserem Besitz füllst. Ich ziehe das Heer ab.»

«Das ist mir zu Ohren gekommen.» Abana streckte die Beine aus, kreuzte die Knöchel und betrachtete seinen König nachdenklich. «Aber das Heer braucht nicht so viel Wasser, wenn es nur ins Delta zurückmarschiert, wo es ausreichend gibt. Du hast einen Plan, Majestät.» Ahmose schenkte ihm ein Lächeln.

«Ja, so ist es. Ich habe erfahren, dass die Garnison in Scharuhen klein ist und die Stadt selbst von einem sehr hochfahrenden, sehr voreiligen jungen Mann regiert wird. Ich habe vor, drei meiner fünf Divisionen nach Ägypten zurückzuführen und eine, die gut zu sehen ist, vor Scharuhen zu belassen, die andere versteckt sich ein paar Meilen entfernt hinter den Dünen im Westen. Ich möchte, dass du für ein Weilchen Fußsoldat wirst, Fürst.» Abana nickte gleichmütig.

«Ich stehe zu deinen Diensten», sagte er. «Das hört sich aufregend an. Du versuchst, diesen dummen jungen Mann zu einer offenen Feldschlacht zu verlocken, und wenn du ihn draußen hast, wirfst du weitere Truppen ins Feld und besiegst ihn. Soll Scharuhen geplündert werden, obwohl Apophis so gut wie tot ist?»

«Du bist derjenige, der ihn aus seiner Festung locken soll», sagte Ahmose. «Du hast einige Erfahrung in Unverschämtheit, Fürst. Also stellst du dich jeden Tag vor die Mauern und rufst Beleidigungen hoch.»

«Wie viel Soldaten sind in der Festung?», wollte Abana wissen. «Und wen verspotte ich?»

«Fünftausend, und aus diesem Grund lasse ich für jeden sichtbar eine ganze Division zurück, fünftausend Mann, und weitere fünftausend hinter den Dünen. Und du sollst Apophis' ältesten Sohn verlocken, Apophis den Jüngeren.» Abana kniff die Augen zusammen.

«Du kannst es dir nicht leisten, sie am Leben zu lassen,

Majestät, nicht wahr?», sagte er leise. «Apophis stirbt, aber seine Söhne leben und stellen eine Bedrohung all dessen dar, was du erreicht hast. Wenn die Schlacht geschlagen und gewonnen ist, soll ich sie dann hinrichten?»

«In dieser Sache habe ich keine andere Wahl», entgegnete Ahmose. «Die Soldaten dürfen Scharuhen plündern. Sie haben es sich verdient. Aber es darf kein Einwohner umgebracht werden. Ich will nur, dass Apophis der Jüngere und sein Bruder Kypenpen herausgepickt und getötet werden. Die Kinder von Apophis' Nebenfrauen rührt ihr nicht an. Die haben keinen Anspruch auf Ägypten. Hast du mich verstanden?»

«Vollkommen», versicherte Abana.

«Noch eins», fuhr Ahmose fort. «Meine Schwester muss nach der Bestattung von Apophis mit dem Schiff nach Keftiu gebracht werden. Ich habe ihr erlaubt, seine Begräbnisriten in Auaris zu vollziehen, aber danach muss sie Ägypten verlassen. Du kennst doch viele Händler aus Keftiu. Verschaffe ihr eine sichere Überfahrt. Ich gebe ihr einen Brief an den Herrscher von Keftiu mit.» Er konnte sehen, wie sich Abana einiges zusammenreimte. Das alles muss ich also nicht erklären, dachte er erleichtert. «Sie wird die üblichen siebzig Tage um ihn trauern», schloss er. «Gewiss hast du in dieser Zeit Scharuhen gedemütigt und bist ins Delta zurückgekehrt. Apophis' gesamte Beamtenschaft fährt mit Tani. So hat sie Gesellschaft auf der Reise und kann daraus nach ihrer Ankunft den Kern eines neuen Hofstaates bilden.»

«Die Keftius und die Setius haben sich stets geachtet», sagte Abana und stand auf. «Du kannst dich auf mich verlassen, es wird alles wunschgemäß ausgeführt, Majestät.»

«Gut. Dann kannst du gehen.»

Ahmose ging früh zu Bett, doch er fand keinen Schlaf. Aus dem Zelt nebenan drang kein Laut. Als seine Phantasie groteske Schatten erschuf, stand er auf, wickelte sich in einen Umhang, verließ sein Zelt und betrat leise das andere.

Der Arzt döste auf einem Stuhl, und Tani schlief auf ihrem Schemel neben dem Lager, hatte einen Arm über die eingesunkene Brust ihres Mannes gelegt, und ihr Kopf ruhte auf einem Kissen neben seinem. Der Schlaf hatte die Zeichen von Erschöpfung und Traurigkeit aus ihrem Gesicht getilgt, und im Schein der Lampe erblickte Ahmose wieder das junge, unbefleckte Mädchen von einst. Er wollte zu ihr gehen, ihr das zerzauste Haar aus der Stirn streichen, Worte der Zuversicht und des Trostes murmeln, doch stattdessen ließ er sich gleich neben dem Eingang zu Boden sinken und beobachtete sie.

Der Arzt war bei seinem Eintreten aufgewacht. Gähnend stand er auf und verbeugte sich. «Seine Atmung ist sehr flach und unregelmäßig geworden, Majestät», sagte er leise. «Es kann nicht mehr lange dauern, keine Stunde mehr.» Ahmose nickte und legte einen Finger auf die Lippen.

Ahmose wurde von Tanis Schrei geweckt. Sie hatte den Schemel umgeworfen, saß halb, nein, lag halb auf dem Lager, wiegte Apophis in den Armen und weinte. Ahmose merkte, dass er sich auf dem Boden des Zeltes zusammengerollt hatte, und stand schlaftrunken auf. Er wies den Arzt aus dem Zelt und drehte sich zu Tani um, wollte etwas sagen, eine mitfühlende Geste machen, doch er zögerte. Sie nahm ihre Umgebung nicht wahr, sondern nur noch ihren Gram, hatte die Augen geschlossen, und ihr ganzer Leib war ein stummer Schmerzensschrei, während ihre Totenklage das Zelt erfüllte. Nichts, was ich sagen oder tun kann, wäre aufrichtig, dachte Ahmose. Ich bin froh, dass er tot ist, es wäre gelogen, wenn ich das Gegenteil behaupten würde. Er stahl sich so geräuschlos davon, wie er gekommen war.

Dann ließ er Turi melden, er solle sich auf der Stelle fertig machen, gab jedoch Tani noch eine weitere Stunde, sodass sich ihr erster heftiger Kummer erschöpfen konnte, ehe er Apophis' Leichnam hinaustragen und in den sandgefüllten Sarg legen ließ. Als sie dann mit verquollenen Augen und stumm aus dem Zelt trat, war die Kiste verschlossen und auf einen Karren geladen, Thron und Insignien auf einen anderen, und Machu wartete mit einem Streitwagen auf sie. Turi und die Eskorte standen auch bereit, die Mienen ernst im flammenden, dunkelgoldenen Schein der Fackeln. Ahmose trat näher, doch sie ging an ihm vorbei, ohne ihn eines Blickes zu würdigen, stieg in den Streitwagen und machte es sich auf dem Boden bequem. Auf Ahmoses Wink hin rief Turi einen Befehl, die Soldaten ordneten sich in Reih und Glied, und der Zug setzte sich in Bewegung. Ahmose lauschte ihm nach, bis der Fackelschein nur noch ein verblassendes Flackern war, dann wandte er sich zum Gehen. «Zu Bett, Achtoi», sagte er über die Schulter. «Vor Tagesanbruch brauche ich dich nicht mehr.»

Er ging weiter, stolperte bisweilen auf dem unebenen Gelände, schritt durch die säuberlich aufgereihten Zelte, vorbei an den Pferdeställen, bis er die äußerste Grenze des Lagers erreichte. Er wurde angerufen und antwortete, spürte den neugierigen Blick des Wachpostens in seinem Rücken, doch er ging immer weiter. Schließlich merkte er, dass er ganz außer Sicht- und Hörweite seines Heeres geraten war, und blieb stehen. Der Mond ging unter, eine helle, verformte Scheibe, die sich weit hinten im Westen anschickte, ins Meer zu sinken. Er schien nicht mehr, doch die Sterne strahlten über seinem Kopf, und ringsum erstreckte sich die Wüste friedlich und still. Nicht einmal die Luft bewegte sich.

Ahmose erblickte in der Nähe einen schattenhaften, großen Stein, setzte sich und legte die Stirn auf die Knie. Es ist vorbei, dachte er. Es ist wirklich vorbei. Er spürte, wie bei diesen Worten etwas in ihm nachgab, ein straff gespanntes Band, das zerriss, und auf einmal weinte er, und heiße Tränen spritzten auf seine Füße, in seiner Kehle stiegen Schluchzer hoch, die lange irgendwo tief unten in seiner Seele erstarrt gewesen waren, und er konnte nicht aufhören, bis auch der letzte geborsten, geschmolzen und fortgewaschen war.

SIEBZEHNTES KAPITEL

Bei Tagesanbruch kehrte Ahmose in sein Zelt zurück. Ehe er sich waschen ließ und speiste, ließ er Chabechnet holen. «Ernenne vier Herolde, die sich unter den vier Mauern der Stadt aufstellen und mittags, nachmittags und bei Sonnenuntergang Apophis' Tod verkünden», befahl er. «Lass sie sagen: ‹In dieser Nacht ist Awoserra Apophis zu seinen Göttern versammelt worden.› Wir brauchen sie nicht zu beleidigen, sondern nehmen Rücksicht auf den Kummer seiner Familie.» Er merkte, dass Chabechnet rasch seine Miene musterte, ehe er den Blick senkte und sich entfernte, und da ging ihm auf, dass man ihm seine Tränen noch ansah. Na und, dachte er, als sich Hekayib mit einem Becken dampfenden, duftenden Wassers und einem Fläschchen Öl ins Zelt schob. Sollen meine Leute ruhig sehen, dass ein König auch nur ein Mensch ist und Tränen vergießt und dennoch die höchste Befehlsgewalt des Gottes über sie hat.

Er verbrachte den Morgen mit einer Rundfahrt durch das Lager. Die Soldaten hatten bereits die Nachricht erhalten, dass sie aufbrechen würden, und sie jubelten ihm zu, als er vorbeifuhr. Nachmittags traf er sich mit den Generälen, entwarf sorgfältig seinen Plan und betonte Abanas Rolle dabei.

«Ptah wird vorübergehend aufgelöst, aber sage es deinen Männern noch nicht, Achethotep. Sie sollen nüchtern und geordnet nach Ägypten zurückmarschieren.» Seine Männer lachten. «Du, Baqet, bleibst mit der Thot-Division hier in Sichtweite von Scharuhen, und du, Meryrenefer, tust, als ob du aufbrichst, stellst jedoch deine Soldaten kampfbereit hinter den Dünen auf. Versteckt euch gut, aber seid bereit zu reagieren, wenn Baqet Nachricht schickt, dass Apophis der Jüngere die Tore geöffnet hat. Ich habe beschlossen, dich, Baqet, wenn das hier vorbei ist, auf Dauer in Chemmenu zu stationieren. Ich benachrichtige Ramose, dass er für die Soldaten und ihre Familien Unterkünfte baut. Eine Division im Delta wird aufgelöst, kann aber notfalls sofort wieder zurückgerufen werden, die andere wird weiterhin die Horusstraße und die Festungen der Fürstenmauer bewachen. Sobek-chu bekommt zum Schluss Auaris, und Cheti zieht mit seiner Division nach Mennofer. Auf diese Weise ist ganz Ägypten militärisch geschützt. Gibt es noch Fragen oder Einwände?»

«Was wird aus den Medjai, Majestät?», fragte Hor-Aha scharf. «Sie sind seit der Zeit deines Vaters deine treuen Verbündeten gewesen. Willst du sie in die Wüste von Wawat zurückschicken?» Ahmose warf ihm einen forschenden Blick zu.

«Hast du Angst vor der Wüste von Wawat, General?», fragte er gelassen. «Aber keine Bange. Die Medjai bekommen ihr Dorf auf dem Westufer von Waset. Sie werden nicht vergessen, und ihr langer Dienst wird belohnt. Ihr alle», sagte er und wurde dabei lauter, «ihr alle bekommt euren Lohn. Ohne euch würde die Sonne jeden Tag über einem völlig anderen Ägypten aufgehen. Ohne eure Anwesenheit wäre meine Krönung weiß Gott ein armseliges Ereignis. Ich werde euch Nachricht schicken, sowie die Astrologen einen günstigen

Zeitpunkt gewählt haben.» Sie blickten ihn verständnislos an. Dann schnaubte Kagemni durch die Nase.

«Wie dumm wir doch sind, liebe Freunde!», platzte er heraus. «Apophis ist tot, der Horusthron unterwegs nach Waset, der Krieg ist aus. Ganz aus! Wacht auf! Ägypten wird eine echte Inkarnation bejubeln. Wir haben gelitten und gesiegt!» Brüllendes Gelächter und ein Wortschwall folgten seiner kleinen Rede, und Hor-Aha beugte sich zu Ahmose.

«Sie haben es gewusst und dennoch nicht gemerkt», meinte er. «Sie haben es erst begriffen, als du deine Krönung erwähnt hast. Ob sie sich mit dem Frieden anfreunden, was meinst du?»

«Frieden wahrt man nur durch Wachsamkeit und Stärke», erwiderte Ahmose. «Ägypten hat seine tragische Lektion gut gelernt. Es wird sie nicht vergessen, und die hier auch nicht.» Er musterte die jubilierenden, begeisterten Männer rund um den Tisch. «Auch wenn dein Bogen an der Wand hängt und dein Dolch nur noch gezückt wird, um eine Hyäne zu erledigen, Hor-Aha, so seid ihr dennoch allesamt weiterhin Ägyptens Schutz. Sei versichert, dass ich das nie vergessen werde.»

Am Morgen des vierten Tages erhoben sich die Divisionen, schulterten die Bündel, schnürten Gürtel und Sandalen fester, kehrten Scharuhen den Rücken und ließen Baqet und seine fünftausend Mann ziemlich verloren und verlassen zurück. Hinter ihnen erhob sich die Stadt wie ein Riesenungeheuer, und zu jeder Seite des Weges erstreckte sich die steinige Wüste bösartig schimmernd in der Hitze.

Nach acht Tagen schlugen seine Soldaten wieder ihr Lager auf, dieses Mal rings um Auaris. Die Osiris-Division hatte sich gehorsam vom Großteil des Heeres getrennt, als Scharuhen nicht mehr zu sehen war, und sich am Fuß der Dünen ungefähr fünf Meilen von der Stadt entfernt eingegraben. Die restlichen drei Divisionen marschierten schnell, die Begeisterung verlieh ihnen Flügel, und der Marsch verlief ereignislos.

Vor Auaris schickte Ahmose Kagemni und die Re-Division zusammen mit den Medjai nach Waset. Er entließ Achethotep und die Ptah-Division unter wildem Gejubel der Männer und sah zu, wie die Horus-Division unter General Cheti nach Mennofer abzog. Er selbst hatte nur noch die Horus-Division abzüglich des Kontingents, das Tani begleitet hatte und dann nach Waset weitergezogen war, und Sobek-chu, dessen Männer noch immer damit beschäftigt waren, die Mauern von Auaris zu schleifen. Er sagte sich zwar immer wieder, dass die Jahre des Krieges vorbei waren, dass in Ägypten kein Blut mehr fließen würde, dass er nicht mehr so wachsam sein müsste, aber dennoch kam er sich nackt und wehrlos vor. Und sonderbar unschlüssig. Das Ende war so schnell gekommen, und sein Herz war erleichtert, aber sein Kopf dachte noch immer an die nächste Schlacht, die nächste militärische Entscheidung, die zu fällen war.

Er hatte sein Zelt vor Auaris aufstellen lassen, denn er wollte die Stadt nicht betreten, und dort saß er an den erstickend heißen Abenden und konnte jetzt von den abgetragenen Resten der Mauer bis zu den beengten Häusern und schmalen Straßen sehen. In ihnen schien es schon wieder von Soldaten, neuen und alten Einwohnern, Hunden, Eselskarren und schmutzigen Kindern zu wimmeln. Er konnte sogar einen Blick auf den Sutech-Tempel erhaschen und bedauerte seinen Entschluss, ihn stehen zu lassen. Er hatte sich mit Sobek-chu getroffen, und der hatte ihm erzählt, dass Tani in einem Vorraum des Tempels wohne. Apophis war zum Haus des Todes gebracht worden, und Sobek-chu höchstpersönlich hatte einen Re-Priester aus Iunu dazu bewegen können, dass er nach der Trauerzeit die Bestattungszeremonie vollzog. «Hoffentlich habe ich es richtig gemacht, Majestät», sagte der General abbittend. «Der Priester wollte deiner Schwester nur ungern helfen. Er hatte Angst, dass er sich deinen Zorn zuzieht, wenn er dem Thronräuber die Segnungen eines ägyptischen Begräbnisses zuteil werden lässt.»

«Gut gemacht», sagte Ahmose. «Und erfreut sich die Königin guter Gesundheit?»

«Es scheint so», hatte Sobek-chu gemeint. «Sie verlässt den Tempel nur selten. Ich habe ihr eine Wache und eine Dienerin gestellt. Soll dich ein Offizier zu ihr bringen?»

«Nein. Schicke mir Nachricht, wenn Apophis bestattet wird. Dann sehe ich sie.»

Er war es zufrieden, am Nebenfluss entlangzuschlendern, der sich allmählich immer mehr mit Hochwasser füllte, und zusammen mit Anchmahor und den Getreuen den Gesang der Vögel und den himmlischen Schatten des Ufergebüschs zu genießen. Abends saß er mit ihnen zusammen, und sie tranken Wein und schwelgten in Erinnerungen, ein Luxus, den sie sich jetzt leisten konnten, da sie nicht mehr von Gefahren bedroht waren. Während der dunklen Stunden lag er auf seinem Lager und lauschte friedlich dem stillen Grollen von Auaris, ein Geräusch, das sich aus vielen vertrauten Geräuschen zusammensetzte und ihn an zu Hause erinnerte.

Er hatte mehr aus Gewohnheit als aus Notwendigkeit darauf bestanden, dass an diesem Ende der Horusstraße an strategisch wichtigen Punkten Wachposten aufgestellt wurden, desgleichen hatte er die Späher nicht aus Rethennu abgezogen, falls ihm Abana oder Meryrenefer dringend etwas mitzuteilen hatte. Doch er wusste, dass ihn nie wieder ein plötzlicher Alarm mitten in der Nacht wecken würde.

Man hatte einen Tag nach Ahmoses Ankunft im Delta das Neujahrsfest gefeiert und damit auch den Monat Thot. Die

Hitze hielt bis in den Paophi an, nicht so heftig wie im Süden, sondern aufgrund der Feuchtigkeit eher unangenehmer. Am vierten Tag im Paophi kamen Abana, General Baqet und General Meryrenefer auf Ahmose zugeschritten, der am Wasser saß und müßig in die rauschende und gurgelnde Strömung blickte. Er erhob sich und begrüßte sie argwöhnisch, konnte jedoch ihren Mienen nichts entnehmen. Sie nahmen sein Angebot, sich Schemel zu nehmen, beflissen an. «Das Binsenmeer ist nur noch mit Mühe zu bewältigen, Majestät», sagte Baqet, griff, nein, schnappte sich den Becher Bier, den ihm Achtoi reichte, und trank durstig. «Wir haben mehr Zeit gebraucht, als wir gedacht haben, und die Soldaten sind von oben bis unten voller Mückenstiche und Dreck. Wir haben nicht angehalten, damit sie baden konnten, als wir die Seen des Deltas erreicht hatten, aber jetzt planschen sie in den Kanälen. Es tut gut, wieder in Ägypten zu sein.»

«Ich freue mich, euch zu sehen», antwortete Ahmose. «Was ist in Scharuhen passiert?» Abana erzählte, die beiden anderen waren verstummt.

«Ich habe mich vor der Mauer so unverschämt aufgeführt, wie du es wolltest, Majestät», begann er. «Ich hatte gedacht, es würde Spaß machen, Apophis' Sohn zu verlocken, hat es aber nicht. Im Laufe der Tage bin ich vor dieser unwürdigen Aufgabe immer mehr zurückgeschreckt. Ich habe von ihm geträumt, wie er seinen Vater beweint. Ich hatte allmählich einen wunden Hals, wohl weniger vom Schreien als von meinen Schuldgefühlen.» Er warf Ahmose einen finsteren Blick zu. «Es musste getan werden, aber ich habe mich dafür geschämt. Wenn ich wieder in Necheb bin, werde ich mich im heiligen See der Göttin reinigen und ihr Bußgeschenke bringen.»

«Ich weiß», sagte Ahmose leise. «Das war keine Arbeit für

einen ehrlichen Mann, Fürst, und ich bedaure ehrlich, dass es nötig war.»

«Aber es hat gewirkt», warf Baqet ein. «Eines Morgens haben sich die Tore geöffnet, und die Setiu-Soldaten sind herausgestürmt. Apophis der Jüngere hat sie befehligt. Für Garnisonstruppen waren sie recht diszipliniert, konnten uns jedoch nicht das Wasser reichen, und Apophis' Sohn war kein Pezedchu. Die Horus-Division hat sie mit Leichtigkeit niedergemäht. Sowie ich gesehen habe, dass die Tore aufgingen, habe ich einen Läufer zu Meryrenefer geschickt. Als die Osiris-Division eingetroffen ist und gemerkt hat, dass ich keine Hilfe mehr brauche, ist sie in Scharuhen einmarschiert. Nach Ende des Scharmützels war die Stadt in ägyptischer Hand.»

«Da wir gerade dabei sind, ich habe eine Hand und zwei Frauen aus der Festung mitgenommen», sagte Abana. «Die Hand ist vom Heeresschreiber aufgelistet worden. Ich hoffe doch, dass ich die beiden Frauen behalten darf. Meiner Frau wird es noch Leid tun, dass der Krieg aus ist, schließlich verschaffe ich ihr mit meinen Gefangenen einen vollständigen Haushalt.» Sein Ton war munter, doch Ahmose merkte ihm ein unterschwelliges Unbehagen an.

«Erzählt den Rest», befahl er. Niemand sagte etwas. Endlich räusperte sich Meryrenefer.

«Fürst Abana hat Apophis vom Schlachtfeld gezerrt. Der hat ihn verwünscht wie ein wütendes Weib. Er hat seinem Vater sehr ähnlich gesehen, Majestät. Vielleicht hat das seine Hinrichtung ein wenig erleichtert.» Er blickte zögernd zu Abana hinüber, doch der starrte zwischen seinen Knien zu Boden. «Der Befehlshaber von Scharuhen war bereits tot, im Kampf gefallen. Mitten in der Stadt war eine Art Palast aus Stein. Dort hielten sich Apophis' gesamte Familie und viele seiner Ratgeber auf. Es sind nämlich mehr aus Auaris entkommen, als wir gedacht haben. Du hattest uns befohlen, niemandem etwas zu tun außer Apophis und Kypenpen, doch bei den Frauen waren viele Kinder und junge Männer, und wir wussten nicht, welcher davon der jüngere Prinz ist. Wir waren gezwungen einem der ... der ... Kinder etwas anzutun, ehe sich Kypenpen ergeben hat.»

«Wir haben dem Kind einen Strick um den Kopf gelegt und zugedreht», sagte Abana mit belegter Stimme. «Ägypter foltern keine Kleinkinder. Das arme, kleine Geschöpf hat gebrüllt und geschrien. Ein junger Mann ist aus der schluchzenden Menge vorgetreten und hat sich als Kypenpen zu erkennen gegeben. Wir wissen, dass es der Richtige war, weil seine Mutter kreischend hinter ihm hergestürzt ist. ‹Nein, Kypenpen, nicht du! Lass das Kind sterben, aber nicht du!› Wir haben ihn zusammen mit seinem Bruder in den Garten geführt und ihnen den Kopf abgeschlagen. Ein Offizier hat ihnen eine Hand abgehackt, und das wurde aufgeschrieben. In Scharuhen gibt es viele schöne Gärten. Wer hätte das angesichts der Wüste vor den Toren gedacht.»

«Danach wurde einen Tag lang geplündert», sagte Meryrenefer. «Die Soldaten haben jetzt viele hübsche Dinge und bringen ihren Frauen ein paar Sklaven mit.»

«Sehr gut», sagte Ahmose nachdrücklich. «Meryrenefer, morgen löst du die Osiris-Division auf, und du, Baqet, bringst Thot nach Chemmenu. Ich habe Fürst Ramose euer Kommen schon gemeldet. Ihr seid beide entlassen.» Hastig leerten sie ihre Becher, standen auf und entfernten sich. Ahmose wandte sich an Abana. «Ich habe vor, die Divisionen einmal im Jahr zu Übungen zusammenzuholen», sagte er. «Gar keine schlechte Idee, nicht wahr?»

«Ja, Majestät», antwortete Abana hölzern und starrte dabei noch immer verdrossen auf die gurgelnden Fluten des Nebenarms. Pezedchus Ring funkelte im hellen Sonnenschein an seiner Goldkette.

«Die Flotte lasse ich, glaube ich, im Delta, dort kann sie sich etwas mit dem Transport von Handelsgütern verdienen, aber ein Viertel der Schiffe nehme ich mit nach Waset und schicke sie mit dir ins Quartier nach Necheb», fuhr Ahmose fort. «Bist du als mein Admiral damit einverstanden?»

«Ja.»

Ahmose stupste ihn sacht an. «Du hast zu viel Stolz, Abana», schalt er ihn. «Du hältst dich für etwas Besseres als der König.» Die Anschuldigung wirkte nicht sofort, doch dann fuhr Abana erschrocken herum.

«Das kränkt mich, Majestät», wehrte er sich. «Ich bin dein treuster Diener. Ich habe mein Leben für dich gewagt. Ich würde für dich sterben.»

«Wie kommt es dann, dass du darauf herum brütest, wie du deine Pflicht getan hast, als wärst allein du für Befehl und Ausführung verantwortlich? Bist du also der König?» Der Fürst verzog das Gesicht, dann lächelte er zaghaft.

«Du besitzt die größere Klugheit, Starker Stier», antwortete er zerknirscht. «Du hast natürlich Recht. Vergib mir mein Übermaß an Hochmut.»

«Ist schon vergessen. Und jetzt sag mir, welche Setius du mitgebracht hast.» Abana richtete sich auf.

«In unserem Netz hat sich ein schöner Fang Fische gefunden», meinte er. «Mein Vetter Zaa bewacht sie. Sie sind in einem sehr kleinen Zelt eingesperrt.» Sein Lächeln wurde breiter. «Du sprichst von Hochmut, Majestät. Diese Männer sind ungeheuer hochmütig und beschweren sich dauernd. Den ganzen Weg nach Auaris haben sie sich beklagt. Wenn du, Majestät, nicht eindeutige Befehle erteilt hättest, ich hätte jeden von ihnen nur zu gern den Löwen und Hyänen in den

Dünen überlassen. Zaa ist da duldsamer, der kümmert sich rührend um sie. Es handelt sich um Itju, Apophis' Obersten Schreiber. Nehmen, seinen Oberhofmeister, Chian und Sachetsa, beides Herolde, und Peremuah, den ehemaligen Bewahrer des Königlichen Siegels. Mit Frauen und Kindern, muss ich noch hinzufügen. Apophis' Hauptfrau habe ich zurückgelassen, damit sie ihre Söhne bestatten kann, desgleichen die Nebenfrauen und ihre Kinder.»

«Gut», sagte Ahmose. «Sag Zaa, er soll die Gefangenen in Königin Tauthas Zimmer im Tempel bringen. Sie sind zusammen mit ihr verbannt und bilden die Trauergesellschaft für Apophis. Deine Aufgabe besteht darin, ein Schiff mit einem zuverlässigen Kapitän zu suchen, der sie allesamt nach Keftiu bringt, nachdem Apophis bestattet ist. Ipi wird dir die erforderlichen Rollen und auch Gold geben. Dann fährst du heim nach Necheb.» Abana stand auf.

«Aber, Majestät, ich dachte ...»

«Lass das Denken», unterbrach Ahmose ihn freundlich. «Du brauchst Ruhe, Fürst. Nimm ein Viertel der Flotte mit. Nimm deine Gefangenen mit. Suche Nechbets Tempel auf. Halte dich bereit, wenn die Einladung zu meiner Krönung eintrifft.» Auf einmal fiel Abana auf die Knie, warf sich bäuchlings zu Boden und drückte die Lippen auf Ahmoses Füße.

«Du bist ein großer Gott», sagte er mit belegter Stimme. «Ich liebe dich, Ahmose.» Dann kam er wieder hoch, verbeugte sich und entfernte sich eiligen Schrittes.

Mitten im Paophi wurde das Amunfest des Hapi, an dem man dem Nilgott opferte und sich für seine Freigebigkeit bedankte, tüchtig gefeiert. Ahmose und Hunderte seiner Untertanen befuhren die rasch ansteigenden Fluten und warfen Arme voll Blumen hinein, gossen Öl und Wein in das strudelnde Wasser und sangen zusammen die Lobgesänge, die längs des hochgehenden Nebenarms von einer großen Menschenmenge zu beiden Ufern aufgenommen wurden. So ging es bis zum zwölften Tag im Athyr weiter. Doch am Neunten des Monats erhielt Ahmose Nachricht, dass Apophis am nächsten Morgen bestattet würde, und mit Bedauern zog er sich von den Feiern zurück. Es würde die letzte Gelegenheit sein, seine Schwester zu sehen, und ob es ihr nun gefiel oder nicht, er wollte dabei sein.

Seit seiner Rückkehr hatte er Auaris kein einziges Mal betreten. Die Leibwache schuf ihm Platz, und Chabechnet ging an der Spitze und rief Warnungen, doch alle wollten Ahmose sehen, daher kam er nur langsam voran. Die Menschen fielen auf die Knie, als er vorbeiging, und riefen seinen Namen. Er verwunderte sich darüber und kam sich bei dieser Überschwänglichkeit ganz klein vor. Das ist auch für dich, Kamose, dachte er bei dem ohrenbetäubenden Lärm. Es ist eine Huldigung an das Haus Tao, an uns alle, weil wir sie aus jahrhundertelanger Knechtschaft befreit haben. Wie Tetischeri das genießen würde!

Als er jedoch in die vornehmeren Viertel gelangte, lichtete sich die Menge. Hier wohnten viele Hauptleute, und die salutierten, bis auch von ihnen keiner mehr zu sehen war und der Sutech-Tempel vor ihm aufragte. Sein Vorhof war gesäubert worden. Zu seiner Rechten sah Ahmose rötlichen, kahlen Boden, wo einst Apophis' Palast und die Schutzmauer gestanden hatten. Nur ein paar Bäume waren geblieben, wiegten sich anmutig, doch ihr Schatten war leer. Ahmose wandte den Blick ab.

Wie schon einmal weigerte er sich, Sutechs Bezirk zu betreten. Er wartete still, bis er den Zug nahen sah, zuerst den Re-Priester mit seinen Tempeldienern, die rauchende Weihrauchgefäße hielten, dann die heiligen roten Ochsen, die den Schlitten zogen, auf dem Apophis' Sarg stand, dann Tani und die Setiu-Beamten, gefolgt von Klageweibern. Der Sarg selbst war aus Holz, jedoch reich mit Gold verziert, und die auf jeder Seite aufgemalten Augen waren kunstvoll gearbeitet. Sobek-chu hatte sich offensichtlich große Mühe gegeben, etwas Passendes aus dem städtischen Sarglager zu beschaffen. Tani in Trauerblau weinte, und die ungefähr fünfzig Klageweiber kreischten schrill und streuten sich die Erde auf den Kopf, die sie mitgebracht hatten, denn in Auaris gab es keine Erde, nur festgetretenen Dreck, hart wie die Steine von Scharuhen.

Der Zug umrundete den Tempel, und Ahmose reihte sich hinten ein. Weit war es nicht bis zum Grabmal von Apophis' Vorfahren. Hinter dem Tempel stand ein Mausoleum, das man durch ein Tor betrat, welches jetzt offen war. Dahinter kam eine Stadt im Kleinformat, gepflasterte Straßen, gesäumt von Häuschen, die, abgesehen von einem Altar für Gaben, leer waren. Die vornehmen Toten der Setius lagen unter dem Fußboden begraben. Das Echo seiner Schritte gefiel Ahmose nicht, und das misstönende Wehklagen der Frauen weckte Erinnerungen.

Vor einem Haus am Ende der Hauptstraße blieb der Priester stehen. Apophis' Sarg wurde vom Schlitten gehoben und aufrecht hingestellt. Ahmose sah in dem Düster das tiefe Loch, in das man den Sarg hinabsenken würde, und ihn schauderte. Der Priester begann die Riten mit dem Peseschkef und dem Netjeri, und Ahmose schloss die Augen. Sogar der Weihrauch duftete an diesem sonderbaren Ort anders. Er schien sich mit der Ausdünstung von feuchtem Stein und feuchter Erde zu mischen, und die Sonne machte ihn auch nicht wohlriechender. Der Gestank, unter dem Apophis gestorben war, fiel ihm ein, und er biss die Zähne zusammen und schickte sich ins Warten.

Das umständliche, verworrene Ritual dauerte lange, doch endlich wurde der Sarg in das Haus getragen, und die Trauernden scharten sich darum und sahen zu, wie er hinuntergelassen wurde. Tani legte einen Strauß auf den Deckel, stand einen Augenblick in Gedanken versunken, dann drehte sie sich zu Ahmose um. Er hatte nicht mitbekommen, dass sie seine Anwesenheit bemerkt hatte. Sie musterten sich in dem Düster. «Ich bleibe nicht zum Festmahl», sagte Ahmose linkisch. «Ich habe meinen Teil des Handels erfüllt, Tani.» Er tastete nach seinem Gürtel und zog eine Rolle aus dem Beutel, der daran hing. «Das hier ist mit meinem Namen und meinen Titeln gesiegelt», sagte er, als er ihr die Rolle reichte. «Gib es dem Herrscher von Keftiu. Fürst Abana hat sich um die Einzelheiten deiner Reise gekümmert. Du wirst sehr gut aufgehoben sein und es bequem haben.» Sie nickte. «Ich weiß, dass du gesagt hast, du möchtest mich nie wieder sehen», fuhr er stockend fort, «aber ich wollte dir an diesem Tag so viel mageren Trost spenden, wie ich vermag. Und ich musste dir einfach Lebewohl sagen.» Auf einmal trat sie näher, und zu seiner Verwunderung umarmte sie ihn.

«Lieber Ahmose», sagte sie, und die Stimme brach ihr. «Wir haben beide getan, was wir tun mussten. Du wirst einer der mächtigsten Könige Ägyptens werden, das weiß ich, und ich weiß auch, dass wir uns trotz allem immer noch lieben. Bitte, lass uns einander vergeben und auch den Göttern, die bestimmt haben, dass wir in diesem fürchterlichen Zeitalter leben müssen.» Sie zog sich zurück und küsste ihn sanft auf den Mund, und da schmeckte er das Salz ihrer Tränen. «Können wir das?»

«Ja», antwortete er und blickte sie durch einen Tränenschleier an. «Ja, liebste Tani, Königin Tautha. Diktiere mir zuweilen einen Brief. Erzähle mir, wie es dir geht. Wenn es dir an irgendetwas mangeln sollte und ich es dir schicken kann, ich tue es gern. Lebewohl.»

Er machte auf den Fersen kehrt und verließ sie, ging die lange Geisterstraße zurück, an der die Leichname derer ruhten, die die Geschichte von Ägyptens Besetzung geschrieben hatten. Einer hatte dem anderen Stolz und Gleichgültigkeit dem Land gegenüber vermacht, bis der letzte Herrscher ihres Hauses einen Brief an einen unbedeutenden Kleinfürsten tief in der Wüste des Südens diktiert und damit seinen eigenen Untergang ausgelöst hatte.

Es ist vorbei, dachte Ahmose. Ich bin dir treu geblieben, Seqenenre, mein Vater, und ich habe deinen Kampf beendet, Kamose, mein geliebter Bruder. Ich bin vor den Göttern gerechtfertigt. Es ist an der Zeit, nach Hause zu fahren.

EPILOG

Obwohl es noch früh war und die Sonne soeben aufgegangen, sammelten sich zu beiden Seiten des Weges am Fluss zwischen Palast und Tempel bereits die Menschen, und auf dem Nil wimmelte es von Schiffen aller Art. Seit Wochen waren mehr und mehr Leute in Waset eingetroffen, denn die Krönung des Königs rückte näher. Landadel und auch Dorfbewohner aus ganz Ägypten hatten ihr Heim verlassen, strömten in die Stadt und machten daraus einen Ameisenhaufen. Tetaki, der Bürgermeister von Waset, war gezwungen gewesen, Soldaten der Amun-Division als Wachen auf den Straßen einzusetzen, denn es gab Schlägereien um Nahrung und Platz: ob in den schmalen Gassen Esel vor Sänften kamen und warum sich die einheimischen Budenbesitzer die besten Standplätze aussuchen durften, wo sie dann ihre Waren längs des königlichen Zuges feilbieten würden.

Ahmose war kurz vor Tagesanbruch aufgewacht, und zum ersten Mal seit der Ausbesserung des alten Palastes war er auf der Treppe, die er hatte abschließen und versiegeln lassen, aufs Dach gestiegen. Das Wachs auf der Schnur der unteren Tür brach leicht, und als er die Tür aufzog und den Fuß auf die unterste Stufe setzte, fiel ihm auf, dass es modrig und abgestanden roch, weil sie nicht mehr benutzt wurde. Er wusste, dass sein Vater und sein Bruder gerade an diesem Ort bei ihm waren, und er rief sie beim Hinaufsteigen leise an, bat sie um ihre Gegenwart im Tempel, bat um ihre Gebete und ihren Segen für diesen bedeutsamen Tag. Die obere Tür war von innen versiegelt. Wieder zerbröselte er das Wachs, auf das sein Name geprägt war, und trat endlich ins Freie, befand sich über den Gemächern, in denen seine Frauen noch tief und fest schliefen.

Der Windfang, an den sich sein Vater gelehnt hatte, war gesäubert worden und ließ jetzt wieder den vorherrschenden Sommerwind in den Palast ein, daher musste sich Ahmose mit dem Gesicht nach Osten setzen. Der Himmel färbte sich ein wenig rosig. Re schickte sich an, aus dem Mund von Nut geboren zu werden. Er zog die Knie an und wartete. Diese wenigen kostbaren Augenblicke hatte er im Gedenken an seine teuren Toten verbringen, hatte über die Reise nachdenken wollen, die sie zusammen begonnen hatten und die nur er hatte beenden dürfen, hatte über die Zeremonie nachsinnen wollen, die ihn ermächtigen würde, die wahre Inkarnation seines Gottes zu werden, doch als er sich setzte, ergriff ihn allmählich eine so tiefe Freude, dass es ihm nicht möglich war, sich innerlich zu versenken.

Der rosige Streifen am Horizont wurde breiter, leuchtender, und vor dem gelben Schein darunter zeichnete sich schwarz die Wüste ab. Ein Wind kam auf. Unten in den Gärten, die den Palast mittlerweile umgaben, zwitscherte ein Vogel. Andere fielen ein, und schon bald vermischte sich der Gesang mit dem stetigen gedämpften Plätschern des Wassers, das aus Springbrunnen in Steinbecken fiel. Im Osten schimmerte ein feuriger Rand, flackerte, Lichtstrahlen kamen auf Ahmose zugeschossen und brachten eine Farbenvielfalt mit.

Er schloss die Augen. Sohn des Re, Sohn des Morgens, dachte er. Das bin ich auch. Berühre mich mit deinen goldenen Fingern, Mächtiger. Ich werde in der Mitte der Maat gehalten, wohin ich gehöre. Es ist mein Schicksal, die Achse zu sein, um die sich das Rad von Ägyptens Gleichgewicht dreht.

Er hatte gerade die schwache Flamme seiner Lampe ausgeblasen, als am Fuß der Treppe eine gedämpfte Stimme zu hören war. «Majestät, bist du dort oben? Es wird Zeit, in den Tempel zu gehen.» Ahmose stemmte sich hoch.

«Achtoi, ich habe dich zum Fächerträger zur Linken ernannt», rief er nach unten. «Mit derlei Diensten musst du dich nicht mehr befassen. Überlass sie dem Königlichen Haushofmeister Hekayib und seinen Helfern. Es sei denn, du findest, du hast sie nicht gut genug angelernt.»

«Verzeihung, Majestät», antwortete Achtoi, als Ahmose unten war und die Tür zudrückte. «Es ist eine alte und liebe Gewohnheit, die schwer abzulegen ist.»

Gleich hinter den Säulen am Eingang warteten die Sänftenträger, Harchuf und die Getreuen des Königs. Ahmose begrüßte sie und setzte sich, als Hekayib hinter ihm hergelaufen kam. «Die Königin und der Falke-im-Nest werden angekleidet, Majestät», keuchte er, «und die Fürsten haben bereits ihre Unterkunft verlassen.» Ahmose nickte.

«Danke, Hekayib, aber mach dir keine Sorgen. Alles wartet, bis ich fort bin. Geh und iss etwas. Du siehst abgehetzt aus.» Die Träger zogen die Vorhänge zu und hoben ihn hoch. Er hörte, wie Harchuf den Wachen am Tor einen Befehl zubellte, und wurde hindurchgetragen. Er wagte einen raschen Blick zurück durch die Vorhänge, als die großen Tore aus Elektrum schwerfällig zufielen. Sie waren am Tag vor seiner Rückkehr aus Auaris angebracht worden. Er hatte sie feurig funkeln sehen, als sich sein Schiff Waset näherte, und stolzgeschwellt wusste er, dass er an der Bootstreppe aussteigen, zwischen ihnen hindurchgehen und sein neues Reich zum ersten Mal als dessen Bewohner betreten würde.

Der Weg zum Tempel war dicht mit Soldaten gesäumt, die die Bevölkerung zurückdrängten. Ahmose konnte nichts sehen, doch er hörte die aufgeregten Mutmaßungen, als seine Sänfte vorbeikam. Er würde auf dem Horusthron sitzend zum Palast zurückkehren, Aahmes-nofretari neben sich und Ahmose-onch zu seinen Füßen, er selbst mit der Doppelkrone auf dem Haupt und reich gekleidet und so hoch getragen, dass seine Untertanen ihn sehen konnten, doch jetzt war er nackt bis auf ein Lendentuch und durfte sich nicht blicken lassen.

Auch der Kanal, der zum Tempel führte, war schwer bewacht. Nur geladene Gäste durften Amuns Bezirk betreten, und Ahmose wurde von majestätischem Schweigen begrüßt, das ihn umfing, als er die Sänfte verließ, die Getreuen nach innen wies, dass sie ihre Posten einnahmen, und allein zum heiligen See ging. Zwei Priester erwarteten ihn. Sie nahmen ihm das Lendentuch ab und geleiteten ihn ins Wasser, tauchten ihn unter und schrubbten ihn gründlich mit Natron. Dabei sagten sie kein Wort, und er schwieg seinerseits. Langsam übertrug sich die Feierlichkeit des Anlasses auch auf ihn, und ernst gestimmt überließ er sich ihren Waschungen.

Mit schlichten Binsensandalen an den Füßen führte man ihn in ein Vorzimmer und rasierte ihn unter dem gleichen ehrerbietigen Schweigen gründlich von Kopf bis Fuß. Erst jetzt stellte sich Amunmose ein. Er war in seine volle Amtstracht gekleidet: ein weißes Gewand aus Leinen zwölften Grades, mit Gold gesäumt und so hauchdünn, dass die Falten beim Atmen bebten, ein weißes Band um den Kopf, das Leopardenfell über einer Schulter und den Amtsstab mit der goldenen Spitze in der Hand. Ein Tempeldiener begleitete ihn. Amunmose reichte dem Jungen den Stab, legte Ahmose ein frisches Lendentuch um, nahm ihn bei der Hand und führte ihn in den Innenhof.

Dort warteten sein gesamter Adel, Generäle, Höflinge und fremdländische Gesandte, ein Meer aus funkelndem Geschmeide, duftendem Leinen und mit Kohl umrandeten, erwartungsvollen Augen, das alles konnte er durch den lieblichen Nebel Dutzender rauchender Weihrauchgefäße ausmachen. Sein erster Blick galt seiner Familie. Tetischeri und Aahotep saßen vor der gegenüberliegenden Mauer. Seine Großmutter wirkte in ihrem langen Hemdkleid mit Silberblättern und dem silbern bestickten Umhang, das Haar unter einer silbernen Haube versteckt, deren Enden auf ihre mageren Schultern stießen, wie eine Statue. Aahotep hatte dunkelrotes Leinen gewählt, das über und über mit Goldtropfen bestickt war. Über ihrem geschminkten Gesicht erhob sich der goldene Schössling, Symbol der Göttin Neith, wie eine richtige Krone. Schwere Ringe funkelten an ihren gefalteten Händen, und Anchs zierten Handgelenke und Hals. Tetischeri starrte geradeaus, war offensichtlich von der ungeheuerlichen Würde dieses Augenblicks gefesselt, doch seine Mutter lächelte ihm kurz zu, und ihre dunklen Augen blitzten.

Ahmose wandte sich zum Allerheiligsten. Dessen Türen standen offen, und drinnen thronte Amun unter Blumengirlanden. Lampenschein glitt wie sanftes Öl über die gekräuselten beiden Federn und die goldenen Rundungen seines Leibes. Andere Götter standen neben ihm: der falkenköpfige Re mit seinem scharfen Schnabel und den schwarzen Knopfaugen, die Geiergöttin Nechbet des Südens und Wadjet, die Kobragöttin des Nordens, die ihre Brillenzeichnung spreizte, die Giftzähne entblößte und bereit war, jeden mit Gift zu bespritzen, der sich dem König näherte.

Unmittelbar vor dem Allerheiligsten stand der Horusthron, und daneben thronte Aahmes-nofretari, ihr Hemdkleid funkelte von Gold, ein Pektoral aus Gold, an dem Skarabäen aus Lapislazuli hingen, bedeckte ihre Brust, auf dem Kopf trug sie die Flügel und den gereckten Kopf von Mut, der Gemahlin Amuns und Beschützerin der Königinnen. Muts Klauen zu beiden Seiten von Aahmes-nofretaris geschminkten Wangen umklammerten das Schen-Zeichen, das Unendlichkeit, Ewigkeit und Schutz bedeutete. Ahmose-onch saß zu ihren Füßen auf einem niedrigen Schemel. Seine Jugendlocke war mit einem Goldband umwickelt, auf das winzige goldene Lotosblumen und Papyri genäht waren, und ein einziges Horusauge lag auf seinen zarten Rippen. Ahmose hatte ihm dazu passende goldene Armbänder geschenkt, Kopien in Kleinformat der silbernen Armreife seiner Generäle; darauf standen sein Name und sein Rang als Falke-im-Nest, und er war so völlig hingerissen, dass er sie wieder und wieder stolz ums Handgelenk drehte.

Die Sängerinnen sangen jetzt. Ahmose folgte Amunmose, näherte sich dem Gott und warf sich ihm zu Füßen, lag bäuchlings auf dem Boden, kroch dann auf ihn zu und küsste seine goldenen Füße. Dann erhob er sich und stellte sich vor die sich drängende Menge. Ein Tempeldiener reichte ihm zwei Teller, einen mit Natron und einen mit Wasser aus dem heiligen See. Amunmose befeuchtete einen Finger, tauchte ihn ins Natron, betupfte damit Ahmoses Stirn, Lider, Zunge, Brust und Füße und murmelte dabei Reinigungsgebete.

Die Gestalt des Re trat mit einem großen Wasserkrug aus dem Allerheiligsten. Ihr grausamer geschwungener Schnabel schrammte an Ahmoses Ohr vorbei, als die Gestalt das Gefäß hob und kühles Wasser über Ahmoses Kopf rinnen ließ, es lief an seinem Bauch hinunter und bildete zwischen seinen Beinen eine Lache. «Das ist Res reinigendes Wasser», rief der Gott. «Deine Reinigung ist vollbracht.» Ein Priester kam mit einem Tuch herbeigeeilt und trocknete Ahmose ab. Der Gesang der Sängerinnen veränderte sich, schwoll an, und Amunmose nahm einem wartenden Priester einen Schurz aus Goldstoff und einen juwelenbesetzten Gürtel ab. Er band Ahmose den Schurz um die Mitte, legte ihm den Gürtel um und sagte laut: «Empfange das Gewand der Klarsicht und den Gürtel des Mutes.»

«Klarsicht und Mut sind Gottes», erwiderte Ahmose. «Ich empfange sie als sein Sohn.» Als Nächstes legte man ihm einen juwelenbesetzten Umhang um die Schultern. Der war sehr schwer, und Ahmose reckte sich unbewusst, damit er nicht unter dem Gewicht zusammensackte.

«Empfange den Umhang der Befehlsgewalt», stimmte Amunmose an, und gehorsam antwortete Ahmose: «Die Befehlsgewalt ist Gottes. Ich empfange sie als sein Sohn.» Amunmose zeigte auf den Thron, und endlich konnte sich Ahmose darauf sinken lassen und die Hände auf die Löwen legen. Flüchtig spürte er, wie seine Finger umfangen wurden. Aahmes-nofretari blickte ihn mit einem bebenden Lächeln an. «Ägypten wird dich für alle Zeiten als seinen Retter preisen», flüsterte sie. «Ich möchte gern weinen, aber dann verläuft mein Kohl. Ich liebe dich, mein König.» Amunmose kniete jetzt und hatte Sandalen in der Hand. Die waren aus Blattgold gefertigt, mit Lapislazuli und Jaspis besetzt und hatten einst ein Bildnis von Apophis auf der Sohle gehabt, damit Ahmose seinen Feind bei jedem Schritt mit Füßen treten konnte, doch Ahmose hatte gebeten, dass man es entfernte. Er verspürte keinerlei Wunsch, seine Rache an diesem Tag auf die Spitze zu treiben.

«Empfange die Sandalen der Klugheit», verkündete Amunmose.

«Die Klugheit ist Gottes», erwiderte Ahmose. «Ich empfange sie als sein Sohn.»

Er wurde mit dem Pektoral geschmückt, das seine Mutter in Auftrag gegeben hatte, ein großes Rechteck aus Gold, auf dem mit Karneol das Geburtshäuschen des Gottes eingelegt war. Lapislazuli und Türkis stellten den Himmelssee dar, auf dem die Sonnenbarke segelte. Falken flogen von links nach rechts darüber hin, und in der Mitte stand Ahmose und wurde von Re und Amun mit einem Trankopfer übergossen. Ein goldenes Armband mit Türkisen, auch ein Geschenk Aahoteps, wurde ihm auf den Unterarm geschoben. Es bestand aus zwei Teilen. Rechts wurde Ahmose gezeigt und wie Geb, der Gott der Erde, ihn krönte, und links knieten Seqenenre und Kamose mit den Schakalmasken der Toten und hoben freudetrunken die Arme. Ahmose küsste es unendlich bewegt.

Tief gebückt näherte sich jetzt Ipi. Ahmose hatte ihn zum Aufseher des Protokolls und zum Hüter der königlichen Insignien ernannt. Es tat ihm Leid, dass er diesen tüchtigen Mann als Schreiber verlor, doch er fand, Ipi verdiente Anerkennung für seine Zuverlässigkeit. Der stellte nun seine zwei Kästen vor den Thron und öffnete sie, verbeugte sich vor ihnen und vor Ahmose und entfernte sich. Die beiden Göttinnen, die im Allerheiligsten gewartet hatten, kamen herausgeschwebt, und die Sängerinnen schwiegen. Stille legte sich über die Versammelten. Die Göttin Wadjet holte die Rote Krone aus dem einen Kasten. Die setzte sie Ahmose feierlich aufs Haupt und rief: «Empfange die Deschret und regiere das Rote Land Millionen Jahre.» Sie beugte sich vor und küsste erst die Krone, dann Ahmose auf die Stirn. Nechbet hielt bereits die Weiße Krone in der Hand. Die passte sie behutsam in die Rote Krone und sagte: «Empfange die Hedjet und regiere das Schwarze Land Millionen Jahre.» Nach ihrer Huldigung holten sie und

Wadjet die Uräusschlange, Kobra und Geier, aus ihrem Bett und fügten diese in die Aussparung mitten an der Roten Krone. «Empfange die Herrin der Furcht und die Herrin der Flamme», sagten sie gemeinsam. «Tod deinen Feinden und Schutz für Deine Majestät.»

Der Schlusspunkt wurde wiederum von Amunmose gesetzt. Er legte Ahmose Krummstab und Geißel in die Hände und warf triumphierend die Arme hoch. «Seht Uatsch-Cheperu Ahmose, Sohn der Sonne, Horus, Goldhorus, Der von der Binse und Der von der Biene, Herr der Zwei Länder, Starker Stier der Maat, Gott in Ägypten!», rief er. «Leben, Gesundheit und Wohlstand für ihn auf ewig!» Ahmose erhob sich und die Königin mit ihm. Auf der Stelle war der Tempel von tosendem Lärm erfüllt. Die Sängerinnen sangen. Die Tänzerinnen wiegten sich. Jubelnde Zurufe hallten bis zum Dach empor. Ahmose wartete, doch der Lärm legte sich nicht. Er wurde noch stärker, erregend und ohrenbetäubend, bis er Krummstab und Geißel über die Menschenmenge hob. Da beugte jeder das Knie, jede Stirn berührte den Boden, und Ahmose und seine Familie schritten durch das Meer von Anbetung langsam hinaus in das gleißende Sonnenlicht eines Sommertages.

Ahmose wurde auf einer Woge der Begeisterung hoch über den jubelnden Menschen nach Hause getragen. Anchmahor stand als sein Fächerträger zur Rechten neben ihm, und Achtoi hielt den Fächer aus Straußenfedern zu seiner Linken. Ahmose-onch lehnte an seiner Wade und winkte der Menge fröhlich zu. Aahmes-nofretari folgte ihnen auf ihrem eigenen Thron, gefolgt von Tetischeri und Aahotep in Sänften ohne Vorhänge. Harchuf und die Getreuen schritten zusammen mit Chabechnet gebieterisch an der Spitze. Es würde lange dauern, bis das Ende des langen Zuges den Empfangssaal erreichte, wo die Gäste für den Rest des Tages und bis tief in die Nacht feiern würden.

Zwei Gestalten sahen vom Palastdach aus zu. Eine saß mit dem Rücken an die Öffnung des neuen Windfangs gelehnt – und das ist doch, so dachte Ahmose verwundert, gar nicht mehr möglich. Die andere stand mit verschränkten Armen und starrte nachdenklich über den sich weit und glitzernd dahinziehenden Nil zu der schroffen Felskette auf dem Westufer hinüber. Ahmose zwinkerte und sah noch einmal hin. Das Dach war leer, natürlich war es das, und flirrte in der Mittagshitze.

Die Träger setzten ihn ab, und sofort erteilte Ipi seinen Helfern den Befehl, den Horusthron an seinen angestammten Platz drinnen auf der Estrade zu bringen, dann reichte er Ahmose die Kästen, damit dieser Krummstab und Geißel hineinlegen konnte. Aahmes-nofretari trat zu ihm und hakte sich bei ihm ein. «Der Oberste Schatzmeister Nofreperet meldet mir, dass die fremdländischen Gesandten und dein dankbarer Adel dir feierlich buchstäblich Berge von Geschenken überreichen wollen», sagte sie. «Ich weiß, dass es für dich ein sehr heiliger und wichtiger Tag ist, Majestät, aber es macht auch Spaß, nicht wahr?» Er lächelte und küsste sie auf den hennaroten Mund.

«Ja, das tut es», sagte er heiter. «Wollen wir erst ins Kinderzimmer gehen und unseren Sohn bewundern, ehe wir gemessen in den Empfangssaal schreiten und uns weiter feiern lassen?» Ahmose-onch zupfte an seinem Schurz.

«Vater, die Frösche haben den neuen Teich noch nicht gefunden», beschwerte er sich. «Ein paar schon, aber die großen, meine liebsten, sind sehr langsam.» Ahmose fuhr dem Jungen liebevoll über den braunen Schädel und die volle Jugendlocke.

«Die Kerer sind Symbole der Wiedergeburt», sagte er. «Habe Geduld mit ihnen. Sie kommen, wenn sie dazu bereit sind. Es gibt in der Allwissenheit der Maat eine richtige Zeit für alles. Lass uns jetzt hineingehen.» Der Schatten unter den Säulen war einladend. Hand in Hand verließen die drei den sonnengleißenden Hof und traten in die Kühle des dahinter liegenden Palastes.

Pauline Gedge

Pauline Gedge, geboren 1945 in Auckland, Neuseeland, verbrachte einen Teil ihrer Kindheit in England und lebt heute in Alberta, Kanada. Mit ihren Büchern, die in zahlreiche Sprachen übersetzt sind, gehört sie zu den erfolgreichsten Autorinnen historischer Romane.

Die Herrin vom Nil *Roman einer Pharaonin*
(rororo 15360)
Vor dreieinhalb Jahrtausenden bekam in Agypten die Sonne eine Tochter: Hatschepsut. In diesem spannenden biographischen Roman zeichnet Pauline Gedge diese einzigartige und erste bedeutende Frau der Weltgeschichte nach.

Das Mädchen Thu und der Pharao *Roman*
(rororo 13998)
«Eine aufregende Story aus dem Land der Pharaonen mit aufschlußreichen Einblicken in das gesellschaftliche Leben der damaligen Zeit.» *Brigitte*

Die Herrin Thu *Roman*
Deutsch von
Dorothee von Asendorf
544 Seiten. Gebunden
Wunderlich und als rororo Band 22835

Pharao *Roman*
(rororo 12335)
«Eine elegante, spannende, ja faszinierende *Hofberichterstattung* aus der Zeit des großen Umbruchs Ägyptens.» *Die Rheinpfalz*

Der Sohn des Pharao *Roman*
(rororo 13527)

Unterhaltung

Die Herren von Rensby Hall
Roman
(rororo 13430)

Herrscher der zwei Länder
Band 1: Der fremde Pharao
Deutsch von
Dorothee Asendorf
416 Seiten. Gebunden

Band 2: In der Oase
Deutsch von
Dorothee Asendorf
672 Seiten. Gebunden

Band 3: Die Straße des Horus
Deutsch von
Dorothee Asendorf
512 Seiten. Gebunden.
Wunderlich

Weitere Informationen in der **Rowohlt Revue**, kostenlos im Buchhandel, und im Internet: **www.rororo.de**